KIRÁLYI VÉR

AnnieLynn Sullivan

2018

Publio Kiadó

www.publio.hu

Minden jog fenntartva!

Borító kép: Sződy Szabolcs

ISBN: 9789634434771

Nyomdai előkészítés és gyártás: Publio Kiadó Kft.

Tartalom

A regény egy érdekes alapkérdést tesz fel: mi van akkor, ha nem az elsőszülött a legalkalmasabb arra, hogy a trónra kerüljön? És főleg akkor, ha a rátermettebb személy még nő is?

Ez a történelmi kalandregény az 1800-as évek közepének egyik német királyságába, Württembergbe repíti el az olvasóit. Itt tölti gondtalan gyermeki éveit a 13 éves Anna hercegnő, testvérei körében. Egy váratlan családi tragédia azonban átírja a dinasztia kiszámítható történetét, kiemelt szerepet szánva a tehetséges lánynak. A megüresedő trón lehetősége csábítóan hat a szomszéd uralkodó család még szabad grófjára, akárcsak a monarchiaellenes politikusoknak a szervezkedésre. De az öreg király bölcs döntése megteremti a lehetőséget az öröklési sor megváltozására. Vajon mire képes egy igen ifjú hölgy egy ilyen közegben, kotnyeles társalkodónője és a személyi testőre segítségével, nagyanyja gyűlölt pillantása mellett és mennyire akar részese lenni a változásoknak? Tényleg annyira fontos, hogy a királyi vérvonal férfi ágon menjen tovább?

A zömmel valós szereplőket felvonultató, izgalmas és fordulatos regény a német birodalom létrejötte előtti viharos időszakába repíti vissza olvasóit, elhagyott gyermekek, titkok, lehetetlen szerelmek közepette enged betekintést az akkori kor társadalmi életébe.

Bevezető

Anna kinyitotta a szemét, majd azonnal vissza is csukta. Az erős napfény szinte megvakította. Megfordult az ágyban és hátat fordítva az ablaknak ismét kinyitotta a szemét és száját mosolyra húzta: Igen! Annyi esős nap után végre kisütött a nap! Talán a tavasz is véglegesen megérkezik – reménykedett – és lendülettel ült fel az ágyában, majd élvezettel vezette körül tekintetét a szobán. A napsugarak fényében szinte életre kelt minden: a csodás, bár kicsit kopottas bordó falikárpit ismét eredeti fényében pompázott, az arany szegélycsík pedig csak úgy ragyogott. Tekintetét megpihentette a brokátokon: nagyon szerette nézni, ahogy a legkisebb fuvallatnak köszöntetően is vidám játékba kezdenek és táncot járnak. Az egyiket meglökte a kezével és nézte, ahogy a többi sorban hullámzó mozgásba kezd. Ettől még jobb kedvre derült. A fehér huzat is csak úgy fénylett a napsugaraktól, hogy Anna alig tudott ránézni. Átfordította tekintetét a másik irányba és megpihent a kis fésülködő asztalkán. A kis tükröt még elkerülték a napsugarak, de egy fél óra múlva már biztosan megsokszorozódik a tükrön a fényük. Anna felült az ágyban, majd hátra fordult. Feje mögé, a kályha irányába nézett. Az ügyes mesteremberek trükkösen átalakították a kandallót és a melegítő berendezés egyszerre fűtötte a két szomszédos szobát, az övét és a mellette alvó komornákét. Szerencsére az inasok korán keltek ma is, így örömmel állapította meg, hogy a fa vidáman pattog. Tavaszi napsugarak ide vagy oda, azért reggel még mindig jól esett egy kis meleg. Alig várta, hogy jöjjenek a nyári hónapok, már nem kell sokáig fűteni. A vacogásnak egy időre vége.

Anna nagyon szerette a szobáját, melyet fél éve vehetett birtokba, teljesen egyedül. Még az sem zavarta, hogy sebtében alakították át az egyik öltözőszobát az ő kedvéért, hogy végre külön lehessen a testvéreitől. A lényeg a nyugalom volt. Míg kisgyerekként nem okozott gondot, sőt különösen előnyös volt, hogy mindhárman egy szobában, szülei közelében aludtak, az idő előre haladásával inkább a szülők részéről érkezett az igény, hogy csöndet és nyugalmat akarnak. Ezt pedig a folyosó túlsó végén elhelyezkedő szobák nagyobb eséllyel nyújtották, mint a három eleven gyerek közvetlen szomszédsága. Így a fiúk maradtak az eredeti helyükön, míg a szülők jobbra, Anna balra távolodott el tőlük. Jó megoldás volt.

Anna úgy döntött, hogy ideje kikelnie az ágyból, elég a lustálkodásból. Nagyot nyújtózott, majd lelépett és a puha szőnyegen tapogatózva keresgélte papucsát. A finom bársonyos anyag csak úgy rásimult a lábára. A vidám kis bojt minden egyes lépésére bolondosan ingott a lábán. Odanyúlt a puha prémes köntöséért, majd belebújt. Élvezettel húzta a nyakáig a puha cicás anyagot, majd odalépett az ablakhoz és félrehúzta a csipkefüggönyt a sötétítő függöny mellé. Kinézett. Nagyon szerette a kertet lesni. Az ablakból tökéletesen rálátott a kis virágoskertre, ami a kastély vonalát követte két oldalt. De szép is lesz majd, hogy a virágok megint megjelennek. A tulipánok már így is kitettek magukért, hamarosan pompás színeket öltenek. És jön majd a finom virágillat, ami belengi majd a szobákat! Már alig várta! Tekintete megpihent a távolban: a virágoskert mögött helyes füves terület húzódott, mely hálás volt az elmúlt esős időszaknak és friss, üde zöld színt öltve rohamos növésnek indult. Már lehet is majd lassan a lovakat is hozni, hogy rendbe tegyék – jutott az eszébe. Igen, megint lovagolhat! És már örömmel gondolt arra a felszabadító érzésre, ahogy a paripa hátán átvágtat a réten és eltűnik a mögötte húzódó fás területen. Nagyon szerette a lovakat, ezeket az okos és hálás állatokat.

Anna gondolatait a kintről beszűrődő zajok rántották vissza, anyja hangját hallotta meg a szomszédos szobából. Édesanyja, Zsófia hercegné a következő pillanatban már fel is tépte az ajtót és viharos léptekkel egyből a szoba közepén termett. Érkezését kellemes illatfelhő követte. Anna illedelmesen meghajolt édesanyja előtt, ahogy szokták, majd óvatosan felpillantott. Mindig ámulattal bámulta anyját, aki ma reggel is meseszép volt. Csodás vörösbe hajló barna haja hullámokban omlott a vállára. Anna szerint senkinek nem volt olyan szép és dús haja, mint neki. Ezzel láthatóan anyja is tisztában volt, mert sokakkal ellentétben nem tornyozta fel, hanem hagyta kibontva. Magas, karcsú alakját mindenki irigyelte, akárcsak hibátlan porcelán arcát és bőrét. Ma egy csodás bordó ruha volt rajta, az egyik kedvence, melyhez bőven használtak a tüllből az elkészítéséhez. A fehér rafinált csík pedig nemcsak a nyakán, hanem elől keresztbe is végigfutott, megkerülte a derekát, majd az egyik oldalon szaladt le egészen a földig, ahol a szoknya végződött. Anyja érdekes módon egyáltalán nem szerette az ékszereket, így ma sem viselt semmit, a hajába is csak pár helyes kis fehér virág volt rafináltan belefűzve. Anna ezen többször gondolkodott, hogy vajon miért nem hordja a családi ékszereket, hiszen emlékezett rájuk, olyan szépek voltak, ő biztosan felvette volna őket. De meg kellett állapítsa, hogy nem kellenek gyémántok, anyja anélkül is ragyog. A legszebb ékszer rajta a szeme! Ami egyszerre volt maga a kiismerhetetlen végtelenség és a nyitott könyv. Anna számára anyja olyan volt, mint egy csodás istennő – szép, tökéletes és hideg. Egy nő, aki mindenkivel kedves, nyájas, de soha nem tudhatod, hogy csak az érdek vezérli vagy valóban érdekli–e a válaszod. Anna fiatal kora ellenére már átlátott rajta, és tudta, hogy ambiciózus anyját csak az érdek mozgatja. De elég okos volt ahhoz, hogy ezt nagyon jól leplezze. Zsófia hercegné maga volt a tünemény az udvar számára, míg ő az engedetlen lány. Ha ketten voltak, akkor nem kellett alakoskodnia, ilyenkor mindig lekezelő volt. A tekintetében egyértelműen ott volt a lesújtó pillantás, amivel rá nézett. Biztos volt benne, hogy anyja számára ő a megtestesült csalódás. Már nem is próbálkozott, hogy ezen változtasson, tudta, hogy nincs értelme. Anyja csak a külső megítéléssel foglalkozott, amiben ő bizony eléggé alul maradt várakozásainak. Fénytelen és fékezhetetlen haja szokás szerint kuszán állhatott a négy égtáj minden irányába és biztos volt benne, hogy a napfényben szeplői még többnek látszottak. Édesanyja mindig azt mondta, hogy ezek a pöttyök mind büntetések. Anna viszont egyáltalán nem érezte, hogy bármit is rosszul csinált volna. A legnagyobb csalódást azonban mégis az alakja okozta: Anna kicsit gömbölyded lány volt, de még gyerek. Ezt azonban anyja nem volt hajlandó tudomásul venni, pedig mindenki mondta neki, hogy majd megnyúlik később. Anna biztos volt benne, hogy ha lehetősége lett volna rá, akkor elcseréli vagy otthagyja valahol. Vagy nem foglalkozik vele egyáltalán, aminek mindketten nagyon örülnének. Amennyire tehették, az utóbbi évben elkerülték egymást és ezzel a helyzettel mindketten felettébb elégedettek voltak. Így kicsit meglepődött, amikor anyja lekezelően közölte vele, hogy igyekezzen reggelizni, mert délelőtt kikocsikáznak és örülne, ha ő is velük tartana. A lehetőség, hogy végre kimozdulhatnak a kastélyból teljesen felvillanyozta, el is altatva gyanakvását.

Anyja alig hagyta el a szobát már két öltöztető hölgy jelent meg és míg az egyikük kusza haját próbálta rendbe tenni, a másik már húzta és rá a különböző alsószoknyákat, szalagokat. Fél óra múlva már teljesen készen is volt. Futva indult el az étkező felé rózsaszín csipkés ruhájában. Aztán lelassította a lépteit, mégsem akart kimelegedve megérkezni. A folyosón már inkább csak bandukolt. Imádta a kezét végighúzni a bársony függönyökön és nem tudta megunni a képeket sem a másik oldalon a falon. Itt volt minden felmenőjük, a legjobb formájukat mutatva. Szépen beállva, elegáns ruhában, karddal, koronával, kutyával. Mosolygós vagy szigorú tekintetek, sápatag és kövérkés hölgyek, ékszerek, tollak, csipkék. Mindig talált valami új elemet, amit eddig nem fedezett fel a háttérben. Az ajtó előtt egy pillanatra állt meg a folyosó óriás tükre előtt, hogy meggyőződjön róla, hogy minden a helyén van. A hölgyek csodát műveltek a hajával, melyet kis loknikban rendeztek és rózsaszín szalagokkal kötöttek össze. Maga is csodálkozott, hogy alig fél órája még milyen kuszán állt. A selyem anyag kellemes viseletet adott, és ahogy szaladt, az anyag csak úgy suhogott. A kedvence azonban a csipkés harisnya volt és a kis fehér bársony topánka. Kár, hogy ezt majd le kell vennie, mert kint a vizes füvön nem ez a legpraktikusabb viselet. Viszont az elmúlt hónapokban eleget viselte a kastélyban, ideje, hogy lovaglócsizmára cserélje.

Mielőtt belépett az ajtón az volt az érzése mindig, hogy engedélyt kell kérnie. Egyszerűen nem lehetett úgy elmenni erre, hogy ne vegye észre az ajtó előtti óriás festményt – az összes közül a legnagyobbat. A képről szigorú tekintettel a dédapja nézett le rá. A festő fantasztikus munkát végzett, mert bárhonnan nézted is, a tekintet mindenhova követett. Frigyes király szigorú pillantása mindent áthatott. Hatalma még ennyi idő után is töretlen volt, még a szolgák is láthatóan összehúzzák magukat és elcsendesednek, amikor a folyosó végére érnek. Pedig egyikük sem ismerte, mégis biztosak voltak benne, hogy rettegett tőle mindenki. A tekintélyt parancsoló pocakját díszes arany öv keretezte, lábánál pedig vadászkutyája ült, ékes nyakörvben, alázatosan összehúzva magát. Anna sokat tanulmányozta a festményt is biztos volt benne, hogy a festő szándékosan örökítette meg azt a kis kuszaságot a szakállában, hogy ellensúlyozza a tekintetében a szigort.

Nagy levegőt vett, kinyitotta az ajtót és egyből mosolyra derült. Imádta a reggeli nyüzsgést az ebédlőben! A tágas keleti fekvésű terem most tele volt napfénnyel, a falat borító világosbarna kárpit pedig karamellává változott. Léptei teljesen felfogta a vastag piros, kicsit kopott szőnyeg, ami egészen az asztalig húzódott, így nem is lehetett hallani hogy megjött. Az asztal körül viszont elővigyázatosan nem volt semmi a földön, így persze a kicsit karcos parketta is láthatóvá vált. A szék és asztal mozgatások nyomai felfedezhetően voltak a fakockákon, viszont nagyon gyorsan takaríthatóvá váltak. Erre szükség is volt, mert amíg kicsik voltak, jutott rendesen falat a földre, meg a leleményesen arra kószáló kutyák számára. Barna most is ott ült ugrásra készen az ablak alatt. Köszönhetően a csodás fényeknek az óriás csillár most használaton kívül volt, a gyertyák nem égtek, de az üveg kristályok csak úgy ragyogtak és sokszorozták a fényt. A hosszú asztalfőnél édesapja már egy ideje itt lehetett és láthatóan teljesen lefoglalta figyelmét a reggelije, nem vett tudomást két hangoskodó fiáról. Sötétkék kabát ujját feltűrve élvezettel szopogatta a csont végét, közben hangosan cuppogott. Állán húscafatok jelezték, hogy már egy ideje evett. Tekintélyes méretével ellentétben állt meleg és barátságos szeme. Fiatal kora ellenére erősen kopaszodott, melyet nagy szakállával igyekezett ellensúlyozni. Békés, nyugodt természetét mindenki szerette, szívből jövő őszinte kacagása sokszor töltötte be a szobákat, mosolyt csalva mindenki arcára, aki hallotta. Anna tekintete két testvérére siklott: öccsei éppen almaszeletekkel dobálták egymást. Az asztalon már látszódott, hogy előtte minden másba is belemásztak, tojás és szalonna maradékok hevertek az egyik irányban, a süteményes tányérba is láthatóan belekóstoltak már. Csak egy pillanatra hallgattak el, amint meglátták nővérüket, majd folytatták az evést és az ételek átrendezését. Anna udvariasan köszönt apjának, aki egy legyintéssel mutatta, hogy üljön le. Vele szemben anyja sem vett róla tudomást. A szolgálók nem mozdultak, megszokták, hogy a kisasszony mindig kiszolgálja magát, nincs szüksége segítségre. Sokkal inkább figyeltek a nagyságos asszonyra, aki láthatóan elégedetlen volt a teája hőmérsékletével és épp most küldette vissza a tojást is, hogy a közepe még nyers volt és ma kemény tojást kíván. Anna élvezettel nézett végig a terített asztalon, ahol mindenféle finomság volt. A teasütemény ma kifejezetten ínycsiklandozónak tűnt, máris a tányérjába tett egyet, majd anyja felé sandított és mivel nem nézett felé, így egy másikat máris a szájába nyomott. A fiúkat sem kellett nógatni, Patrik és Tom is élvezettel pusztították a finom falatokat. Étvágyukat és külsejüket is tekintve tiszta apja volt mindkettő: pufók arc, barátságos, meleg tekintet, jó étvágy. Mindketten apjuk sötétbarna haját örökölték, anyjuk eleganciájából semmi nem szorult beléjük. De hát még csak 10 és 11 évesek voltak, érdeklődésüket az evés és a játék kötötte le. Óriási ellentét volt mindezzel az asztal túlsó oldalán elegánsan ülő anyjuk, aki kimérten kortyolgatta a teáját és apró falatokra vágta az újrafőzött tojást. Alig evett pár falatot – de hát a szépségért meg kell szenvedni. Anna egyáltalán nem akart szenvedni és nagyon jól érezte magát a bőrében, akárcsak a többiek. Rántottát és szalonnát szedett a tányérjára és nagy lendülettel esett neki. Farkas éhesnek érezte magát és ha tényleg kocsikáznak, akkor jó pár óráig úgysem fog tudni enni.

- Milyen kellemes az idő, remek ötlet a kocsikázás, ugye? – mondta váratlanul apjuk, és lelkes bólogatást kapott válasznak. – Egyetek ám rendesen, mert kora délután érünk csak vissza. Azért egy pár süteményt becsempészünk a kocsiba – nevetett fel. Ma is remeket alkotott a szakácsnő! – dicsérte meg az alkotást. Vagy egy negyed óra viszonylagos csendben telt el, csak nagy nyeléseket és kortyolásokat lehetett hallani.

Az ebédlő másik ajtaja kinyílt és Paulina királyné jelent meg. A gyerekek azonnal illedelmesen felpattantak és meghajoltak nagyanyjuk előtt. Még apjuk és felemelkedett a székéből és udvariasan köszöntötte édesanyját, aki ilyenkor, a reggeli vége felé szokott bejönni. A királyné már 29 éve ült a trónon férje oldalán. Valóban királynői jelenség volt: gyönyörű ezüst hajkoronája tekintélyt parancsolt, kimért, távolságtartó magatartása pedig mindenki számára egyértelművé tette, hogy ki az első asszony a kastélyban és az országban. Nagyanyja, akárcsak édesanyja a szeretet legkisebb jelét sem mutatták felé, de ahogy észrevette, jelenleg fiúunokái sem kötötték le nagyon a figyelmét. Még rengeteget kell tanulniuk, ha egyszer majd valamelyikük a trónra kerülne – de az még messze van. Férje, Vilmos király bár elmúlt már hetven, még kiváló egészségnek örvendett. Így remélhetően még sokáig nem lesz szükség változásra. Ennek láthatóan apja is örült, akinek így nem kellett az állam ügyeivel foglalkoznia, hanem élhetett a kedvenc hobbijának és kertészkedhetett. És az a tény is felettébb kielégítő volt a számára, hogy a városi nyüzsgés elől az idősödő királyi pár inkább a vidéki, csendes kastélyukat részesítették előnyben. Ez a gyerekek érkezésével mindenképpen kézenfekvőnek bizonyult és nem úgy nézett ki, hogy egyhamar ebben változás áll be. Az állam ügyeit innen is remekül lehetett irányítani, a miniszterek, tanácsadók és a tábornok pedig rendszeres látogatónak bizonyult. Anna hercegnő szeretett nagyapja mellett sok időt töltött, már egészen kicsi korától a tárgyalóban játszott és később is állandóan jelen volt az audienciákon, elmélyülten hallgatva a minisztereket és a követeket. Érdeklődést a birodalom ügyei iránt csak ő mutatott. Anyja egyáltalán nem foglalkozott a politikával, bár a legtöbb időt a kastélytól ő töltötte. Amikor csak akart bemehetett a városba, most, hogy gyermekei már nem voltak olyan kicsik. Így a korábbi kétheti egy napból már heti két nap lett az év nagy részében. Távollétét azonban nem sokan bánták és már várták, hogy ismét kezdődjön a szezon és a nagyságos asszony újfent több időt töltsön távol tőlük. Akárcsak a nagyanyjuk, aki az elmúlt években a nyári időszakot szívesebben töltötte távol tőlük és az országtól is, Svájcban időzve. Anna ezekkel azonban mit sem foglalkozott, mivel egyikük szemében sem volt értékkel bíró. Így örült a szabadságnak, akárcsak a személyzet egy jelentős része. Panasz a család többi részétől nem is volt irányukba, így mindig megkönnyebbüléssel nyugtázták a nagyságos asszonyok távozását.

- Úgy hallottam kikocsikáznak, remek ötlet – szólt a fiához, közben helyet foglalt az asztalnál és intett, hogy egy teát szívesen meginna.

- Anyám, kóstolja meg a süteményt, ma kifejezetten jól sikerült – intett a megcsappant süteménykupac felé, majd végignézte, hogy anyja elégedetten bólint az első falat lenyelése után. – Na ugye megmondtam? – nyugtázta az eseményeket. Muszáj is kimenjünk, le kell mozogni ezt a sok finom falatot. Ön nem csatlakozik egy kicsit? Mehetünk két kocsival is, így elférne mindenki. – nógatta anyját, aki azonban megrázta a fejét.

- Nekem még hideg van, de pár hét és szívesen megyek – mosolyodott el kissé, tőle szokatlan módon. Láthatóan a tavasz beköszönte rá is kedvezően hatott. Minden bizonnyal alig várta, hogy hamarosan elhagyhassa a palotát.

- Futás kezet mosni aztán indulhatunk is, már ha befejeztétek a pusztítást. Annyit esztek, mint hat felnőtt! Mi lesz később? – zsörtölődött Fülöp, de hangjában vidámság bujkált. Büszkeséggel töltötte el, hogy mindhárom gyermeke egészséges, eleven és jó étvágyú.

Anna követte a fiúkat és kiszaladt a konyhába kezet mosni, majd megfelelő lábbeli után néztek. Fél órával később azonban még mindig a főbejárat előtt álltak. Anyjuk váratlanul kitalálta, hogy menjenek a nyitott kocsival és az istállóban ebből meglehetős fejetlenség támadt: gyorsan elő kellett készíteni a másik kocsit és a négy lovat is átszerelni. A legnagyobb gyorsaság is lassú volt a hercegné számára, aki hangosan ki is fejezte nemtetszését. Pedig nagyon gyors volt mindenki és már a takarók behelyezésével foglalatoskodtak. A gyerekek elvoltak, a tuják között kergetőztek, tőlük akár maradhattak volna is. Nagyon élvezték a játékot és cseppet sem fáztak, jól kimelegedtek.

- Gyerekek, beszállás! – hallották meg apjuk öblös hangját és már futottak is a kocsi felé. Szüleik már elfoglalták helyüket egymással szemben, a szokásos helyükön. Patrik és Tom herceg kényelmesen elhelyezkedett anyjuk mellett, Anna azonban nem fért apja mellé. – A sok takaró az oka – védte meg apja magukat, holott egyértelmű volt: az elmúlt pár hónapban kicsit meg is híztak mindketten.

- Akkor maradok, nem gond – tolatott le a kocsiról, amit anyja szó nélkül rá is hagyott.

- Ülhetne a komorna helyére. Minek hozza el? – szegezte a kérdést feleségének, aki egy ügyes válasszal elintézte a kérdést:

- Persze majd ha valamire szüksége lenne akkor engem okolsz majd.

- Tényleg nem gond édesapám – nyugtatta le a kedélyeket a lánya és intett, hogy csukhatják az ajtót. – Menjenek csak, majd én elleszek – és már lépett is kettőt hátra és integetett nekik.

- Utánunk hozhatnák a lányomat – kiáltotta még távozóban a kocsiból, mire máris ismét sürgés támadt az udvaron. Pár perc múlva már készen is volt az eredetileg előkészített kocsi. Szerencsére a lovakat még nem szerszámozták le, mert egyszerűbb volt új lovakat befogni, mint a meglévőket átszerelni. Így Anna teljes kényelemben egyedül ülhetett be a zárt hintóba és boldogan integetett az ott maradóknak, akik elégedetten és főképpen megkönnyebbülten nézték a másik távozó kocsit is. Gyors munkát végeztek.

·

Paulina királyné a felső emeleti ablakból nézte a távozó kocsit, majd nagyot sóhajtva hátralépett az ablakból és leült. A függönyt nem húzta el, felettébb élvezte a beáradó napfényt. Becsukta a szemét és hagyta, hogy a meleg átjárja. A finom, éltető napsugár! – gondolta, majd elkomorodott. Családja, országa jövője aggasztotta. Elnézve most távozó fiát és ismét meg kellett állapítsa, hogy teljességgel alkalmatlan a királyság vezetésére. Kedves mackó, aki végtelenül jóindulatú és teljesen megvezethető. Semmi rafináltság vagy bölcsesség nem szorult bele és hiába várta, hogy az idő előre haladtával ez változik, sajnos nem történt semmi. Súlyán kívül más nem gyarapodott és elnézve egészségi állapotát nem jósolt neki hosszú életet – ellentétben az apjával. Még az is lehet, hogy előbb eltávozik, mint a király. Már most lehet látni rajta, hogy fújtat és nem tud hosszan koncentrálni semmire. És nem is akar király lenni, ezt tudtára is adta. Ez még kivitelezhető is lehetne, ha valamelyik fia elhivatott vagy komoly lenne. De sajnos úgy tűnik, rá hasonlítanak. Hogy miért nem tudtak anyjukból vagy nagyszüleikből bármit is örökölni? Így komoly veszélybe kerülhet kis országuk, ha gyenge uralkodó áll az élén. Komoly feladat fenntartani a békét a környező harcok ellenére, és ha a szomszédok kiszagolják a gyengeséget, azonnal lecsapnak rá. Ő pedig ezt minden lehető módon meg fogja akadályozni. Akár az utolsó leheletéig fent fogja tartani a nyugalmat. De még nem késő, itt az ideje, hogy kezelésbe vegye őket. A gyerekkornak ezzel a tavasszal vége lesz a számukra. Lehet, hogy most később utazik el, vagy ezt az évet kihagyja és itt marad felügyelni. Majd hozat megfelelő oktatót, aki felkészíti őket. Legalább a nyelvoktatásukra kellően odafigyeltek és már kicsiként három nyelvet megtanultak, de ezen kívül más, fontos ismeretre nem tettek még szert. Ott van a történelem és a földrajz, az etikett, az irodalom. Esetleg filozófia. Ezeket mind ismerniük kéne, hogy megfelelő királyok legyenek az ország számára. Fiával már nem is számolt a trónon, ideje eggyel továbblépnie és az unokáira koncentrálnia. Mentő tervként még ott van másik fia, a világjáró. A tengerimádó. Merre is járhat most? Afrika partjainál vagy India felé? Alig ad életjelet is magáról. Pedig ha így állna helyzet, akkor jobb lenne ha hazahívnák, hogy telepedjen le és alapítson ő is családot. Bár ki tudja, az is lehet, hogy már rég vannak gyerekei csak nem írta meg ezt az apróságot. Miért sújtja az ég ilyen utódokkal! Ha tudott volna még szült volna pár gyereket... érzékenyült el egy pillanatra, majd erőt vett magán és elhessegette a régi emlékeket. Be kell érnie ezzel a felhozatallal és komolyan foglakozni a fejlesztéssel. Unokatestvérek szóba sem jöhetnek, hiszen az öreg királynak csak idősebb lánytestvérei voltak és inkább már csak unokáik jöhetnének szóba – de azok meg főleg orosz nagyhercegek. Öröklésről így már szó sincs, nem fogadnák el. Majd beszél Vilmossal is komolyan a témáról, eddig mindig csak hárított. De ideje felfognia, hogy sajnos nem élhet örökké és nem ülhet a trónon, gondolnia kell arra, hogy ki követi majd. Pedig milyen jó lenne az országnak, ha mindig ő lenne a király.

•

Anna elégedetten dőlt hátra a kocsiban, félrehúzta a függönyt, kinyitotta az ablakot és arra az oldalra helyezkedett, ahol a legtöbb napfény érheti. Kifejezetten boldog volt, mert ezt a felemelő érzést egyedül élte át és nem kellett megosztania a figyelmét a családja és a természet szépsége között. Csak nézte az elsuhanó, ébredező fákat, ahogy a rügyek kipattantak, sőt valamelyiken már apró kis leveleket is fel lehetett fedezni. A fű is új életre kelt, szinte lehetett hallani, ahogy nőtt. Az első virágok pedig már pompás színekben csábították az első méheket. És minő öröm, hogy már sárga és piros tulipánok is lapultak a fák alatt. Anna csak mosolygott és mosolygott, nem tudott betelni a látvánnyal. Nagyokat szippantott a kristálytiszta levegőből. A tavaszt érezni lehetett. A tájat nagyon jól ismerte, amerre haladtak, helyes kis dombocskák övezték a kastélyt, majd az út kicsit elkanyarodott és egyenesen a kis erdő felé vette az irányt. Az erdő túl oldalán a patak egy kis tavacskát táplált, mely kedvelt kocsikázási állomás volt. Onnan pedig több irányba is tovább lehetett menni, akár a kis falu felé, vagy a nagyobb városka irányába. Majd meglátja, hogy anyja hogy dönt most. Mivel a kocsi könnyű volt, így sokkal gyorsabb tempót tudtak felvenni és hamar utolérték a komótosan cammogó másik járművet. Anna kihajolt a kocsiból és integetett az előttük haladóknak, a fiúk ezt nagy örömmel viszonozták is. Mindannyian élvezték a szabadságot.

Első rész

Hora kinyitotta a szemét a harangszóra és azonnal be is csukta. Kinyitotta megint és szinte teljes sötétség vette körül. Aztán pár gyertya fénye villant és elmosódott körvonalakat lehetett kivenni. Álmos fejeket, lassan mozgó lányokat a terem másik felében. Kidugta a lábát a pokróc alól, de szinte azonnal vissza is húzta. Kint hideg volt és a nyirkosság csak még hűvösebbé tette. Szomorúan gondolt arra, hogy a tél még csak most közeledik és hónapokig fázni fognak. Megint egy újabb fagyos, vacogós tél vár rá. Úgy döntött, hogy inkább gyorsan kipattan az ágyból és ruhát cserél. A hálóruhát gyorsan köpenyre és fejfedőre váltotta. Harisnyáját gyorsan húzta fel és csalódottan állapította meg, hogy ismét szétment már a sokadik helyen. Majd délután megstoppolja. Elmélkedésre azonban nem volt ideje, sietnie kellett, akárcsak a körülötte lévő 50 másik fiatal lánynak. Pár perc és a rendfőnök asszony érkezik, hogy mindenkit egyesével ellenőrizzen, így gyorsan rendbe kellett tenni az ágyakat és a ruhákat. Hora megigazította a takarót és a ruhákat az ágy alatti lábába hajtogatta be, majd megállt az ágy végén, kezébe fogta a könyvét. Készen állt a mai tanítási napra. Jobbra sandított, mivel övé volt a legszélső ágy, így mindenki a másik irányba helyezkedett el. Végignézett a hosszú, sötét termen, melynek a másik oldalán volt csak ablak. Most azonban még sötét volt kint, így semmi fény nem érkezett. A teremben két sorban 25–25 ágy helyezkedett el. A szürke falak meglehetősen komorak voltak, a vibráló gyertyafényben csak még barátságtalanabbnak tűntek. A döngölt földön nem volt szőnyeg sem. A terem tényleg csak alvásra volt alkalmas. Ahogy nézte Ella szokás szerint késésben volt, gyorsan kapkodva hajította az alvóruháját a takaró alá és gyors mozdulattal igyekezett elsimítani a takaróját. Egyszerre teljes csönd lett, minden lány megmerevedett. A szoba másik felében Rita főnővér tűnt fel, Mária nővér kíséretében. Hora mindig megcsodálta, ahogy közeledett. Lépteit nem is lehetett hallani, hangtalanul suhant mindig, szerinte lebegett. Ruhája is mint valami igen finom selyem nem adott ki semmi hangot, hanem hullámokban követte minden mozgását. A többiekkel megállapították, hogy biztosan egy angyal és repül. Szinte földön túli nyugalmat és békét sugárzott. Elvárta a pontosságot, de mindenkit megdicsért, Ellánál csak mosolygott egyet majd továbblépett. A szoba végén Hora ágya mellett állt meg mindig, visszafordult és szokás szerint elmondta a napi rendet. Mindig beosztotta, hogy adott napon épp ki felel a konyháért, a szobákért, a tanteremért és a kiskertért. A mai program viszont a tanórák után a diók összeszedése és megtisztítása lesz mindenki számára.

A reggeli szemlét követően a menetrend a szokásos volt: kettes sorban mentek át a kanyargós és szűk folyosón az étkező felé reggelizni. Hora bár már kettő és fél éve élt itt, még mindig el tudott tévedni a teljesen egyforma és szűk folyosókon. Mindegyik ablaktalan volt és jobbra kanyarodott, vagy balra, ajtók nyíltak mindkét oldalán. Semmi jelzés nem volt rajtuk, semmi egyedi vonást nem talált, ami megkülönböztette volna. Legalább az ajtók között lenne különbség, de még azok is mind egyformák voltak. Reménytelen volt a tájékozódás. De legalább a lányok tudták, hogy merre kell menni a reggelihez így csak követnie kellett őket. Az étkező összehasonlítva a többi helységgel talán mintha világosabb lett volna. Vajon a fal volt világosabb, vagy több fény jut be, esetleg jobban ki volt világítva? Vagy mindez egyszerre? De annyit nem is tanulmányozta, mert inkább az étellel volt mindig elfoglalva. Reggel a lányok még mind kicsit álmosan foglaltak helyet a padokon, miután begyűjtötték a pohár tejet és a szelet lepényt. Minden vasárnap cukros tejet kaptak és kérhettek repetát is. A padok egyformák voltak, de nem egy időben készültek, valamelyiken jobban látszott már a kora. Amelyiken nagy repedés volt hosszában, azt inkább elkerülték és csak a szélére ültek. Az asztal keskeny volt, épphogy elfért rajta egy tányér, így felváltva tették mindig le őket. Terítőt csak ünnepnap tettek, akkor is csak az asztal közepére, dísznek, nehogy leegyék és még azt is ki kelljen mosni. Általában ugyan úgy ültek le, de reggeli közben nem nagyon beszélgettek. Mindenki gépiesen tömte magukba az egyszerű reggelit, nem töltve sok időt az evéssel. Evés után aztán szokás szerint mindenki felélénkült és beszélgetve mentek át a szomszédos osztályterembe. A kolostor egyik legkellemesebb helyisége ez volt: a belső udvarra nézett az egyik oldala, mely szinte teljesen ablakos volt. Nyáron az udvaron tartották az órákat, most viszont inkább mindenki a terem hátsó felébe igyekezett elhelyezkedni, ahol a nagy kemence volt és csak úgy ontotta magából a meleget. A lányok a padokat a meleg közelébe helyezték át és várták a geográfia órát. Hora nagyon szerette a térképeket, amiket a kedves nővér mindig behozott és azon mutatta meg nekik a környező területeket, országokat. A legizgalmasabb azonban mindig a másik kontinensek úti beszámolói voltak. Élvezettel hallgatták a felolvasásokat Indiáról és Amerikáról, ismeretlen tájakról, állatokról, éghajlatról. Ma azonban a királyságról és történetéről mesélt a nővér. A Württemberg családról.

·

Hora délután Hanna mellé került párnak a diószedéshez. Feladatuk inkább a felügyelet volt, mindkét lányt kímélték. Hanna az átmeneti vendégek táborához tartozott a kolostorban: úri kisasszony lévén állandóan szóvá tette, hogy mennyire rosszul érzi ott magát és milyen szegényes minden. A főnővér türelemre és önvizsgálatra intette, rámutatva, ne a hibát keresse benne, hanem a lehetőséget, hogy új dolgokat tanuljon és tapasztaljon. Hanna személyiségét tekintve Hora tökéletes ellentéte volt, külsőre viszont nagyon hasonlítottak egymásra. Ugyanaz a magasság és a testalkat, csak a hajuk színe különbözött pár árnyalatot. Pont a különbözőségek vagy a hasonlóságok miatt a két lány igényelte egymás társaságát. Hora csillogó szemmel hallgatta Hanna meséit az életéről, a szép nagy házról, a háztartásról, a lovakról és a díszkertről. Bálokról, társasági eseményekről, szép ruhákról, ékszerekről. Bár a kétkezi munkához nem nagyon szokott hozzá, de azért láthatóan érdeklődött és beszállt ő is a feladatokba. Három hónapra küldték a kolostorba, hogy tiszta lélekkel menjen férjhez, amint betölti a 17. életévét. Ez megszokott dolog volt az úri családok körében, hogy a lányokat esküvő előtt zárdába küldik. A lelki megtisztulás mellett az esküvők előtti túlzott izgalmak és a sok teendő miatt távolítják el a lányokat – persze a sok izgalom nekik is árthat. De praktikus okai is vannak: az esetleges nem kívánt házasságok elől menekülő, lázadó gyermekeket így biztonságba tudhatnák, nehogy valami ostobaságot kövessenek el akár a lovászinassal. Így pár hetet– hónapot kolostorba küldik, majd visszatérésük után a megtisztult lányokat egyből férjhez is adják. Hannára is ez a sors várt, ami annyira nem zavarta. Erre nevelték, erre készült és vőlegényét is jó pár éve ismerte már. Leírása szerint szívdöglesztően néz ki és teljesen odavan érte. Hora csak pislogott, amikor ezeket a szavakat hallotta, nem ehhez volt szokva. Ő sokkal inkább a könyvtárban érezte jól magát kedves könyvei között, vagy a konyhában kuporgott a fazekak mellett.

Ennek ellenére a két lány közötti barátság szinte azonnal kialakult, mondhatni Hanna kisajátította magának a lányt. Hora türelemmel szolgálta Hannát: hozott neki inni, ha elszakadt a ruhája segített neki a varrásban, reggelente ő fésülte a hosszú szép haját és olyan is volt, hogy megcsinálta helyette a rá osztott takarítást. Biztos volt benne, hogy hiányozni fog majd barátnője, ha elmegy. Bár a nyugalom visszatér a falak közé, de egyben unalmasabb és megszokottabb lesz minden megint.

.

Rita főnővér délután elmerülten tanulmányozta a lányok névsorát: rendeznie kellett gondolatait és meg kellett terveznie, hogy ki maradhat itt a falak között és kinek kell új helyet találnia a közeljövőben. A legnagyobb feladat az elkövetkező hetekben Hanna visszatérésének felkészítése lesz. Biztos volt benne, hogy Hora társasága jó hatással van rá és láthatóan már önállóbb is, mint volt.

Hora azonban állandó fejtörést okozott neki. Meglehetősen magának való lány kilógott a sorból, több szempontból is. Szerencsére senkinek sem volt fogalma arról, hogy az ország egyetlen hercegnője együtt alszik velük. Anna hercegnő, aki idekerülése óta a Hortenzia – Hora nevet viselte. Nem volt túl kommunikatív és túl sok barátja sem volt, ami talán nem is volt akkora baj. Minél kevesebbet beszél annál kisebb az esélye, hogy bármi is kiderülne személyéről. Bár ha eddig nem beszélt, akkor talán már ezután se fog. Vagy mégsem? Tarthat–e attól, hogy egyszer csak mindent elmesél valakinek? Hanna jelenléte esetleg kiváltja belőle a honvágyat? Bárcsak tudhatná, hogy mi jár a fejében, mi az, amit nem mond és mi az, amire nem emlékszik. A leginkább azonban mégis az zavarta, hogy az uralkodó család, a nagyszülei egyáltalán nem foglalkoztak vele, nem tartják vele a kapcsolatot. Sőt, nem is érdeklődnek rendszeresen a fejlődéséről, csak remélheti, hogy a félévente készült beszámolóját egyáltalán elolvassák. Amikor idekerült azon a tragikus napon, akkor úgy tűnt, ez volt a legjobb megoldás. A veszély valósnak tűnt. Az ideérkezését követően még részletes beszámolót írt az udvarnak, hogy milyen állapotban van a lány, de válaszként csak annyit kapott, hogy a lány védelme érdekében jobb, ha nem ír. Ezt akkor teljesen el is fogadta. De azóta teltek az évek és nem történik semmi. Lehet, hogy nem szeretnék visszavinni az udvarba? Aztán gyorsan elhessegette ezt a gondolatot, mondván a királyi család nem dicsekedhetett túl nagy létszámmal. De a hintót csak nem küldik érte. Nem keresik, nem is írnak neki, nem érdeklődnek róla. Vajon miért? – tette fel most is a sokszor feltett kérdést. Hora most töltötte be a 16. életévét és eladó sorba került. Ezért kézenfekvőnek tűnik, hogy már nem a királyi palotába, hanem új élete helyszínére tér csak vissza. Nem egyedi eset, hogy a fiatal lányokat korán zárdába küldik, majd onnan mennek férjhez. De nem évekre! És akkor is kereshetnék. Nem értette nagyszülei, főként a nagyanyja irányába mutatott közönyösségét. Pedig Hora igenis megfelelő természetű az udvari életre. Kedves, udvarias, türelmes és nem tesz vagy mondd semmi meggondolatlant. Meglehetősen művelt, több nyelven kifogástalanul beszél, igen tájékozott a történelem és a földrajz területén, pontosan ismeri a környező országok uralkodóit, családfáját. Ezekkel az erényekkel szerinte remek segítség lenne az udvari élethez. Nagy veszteség, hogy itt van, mondhatni bezárva. Bár tudta, hogy Hora jól érzi itt magát, de biztos volt benne, hogy vissza tudna illeszkedni, mégpedig igen gyorsan. Neki is jobb lenne a régi környezetében élnie. Ki tudna nemet mondani a palotának és a királyi udvari életnek? Talán Hanna jelenléte, vidámsága és beszámolói eszébe juttatják, hogy honnan is érkezett.

A töprengésnek cselekvés lett az eredménye: számtalanszor átgondolta és arra a következtetésre jutott, hogy egy részletes levelet ír az udvarnak, de most a királynak címezi. Talán változott a véleményük az elmúlt években és kíváncsiak a már majdnem felnőtt lányra, aki rengeteget változott az elmúlt évek alatt.

•

Hora visszatért a szobájába az ebédet követően és leült az ágyára. Elővette a dobozát és cérna után kutatott. Eszébe jutott, hogy mennyire szeretett hímezni, régen nagyon sokat varrt. Igen, azok a csodás kis terítők, melyet gondos keze munkájával, heteken–hónapokon át készített, vajon még megvannak? A doboz alján azonban a cérna helyett egy füzetet tapintott ki. Meglepődve húzta elő, majd elmosolyodott. De el is szégyellte magát. A naplója – szorította magához a rég érintett füzetecskét. Kinyitotta és meglepetten látta meg az első bejegyzés dátumát: épp két éve volt! Ez biztos nem a véletlen műve, hogy épp ma találta meg! az őrangyalok már megint itt settenkedhetnek és üzenni akarnak neki – nézett körül, hátha rajta kapja az egyiket. Aztán elkezdte olvasni a rég nem látott sorokat:

„Október 25. Hétfő. Rita nővér megkért, hogy írjak naplót. Ma nagyon hideg volt. A tanórán a nővér megdicsért…"

Hát ez nem volt valami túl sok, amit így elsőre leírt. És az elején nem is írt túl gyakran, a következő bejegyzés egy hónappal később készült csak.

November 17. Reggel hó borított mindent. A nővérek megengedték, hogy egy kicsit kimenjünk játszani az első óra előtt.

November 30. Fagyos hideg szél fúj kint, azt mondják, hogy nagyon hideg és hosszú lesz a tél. Ma új lány érkezett a kolostorba, a neve Ella.

December 2. Ma is ugyan azt álmodtam. Díszes hintóban utaztam, majd sikoltást hallottam és rohanni kellett. Nagyon féltem és sírva ébredtem. Kérdeztem a főnővért, hogy vajon mit jelenthet ez az álom, erre megkérdezte, hogy biztos hogy álom és nem emlék? De akkor miért nem jut nappal az eszembe?

December 21. Sok lány hazamehetett a családjához az ünnepre, Jézus születésére. Értem miért nem jön senki?

Könny szaladt a szemébe és letette a füzetet az ölébe. Azóta már rájött, miért volt rá szükség. Két és fél éve került ide egy tavaszi napon. Igen, nagyon is emlékezett arra, amikor megérkezett. Riadt volt, végtelenül kimerült és magányos. Lóháton hozták ide, sietve, teljes titokban, csak egy levél kíséretében. Mire megérkeztek már szakadt az eső, minden csupa víz volt és sár. Vacogott. Kísérője a karjában hozta be, az életét mentette meg. Bent összeszaladtak, majd átöltöztették, betakarták és forró teával itatták meg. Olyan volt, mint egy élő halott. Az életét minden bizonnyal csak az éber és gondos őrangyalának és a gondviselőnek köszönhette. A lányok mesélték, hogy a következő napot teljesen átaludta, annyira fáradt volt, nekik is csak napokkal később mutatták be. Az a tény, hogy folyamatosan volt mindig körülötte valaki, hogy fiatal és kedves lányok vették körül, szeretet és nyugalom fogadta teljesen megnyugtatta. Így a hirtelen nagy változást is fel tudta dolgozni. Mivel az első pár héten nem nagyon emlékezett arra, hogy kicsoda és honnan jött, így senkinek nem tudott mit mesélni. Ez védte meg. Később, amikor meg eszébe jutott már nem mondta. Egyetlen személy volt, aki ismerte az igazi nevét és a kilétét: Rita rendfőnök asszony. Ő vette kezelésbe, neki mesélte el az álmait, ő segített neki abban, hogy ismét emlékezzen. Hogy leírja, ami eszébe jutott. A gyógyulás része volt a napló is. Igen, a korábbi élete. Hátradőlt az ágyban és behunyta a szemét. Össze sem lehetett hasonlítani a mostanival, mégsem érzett honvágyat. Valószínű, hogy sokan a helyében vissza szerettek volna térni, Hora viszont egyáltalán nem vágyott a palotába. Ő nagyon jól érezte itt magát. Itt ugyanis megvolt az, ami ott nem: szerették. És mivel nagyszülei nem léptek vele kapcsolatba így joggal gondolhatta azt, hogy nem is akarják többet látni. Így arra készült, hogy hamarosan novícia lesz és örökre itt marad a kolostor falai között. Tanítja majd az ide került árva, üldözött vagy megesett lányokat, szolgálja a rendet és Istent. Ennél szebb feladatot nem is kaphatott. Már tudta, hogy azon a napon két és fél éve a családjával együtt Anna hercegnő is meghalt.

Persze hiányoztak neki dolgok, ezt maga is beismerte. Ott van például a konyha. Hányszor csukta be a szemét reggeli közben arra gondolva, hogy a kenyér helyett rántottát, húst és finom süteményt eszik. Vagy éjjel amikor nagyot nyújtózott és kilógott a lába a hideg szobába, hogy mennyivel jobb lenne a puha meleg hatalmas ágyában óriás takaró alatt selyem ruhában aludni. Vagy ma reggel amikor ismét elszakadt a harisnyája felidézte, hogy milyen szép ruhái voltak. De az is eszébe jutott egyből, hogy a palota, a megszokott környezet üres lenne a családja nélkül. Apja nevetése nem töltené már be a termeket, öccsei nem rohangálnának egyik szobából a másikba, hangoskodva. Nélkülük semmi nem lenne ugyanaz. Na és persze édesanyja... még az ő megvető pillantása is hiányozna – na jó, annyira azért mégsem. Ilyenkor persze megdorgálta magát, hogy gondolhat ilyet, de sajnos ez volt az igazság: anyja nem hiányzott az életéből. Persze egy anya hiányzott, de mivel soha volt igazán édesanyja, így annyira nem is érezte, hogy mi hiányzik neki. A nagyszüleit meg szinte nem is ismerte. Elfelejtették, száműzték, nem is kíváncsiak rá. Hiszen csak egy lány. Nincs is keresnivalója a palotában. Biztosan nagybátyja veszi át a trónt és hozta a családját, a szobákat betölti a gyerekzsivaj. A legnagyobb lányra nincs már szükség. De itt legalább boldog. Csak a lovaglás, a szabadság, a falakon kívüli élet hiányzik. De majd meglesz.

Továbblapozott a naplóban és megkereste az utolsó bejegyzést.

Február 21. Bár még a tavasz érkezésére várni kell, azért a hírnökeit előre küldte: reggel hóvirágokat találtunk a veteményes kert szélén. Nagyon megörült nekik mindenki, az összes nővér is megcsodálta. Az idei tavasszal már nem leszek olyan szomorú, elég sok idő telt el azóta, hogy ne hiányozzon a családom.

Ez volt az utolsó bejegyzés, amit írt 9 hónapja. A terápia ezzel lezárult, kimondta, vagyis inkább leírta a gyógyulást meghozó szavakat. Ennek ellenére meglehetős szomorúság lett mégis úrrá rajta: végtelenül magányosnak érezte magát. Már majdnem sírva fakadt, amikor hallotta, hogy a nevét kiáltják. Gyorsan visszaszívta a könnyeit, a naplót pedig visszatette a ládája aljára és elfelejtve a lukas harisnyát kiszaladt az udvarra.

•

- Hora lányom, kimész három másik lánnyal és összeszeditek a diót a fal mellett is? A fa két ága is túlnőtte a falakat és az értékes gyümölcsből kintre is került. – Nem kellett kétszer kérdeznie Mária nővérnek, persze hogy örömmel szaladt a többiek után a kapun kívülre. Mióta itt volt még csak egyszer volt lehetősége kimenni a falakon kívülre. Így legalább van lehetősége megcsodálni az őszi pompában ragyogó kiserdőt. Nem is a diókkal foglalkozott, hanem átszaladt a szomszédos ligeten és felszaladt a kis dombra. Onnan csodálta meg a kilátást. A nap is kisütött, a pára már felszállt és szép kilátás tárult elé. Behunyta a szemét és élvezettel szívta magába a szabadság illatát. Már nem érezte magát magányosnak, hanem a természet részének. Ekkor nyilallt bele a felismerés, hogy nem biztos, hogy az élete ide köti majd a kolostorhoz. Ahogy kilőtt az előbb a falakon kívülre... biztos, hogy ez a bezártság az útja és ez való neki? Gondolatait halk, de jól hallható nyöszörgés zavarta meg. Hora nagyon fülelt, hogy melyik irányból jön, majd elindult felé. Biztos volt benne, hogy egy kis élőlény, egy kis állat adta ki. Nem kellett sokat keresnie, a bokorban egy csöppnyi kutyakölyköt talált. Egy barna kis gombolyag nézett rá két nagy fekete szemmel, láthatóan nagyon éhesen. Hát ez meg hogy kerülhetett ide? Gyorsan körbenézett, az anyját vagy a többi kicsit kereste, de nyoma nem volt semmi más állatnak. Hora felnyalábolta a kicsit, majd magához szorította a láthatóan fázó kis jószágot. A pici állat teljes bizalommal hozzábújt és megnyalta a kezét. Hora tudta, hogy megtalálta a társaságát, most már nem lesz egyedül. Sietős léptekkel indult vissza a kolostorba kicsiny csomagjával, melyet az üres kosarába rejtett. Gondolkozott, hogy vajon meg merje–e mutatni a nővéreknek és hogy megengedik, hogy megtartsa–e. De csak elfér egy kis jószág abban a nagy épületben, elvégre vannak ott tehenek meg szárnyasok is. Egy kutya csak nem fog ártani. Bátornak fogom hívni – adott máris nevet a még nem is jóváhagyott állatnak.

•

Hora kaparászásra ébredt, időbe tellett, amíg rájött, hogy az ágya alatt Bátor az, aki nem hagyja aludni. Pedig puha kis fészket készített neki a diószedő kosárba és gondosan az ágya mellé tette, hogy biztonságba érezte magát. A kis állat azonban még közelebbi melegségre vágyott és Hora takaróját kaparta. Így a lány kénytelen volt kitapogatni a sötétben mocorgó kis lényt s felvenni a takarójára.

A kis állat egyből megnyugodott és összegömbölyödve nekidőlt a lábának. Horát az az érzés kerítette hatalmába, hogy ez így lesz még nagyon sokáig, hogy őrzik majd az álmát.

Bátornak remek dolga lett a kolostorban: mindenki simogatta, játszott vele, kényeztette, hagyott egy korty tejet neki, egy falatot az ebédből. Rita főnővér türelmesen végighallgatta Hora beszámolóját, hogy talált a kis jószágra és biztos volt benne, hogy a magányos lánynak nem véletlenül érkezett ez az égi ajándék. Aznap ezért még többször is kiment és körülnézett a tisztáson és környékén, hogy nincs–e másik állatka is, de aztán felbukkanását a gondviseléshez kötötte. És mivel nagyon jó hatással volt a lányra, így semmi akadályát nem látta annak, hogy maradhasson. Gondolatait inkább a ma reggel a palotából érkezett válaszlevél kötötte le. A rövid üzenetben mindössze annyit állt, hogy idén karácsonyra a hercegnőt várják a palotába és kérik, hogy a fennmaradó pár hétben kellőképpen készítsék fel a megjelenésére. Rita főnővér nem egészen értette, hogy ez most látogatás lesz-e vagy végleg vissza akarják vinni, de arra a következtetésre jutott, hogy ez attól fog függni, hogy milyen benyomást tesz majd rájuk. Ezek alapján pedig biztosra vette, hogy Hora elnyeri a tetszésüket és nem fog többet ide visszatérni. Már csak az a kérdés, hogy mindezt mikor és hogyan közölje a lánnyal, mennyire legyen váratlan az egész bejelentése. Az lesz a legjobb, ha visszatérésről nem beszél, csak arról, hogy a palotába várják. Talán délután beszélget is már róla, úgy látta, hogy ma reggel jó hangulatban volt. És ha jól számol, akkor a látogatásuk egy időre esik majd Hanna távozásával is, ami nagyban megkönnyíti majd a dolgát.

Igen, először beszélnie kell a lánnyal. Persze, hogy örömmel megy majd ismét a palotába. Rita nővért szokatlan izgalom fogta el, maga sem értette miért. Csak úgy érezte, hogy végre imái meghallgattatásra kerültek és Hora, vagyis hát most már megint Anna élete ismét visszakerül a megfelelő helyre.

Hora egész délután csak ült az ágyán mozdulatlanul és gondolkozott. Még vacsorára sem ment a többiekkel, meg se hallotta a kis kolompot, ami az evést jelezte. Gondolatai messze jártak, időutazáson. Rita főnővér pár órája mondta el neki, hogy karácsonyra visszavárják a palotába. Ez a meghívás végtelen örömmel és félelemmel töltötte el egyben. Ezernyi kérdés kavargott a fejében, melyet most próbált rendezni, de biztos volt benne, hogy ez napokat vesz igénybe. Persze hogy örült, hogy kíváncsiak rá és annyi év után látni akarják, de egyben ez volt az, ami miatt aggódott is. Biztos, hogy felkészült arra, hogy visszatérjen? És ők is felkészültek–e vajon arra, hogy ismét köztük legyen? Vajon azért csak most hívják, mert eddig túl fájdalmas lett volna nekik, vagy csak úgy gondolták, hogy neki kellett ennyi idő? Megváltozott–e nagyanyja érzése irányába és kap–e egy kis figyelmet majd? Fog–e neki tetszeni a felnőtt lány? Vagy csak azért viszik most a palotába, hogy férjhez adják – fogta el a legnagyobb félelme. Ki tudja, hogy milyen jövőt szánnak neki. Sok–sok kérdés, amiktől zúgott a feje. Amikre remélhetően hamarosan fény derül.

- Hora, jöjjön, ennie kell valamit – huppant mellé az ágyra Hanna, majd megfogta a kezét és erővel felhúzta az ágyról. – Nem fekhet le üres gyomorral. Legyengül és megbetegszik – ragadta karon és elindult vele az ebédlő felé, közben kedvesen csicsergett hozzá. Nagyon örült, hogy három hét múlva már haza is mehet és ismét a régi élete vár rá. Legalábbis majdnem. – Mitől ilyen szomorú? Azt hallottam, hogy karácsonyra hazamehet, ettől ijedt úgy meg? – na jöjjön mesélje el mi kavarta fel ennyire. Tessék, szedtem krumplit, ma nagyon finom – tolta elé a neki készített tányért és leült vele szembe, várakozó állásban. Tudta, hogy mondania kell valamit. Két másik lány is érdeklődve fordult felé, meghallva Hannát.

- Igen, hazamegyek – mondta mosolyogva, kissé még tele szájjal. Nem voltam otthon már két karácsony óta, ezért megijedtem – tette hozzá.

- Még jó, hogy megijedt, én csak pár hónapja vagyok távol de már most kiráz a hideg ha arra gondolok, milyen lesz ismét otthon! Izgulok, hogy vajon mi változott, vagy hogy mi nem változott.

- Tényleg? – mosolyodott el Hora. Nem is gondoltam volna – és máris megkönnyebbült. Ezek szerint nincs egyedül ezzel.

- Persze, ez természetes. De ne idegeskedjen ezen előre, hiszen még annyi idő van addig. Képzeljék, anyám most írta meg, hogy a bátyám is megnősül! Ez teljesen hihetetlen, hiszen azt mondta, hogy nincs az a lány, aki az ő igényeinek megfelel. Ezek szerint mégis van – és már mesélni is kezdett testvéréről és magas elvárásairól. A lányok csak nevettek Hannán, aki nagy beleéléssel mesélte mindig a vicces családi történeteket. Hora végtelenül hálás volt neki azért, hogy kizökkentette – ismét.

·

- Hogy érzi magát ma? – kérdezte kedvesen Rita főnővér Horát, majd kezét a lány karjára tette, megnyugtatásképpen. Biztos volt benne, hogy erősen összekavarodott és szüksége volt egy napra, hogy rendezze gondolatait. Direkt nem is kereste, hagyta, hogy ő jöjjön majd hozzá, amikor úgy érzi majd.

- Köszönöm szépen, már lecsitultak az érzéseim. Készen állok és gondolom, azért csak most hívtak, mert most már ők is készen állnak – tette még hozzá.

Rita főnővér meglepődött ezen a kijelentésén és el is gondolkozott. Vajon igaza lehet és tényleg a palota lakóinak is szükségük volt erre a két és fél évre? – Ugye elkísér majd a palotába, nem kell egyedül mennek? – kérdezte meg bátortalanul. Tudta, hogy a karácsonyi időszak meglehetősen mozgalmas a zárda életében, de reménykedett, hogy előtte egy pár nappal talán még ráér.

- Majd Mária nővér helyettesít – nyugtatta meg. Még szép, hogy nem hagyja egyedül visszamenni. Még mindig nem tudja róla senki, hogy honnan jött, hogy is kérhetne meg bárkit is, hogy hazakísérje egyenesen a királyi palotába.

- Ugye jól érzem, hogy nem fogok utána már ide visszatérni? – tette fel azt a kérdést, ami a leginkább izgatta és csak remélni tudta, hogy Rita főnővér egy kicsivel többet tud.

- Bár erről nem esik szó a levélben, amit írt nagyapja, de nekem is ez a véleményem. De ha nagyon nem érzi ott jól magát, akkor tudja, hogy ide bármikor visszajöhet – nyugtatta meg a lányt.

•

Paulina királyné nyugtalanul járkált fel–alá a szobájában és meglehetősen feldúlt volt. Szüksége lenne végre valami jó hírre, mert az elmúlt években csapások sora érte őket. Nem elég, hogy elsőszülött fia tragikus körülmények között meghalt, bohém másik fia nem nagyon akar tudomást venni a rá váró feladatokról és ismét tengerre vágyik. Amíg korábban attól rettegett, hogy valami bennszülött nővel tér haza és egy rakat fekete vagy sárga gyerekkel, most már nem bánta volna mindezt, csak lenne utódja. Nem elég, hogy sehol egy gyermek, még attól is kell tartania, hogy fia itt hagyja őket megint. Csak remélni tudta, hogy a király jobb belátásra bírja és elmagyarázza neki, hogy mi a kötelessége családja és a népe irányában. Amíg fiatal volt, addig elfogadta, de így negyvenen túl már fel kéne nőnie. Végre feltárult az ajtó és fia rohant ki rajta, meg sem állt csak feltépte a következő ajtót és robogott tovább. Mögötte feltűnt a király fáradt, meggyötört alakja. Őszes haja kusza volt, szakálla az elmúlt pár év megpróbáltatásainak köszönhetően teljesen fehér lett már. Sajnos az egészsége is megrendült, de még így is elég jól tartotta magát, idén töltötte be a nyolcvanat, ami meglehetősen szép kor. Tekintete nem sok jót sugárzott, láthatóan igencsak felbőszítették az előbb.

– Hozassa vissza azonnal Annát, már holnap! – adta ki az utasítást a feleségének, azzal ellentmondást nem tűrve becsukta maga után az ajtót, nem véve tudomást Paulina királyné tiltakozásáról, hogy még nem állnak készen a fogadására.

•

Rita nővér a kis szobájában ült, előtte egy kibontott levél hevert az asztalon. Felemelte, és még egyszer átolvasta, hátha kimaradt valami fontos információ, amit elsőre nem értett meg. De ismét ugyanaz a pár megdöbbentő mondat volt az, amit tartalmazott. Mennyi elvesztegetett idő! Eddig nem tettek semmit, most meg hirtelen mennyire sürgős lett minden! Nem várnak karácsonyig, még ma menni kell. Azonnal közölnie kell a hírt az érintettel és össze kell pakolnia. Hamarosan megérkezik a kocsi.

•

Az egész zárda felvonult, hogy elköszönjön a hirtelen távozó Horától. Ez volt mindig a szokás, hogy mindenki felsorakozott, amikor az egyik lány otthagyta őket, hogy mindenkitől lehetősége legyen egyszerre elköszönnie. Ez most sem volt másként, a különbség csak annyi volt, hogy előre jól tudták, ki mikor megy el tőlük, a mostani azonban a tervezettnél három héttel előbb történt, fel sem tudtak rá készülni. Hora végtelenül izgatott és ideges volt, Rita főnővér ugyanis nem árulta el neki, hogy miért kell a tervezettnél előbb elmennie. Talán biztonsági okokból, csak erre tudott gondolni. Viszont így nem volt ideje arra, hogy lelkileg teljesen felkészüljön, hogy ennyire váratlanul már ma este nagyszülei elé álljon. Épp Hannától búcsúzott el, furcsa volt ez így, hiszen mindig is úgy hitte, hogy Hanna fog majd elbúcsúzni tőle. – Ugye még találkozunk? – kérdezte könnyes szemmel a lány, amikor megölelték egymást. – Persze, biztosan, majd egy bálon együtt táncolunk. Megígérem, jó? – súgta a fülébe. Aztán hátrafordult, hogy mindenkit egyszerre még megnézhessen. Könnyes szemmel integetett, majd elindult a kapu felé, Rita főnővér kíséretében. Bátor végig a lába mellett haladt, el nem hagyta volna úrnőjét. Az ajtó felpattant és egy fiatal katona nézett be rajta, majd egyből a láda felé nyúlt. Hora ránézett, majd elmosolyodott. Emlékezett a fiatalembere, aki idehozta, ezek szerint a családja is, ha ismét őt küldték el érte. – Péter, örülök, hogy ismét látom – köszönt udvariasan felé. – Hercegnőm – hajolt meg a férfi és biccentett a tátott szájú sokaság felé, majd követte a távozókat. A kapu bezárult, a kolostorba pedig a döbbenet lett úrrá mindenkin. Láthatóan nem értette senki, hogy ez mi volt. Hercegnő? Miféle Hercegnő? – futott végig a morajlás a lányokon. Hanna volt az, aki először eszmélt. – Hát persze, Anna hercegnő! Az ország egyetlen hercegnője, hogy erre miért nem jött rá előbb! – korholta magát. Hiszen ő életben maradt, ezek szerint nem a palotában élt, hanem itt közöttük. – Anna? – kérdezte értetlenül Ella. De hát Hora volt a neve. – Igen, Anna Zsófia.... mi is volt a harmadik neve, Hora... Hora... Hortenzia.

Hora meglehetősen ódzkodva szállt be a kocsiba, de Rita főnővér bíztató pillantása és Bátor lelkesedése eloszlatta az utolsó félelmét is. Ha képes kocsikázni, akkor már bármire képes lesz – állapította meg. Még utolsó pillantást vetett a kolostorra, aztán kanyarodott a kocsi és eltűnt a szemeik elől.

- Mikor hagyta el utoljára a zárdát? – kérdezte a főnővért, aki láthatóan szorongva vette tudomásul, hogy élete színtere egyre távolodik.

- Van már vagy tíz éve – felelte elmerengve Rita nővér és bíztatóan rámosolygott. De most az országról van szó, ez is a szolgálat része – szorította meg a kezét, majd nagy levegőt vett. – Tudja Hora – vagyis elnézést, Anna hercegnő – nézett rá, majd látva heves fejcsóválását, megértette az üzenetet. Szóval Hora, ma reggel levél érkezett a palotából, melynek a tartalmát most szeretném ismertetni. Gondolom csodálkozik azon, hogy miért kellett előbb, váratlanul hazatérnie. Nos, ez volt nagyapja óhaja. Szeretné minél előbb a kastélyban tudni. Tudnia kell, hogy komoly feladat vár önre. Nagybátyja még mindig gyermektelen, ami az országot igen sebezhetővé teszi. Ha a vérvonal nem megy tovább, ha már látszik, hogy a trón hamarosan üres lesz, akkor veszély fenyeget. Vagyis mielőbb egy trónörökösre van szükség. Hora, önnek hamarosan férjhez kell mennie!

Második rész

Több órás kocsiút után, már esti sötétben, meglehetősen kimerülten érkeztek meg a palotába. Horát persze egyből megrohanták a kedves és szép emlékek. Kilépett a kocsiból és felnézett az épületre, mely így sötétben, kivilágított ablakokkal is tekintélyt parancsolóan tornyosult előttük. Pillantása a kastély előtti kertre irányult, de a sötétben csak körvonalait látta apja kedvenc bokrainak és fáinak. Majd holnap megnézi azt is, lesz mindenre ideje. Hátrafordult, majd megfogta Rita főnővér kezét. Hogy kinek volt nagyobb szüksége erre, az nem derül ki, mert a főnővér minden határozottsága ellenére meglehetősen meghatódott attól, hogy hova is került.

– Hercegnő, Isten hozta, már nagyon vártuk – termett előtte a jó öreg komornyik, majd felkísérte őket a lépcsőn. – Gondolom önöknek is kényelmesebb lesz, ha ma este nyugalomba helyezik magukat és pihennek. A királyné holnap reggel 10 órára várja önöket audienciára – mondta, közben mutatta az utat, hogy merre menjenek. Hora mosolyogva lépett be az előtérbe, ahol minden ismerős volt a számára. Az óriás csillár a plafonon, a hatalmas tükör jobbra, az öltözőszekrények balra, a kicsit kopottas, de mindig makulátlanul tiszta szőnyeg. Az emeletre vezető lépcsőn most is, mint mindig megszámolta a fokokat, amíg felért. Még mindig 33 volt. Az emeleti folyosón a hálótermek előtt a megszokott képek néztek rá a falról. Nem változott semmi ezen a részen – örült meg. Abban azonban biztos volt, hogy a korábban általuk használt szobákat biztosan átrendezték vagy lezárták, de vajon melyiket? Nagyszülei most is abban a lakrészben vannak? És a régi szobájával mi történt? Vajon a ruhái, a játékok hova kerültek? – ezernyi kérdés cikázott az agyában, szinte alig hallotta meg a komornyikot, aki ismét hozzájuk beszélt. – Kérem bocsássa meg Hercegnő, de két héttel későbbre vártuk az érkezését és az új szobája még nem készült el. Így egy pár napig egy másik szobába helyezzük el, átmenetileg, amíg nem készült el a sajátja. Remélem ez is megfelelő lesz az ön számára és nem okoz kellemetlenséget. Önnek főnővér a szomszédos szobát készítettük elő – nyitott be a folyosó közepén lévő ajtón, majd meghajolt és előre engedte a vendégeket. Horát annyira kimerítették az események, hogy nem is volt ereje körülnéznie. Figyelmét az asztalon elhelyezett vacsora kötötte le. Gyorsan megmosta a kezét, majd az asztal mellé ült és invitálta a láthatóan szintén kimerült főnővért. A bőséges tálcából csak pár falatot evett, nem volt hozzászokva a nagy adagokhoz és a sok húshoz. A maradékon azonban nem kellett aggódnia, a még neveletlen kölyök kutyája elintézte a mosogatást is. Hora gyorsan levette a ruháit, majd bújt is be a takaró alá. Két perc múlva már álomba is merült. Rita főnővér egy kicsit állt még az ágya mellett, elmondott egy imát, majd úgy döntött, hogy ő is korán lefekszik a szomszéd szobában. Ilyen királyi pompával körülvéve úgysem fog gyakran aludni. Kérdés, hogy képes lesz–e ilyen puha párnák között álomba merülni.

•

Mivel Hora este nagyon korán elaludt, így már hajnalban kipihenve ébred fel. Egy ideig még álmatlanul forgolódott az ágyában, izgatottan várta, hogy felkeljen végre a nap. Bátor bezzeg remekül aludt a lábánál, láthatóan nem zavarta meg a környezetváltozás. Hora gondolatai viszont ezer fele jártak, így nem jött álom a szemére. Pedig hosszú és eseményekkel teli nap állt mögötte és ez még csak a kezdet volt. Pár óra és találkozni fog a nagyszüleivel! Mivel érezte, hogy már nem fog tudni visszaaludni, ezért úgy döntött, hogy nem erőlteti tovább és felkel. Mennyi is lehetett az idő? Hajnali négy. Túl korán van még bármihez is, a konyhában is öt körül kezdődik a munka. Nem baj, akkor egy kicsit körülnéz – döntötte el, és meggyújtotta az ágya melletti gyertyát. Teljes sötétség vette körül. Már majdnem december közepe volt, ilyenkor a leghosszabbak az éjszakák, így még órákig nem lehet majd látni a napot sem – ha egyáltalán előbukkan a felhők mögül. Körbenézett a még mindig szokatlan és számára ismeretlen, de meleg szobában. Ismerős bútort keresett... Tökéletesen emlékezett a régi palota elrendezésére és tudta, hogy ez a szoba korábban az édesanyjáé volt, bár nem erre a színre emlékezett. Anyja jobban szerette az élénk színeket, a bordót, lilát, pirosat. Itt a takarók, a díszítés pedig visszafogottabb volt, inkább barnás árnyalatú. Inkább az volt a benyomása, hogy a szoba korábbi lakója férfi volt. Lehet, hogy a nagybátyja élt itt? Nem mintha zavarná, hogy nincs annyi szalag meg pompa, számára a díszítés, a kényelem másodlagos volt. Megtanulta a zárdában töltött évek alatt, hogy csupasz, szürke falak között is lehetünk boldogok és szárnyalhat a képzelet. A melegért azonban hálás volt, a sok vacogás az a dolog, ami egyáltalán nem fog hiányozni élete ezen szakaszából. Lelépett az ágyról és meleg papucsa után tapogatózott a földön. Hálás lesz minden új harisnyáért, meleg ruháért. Nem fontos a színe, a szabása, a praktikusság lesz a legfontosabb. Bátor felemelte a fejét a mozgásra, majd láthatóan álmos fejjel inkább úgy döntött, hogy alszik tovább. Hora kíváncsian lépett a könyves szekrény felé, amely a szoba másik oldalán volt. Végigfutott a címeken. Csupa ismeretlen szerző filozofikus műve lehetett, egyik sem egy fiatal lány számára való olvasmány. Ezek szerint jól sejtette. De vajon mi lehet a többi szobába, hogy ezt készítették elő a számára? Mivel este érkezett, így nem volt lehetősége körülnézni, de majd most – határozta el magát és már nyúlt is a köntöse után. Bátor közben felkelt és lelkesen szimatolt mindent körbe, mintha ő is most ismerkedne a szobával, majd szolgálatkészen követte az ajtó felé. Hora határozott mozdulattal nyitotta ki az ajtót, de már bizonytalanul lépett ki a teljesen sötét folyosóra. Kezében tartva a gyertyát elindult a régi szobája irányába. Aztán meggondolta magát, Mégsem nyitogathat be az éjszaka közepén az ismeretlen lakrészembe, ki tudja ki hol alszik. Viszont a folyosókon sétálhat és a konyhába is lenézhet. Már lassan egy órája fent volt, kicsit megéhezett. A folyosó ismerős volt a számára, a jól ismert utat minden nap megtette az ebédlő felé. Kezét végigfuttatta a bársony borításon, megnézte a rég nem látott képeket a falon. Szokás szerint megállt Frigyes király portréja előtt. Rég nem látta a szigorú tekintetét. Bátor is leült a kép elé, türelmesen várt, majd egy vakkantással jelezte, hogy haladhatnának tovább. Hora kinyitotta az ebédlő ajtaját. Titokban abban reménykedett, hogy semmi nem változott, apja ott ül az asztalfőn, öccsei a szokott helyükön, még anyja is vet rá egy szigorú pillantást. Pontosan úgy, ahogy a legutóbbi reggelen, amit itt töltött. Legnagyobb csalódására azonban az ebédlő láthatóan nem volt használatban. Az asztalt nagylepedővel takarták le, akárcsak a székek itt maradó részét. Hora letört, erre nem számított. Szomorúan ült le az egyik székre és könnyek jelentek meg a szemében. Nagyot sóhajtott, aztán rájött, hogy lehet, hogy így jobb is, hiszen már semmi nem az, ami volt. Biztosan nagyszülei is ezért döntöttek úgy a terem lezárásáról, mert túl sok emlék kötötte őket ide. Meg nem is volt szükség ekkora teremre az étkezéshez. Lehet, hogy már nem is voltak közös étkezések. Hú de hideg van – állt fel és átsietett a hideg termen a konyha irányába. Örömmel állapította meg, hogy itt legalább nem változott semmi. A nagy asztal ugyanúgy roskadozott az edényekről és tálakról, a kályha előtt most is két fiatal fiú aludt édesen. Hora nem szerette volna felébreszteni őket, így rutinosan a polchoz ment, ahol régen is mindig volt sütemény és tej. Most sem csalódott: a konyharuhák alatt csokis piskóta lapult, a kancsóba még langyos volt az ital. Gyorsan kortyolt egy párat a tejből, majd a sütire fordította figyelmét. Először óvatosan megszagolta. Istenem, hogy hiányzott neki ez az illat! Nem tudott ellenállni neki, betömött egy egész kockát a szájába, majd egyet a kezébe fogott, egyet a földre tett kutyájának. Jaj de finom – csukta be a szemét, ahogy az omlós édes tésztát megízlelte. Egy almát becsúsztatott még a zsebébe, majd kisietett a másik irányba. Emlékezete szerint ez a folyosó a téli kert irányába megy. Azt még meglesi – gondolta. Kíváncsian közelítette meg a három oldalról üveggel borított termet, ami most a sötétben félelmetesnek tűnt. A kis lámpája alig világított el két méterre, így nem sok mindent látott belőle. Na majd visszajön világosban – döntötte el és visszafordult. A konyhába még egy pohár tejért nyúlt. Közben Bátor az egyik óriás fazékban szagolt ki egy kis maradékot és úgy gondolta, hogy azt el is fogyasztaná. A hangos csörömpölésre a két gyerek felriadt, a szomszéd szobában alvó szakácsnő pedig hálóingben szaladt át és egy méretes fakanalat tartott a kezében.

- Nem mentek innen! – rontott rá a szakácsnő hátulról. Hora ijedtében elejtette a kezében lévő fedőt, ami hangos csörömpöléssel landolt a földön, majd megfordult. A szolgáló ránézett, egyenesen a szemébe; alaposan megnézte az ismeretlen lányt. Hátrébb lépett egyet és pillantása a ruhájára esett, majd összeállt a kép. – Anna Hercegnő, tényleg ön az? Kérem bocsásson meg – pukedlizett előtte zavartan. Azt hittem már megint dézsmálják az éléstárat az állatok – tördelte a kezét. De szép lett aranyoskám, jól megnőtt, kész hölgy lett! Milyen kis vékonyka, éhes biztosan, enne valamit. Gondolom furcsa itt a nagy üres épületben, biztos nem tud aludni. Na üljön le egy kicsit, mindjárt főzök egy teát, az jól fog esni – folyt belőle máris a szó, de nem csak a szája járt sebesen, hanem közben a keze is, kötényt ragadott és már kapta is a vizet és szította a tüzet a másik kezével. Hora csak hálásan pislogott, nem is mert szólni. Hamarosan finom teaillat lengte be a konyhát. Nem ivott azóta, mióta elment innen, pedig nagyon szerette.

•

Ezen az éjszakán szintén nem aludt túl sokat Paulina királyné. Tele volt aggodalommal, hogy vajon milyen lesz Anna hercegnő, hozza–e kívánt elvárásokat. Este ott állt az ablakban és nézte, ahogy a kocsi befutott velük. Kicsit megnyugodott, hogy rendben megérkeztek. Legalább van a palotában valaki, aki fiatal és a családhoz tartozik. Fia ugyanis apjával folytatott beszélgetését követően két nappal később csak nekiindult, hogy ismét tengerre szálljon, nem lehetett visszatartani. Azt mondta, hogy utoljára megy – ezt megpróbálták elfogadni, még ha nem is teljesen hitték el. Viszont azonnal ide kellett hozatni Annát, hogy legyen örökös a palotában. Viharos időket élnek és a távoli rokonok szinte kopogtatnak a palota kapuján, könnyen megszerezhető trónra várva. Csupa orosz nagyherceg, akik még a nyelvet sem beszélik. Na azt már nem! Amíg ő él, addig nem kerülnek ezek a trónra, akkor inkább már a bajorok. Vagy Anna utódjai. Anna... hmm... vajon milyen lett? Biztosan jó hatással volt rá a zárdai szigor, a rend, és remélhetően okosodott is. Bár nem nagyon foglalkozott vele korábban, annyit azonban tudott a nevelőktől, hogy jól beszélte a környező országok nyelveit és kiválóan hímzett. Hangja ugyan nem volt, de a zongorát elég jól kezelte. Bízott benne, hogy külseje is előnyösen változott. Csak ne legyen olyan, mint az édesanyja – gondolt megvetéssel menyére. Az egyetlen dolog, ami közös volt bennük és ami miatt el tudta viselni, hogy az ország, a királyság érdekeit mindennél előbbre helyezte. Elismeréssel kell gondoljon rá azért, mert amikor az egyik várost erős ár sújtotta, fogta és eladta az ékszereit és élelmet vetetett rajta, hogy ellássa a környéket. Nem igényelte a fényűzést, nem panaszkodott a takarékosságra, kerülte a hivalkodást, a városban is szerényen élt. Sokat tett a szegényekért, ápolóházakat, kórházakat látogatott. Ezért mindenképpen elismeréssel kell rá gondolnia, még ha nagyon nem is szerette, hogy fiát és gyerekeit csak eszközként használta. Csak királyné nem lett belőle, pedig mindennél jobban vágyott rá, sok áldozatot hozott, hogy népszerű legyen a nép között. Soha nem gondolta volna, hogy viszont a lányából még az lehet.

Leült az ágyára és fájdalom ült ki az arcára, ahogy visszaemlékezett. Nem könnyű egy anyának eltemetnie a fiát, de hogy egyben a két unokáját is el kelljen, az nagyon nehéz. Azon a szép tavaszi napon komor felhő telepedett az országra. Egy váratlan baleset és mindennek vége lett. Vajon ha ő is velük megy akkor változott volna valami? Akkor esetleg a gyerekek mind átülnek és akkor ő hal meg nem a kicsik? Miért pont akkor történt ez meg, az út bármelyik korábbi szakaszán könnyebb sérülésekkel megúszták volna mindezt. Miért, vajon miért? – tette fel sokszor ugyanazt a kérdést megrendült hittel.

Milyen Isten az, aki ennyi csapást küld? Aki hagyja, hogy ártatlan gyerekek vesszenek oda? Egy sajnálatos tragédia történt, melyet mint később kiderült, a nagy sietség okozott. Az újonnan előkészített kocsihoz nem rögzítették alaposan a lovakat. A beszámoló szerint már egy jó órája kocsikáztak és épp a folyóhoz közeledtek. A kanyarban a kocsi végleg levált a lovakról és oldalra borult, majd a folyómederbe zuhant. A nyitott járműről a zuhanáskor mindenki leesett és meghalt. Az őket kísérő két lovas csak tehetetlenül nézte, hogy mi történt. Anna hercegnő kocsija utánuk érkezett és a kocsis egyből ugrott le és a többiekkel rohantak lefelé a dombról, magára hagyva a kislányt. Egyedül az őt kísérő lovasnak volt annyi lélekjelenléte, hogy utolérje a rohanó lányt, maga mellé ültesse és biztonságban hazalovagoljon vele, megelőzve a további tragédiát. A kastélyba a sokkos Annát követően csak a rossz hír érkezett. Mivel attól is tartottak, hogy ez akár szándékos is lehetett, ezért úgy gondolták, hogy Annát biztonságba helyezik az egyik kolostorba. Másrészt az orvos is azt tanácsolta, hogy a kislánynak azonnali környezet változásra lesz szüksége, mert jelen esetben minden az elvesztett családjára emlékeztette. Így hajnalban Péterre, a hercegnőt megmentő fiatal őrre újabb feladat várt: mivel a hercegnő láthatóan bízott benne, így másnap hajnalban ő vitte el a zárdába.

Paulina csak kisebb lelkiismeret furdalást érzett, hogy nem kereste korábban unokáját, nem írt neki és nem is érdeklődött felőle. Vajon neki gyorsabb volt feldolgozni ezt a tragédiát? Egyáltalán egyedül fel tudta dolgozni? Valóban jobb volt így neki egyedül, távol mindentől? Ami az elmúlt években logikus és bölcs döntésnek tűnt, az ma miért kelt benne kétségeket? Biztos, hogy csak a lány érdekeit nézte és nem csak a sajátját? Hogy így volt a legegyszerűbb megszabadulnia a gyűlölt lánytól? Az élet azonban más irányt vett, az égiek által írt történet alapján Annának igenis fontos, meghatározó szerepet szánnak. Még ha ezzel ő nem is értett egyet.

•

Horát már lassan két órája készítették elő a nagy találkozóra. Reggel nyolckor hárman érkeztek a szobájába, hogy megfürdessék, majd felöltöztessék és főként hogy rendbe tegyék a haját. Hora türelmesen ült és hagyta, hogy a hölgyek végezzék a dolgukat és kifésüljék makrancos fürtjeit. Nem kért semmi díszítést vagy ékszert és egy sima fehér ruhát választott a nagy alkalomra. Rita főnővér pár perce jött csak a szobába és láthatóan elégedett volt a látottakkal. Hora már izgatottan várta, hogy megnézhesse magát. Az elmúlt időszakban erre nem sok alkalmuk volt, a zárdában ugyanis nem volt tükör. Így csak az ablaküvegben tudták nagyjából megnézni körvonalaikat, amikor odasütött a nap. Horának így igazából fogalma sem volt arról, hogy néz ki. Annyit persze érzékelt, hogy az elmúlt években megnyúlt és karcsúbb lett, és hogy a többiek szerint az arcán sincs már szeplő. De hogy milyen is igazából az arca, hogy néz ki kívülről, arról fogalma sem volt. De hogy... hogy úgy néz ki, mint egy hercegnő, azt nem gondolta volna. Csodálkozva állt a tükör előtt és azt kérdezte, hogy ez tényleg ő lenne? Aki visszanézett rá, az egy felnőtt hölgy volt. Hora énképe egyáltalán nem ilyennek látta önmagát és ehhez még hozzá kellett szoknia. Barna haja enyhén vöröses árnyalatú volt és kellemes csigákban omlott alá a vállára. Hora megfogta és selymesnek érezte a tapintását, finoman illatozott. Tekintete lejjebb siklott és igen, meg kellett csodálnia nőies idomait kívülről is. Karjai vékonyak voltak, a dereka karcsú volt. Az egyszerű ruha pedig felségesen állt rajta. Hora belenézett a saját szemébe és eszébe jutott, hogy apjának volt ugyanilyen színű a szeme. Ez eddig fel sem tűnt neki.

- Hogy tetszem? – fogta meg a főnővér kezét és izgatottan nézett rá.
- Csodás, igazi hercegnő! – dicsérte meg a lányt, de többre nem volt ideje, mert abban a pillanatban kopogott az ajtón a főkomornyik, majd ahogy a hölgyek kinyitották neki az ajtót belépett. A mindig végtelenül nyugodt sokat látott ember most láthatóan megdöbbenve bámult Horára és gyöngyözni kezdett a homloka. Gyorsan elővette

zsebkendőjét és megtörölgette, közben sikerült annyit kinyögnie, hogy ezt a kellemes átalakulást. Majd az ajtó felé mutatott, hogy ideje indulniuk. Hora rászólt Bátorra, hogy maradjon a helyén, amit a kis állat meglehetősen zokon vett, de engedelmeskedett.

•

A királyi pár először Rita főnővért kérette, hogy vele váltson pár szót, érdeklődve az elmúlt időszakról, pótolva az elmaradt leveleket. A rendfőnök asszony kedvesen kiemelte a lány erényeit, a türelmét és megértését, illetve korához képest bölcs és gyors észjárását. De jelezte az általa felfedezett hibákat is – a zárkózottságát és túlzott bizalmatlanságát. Vilmos király szinte nem is figyelt oda, míg felesége megértően bólintott, ő intett, hogy nyissák ki az ajtót. Elég a sok beszédből, majd ő megnézi magának, nagyon kíváncsi volt arra, hogy néz ki.

Hora tisztelettudóan megállt az ajtóban, meghajolt, majd közelebb lépett pár lépést és megállt. Erre a pillanatra várt már annyi éve és most nem tudott mit csinálni. Pedig hányszor lejátszotta gondolataiban, hogy odaszalad hozzájuk és megöleli őket, most azonban földbe gyökerezett a lába. Főleg hogy meglátta, hogy mennyit öregedtek az elmúlt évek alatt. A nagyobb változást nagyapján látta meg, akinek a háta kicsit berogyott, haja és szakálla pedig teljesen fehér lett. Az emlékeiben még fiatalos volt. Nagyanyja láthatóan nem változott sokat, tekintetében a szigor mellett viszont a kíváncsiságot is felfedezte.

- Jöjjön gyermekem közelebb, hadd nézzünk meg alaposan – bíztatták. Hora bizonytalanul indult el, majd amikor meglátta a feléje kinyújtott kezet, meggyorsította a lépteit. Látta nagyapja felragyogó arcát és ezt egy mosollyal viszonozta. Paulina asszony viszont sokkal kritikusabban vizsgálta, szinte kétkedve. Hora biztos volt benne, hogy nem ismerte volna fel. – Mit evett édesanyád reggelire? – szegezte neki hirtelen a kérdést, próbára téve.

- Nem reggelizett, vigyázott az alakjára, csak mentateát ivott – felelte meglepetten.

- Paulina, állíts le magad. Ugyan már, nézzél a szemébe, ő a mi vérünk – szólt közbe a király és magához húzta a lányt. Igen tetszett neki, amit látott.

- Barna – simogatta meg Hora a mellette csóváló állatot, aki láthatóan örült neki.

- Látod, a kutya nem téved – nyugtázta a király az eseményeket, majd két nagy puszit nyomott az arcára. Hora még soha nem kapott csókot a nagyapjától, de ahogy emlékezett, az apján kívül mástól sem. Könnyek gyűltek a szemébe és hogy ne lássák, belefúrta az arcát a nagyapja vállába. Biztos volt benne, hogy a király is sír, érezte, hogy teste megrándult. Eközben Paulina mozdulatlanul nézte őket.

- Na ideje, hogy reggelizzünk, már nagyon éhes vagyok – tolta el a király zavarában, hogy ennyire meghatódott. Meséljen el mindent, mi volt a menü a zárdában – kapaszkodott bele a karjába és átkísértette magát a szomszédos kis étkezőbe.

Paulina még mindig összesítette magában a látottakat. Anna meglehetősen szép hölggyé cseperedett. Fehér porcelán bőr, szép barna haj, őzike szemek. És a színe... a színe pont mint a fiáé! Ez eddig fel sem tűnt neki! Magas, na azért nem túl nagyon és vékony. Láthatóan erős, de törékeny. Igazán királyi jelenség, semmi kétség! Szerencsére nem hasonlított anyjára, aki csak külsőleg volt ragyogó. Anna szépsége belülről sugárzott és ezt már ennyi idő alatt meg is lehetett látni. Kedvesség és nyugalom áradt belőle. Elégedetten nézett Rita főnővérre. – Remek munkát végzett – mondta neki megkönnyebbülten.

·

- Tényleg máris vissza kell mennie? – kérdezte pár órával később Hora Rita főnővért, amikor meglátta, hogy csomagol. – Nem maradhatna még pár napot? – nézett rá kétségbeesetten.

- Ugyan már kislányom, nem lesz semmi baj. Ahogy nézem minden rendben van. Itt mindene meglesz, nem kell aggódnia. Vagy mégis?

- Nagymama nem szeret és nem tudom miért – szaladt ki a száján egyből, hogy mi aggasztja. Valamit nem jól csinálok?

- Dehogyis. Az egyetlen hiba, hogy lány és nem fiú – vallotta be őszintén. – De ezen nem lehet változtatni. Na jöjjön ide – nyújtotta felé a kezét és maga mellé ültette. Adjon időt a nagymamájának, meg kell szoknia, hogy megérkezett. Gondoljon bele, eddig ő volt az egyetlen nő a palotában, most meg itt van egy felnőtt hölgy. Még ha az unokája is, akkor is riválist láthat, aki veszélyezteti a pozícióját – nézett a meghökkent lányra. Ez így van, készüljön fel rá, hogy a palotában mindig lesz áskálódás, pletyka, érdekek és látszatok. Legyen mindig résen! Bár most az épület szinte üres, de ez biztosan meg fog változni. A legfontosabb, hogy legyen mellette mindig legalább egy olyan személy, akiben feltétlenül megbízik és aki megfelelő társaságot nyújt. Szerintem hozathatna valakit a zárdából. Egy kedves, megbízható lányt, akinek így lehet jövője. Akit kedvel....

- Ellát – vágta rá Hora.

- Igen, pontosan, én is rá gondoltam. Tökéletes választás lenne ide. Ha gondolja, akkor amint visszatérek elő is készítem majd, jó lesz? És ha még javasolhatnék valamit... bár a palota biztonságához nem értek, de azért egy őr vagy katona is jó lenne a közelében majd.

Hora, ne felejtse el, hogy ön hercegnő, ami nem csak jogokkal, hanem kötelezettségekkel is jár. A hatalmával, a lehetőségével éljen, de ne éljen vissza!

•

Hora percek óta bámulta az üres oldalt a naplójában, de nem jutott eszébe semmi olyan, akit papírra kéne vetnie. Rita nővér intelmei között volt, hogy jót tenni neki, ha ismét naplót írna. Nemcsak azért, hogy lejegyezzen – így megjegyezzen esetleges fontos dolgokat, eseményeket, amiket utána jó visszaidézni, hanem mert abban is segít, hogy rendszerezze a gondolatait. Bár napok teltek el, de Hora nem érezte, hogy bármi olyan történt volna vele, amit később érdemes lenne elolvasni. Úgy érezte, hogy nem fogja erőltetni, ha majd úgy alakul, akkor biztosan lesz mit leírnia. Ezenkívül volt egy olyan félelme, hogy bárki elolvashatja és akkor belelát a gondolataiba. Azt pedig nem szerette volna. Ha itt és most leírja a nagyanyja iránti félelmeit és ő meg beleolvas a könyvbe… nem, az ilyet jobb megelőzni. Nem ír, legalábbis semmi fontosat és nem most. Félretette hát a könyvet és kinézett az ablakon. Unatkozott. Az elmúlt pár napban felderítette a kastélyt és leltárba vette, hogy az elmúlt időszakban mi változott – és hogy mi nem. A régi kis szobájából könyvtár szoba lett nagybátyja számára, aki mint megtudta, a tengert járta, de majd hamarosan visszatér, remélhetően végleg. A mellette lévő szobát, az egykori gyerekszobát a hozzá tartozó inasa és titkára birtokolta, aki most szintén távol volt. Ő ugye most átmenetileg a nagybátyja szobájában volt, ami korábban az anyjáé volt. De már készítették neki elő az új szobát, mely az épület másik oldalán, nagyszülei mellett helyezkedett el. Hora persze meglestre már a félkész állapotú szobát és örömmel fedezte fel a csupa ismerős dolgot. Anyja ágyát és kedvenc fotelét, a kis öltözőasztalkáját, melyeket most tisztítottak és fényeztek le újra, hogy régi pompájukban ragyogjanak. Megkérdezték, hogy áthúzzák-e a szegényeket vagy a faliszőnyegeket, de Hora nem kért semmi változtatást, neki így is tökéletesen megfelelt. Már csak a mellette lévő szobát, mely majd Elláé lesz, kell befejezniük, és ha minden igaz, akkor holnap már át is költözhet. Nem mintha baja lett volna a mostani szobával, de betolakodónak érezte magát benne. És ha majd Ella is itt lesz vele, akkor minden nagyon jó lesz. Végre lesz társasága, nem csak az a pápaszemes öreg tanítónő, akit már régen sem szeretett. Hogy honnan hívták vissza? És csupa haszontalan dolgot akart neki tanítani. Meg is fogja mondani a nagyanyjának, hogy másik tanár után kéne nézniük. Bátor is mindig morog rá, amikor felemeli a hangját. Igen, az ő harcias kis kutyusa… úgy három hónapos lehet és még mindig nem tudni, hogy milyen keverék egy jószág és mekkorára fog nőni. Valószínű, hogy nagyobb állat lesz, ami nem baj, hiszen akkor állandóan lesz mellette valaki, aki megvédje majd. Most viszont még teljesen ártalmatlan és játékos egy állatka, mindent megrág, összenyálaz, elvisz magával. És egyedül csak neki fogad szót. Ez talán nem is baj.

– Na gyere, sétálunk egyet a folyosókon – állt fel az asztalkától és elindult az ajtó felé. Jót fog tenni mindkettőjüknek a mozgás. Mi lenne, ha egy kicsit körbelesnénk a többi helységben is, hogy mi változott? Például megnézhetnénk a könyvtárat! – villanyozódott fel teljesen. Sietve is ment a lenti, hátsó szobába, ami a legsötétebb volt mindközül. Persze a könyveknek pont erre volt szükségük! Persze ahányszor belépett ebbe a terembe mindig magával ragadta az a csönd és a tisztelet, ami ezekből a könyvekből áradt. Egyből érezte, hogy milyen kis pont és hogy mennyi mindenről nem tud vagy nem is hallott még. De most ismét megcsodálhatja a palota könyvtárát, persze most már más szemmel. Amíg kisgyerekként kiváló búvóhelynek is bizonyult a polcrendszer, mert a testvéreinek soha nem jutott eszükbe itt keresni őt így órákra eltűnhetett, addig idővel felfedezte, hogy a szép színes térképes könyveken kívül vannak más érdekes olvasmányok is és már tudatosan tűnt el a polcok között. A verses kötetekkel nem sok mindent tudott kezdeni, de a regények, novellák annál inkább érdekelték. Kíváncsi volt, hogy most, mondhatni már felnőtt szemmel mi akad majd a kezébe. A kolostorban a történelmi, földrajzi leírásokat tanulmányozták, meg persze a bibliát, ábrándos vagy kalandtörténetek nem nagyon voltak. Itt viszont biztosan akad egy pár felnőttesebb regény vagy valami szerelmi történet. Itt nem lesz akadálya annak, hogy régre ilyesmit is olvasson. Mi mást is lehet tenni így télen, mint takarókba burkolózva elmélyülni az oldalakban. Majd Ella is kénytelen lesz olvasni, de majd neki keres szép képes könyveket, azokat biztos fogja értékelni.

- Hát ez meglehetősen rövidre sikerült lista – állt fel Paulina a kis asztaltól és mutatta meg férjének azt az egy nevet, amit sikerült felírnia. Ennyi a potenciális jelölt. Mindenki vagy túl öreg, vagy túl fiatal, vagy túl házas, vagy lány. Összesen ennyi partiképes nemes van az országban Anna számára. A legjobb, ha az ország határon kívül nézünk körül, de gyorsan. Meglehetősen bölcs lenne az ország stabilitását helyreállítani egy biztos új szövetségessel. Esetleg bajor területről – kezdett bele finoman a mondatba, férje rosszalló pillantása azonban belefojtotta a szót. – Azt hiszem ki kéne kérni a véleményét a parlamentnek.

- Igen, erre már én is gondoltam. Nem bízhatunk abban, hogy a jelenlegi nyugodt helyzet állandó lesz. Szükség van megbízható szövetségesekre – dünnyögött. Nem biztos, hogy van a szomszédos országokban másod-harmad szülött partiképes ifjú, akit még nem ígértek el. Hogy miért nem gondoltak erre előbb? Hiszen a hercegnőket már kisgyermek korban odaígérik, Anna vajon miért maradt ki ebből? Miért nem jelöltek ki valakit a számára? Valakit a szomszéd országokból. Például a keleti szomszédunkkal jó lenne erősíteni a kapcsolatokat. – Nem tudom elolvasni, ki ez a hazai jelölt? Bár nem is fontos, mindenképpen külföldi kéne, de azért mondja – tolta vissza a lapot feleségének. Főként azért, mert maguk a nevek nem mondtak neki semmit és tudta, hogy Paulina rögtön hozzátesz egy–két információt a családról, amitől talán képbe kerül. – Báró? Az nem elég előkelő – csóválta a fejét a titulus hallatán. Az utóbbi években meglehetősen elhanyagolták a társadalmi életet, amit most egy kicsit pótolni kéne. Persze visszafogottan. Azért nem ártana egyszer-kétszer bemenni a városba, esetleg ellátogatni az operába. Vagy vendégeket fogadni. Az utóbbi években ki sem dugták a fejüket a palotából, ami nem tesz túl jót a népszerűségüknek. De ez a karácsony utáni bál ötlete meglehetősen remek gondolatnak bizonyul és megfelelő időben vannak ahhoz, hogy mindent előkészítsenek addig.

Már várta nagyon, hogy a vidámság és az élet visszatérjen a kastélyba! Virágokat szeretne, társaságot és zenét! Elég volt a búskomorságból, nekik is nagyon jót fog tenni ez a bál, felélénkíti az egyhangú és szürke hétköznapjaikat, éveiket. És azt szeretném, ha több jelölt is lesz, akkor Anna a jövendőbelijét maga választhatná ki közülük. Aztán jöhetnek az utódok és a trón jövője ismét biztosított. Remek lesz. A kastély újra megtelik majd élettel, gyerekzsivajjal és kacagással. Már alig várja!

·

Hora nagy izgalommal várta már a kocsit, ami Ellát hozta a kastélyba. Türelmetlenül futkosott előbb az emeleten az ablak előtt, ahonnan jól be lehetett látni az udvarra vezető bejáratot, majd helyszínt váltott és lement a földszínre. Onnan viszont nem volt olyan jó a kilátás, így inkább visszaszaladt az emeletre. Bátor nem foglalkozott a gazdájával, helyette azon mesterkedett, hogy bejusson az étkezőbe, ahol Barnát sejtette. Pár nappal ezelőtt felfedezte, hogy nem ő az egyetlen kutya a környéken és ez a tény nagyon érdekelte. Láthatóan azonban Barnát annyira nem villanyozta fel a kis, élénk állat, hagyta, hogy megszagolgassa és barátságosan meg is nyalta a kis állat fejét, de játékra már nem volt hajlandó. Ahhoz már öregnek érezte magát, hiába incselkedett vele a kicsi és ugatásokkal hívta kergetőzni, futkosni. Majd talán ha tavasz lesz, kint a kertben, most inkább úgy tűnt, hogy pihenéssel töltené a napjait. De Bátor nem adta fel, azóta is kitartóan próbálkozott a közelébe kerülni.

- Végre – kiáltott fel Hora és már szaladt is le a lépcsőn, amint meglátta a beforduló kocsit, hogy elsőként érkezzen. Biztos volt benne, hogy Ella teljes pánikban lehet és ha nem látja meg, hogy ott várja, akkor ki sem száll. És igaza is volt, hiába nyitották ki az ajtót, Ella csak nem mozdult. – Szervusz – nézett be Hora a kocsiba, majd nyújtotta a kezét. Jöjjön, nem kell félni – tette még hozzá bátorítólag.

- Felség, izé, hercegnő, azt sem tudom mit mondjak – ült ott teljes zavarban Ella. Köszönöm, hogy rám gondolt – tette még hozzá, majd

Horával együtt lassan elindult a lépcső felé. – De szép itt minden, Rita nővér is elmesélte, hogy nagyon szép helyen lakik! – nézett körül.

- És mostantól már ön is, persze ha szeretne majd maradni. Nem erőltetek semmit, ha nem érzi majd jól magát vagy unatkozik, akkor visszamehet majd.

- Viccel? – nézett rá Ella, majd összenevettek.

- Na lehet, hogy pár hét múlva már nem így fogja gondolni – karolt belé, majd behúzta az ajtón. Tudta, hogy remekül fogják majd érezni magukat, jobb társaságra nem is vágyhatott volna. – Ella, ő József, a főkomornyik – mutatta be neki az öreg bútordarabot, aki illedelmesen meghajolt és elvette a kabátját. Máris megmutatom a szobát, gondolom elfáradt az út alatt. Majd körbevezetem, meg holnap bemutatom a királyi párnak. Remélem tetszeni fog itt – vagy ezt már mondtam? – kérdezte az elnémult Ellát, aki leragadt a főbejárat után és csak bámulta a magas, tágas előteret. Felnézett a plafonra és tett egy kört, ahogy megcsodálta a fa berakást és az elegáns lépcsősort. Ilyen szépet még nem látott. – Szabad? – kérdezte, majd közelebb ment a falhoz és megérintette a márvány szobrokat, virágokat. Elmosolyodott, nem gondolta volna, hogy ennyire hidegek. Gyönyörű – suttogta. Hora türelmesen várt az alsó lépcsőfokon és hagyta, hogy Ella a saját tempójában vegye birtokba a palotát. De igaza is volt, ezeket a szobrokat sokan mellőzték, ő is már nagyon régen nézte meg őket alaposan utoljára. Persze nyáron szívesen bújt hozzájuk, a melegben ezek a szépségek továbbra is kellemes hűvöst árasztottak. Ella kettőt lépett fel a lépcsőn, lépteit a puha, vastag szőnyeg elnyelte. Megfogta a bársony korlátot, majd gyorsan felszaladt az első gyertyatartóig és azt tapogatta meg. – Ez tényleg arany? – kérdezte váratlanul Horától. – Nem hiszem, az több kiló arany lenne. Csak ilyen színű – felelte nem túl nagy meggyőződéssel. Miért is lenne egy tartó aranyból? – gondolkozott el rajta egy pillanatra, hiszen semmi értelme. Ella közben ütemesen haladt felfelé a lépcsőn, majd megállt a fordulóban és lepillantott. Tudta, hogy ez lesz az egyik kedvenc helye, innen csodás a kilátás, téged viszont lentről nem lát senki. Így nyomon lehet követni majd, hogy ki jön és ki megy, anélkül, hogy erről bárki is tudna – jegyezte meg magának.

- Nos itt vagyunk az emeleten. Lent van a fogadóterem és a nagy étkező. Ezeket ilyenkor nem használjuk, csak ha valami alkalom van. Illetve lent van a konyha és a télikert is, ezeket majd szintén megnézzük később. Itt fent az emeleten vannak a hálószobák és a komornák is itt alszanak. Mit szeretne, hogy mi legyen a beosztása, komorna vagy társalkodónő? Melyik hangzik jobban? – kérdezte meg Ellát, aki szinte nem is hallotta meg, hogy miről volt szó. Figyelmét teljesen lekötötte az emeleti folyosó falán lógó festmények látványa. – Ella, szóval a mi lakrészünk jobbra lesz, figyel? Nagyon fontos, nehogy nekem rossz helyre menjen majd be, jó? De akkor nézzük meg a festményeket. Ezeket én is nagyon szeretem nézegetni, mindig találok rajtuk valami újat, érdekeset, amit eddig nem fedeztem fel. Van itt portré, tájkép, sőt még van egy virágcsokor is – csacsogta, de rájött, hogy teljesen felesleges, Ella ebből semmit sem hallhat. Minden figyelmét a lépcső tetejével szemben álló portré kötötte le. Remek ízlésre vall, hogy Ella szívét meglágyította a képen látható fiatalember. Igen, valóban nem nézett ki rosszul fiatalkorában a nagybátyja. Magas, vékony, sűrű hajú, barátságos, ábrándozó szemű. Igen, a szemében látszik a kalandvágy, ezt eddig nem is vette észre, ennyire alaposan nem nézte még meg ezt a képet. Na jó, valószínű azért most sem lehet öreg vagy csúnya, de ki tudja, meg is hízhatott, mint az édesapja. Nem látta már vagy 10 éve. De a szeme az biztosan nem változott, azt mondják, hogy az ember szeme nem változik, nem öregszik velünk. – Ő a nagybátyám – súgta a fülébe. Hamarosan visszatér a kastélyba, találkozhat is vele – mondta neki, amitől Ella láthatóan megrémült. – Na ne aggódjon, bár az nem biztos, hogy olyan jó hír, de a képhez képest most már kétszer annyi idős. – Erre – húzta maga után. A többi képet majd sorjában, most a szoba jön. Menjünk be, itt azért a folyosón nincs annyira meleg. Szóval az ajtó a lovas képpel szemben van, megjegyezte? Nagyon jó. Itt van a szobája, a következő pedig majd az enyém lesz. De oda belülről is be lehet majd jönni, mert a két szoba között is van ajtó. Szóval, íme, a szobája! – nyitotta ki Hora az ajtót, majd betolta a láthatóan lefagyott lányt. Ella nem tudta elhinni, hogy mostantól itt kell majd laknia. Saját szobája lesz, mégpedig nem is akármilyen! Hora leült a székre, és hagyta, hogy Ella felfogja a dolgokat, hogy mi történik vele. Hogy ő, a szegény árva lány, akinek a jövője bizonytalan és meglehetősen esélytelen volt, most egyszerre itt találja magát és a palotában fog lakni! Ekkora szerencsében nem lehet része, mivel érdemelte ki az égieknek ezt a jóakaratát? Az biztos, hogy mindent meg fog tenni azért, hogy méltó legyen mindehhez. Odaszaladt Horához, lehajolt és megcsókolta a kezét. – Végtelenül hálás vagyok és remélem, nem fogja megbánni a döntését, hogy engem ajándékozott meg ezzel – mondta neki könnyek között. Hora leült mellé a földre és hagyta, hogy hadd sírja ki magát, hadd könnyebbüljön meg. A váratlan hír, a sok izgalom, az utazás, a változás, persze, hogy mindezt el kell fogadnia, fel kell dolgoznia. Ő könnyen beszél, ő ide született, de akinek eddig az élete nélkülözés volt, az ilyen hamar képtelen is felfogni ezt a nagy változást. – Örülök, hogy itt van és tudom, hogy remekül fogunk szórakozni. Magára hagyjam? – kérdezte. Ella válaszolni nem tudott, csak hevesen megrázta a fejét. Majd összeszedte magát, felállt és letörölte a könnyeit. – Nagyon szép a szobám, köszönöm szépen. Most pedig hadd lássuk az önét – szorította meg a kezét Horának.

- Most készült el, pár napja vettem birtokba. Segíthet majd a berendezésben, szerintem nem biztos, hogy jó helyen vannak a székek, talán megcserélhetnénk a kis asztallal, hogy közelebb legyen a fényhez – mondta, azzal kinyitotta a két szobát elválasztó ajtót. Ella arca felragyogott. Hora szobája egyszerűen tökéletes volt! Nem túl hivalkodó, de mégis elegáns. Nem hatalmas, de nem is kicsi. Volt benne minden, ami kellett, még saját könyves szekrénye is volt! A szoba színe a kellemes bordó volt, finom vékony arannyal díszítve. A fali bársony egy árnyalattal világosabb volt, mint a huzatok, tökéletes meleg hangulatot adva a szobának. Persze az ágy volt az, ami a legjobban tetszett neki, a bordó függönnyel és arany bojtokkal. Bement a szoba közepére, és körbefordult. Egyből értette, hogy Hora mire gondolt és bólintott. – Csináljuk – és már neki is veselkedtek, hogy átcipeljék a két széket és az asztalt.

.

- Na szóval a napirend a következő: reggel ugyebár felébredünk. Nincs kelési időpont, így akár addig is alhatunk, ameddig szeretnénk. De azért úgy 8 fele már fel szoktunk kelni. Összesen 5 szobalány van, ők látják el a királynét és most már nekem is segítenek. A királynénak még van egy komornája, de most már nekem is van társalkodónőm. A komorna a mellettünk lévő szobában alszik, a szobalányok viszont lent a szolgálati épületben, együtt a konyhai segítőkkel, lovászokkal, őrséggel, kertésszel. Szóval a palota személyzetével. A királynak két segítője van, na meg a főkomornyik, ő neki itt van egy kis szobája a bejáratnál, a kabátok mögött. Szóval ennyiből áll a közvetlen személyzet. Aztán ott van a konyhai személyzet, a lovászok, az inasok, takarítók. Nem nagy udvartartás, de nem is kell több. Kis ország vagyunk – mosolyodott el. Reggelizni 9 és 10 között szoktunk, ki hogyan tud a szobájában. Ami viszont a családi étkezés és a pontosság elengedhetetlen, az az ebéd két órakor az emeleti kis étkezőben. Mivel nagymama komornája is az asztalnál ül, csak a túlsó végén, így szerintem ön is odafér majd még. Legalább többen ülünk. De ezt majd megkérdezzük, az első nap még mint vendég biztosan ott eszik velünk. A vacsora a szobában van, én lent szoktam enni a konyhában, mert ott jó a hangulat és nem szeretek egyedül lenni, de ezt is majd meglátjuk, kérhetünk fel a szobába is valami harapnivalót. A szakácsnő nagyon finoman főz, vigyázni is kell hogy ne együnk majd túl sokat.

Délelőtt a tanítónő szokott órát adni, nagyon unalmas, meg is mondom majd nagymamának, hogy nem sok értelme van. Keressen másik tanárt, ha szeretné folytatni a képzésemet. Ebéd után sétálni szoktam, bár amikor nagyon rossz az idő, akkor nem megyek. Lovagolni sem volt még lehetőségem sajnos. Ilyenkor marad a kézimunka, hímzés, olvasás. Vagy zongorázhat, nagyon szép a hangja, biztos örülne mindenki, ha énekelne. Hát így zajlanak a napok a palotában. Na majd pár hónap és akkor sétálhatunk sokat meg kikocsikázhatunk is, akkor már sokkal izgalmasabb lesz minden. Aztán majd biztosan lesznek bálok karácsony után, meg jövőre nagyapa megígérte, hogy bemegyünk a városba is, meg az operába. Megjegyezte a fontos dolgokat?

- Természetesen – felelte Ella. Hora azonban ismerte annyira, hogy tudta, nem emlékszik a felére sem az elhangzottaknak.

- Szóval mikor kell ebédelni mennünk? – kérdezte meg az egyetlen és fontos dolgot.

- Kettőre! – legalább ezt megjegyezte. A többi nem számít.

- Nagyon jó! Vagyis akkor még van egy csomó időnk. Rendben, akkor nekiláthatunk egy nagyon fontos dolognak: keresünk megfelelő ruhákat! Jöjjön, megmutatom a ruhaszobát. Itt nagyon sok minden maradt meg halmozódott fel az elmúlt évek alatt, biztos van egy csomó használható ruha, majd átalakítjuk – azzal húzta is maga után Ellát a régi szárny felé.

•

Ella csöndben kanalazta a levest az ebédlőben és igyekezett természetesen viselkedni. Ez nem volt egyszerű, mert Hora látta rajta, hogy még mindig ideges volt a találkozás miatt. Csak pár szót beszéltek vele, meglehetősen udvariasak és kimértek voltak, de úgy érezte, hogy jól fogadták. Valószínű örültek, hogy egy rendes, láthatóan csendes és visszafogott lány került ide a palotába, aki nem sok vizet fog zavarni. Végtelenül jól esett neki, hogy megkérték, hogy nyugodtan csatlakozzon hozzájuk ebédre. Ez nagy megtiszteltetés volt együtt enni a királyi családdal.

Hora is csöndben volt, emésztenie kellett a korábban hallottakat. Nagyapja nemrég közölte vele, hogy pár hét múlva egy bált rendeznek a tiszteletére, melyen bemutatják az úri társaságnak – és a partiképes fiatalembereknek. Ez persze kissé meg is rémítette a lányt, hiszen nem gondolta, hogy ennyire hamar férjhez akarják adni. De igyekezett inkább nem foglalkozni mindezzel, hiszen ha a szokásoknál maradnak, akkor úgysem adják férjhez még majd egy évig, tartva a jegyesség időtartamát, megvárva, hogy betöltse a 17-et. Sokkal inkább a bál ténye foglalkoztatta most. Egy bál, egy igazi bál, amin ő is részt vehet majd. Hiszen még soha nem volt igazi bálban, gyerekként sajnos nem vehettek részt rajta. Ez viszont meglehetős izgalommal töltötte el! Már alig várta, hogy Ellával átbeszéljék a várható eseményt. Biztos, hogy a következő időszakban ennek a lázában fog égni mindenki a palotában. A konyhában az ételekről egyeztetnek majd, a szolgák lázasan átsikálnak mindent, kinyitják és előkészítik a lenti nagy termet, ők meg a ruhákról fognak egyeztetni és előkészülni. Fontos esemény lesz ez mindenki számára. Egy igazi bál sok emberrel, zenével, tánccal. Tánccal? – futott át rajta a kétségbeesés. Azt nem tud, a tanításából ez a rész kimaradt.

- Én még soha nem táncoltam és nem is tudok – törte meg a csendet. A király épp felemelte a kanalat, erre azonban letette.

- Majd megtanul, még addig rengeteg idő van. Majd a királyné segít – nézett feleségére, aki erre megcsóválta a fejét, hogy az már nagyon rég volt hogy ő táncolt és nem biztos, hogy emlékezne rá. Ellára nézett a király, aki falfehér lett és csak lesütötte a fejét, hogy az nem megy neki. A király erre sebtében hívatta a tanítónőt, aki szinte kikérte magának, hogy ő az irodalomhoz ért, nem a tánchoz. A főkomornyik nem volt biztos a tudásában, a szobalányok pedig nem jártak mulatságban. A király szinte haragra gerjedt, hogy nincs senki a palotában, aki tudna táncolni – mert bevallotta, hogy bizony már szerinte ő is elfelejtette. Talán ha nagyon muszáj, akkor tudná a többieket követni, de megtanítani biztosan nem tudná. Az esetnek híre ment a konyhába, az istállóba, egészen a palota kapujáig, hogy sürgősen kéne valaki, aki meg tudná tanítani a hercegnőt táncolni. Aztán estére a komorna jelezte a királynak, hogy átgondolta és talán fog majd neki menni az oktatás, ha majd egy kis segítséget is kap.

•

A következő napokban az étkező délelőttönként megtelt vidáman csicsergő hölggyel, ugyanis az oktatáshoz a komorna nyolc személyt kért, hogy a csoportos táncot így jól be tudják tanítani. A konyháról is volt jelentkező és a szobalányokat sem kellett kétszer megkérdezni, mindenki szívesen és önként jött. Legalább egy kis szín és változtatottság érkezik az életükbe és ezekbe a sötét napokba. Már december közepe volt, a napot ilyenkor lehetett a legrövidebb ideig látni, már ha egyáltalán méltóztatott előbújni a felhők közül. Az első napokban csak a komorna foglalkozott mindenkivel, megmutatta a fő lépéseket és az irányokat, illetve hogy ki hova áll és merre forog, kivel cserél helyet. Amikor már mindenki elég ügyesen váltott, akkor mentek a következő lépések felé. Persze a lényeg a hercegkisasszony és a társalkodó nője volt, hogy nekik ne legyen problémájuk. Ezekben a napokban Hora és Ella mindenhova tánclépésben ment és láthatóan nagyon vidámak és felszabadultak voltak. Bátor pedig mindenhova csaholva követte őket, kifejezetten élvezte a nagy jövés–menést és a sok új szagolnivalót. Mindenhol ott volt, persze láb alatt.

Egy héttel később pedig már zenével is megpróbálták a gyakorlást, a komorna volt olyan kedves, hogy zongorán kísérte őket. Erre a próbára már a király is bejött és lelkesen nézte meg, hogy haladnak. Láthatóan remekül szórakozott, nézte a sok lelkesen pörgő embert és a vidámság rá is átragadt. Rég érezte ilyen jól magát, pedig a szolgák táncát nézte, mégsem érezte, hogy mindez nem lenne illő. Az biztos, hogy a zongorahallgatást beleteszi a napirendbe, ha jól tudja Ella is kiválóan játszik, igazán gyönyörködhetnek az ő játékában is majd. Bár most nem énekelt, de Anna említette, hogy nagyon szép hangja is van. Csak most jött rá, hogy milyen jó dolgok kimaradtak az elmúlt években az életéből és fel sem tűnt neki.

•

Eközben persze nemcsak a táncórák, hanem a lenti szobák is megteltek az előkészületek látható nyomaival. Az oly régóta nem használt székeket és asztalokat előkészítették és berendezték a termet. A kis dobogó már a helyére került, ahol a zenekar fog játszani, a vonósoknak és a zongorának is lesz helye. Mellette egy nagyobb táncteret alakítottak ki, melyet asztalokkal vesznek majd körül. Így aki épp nem táncol, az kényelmesen leülhet és onnan figyelheti a mulatságot, némi frissítő társaságában. A terembe oldalra pálmákat és kisebb fákat hoztak át a télikertből, hogy díszítsék a termet, így elég zöld lesz és nincs szükség vágott virágra. A nagy csillár pedig tele lesz csodás gyertyákkal, hogy fényözönnel lássa el a termet.

A mellette lévő kisebb termet inkább majd a hölgyek fogják használni, itt kanapék és kényelmes foteleket tesznek, hogy mindenki aki itt van nyugodtan tudjon beszélgetni. A nagy citromfát ide tették be hátra, hogy kellemesen oldja a feszültséget és a finom illata segítse a hölgyeket kikapcsolni. Kicsit vitatkoztak is rajta, hogy kell–e ebbe a terembe egy zongora, vajon az pont jó vagy nem jó a zene. Aztán abban maradtak, hogy a függöny mögé előkészítenek egyet, hogy majd legyen a biztonság kedvéért, ha úgy látják, hogy mégis szükség lenne rá. Persze gondoltak az unatkozó férfiakra is, a legkisebb harmadik termet nekik szánták, ide két kártyaasztalt állítanak majd fel, hogy mindenkinek legyen szórakozási lehetősége. Ide nem is kell nagyon díszítés, a legfontosabb majd egy italos asztal lesz a sarokban, illetve ügyes kezű személyzet, aki észrevétlenül szolgálja majd ki őket.

Természetesen a teraszt is előkészítették, hogy ki lehessen menni egy kis friss levegőt szívni, illetve a párokra, akik egy kis magányra vágynak. Majd forró téglákat tesznek a korláthoz, hogy ne legyen annyira hideg, de kabátokkal és takarókkal is készülnek.

Persze ügyelnek majd arra, hogy az érkező kocsiknak és hintóknak megfelelő helyük legyen, az istállót már előkészítették az lovak fogadására is. Kellő mennyiségű élelemre lesz nekik is szükségük, ahogy a kísérő személyzetnek, akiket a konyhában és a télikertre vezető folyosónál gondoltak majd elhelyezni, hogy nekik is jusson a melegből, az ételből és a jó hangulatból is.

•

Hora és Ella éppen az egyik ebédből tért vissza a lakrészükbe. Belépve az ajtón csodás látvány fogadta őket: az ágyon egy meseszép hófehér ruha csillogott. Hora nem tudott szóhoz jutni, alig merte megérinteni az apró gyöngyöket, amelyek beborították a felső részét és csak úgy csillogtak.

- Na hogy tetszik? – hallották meg a hátuk mögött a király hangját, aki láthatóan teljesen elégedett volt a szerzett meglepetéssel. – Ajándék tőlünk a bálra! – tette még hozzá. Hora csak egy nagyon köszönömöt tudott kinyögni, de az uralkodónak elég volt látni a ragyogó tekintetét, az minden szónál többet mondott. Remélte, hogy ez a hófehér ruha hamarosan az esküvői ruhája is lehet egyben. A meghívott vendégek között ugyanis három ígéretes jelölt is volt. Már nem egészen két hét és kiderül. – Próbálja fel, ha mégis igazítani kell rajta – mondta még, majd kiment a szobából.

Hora alig bírt nyugton állni, amíg Ella segített neki begombolnia ruhát. Annyira kíváncsi volt, hogy néz ki. Érezte, hogy a ruha tökéletesen rásimul. Megtapogatta az apró csillogó köveket, fantasztikus látvány volt a csillogásukat nézni. Kissé bizalmatlanul tapogatta a derekánál lévő halcsontokat, felettébb szokatlan érzés volt. Nem volt annyira elragadtatva attól, hogy most éppen ez a divat, de majd megpróbálja megszokni. Itthon úgysem hordanak ilyeneket a hétköznapokon, alig jön ide látogató. Így nem erőltetik a most divatos hosszú uszályos ruhákat. Csak vonszolnia kellene egész nap maga után és külön fordulót jelent, ha valahova bemegy és be akarja csukni az ajtót. De most, a bálra az a minimum, hogy neki lesz a leghosszabb uszálya, elvégre ő a hercegnő és illik a legelőkelőbb ruhában, a legújabb divat szerint öltöznie. Túl sok virágot azért nem kéret rá, az nagyon csicsás lenne, meg nem előkelő, de hosszúnak mindenképpen hosszú legyen.

- Hogy tetszik? – fordult Ella felé, mielőtt megnézte volna magát a tükörben.

- Gyönyörű. Csodálatos ez a ruha, mintha egy tündér lenne, úgy néz ki benne! – ragyogott a szeme Ellának. Hora a tükör felé fordult és maga is úgy érezte, hogy már csak a szárnyak hiányoznának, és tényleg tündérré válna. Meg sem érdemli ezt a mesebeli ruhát. – Szerintem csak egy fehér virág kell a hajába és kész. Meg egy varázspálca – nevették el magukat mindketten.

- Anna, mutassa magát – nyitott be az ajtón a királyné, hogy megnézze a lányokat. Elégedetten forgatta körbe Horát, nézegetve, hogy kell–e igazítani a ruhán. De úgy nézett ki, hogy a varrónő tökéletes munkát végzett a mintaruha alapján. – Már csak egy dolog kell – és elővette az apró diadémot, majd a hajába helyezte. Ha már hercegnő, viselnie kell – tette még hozzá, majd a tükör elé tolta. Ezzel a bállal a gyerekkorának vége lesz. A feladata az lesz, az országot és a népet szolgálja. Nagyapád legnagyobb ajándéka, hogy az úton a kísérődet magad választhatod ki. A bálon megjelenő és bemutatásra kerülő nemes fiatal emberek közül választhat. Legyen okos és körültekintő, ne csak a külsőségek alapján döntsön. Természetesen itt leszünk segítségnek, nem kell majd már este egyből választania, de hamarosan igen.

•

- Ön volt az? – tépte fel felesége ajtaját a király és számon kérően nézett a meglepődött nejére. Paulina épp lepihent, kicsit el is bóbiskolt már és hirtelen azt sem tudta, hogy hol van. – Csinált valamit a ruhával? – állt az ágya felé és egyenesen a szemébe nézett.

- Mivel, milyen ruhával mit tettem? – kérdezett vissza zavarodottan Paulina, de ennyi elég is volt Vilmosnak. Tudta, hogy felesége nem kedveli Annát, de azért ennyire nem gyűlöli. De muszáj volt megkérdeznie. – Mi történt? – ült fel az ágyban a királyné és rossz érzése támadt, nagyon rossz.

- Anna ruháját valaki tönkretette. Tintával ráírta, hogy te nem vagy hercegnő. Szegény lány most kétségbeesetten zokog a szobájában – járkált felé–alá a király a szobában. Paulina halál sápadt lett.

- Ki lehetett? – zuhant magába. Senki nem tudhatott erről, legalábbis aki tudott, az már nem él. – De ki...? – kezdett bele a mondatba, de nem tudta befejezni, elcsuklott a hangja. – Ki tudhatná...? – futott ismét neki. A király abbahagyta a járkálást és odament Paulina ágyához.

- Ezt már számtalanszor átbeszéltük és megesküdtünk, hogy többet nem hozzuk elő a témát. Anna az unokánk és kész. És nem érdekelnek a részletek, a család tagja.

- De... – kezdett volna bele megint Paulina, de a király egy intéssel beléfojtotta a szót. Nem akarta megint végighallgatni a szokásosat: hogy Zsófia már állapotosan érkezett a palotába és a gyors esküvőt követően idő előtt érkezett – a kislány. Eleget hallgatta, nem akarja még egyszer. Nem ismétli meg többet, hogy a gyerek akkor is a családhoz tartozik és ezt mindenkinek el kell fogadnia. Még ha Paulina tele is van gyűlölettel, hogy nem az ő vére. Szinte hangosan kattogott az agya, hogy vajon ki az, aki erről még tudhatott, hiszen már 15 éve nem beszéltek erről. És aki tudott róla az már halott. De ezek szerint mégsem. De miért várt mostanáig? Mondjuk a palota most kész átjáróház, szinte bárkinek most alkalma van besétálni. – Van valami ötleted? – nézett feleségére, aki láthatóan szintén elmélyülten gondolkozott. Majd kissé megremegett a szája.

- Mi van, ha most még csak a ruhájában tett kárt, de legközelebb benne fog? – tette fel azt a kérdést, amire eddig a király nem is mert gondolni.

·

- Anna kislányom, jöjjön, nyugodjon meg – ült le a király Hora ágyára és magához húzta a kétségbeesett lányt. Na, ne sírjon már, csak egy ruha. Majd megnézzük, lehet hogy kimosható és a varrónő is csodákra képes. Még van 5 nap! Meg van másik sok szép ruha, amit először nézett ki, az a krémszínű, szerintem az is tökéletes lesz. A diadém ahhoz még jobban is illik, látványosabb – vigasztalta.

- De ki szerint nem vagyok hercegnő? – hüppögte bele a király vállába a kérdést Hora. Persze sajnálta azt a gyönyörű ruhát, de inkább az érdekelte, hogy vajon miért írt valaki ilyet neki.

- Nagyon sok irigye van, hiszen ön az ország egyetlen hercegnője! Aki ilyet állított, az biztosan nem ismeri és nem tudja, hogy milyen kedves és szeretnivaló. Mivel évekig távol volt, így nem ismerik – de majd meglátják, hogy milyen kedves! Na jól van, látom már nem is sír. valami fontosat még meg kell beszéljünk. Látott–e esetleg valaki idegent a szobák körül? Vagy itt a folyosón fent? Na nem baj, persze, gondolom lent volt, közben bárki feljöhetett. Most a palota kész átjáró ház, nincs akkora biztonság, mint szokott lenni. Ezért az anyáddal, vagyis a nagyanyáddal úgy döntöttünk, hogy ezen változtatunk. Mit szólna, ha a lépcső tetején mostantól két őr állna, egy pedig a szobája előtt, illetve kísérné, amerre megy? Ez megnyugtatná, ugye? – kérdezte Horát.

- Ilyen nagy a baj? – rémült meg a lány. A király igyekezett a legártalmatlanabb kifejezéssel válaszolni.

- Csak hogy megnyugodjunk, hogy ne jöhessen be ide akinek nem szabadna. Jó lesz így?

- Rendben, köszönöm. Kérhetném esetleg Pétert, őt ismerem és benne megbízom.

- Legyen, persze, így még jobb. Máris intézkedem. Utána meg menjenek le a mosodába – állt fel a király. Bátor az ajtóig kísérte. Vilmos lenézett az állatra, és elmosolyodott: – Ahogy nézem szépen nő és nagyon vigyáz önre. Ennek örülök – azzal kilépett az ajtón. Kint nagyot fújt, szerencsére meglehetősen gyanútlan volt Anna. Addig jó, amíg ő nem fél.

•

- Péter, üljön le, beszédem van – mutatott a vele szemben lévő székre a király fél órával később a belső kis szobában. Előtte meggyőződött arról, hogy senki nem hallhatja, amiről beszélnek, de így is inkább közelebb húzódott és szokásától eltérően igyekezett halkan beszélni. Nos a helyzet meglehetősen kényes és egy komoly bizalmi állásról lenne szó. A hercegnő személyesen önt kérte, mert önt ismeri. Annyit mondhatok, hogy a mai napon valaki bement a szobájába és tönkretette a báli ruháját. Vagyis van egy rosszakarója a palotában. Hogy esetleg a személyzet része – amit nem hiszek, sokkal inkább hogy a most itt mászkáló emberekkel jött be, szóval bárki is az, szerencsére a hercegnőt nem bántotta. De jobb óvatosnak lenni. Arra kérnénk, hogy mostantól árnyékként kövesse mindenhová, az ajtaja előtt őrök legyenek. Nem szeretnénk, ha bármi bántódása lenne. Megértette? Mindezt persze ne feltűnően. Egyben megkérem majd a főhadnagyot, hogy mostantól mindenkit ellenőrizzenek és az emeletre senki nem jöhet fel. Erre kérem majd ügyeljen, hogy a lépcsőnél mindig legyen majd valaki, úgy rendezzék majd a sorokat. Ez komoly megtiszteltetés és előrelépés fiam, remélem értékeli majd. Megkérdezhetem a családnevét?

- Természetesen felség, megtisztelő. Péter Keller vagyok, Báró Ziethof gyámfia.

- No így mindjárt más, ez így nagyon szép. Mostantól hadnagy. A felettesét tájékoztatom – állt fel a király és kezét nyújtotta, majd jelezte, hogy máris foglalja el az új posztját. Péter örült, hogy a hideg istállóból bekerülhet a meleg palotába, ráadásul két lépést egyből ugrott is a ranglétrán. Ennél fontosabb feladata nem is lehet, mint hogy személyes testőr legyen a királyi család mellett – húzta ki magát.

•

Hora csalódottan tért vissza a mosodából, így már csak a varrónőben bízhattak. Szerencsére a ruha felső része érintetlen maradt, így azt biztos fel lehet majd használni. A varrónő forgatta egy ideig az anyagot, majd ő is a szétválasztás mellett döntött, illetve javasolta, hogy a szoknya elejét, ahol a tintafolt volt, vágják ki. Így ha abba a részbe egy toldatot tesznek – akár más színből – és egy kicsit átszabják, akkor még egyedibb is lehet, mint volt. Viszont ehhez sajnos több idő kell, így a bálra marad a korábbi, első ruhaterv.

- Azon gondolkodtam, hogy vajon hányan tudnak írni a palotában – elmélkedett Ella. Hora megdöbbenve nézett társalkodónőjére, majd a fejéhez kapott.

- Ella, ön zseni – azzal már rohant is az ajtóhoz, ahol egyből Péterbe botlott. Gyorsan kikerülte és már szélsebesen vágtatott is a nagyszülei lakosztálya felé, nem várhatott ezzel az információval tovább. – Nagyapa, nagyapa – rontott be lihegve a szobába, majd udvariasan meghajolt.

- Mi történt? – rémült meg a király, majd gyorsan intett, hogy jöjjön a lány közelebb. Hora odaszaladt és a fülébe súgta: ki kéne deríteni, hogy ki mindenki tud írni a palotában. A nők közül. Egy férfi biztos nem bajlódott volna írással.

A király csodálkozva nézett rá, aztán átgondolta a hallottakat. – Igaza lehet. Bár sajnos akkor is inkább külső emberre gyanakszunk. Mindenesetre nagyon okos és köszönöm, hogy elmondta. Ha bármi eszébe jut vagy valamit meglát, szóljon – paskolta meg a karját.

•

Hora szerencsére meglehetősen nyugodtan aludt a következő napokban is, főleg hogy Ella és Bátor is mellette feküdtek. Elég nagy volt az ágy így is hármuknak, különben is esténként sokáig pusmogtak, akkor meg Ella minek menjen át a saját szobájába. Bátor meg az első éjszaka óta a lábánál aludt összegömbölyödve és a legkisebb mozdulatára vagy zajra is felemelte a fejét.

- Jó reggelt! – húzta el Ella a függönyt és mindketten örömmel állapították meg, hogy a nap szépen süt. Bár hideg van, legalább nem esik és nem komor felhők borítják az eget, hanem innen bentről nézve egész barátságos az idő. Bár a tavaszra majd még bő két hónapot várni kell, de legalább a kedve mindenkinek még jobb lesz. Főleg mert ma van a nagy nap: a bál napja! – Nem–nem, eszébe ne jusson felkelni. Ma lustálkodunk még egy kicsit, rengeteg időnk van délutánig! Mit szólna, ha az ágyban reggeliznénk?

- Ó, remek gondolat. Akár még vissza is alhatnék egy kicsit. Ma nagyon szépnek kell lennem. Bár miért is? Én választok majd férjet, ő lesz a szerencsés, nem én, nekik kell majd szépnek lenniük, nem? – nevette el magát. Boldog volt, felhőtlen és felszabadult, tele izgalommal és várakozással. Vajon sokan eljönnek? És milyenek lesznek a kérők? Fiatalok és kedvesek lesznek? Csak annyit tud róluk, hogy fehér virág lesz a gomblyukukba tűzve, onnan ismeri majd meg őket és mindannyian Badenből érkeztek, nyugati szomszédjukból. És majd csak el kell fogadnia, ha szimpatikusnak találja az illetőt. És nem gond, ha többet is elfogad, ez csak jelzés, hogy fogadná az udvarlást. Ez így meglehetősen könnyű szabály és nem is feltűnő. A táncrendjébe be lesznek mind foglalva, így még csak gondolkoznia sem kell sokat vagy keresgélnie. Nagyon praktikus megoldás.

- És mi lesz, hogy ha megsértődik az, akit nem választok? Mindig az jut eszembe, hogy ez így sokkal bonyolultabb, mintha csak a nagyszüleim kijelölték volna.

- Nem, higgye el így sokkal jobb, mert akkor a királyt hibáztatnák a választásáért, így viszont majd saját magukat, hogy mégsem tudtak rád kellemes benyomást tenni.

- Hogy ön milyen bölcs! Látja az én agyamat már teljesen lefoglalja ez a sok izgalom.

- Tudja mit: akit kikosaraz és azt zokon venné, ahhoz majd én megyek hozzá! – mondta ártatlanul Ella.

- Hogy is nem, dehogy megy férjhez, ezt egyenlőre még nem engedélyezhetem. Épp most lett a társalkodónőm, még nem egyezhetek bele a távozásába. Egy kicsit még maradnia kell – utánozta nagyanyját.

- Na jó – nevette el magát Ella. Egy kicsit még maradok, megígérem. De aztán férjhez mehetek, ugye?

- Persze, illően kiházasítjuk majd, megígérem – nyugtatta meg barátnőjét. A végén még előbb elkel, mint én!

- Na együnk. Persze ne sokat, a végén még nem férünk bele a ruhánkba! – rontottak rá a reggeli tálra, amit épp akkor hoztak be nekik.

•

- Hadnagy, kérem – hívta félre a király Pétert. Szeretnénk, ha este is állandó ügyeletben lenne. Azonban a palotai egyenruhában túl feltűnő lenne, így a szobájába vitettem egy katona díszegyenruhát, kérem azt viselje majd az este – adta ki a fontos utasítást a király. Menjen, öltözzön át most nyugodtan, addig én bemegyek a hercegnőhöz, megnézem, hogy állnak. Apropó, ugye tud táncolni? – kérdezett még utána.

- Természetesen – hajolt meg a király előtt, aki nagyon örült, hogy egy társasági életben jártas ember vigyáz Annára. Így nem fog majd kitűnni később sem. Kicsit aggódott, mert az elmúlt pár napban nem érkezett semmi fenyegetés és így az sem kizárt, hogy a bálon történik valami. Sajnos nem valószínű, hogy egyszeri esetről van szó, az ilyen fenyegetések meg szoktak ismétlődni. Bárcsak rájönnének, hogy mit akar elérni, mert így az illető is könnyebben elkapható – merengett. De most nem foglalkozhat ezzel.

- Anna drágám, minden rendben? – nyitott be unokája szobájába, majd elmosolyodott. A lány haját ketten is fésülték, hogy minél fényesebb legyen.

- Nagyapám – állt fel Hora és meghajolt. Igazán csodásan fest – dicsérte meg a király arany köpenyét és bordó nadrágját. Gyakrabban kéne ezt viselnie, nagyon jól áll önnek! – mutatott a koronájára. Örömmel állapította meg, hogy mióta megérkezett, mintha megfiatalodott volna és tele lenne energiával.

- Na ne rólam beszéljünk, nem én vagyok ma a lényeg. Mutassa magát gyermekem. Gyönyörű a ruha! – forgatta köbe a lányt. Ennek a színe sokkal jobban kihangsúlyozza a csodás vöröses árnyalatát a hajának. Egyenes, klasszikus szabás. Tökéletes választás – mosolyodott el. Elárulok valamit: ha jól emlékszem az édesanyja ezt a ruhát viselte, amikor bemutatták nekünk. De ön még szebb benne! Már csak a fejdísz hiányzik – intett, hogy ideje azt is elhelyezni. Nos, nem is kell más ékszer, esetleg egy virág. Egy párat gyűjthet is. Izgul már? – paskolta meg az arcát. De azért evett ma rendesen, nehogy nekem majd itt elájuljon – nézett Ellára, aki bólintott. Figyelni fog majd rá, hogy igyon is eleget az este. Na jó, akkor pár perc múlva már le is kéne mennünk, lassan érkeznek a vendégek, illik fogadjuk őket. Megyek megnézem, hogy áll a királyné és jövünk, jó? Készen áll?

Hora egy nagy levegőt vett, majd elmosolyodott: – Igen, természetesen. Ellára pillantott, aki mellette állt, csodás búzakék ruhában, teljes izgalommal. Máris indulhatunk – mondta és még egyet fordult a tükör előtt, hogy egy utolsó ellenőrző pillantást vessen magára. Hogy is mondta a nagyapja, hogy rajta jobban áll a ruha, mint édesanyján? Ezt azért nem hiszi, anyjánál nem látott szebbet. Szokatlan érzés volt a fejdísze, óvatosan megtapintotta, hogy mennyire stabil a fején. A hölgyek azonban meglehetős nagy rutinnal jól odarögzítették, így nem kell attól tartania, hogy egy gyorsabb fejmozdulatra lerepül róla. Már csak az hiányozna, milyen kellemetlen eset lenne és mindenki arról beszélne, hogy veszítette el a koronáját. Felemelte a kezét, hogy igazítson a szabadon kószáló fürtjein és a tükörbe látta, hogy remeg a keze. Na már csak ez hiányzik. Induljunk – szólt Ellához és az ajtóhoz lépett. Inkább a folyosón vagy a terem előtt várakozik tovább.

Mit szólna egy virághoz? Szerintem jól állna – kapott még fel távozás előtt Ella fehér rózsát. Így ni – tűzte óvatosan a szíve fölé. A virág, ami várja a többi virágot, hadd legyen ez jelzés – gondolta.

.

- Nos, ez lenne akkor a helyszín. Hogy tetszik a hölgyeknek? – nézett a két karján lévőre. Paulina arcán ritkán látható lelkesedés jelent meg. Elengedte férje karját és előrement a terem közepébe, hogy körbeforduljon és mindent alaposan szemügyre tudjon venni. Most, amíg üres és amíg minden a helyén van. Boldog volt, ami már olyan rég esett meg vele, de most láthatóan kivirult ő is. Nagyon várta már, hogy a palota ismét a régi fényében pompázzon és vendégekkel, nevetéssel teljen meg. És ahogy nézte, mindenki alaposan kitett magáért. Gondosan ügyeltek arra, hogy ne legyen túlzottan hivalkodó és pazarlóan fényes minden, de ahogy így elnézi, az összkép tökéletesre sikeredett. Balra a kis dobogóra már oda volt készítve a zongora és a vonósoknak a szék és szinte már hallotta is a hegedűk játékát. Lelki szemei előtt már látta, ahogy a táncterem megtelik vidám fiatallal, még az is lehet, hogy ő is táncol majd egyet. Oldalt a kis asztalokon majd frissítőt szolgálnak fel, egyenlőre még minden a konyhában van, hogy hidegen legyen. Csak győzzék behozni. A gyümölcsös kosarakat már odakészítették, bőven van szőlő és alma. A hideg húsok is készen várnak. Van elég szék és asztal is, ezt gondosan kiszámolták, mindenki kényelmesen le fog majd tudni ülni. Tekintete a dekorációra siklott. A virágok a legjobb formájukat hozták és piros, fehér és rózsaszín virágözönnel borították a korlátot, a kis fák pedig kerti hangulatot sugároztak. Nagyon jól nézett ki minden.

- Még szebb is lett, mint elképzeltük – fordult lelkesen a férje felé, aki láthatóan szintén elégedett volt. Paulina gyorsan benézett a szalonba is, egy utolsó pillantásra. A fotelok rendben, az italasztal ott is előkészítve. Remek minden. Végignézett a személyzeten, a ruhákon sem talált kifogásolni valót. A hölgyek az elegáns fekete–fehér egyenruhájukat viselték, a férfiak – hogy jól megkülönböztethetőek legyenek – teljesen fehérben voltak, a szokásoknak megfelelően.

- Hálásan köszönjük az előkészületeket, tökéletes lett – dicsérte meg a felsorakozó személyzetet, akik láthatóan megkönnyebbültek. – Akkor ahogy már előre egyeztettük, dologra, a neheze még csak most jön! Azért kívánom mindenkinek, hogy a lehetőségekhez képest élvezze a mai estét! – tette még hozzá a király, majd intett, hogy mindenki nyugodtan mehet a helyére és folytathatja a munkát.

- Hölgyeim, megmutatom a helyüket – mutatott a király a terem túlsó fele felé. Hora csak most vette észre a terem túlsó oldalán lévő három díszes széket. Üljünk le egy kicsit – mutatott a székekre. Paulinának nem volt olyan könnyű a bő szoknya mellé még elrendezni a palástját, de aztán megoldotta. Hora csodálattal nézte meg közelről a bordó és arany színű költeményt, melynek különösen tetszett a magas gallérja, igazán királynői volt. Természetesen a korona az ő fejéről sem hiányozhatott, ugyanolyan mintája volt, mint a királyénak, csak kisebb. – A menetrend a következő lesz: mostantól két órán át érkeznek a vendégek, akiket a főkomornyik majd egyesével fog bemutatni nekünk – intett az ajtó felé, hogy mutassák be, hogy fog kinézni. Szóval bejönnek, meghajolnak, a főkomornyik megmondja a nevüket, majd ismét meghajlás és csatlakozhatnak a tömeghez. Hacsak nem persze valami kérdést nem teszünk fel, nekik ilyenkor még nem illik kérdezni, csak megköszönni a meghívást vagy megdicsérni a helyet, egy–két mondatban. Aki ez után érkezik, az hivatalosan nem lesz bemutatva – tette még hozzá. Érthető minden? Akkor ötkor mindenkit köszöntök, tartok egy kis beszédet. Persze amíg jönnek a vendégek, addig a zenekar csendben aláfestő zenét játszik, a beszéd után viszont megkezdődik a hivatalos tánc. A nyitótánc a miénk lesz – nézett Horára. Ne izguljon, remekül felkészült! – nyugtatta meg.

Inkább amiatt izguljon, hogy nekem is menjen – nevette el magát. Ezt követően úgy hétig táncok lesznek, majd figyeljük, hogy mennyit bírnak. Persze közben is lehet enni, de úgy hét körül szolgálják fel a vacsorát. Addigra már minden arra érdemes férfivel táncolhatott, így a vacsorát követően már csak azzal táncolhat vagy beszélgethet, akivel szeretne. Ella kérem, mindig legyen a közelében, ahogy az illik. A bál kifulladásig tart, mi a nagyanyáddal addig maradunk, amíg bírunk, remélhetően éjfélig menni fog. A társaságnak addig illik maradnia, amíg valamelyik házigazda jelen van, de megkérném, hogy kettőnél tovább na maradjanak nagyon. A vendégek tudják a szokást és a személyzet is jelzi, hogy mikor közeledik a záróra. – Kérdés? – nézett körül. – Ha nincs, akkor maradjanak nyugodtan, én még gyorsan kilesek, hogy kint minden rendben van. De esetleg a konyhát ha ellenőriznék? – nézett hátra. Hora már pattant is és jelezte nagyanyjának, hogy ezt rá bízhatja. Ellával már el is tűntek, csak az illatokat kellett követniük.

Paulina hirtelen magára maradt a teremben, így jól láthatta, ahogy Péter a lányok után eredt volna – hacsak nem állítja meg a királyné.

- Kérem hadnagy – intett felé, hogy jöjjön közelebb. Péter egy fél másodpercet hezitált, de engedelmeskedett. A Hercegnőnek úgysem eshet baja a pár méterre folyosón, a társalkodónőjével és millió szakáccsal a konyhában.

- Felség – hajolt meg előtte, majd felegyenesedett.

- Remekül áll önnek az egyenruha – dicsérte meg. A királytól tudom, hogy ön járatos a társasági életben, ami kitűnő. Megkérdezhetem, hogy hol szerzett ilyen irányú tapasztalatokat korábban?

- Felség, abban a megtiszteltetésben volt részem, hogy Báró Ziethof gyámfia lettem 10 évesen és a kastélyukban nevelkedtem.

Paulina a név hallatán megborzongott, majd szeme kissé bepárásodott. Régi szép emlékek tömege rohanta meg, melyekre igenis szeretett volna emlékezni, de egyben szerette volna törölni is az agyából. Hirtelen sok évet repült vissza a fiatalkorába és már látta is maga előtt a Ziethof kastélyt helyes kis tornyaival. És a kastély urát, ahogy ott áll a lépcsőn, mozdulatlanul és nézi, ahogy elmegy. És hagyja, nem tesz ellene semmit. Paulina egy pillanat alatt átérezte megint azt az iszonyú fájdalmat, akit akkor érzett. Összetört a szíve. Az emlékekből nevetés zaja rántotta vissza a valóságba. Szerencséjére a lányok már vissza is tértek, így elvonták figyelmét, egyben elegendő időt hagyva, hogy összeszedje magát.

- Milyen kár, hogy a báró már nincs közöttünk – mondta, és sóhajtott egyet és ránézett a férfira. Vajon miért nem tudott róla, hogy van egy gyámfia? Miért nem említette? Ki lehet ez a fiú? – nézett maga elé.

Péter közben szomorúan bólintott, majd gyorsan oldalra távozott, látva, hogy most már nincs rá szükség. Közben figyelte, ahogy a hölgyek a frissítők körül bóklásznak, minden bizonnyal megszomjaztak. Majd a kapucsengő hangja némított el mindent. A királyné összerezzent a trónon, a hercegnő szinte elejtette a kezében fogott poharat. Gyorsan fordult egyet, de inni már nem volt ideje, így letette az asztalra. Igyekezett vissza a helyére, a csengő ugyanis a vendégek érkezését jelezte. A nagy sietségben észre sem vette, hogy lesodorta a ruhájára tűzött virágot. Péter odament az asztalhoz, felvette, majd utána akarta vinni, de erre már nem volt lehetősége. Az első vendégeket személyesen a király kísérte be. Péter gyorsan a függöny mögé ugrott, majd hirtelen ötlettől vezérelve a virágot a gomblyukába tűzte, hogy majd ne felejtse el később visszaadni.

•

A következő másfél órában folyamatosan érkeztek a vendégek, szinte nem is volt megállás. A királyi párnak mindenkihez volt egy–két kérdése, a vendégek meg kedves szavakkal köszönték az érdeklődést és a meghívást. Hora nagy érdeklődéssel szemlélte a vendégeket, főleg a fiatalokat. De ahogy vissza tudott emlékezni, eddig mintha csak családos emberek jöttek volna. Ami viszont feltűnt neki, hogy a hölgyek túlzottan sok ékszert viseltek, vagy csak azért tűnt neki soknak, mert rajtuk csak a korona volt? – merengett el egy kicsit.

- Istenem, ez Hanna! – hajolt Ella Hora fölé és óvatosan az ajtó felé biccentett. Valóban Hanna volt az teljes életnagyságban! Egyszerűen gyönyörű volt!

- Veiner báró és báróné – hallották a főkomornyik hangját, aki bemutatta őket. Mindketten meghajoltak. Hannán látszott az izgalom és hogy vissza kell fognia magát, hogy ne rohanjon oda a két barátnőjéhez most azonnal, üdvözölni őket. Ki gondolta volna, hogy három hónappal ezelőtt még mindhárman a kolostor falai között élték mindennapjaikat, egyszerű szürke ruhában, lukas harisnyában vacogtak. Most meg itt vannak, mindhárman a palotában. Hora tényleg megígérte, hogy együtt fognak táncolni! Hanna most nem beszélhetett, de amint véget ér a bemutatás, úgyis felkeresik. Addig is csak odakacsintott egyet, majd intett a fejével.

- Nagyon csinos ember a férje, látta? – kérdezte meg Horát, ami azonban őt meg sem nézte, csak Hannára összpontosított. Na majd hamarosan azt is megteszi.

·

- Igen tisztelt egybegyűltek, végezetül köszönjük, hogy elfogadták a meghívásunkat. Kérem élvezzék a mai estét, jó szórakozást – fejezte be a király a rövid nyitóbeszédét, majd intett a zenekarnak, hogy készüljenek a nyitó táncra. A terv az volt, hogy ő táncol Annával, viszont az elmúlt két óra annyira kimerítette és a cipője is elkezdte szorítani, ezért úgy érezte, hogy erre most nem lesz képes. Szerencsére a segítség a háta mögött állt, gyorsan hátraszólt Péternek, hogy ugorjon be. Anna előre ment és észre sem vette a cserét egészen addig, amíg a táncparketthez értek. Kérdőn nézett a férfira, majd meglepetten nézett a trón felé. Meglátta nagyapja bólintását, a következő pillanatban pedig felfedezte a ruhára tűzött virágot. Akkor elkezdődött. Felcsendült a zene és Péter felé nyújtotta a kezét. Az egész terem csak arra várt, hogy a hercegnő pár ütemet táncoljon, hogy aztán végre ők is követhessék. Hora bizonytalanul Péter kezébe helyezte a kezét és ahogy a táncórán tanulta, magába elkezdte számolni az ütemet. Egykettő egykettő egykettő egykettő – és már fordult is egyet körbe. Zavartan nézett körül, mert mindenki őt nézte, de aztán még egy kör és a terem megtelt párokkal és nem foglalkoztak velük. Hora így megpróbálta elengedni magát és ránézett a partnerére. – Péter... izé, még a teljes nevét sem tudom – tette hozzá gyorsan.

- Péter Keller, báró Ziethóf gyámfia – felelte a szokásos bemutatkozását, Hora viszont csak a báró szót hallotta meg. Ismét ránézett a virágra, majd férfira. Nem is gondolt arra, hogy akár a palotában is lehetnek kérők. Pedig kézenfekvő, főleg a katonák között. Eddig még nem is nézett rá férfiként, bár eddig még senkire nem nézett úgy. De most akkor csak megnézi – nézett fel rá. A férfi egy fejjel lehetett magasabb nála, vékony volt, szabályos arcú. Barna hajjal és barna, figyelmes tekintettel. Úgy huszonöt lehetett. Kellemes illatú. Védelmező karok, melyek már egyszer megmentették. Igen a kezek... tényleg, fogják a kezét! Hora hirtelen megszédült és teljesen zavarba jött, minden bizonnyal el is pirult. Érzékei hirtelen kifinomultak lettek. Ennyire közel még nem volt hozzá egy férfi sem, mióta nem gyerek. Finoman fogta a kezét, az előbb megérintette a vállát. És ahogy az fordultak, érezte az arcán a meleg leheletét. Horát valami furcsa, ismeretlen érzés kerítette hatalmába. Érezte, hogy a vér gyorsabban áramlik benne, mintha futott volna. Felnézett Péterre és a tekintetünk néhány másodpercre összekapcsolódott. Tovább táncoltak egyetlen szó nélkül, de Hora nem is tudta, hogy miről beszéljen vele. Csak azt érezte, hogy az ujjai finoman érintik a férfi kezét és ahol hozzáérnek, ott átmelegedik a bőre. Tetszett neki ez az érzés, valahogy biztonságos és megnyugtató volt egyben, bár a szíve közben vadul kalapált. A zene sajnos lassan véget ért és Péter elengedte. Meghajolt és gyors mozdulattal kivette a virágot a gomblyukából és átadja neki, majd visszakísérte a székhez és eltűnt. Hora érezte, hogy nincs magánál, de gépiesen mosolyogva sikerült leülnie. Szerencsére a következő tánchoz még nem kérik fel, így összeszedheti magát és főleg a gondolatait.

Mi történt most vele? Kész, ennyi volt, eldőlt? Az első férfi, aki megfogta a kezét? Á, biztosan a zene meg a felfokozott hangulat tehet róla, hiszen Pétert már régebbről ismeri – nyugtatta le magát egyből. Ért már hozzá máskor is, felsegítette a lóra, sőt egy lovon is ült vele. Bár akkor még gyerek volt. Hora szórakozottan szorongatta a virágot, amit az előbb kapott.

Innia kéne egy kicsit, hogy megnyugodjon, ez a sok izgalom eléggé lefárasztotta – állt volna fel óvatosan. Ella azonban megelőzte és egy poharat nyomott a kezébe.

- Sajnos innen nem mozdulhat a vacsoráig, így ha kér valamit akkor szólnia kell – súgta oda neki. Egyébként remekül táncolt, szinte lebegett – tette még hozzá. A többi most jön – mutatott óvatosan jobbra, ahol meglátott két fiatalembert is virággal a felhajtóján. Hora érdeklődve fordította arra a fejét és már a következő jelölteket nézegette. A kapott rózsát gyorsan a dekoltázsába csúsztatta.

.

Hora újabb két virágon volt túl, két kellemes fiatalemberen. Két kellemes táncon, pár udvarias mondaton. Na azt nem állítja, hogy mindenkinek tudja az összes nevét, de ebben majd segítenek neki. Ott van Albert, a visszahúzódó, kicsit ügyetlenebb táncos és ott van Lipót, ő katonai egyenruhában volt és láthatóan mindenkinek csapta a szelet, aki szoknyát viselt a teremben. De őszintén bevallva egyiküknél sem melegedett át a keze. Viszont egyiküknek sem mondott nemet, minden virágot elfogadott, mert kivetnivalót egyikükben sem talált elsőre. Kérdés, hogy ezek után mi lesz, ki akar még második táncot, vagy ki akar inni hozni neki, esetleg átkísérni a szalonba? Vajon mindegyikük akar egy leendő király apja lenni – hercegként? Tényleg annyira csábító lehet itt élni a palotában, ahogy azt sokan gondolják?

- Hercegnő! – most tudunk egy kicsit beszélni? – szakította félbe a merengését Hanna és már húzta is magával. A társaságnak úgyis időbe telik, amíg a vacsoraasztalokhoz fárad, addig válthatnak egy pár szót. – Ella, jöjjön ön is. Minden és mindenki olyan gyönyörű! – folyt belőle a szó, láthatóan teljesen fel volt villanyozva attól, hogy itt lehet. – Előbb gyorsan elmondom én, aztán pedig hallgatom, mi történt? Szóval látták az én Tomomat – intett a fejével a szomszédos asztaltársaság felé, ahonnan a legszélső figyelemreméltóan jóképű férfi óriás vigyorral intett vissza feléjük, egy meghajlással kísérve. Hát nem hihetetlenül jól néz ki? – nézett rá tele érzelemmel. Én vagyok a világ legboldogabb asszonya! Két hete volt az esküvőnk, el sem hiszem hogy már annyi ideje, mintha tegnap lett volna. Tom kedves, figyelmes, igazán lovagias. Képzeljék azt mondta, amikor megkérdeztem, hogy nem sajnálja-e azt, hogy miattam elmulasztotta a lehetőséget hogy akár Horát vegye feleségül, szóval azt mondta, hogy a világ minden kincséért vagy koronájáért nem mondana le rólam. Hát nem csodás? Jaj annyira boldog vagyok, hogy találkoztunk! De most meséljenek! Ella, milyen itt a palotában? Biztos nagyon izgalmas lehet. Sok szép ruhája van? Hora, izé hercegnő, ügyesen válasszon magadnak férjet, én a legelsőre szavazok, ahogy néztem vele mintha repült volna a parketten! Jaj mondjanak már valamit, ne csak én beszéljek itt össze–vissza.

- Anna kérem – hallotta meg a király hangját a háta mögött és sajnálkozva nézett Hannára. Talán vacsora után lesz egy kis idejük.

- Ella, ugye itt marad egy kicsit és mesél, milyen az élet a palotában – és könyörgően nézett Horára.

- Persze nyugodtan maradhat, csak én kellek a kezdéshez – sóhajtott egy nagyot és már indult is a helyére. Hiába, a kötelezettségek. Ott kell ülnie a király mellett, amikor mindenkinek jó étvágyat kíván. Majd vacsora után beülünk egy kicsit a szalonba, jó? – szólt még oda távozás előtt.

Vilmos király kicsit fáradtan, de annál elégedettebben nézett körül a teremben a vacsorát követően és igyekezett az emlékezetébe vésni a látottakat. Az estét, mely emberekkel, élettel, nevetéssel töltötte be a termeket és a kastélyt. Jó volt látni, hogy mindenki felhőtlen és jól érzi magát, beleértve a feleségét is – emelte fel a kezét és tette rá az asszonyéra. Összemosolyogtak. És ahogy nézte a jelöltek mind kifogástalanok, az biztos, hogy Anna nehéz helyzetben lesz a választásnál, de még csak a táncon vannak túl. Remélhetően lesz alkalma beszélgetni is velük egy kicsit. De most nem ezzel foglalkozik, most élvezi a pillanatot, az estét. És a zenét – dőlt hátra egy kicsit. Aztán majd átlátogat a játékterembe, szeretne egy pár szót váltani a tábornokkal. Most a báli hangulatban könnyebben szót lehet érteni vele és közlékenyebb is lesz a szokásosnál. Nem szeretné ezt a remek lehetőséget elmulasztani.

Paulina is láthatóan rég volt ennyire jókedvű, halkan még dudorászott is magában és irigykedve nézte a táncoló párokat. Eszébe jutott, hogy amikor fiatalok voltak, akkor ők is mennyit táncoltak. De nem esett nehezükre, amikor kötelességből kellett megtenni, mondjuk a szezonnyitó bálon vagy fogadásokon. Csak ne fájna úgy a lába, hiába, ez a cipő lehet hogy elegáns, de nem kényelmes. Legközelebb majd egy másikat választ, úgysem látszik a szoknya és a palást alatt, hogy mit visel. Ettől viszont szeretne szabadulni. Akár le is rúghatná, ugyan ki venné észre, hogy itt marad az asztal alatt, bár a kő az hideg. De a muzsika az kárpótol mindenért. A vacsora kifogástalan volt és ahogy elnézte, erről a vendégek is így vélekedtek. Most a társaság kezd szétválni: a fiatalok maradnak itt táncolni, a hölgyek átsétálnak inkább a szalonba pletykálni, míg az urak a kártyaszobába fognak füstbe burkolódni. A szokásos felállás, amit a fiatalok alig várnak. Ugyanis ez idáig erős kontroll alatt voltak, de most talán lesz lehetőségünk egy kis szabadságra, ismerkedésre.

Sóhajtott egyet, mert tudta, hogy milyen kötelezettség vár rá: neki is át illik mennie a szalonba és pletykákat kell hallgatnia. Ezzel még nem is lenne baj, csak van egy pár üresfejű, buta vénlány aki azzal éli ki magát, hogy rosszindulatú megjegyzéseket tesz mindenre és mindenkire. Most viszont ezzel nem szeretné elrontani a jó kedvét. Na majd igyekszik távolabb ülni tőlük, bár sajnos ezek a vén csontok azt gondolják, hogy koruk miatt nekik kell a királyné mellé ülniük.

·

Hora láthatóan elemében volt és élvezte a megkülönböztető figyelmet a férfiak körgyűrűjében. Egy egyszerű játékot játszottak: mivel Hora nem ismert senkit, így csak ki kellett választania egy párt a parkettről és aki ismerte, annak be kellett mutatnia az illetőt. Persze hamar rá kellett jönnie arra, hogy mindenki igyekszik kissé kiszínezi a történeteket, viszont cserébe garantált volt a jókedv. Arra viszont nagyon kíváncsi volt, hogy mit mondanak a többiek Lipótról, aki nem is csatlakozott hozzájuk. Az egyik báró annyit kotyogott el, hogy állítólag ügyesen kártyázik, a másik katonatiszt pedig azt, hogy a családja iszonyú gazdag, de Albert meglátását tartotta a legfontosabbnak: szerinte bolond lenne feladni a szabad életét bármilyen rangért. Horának ez szöget ütött a fejében. Vajon ezt gondolhatják a férfiak vele kapcsolatban, vagy csak Lipótra lehet ez igaz? Tényleg annyira korlátozott az itteni élet? Erről fogalma sincsen, mert világ életében elzárva élt és ha volt is benne ilyen igény egy séta mindig segített rajta. Ez a szabadságvágy valami fiatal férfi dolog lehet, a nagybátyja is ezért hagyta itt a palotát? De mindegy is, a lényeg hogy így egyszerűbb lesz a választás, máris egyel kevesebb a jelölt – nézett végig a két férfin, majd eszébe jutott a harmadik.

- Hozna nekem valamelyikük inni? – tette fel ártatlanul a kérdést, majd csak annyit látott, hogy mindenki felpattan mellőle és rohanva indulnak el az italok felé. Hora mire eszmélt volna már egyikük sem volt ott. Értetlenül állt az események előtt, majd nyúlt, hogy öntsön az előtte lévő kancsóból vizet. Péter azonban megelőzte. Hora felnézett és észrevette, hogy önelégülten mosolyog. Ez nagyon nem tetszett neki. Csak ne higgye azt, hogy előnyt élvez! – Gondolom szórakoztató lehet nézni, ahogy hajtanak, miközben Ön előnyben van régi ismeretségük okán – szúrt oda kissé keményen. Nem értette, hogy miért váltott ki ilyen érzelmeket belőle – vagy inkább csak az zavarta, hogy ő láthatóan nem is próbálkozik? Igen, ez bosszantotta a leginkább. Figyelmen kívül is hagyta Péter értetlen arckifejezését és azt leste, hogy ki mivel tér vissza.

•

Vilmos király zúgó fejjel jött ki a füstös kártyaszobából, friss levegőre vágyott. Hirtelen nem tudta volna megmondani, hogy a hallottak vagy a sok füst miatt fájdult meg a feje. A terasz felé vette az irányt, magányra és csöndre vágyott, hogy rendezze gondolatait. Ilyenkor persze sokkal jobb lenne, ha csak egy pincér lehetne és nyugodtan állhatna az emberek mellett, de koronával a fején mindenki hatszor is meggondolja, hogy mit mondd el. Persze erre találták ki a bort, meg hogy nem illik a királyt visszautasítani. Így végre fontos információkhoz juthatott tábornokától. Ezek a hírek azonban meglehetősen aggasztották. Nyugati és keleti szomszédjuk is békepárti, de a tőlük délre lévő kis államról az a hír járja, hogy mozgolódik. És onnan nincs jelölt... lehet, hogy még át kéne gondolni a lehetőségeket? A háborút mindenképpen el kell kerülni, ehhez viszont egyeztetésekre, tárgyalásokra lesz szükség. Kellenek a partnerek, a szövetségesek, a jó orosz kapcsolatok. Vagy kellene egy közelebbi szövetséges is, vagyis kell ez a házasság, minél előbb.

•

Paulina fáradtan jött ki a szalonból és az italos pult felé vette az irányt. A sok pletykára bizony innia kell, teljesen kiszáradt a szája, pedig nem is ő beszélt. Helyette viszont csak úgy itta a szavakat, amik elhangoztak. Szerencsére a nőket sem kell félteni, ha pletykáról van szó, ilyenkor nincs különbség a konyhalányok és az úri hölgyek között. A hír mindenkit egyformán érdekel. Neki meg csak fülelnie kellett és máris létfontosságú információkat hallhatott. Persze ki kellett szűrni a nem fontos adatokat kiskutyákról, divatról és fájó derekakról, de ez vele jár. Csak résen kell lenni, hogy a sok sallang között észrevegye a lényeges adatokat. Ezek alapján már csak a királlyal kell egyeztetni, hogy mégis mi lenne a jobb: a csöndes, de bölcs vagy a jó kommunikációjú, de önfejű? Mindkettő fejleszthető, kérdés, hogy melyikre lesz majd nagyobb szükség a közeljövőben? Futó pillantást vetett Annára és megdöbbenve látta, hogy egyedül ül a helyén. Egy pillanat törtrészére kétségek fogták el, hogy túl sok ideig hagyták a zárdába, de az egész csak egy múló pillanat volt. Amikor meglátta, hogy három férfi szinte egymást fellökve rohan visszafelé pohárral a kezében, akkor mindjárt eszébe jutott gyűlölt menye. Nocsak, úgy látszik a kislány nem esett messze a fától és tudja, hogyan kell ölebet csinálni a férfiakból. Egyben intő jel is volt a számára: amilyen hamar csak lehet, férjhez kell adnia, a múlt véletlenül sem ismétlődhet meg.

•

Hora nagyon örült, hogy végre válthatott pár szót Hannával is, de most örült, hogy senki sincs körülötte. Egy kicsit élvezi szerette volna a forgatagot és a bál szépségeit – külső szemlélőként. Bár már az este viszontagságai meglátszódtak: páran hazamentek, főleg az idősebbek, hiszen elmúlt éjfél. Az italos és ételes pultok is le voltak rabolva, a zenekar sem játszott már akkora elánnal, mint a legelején. És sajnos pár ittas alakot is lehetett látni, bár a legtöbben inkább jókedvűek voltak. Hora az előírásoknak megfelelően nem ivott alkoholt, ami nem esett nehezére, hiszen soha nem is ivott eddig. És mivel rajta kívül majdnem mindenki ivott, így remek megfigyelő helyzetbe tette – erre most jött csak rá! Ezt viszont felettébb élvezte, hiszen az emberek így sokkal őszintébbek lettek és simán megkérdezhetett olyan dolgokat is, amit soha nem tett volna vagy nem illett volna. Az emberek igazi arca így jobban láthatóvá vált, nem beszélve arról, hogy a felesleges udvariaskodás helyett így azt lehetett megtudni, amit valóban gondoltak az emberek, nem azt, amit a másik – vagy az uralkodó – hallani szeretett volna.

- Még egy táncot – ugrott elő a semmiből Lipót és már húzta is Horát a táncparkett felé. – Gondoltam adok egy kis lehetőséget a többieknek, de hát úgyis egyértelmű, hogy kit fog majd választani – kacsintott a lányra és meglehetősen közel húzta magához. Hora nem volt benne biztos, hogy képes lesz táncolni, de sajnos tévednie kellett. Lipót még nem volt annyira ittas, hogy elfelejtse a lépéseket vagy ne hallja az ütemet. Sőt, egyre úgy tűnt, hogy nem is ivott annyit. Önteltsége azonban iszonyú ellenszenvet váltott ki a lányból.

- Nos elég rosszul áll a helyzete – jelentette ki keményen, majd a következő fordulónál ügyesen párt ugrott és egy másik férfival folytatta a kört. Lipótnak jópár percébe tellett, míg vissza tudta szerezni eredeti táncpartnerét.

- Ha azt hiszi, hogy annyira vonzó az üres kincstár vagy az ön unalmas apácamúltja, akkor nagyon téved! – vágott vissza, vagy legalábbis azt hitte, hogy visszavág ezzel.

- Akkor miért is teper? – kérdezett vissza Hora, majd egyszerűen abbahagyta a táncot és lesétált a parkettről. Mélyen megbántotta az előbbi kijelentés. Hogy képzeli ez az ember, hogy unalmas apácának nevezte! Ehhez nincs joga! Minden valamire való rendes lány zárdában tölt egy pár évet, ez a szokás!

Lipót azonban nem adta fel, úgy érezte, hogy most bármit elmondhat, veszteni valója nincsen.

- Nos ha tudni akarja, akkor nem én teperek, hanem az Ön kedves kihalás szélén lévő uralkodó családja. Tudta, hogy a nagybátyám irtó gazdag, több pénze van mint a három szomszédos királynak együtt? Nem is értem miért nem veszi meg a hatalmat, biztos lehet? – mélázott el ezen egy kicsit, majd folytatta. – Hol is tartottam? –

ja igen, a hatalomnál. Gondolom hallott már arról, hogy mindent az első fiú kap? Ezt a disznóságot! Ezt a pechet. A címet, a vagyont, a rangot, a kastélyt, a rangot – ja igen azt már mondtam. De magával kedves, magával mindenkit lepipálhatnék, én főherceg lennék, később meg akár régens király, végre valaki. Nem járna velem rosszul, látja, kiterítettem a lapjaimat. Maga elnézné az én kis ügyeimet és tőlem pedig azt csinálja, amit akar, ha csak feleannyira az anyja, már akkor is – vigyorodott el, majd bizalmaskodóan közelebb hajolt. – Tudja, hogy ez a férfi egész nap Önt lesi itt? Vigyázzon vele! – intett a fejével Péter felé, ezzel elterelve a lány gondolatait az anyjára tett megjegyzésről.

- Ő a testőröm – válaszolta Hora kimérten.

- Legyen, nevezze ahogy akarja, tőlem megtarthatja, nem szólok bele! Ahogy az állam ügyeibe sem. Irányítsák, ahogy akarják. Illetve sehogy. A nagyapja semmit nem felügyel, így a hasznot mind a parlament nyeli le. Persze hogy üres az államkincstár ha senki nem néz a körmükre! Na de mindegy is. Csak egy kérésem lenne: ezt az első szülött törvényt valahogy finomítsák majd. Addig is maradnak a nők. Tudta, hogy rajtuk keresztül bármi elérhető? Hogy nem is a férfiak irányítanak, csak észre sem veszik? Huncut népség maguk, mert megteszünk bármit, csak hogy a kedvükben járjunk. Na azt hiszem túl sok mindent mondtam, kérem bocsásson meg nekem – állt volna fel a székről, egy erős kéz azonban visszatolta.

- Igyon egy kávét, az jót fog tenni – tolt elé Péter egy csészét és megvárta, amíg megissza, majd el is tűnt.

- Jó arc, tartsa meg – mondta távozás közben Horának, majd a terasz felé vette az irányt, láthatóan friss levegőre volt szüksége.

Hora ránézett Ellára, aki alig tudta visszatartani a nevetését. A beszélgetés nagy részét hallotta és láthatóan felettébb mókásnak találta, nem érezte mondanivalója súlyát. Ella láthatóan csak azt az egy pohárnyit itta, amit úgy egy órája önfeláldozóan bevállalt Hora helyett, de ez is elég volt ahhoz, hogy jó kedve legyen.

- Szerintem az utolsó helyről ezzel az előadással felküzdötte magát az elsőre. Én biztos meggondolnám! – mondta két nevetés között, őszintén. – Úgy hallottam gazdag család, legalább lesznek újra ékszereitek – tette még hozzá.

- Ezt hogy érted? – kérdezett vissza kicsit talán túl élesen is Hora, a lány azonban ezt észre sem vette. Teljes könnyedséggel mesélte el, hogy mit hallott a konyhán. Hogy a király valószínű a legszegényebb nemes az országban, sőt a környéken, annyira, hogy már ékszerekre sem futja.

•

- Hercegnő, nem fáradt? Ne felejtse el, amikor szeretné, hogy vége legyen a bálnak csak szóljon és a zenekar eljátssza a záródalt – hajolt oda Péter a kicsit kókadt lány felé. Hora épp próbálta felidézni, hogy pontosan milyen szavakat használt Lipót anyja sértegetésére. Hogy értette, hogy feleannyira az anyja? Lehetséges lenne, hogy anyja más férfira is nézett? – próbált felidézni pár emlékképet. De csak az maradt meg benne, hogy nem látott nagy jövés–mentést vagy vendégeket, fogadásokat a palotában. Vagy csak ő nem látta?

- Mit is kérdezett? – nézett kicsit kábán. A nagyszüleim mikor távoztak? – nézett körül, hiszen már órák óta nem látta őket.

- Éjfélkor, most fél kettő múlt – felelte készségesen Péter.

- Fél kettő? Nem azt mondták, hogy egyig illik tartani? Vagy mást mondtak? – zavarodott össze. – Na mindegy, akkor legyen kettőig a bál, jelezzen ennek megfelelően. Táncolnom is kell? – kérdezett vissza, a fáradtságtól nem tudott visszaemlékezni, hogy is volt az erre vonatkozó szabály.

- Nem muszáj, de illik – jött a válasz.

- Akkor táncol velem megint? – nézett fel a férfira. Most miért nem érez haragot iránta, mint a legutóbb? Vagy csak annyira fáradt, hogy már erre sem pazarolja az energiáit? – merengett el egy kicsit.

Attól tartott, hogy Lipót megint valahogy a közelébe kerül és el akarta kerülni a vele való érintkezést. Így is kihozta a sodrából.

- Természetesen, ha óhajtja. Megtisztel – hajolt meg szolgáltat készen Péter.

- Úgyis mindenkivel kétszer táncoltam. Nagyjából – gondolt Lipót második táncára, ami azért nem volt teljes.

Úgy negyed óra múlva Péter megint Hora kezét fogta. Pár órával ezelőtt még nagyon feszült volt és egyáltalán nem élvezte, hogy pár forgásig csak az övék a parkett, most viszont nagyon is tetszett neki, hogy mindenki őket nézi. A vendégek odasereglettek az ismerős dallamokra és ki akarták használni az utolsó lehetőséget a táncra. Hora kedvesen mosolygott és a korábbi fáradtságán úrrá lett, szeretett volna kellemes záró élményeket gyűjteni. Meg szerette volna megnézni, hogy reagál arra, hogy ismét Péterrel táncol. A hatás most is ugyan az volt, Hora kifejezetten örült, hogy a férfi meleg, mondhatni ismerős keze fogja, vezeti. Hogy is mondta Lipót, tartsa meg? Mire gondolhatott ezzel, maga ellen akart beszélni? Vagy ezzel pont maga mellett?

- Mit szól a jelöltekhez? – kérdezte váratlanul. Igen is, nagyon is kíváncsi volt arra, hogy a férfi mit gondol.

- Nos Hercegnőm szerencséje van, mert mindegyik, még Lipót is megfelelne az országnak. Remek volt az előszűrés. Már csak az a kérdés, hogy Önnek ki felelne meg.

- Lipót? – hökkent meg Hora, azt hitte, hogy Péter mélységesen elítéli a fiatalembert a viselkedése miatt.

- A családja nagyon gazdag, a pénz pedig befolyást jelent. Ez a mostani helyzetben kulcsfontosságú.

- Akkor már a leendő hercegnek akart bevágódni? – durcáskodott Hora, utalva a kávéra.

- Hercegnőm, csak hogy tudja, Lipót holnap nem fog rám emlékezni. Én neki csak egy szolga vagyok, arc nélkül – tette hozzá. Horának kezdett nem tetszeni a beszélgetés.

- És a virága? – kérdezte.

- Amit visszaadtam? Igen, láttam, hogy nem tűzte ki megint. – Megint? Visszaadta? – Horát mintha hideg vízzel öntötték volna le. Ezek szerint ő nem, ő nem.... zakatolt a fülébe ez a két szó újra és újra. Akkor a nagyszülei miért mondtak három jelöltet? Ki volt a harmadik? Nem Péter az? De hát nemes, báró! Ezek szerint akkor nős, más magyarázat nem lehet!

A férfi megérezhette a változást, mert elengedte, majd megállt vele szemben és ránézett. Hogy ne legyen feltűnő, tett egy kört a lány körül, majd ismét megállt előtte. Hora igyekezett összeszedni magát, de érezte, hogy az arca kipirul a dühtől. Becsapva érezte magát és nem értette, hogy miért lett hirtelen dühös. Miért és főképp kire. De most nincs ideje gondolkozni, majd később, most sokan figyelik. És ki szeretné élvezni az utolsó táncot, ki tudja mikor lesz rá megint alkalma.

Harmadik rész

Ella berontott Hora szobájába és félrerántotta a függönyt.

- Kinyíltak a krókuszok! Meg kell nézzük őket azonnal, egész közelről – ugrott az ágyára és rázta meg a félig alvó hercegnőt. Hahó, a tavasz itt kopogtat az ajtón, ön meg át akarja aludni? Nézze, már a nap is milyen szépen süt! Felkelni! – lökte oldalba a lányt, aki továbbra is alvást színlelt. Ella azonban már átlátott rajta és megcsiklandozta. A két lány felkacagott, majd az ablakhoz szaladt és teljesen rátapadtak az üvegre, hogy minél jobban szemügyre vehessék az apró kis virágokat.

- De jó, most már mehetünk ki sétálni a kertbe – lelkendezett Hora. Megnézünk mindent, a sövényeket, a csodás rózsákat. Igen, a rózsakert a legszebb, arra még azért várni kell egy kicsit, de májustól mindent áthat majd a csodás illatuk!

- És hogy aludt így első éjszakáján a menyasszony? – váltott bizalmasabb hangnemre Ella, majd odahuppant barátnője mellé az ágyba és fürkészve vizsgálta az arcát.

- Ahogy máskor – jött az ártatlan válasz. – Miért? Hiszen az esküvő még oly messze van! – utalt az októberi időpontra.

- Igen, megvárják a 17. születésnapját, azért ez rendes tőlük. Na azért ez mégsem olyan hosszú jegyesség lesz, hiszen általában egy év szokott lenni, de hát sürget az idő – mutatott Ella Hora hasára. A hercegnő fülig vörösödött.

- Ez meg itt milyen beszéd, ilyen utalásokat tenni arra, hogy minél előbb szüljek! – dobott egy párnát a lány felé, majd utána iramodott.

- Ó hát én csak a kincstárra céloztam, hogy szépen fog gyarapodni – mondta Ella futva, majd fogócskáztak egyet a szobában. Ez az élcelődés ment már két hónapja és Hora igyekezett jókedvűnek mutatnia magát, de ez nem ment könnyen. A bált követően sértődött és csalódott volt, becsapottnak érezte magát. Nem mondott nevet, nem foglalt álláspontot, részéről mindkét jelölt megfelelt. Mint utólag megtudta, a harmadik jelölt betegség miatt nem jött el, így végül csak két férfi közül kellett választania. Azt viszont nem értette, hogy Péter miért nem volt a listán, holott lehetett volna. De ez most már mindegy is. Tudta, hogy kellenek a szövetségesek, így nem belülről kell házasodnia. Vagyis hogy mi lenne a legjobb az országnak és hagyta, hogy ezt a döntést végül a nagyszülei hozzák meg. Így nem is volt kétséges, hogy Lipót őrgróf mellett döntöttek, aki a badeni uralkodó család negyedik, még nem házas fiúgyermeke volt és a megtiszteltetést el is fogadta. Az eljegyzést hivatalosan tegnap jelentették be, az esküvőt pedig október elejére tűzték ki. Hora elfogadta a sorsát, de most még egyáltalán nem akart foglalkozni a házassággal. Remélte, hogy élete lényegesen nem fog változni, ugyanebben a palotában fog lakni és élni. Figyelmét most a tavasz érkezése kötötte le és a tudat, hogy végre ismét lovagolhat.

•

Paulina az ablakból nézte, ahogy Hora és Ella lelkesen futkos a kertben és igyekszik az összes ágyásban megtalálni az apró virágokat. Kacagásuk beszűrődött a zárt ablakon keresztül is. A királynő hátralépett az ablakból és tekintetét férjére szegezte.

- Vilmos, szerintem Annának képet kéne kapnia az országról. Nem gondolja, hogy a megbeszélésekre be kéne vinnie? – utalt a királyi audienciákra és egyeztetésekre.

A király nem válaszolt azonnal, magába mélyedve hümmögött egy kicsit. Nem beszélt még feleségével arról, hogy Anna visszatérését követően, ahogy régen is, ismét rendszeres látogatója volt a megbeszéléseknek, így sokkal inkább ismerte az ország helyzetét, mint ő. Nem mondott semmit arról az ötletéről sem, ami nemrég fogalmazódott meg benne. Úgy gondolta, hogy ennek az országnak is illene igazodnia a változásokhoz és nem középkori nézeteket vallani. Ahogy Angliában és Spanyolországban is volt már rá példa, vagy a német-római birodalomban, miért ne lehetne itt is az uralkodó királynő? Csak a vonatkozó törvényt kéne kiegészíteni és mindjárt megoldódnak a problémák. A miniszterek, vezetők pedig azért vannak, hogy segítsék a munkát tanácsaikkal. Itt van például a főtanácsos, végtelenül tapasztalt ember, szinte neki nem is kell gondolkodnia vagy döntenie, a tanácsával mindig segít neki. Mert az egy dolog, hogy az ő terveik szerint Károly, majd Anna fia ülne a trónra, de mi lesz, ha ez nem így alakul? Ha Károly idő előtt távozik? Vagy még rosszabb, haza sem jön? Azért mégiscsak egy idegen ez a Lipót... mind egy esetleges régens. Elvégre közel 18 évre van szükség ahhoz, hogy biztosan meglegyen a következő király. Ő már nem fogja megélni, de vajon Károly képes lesz-e ennyi időt itt tölteni az országban? És ha jól belegondol, akkor itt van Paulina is, aki szerinte teljesen tökéletesen el tudná vezetni az országot és ahogy elnézte, Anna is lassan képes lenne majd rá! Talán sokkal inkább, mint a többiek. Kapóra jött így hát ez a kérés, amely segítené ezen óhajának érvényre juttatását.

- Rendben, egyet értek. Fiatal, még nyitott mindenre. Nem árthat neki egy kis politika. A következő ülésre fellátogatunk a fővárosba, benézünk a parlamentbe! – jelentette ki határozottan, magában pedig nagyon örült, hiszen ezzel úgy néz ki, mintha a felesége óhaja lett volna ez, nem kell győzködnie róla. Paulina továbbra is láthatóan komoly fenntartásokkal viseltetett Anna iránt, de ha ezt pont ő kéri, akkor minden bizonnyal enyhül az irányába.

- Biztos, hogy jól döntöttünk? – kérdezte váratlanul a királyné. A király meghökkent erre a mondatára. Ki tudja már hány éve nem tette tiszteletét a parlamentbe személyesen, erre Paulina ezt meg sem hallotta. Ehelyett badarságokkal gyötri már megint.

- Paulina, azt hittem átbeszéltünk mindent, erre ma kérdezi ezt meg, mikor tegnap már hivatalos is lett a döntés. Egy csomót kellett tárgyalnunk a részleteket illetően, hónapokat csúsztunk így is. Mi történt, mi aggasztja? Hiszen találkozott is vele és megfelelőnek találta. Jó, igaz, vannak hiányosságai, de udvarias, megnyerő, jól képzett és gyors felfogású. Továbbá remek kapcsolatai vannak és felettébb gazdag. Akkor? – összegezte a fiatalemberről szerzett benyomásait.

- Nem is tudom, biztos öregszem és ennyi – hátrált meg egyből a királyné.

- Megmondom én mi a baja: attól fél, hogy nem ön lesz a királyné! Hogy elveszíti a hatalmát, hogy más veszi át a helyét és feleslegessé válik – mondta ki kendőzetlenül.

- Na ez nagyon nem esett jól – rogyott le egy székre a királyné és arcát a kezébe temette.

- Azért mondtam ki, hogy hallja, ez mennyire badarság! Nem kell ilyen gondolatokkal foglalkozni. Egyébként nem fárasztó az uralkodás? Nem akarná átadni a kötelezettségeket másnak úgy, hogy közben a szerepe megmaradjon? – fordította meg a kérdést. – Látta, hogy ezzel megfogta Paulinát. Most majd lesz min elgondolkoznia. Mindenesetre legfőbb ideje, hogy Annát bemutassa valamennyi parlamenti képviselőnek is. A következő hónapban.

•

Hora hatalmas mosollyal huppant fel a lova hátára és ügyesen, szorosan tartotta a kantárt, hogy a nyugtalan állatot féken tartsa. Nemcsak ő akart egyből nekiiramodni, hanem az állat is. Ella kicsit nyugtalankodva nézett fel a lányra, de meglátva a kivirult arcát igyekezett minden kétségét elhessegetni. Azért, mert ő félt a lovaktól és nem is akart megtanulni lovagolni, attól még el kell ismernie, hogy Hora tökéletesen és magabiztosan uralja az állatot. Átnézett Péterre, aki miután felsegítette a hercegnőt egy pillanat alatt nyeregbe pattant és szemét le nem vette a lányról. Terveik szerint nem készültek messze menni, így további kísérőt nem kértek maguk mellé. Ellát teljesen megnyugtatta az a tény, hogy a férfi mindig a közelükben van, végtelen nyugalmat és biztonságot érzett mindig. Nála megbízhatóbb és hűségesebb embert nem is találhattak volna a feladatra és lám, mindez tényleg működött is. Az elmúlt hónapokban szerencsére nem történt semmi, biztonságban vannak. Nem is bánta ezt a nyugodt időszakot és hogy nem mozdultak ki a palotából.

Lelkesen integetett utánuk és igyekezett féken tartani Bátort, aki láthatóan zokon vette úrnője távozását. Mindez nem volt könnyű feladat, mert a kis állat az elmúlt hónapokban hatalmasat nőtt, Ellának már nem is kellett lehajolnia, hogy megsimogassa a fejét.

- Nyugi, hamarosan visszatérnek, csak egy órára mehetnek el. Gyere, addig benézünk a konyhába, még azért hűvös van – húzta az állatot az épület felé. Kicsit hidegnek érezte az időt, talán egy kis meleg ital jól jönne most neki. Sajnálta, hogy még várnia kell egy–két hetet a sétával. Az elmúlt két hónapban meglehetősen eseménytelenül teltek a délelőttjei a tanárnő távozásával, de most még unalmassá is váltak, mert Hora a királyi audienciákon is részt vett. Így kénytelen volt új elfoglaltság után nézni és a télikertben igyekezett hasznossá tenni magát. Az öreg kertész mellett igyekezett elsajátítani a növények igényeit és már alig várta, hogy a gyógyfüvekkel is megismerkedjen.

•

Hora nagyon régen várt már erre, hogy ismét átlovagolhasson a kastély mögötti réten és benézzen a kis erdőbe. Évek teltek el azóta, hogy legutóbb ezt tehette, de mintha csak tegnap járt volna erre. Régi ismerősként köszöntötte a kis dombokat és az ösvényeket. Kedvenc útvonalát követve egyenesen az erdő közepén álló óriás tölgyfa felé vette az irányt. Szeretett itt egy kicsit megpihenni és a kis patak itt kellően kiszélesedett, így a lova könnyedén tudott pár kortyot inni. Az erdő még nem éledezett, de pár nap és itt is megjelennek majd a virágok és hamarosan a rügyek is kipattannak. A nap azonban a csupasz ágak között így jól át tudott sütni és kellemes melegséget árasztott. Szükség is volt erre, mert az idő még hűvös és nyirkos volt és Hora kereste is a meleget. A lába picit fázott.

Meg is felejtkezett arról, hogy nincs egyedül, ijedten kapta fel a fejét, amikor Péter mellé állt, hogy megitassa a lovát. Hora eddig mindig egyedül lovagolt. Kicsit bosszúsan rántotta el a kantárt és visszafelé irányította a lovát. Nem örült annak, hogy most már egy pillanatra sem lehet egyedül, mindig van mellette valaki – vagyis mindig ott van Péter a közelben. Hogy lehet majd így szabadsága? Neki nincs szüksége senkire, teljesen jól elvan egyedül! – húzta fel magát és indulásra ösztönözte a lovat. Hosszú szoknyája azonban beleakadt a szúrós bokorba és nem eresztette. Hora kétségbeesetten próbált szabadulni, lehajolni azonban nem mert, mert attól félt, hogy lova kiszalad alóla és ő nagyot huppan a földön. Péter egy kicsit figyelte a kínlódását, majd mellé állt és kiakasztotta a megviselt ruhadarabot. Hora csak biccentett egyet és máris vágtára ösztönözte a lovat. Minél előbb szabadulni akart és elfelejteni a kínos pillanatot. Nem vágyott beszélgetésre sem. Viszont egyből magát korholta önfejűségéért és tudta, hogy ez ismét egy jel volt arra nézve, hogy igenis szüksége van valakire. És abban is biztos volt, hogy kotnyeles őrangyala már megint önfeledten nevet a bokron. Megértette a leckét. Kiérve a tisztásra visszafogta lovát és lassú ügetésbe kezdett. Várta, hogy Péter mellé érjen, ez azonban nem történt meg, hallotta, hogy a férfi kellő távolságban, mögötte lovagol, felvéve a tempóját. Hora hátrafordult, majd megállásra késztette a lovát. Úgy érezte, hogy a helyzetet most, még a visszaérkezésük előtt, kettesben szeretné tisztázni. Péter rájött, hogy mi a terve és a hercegnő mellett megállt. Így álltak csendben. Hora tudta, hogy neki kell először megszólalnia, elvégre ő jelzett, hogy beszélgetést szeretne. Meg az etikett is úgy diktálta, hogy Péter csak úgy nem szólíthatta meg őt. El is szégyellte magát, hogy a férfira mint a nyugalma megzavarójára tekintett. Soha nem szólalt meg és amennyire vissza tudott emlékezni a legtöbbször észrevehetetlen. Úgy áll mindig a közelében, mintha csak egy szobor lenne. Az audienciákon pedig a függöny mögé húzódik, alig észrevehető. Akkor meg miért olyan ellenséges vele? Miért akar szabadulni? Hiszen az a dolga, hogy árnyékként kövesse, amit tökéletesen meg is tesz. Semmiben nem korlátozza, nem irányítja, nem zavarja. Mint egy – őrangyal. Hora már sokszor átgondolta és rég rájött, hogy kapcsolatuk a bált követően változott meg. Nem beszéltek azóta, ez pedig Horának nem esett jól. Korábban volt véleménye, és tájékoztatást is kapott tőle, most viszont mintha haragudna is rá, mintha levegőnek nézné. Biztosan haragszik, amiért nem került rá a listára, csak ez lehet az oka. Pedig a rangja megvolt hozzá, mégis lenézték. Persze a dolgok hátterét megint Ellától és a jól informált szolgálóktól tudta meg. A nagyanyja nem választotta ki őt, ugyanis számára csak a vérségi kapcsolat bírt értékkel. Péter pedig csak gyámfiú volt, vagyis ereiben nem kék vér csörgedezett. Csak papíron.

- Még nem köszöntem meg a segítséget – törte meg a csendet. Nem nézett rá, tekintetével a távolban lévő kastélyt fürkészte. – Gyalog messze lett volna – tette még hozzá és a férfi felé fordult. Meglepetésére tekintete találkozott a férfiéval. Szomorúnak látta.

- Nincs mit – jött a rövid válasz. Péter csendbe burkolódzott. Ahogy máskor sem, most sem szólt semmi többet. Hora elgondolkozott, hogy akkor most mit is mondjon neki, érdemes–e a szabadság teréről beszélnie vele. Aztán úgy döntött, hogy hagyja. Megelégszik mára ezzel az egy mondattal. Legalább hozzászólt és ránézett. Kezdetnek ennyi is elég lesz.

- Holnap elnézhetnénk a másik irányba is – jegyezte meg, majd jelezte lovának, hogy indulhatnak haza. Péter illedelmesen, jó pár mérettel lemaradva követte.

•

- Ez igazán kedves önöktől – bólintott Hora a két képviselő felé, majd átfordult a mellette álló követhez és gyorsan lefordította a legutóbbi mondatokat olaszra. A király meglehetősen büszkén ült mellettük és örömmel figyelte, hogy az eddig igen mogorvának tűnő követ milyen kisimult és kedves lett azóta, hogy a hercegnő melléült. Tényleg csak ennyi múlik a diplomácia, hogy kiderüljön, szegény ember csak a felét értette eddig mindabból, ami eddig elhangzott, köszönhetően a tájszólásuknak? Valóban ennyire szörnyű a német kiejtésük? Így persze mindjárt más a helyzet, valóban ő sem lenne felettébb boldog attól, hogy mindenki össze-vissza beszél mellette, amiből nem ért szinte semmit, de döntést kéne hoznia. Meg szerencse, hogy az ő kislánya ilyen jól beszéli a nyelveket, még jó, hogy Zsófia erre mennyire ügyelt! Azok után, hogy őt kinevették, lenézték, mert egy mondatot sem tudott megtanulni franciául, érthető, hogy nem akarta ugyan ennek kitenni a gyerekeit. Felnőtt fejjel nehéz nyelvet tanulni, bezzeg gyerekként úgy szívták magukba az információt hogy csak na. Meg se tudja mondani, hány nyelven ért, mit is mondott a főnővér, franciául, latinul és oroszul is tud? Vagy angolt mondott? Esetleg mindkettőt? Mindegy is, a lényeg most az olasz még hogy rájöjjenek, hogy mit szeretne itt ez a jóember, miért küldték. Persze azt is jól látja, hogy ez a két őszes képviselő is zavarban van, hogy az ő kislánya itt közvetít közöttük, de miért nem hozattak tolmácsot – gerjedt majdnem haragra. Már csak az hiányzik, hogy ez a két pojáca miatt itt valami vita törjön ki, mert nem gondoltak erre. Legyenek is csak megalázva, hogy egy fiatal nő segítségére szorulnak. Jobb, ha hozzászoknak Anna jelenlétéhez, mert mostantól rendszeres látogató lesz. Inkább örülnének, hogy vannak értelmes és hasznos tagjai is a királyi családnak. Úgyis megrögzött monarchia ellenesek, legalább most belátják, hogy az uralkodó család nemcsak dísznek van. A diplomácia és a probléma megoldás területén még mindig rájuk van szükség. Ez a követ is biztosan hazamegy és áradozni fog az ország ifjú, bájos hercegnőjéről, aki egyedüliként megértette őt. Hol vette valaha is hasznát Károlynak vagy akár Fülöpnek? Bezzeg Anna, ha ő lenne a trónon, ha valóban ő lenne – merengett el ezen megint. Igenis, egyre valóságosabb opció. Ez a két képviselő még örülni fog annak, hogy ők legalább ilyen jól ismerik királynőjüket. Igen, Anna királynő, remekül hangzik – húzta ki megint magát. Csak nézte, ahogy a két vénember kényszeredetten mosolyognak, miközben a követ úr jóízűen nevet. De vajon miről beszélgetnek ilyen hosszan? – nézett rájuk. Anna szinte ragyogott, még nem látta ennyire szépnek és elevennek. Igen, ez az ő terepe, nem szabad bezárva tartania a palotába, ebből az erőből másnak is táplálkoznia kell. Mostantól rendszeresen jönniük kell, bár jön a nyári szünet hamarosan, de ősszel megint érkezni fognak. Anna az első napi kissé visszafogott jelenlétét követően hamar ráérzett, hogy mi a feladata. Mindenkinek egyesével bemutatkozott, kedvesen érdeklődött felőlük, és amivel a legnagyobb elismerést elérte, hogy a következő napon már sokkal magabiztosabban mozgott és mindenkit a nevén szólított, tökéletesen felidézve, hogy ki miért felelős. Nem szólt bele semmibe, megfigyelőként volt jelen, pár érdeklődő kérdést feltéve. Ma viszont nagy eredmény, amit a követ úrral kapcsolatosan elért. Jelenléte egyértelmű.

- A nagykövet úrral az időjárásról beszélgettünk – szólalt meg végre a hercegnő. – Tudták, hogy dél-olaszországi? Ott tényleg meleg van mindig. De most kérem bocsássanak meg, bemutatnám a követ urat Róbert képviselőnek, aki a tengeri kereskedelemért felelős, lenne hozzá pár kérdése. Nagyapa, velünk tart? – nézett rá, mire csak intett a fejével, hogy jól ül itt, csak menjenek nyugodtan. – Rendben. Önökkel is még találkozunk később, addig is jó étvágyat az ebédhez – bólintott a két képviselő felé, majd megvárta, még meghajolnak elköszönésképpen, de láthatóan kissé belassulva. Hora remélte, hogy a két monarchiát leginkább ellenző képviselő értékeli, hogy kisegítette őket a nyelvi területen. Sajnos elég hamar, már az első látogatása után rájött, hogy nagyapja személye bár kedvelt, de korántsem tekintélyt parancsoló a képviselők között. Tisztelettel meghallgatják, láthatóan figyelnek rá, de nem osztanak még vele minden információt. Minden döntését ellen kell jegyezni egy miniszternek, így komoly befolyásoló ereje sincsen, lehet nem is szólnak neki, ha valamit visszautasítottak. Így pedig nem láthat rá vagy dönthet fontos kérdésekben, vagy hiába dönt, az visszautasításra kerül. Pedig szükség lenne a változásra több területén is az esetleges reformok nem haladnak. Azt olvasta, hogy a központi alkotmány alig rendelkezik részlet kérdésekben, a helyi döntések pedig az utóbbi években elmaradtak. A képviselőknek felettébb kényelmes és kifizetődő a változatlanság, a dolgokra azonban reagálni kell. Igaza volt Henrik főtanácsosnak, aki mesélt neki a látogatásuk előtt a parlament működéséről. Nagyapának szerencséje van, hogy ilyen végtelen hűséges embereket is maga mellett tudhat, aki felhívta a figyelmét ezekre az igen fontos kérdésekre. Sőt azt is elmesélte, hogy szerinte kiben bízhat és kik azok, akiket semmiképpen nem hagyhat figyelmem kívül. Ezért nagyon nem mindegy, hogy itt vannak megint és remélhetően egy kicsit változhatnak a dolgok. Már csak azzal is, hogy a sok férfi közé egy fiatal hölgy érkezett. Nagyon fontos neki ez a pár nap, nagyon sokat kell tanulnia. Milyen kár, hogy Ellát nem tudta idehozni, ő biztosan sokkal több mindent észrevenne vagy megtudna. Kihallgatásból a legjobb. De várjunk csak, ezzel ő is próbálkozhat, elvégre van itt még valaki, aki a segítségére lehet. A bejárati ajtó felé vette az irányt, mert biztos volt benne, hogy Péter ott áll és rendületlenül szemmel tartja. De rajta kívül más nem tudja, hogy ő kicsoda, mintha csak a testőrség része lenne, arctalan őr.

- Péter kérem, lenne olyan kedves és amennyire lehet kihallgatná, hogy ezek ketten miket mondanak, miután felállnak a király mellől? – súgta oda gyorsan neki, és már libbent is tovább. Egyedül rá számíthat és mivel a férfi a katonai egyenruhájában könnyen elvegyül a tömegben, nem veszik észre, kapcsolatukról nem tudnak. Péternél diszkrétebben pedig senki nem tud észrevétlen lenni. A férfi sejtelmes mosolyát már nem láthatta, de számított rá. Most viszont a legjobb, ha a követre összpontosít megint és összehozza a kereskedelmi szakértővel, jó lenne, ha meg tudnának állapodni. A kikötői zavartalan jelenlét fontos – mutatta az utat a másik terembe, szemével a képviselőket pásztázva.

•

Ella felettébb izgatottan várta, hogy a hercegnő végre haza érkezzen és ő végre elmesélhesse, hogy mi minden történt ma vele. Ez volt az egyik legizgalmasabb nap az életében és felettébb hálás, hogy elhozták öt is a városba. Még soha nem járt itt és már a lehetőségtől teljesen fel volt villanyozódva, a valóság azonban még ennél is izgalmasabb volt! Mekkorát sétált, nem is tudja, hogy bírták a lábai, de a vásárló utca, a csodás épületek teljesen magával ragadtak, többször is meg kellett néznie. Ekkora templomokat, ilyen magas tornyokat nem is látott eddig, nem beszélve a nyüzsgő tömegtől, ami az utakon hömpölygött. Ezt mindenképpen még akarja pár napig élvezni, már előre végig is gondolta, hogy mit látogat meg másnap. Ott van az a csodás park, amiről a reggelinél áradozott az egyik idős hölgy, meg az állatkert, amit mindenképpen látnia kell. Bár kicsit aggódott az első nap, hogy eltéved és nem talál majd vissza, de szerencsére a magas templomtornyok sokat segítettek a tájékozódásban. Még jó, hogy ilyen kellemes az idő és az eső sem esik, igazán tökéletes városlátogatásra. Maradhatna még így pár napig. Fel kell addig térképeznie mindent, hogy a hercegnővel mit nézzenek meg majd részletesen a hétvégén. Persze a legfontosabb program az opera lesz vasárnap! Már alig várja! Fel se tudja fogni, hogy az elmúlt pár hónapban mi minden történt vele, ez maga a csoda. És hogy az operába is eljuthat, erre végképp nem gondolt! Azért megnyugtató, hogy ezek a dolgok nemcsak az ő számára újdonságok, hanem mindezt az első élmény örömét meg tudja osztani Horával is. De igazán jöhetnének már, ennyit nem dolgozhatnak. Tegnap is a végén kénytelen volt elkezdeni a vacsorát nélkülük, aztán kiderült, hogy közben pár fontos emberrel vacsoráztak is. Lehet, hogy most is ez a helyzet, talán mégis a legjobb, ha ma is nélkülük eszik. Szólt, hogy hozzák a levest.

•

Hora meglepődött önmagán, hogy egyáltalán nem várja a holnapi napot, amikor vőlegénye ebédlátogatást tesz náluk. Sőt, meglehetősen nyugtalan. Még arra sincs most türelme, hogy a hímzéssel foglalkozzon, pedig azt mindig szívesen csinálta. Nagy sóhajtással letette a félig kész terítőt a kosarába és felállt. Talán egy kis séta jót tenne neki – indult el a terasz végén lévő lépcsősor felé. Ettől egy kicsit lenyugodott. Azon gondolkozott, hogy mennyi idő telt el azóta, hogy Lipóttal találkozott. És mi minden történt vele. Mondhatni kinyílt egy új világ a számára! A fővárosban töltött hét szép volt, izgalmas, varázslatos, az a nyüzsgés, élet ami ott volt eléggé feltöltötte. Persze azt sejtette, hogy itt a palotába unalmas és lassú az élet, de a kontraszt erősebb volt, mint gondolta volna. Ha eszébe jut, hogy mi volt régen, akkor ami most van az éles kontraszt. De miért is legyen nagy udvartartás, mikor a nagyanyja az év felét Svájcban töltötte? És nagyapja miért is tartott volna nagy személyzetet, mikor egyedül volt sok hónapig? Ő sem akar mást az udvarba hozni, jó ez így. Őt nem zavarja a nyugalom. Mindennek ellenére azért jobb itthon, a megszokott környezetben. Itt ismeri a környezetet, az embereket, a megszokott soha nem baj. Az opera épülete lenyűgözte, de önmagának bevallotta, hogy ez nem az ő műfaja. Persze ezt nem mondta és a világ minden kincséért sem árulná el a nagyapjának, biztosan megsértené vele. Ha esetleg lehetősége nyílik rá, akkor legközelebb is elmegy, de nem nagyon okozna neki gondot, ha több előadást nem hallgathatna végig. A parlament nyüzsgése azonban felkeltette az érdeklődését és már alig várta, hogy a következő ülésre is elmenjenek még a nyári szünet előtt. Addig maradnak a megbeszélések itt a palotában.

De most Lipótra kéne figyelnie, aki holnap érkezik. De miért fél ennyire ettől a naptól? Nem értette, hogy mi történik vele. Ella azzal nyugtatta, hogy biztos ideges, hogy ismét találkozik a férfival, akiről most már tudta, hogy a férje lesz. Ettől mindenki ideges lenne, hiszen az élete meg fog változni. Persze hogy fél az újtól, ami természetes. De Hora nem volt meggyőződve arról, hogy csak erről van szó. Nem boldognak kéne inkább lennie? Vagy tényleg csak a viszontlátástól fél? Retteg, hogy mégsem lesz olyan, mit a legutóbb?

Hú, de erősen süt a nap – nézett fel hunyorogva. Eddig a napernyő védte a május elejei szokatlanul meleg és erős sugaraktól, most viszont közvetlenül is érezte. Semmi kedve nem volt felmennie a szobájába a kis ernyőért és hiába nézett körül, senkit nem látott. Na szép, hova tűnt mindenki? – lepődött meg, aztán eszébe jutott, hogy Ella frissítőért szaladt be, bármelyik percben itt lehet. Na nem fogja visszatartani a nap, sőt, erre vártak már mióta! – döntötte el és nekivágott a kertnek. Majd a tuják árnyékában fog haladni és úgy minden rendben lesz. De előbb végigszagolja a rózsakertet – fordult abba az irányba. Már csak azért is, mert itt könnyen megláthatják majd – és már futott is kedves bokrai felé. Ahogy nézte, ma a sárga rózsák közül nyílt ki jó pár, így ezeket érdemes végigszagolnia – dugta máris az orrát az egyik virágba és nagyot szippantott bele. A mennyei illatukkal nem tudott betelni. Máris szökkent a következőhöz, aztán tovább. Ella közben visszatért és egy hangos hahót hallatott. Hora visszaintegetett és kezével körbe mutatott, hogy ő egy kicsit még itt marad. Gondolatai ismét Lipót körül forogtak. Nem tudta, hogy fogadja, mit mondjon neki. Vajon mire emlékszik a férfi mindabból, amiket a fejéhez vágott? És azokat tényleg komolyan gondolta–e? Ezek alapján akkor lenézi nemcsak őt, hanem a családját is? De neki kell meghunyászkodnia, ő jön ide. És az eljegyzést még mindig felbonthatja bármikor. De emiatt bánkódjon vagy aggódjon ő, neki kell bocsánatot kérnie! Neki kell elfogadtatnia magát!

Orrát dühösen a következő virágba nyomta. Ella csak egy hangos sikoltást hallott a kert másik feléből, majd egy kapálódzó lányt vett észre. Péter kiugrott a közeli bokorból és gyorsan felmérte a terepet. Egyből látta, hogy mi történt: a hercegnő orrát megcsípte egy méhecske. Egy pillanatot tétovázott, mert tudása szerint ilyenkor amilyen gyorsan csak lehet ki kell nyomni a mérget, de hogy nyomogathatja ő a hercegnő bájos orrát? Hora csak az égető fájdalmat érezte és könnyeivel küszködött, láthatóan teljesen lemerevedett. Péter tartva attól, hogy mindjárt elájul, kénytelen volt felnyalábolni és elindult vele a terasz irányába. Közben gyorsan Ellának kiabálta, hogy kerítsen ecetet. A lány már rohant is és mire Péter felcipelte a lányt és befektette a karosszékbe már egy jól átáztatott zsebkendővel ért vissza lihegve.

- Ez csípni fog, meg büdös lesz, de muszáj – tette a lány orrára a zsebkendőt, aki hagyta. – Ella, ki kéne nyomni a mérget, megteszi? Ugye képes rá? – nézett a mellette álló aggódó lányra, aki láthatóan összeszorította az ajkait, majd határozottan bólintott. Péter óvatosan elvette a zsebkendőt a láthatóan bedagadt orról, majd utasításokat adott, hogy mi a teendő. Ella apró és ügyes kezei tökéletes munkát végeztek, Hora sziszegett, könnyezett, de készségesen hagyta, hogy orrát nyomogassák. Közben észre sem vette, hogy erősen szorítja Péter kezét.

- Azt hiszem így már rendben lesz – lépett hátra Ella, majd megtörölgette a meggyötört orrot és visszatette a bűzös kendőt a lány orrára. Ezt még rajta kéne hagyni egy kicsit, ha nem baj – magyarázta a küszködő lánynak. Hora megpróbált amennyire csak lehet hátradőlni, de ecet ide vagy oda, elájult. Péter felnyalábolta az eszméletlen lányt és átvitte a terasz másik oldalán lévő kanapéhoz, Ella pedig repülő sóért és vízért szaladt. Péter óvatosan lefektette a lányt és egy párnát tett a feje mögé. Felemelte a kézfejét és paskolni kezdte, ahogy nevelőapjától látta.

- Hercegnő, kérem, ébredjen, minden rendben van – ismételgette. Hora pár perccel később lassan kinyitotta a szemét és Péterre mosolygott. – Remek – örült meg a férfi. Közben Ella is visszaérkezett és már átvette a gondoskodás szerepét. Péter hátralépett és onnan figyelte a két lányt. Ella láthatóan ideges volt, mert szokásától eltérően csak úgy ömlött belőle a szó.

- Jaj szegénykém jól ránk ijesztett, azt sem tudtuk hova kapjunk, még el is ájult, de hát nem is csoda, jól meggyötörtük az orrát. De minden rendben van. Nagyon fáj még mindig? Ugye nem haragszik rám? De így előbb gyógyul majd, Péter is sokat segített, ő mondta, hogy mit kell csinálni. Hát ha nem lett volna itt akkor nem is tudom mi lett volna, itt lennék még mindig tanácstalanul. De örüljünk, hogy itt van – mosolyodott el. Szüksége van valamire, egy kis vizet kérsz? – nyújtott felé egy poharat.

Hora feje szinte zsongott a sok beszédtől és hálásan pislogott a feléje nyújtott pohár láttán. Ella végre észrevette magát és abbahagyta a csacsogást.

- Nagyon piros, nagyon megdagadt? – emelte meg a kendőt az orrától, de elég volt Ella meglehetősen beszédes tekintetét lefordítania. Még Péter közömbös nézése és megváltozott. – Miért pont most történik meg ez vele? Hát hogy fog kinézni holnap? – esett kétségbe. – Lehet ezzel valamit tenni? – nézett kétségbeesetten a lányra. Ella láthatóan gondolkozott, majd bólintott.

- Megkérdezem a kertészt, hogy milyen gyógyfüve van rá. De a konyhában is körbekérdezhetünk. Kitalálunk valamit, nyugodj meg! – próbált lelket önteni a hercegnőbe.

•

Hora ránézett Ellára, aki igyekezett komoly képet vágni, de csak nem tudta visszatartani a nevetését. Ezt már Hora sem állhatta és elnevette magát.

- Tényleg ez volt az egyetlen épkézláb megoldás, amit ki lehetett találni? – fordult el a tükörtől. – Ez szánalmas! – tette hozzá, és elkomorult.

- Szerintem meg inkább sejtelmes! Ugyan már, ne dramatizálja túl, hiszen látta már és tudja, hogy milyen szép! Ezt meg fogja érteni! – bökött a fátyolra.

- Biztos? És ha nem lesz vicces kedvében? – aggódott a lány, de Ella mellélépett és felhúzta a fátylat.

- Na ez a nem vicces! – szembesítette a lányt a piros duzzanatról, melynek köszönhetően az orra az eredeti kétszeresére nőtt. Hiába volt minden praktika, sajnos az idővel ezek sem tudták felvenni a versenyt. Holnapra már biztosan szép lesz, de ma érkezik, ma pedig ez a helyzet. Esetleg a mai programot áttehetnék holnapra, akkor nyernének egy napot. – Egyébként azon gondolkodtam, hogy az evést át kéne gondoljuk. Gyakorolnia kéne, hogyan emeli a villát! – tette még hozzá. Hora azonban nem úgy nézett ki, mintha épp ez a kérdés foglalkoztatta volna. Már biztos volt benne, hogy a vacsorát lemondja, helyette inkább villásreggelit tarthatnának.

- Mi lesz, ha visszalép? – kérdezte váratlanul.

- Ne is reménykedjen! – viccelt Ella, bár Hora nem volt teljesen meggyőződve arról, hogy ezt valóban viccnek szánta, vagy volt benne egy kis realitás is.

- Megkérdezem nagyapát, mit szólna a programcseréhez! – döntötte el Hora és már indult is. Az ajtó előtt szokás szerint Péterbe botlott. A férfi hátralépett, meghajolt, majd felemelte a tekintetét és a lányra nézett. Egy pillanatra megmerevedett.

- Tökéletes megoldás – csúszott ki a száján. Hora nagyon örült, és szája mosolyra húzódott. Ha ezt egy férfi mondja, akkor biztosan úgy van!

- Köszönöm! – motyogta a fátyol alatt és már futott is nagyapja szobája felé. Aztán rájött, hogy már megint futkos és ez nem illik, így lelassította lépteit. Hora, csak nyugalom! – intette meg magát. Ideje lenne leszokni ezekről a gyerekes dolgokról, elvégre hamarosan férjes asszony leszel. Ők pedig nem rohangálhatnak csak úgy a folyosókon! Megállt az ajtónál és nagy levegőt vett, majd benyitott.

•

Paulina igyekezett a legnyájasabb arcát mutatni vendégük előtt, szerencsére nem esett ez túl nehezére. Bár tudta, hogy Lipót kifejezetten jól ért a nőkhöz és könnyű beszélgető partner, de mindezt nem érezte megjátszásnak. Úgy vette észre, hogy kellő figyelmet szentel mindenkinek. Kedves Annával, szívesen sztorizgat a királlyal, odafigyel arra, hogy mindenki bevonódjon a társaságba, még Ellától is kérdezett pár dolgot. Meg kell állapítsa, hogy igazán megnyerő fiatalemberre esett a választása, úgy néz ki, hogy mindenki jól jár vele. Abból sem csinált ügyet, hogy Anna a tegnap esti közös ebédet lemondta, ma meg fátyolban ül az asztalnál. Ezt a szégyent, hogy nem figyelt az a balga lány. Még jó, hogy ilyen lazán kezelte és egy mesével elütötte az idegen, távoli országról, ahol a nők teljes fátyolt viselnek. Az a szerencse, hogy a bálon volt alkalma jól megnézni és így legalább tudja, hogy nem zsákbamacskát rejtegetnek. Elégedetten fordult a király felé, aki láthatóan elemében volt. Ahogy így elnézi, kifejezetten ínyére van a fiatalember, már meg is invitálta vadászatra meg horgászatra. Lehet, hogy mostantól gyakori vendég lesz náluk egészen az esküvőig. Anna kifejezetten hálás lehet majd neki.

Az ebéd után meg kikocsikázhatnának vagy sétálhatnának egyet a kertben, persze nem egészen kettesben. Az nem fordulhat elő, Anna egy pillanatig sem maradhat kettesben vele.

•

- Erre tényleg szükség van? – kérdezte Lipót, de Hora félreértette a kérdést. Észrevétlenül jelzett Péternek és Ellának, hogy maradjanak le kicsit, majd ügyel rá, hogy látótávolságon kívül maradjanak. Meg igaza is van Lipótnak, a beszélgetésük nem tartozik rájuk. A férfi azonban Hora fátylára gondolt, láthatóan az elejétől fogva izgatta, hogy mi lehet alatta.

- Igen és kérném, hogy ezt tartsa tiszteletben – lépett egyet hátra Hora. Nem szeretném, hogy így lásson és kész. Mint mondtam, az orrom a méhnek köszönhetően a korábbi kétszerese, de ez csak pár nap. Utána megint a régi lesz – ismételte meg megint a történetet. – Önnel nem történt még olyan, hogy nem szívesen mutatkozott volna valahol? – kérdezett vissza.

- Dehogynem, főleg amikor sokat ittam. Másnap nem mertem a háziak szeme elé kerülni.

- Remélem ez nem volt túl gyakori – jegyezte meg kicsit erősebben Hora, mint szerette volna. – Remélem nem mindenkit nevezett apácának! – vágta a fejéhez.

- Kérem Hercegnő, bocsásson meg! – esett térdre előtte Lipót. Emlékszem miket mondtam és végtelenül szégyellem magamat érte.

Tudja felség életemben először komolyan zavarban voltam! Tudja ott volt ön meg még másik kérő, azért ez nem a szokásos helyzet, hogy versenyezni kelljen. Nálunk az a szokás, hogy a szülők, a családok egyeztetik a házassági szándékot. Ez olyan volt, mint valami próba, amin én sajnos nem szerepeltem túl jól. Csodálkoztam is, hogy nem vágott pofon meg hogy engem választott a végén! – fakadt ki a férfi. Hora meglepődött és egyben el is szégyellte magát, hogy így számon kérte.

- Bevallom megsértett, viszont az őszinteségét becsültem! Kimondott olyan dolgokat, amiket mindenki csak a szőnyeg alá söpör. Bár azért ebből majd vegyen vissza a jövőre nézve ha nem velem beszél! – oktatta. Lássa, hogy átlépett egy bizonyos távolságot, amit nem illett volna. Belül azonban nagy kő esett le a szívéről. Ha ez tényleg így marad, akkor nincs mitől félnie! Egy dolog volt, ami nem tetszett neki: hogy Bátor hátramaradt Ellával. Lipótot nem volt hajlandó üdvözölni, csak messziről szagolt egyet és mordult, majd elment. Ilyet senkivel nem csinált eddig. Hora azt a következtetést vonta le, hogy az okos állat egyből megérezte a vetélytársat és féltékeny volt rá. De majd idővel megszokja őt is.

•

Elégedetten dőlt hátra Vilmos király a karosszékében és arra gondolt, hogy a mai nap után megérdemel egy pohárral kedvenc és ritka italából. Kemény nap áll mögötte, sok munkával, de úgy érezte, hogy ez most nagyon is megérte. Délelőtt két követet is fogadott, délután pedig végre aláírta a végleges formába öntött törvényt. Már csak egy miniszteri ellenjegyzésre van szükség és holnaptól ha szükség van rá, akkor a korona női ágon is tovább szállhat. Végre elkerült minden akadály az elől, hogy az uralkodó család továbbra is megtartsa a hatalmát az országban. Persze ez nem azt jelenti, hogy Annából már holnap királynő lesz, de soha nem lehet tudni. Alakulhat úgy, hogy pár év múlva esetleg ő kövesse a trónon. Addigra pedig már elég okos és érett lesz ahhoz, hogy ennek meg is feleljen. Figyelte az elmúlt hónapokban, hogy mennyire ott van az audienciákon, megérti és követi az eseményeket, és bár közvetlenül nem akar beleszólni, de utólag kérdez és véleményt is mondd neki. Hasonló érdeklődést egyik fiától sem látott az állam ügyeire vonatkozóan, így örült, hogy azért csak van a családból egy utód, akire majd rá lehet mindent bízni. A fia döntése bizonytalan és erre nem alapozhat. Nem tudta megmagyarázni miért, de volt egy olyan érzése, hogy kisebbik fia nem fog többet visszatérni a palotába. Bár megígérte, hogy ez lesz az utolsó útja és a tél végeztével hazaér, már lassan vége a májusnak és nem érkezett hír felőle. Ez pedig rossz hírt jelent. Nem véletlenül igyekezett azzal a törvénnyel. Csak kapjon elég időt. Addig is türelmetlenül várja a tájékoztatást, hogy merre jár a hajó mást nem tehet.

Most, hogy már párszor találkozott Lipóttal úgy ítélte meg, hogy a fiatalember felszínes. Udvariassága és kedvessége mögött számítás lehet. Ha így jobban belegondol, nagyon emlékeztette menyére, Zsófiának voltak hasonló módszerei. Mindketten vonzó külsejüket és megnyerő modorukat próbálták felhasználni, hogy célt érjenek. Ezzel nincs is semmi gond, kérdés, hogy mindezt mire akarják fordítani. Hogy mennyire veszélyesek. Zsófia minden hibája ellenére egyáltalán nem volt önző és soha nem felejtette el, hogy honnan jött. És vágyainak voltak határai, nem akart egyre többet. Jól csengő nevű, de lecsúszott és szinte vagyontalan nemesi családja legjobban helyezkedett gyermeke volt, aki még őt is kiválóan manipulálta. Vilmos királynak nagyon nehezére esett bevallania, mennyire félrevezette, amikor először találkoztak. Ennyire nem verte át egész életében senki, mint az a 18 éves ragyogó szépségű lány, akinek szinte a tenyeréből evett – már 18 éve. Idő kellett hozzá, amíg rájött a cselszövésre. Addigra azonban már hercegné volt. De mindig tett valamit, hogy a környezete ne nélkülözzön. Vajon Lipót hasonló helyzetben mit tenne? Hiszen az ő családja gazdag, jólétben élt, azonban hatalma nem volt harmadik fiúként. Még örülhetett, hogy nem papnak adták, hanem ő is katonai pályára léphetett. Vajon ha megérzi, hogy hatalmat kaphat, azt jól használja fel? Mit válthat ez ki belőle? Egy férfi nem valószínű, hogy megelégszik annyival, hogy gyerekei jólétben éljenek és hogy szép ruhái legyenek. Egy biztos, hogy komolyan figyelnie kell a fiatalember viselkedését és próbára tenni képességeit. Csak remélni tudta, hogy Paulina ebben szövetségese lesz. Sajnos jelen állás szerint veszésre áll, hiszen Lipót természetesen jobban ért a nőkhöz, így míg anno Zsófia őt, most Lipót a királynőt próbálja az oldalára állítani. Bárcsak tisztán látná Anna képességeit és nem lenne annyira elfogult vele szemben, akkor sokkal egyszerűbb lenne. De azért van itt ő, hogy ezt a helyzetet megoldja, kezelje. És főként ha tudná, hogy Anna igenis méltó a trónra. Egyszer csak rá kéne szánnia magát, hogy beszéljen erről feleségével, mielőtt még túl késő lenne!

·

Ella egyik kedvenc helyén ücsörgött. A szokatlanul meleg napon jól esett a hosszú márványlépcsőn ülve a korlátnak döntenie fejét. Imádta, ahogy a kellemesen hűvös kő enyhíti a hőérzetét. Ha már most ilyen meleg van, akkor mi lesz később, éppen csak elkezdődött a nyár – elmélkedett. Pedig megszabadult már az összes alsószoknyájától, etikett ide vagy oda. Úgyse látja senki, hogy hány van rajta. De a vékony fehér ruha így is melegnek bizonyult. Aztán eszébe jutott, hogy pár hónappal ezelőtt meg a hideg miatt sírtak és elszégyellte magát. Soha nem fog a meleg miatt panaszkodni többet – döntötte el. Akik pedig ezt teszik, azoknak majd az eszébe fogja juttatni a hosszú, sötét és eső áztatta téli napokat, amikor mindenki csak fényre és melegségre vágyott. Így most ez megadatott, akkor örülni kell neki és nem azon pihegni, hogy túl sok. Valószínű csak megszomjazhatott, hiszen már egy jó ideje kuporog ezen a helyen. De innen minden mozgást tökéletesen nyomon tud követni és úgy hall meg beszélgetéseket, hogy mások nem veszik őt észre. Szüksége is van erre, hogy Horát mindenről informálni tudja. Ahogy azt elég hamar észrevette, szegény lányt sok mindenből méltánytalanul kihagyják, nem beszélve a királynő komornáiról, akik folyton áskálódnak ellene. Itt legalább képet kaphat a legújabb eseményekről. Tegnap például azt tudta meg, hogy utálatos tanítónőjük a következő hónapban sajnos visszatér, mert a királyné úgy ítélte meg, hogy híján vannak a jó modornak és az illemnek és szükségük lesz az etikett átismétlésére még az esküvő előtt. Nem is merte még elmondani Horának tegnap, valahogy nem találta a megfelelő időpontot, hogy ezt megossza vele. Tegnap annyira jókedvű volt, hogy nem akarta ezt elrontani. De hát ki nem örült volna a kerti medencében való pancsolásnak! Ez még őt is teljes mértékben felvillanyozta! De ma sajnos mindenképpen el kell mondania. Talán ebéd előtt kéne, hogy esetleg majd rá is kérdezzen nagyanyjánál – mosolyodott el erre az ötletre, de sajnos ismerve a lányt tudta, hogy ez nem a legjobb ötlet. Hora biztosan tényleg rákérdezett volna, ami pont alátámasztotta volna az öreglány elképzelését, hogy valóban kéne egy kis illemóra. Pedig csak az a karót nyelt vénasszony látja annyira rugalmatlanul a dolgokat. Ella tudta, hogy a királyné nem szereti az unokáját, sőt egyenesen gyűlöli. Csak nem tudott még rájönni, hogy miért. Pedig már puhatolódzott minden irányban, de úgy néz ki, hogy erről senki nem tud. Nagyon régi történet lehet és a legtöbben csak azt sejtetik, hogy Hora a királynét valamiért utálatos menyére emlékezeti, pedig szerintük nem is olyan. Ella teljesen fel volt ajzva, hogy ilyen nyomozást vezethet, de biztos volt benne, hogy kideríti, mi áll a dolgok hátterében. Tökéletesen testhez álló feladat, bár senki nem kérte meg rá. Hora sem tud róla semmit, nem is kell. Majd ha előáll az eredménnyel, akkor megtudja, addig pedig segít neki mindenben, amiben lehet.

Épp fel akart állni, hogy a konyha felé vegye az irány egy kis frissítőért, amikor lódobogást hallott. Ez biztosan egy futár lesz – ült vissza gyorsan a helyére és igaza is lett.

- Sürgős üzenet a királynak, személyesen – rohant be az épületbe a futár és láthatóan teljesen ki volt tikkadva. A komornyik egy pillanatot tétovázott, hogy a királyt megzavarja–e az audienciáján, de aztán úgy döntött, hogy mégis bekopog. Ella fent tisztán hallotta még a tétovázó futár válaszát, hogy a levél a legközelebbi kikötőből érkezett. Ez csak a nagybácsi lehet – örült meg Ella. Jól tudta, hogy hosszú idő óta nem érkezett semmi hír felőle. De ezek szerint akkor hamarosan hazatér, biztos értesítést küldött az érkezéséről – csak az lehet. Csak nem hagyja ki egyetlen unokahúga esküvőjét! Na jó, az még pár hónap múlva lesz, de csak nem pont arra érkezik meg.

Nem telt bele két perc sem és a lenti terem ajtaja felpattant, majd a király robogott ki rajta és már irányt is vett a lépcső felé. Biztos a királynéhoz siet – futott át egyből az agyán Ellának és gyorsan négykézláb feljebb osont, hogy észrevétlenül fel tudjon állni, mielőtt a király még itt találja a lépcsőn. Majd úgy tesz, mintha éppen lefelé indult volna, az a legbölcsebb – döntötte el. Elindult lefelé a lépcsőn és számításai szerint a fordulóban kellett volna találkozni a királlyal. Azonban nem volt ott. Ella rosszat sejtve sietősre vette lépteit és meglátta a királyt a lépcsőn feküdni.

- Gyorsan, segítsenek, azonnal orvost, vizet – kiabálta amilyen hangosan csak tudta, majd a férfi fölé hajolt, hogy megnézze, mi történhetett. A király szeme csukva volt, sérülést szerencsére nem látott rajta. Tekintete a mellette heverő papírra esett. Ellának semmit nem kellett tennie ahhoz, hogy elolvassa, mi áll rajta, az írás felül volt. „Lemondó nyilatkozat" ez állt a lap tetején. Ella villámgyorsan átfutotta az első sort, majd hirtelen ötlettől vezérelve gyorsan félbehajtotta a papírt és a király zsebébe nyomta, mielőtt a segítség megérkezett. Jobb, ha ezt más nem látja meg idő előtt.

•

Láthatóan mindenki idegesen várta a híreket. Paulina nyugtalanul járkált fel–alá, amíg várakoztak, Hora összeroskadva ült egy széken maga elé meredve és a könnyeivel küszködött, Ella meg imádkozott. Még Péter is lehorgasztott fejjel állt az ajtónál. A feszültséget harapni lehetett. Mindnyájan abban bíztak, hogy nem történt semmi komoly és a király csak a hirtelen melegtől lett rosszul. Az orvos azonban majd egy órát volt bent és ez csak tovább fokozta a feszültséget.

- Mondja doktori úr, mi a helyzet? – esett neki egyből Paulina az orvosnak, amint kijött a királytól. Az öreg, sokat látott orvos láthatóan fáradtnak tűnt. Kevéske haja kuszán meredezett feje tetején, apró szemüvege félrecsúszott az orrán. Letette a táskáját és nyugodtan körbenézett.

- Nos királynőm – kezdett hozzá a beszédhez majd megállt. – Beszélhetek? – intett a fejével a többiek felé. Ella egyből érzékelte, hogy komoly dologról van szó, így illedelmesen meghajolt és már távozott is, ahogy Péter is szinte észrevétlenül kisurrant. Horának azonban még fel kellett fognia a történteket. Felállt és távozni készült, Paulina azonban megállította.

- Maradj! – ennyit mondott csak. – Doktor úr, kérem, hogy van a férjem? – nézett az orvosra teljes bizonytalansággal.

- A körülményekhez képest jól – mondta ki a megnyugtató szavakat, amire a két nő fellélegzett. – Egy kisebb szívprobléma. Rengeteget kell pihennie, kímélnie magát, a legkisebb izgalom is most végzetes lehet! Most nyugtatót kapott, aludni fog, ne is zavarják kérem. Este majd megnézem – tette még hozzá, és indulni készült. Paulina azonban nem érte be ennyivel és az orvos után lépett.

- Kérem, árulja el, készülnünk kell a legrosszabbra?

- Nos előbb–utóbb mindenki elmegy. De a király erős, ne aggódjon, nem fogja magát ilyen könnyen megadni. De ehhez Önök is kellenek, hogy visszafogják. Most pedig lepihennék én is, eléggé elfáradtam. Ha megengedik – totyogott a folyosó felé. Hora még látta, hogy a kanyarban Péter a segítségére sietett és a karját nyújtotta neki, majd lekísérte a lépcsőn az idős doktort.

- Tudja mi történhetett? – nézett a királyné a lányra.

- Egy futár érkezett sürgős levéllel, nagyapa elolvasta, elsápadt és kisietett. Fel a lépcsőn, gondolom önhöz. A levél tartalmát sajnos nem ismerem.

- Ella kérem, jöjjön ide! – kiáltott Paulina, mert biztos volt benne, hogy a lány nem ment messzire. Igaza is volt, Ella a következő szoba túlsó felében ült le, de készenlétben maradt. – Jöjjön ide, ugye Ön találta meg a királyt, volt valami levél nála? – nézett a lányra, aki kicsit bizonytalanul, de láthatóan csóválta a fejét. – Vagy a lépcsőn? Igen, ott is lehetett. Kérem menjen és nézzen körül! – utasította. Anna menjen ön is, kérdezzenek a futár után honnan jött, hova mehetett. Gyorsan! A királyt most hagyni kell pihenni, de tudni akarom mi történt! – emelte meg a hangját. A két lány villámgyorsan eltűnt, magára hagyva a láthatóan kimerült nőt.

- Ilyenkor nagyon félelmetes – súgta Ella Hora fülébe a lépcsőn lefele, majd megálltak a fordulóban és végignézték a szőnyeget. Ella közelebb hajolt Horához és intett, hogy nagyon figyeljen. – Én láttam a levelet, elejtette. Gyorsan a zsebébe tettem – mondta. Majd egy pillanatra meginogott, hogy elmondja–e a tartalmát is.

- És mi volt benne? – kérdezte Hora. Sejtette, hogy barátnője kíváncsisága mindennél erősebb volt és biztosan belenézett a papírba.

- Nem jó hír… – mondta a lány. Nem biztos, hogy ezt neki itt és most el kell mondania.

- Kibírom, bármi is – nyugtatta meg barátnőjét, arra gondolva, hogy a lány talán az ő egészségéért aggódik.

- Na jó, legyen. De kérem tegyen majd úgy, mint aki semmiről sem tud! Ígérje meg! – emelte meg a kezét, esküre hívva a lányt.

- Megígérem – emelte fel a kezét Hora, majd letette és türelmesen várt.

- A levélben a nagybátyja hivatalosan is lemond a trónról – árulta el, hogy mitől lett rosszul a király.

- Én meg már azt hittem, hogy meghalt – csúszott ki megkönnyebbülten Hora száján a gondolata. Végül is nem bánta meg, hiszen Ella a bizalmasa volt, kivel mással osztaná meg ilyen gondolatait, ha nem vele. Azt is nagyon jól tudta, hogy a lány másként gondolkozik, így nagyon jól át tudják beszélni az eltérő véleményeket és nézeteket.

- De hercegnő, ez rémes hír! Ha ez igaz, ez azt jelenti, hogy nincs törvényes örököse az országnak! Ha a király meghal, akkor mi lesz a koronával? Lipót lesz a király? Vagy egy újszülött? Ez borzalmasan veszélyes! Hora azonban ezeket fel sem fogta, hanem a lemondáson elmélkedett.

- Nem, azt hiszen ez a döntés még egy halálhírnél is rosszabb – jegyezte meg pár perccel később. – Hiszen teljesen elutasította, amiért a szüleik, az őseik éltek, nem kért belőle, nem akarta a sorsát. Persze, hogy nagypapa szíve is majdnem megszakadt.

•

- Szép jó reggelt – mosolygott Paulina Vilmos királyra pár nappal később, majd az ablakhoz lépett és kinyitotta. Hallgassa micsoda madárcsicsergés van! És ez az illat! Érzi a hársfákat? Ha gondolja készíttethetek egy kis pihenőt a fák alatt, ott jobban élvezheti mindezt. És a levegő is jobban jár, mint itt fent a szobában – fordult túlzott gondoskodással a király felé. Mit reggelizne? – nézett rá kérdőn.

- Egy kis süteményt, ha lehet – fordult a király az inasa felé, aki bólintott, és már szaladt is a konyha felé, hogy a tálcát felhozza.

- Sokkal jobb színben van ma – kedveskedett férjének.

- Sokkal jobban is érzem magam. Fel is kelek, elég a sok fekvésből, henyélésből. Vár a munka! – közölte tettre készen.

- Az megvár! – állt az útjába a felesége. Ebben a melegben senki nem dolgozik, mindenki csak pihen, nem történik semmi. Amit kell elintézek. Csak akkor engedem vissza és az orvos is, ha megerősödött. Egy pár napot még tud várni, jó? Csak még egy hét és utána már dolgozhat is? Nem lenne jó, hogy ha idő előtt térne vissza ezt ön is jól tudja. De sétálni már felkelhet! – nézett rá megenyhülten.

- Na jól van, legyen – dőlt vissza az ágyra. Pár napot kibírok, hogy pár évvel tovább élhessek. Tudta, hogy nagy szükség van rá, az idő ellenük dolgozik. És azt is tudta, hogy Paulina bár nem mutatja, azért a hír őt is megrázta. Még ha meg is beszélték, hogy nem vesznek tudomást a kapott levélről és nem hozzák senki tudomására. Arról viszont fogalma sem volt, hogy felesége idő közben már írt fiuknak, melyben jelezte, hogy nem fogadják el a döntését, igenis meg kell hoznia majd ezt az áldozatot.

- Pihenjen, szükségünk van még önre! – Arra gondoltam, hogy előbbre hozhatnánk az esküvőt... – kezdett bele a mondatba, de a király egy intéssel jelezte, hogy itt hagyja abba.

- Nem adunk okot a pletykára. Az esküvő az eredeti időpontban lesz és kész! Ne is idegesítsen semmivel! És a fiú sem költözik ide előbb, minden marad úgy, ahogy eddig. Most pedig hagyjon magamra, hadd egyek nyugodtan! A végén még ön fog megölni itt az okoskodásával! – tette még hozzá. – És küldesse be Annát – szólt még a megsértett királyné után.

•

Paulina megalázva érezte magát. Még hogy küldjem be Annát! – fortyogott magában. Az a kis butuska némber már fontosabb a királynak, mint én vagyok! Hát kicsoda ő, még azt sem tudják, de a király inkább őt akarja, vele beszéli meg az ügyeit. Ő meg a sok évi áldozatos munkájával semmit nem ér! Hát hol itt az igazság! Hol a hála! Ezt érdemli ő, aki egész életében az országot szolgálta és lemondott a saját boldogságáról! – annyira el volt foglalva saját keserűségével, hogy észre sem vette a mellette elsuhanó unokáját, aki még időben ki tudta kerülni. Az őt követő Péternek azonban nekiütközött.

- Királynőm, kérem bocsásson meg – kért rögtön elnézést a fiatalember meghajolva, majd amikor látta, hogy nem érkezik válasz aggódva nézett fel az idős hölgyre. Paulina azonban teljesen rendben volt, csak olyan mértékű önsajnálatba zuhant, hogy mindezt fel sem fogta. Viszont tekintete megakadt a fiatalemberen. Péter csak azt vette észre, hogy a királynő mintha ott sem lenne. – Felség, jól van? – kérdezte meg ismét, mire a királynő némiképp összeszedte magát.

- Mit is mondott, hova valósi? – kérdezte meg váratlanul tőle. Valahogy az elmúlt hónapokban teljesen kiment a fejéből, hogy a fiatalember után érdeklődjön. De mikor, ha nem most kérdez kicsit utána a múltjának, ez eddig úgyis elmaradt. Jól elmaradt. Pedig biztosan figyelemre méltónak kell lennie annak, akit a báró a gyámsága alá vont. Netán egy gyermek bal kézről? – nézett bele egyenesen a férfi szemébe. De hasonlóságot nem vélt felfedezni rajta, nem úgy tűnt, hogy a báró vére lenne. Vagy mégis?

- Ziethof kastély melletti faluból származom – felelte meglepetten Péter. Tisztán emlékezett rá, hogy a királynő már érdeklődött felőle korábban is.

- Á igen, én is jártam arrafelé – felelte váratlanul a királyné. – Emlékszem, hogy csodás parkja volt a kastélynak, tetszett nagyon – tette még hozzá.

- Igen, valóban gyönyörű – erősítette meg Péter. Paulina megint a múltba repült vissza és korábbi forrongó gondolatait kedves, szép emlékek váltották. Arca kisimult és fiatalkora nyugodt és felhőtlen emlékei idéződtek fel benne. Mennyire máshogy alakult volna az élete, ha akkor nem szalad ki az útra, hogy meglesse a királyi hintót! Pedig úgy nézett ki, hogy teljes életét azon az idilli kis szigeten fogja eltölteni, nyugalomban és szeretetben. Ehelyett jutott neki mindez – tért vissza a valóságba és kapta fel a fejét, hogy merre is van. Szerencsére a fiatalember már megint volt annyira illedelmes, hogy észrevétlenül távozott. Pedig még meg szerette volna kérdezni, hogy mennyi idős. Na majd legközelebb. Tudta jól, hogy a báró utána majd 20 évig nem házasodott meg. Bár ő titkon azt remélte, hogy soha nem is fog. Aztán csak érkezett egy asszony a palotába, az ő helyére. Paulina tett róla, hogy ne is fusson össze vele, hiszen azt a családot nem hívták meg sehova sem. Annyit azonban hallott róla, hogy egy csendes, kedves, nagyra becsült asszony, ezért pedig még kevésbé kedvelte. Hiszen elvette, ami az övé lett volna!

•

- Jaj, ne, tényleg, ez muszáj? – nézett nagyon kétségbeesetten Hora Ellára, amikor a lány közölte vele a szomorú hírt, hogy a tanárnőjük visszatér. – Fogadjunk, hogy a nagymama ötlete volt! – kérdezte, vagy inkább kijelentette, amire Ella nem is válaszolt. Teljesen felesleges is lett volna. – Ön szerint próbáljam meggyőzni nagyapát, hogy erre nincs szükség? – nézett reménykedve a másik lányra, de ő is nagyon jól tudta, hogy ebben a kérdésben úgyis feleségére hagyja a döntést. Lebiggyesztette az ajkát. Nem örült neki, hogy szabad élete utolsó hónapjaiban, a nyárban majd a szobában kell ülnie és órákat hallgatnia. Mert sajnos abban biztos volt, hogy a kényeskedő vén csont biztos nem teszi ki a lábát a tűző, meleg napra, de még a napernyő alá sem. – Na majd nagyon igyekszünk, jól és illedelmesen viselkedünk, ahogy az úri kisasszonyokhoz illik és akkor csak egy–egy órácskát kell majd vele töltenünk. Jó lesz így, nem? – nézett cinkosan a barátnőjére. Ha akarnak, akkor tudnak rendesen is viselkedni, de hát az olyan megerőltető. De hát mire is számíthatott nagymamája részéről, bármit is tesz úgysem lesz neki elég jó, előkelő vagy illedelmes. Pedig ő tényleg igyekszik, de hát akkor is csak még nincs 17. Fiatal lány, mit várhatnának el tőle? Persze ha meg besavanyodott pápaszemes könyvmoly lenne, akkor az lenne a baj? Na de most nem foglalkozik ezekkel, elvégre a tanárnő csak a jövő hét végén érkezik. Addig még ki kell élvezni a július minden szépségét! – Gyere Bátor, hozd vissza! – dobta el megint a kutya labdáját, majd nézte, ahogy az óriás szőrpamacs utána iramodik. Hatalmas szökkenéssel még a levegőben elkapja a visszapattanó labdát majd kitartó lelkesedéssel fut vele vissza gazdájához. Szerencsére már sikerült leszoktatni arról, hogy felugorjon rá és úgy próbálja meg kifejezni ragaszkodását. Amíg kicsi volt, ez belefért, de most akkora lett már hogy biztosan fel is döntené a lányt. Így csak leül elé és megvárja, amíg a jól megérdemelt fejsimogatást megkapja. – Fúj, ez tiszta nyál, vigyázhatnál jobban is! – nézi Hora a földön heverő labdát. Bátor már fél órája nyüstöli, kimeríthetetlenek a tartalékai. Már megint újabb dobást kér. – Elfáradtam, te még nem? – néz az állatra. – Péter kérem, játszana vele még egy kicsit, nekem már fáj a karom a sok dobálástól – fordul Hora a közelben álló férfihoz és felé rúgja a labdát. Ezt biztosan fel nem veszi már, még koszos is lett a sok nyáltól, ki tudja mi minden tapadt rá. Már Bátor is ismeri a felállást és lelkesen nekiindul, várva a nagy dobást. Persze Péter mindig messzebbre küldi a labdát, ami tovább gurul a bokrok közé, így jobban lehet szimatolni és keresgélni is. Hora csak nézi, ahogy a kutya eltűnik.

- Mikor is írt utoljára Hannának? – kérdezte váratlanul Ella. Tudta nagyon jól, hogy se Hora, se Hanna nem nagy levélírók, így túl sok információcserére nem lehet számítani közöttük.

- Mi lenne ha meghívnánk egy kicsit megint, hiszen tavasszal járt itt utoljára! Ez remek ötlet! – lelkendezik egyből Hora és már futott is be a palotába, hogy azonnal intézkedjen és meghívót küldessen. Ella csak csóválja a fejét és intett Péter felé, hogy maradjon nyugodtan, majd ő elintézi. Még hogy nincs szükség arra a tanárra, hát nagyon is van. Horának végre meg kéne tanulnia, hogy nem gyerek többé, aki csak úgy gondol valamit és egyből azt is teszi. És főként nem futkoshat így. Sokat kell még tanulnia és főleg komolyodnia ennek a lánynak!

·

Hora komor arccal jött vissza a kis kápolnából és a pap intelmein gondolkozott. A bíboros kéthetente nézett be hozzájuk a kastélyba és mindig vagy egy órát beszélgetett a lánnyal. Hora nagyon szerette a bölcs ember meglátásait és magyarázatait, bármilyen témáról is kérdezte. Ez ugyanis a kettejük titka volt, hogy nemcsak a vallásról beszélgettek. A lány sokat kérdezett és tanult tőle a kinti világról, a falun zajló életről, a városi emberekről, a vidékről. A mai beszélgetés azonban komorrá tette, ugyanis az atya a háborúról beszélt. Bár Hora tudta, hogy a terület most jelenleg nyugodt és békés, de ismerte a korábbi viharos történelmet. Az atya pedig most beszélt neki, hogy lent délen a mediterrán tengernél megint mozgolódás van, az állandó és örökös harc a nagy kikötőért folyik. Mert aki birtokolja a kulcspontokat, az uralja a kereskedelmet és a gazdaságot. Hora most értette meg ezt a komoly összefüggést, hogy milyen fontos egy ország, város stratégiai helyzete és az ott rejlő lehetőségek. És csak örülni tudott, hogy még sincs tengere az országnak. Igen a tenger... már nem egyszer olvasott róla, látott festményeket is, de még eddig nem látta. Pedig biztosan magával ragadó lehet, ha a nagybátyja ennyire oda van érte. De a tengerek innen messze hullámoznak, minden irányban. Vajon lesz majd rá alkalma, hogy meglátogassa? Mintha úgy hallotta volna, hogy régen az édesapja gyerekként tengeri levegőkúrán volt, állítólag az nagyon jót tett a gyenge tüdejének. De vajon csak gyógyulásra lehet olyan messzire elutazni, vagy csak úgy is utazhat? Egyáltalán hogy jutott el a gondolatmenete a háborútól a tengeri levegőig?

- Na miről szólt a mai szentbeszéd? – hallotta meg Hora Ella hangját maga mellett és össze is rezzent. Annyira elmerült a gondolataiba, hogy észre sem vette a lányt.

- A tengerről beszélt az atya – válaszolta készségesen a lány, aztán gyorsan hozzátette. – Mármint a Vörös tenger szétválasztásáról. Tudod épp arra gondoltam, hogy milyen lehet a sós víz, hiszen a tenger olyan – folytatta kicsit sután a lány. Oldalra sandított barátnőjére, aki értetlenül nézett rá, ezért úgy gondolta, hogy tovább magyaráz. – És hogy vajon mi lehet benne olyan vonzó, hogy a nagybátyám ennyire rajong érte? – tette hozzá. Ellának még mindig fogalma sem volt arról, hogy Hora épp merre jár.

- És mi köze van ennek a szentíráshoz? – kérdezett vissza.

- Hát csak onnan jutott eszembe, hogy vannak, akik nem önként utaznak, hanem menekülnek. Még valakik kénytelenek nekivágni az ismeretlennek és megnézni a tengert, addig a nagybátyám önként indult neki. De a mozgató erő mindkét esetben ugyan az volt, mindannyian menekültek. Csak ennyi. – próbálta rövidre zárni a dolgokat. Ella végre megértette a gondolatmenetet és bólintott, hiszen teljesen logikus megállapítás volt ez Hora részéről.

- Szerintem Lipót biztosan járt már a tengernél. Holnap érkezik, nem? Akkor majd kérjük, hogy meséljen róla! – lelkendezett Ella. Örült, hogy legalább megint lesz társaság, az mindenkire jó hatással van. Mostanság úgyis olyan lehangolóak a közös ebédek, mindenki annyira szótlan. Komoly feszültségek lapulnak és ezt Ella nagyon nem szerette.

•

- Ó igen a tenger, az nagyon kiszámíthatatlan. Akárcsak a nők! – jegyezte meg másnap az ebéd közben Lipót, majd Paulinára villantotta a fogait. A hölgy meglehetősen fel volt villanyozva és láthatóan teljesen oda volt a vendégükért, így csak egy újabb kacajjal nyugtázta a férfi szellemes megjegyzését. Hora viszont elégedetlen volt a rövid válasszal és zokon vette, hogy az asztaltársaság gyorsan új téma után nézett. Majd talán a közös sétán ismét megkérdezi róla a férfit. A férfi pár látogatása alkalmával már rájött, hogy ilyenkor a nagyszüleinek, főleg a királynénak teszi a szépet, és róla szinte tudomást sem vesz. A közös sétájuk alkalmával azonban figyelmes vele és tudnak is beszélgetni kicsit. Ezen nem kéne kiakadnia. Akkor meg miért érzi úgy, hogy a férfi néha színészkedik? – sandított felé. Kérdezte erről Ellát, aki láthatóan nem akart rosszat mondani a róla, de a hallgatása ezt sugallta. Lehet, hogy csak túl szigorú vele, hiszen annyi mindennek meg kell felelnie. Arról nem is beszélve, hogy az új felállás szerint biztosan régens király lesz belőle, ami nagy felelősség! Vajon tud már róla valahonnan vagy nagyapja csak később beszél vele? – morfondírozott. De láthatóan Lipót pontosan úgy viselkedett, mint máskor. Vajon ez megváltozik? Horának az volt az érzése, mintha kicsit léha és életunt lenne és ezt ellensúlyozandó mindent túl lelkesen és teátrálisan kezel. Most is kissé lazának tűnt, hogy egy szál ingben ült le az asztalhoz, majd engedélyt kért az ujjának felhajtásához. Horának így volt alkalma megfigyelni és megállapította, hogy Lipót karja kissé vékony. Pedig azt hitte, hogy a férfi edzettebb! – Te jó ég, miket gondol róla, hiszen nem kemény fizikai munka vár rá, hanem majd az ország irányítása! – zavartan pislogott körbe és igyekezett ismét felvenni a beszélgetés fonalát. Miről is van szó?

- ... Igen szerintem is tökéletes az október, hiszen addigra a legnehezebb mezőgazdasági munkák már befejeződtek. Így a mulatságokra is ráérnek. És még nincs olyan hideg sem – tette még hozzá Lipót.

- Egyet értek – helyeselt a királyné. A fiam márciusi esküvője borzalmasan hideg volt – magyarázta a királyné Lipótnak, mire Hora közbeszólt:

- Édesanyám azt mondta, hogy télen volt az esküvőjük – javította ki a nagyanyját.

- Persze, téli hideg volt – lett egy pillanat alatt ideges az idős hölgy. Kétségbeesett pillantását Vilmos felé küldte, de ezt egyedül a szemfüles Ella vette észre. A király krákogott egyet, majd pontosított.

- A miénk volt márciusban, az övéké decemberben. Bár teljesen mindegy, mindkettő rémesen hideg volt – borzongott bele az emlékekbe.

- De miért nem ilyenkor, melegben tartják az esküvőket? – kérdezett vissza Hora értetlenül.

- Majd én elmagyarázom neki – fordult Lipót a lányhoz nagy türelemmel, majd mesélt a 3 napig tartó lakomáról, amit a vidéki emberek nem engedhetnek meg maguknak a sok teendőik közben. Ellenben a tél beállta előtt már ráérnek a mulatságokra. Ella közben azzal volt elfoglalva, hogy a királynét figyelje. Az idős hölgy ugyanis megkönnyebbülten sóhajtott fel Hora kérdésére, majd láthatóan kissé remegő kézzel nyúlt a pohara felé, hogy egy korty vizet igyon.

Így amíg Lipót magyarázott, Ella agytekervényei szédületes iramban kombináltak. A hallottak alapján ugyanis egyértelmű volt az ő számára, hogy Hora szülei igenis márciusban esküdtek. Ami azt jelenti, hogy Hora hercegnő az esküvőt követő hetedik hónapra érkezett meg. Ezt pedig akárhogy is számolja, kissé kevés idő. Persze hallott már korábban érkezett gyerekekről, akik szerencsésen életben maradtak, de a királynő alaptalan idegeskedése más irányú következtetést eredményezett. Lehet hogy...

- Ella kedves, játszana nekünk valamit a zongorán? – fordult váratlanul a királyné a lányhoz, kizökkentve ezzel a gondolatmenetéből. Ha csak sejthette volna, hogy mi jár abban az okos szőke fejben, milyen veszélyesen közel jár az igazsághoz, akkor biztos sokkal előbb megzavarta volna. Ella kedvesen rámosolygott a királynéra, majd készségesen lépett is a zongora felé. A kombinálást később is tudja folytatni. Most viszont csak arra gondolt, mennyire várta már ezt a mondatot megint, hiszen az elmúlt hetekben nem kérték ezt tőle. Mióta a király kicsit gyengélkedett a zeneszót is kitiltották a kastélyból. Ezzel nagyon nem értett egyet, hiszen a zene hallgatása egyáltalán nem fárasztó, nem beszélve a gyógyító, jótékony hatásáról. Gyorsan átlapozta a kottáit, amik a szokásos helyen a zongora mellett lapulnak, majd egy kicsit tempósabb szám mellett döntött. Talán ez most jobban illik a hangulathoz, mintha nem beszélgetni szeretnének. Végigsimította a billentyűket, majd leütötte az elsőt. A szobát kellemes zongoraszó töltötte be.

- Ó igen, ez nagyon szép darab, az egyik kedvencem, Ella pedig annyi érzéssel játssza – jegyezte meg egyből a király és Ella nagyon örült a dicsérő szavaknak, nagy megtiszteltetés ez neki. Ezek szerint elégedettek a választásával.

- Nem erre táncoltunk a bálon? – fordult oda Lipót Horához, és úgy, hogy mások ne vegyék észre, rákacsintott. A lány vette a lapot.

- Tényleg. A mi dalunk! – állt fel és a nagyszülei legnagyobb örömére a két fiatal táncra perdült.

- Ezt már szeretem – futott széles mosolyra a király szája és láthatóan élvezettel nézte őket.

Ella gondolata közben tovább cikáztak. Hol is hagyta abba? Á igen, a hét hónapnál. Szóval adott egy gyűlölt meny, akiről mindenkitől csak ellentmondásos dolgokat hallott. Adott egy elsőszülött lány, akit a nagyanyja érthetetlen módon utál. Pedig Hora hercegnő minden elfogultság nélkül eléggé elkötelezett és tisztában van a rá váró feladatokkal, ami kivetnivaló lehet vele szemben az a kora. Adott egy módosított esküvői időpont. És adott az agyonhangsúlyozott mondat a királyi vérvonal tovább viteléről. Várjunk csak – villant egy nagyon fontos momentum Ella eszébe. Hogy is hangzott a bál előtti fenyegetés: „Te nem is vagy hercegnő" – kapcsolta össze az eddigieket. E mögött csak egyetlen magyarázat állhat: Hora nem az édes unoka!

A hirtelen és főleg képtelen felismerésre félre is ütött egy hangot, annyira megremegett a keze. Szerencsére éppen vége lett az adott darabnak és amíg a kottáit igazgatta, próbált megnyugodni. Jobb, ha ezt a képtelen ötletet most azonnal ki is veri a fejéből! És most azonnal felfüggeszti a nyomozást is. Ha ez tényleg igaz és kitudódik, annak beláthatatlan következményei lennének. Különben kár is bolygatni már ezeket a kérdéseket. Mert ha igaz is lenne, akkor is Horát tökéletesen hercegnőnek nevelték és meg is felel az elvárásoknak, ez a lényeg. Hora hercegnő, születését tekintve félig mindenképpen, de az ő szemében teljesen is. Akkor ez ennyiben is lesz hagyva – döntötte el, majd egy pillantást vetett még a királynőre, mielőtt elkezdte volna az új darabot. A tekintete azonban mindent elárult, ennyi ellenszenvet még soha nem látott a szemében unokájával szemben, pedig Hora csak élvezte a pillanatot. Ennél több bizonyíték nem is kellett Ellának, egyből tudta, hogy sajnos igaza van. Már csak az a kérdés, hogy rajta kívül még ki tudja ezt a szörnyű titkot? Ki lehet az a rejtélyes személy, aki tönkretette Hora ruháját. Most, hogy tudja az indítékot, most már talán könnyebb dolga lesz. Már csak ezen fog nyomozni. Ezek szerint kell egy olyan személy, aki ismerte Zsófiát, még mielőtt ide került volna a palotába. És itt járt a bál előtt. Igen, ezen a nyomon fog tovább haladni – döntötte el. De most már teljesen a darabra fog koncentrálni. Bár lehet, hogy a hallgatóságnak nem tűnt fel, de ő igenis tudja, hogy többször is elvétette a kottát. Ez nem fordulhat elő megint!

Közben Paulina gondolatai is cikáztak. Még jó, hogy Anna nem vett észre semmit, hiszen olyan ártatlan és könnyen félrevezethető teremtés. Nem úgy, mint az anyja volt. A lényeg, hogy nem vette észre – ugyanezt azonban nem biztos, hogy elmondható Elláról. Ez a lány láthatóan sokkal okosabb, mint azt gondolják róla, látta hogy nézett rá az előbb is. Jobb, ha odafigyel rá, igen, el fog vele kicsit beszélgetni. Az soha nem árt. Ha ennyi ideig titokban maradt mindez, akkor most már nem derülhet ki, de ha mégis, akkor most már senki nem is hinné el. De azért jobb résen lennie – nézett összehúzott szemekkel a táncoló fiatalokra. Ahogy így elnézi, a szimpátia kölcsönös. Igen, úgy tűnik neki, hogy Lipótnak tetszik Anna. A lány meg minden bizonnyal vonzódik a férfihoz, hiszen figyelmes vele és mivel az első udvarlója, így biztosan nem lesz nehéz dolga. Ez azért megnyugtató – könnyebbült meg a királyné. A lényeg a sok utód – dőlt hátra a székében elégedetten és tekintete a szoba másik oldalán álló őrre tévedt. Nem tudta nem észre venni, hogy Péter hogy követi szemével a táncolókat. Mi is volt ebben a pillantásban? Gyűlölet? Vagy irigység? Nem, ez inkább féltékenység, igen, azt fedezte fel! Paulina szíve váratlanul meglágyult. Ó szegény, szegény fiatalember, az ő szeretett Páljának a gyámfia. A történelem megismétli önmagát! Adott egy Ziethof Báró, aki nem kaphatja meg a királyi család nőtagját! Nincs rosszabb a reménytelen szerelemnél – sajdult bele a szíve. Azonnal tennie kell valamit, a legjobb, ha eltávolítja a lány mellől, az ő érdekében – határozta el. Nem, mégsem, inkább hagyja – gondolta meg azonnal magát. Most mit is tegyen? – tanácstalanodott el. Szóljon a királynak? Inkább jobb, ha nem zaklatja még ezzel is. Jobb, ha nem tesz most semmit, hiszen ez nem az első eset. A testőrök sorsa már csak ez, beleszeretni, élni és akár meghalni azért, akiket szolgálnak. Ennél hűségesebb embert úgysem találnának a feladatra. Aztán meg még három hónap és itt az esküvő, utána a szerepek újrarendeződnek, a testőrség is átalakul, minek bolygassa ezt most feleslegesen. És mit mondana a lánynak, miért küldi el, hiszen Anna biztos nem sejt semmit. Amennyire megismerte Pétert, nála észrevehetetlenebb és udvariasabb testőrt még nem látott. Inkább hagy most mindent úgy, ahogy van, arra a kis időre – döntötte el.

•

Hora meglehetősen örült, hogy ez a hét ennyire mozgalmas volt a számukra. Hanna pár nappal Lipót ebédlátogatása után érkezett és szokás szerint olyan volt, mint egy kisebb szélvész. Minden felbolydult a környezetébe – mindenről tudni akart, mindenkivel beszélni szeretett volna és láthatóan minden érdekelte. Szerencsére a királyi párral tartott közös ebéden visszafogta magát és csöndesen, szolidan viselkedett, de biztosan nagyon nehezére esett mindez neki. Bezzeg annál élénkebb volt délután a kertben, alig tudták tartani vele a tempót. Mindenkit megvert a labdajátékba, pedig ő egyedül játszott, míg ők ketten voltak, de nála jobb ütő játékost még nem láttak. Még a távoli kis kapukat is olyan könnyedén találta meg az általa indított golyók, hogy öröm volt nézni. Biztosan minden nap ezt gyakorolta otthon, más lehetőség nem lehet. Most meg tessék, már Bátor nyelve is lóg, ő még mindig dobja a labdát neki. Még szerencse, hogy csak pár napot van itt, többet biztosan nem bírnának vele ki.

- Na meséljenek, milyen volt Lipót? Ella, nyugtass meg kérlek, hogy kedvesen és jól bánik a mi hercegnőnkkel – tette a kezét előbb az egyik, majd a másik lány karjára, majd figyelmesen meghallgatta Ella lelkes beszámolóját az ebéd utáni táncról, majd pedig Hora kicsit visszafogottabb elbeszélését a közös sétáról. – Hora drágám, nem tűnik túl lelkesnek – jegyezte meg a végén, majd közelebb csúszott a lányhoz és a szemébe nézett: – Árulja el, nincs oda érte? Esetleg más tetszik önnek? – intett szinte észrevétlenül a fejével Péter felé. Ő láthatóan odavan önért – kuncogott a lány. Egyáltalán nem felejtette el a közös táncukat és biztos volt benne, hogy akkor és ott este volt szikra közöttük. Hora visszafogott lelkesedése pedig arra engedtette következtetni, hogy igaza van és más ül a szívében. Lipót teljes mértékben ideális férjjelöltnek tűnik, akiért mindenki oda van. Ha valaki pedig nincs, az csak azért lehet, mert más jár a fejében. Csak nem tud róla.

- Mi? – kérdezett vissza teljesen értetlenül Hora és olyan buta képet vágott, hogy ez elég volt Hannának. Hora teljesen ártatlan, szíve még érintetlen. Ez nem is baj, majd az lesz.–Nem. Neeem! – tette még hozzá. Hanna erre felnevetett és rákacsintott Ellára.

- Jól van, csak próbára tettük, nem bosszantjuk. Tudom, hogy visszafogottabb, jól is teszi, ha nem rajong érte túlságosan, akkor nem csalódik akkorát – nyomott el egy fájdalmas mosolyt magában. Jobb lassan, fokozatosan megismerni és az alapján megszeretni valakit. Látom azért kedveli, ez teljesen jó! És megvan már a ruhája? És a koszorúslányok? Kérem, kérem, hadd legyek koszorúslány, úgy szeretnék – fogta könyörgőre.

- De Hanna, nem lehet, már férjhez ment – nevetett rá a két lány, mire Hanna durcás képet vágott.

- Ettől az apróságtól igazán eltekinthetnének. Annyira szerettem volna koszorúslány lenni, de nem adatott meg – játszotta a sértődöttet. – Persze Ella biztos az lehet – fordított hátat a két lánynak. Hora és Ella erre összenéztek, mert erről bizony még nem beszélgettek. Pedig teljesen kézenfekvőnek tűnt.

- Mit szólna a keresztanyasághoz? – próbálta kiengesztelni a lányt, mire Hanna láthatóan teljesen meghatódott.

- Ó – csak ennyit tudott mondani és szeme megtelt könnyel. – Ennél nagyobb megtiszteltetést nem is kaphatnék. Köszönöm! – borult a lány vállára.

•

Hora leszállt a lováról és hagyta, hogy az állat egyedül induljon a patak felé. Jól esett neki a hűs fák között időznie egy kicsit, egyedül. A palotai jövés–menés kifárasztotta, ezért most különösen élvezte a magányt. Teljes biztonságban érezte magát, tudta, hogy Péter nem lehet messze, bár látni nem látta. A férfi mintha az elmúlt napokban még távolságtartóbb lenne vele. Nem mintha annyit beszélgettek volna, de valahogy úgy vette észre, hogy most szinte kerüli. Lehet, hogy meghallotta, amit Hanna mondott? Eddig nem volt ideje elgondolkodnia a dolgokon. Tényleg lehetséges lenne, hogy Péter odavan érte? Lehet ez? De miért? Mitől? Mondjuk ő mindig vele van, mindent lát, biztos egy csomó mindent is hall, akár amit Ellával beszélgetnek – pirult bele. Lehetséges, hogy ezek alapján beleszeressen? De hát semmi alapja és jövője... de megtörténhet. Hora gondolkozott azokon a regényeken, amiket olvasott. Az ő romantikus regényein. Ahol jön a férfi, és nem nézi, hogy a lány szegény vagy mégsem olyan szép, ő kell neki, megfogja benne valami és már viszi is. Hogy is írják, hogy ez az érzés csak úgy jön és kész, nem nézi a kort vagy a társadalmi rangot, ha egyszer utolér, akkor vége. De vajon mindenki így érezhet? Nem csak a romantikus álmodozók, amilyen Hanna. Vajon Ella is ilyen? Vagy ő is? Mindenki? De nem estik bárki szerelembe, valakit örökre elkerül, valakivel meg többször is előfordul. Nem, ő nem ilyen, nem ilyennek nevelték, meg a köreiben ez nincs is. Ott az van, amit mondanak, azt kell választani, aki a logikus választás, az ember ésszel él. És ésszel kell szeretni, vagy legalábbis azzal lenne jó. Akkor meg mi van vele? Miért nem érez mélyebben Lipót iránt? Hiszen ha az észérveket nézzük, akkor minden mellette szól. Idő kell hozzá, biztosan ez van, jobb, ha óvatos, azzal nem lehet baj. Majd ha a felesége lesz, akkor az úgy biztos, akkor már tényleg teljesen beleszerethet. Teljesen? Mit jelent az, hogy teljesen? Mert most csak kicsit szereti? Vagy csak kedveli? – ízlelgette a szavakat és az érzéseket. Hiszen ha nincs vele, akkor nem hiányzik, tessék, most sem gondol rá. Vajon ha Péter nem lenne mellette, nem hiányozna neki?

De hát ő mindig itt van, megszokta, már észre sem veszi, hogy itt van. Jaj ez olyan bonyolult – simította meg a lova nyakát a lány. A legjobb, ha teljesen kizárja az érzelmeket és nem gondolkozik ezen. Nincs is értelme. Lipót felesége lesz, remélhetően minél később anyakirályné, és a népét fogja szolgálni. Ez a feladata. Érzelmek, szerelem kizárva.

•

- Kérem figyeljen egy kicsit jobban a ragozásnál – jegyezte meg a tanárnő, miután a lány hosszan válaszolt a feltett kérdésére. Ella mellettük ült és hímzett, fél füllel figyelte csak az elhangzottakat. A francia nyelv nem az ő területe, mindig is gyenge volt benne és most már annyira bonyolultakat beszélnek, hogy szinte semmit nem értett belőle. Viszont annak örül, hogy Hora láthatóan most élvezi az órákat és nem esik nehezére a tanárnővel lennie. Bár ehhez a mai nap minden bizonnyal hozzájárul az eső is – pillantott fel az anyagról az ablak felé. Az ég teljesen borús volt és már órák óta könnyű eső szitált. Legalább nem szakad és nem fúj a szél, ez az eső pedig pont olyan, mint egy kiadós öntözés. A növények is nagyon hálásak lesznek, hogy annyi meleg nap után végre egy kis enyhülés és csapadék is érkezik. Ella ölébe ejtette a hímzést és barátnőjére nézett. Hora láthatóan teljesen elmerült a kezében tartott könyvben és hangosan olvasta fel az adott részletet. Haja lágy hullámokban omlott a vállára, éles kontrasztban volt hófehér, egyszerű ruhájával.

- Ella kérem, hozatna nekünk egy kis frissítőt? – szólalt meg váratlanul Hora és a lányra nézett. Ella már állt is fel, hogy kiszóljon az ajtón, azonban a tanárnő fegyelmező hangjára felkapta a fejét.

- Ez kérem egy francia óra, ne szólaljon meg más nyelven! – oktatta ki a lányt.

- De hölgyem, Ella nem nagyon beszéli a nyelvet, mégsem kérhetek tőle olyat, amit nem is ért – védte meg a lányt. – Csak iszom és máris folytathatjuk – tette még hozzá. Ella megállt előttük két pohárral. A tanárnő nem nyúlt a frissítőért, Hora viszont nyugodtan kortyolt.

- Ezt a szemtelenséget, ilyet nem engedhet meg magának! – pufogott tovább a tanárnő. Hora erre becsukta a könyvét és felállt.

- A mai óra ezzel véget ért – jelentette ki ellentmondást nem tűrően. Ella csak bámulta a lányt, hogy milyen határozott és hogy megvédte. És kiállt az igazáért. De érezte a feszültséget, ahogy Bátor is, aki felemelte a fejét, majd morogni kezdett.

- Az édesanyja soha nem viselkedett így! – kelt ki magából a tanárnő. Ella erre a mondatra felkapta a fejét és az agya pörögni kezdett. Nem is figyelt oda, hogy mi történik ezek után, agya szélsebesen próbálta összerakni a történéseket, beleillesztve ezt az új információt. Hogy is mondta, Zsófia hercegné? Hát persze! Hogy erre nem is gondolt korábban, pedig mondták is. A tapasztalt tanárnő jó pár háznál oktatta a fiatal lányokat már egy jó ideje. És hát ki mást hívhattak volna ide, mint a korábbi nevelőnőt, aki már járt itt. Ő lehet az, aki ismerte a hercegnét! És hát persze, az is lehet, hogy ismerte a múltját! Vagy hallott valamit, valami fontosat, bizalmasat, hiszen sok sok órát tölthetett itt. Egy elejtett szó, egy kis beszélgetés, amit úgy hiszünk más nem hall, esetleg egy félig megírt hanyagul ottfelejtett levél vagy kinyitott napló! Bármi, ami arra engedhetett következtetni, hogy valami nem stimmelt. És már jöhet is az üzenet, hogy te nem vagy hercegnő! Hát persze! Hiszen a bál előtt még voltak órái, utána viszont már nem. Ezért nem volt semmi további incidens, ezért nem történt semmi. Hát így juthatott be a palotába – hiszen eleve itt volt! Egy tanárnő, aki tud írni, aki tud dolgokat és akinek nem tetszik valami. De miért utálja ennyire Horát? Honnan ez a gyűlölet és miért ennyire erős? És mennyire veszélyes? – élesedtek ki megint az érzékszervei. Igen, akár veszélyes is lehet!

- Kérem, nyugodjanak meg – lépett a két fél közé. Jelen helyzetben csak ennyit tehet. – Nincs semmi gond, holnap folytatjuk – tette még hozzá. Az más kérdés, hogy nem így gondolta, mert az elképzelését – legalábbis egy részét – biztosan megosztja Péterrel. Igen, ő tudni fogja, mi a teendő. Most azonban gyorsan ki kell tessékelnie a szobából, le kell nyugtatnia. A tanárnő azonban továbbra is idegesnek tűnt.

- Kérem most távozzon, köszönöm. Jelzem majd a nagyszüleimnek, hogy a továbbiakban nem tartunk önre igényt – jelentette ki Hora, majd a beszélgetést lezártnak tekintette és hátat fordítva a tanárnőnek elindult az ajtó felé. Ella pont ezt a mondatot nem szerette volna így kiejteni, félt volna a következményektől. De Hora mindebből semmit sem tudott és nem is érzékelte a veszélyt. Így azt sem vehette észre, hogy a tanárnő arca megváltozik.

- Soha nem lesz királyné, nem a születése miatt, hanem mert nem méltó rá! Ha az anyja nem lett az, maga sem lehet! – sziszegte a tanárnő és felkapott egy levélbontót, majd Hora felé indult. Ella látta a mozdulatot és a két nő közé ugrott.

- Neee! Segítség! – kiáltotta, amire Hora is megfordult, Bátor támadásba lendült, Péter pedig feltépte az ajtót.

A szobába érkező férfi három földön lévő nőt látott. Ella és Hora összekapaszkodva az egyik oldalon, mellettük Bátor, hatalmas mancsai alatt a tanárnő mozdulatlanul. Péter odarohant és előrántotta a kardját.

- Mi történt? – nézett a két sápadt lányra, és ekkor vette észre, hogy a ruhájuk véres.

- Gyorsan, Ella megsérült – mondta Hora, én rendben vagyok. A férfi felnyalábolta a lányt és az ágyra fektette. Azonnal orvost – mondta, de Hora láthatóan nem mozdult, így kiabálni kezdett.

- Orvost, orvost – ordította, mire a folyosón lévő másik testőr berontott. – Szúrt seb, azonnal kell az orvos, meleg víz, tiszta ruha – adta ki az utasítást, majd a vérző lány sebére nézett.

- Ella, nézzél rám – fogta meg Hora a kezét a lánynak, közben a fejét simogatta. Nyugodj meg, nem lesz semmi baj. Nagyon bátran viselkedtél – beszélt hozzá, miközben Péter próbálta a vérzést csillapítani. Bár a seb nem tűnt nagynak, de mély lehetett, a távozó vér mennyisége aggodalomra adott okot.

- El kell szorítani a sebet, különben elvérzik – jelentette ki aggódva Péter és körbenézett a szobában. Addig ezt szorítsa erősen oda – tette rá a kezét a lánynak a párnára, amit átmenetileg oda tartottak. Gyorsan felállt és vastag sűrű törölköző után nézett. Közben rápillantott Bátorra és az alatta fekvő nőre, de láthatóan az állat jól tartotta a frontot, nem volt szükség segítségre. És most nem is ért rá erre, minden percért kár lett volna.

- Ön jól van? – kérdezte Ella a lányt, aki csak bólintott.

- Hamarosan rendben lesz – mondta, de hangja nem tűnt túl megnyugtatónak. Mindnyájan látták, hogy a frissen odaszorított törölköző pillanatok alatt piros lesz. Tehetetlenek. Bár itt lenne az orvos, hátha tudna valamit tenni, valahogy elállítani, megfékezni. De a vér csak folyt, hiába nyomták. Ella egyre haloványabb lett és reszketni kezdett.

- Akkor ennyi volt – jelentette ki erőtlenül, miközben Hora szemei megteltek könnyel. Péter is elfordította a fejét. Sajnos nem tehetnek semmit. – Ne sírjon kérem, rendben van ez így. Életem legszebb időszaka volt és nem bántam meg – mondta elcsukló hangon. – Köszönöm, hogy itt lehettem. És megvédtem az országot – mosolyodott el. – Ígérje meg, hogy nem változik meg... maradjon mindig ilyen... szeretlek... – suttogta a lány, majd egy nagyot, egy utolsót sóhajtott. Feje félre csuklott, keze lehanyatlott. A titkot magával vitte.

- Ella, kérlek maradj velem, neeeee – zokogott Hora és rázta meg a lányt. Kétségbeesetten nézett Péterre, akinek a szeme szintén könnyes volt. A lány Ellára borult és zokogni kezdett. Péter tehetetlenül ült az ágy szélén, majd kezét a lágy fejére tette és megsimogatta a haját. Hagyta, hadd sírjon.

Az orvos ekkor érkezett meg. Péter felállt és csak lemondóan lehajtotta a fejét. Az idős férfi értette a jelzést és csendben leült a fotelba, készenlétbe. Tudta, hogy egy ideig kitartanak a könnyek és hagyta, hogy a hercegnő kisíja magát.

- Hogy van a hercegnő? – kérdezte a szobából távozó orvost a király.

- Alszik, várhatóan jó sokáig fog aludni, kapott nyugtatót. De kérem legyen valaki a szobájában, ha felébred, ne legyen egyedül – mondta már távozása előtt.

- Persze, persze, gondoskodunk róla – intett a király és az ősz fejű doktor nagy sóhajtással elhagyta a termet. Nem örült, hogy ennyi teendője van.

- Péter kérem, ugye gondoskodik a felügyeletről? – rogyott le fáradtan a király a kanapén ülő felesége mellé. A királyné már órák óta bénultan ült egy helyben és egy szót sem szólt. A király érzékelte, hogy most nem számíthat rá, minden bizonnyal önmagát okolja, amiért erőltette az oktatást. – Tudna intézkedni a szobája rendbe tételéről is? – nézett a komornára, aki bólintott, hogy intézkedik. – Anna addig itt marad az én lakosztályomban, majd én egy másikban alszom. Nem hiszem, hogy jót tenne neki, ha ma visszatérne. Esetleg át lehetne rendezni a szobát, kicserélni a szőnyeget? Hogy ne is emlékeztesse – gondolkozott hangosan. – És az egyik öltöztető lány mindenképpen bent kell vele aludjon, hogy legyen ott valaki mellette – tette még hozzá.

- Bocsásson meg a merészségemért, de javasolhatnék más személyt? – szólt közbe Péter. A király felemelte a fejét és bólintott.

- Mondja fiam nyugodtan.

- Ide lehetne hozatni Rita főnővért?

- Igen, hogyne, persze, máris intézkedjen, üzenjenek érte.

- És esetleg ha a szakácsnő vállalná, hogy mellette legyen? Ella kisasszonyon kívül csak vele beszélgetett többet – tette még hozzá. A király szemöldöke erre felszaladt, majd bólintott. Csak jobban tudja. Igaza lehet, de szomorú, hogy előbb a szakácsné, mint a nagyanyja.

- Ahogy gondolja fiam, intézzen mindent, önre bízom. Bár ha jól értelmezem a helyzetet, akkor a veszély most már elmúlt. Bár miattunk tért vissza... – sóhajtott egy nagyot és feleségére nézett. Reméljük hamarosan okosabbak leszünk, hogy mi történt, ha Anna majd képes lesz és akar is róla beszélni.

•

Paulina semmit nem hallott a körülötte zajló beszélgetésből, agya szinte lekapcsolt. Miután értesült az eseményekről csak arra tudott gondolni, hogy most már vagy nem kell többet aggódnia, vagy igazán csak most kell. Biztos volt benne, hogy a tanárnő tudta Anna titkát, ahogy Ella is minden bizonnyal rájött már. De most hogy mindketten meghaltak csak egy kérdés maradt: vajon mi történt a szobában, ami tettlegességig fajult? És vajon eközben Anna bármit is megtudott? Vagy örökre sírba szállt Anna múltja vagy kényes beszélgetés elé néz hamarosan. Ez a bizonytalanság teljesen lebénította, gondolkozni sem tudott. És majd megőrjítette a gondolat, hogy lehet, hogy napokat is kell várnia, amíg bármi is kiderül. Csak abban tudott bízni, hogy ha bármit is kikotyogtak, akkor Anna nem lesz képes összerakni az információkat, ha meg igen, akkor talán ki tudják magyarázni. Persze ezzel is neki kell foglalkoznia, mert láthatóan Vilmost nem érdekli mindez, így neki kell, hogy fájjon a feje. Ahogy majd neki kell azzal is foglalkoznia, hogy új kísérőt találjon a lány mellé. Na majd hozatlak egy új lányt a kolostorból, majd ír Rita főnővérnek, hogy küldjön egy másik lányt. Egy kicsit nyugodtabb, egyszerűbb és butácskább teremtést. Ez az Ella nagyon okos és rafinált egy lány volt, jobb is, hogy nem okozhat több galibát. Ahogy a szolgálóktól megtudta, mindenki után leskelődött, amit lehetett azt kihallgatott és folyton kérdezősködött. Igazi bajkeverő volt. De legalább most már nincs itt, talán Anna is nyugodtabb és felnőttesebb lesz. Ez a két lány mintha egymást vitte volna bele a gyerekességekbe, talán ez most már megváltozik. Lehet, hogy nem is a kolostorból kéret valakit, ott úgyis csak nagyon fiatal lányok vannak, kis fruskák. Anna mellé egy idősebb, tapasztaltabb és bölcsebb nő kellene. Mondhatni egy pótanya. Na majd átgondolja a lehetőségeket, egy negyvenes, özvegy, nemes asszony felnőtt gyerekekkel, egy ilyen hölgyet kell találjon. Persze akit ő is el tud fogadni. Talán egy szegényebb nemes hölgy, akivel nem szalad majd el a ló, ha idekerül. Nem könnyű, de majd informálódik. Még az is lehet, hogy egy apácát hozat ide. Már a legtökéletesebb Rita főnővér lenne, de ő úgysem hagyja ott a kolostort. De talán tud valakit ajánlani. Csak ébredjen fel már az a lány, hogy megtudja az igazságot, mert megőrül ebben a bizonytalanságban! Ó hát Lipótnak is szólniuk kell, na ezt hogyan magyarázzák meg. Egy hihető történetet kell kitalálni... persze amit majd Anna is mesélhet. Ó mennyi a teendő! Mennyi a gond e lány körül!

●

- Hercegnőm! – szólt Péter a lány után, aki a sötét kastélyban épp kilépett szobából és becsukta maga mögött az ajtót. Már jócskán elmúlt éjfél és az épület teljesen elcsöndesedett, de Péter éberen aludt. Így ellentétben a szobában alvó szakácsnővel és szobalánnyal egyből felébredt a mozgásra. A lány törékeny alakja állt előtte, mellett elmaradhatatlan védelmezője lihegett. – Elkísérhetem? – kérdezte a láthatóan bizonytalan lányt.

- Én csak egy teáért indultam – suttogta alig hallhatóan, aztán megindult a lépcső felé. – Péter tudta, hogy a konyha felé veszi az irányt, a hercegnő ugyanis rendszeresen bóklászott éjszaka a palotában, kicsit hosszabban elidőzve a konyhában. – Jöjjön – szólt hátra, mire Péter már állt is fel az ideiglenes nyughelyéről és kabátját a lány vállára tette. – Erre szüksége lesz – követte lefelé a lépcsőn. Hora csak úgy suhant, Péter csak a konyhaajtóban érte utol. Addigra már rutinosan nyúlt a fazékért és megtöltött két poharat, majd leült az asztalhoz. Némán ücsörgött és kortyolgatta a teát. Péter értette a célzást és leült ő is az asztal mellé.

- Ugye már... – kezdett bele a mondatba, de nem tudta befejezni, a szája megremegett.

- Igen, még az este, a királyi temető mellé – mondta Péter csendesen. Majd holnap...de nem tudta ő sem befejezni. Percekig csendben ültek.

- Tudja, hogy Ellával hittünk a tündérekben és az őrangyalokban? Ön is hisz bennük? – kérdezte meg váratlanul, de nem várt választ, hanem folytatta. – Még játszottunk is a gondolattal, hogy ha hirtelen megfordulunk, akkor láthatjuk őket, ahogy követnek. Hogy tetten érhetjük őket – mosolyodott el egy árnyalatra.– Az övé merre volt? Miért nem vigyázott rá? – fakadtak ki belőle a keserű szavak. – Miért kellett meghalnia, hiszen annyira fiatal volt? Annyira kedves és ártatlan lány, senkit nem bántott! Akkor miért? Miért? – eredtek el a könnyei. Péter közelebb ült a lányhoz és a vállára tette a kezét. Hora megfordult és az arcát a férfi mellkasába temette. Péter meghökkent a bizalmas lépésen, de hagyta, hogy a lány hozzá bújjon és kisírja magát. Hosszú percek teltek el így. Péter arcát is könnyek borították. Hora lassan megnyugodott, a hüppögés abbamaradt. Péter egy zsebkendőt nyújtott a szipogó lánynak.

- Ella az ön őrangyala volt – mondta Péter csendesen. És továbbra is az marad. Mindig itt lesz önnel, mindig kíséri majd a lépéseit. Csak meg kell tanulnia, hogy fizikailag már nincs itt. Beszélhet vele, csak máshogy fog válaszolni, üzenni. El kell fogadnia, hogy Ella feladata az volt ezen a világon, hogy egy rövid, de igen fontos időszakban ön mellett legyen és megvédje, amikor kell. Tudom, hogy hiányozni fog mindnyájunknak, de ezt el kell fogadjuk. A szívünkben velünk lesz.

- Igen... rebegte Hora. – Csak nehéz lesz ezt elfogadnia. Megint elveszített valakit, aki közel volt hozzá.

- Ezt önnek hoztam – vett ki a zsebéből két apró tárgyat és az asztalra tette. Hora láthatóan teljesen meghatódott.

- A keresztje – tapintotta meg igen óvatosan a szalagon lévő apró fakeresztet, amit Ella állandóan viselt. Mellette egy apró kis fehér virág kissé gyűrötten hevert. Pár órája még a hajában díszelgett. – Köszönöm! – hatódott meg Hora, a kezébe fogta, majd magához szorította az apró tárgyakat. Gondolta, hogy a hercegnőnek most ilyen tárgyi emlékekre van szüksége.

•

- Főnővér – szaladt Hora a szeretett nő felé, amint meglátta a lépcső alján. Amióta reggel mondták neki, hogy ide kérették a palotába, azóta türelmetlenül várta az érkezését.

- Kislányom – szorította magához a hercegnőt és hagyta, hogy könnyeivel megáztassa. Nem is ment be vele az épületbe, hanem egyből a kert felé vette az irányt és leült vele egy padra. Tudta jól, hogy a következő napokban sok–sok beszélgetésre lesz szükség. Hora minden bizonnyal tele van önváddal és a jó Istenre is biztosan haragszik és ezen mindenképpen segítenie kell. De hát ezért van itt, ez a feladata, hogy ezt most orvosolják. De elsőként hagyta, hogy Hora arról beszéljen, amiről szeretne, azt mesélje el a történtekből, amit ő fontosnak tart. Most ő itt csak hallgatóság lesz, az elején minden bizonnyal. – Nem mondják, hogy ez Bátor, te jó ég, mekkorát nőtt! Akkora, mint egy kisebb ló! Remélem nem nő már tovább – simogatta meg a hálás állat okos fejét. A kutya láthatóan egy cseppet sem izgatta magát, hanem maradt az árnyékban, persze fél szeme az úrnőjén volt. Akárcsak Péter tekintete, aki a fal tövében állt. Rita nővér érzékelte és örömmel nyugtázta, hogy Horának mindig akad kísérője, egy pillanatra sincs egyedül.

- Ó hát ez a kert gyönyörű lett, amikor legutóbb itt jártam nem volt lehetőségem kiélvezni a szépségét! – ámuldozott pár perccel később, mire Hora is egy kicsi mosolyt megengedett magának.

- Igen, ilyenkor a legszebb és a legillatosabb, a rózsák egyszerűen fantasztikusak még mindig. Menjünk is oda, ott nyugodtan beszélgethetünk és gyönyörködhetünk. – Hogy vannak a többiek? És a nővérek? Mit palántáztak idén? – kérdezett egy csomót Hora, amiket a főnővér szépen egyesével meg is válaszolt, beszámolva minden egyes változásról, ami a legutóbbi találkozásuktól történt.

Nem ártott, hogy a beszélgetést ebbe az irányba terelték, a szomorú kérdések úgyis megvárják őket.

•

Nem tudta volna megmondani, hogy mióta bámulta az üres lapot Hora, de valahogy nem tudta szavakba önteni azt, amit érzett. Pedig jót tenne neki az írás, a múltkor is az segített. De erőltetni nem lehet. Rita főnővér is azt mondta, hogy hagyja, hogy minden a maga idejében történjen, hiszen legutóbb is jó pár hónapnak el kellett telnie, mire képes volt bármit is írni. Lehet, hogy most is ez lesz... Csak most erre nincs ideje. Nem egész három hónap és férjhez megy, addigra rendbe kéne jönnie. Vajon sikerül? Lesz–e megint olyan, mit korábban volt? Fog–e tudni megint nevetni? Vagy ezzel a gyerekkorának tényleg véglegesen vége, ahogy azt a nővér is mondta? Hogy ezzel itt az ideje, hogy felnőjön végleg? Miért van mindig tele ennyi kérdéssel? – kérdezte magától. De talán ha leírja őket, akkor könnyebben választ talál majd rájuk. Vagy az is lehet, hogy ha leírja, akkor már nem is fontos, hogy választ kapjon rájuk, mert kiderülnek, hogy nem is fontos kérdések.

Július 29. – írta fel a lap tetejére, majd megállt. Tekintete a kis asztalon lévő kis üvegcsére siklott, melyben két fehér virág pihent. A kincsei. Két apró virág, ami élete két szélsőséges élményéhez köti. A virág, amit élete első tánca után kapott, milyen boldog is volt akkor. És a másik, amit egy nagyon szomorú esemény után kapott. Mindkettőt Péter adta oda neki. Két emlék, mely azt mutatja, hogy mennyire hullámzó is az élet. Hogy egyik pillanatban boldog vagy, de utána hamarosan a szomorú lehetsz. Mintha csak irigyelnék tőled, hogy jól érzed magad és örülsz. Mert ezek kiegyenlítik egymást, az egyensúly kell. Hiszen nincsenek csak boldog vagy csak szomorú emberek, mindenkinek jut mindkettő érzésből. Akkor inkább a legjobb az állandó átlagosság – jutott elhatározásra. Nem szeretne boldog lenni, mert akkor nem lesz majd szomorú sem.

Kéne valamit írni – nézett a lapra, majd megvakarta a fejét. Valahogy el kell kezdeni – jutott elhatározásra, majd a keze mozgásba lendült.

Ragyogó napsütéses az idő napok óta, a lelkemben viszont sötétség uralkodik. Bárhova nézek, mindig eszembe jut valamiről, bármiről is szól a téma, mindig elgondolkodom, hogy vajon mit válaszolna. El kéne menni innen, egy új, ismeretlen helyre, ahol megtalálhatnám a lelki békét ismét.

Hora letette a tollat és kibámult az ablakon. Egy olyan helyre van szüksége, ahol nem emlékezteti minden Ellára. Mert ez az üresség alapból mélyen nyomasztotta a lelkét. Bárhova ment a palotában, a kertben, bármit csinált, mondott, mindig eszébe jutott valami kedves emlék, bolondozás, fizikálisan hiányzott a lány. Ebédkor nem szólt a zongora, nem volt, aki megszidja, visszafogja, meghallgassa. Csak az üresség volt.

Most mennie kell – állt fel az asztaltól nagy hirtelenséggel, majd szinte kirohant a szobából.

– Lovagolni megyünk – jelentette ki a folyosón, mire Péter csak bólintott. Hora leszaladt a lépcsőn is kisietett a hátsó kijáraton a lovarda felé, a férfi alig győzte követni. Kiérve az ajtón megérezte, hogy nincs annyira meleg, mint azt gondolta volna, az ég befelhősödött. Így fázni fog. – Péter kérem visszaszaladna a szobába a felsőmért? Ott maradt a kisasztalnál – szólt hátra. Addig megkérem, hogy intézzék a lovakat.

Péter készségesen felszaladt a lépcsőn, vissza az emeletre. Bement a szobába és a kérésnek megfelelően egyből a kis asztal felé vette az irányt. Megállt a szék mögött, majd megnézte az ülést is, de a felsőt nem találta ott. Tekintete az asztalon fekvő oldalra siklott, melyen két száraz virág hevert. Az egyik minden bizonnyal Ella hajából való, de vajon a másik honnan? – érintette meg a két száraz növényt. Óhatatlanul is, na meg a kíváncsiságtól vezérelve nem tudott ellenállni annak, hogy elolvassa a papíron lévő szavakat. Szóval ismeretlen, új helyre vágyik. Erre nem is gondolt, de valóban, ez jó megoldás lehet.

De hol van a felső? Nézett gyorsan körül a szobában, majd az ágyhoz lépett és felkapta finom anyagot. Nem tudott ellenállni a kísértésnek, és az orrához emelte. Igen, az ő illata! Aztán már sietett is vissza hozzá.

.

– Neee, kérem. Nem szeretnék egyedül lenni. Örülnék, ha jönne – szólt a férfi után. Nagyon jól tudta, hogy amint beérnek a kis erdőbe a férfi hátra marad és hagyja, hogy egyedül kószáljon. De most ezt nem szeretné. Péter engedelmesen követte a lányt a patakhoz, szó nélkül.

Hora leugrott a lóról és engedte, hogy az állat a kis patak felé vegye az irányt. Ez volt az a hely, ahol mindig szabadnak érezte magát és ezt az érzést kereste most is. A természet közelsége, a sűrű lombok alatti hűs és csöndes környezet kifejezetten üdítő volt a meleg napokon, most viszont valóban kellett az a felső. Az erdőben mindig jóval hűvösebb volt, de a lány nem panaszkodott a melegre egy percig sem. Inkább ez az idő, mint a téli sötétség és hideg!

A lovaglásai alatt mindig egyedül volt, ezt megszokta. Ez volt az egyetlen hely, amihez nem kötődött barátnője személye, itt nem érezte közvetlenül a hiányát. És tudta, hogy több ilyen helyre lenne szüksége. És legalább annyi időre, mint amennyit együtt töltöttek. A főnővérrel sok mindenről tudtak beszélgetni az elmúlt napokban, ami a lánynak nagyon jól esett. De most, hogy elment már nem tudott kihez fordulni a kérdéseivel. Nagyapját nem akarta zavarni, hiszen látványosan romlott az állapota. Hora igen aggódott is érte. Így nem marad más, csak az írás. Vagy?

- Ön veszített már el valakit, aki nagyon közel állt önhöz? – fordult váratlanul Péterhez. Igenis nagyon vágyott rá, hogy szóljon valaki hozzá, ez a csönd, ami máskor megnyugtatta, most szinte zavarta.

- Két éve a nevelőapám hagyott itt minket – felelte meglepetten Péter.

- Én restellem, de semmit nem tudok magáról. Meséljen kérem. Hová valósi? Hogy került ide? Vannak testvérei? – tett fel egy pár kérdést Hora és várakozóan leült egy kidőlt fatörzsre. A férfi érezte, hogy csak szeretne valami történetet hallani, ami eltereli a figyelmét. Így mesélni kezdett a szívének oly kedves, völgyben fekvő kis kastélyról és az ott lakókról. Közben pedig egy ötlet tervvé kezdett formálódni benne.

•

- Először is szeretnék elnézést kérni a merészségemért, de mindenképpen szeretnék egy pár szót váltani Önnel, ha lehetséges. A hercegnőről lenne szó – szólította meg Péter a királyt, mikor úgy látta, hogy nyugalmas pillanatban van. Szándékosan keresett olyan alkalmat, hogy a királyné ne legyen a közelben, annyit már látott és tudott, hogy a hercegnő bármiféle jólétével kapcsolatos kéréssel inkább a királyt keresse.

- Persze fiam, hallgatom – dőlt hátra a székében a király és egy nagyot sóhajtott. Az utóbbi napokban csak a szomorú lányt látta és mivel egyedül csak Pétert viselte el a közelében, így természetesen kíváncsi volt, hogy mit szeretne mondani a férfi. Bármit meg tett volna, hogy Annát boldoggá tehesse, de azt is tudta, hogy jelen helyzetben csak az idő gyógyíthatja be a sebeket. De talán ha van valami, amivel fel lehet gyorsítani az eseményeket, akkor arról tudni akart.

- A hercegnő hangulatáról lenne szó. Ahogy beszélgettem vele úgy érzékelem, hogy most tele van olyan emlékkel, melyben Ella is ott van. Ahhoz, hogy minél előbb feldolgozza a történteket, egy kis környezetváltozás jót tenne, kiszakadna az itteni dolgokból.

- Igen, erre már jómagam is gondoltam – szakította félbe a király. Hajlottam volna rá, hogy Rita főnővér magával vigye, de aztán elmondta, hogy a kolostorban szintén Ellához kötődnek az élmények, így elvetettük. Nem is tudom hova mehetne így, sajnos nincs másik palotánk. Esetleg a főváros nyüzsgése? Vagy most inkább pont nyugalom kéne...

- Tisztelettel felajánlhatom gyámapám kastélyát a Ziethof völgyben. Anyám és húgom, aki egy évvel idősebb csak a hercegnőnél, visszavonultan élnek ott és minden bizonnyal megtiszteltetésnek vennék, ha pár napra vendégül láthatnák. Senki észre se venné, hogy nincs itt a hercegnő és mivel ott nőttem fel, a megjelenésem és a helyismeretem is megvan...

- Mit is mondott, melyik völgy? – vágott megint a szavába a király, de Péter türelmesen elhallgatott és teljes figyelmét a királynak szentelte. – Á igen, ott vendégeskedett a királyné is? De igen, hát persze, ott nőtt fel ő is a szomszédban, még mesélt is amikor idekerült hogy mennyire vadregényes a kertje.... mennyire szeretett oda menni látogatóba...

- Valóban – hümmögte Péter, hogy betöltse az átmeneti csendet. Láthatóan a király mérlegelt.

- Nos rendben, legyen. Paulinát majd tájékoztatom én. Ha nem lett volna ilyen makacs akkor mindez meg sem történik – emelte meg a hangját. Máris üzenünk a palotába, gondolja hogy két nap elegendő az előkészületekhez? Megírná a levelet az anyjának, majd én írok egy mondatot a végére? És igen, megkérdezem a lányomat, kérem szólna neki, hogy kéretem? Majd ő eldönti, hogy mikor induljanak.

Péter már ki is sietett a szobából, hogy a hercegnő után nézzen. Minden bizonnyal a szobájában gubbaszt azóta is, szótlanul nézve ki az ablakon. Amíg Rita főnővér itt tartózkodott, addig nyugodtabb volt a Hercegnő, de most hogy ismét egyedül maradt, a környezetváltozáson kívül kedves és megértő társaságra is szüksége lenne. Anyjánál pedig erre nem ismert alkalmasabb személyt. Aztán majd alakul szépen, hiszen a tervei között szerepelt az is, hogy húgát idehozassa a palotába – mint új társalkodónő. Szerinte tökéletesen kijönnének a hercegnővel. Hiszen Amália személyisége eléggé hasonlít Elláéra. Talán nem olyan kíváncsi, mint Ella volt, nem fog tudni annyi információt vagy titkot begyűjteni, de ez lehet, hogy ez nem is baj. Na de ezt majd meglátják, miután pár napot együtt töltenek majd. De jó is lesz hazatérni az ismerős vidékre. Az a környék, a nyugalom mindenki lelkének jót tesz és őszintén most őrá is ráfér egy kis feltöltődés. Bár tartott tőle, hogy ezzel majd magának okoz gondot a jövőre nézve, hogy a számára oly kedves személyt hazaviszi.

Negyedik rész

Gizella báróné türelmetlenül leste a kastélyhoz vezető utat lassan órák óta. Nagyon várta már, hogy a kocsi begördüljön és szeretett fiát ismét magához ölelhesse. Már hosszú hónapok óta nem találkoztak és nagyon hiányzott neki. De most végre lehetősége van jó pár napot ismét velük töltenie. Mintha szabadságon lenne. Arról nem is beszélve, hogy végre személyesen is megismerkedhet a hercegnővel. Micsoda megtiszteltetés, hogy a leendő királyné az ő kastélyában tölt pár napot még az esküvője előtt, mondhatni ő is szabadságra jön! Természetesen Péter röviden tájékoztatta, hogy Anna hercegnő sajnálatos módon gyászol, kedves társalkodónőjét veszítette el és a környezetváltozás most nagyon jól jönne neki. Ennél jobb helyet nem is találhatott volna a felfrissülésre és a kikapcsolódásra. És nekik is jól jön egy kis társaság, itt azért meglehetősen magányosan telnek a napjaik. Csak bízni tud benne, hogy a hercegnő mindennel meg lesz elégedve. Kicsit kapkodva készítettek elő neki egy szobát az emeleten – ahonnan a legszebb a kilátás.

- Még mindig semmi – szaladt ki az ajtón Amália. Gizella szeretettel nézett a lányára, látta, hogy legalább annyira lelkes és izgatott, mint ő. Mióta megérkezett a levél a bátyjától, hogy az ország egyetlen hercegnője ide jön csak erről tudott beszélni. Neki szinte nem is kellett gondolkoznia, mindent előkészített, leszervezett. Véleményezte a szoba berendezését, tanácsot adott a vacsora menüjéről, sőt, még a kertben lévő padokat is kicsit áthelyeztette, hogy minden az érkező kényelmét szolgálja.

A hintót felvezető lovas mintha csak arra várt volna a kanyar után, hogy mindketten az út mellett álljanak, már fel is bukkant az út végén.

- Jönnek, ott jönnek – lelkendezett Amália és izgatottsága anyjára is átragadt. – Ugye rendben van a hajam – fordult az anyjához, aki erre elnevette magát.

- Jaj kislányom gyönyörű vagy! – simította meg a karját és büszkén nézett rá. Amália valóban nagyon szép volt és nemcsak az anyai szemek látták annak. Aranyszínű haja csodás csigákban omlott le a vállára és minden egyes mozdulatát hullámozva követte. Szabályos arca volt, szép piros szája és hatalmas kék szemei. A legkülönlegesebb azonban a belőle áradó vidámság volt, amit mindenki érzett a közelében. Amália csilingelő kacagása mindenkit jó kedvre derített. Az egész fiatal lány olyan volt, mint egy napsugár, ami beragyogta a környezetét. Gizellának az egyetlen fájdalma az volt, hogy ebben az örömben csak keveseknek van részük, mert lányával ilyen visszavonultan élnek. Sajnos nem nagyon hívják társaságba őket, mert férje inkább remete életet választott – de ez most már kellene a lányának. Ahogy korabeli lányok társasága is, nemcsak ő, az anyja. Elvégre 17 éves elmúlt, eladó sorba került. Bár Amália váltig állítja, hogy ő itt jól érzi magát és esze ágában sem lesz elmennie innen egy idegen helyre, hogy ott valaki felesége legyen, de anyja nagyon jól tudta, hogy ez a természet rendje. Már csak az a kérdés, hogy ki lesz elég méltó a lányához. Na nem a rang számít neki, ezt már régen megtanulta, hanem hogy lesz–e olyan férfi, aki eléggé értékeli majd az ő lányát. Ahogy azt a férje is tette vele.

- Anyám – ugrott le a lóról nagy sietve Péter és már kapta is fel az asszonyt, hogy megpörgesse. Ezután húga következett. Gizella amennyire csak lehetett igyekezett karjaiba zárni fiát, ami a méretbeli különbségeknek köszönhetően nem volt egyszerű feladat. A hintó csak ekkora érkezett meg és Péter már készségesen lépett is az ajtóhoz, hogy kisegítse a lányt. A két nő láthatóan feszülten várta, hogy végre megláthassák a hercegnőt. Semmit sem tudtak róla azon kívül, hogy pár évet kolostorban élt és csak jó fél éve tért vissza a kastélyba. Elsőként azonban egy kisebb ló méretű állatot láthattak, aki egyenesen kilőtt a nyitott ajtón, majd ügyet sem vetve a körülöttük állókra eltűnt a bokrok között. A két nő kicsit ijedten ugrott össze.

- Ez meg mi volt? – nézett riadtan Amália a bátyjára.

- Nyugalom hölgyeim, Ő Bátor, a másik testőr – tájékoztatta őket. Közben a bokrok felől nem túl bíztató hangokat lehetett hallani.

- Egy kicsit összerázhatta az út – rebegte a hintóból kilépő hercegnő, majd illedelmesen megállt a még mindig kicsit megzavarodott hölgyek előtt.

- Isten hozta felség – üdvözölte a hercegnőt a ház úrnője és az előírásoknak megfelelően meghajolt előtte. Felnézett, hogy alaposabban szemügyre vehesse a törékeny kislányt. Ami elsőként feltűnt neki, az a gyönyörű és lelkes szeme, amit láthatóan megérintett a gyönyörű környezet. Viszont a tartásából és az egész lényéből szomorúság sugárzott. Gizellából nagyon erősen előtörtek az anyai ösztönök. Az volt az érzése, hogy ez a kislány nem sok szeretetet kaphatott, amire viszont most nagy szüksége lenne. Így hirtelen ötlettől vezérelve, felrúgva minden előírást és szabályt megölelte a hercegnőt. Úgy érezte, hogy a vendégnek most pont erre van szüksége. Igaza is volt. A lány egyáltalán nem húzódott el tőle, sőt, érezhetően nagyon jól érezte magát az anyai ölelésben. Péter mindezt látva átkarolta húgát, akinek könnybe lábadt a szeme. Mindketten tudták, hogy anyjuk mennyire csodálatos szülő és milyen sajnálatos, hogy több gyerekkel nem ajándékozta meg a sors.

- Anyám, engedje már el a hercegnőt, biztosan nagyon elfáradt és éhes is – mondta Amália kicsit irigykedve. Ő még nem is tudta illően üdvözölni a vendégüket, de ezek után már talán nem is fontos.

- Kérem hívjanak Horának – mondta a meghatódott lány, majd követve Gizellát, elindult a bejárati ajtó felé. Bátor majd minden bizonnyal előkerül, amikor jobban lesz.

- Mi? Hora? – kérdezte bátyját Amália, aki készségesen elmagyarázta másik nevének eredetét. Hozzátette még, hogy ez nagy megtiszteltetés, mert csak a számára kedves emberek szólítják így.

•

Amália lelkesen mászott felfelé a lépcsőn és már alig várta, hogy megmutassa az emeleti szobát. Az első benyomása kellemes volt a hercegnőről, kedvesnek, szerénynek, de kicsit szomorúnak látta. Viszont azt is észrevette, hogy a kastély után komoly érdeklődést mutat.

- Ez lenne a szoba – nyitott be nagy lendülettel az emeleti kis szobába és pár lépéssel egyből az ablaknál termett. Hátranézett és látta, hogy a hercegnő óvatosan belép, majd láthatóan meglágyul a tekintete. Amália örömmel konstatálta, hogy tetszik neki a szoba. Akkor jó választás volt! Még szép, hiszen nagy gonddal készítették elő. A szoba csak úgy ragyogott a napfényben, az ezüst csíkok, a kristályok pedig tovább sokszorozták a fényt. A szobát a kék szín uralta, Amália kedvence, ebből készültek a terítők és a párnák is.

- Ez gyönyörű – lépett közelebb a baldachinos ágyhoz és megsimogatta a bársony takarót. – Imádom a kéket és ez az ezüst, ez nagyon jó hozzá! – mosolyodott el Hora. Odalépett a helyes kis körasztalhoz, amin egy hatalmas váza állt, tele mezei virágokkal. – Ezt mind itt szedték? – nézte a számára ismeretlen szépségeket.

- Igen, ott nem messze. Jöjjön ide felség, megmutatom – invitálta az ablak felé.

- Hora kérem – javította ki, majd gyanakodva megkérdezte: – Ugye nem tudja mindenki, hogy ki vagyok?

- Á, dehogy – legyintett Amália, majd felnevetett. Szerintem a baromfiudvar még nem értesült önről. De a lovakban már nem vagyok olyan biztos – tette még hozzá kacagva. – Mit szól a kilátáshoz? Ugye milyen gyönyörű! – dicsekedett a lánynak, majd lelkesen mutogatni kezdett. – Szóval ez a mi kis völgyünk. Ebben az irányban van az a rét, ahol ezeket a csodákat lehet begyűjteni. Látja ott azt a sok egymás mellett álló fát?

- Csak nem egy kis patakot kísér? – szakította félbe Hora és a lelkesedés rá is átragadt.

- De igen, pontosan. Ott szoktak az őzikék inni, hajnalban meg naplemente után.

- Tényleg? Azt mindenképpen meg kell majd mutatnia. Jaj annyira szép és nyugodt itt minden! – lelkendezett. – Nagyon köszönöm, hogy itt lehetek!

- Remélem nem találja felséged, izé Hora hercegnő, szóval túl kicsinek a szobát? – kérdezte meg félve.

- Tökéletes – felelte mosolyogva a lány és láthatóan nem udvariasságból mondta. Amália észrevette rajta, hogy őszintén örül mindennek. A haja is mintha egyből fényesebben ragyogott volna, amikor idejöttek, akkor még fakónak tűnt. Vagy csak a nap sugarai rajzolták bele ezt a vörös árnyalatot? – elmélkedett volna, de Horának eszébe jutott Bátor.

- A kutya, meg kell néznem, remélem nincs baja – sápadt el és már az ajtó felé is vette az irányt.

- Persze, menjünk – helyeselt Amália is és már futottak is le a lépcsőn.

- Minden rendben? – kapkodta a fejét a ház úrnője, úgy látom máris ezernyi dolguk akadt – nézett a fiára, aki kicsit megijedt, hogy a hercegnőt máris futni látja.

- Csak Bátor – kiabálta hátra Amália magyarázatként, amitől megnyugodtak.

- Úgy látom, nagyon gyorsan összemelegedtek – mosolyogta el magát és megfordult a lépcsőn. Nincs már miért felmenjenek a szobába, láthatóan minden rendben van. A kutyát viszont nem értette, hiszen lánya eddig inkább a macskák társaságát kereste.

•

- Fiam örülnék neki, ha elmesélnéd, hogy pontosan mi is történt. Az az érzésem, hogy valami titok van a háttérben, csak úgy nem szoktak állandó őrt helyezni egy hercegnő mellé!

- Igen anyám, önnek teljesen igaza van, és amit most mesélek önnek, az titok, kérem ne említse meg Amáliának se, legalábbis ne mindent – húzódott közelebb a teraszon Péter és gyorsan hátra pillantott, hogy meggyőződjön róla, a személyzet egyik tagja sem hallja őket.

- Megrémítesz – rezzent össze a nő, mire Péter megnyugtatóan a kezére tette a kezét.

- Félelemre semmi ok, nincs senki veszélyben, így önök sem. Ha az lenne, semmiképp nem egyeztem volna bele, hogy ide jöjjünk – nyugtatta meg az anyját. Gizella felsóhajtott és rájött, hogy a fiának teljesen igaza van.

- Hallgatlak – mondta és várta a történetet.

- Nos Hora, vagyis Anna hercegnő az egyetlen reménye a trónnak, ő az utolsó még élő tagja a királyi családnak – kezdett mesélésbe Péter, de Gizella ismét félbeszakította.

- És a nagybátyja, a király kisebbik fia? – nézett kérdőn. Neki nincs családja?

- Nem, sajnos nincs, és – hajolt még közelebb, szinte súgva mondta – csak addig lesz a trónon, amíg pár éves nem lesz az új trónörökös. Most is a tengereket járja és egy gondolata sem köti őt ide – válaszolta türelmesen a férfi. Gizella láthatóan emésztette a hallottakat.

- Szóval ha a hercegnő meghal, akkor az uralkodó ház is kihal – foglalta össze a tényeket.

- Pontosan – helyeselt a fia.

- És kinek jönne ez nagyon jól? – tette fel az egyszerű, de logikus kérdést, amire mindketten csöndbe burkolóztak.

- Ez az, amit már sokszor feltettem magamnak is és rá kellett jöjjek, hogy nem ez volt a magyarázata a történteknek. Ugyanis jól sejti, a hercegnőt valaki sajnos megpróbálta megölni.

- Szent Isten! – pattant fel Gizella és gyorsan keresztet vetett. – Szegény lány!

- Mégpedig a saját házi tanítónője – folytatta a történetet.

- Egy nő? – hökkent meg az anyja, de Péter csak rendületlenül folytatta a történetet. Megszokta, hogy anyja az izgalmas történeteket nem bírja egy ütemben végighallgatni, hanem mindig kommentálja az eseményeket. De mivel ezt jól ismerte, tudta, hogy ettől még nem kell megállnia a mesélésben. Csak iránymutatást kap, hogy mi érdekli őt a legjobban.

- Méghozzá egy idős tanárnő! – egészítette ki. – aki történetesen az édesanyját is tanította. A hercegnő beszámolója alapján – én ugyanis sajnálatosan nem voltam jelen, az ajtó előtt álltam – szóval azért támadt rá, mert szerinte nem méltó, hogy királyné legyen, nem olyan intelligens, mint az anyja!

- Szent Isten! Háborodott asszony! – sopánkodott hangosan, közben arra gondolt, hogy ezeket a kérdéseket kizárólag a szülei – jelen esetben a nagyszülei ítélhetik csak meg.

- Igen, szerintünk is ez történt. A megbolondult nő egy levélvágóval kezdett hadonászni teljesen váratlanul. Szerencsére a társalkodónőnek nagy volt a lélekjelenléte és közéjük ugrott, hogy lefegyverezze, de sajnálatos módon közben megsérült. A hercegnő karjaiban halt meg.

- Szegény – ennyit tudott mondani, majd szemében könnyek csillogtak. – És az öreg nővel mi lett?

- Őt Bátor intézte el, na nem szándékosan, csak balszerencsésen esett. Így sajnos nem tudhattunk meg többet tőle. Csend telepedett közéjük, az asszony láthatóan emésztette az elhangzottakat. Percek teltek el, mire az asszony kérdezett megint:

- Biztos abban, hogy minden veszély elhárult? Hogy nem volt senki mögötte? Hiszen nem volt lehetőségetek meghallgatni! – tette fel ugyanazokat a kérdéseket, amiket már Péter is feltett magának. – És a belső ellenségek? A monarchia ellenes képviselők, a német egység pártiak, gondolja nem ők szervezkedtek? Így sokkal tisztább, ha kihal az uralkodó ház, kénytelenek máshoz csatlakozni... - tett fel egy újabb jogos kérdést.

- Igen, erre is gondoltunk. De jelenleg még saját uralkodóban gondolkodik mindenki és jobb, ha az inkább belső, nem valami kintről érkező. Harccal, erőszakkal. A királynak vannak unokatestvérei, de azoknak a szülei is már nem itt születtek. Ha jól tudom az orosz földdel sok a kapcsolat... - a férfi csak a fejét ingatta, így Gizella is tovább szőtte a gondolatait.

- Ezek szerint mindenki elégedett az ország jövőjével kapcsolatban? Egyik szomszéd sem gondolja úgy, hogy a trón őket illetné és a két országot egyesíteni kéne? Hogy a vőlegénye, ... izé hogyishívják?

- Lipót.

- Igen, köszönöm, szóval Lipót családja is elfogadta? Biztos, hogy nem tudják, hogy Károly herceg csak átmenetileg akar uralkodni?

- Erről nem tud senki, legalábbis nem tudhat. A házasságra mindenkinek szüksége van, a családba való bekerülés így lesz törvényes. Gyorsabb és kellemesebb beházasodni, mint karddal elvenni. De hogy aztán mi lesz? Csak abban bízom, hogy már mindenki belefáradt a sok harcba, területmozgásba, Napóleonba. Nyugalmat szeretnének, építkezni, gazdagodni. Háború idején pedig ez nem megy. A béke jó, szükséges, országa mindenkinek van. Ha jól körbenézel minden szomszédunk hatalmasabb, szebb, és igen, gazdagabb. Miért vágynának a miénkre?

- Jaj fiam, drága kis fiam, katona létére olyan jó lelkű vagy! – simította meg az arcát. A hatalomvágy nem így működik, ott nem szempont, hogy ki a szegény vagy az értékes. Persze egy kikötő városért mindig megküzdöttek, de hidd el, egy szegény kis ország is ugyanolyan fontos a birtokolni vágyók szemében. És az, hogy nem olyan fejlett még előny is, hiszen sokkal könnyebben leigázható és utána kizsákmányolható.

- De most szövetség van – tiltakozott Péter.

- De meddig? – tette fel a kérdést az anyja. – Már békeidőben nőtt fel, hála Istennek, de én még megtapasztaltam a háború rémségét. Csak imádkozni tudok, hogy soha többé ne legyen ilyen!

- Ámen! – helyeselt Péter.

- Fiam, arra kérem, hogy legyen résen. Ott van a palotába, fontos pozícióban, mindent elsőként lát és hall. Valahogy az az érzésem, hogy a hercegnőnk élete a kulcs, a béke záloga, legyen azon, hogy óvja, vigyázza!

•

- Erre vagyok, erre, erre – kiabált a sövény túlsó oldaláról Amália, segítséget nyújtva újdonsült barátnőjének.

- Akkor itt jobbra, majd balra – követte a hangot a lány és már ott is találta magát a labirintus közepén. A látványtól a szava is elakadt. – Ez meseszép – nyögte ki. Amália biztos volt benne, hogy a lánynak tetszeni fog a kis szökőkút, de ekkora csodálatra nem számított. Hora lassan közelítette a kedves kis angyal figurákat, mintha attól tartott volna, hogy ha egy hirtelen mozdulatot tesz, akkor felröppennek. Ez... ilyet én is szeretnék majd – mondta, majd egészen közelről megcsodálta a mesterművet. A talapzat tetején álló bájos figurák szeméből patakzottak a könnyek, mely az alatta lévő kis medencébe gyűltek össze. Az összhatást fokozta még a kis tóban úszó liliomok látványa.

- Ön szerint is képes lenne elrepülni? – súgta bizalmasan a lánynak, a közelebbire mutatva. A két lány cinkosul összepillantott.

- Biztos vagyok benne, hogy csak akkor van itt, amikor tudja, hogy jövünk, különben messze jár – jelentette ki határozottan Hora.

- Szóval a tündérek és az angyalok is léteznek? – nézett tágra nyílt szemmel a lányra.

- Hát persze! És ilyen csodás helyeken laknak, mint ez a völgy. Itt vannak például az őrangyalok. Mindenkinek van, sőt valakinek több is. Ők azok, akik súgni szoktak nekünk, amikor bizonytalanok vagyunk, segítenek meggyógyulni, amikor megfázunk, de valamikor gonoszkodnak velünk, ilyenkor szoktunk megbotlani. Mindig ott vannak a közelünkben, nem hagynak magunkra. És ha szerencsénk van és csöndben vagyunk, akkor meghallhatjuk őket – húzta a lányt maga mellé a padra. – Most pedig, pszt, és figyeljünk – intette csendre. Amália szinte még a levegő vételt is visszafogta és úgy figyelte a hercegnőt, hogy mit csinál. Hora rutinos tekintettel nézett körbe, majd intett a kezével. Ekkor az egyik ágon egy kis madár éneklésbe kezdett. – Látja, itt vannak – súgta csendesen, de Amáliának tapsolhatnékja támadt.

- Igen, igen! Most már én is látom! – lelkendezett. – Hogy milyen bölcs! – dicsérte meg a lányt.

.

Péter elégedetten kortyolta a frissítőjét a teraszon és tökéletes harmóniát érzett. Ennél többet és jobbat nem is kívánhatna az élettől, minthogy teljes nyugalomban, egy finom ebédet követően a vadregényes kastélyban ücsörögjön és élvezze a számára oly kedves nők közelségét. Távol a rendtől és fegyelemtől, a merev és személytelen, túlszabályozott királyi kastélytól itt mindenki az lehet, aki akar, nem kell senkinek sem megfelelni.

Nem gondolta volna, hogy ennyire hamar megtalálja a két lány a közös hangot, ez még a reményeit is felülszárnyalta! Pedig ez a helyzet, a hercegnő ismét nevet, boldog és játszik. Tekintete folyamatosan a közelben a kutyával játszó két lányon volt, bár itt nem volt mitől tartania. Csak végtelen örömet érzett, hogy mindezt láthatja és itta magába minden percét, hogy legyen majd mire emlékeznie. És mindezt otthon. Milyen jó lenne, ha ez így maradhatna, ha örökre itt maradhatnának mindketten. Ha...

Nagyot kortyolt a frissítőjéből, majd anyja széke felé sandított. Nem szokott ilyen sokáig csendben ücsörögni. Azonban ahogy átnézett anyjára, tekintetük találkozott.

- Láttam – mondta Gizella fiának. Péter összehúzta a szemöldökét, nem értette, mire gondol. – Az érzéseidet iránta – egészítette ki. Péter lehajtotta a fejét, erre nem tudott mit mondani. Mit is mondhatna az anyjának, ha magának sem vallott még be semmit?

- Szerintem minden testőr oda van védelmezett személyért, különben nem is tudná akár az életét is odaadni érte – próbált meg kitérő választ adni. Magát is ezzel szokta nyugtatni és ez így rendjén is volt.

- Biztos, hogy csak ennyiről van szó, nem több ez annál? Nem bonyolódott bele nagyon? – kérdezett vissza.

- Nem hiszem – jelentette ki egész határozottan, kicsi bizonytalansággal, amit csak egy anya hallhat meg.

- De mi lesz, ha a lány férjhez megy? Akkor is képes lesz majd megvédeni – akár mindkettőjüket? Fogós kérdés volt, amin Péter ez idáig inkább nem is mert gondolkodni. Bár ahogy látta a helyzetet és Lipót iránta mutatott közönyösségét, nem valószínű, hogy majd ilyen jellegű szolgálatot kell tennie.

- Nos nem hiszem, hogy már sokáig maradok ebben a beosztásban. Mivel a közvetlen veszély elhárult, így a hercegnőnek nincs szüksége állandó felügyeletre és állandó testőrre. Így várhatóan majd a palotaőrség vagy a vezérkar normál tagja leszek – adta meg a tárgyilagos választ. Ha egyáltalán nem hoz az új családtag komoly változásokat.

- Minél messzebb annál jobb – mondta Gizella és Péter nem volt benne biztos, hogy ezt kérdésnek vagy kijelentésnek szánta. Így csak helyeselni tudott rá.

- Pontosan. Ő hercegnő, én meg csak egy testőr vagyok. Messze vagyok én tőle – mondta talán kicsivel több keserűséggel, mint szerette volna.

- Nono – ellenkezett az anyja. Fiam, te Ziethof báró fogadott fia vagy, vagyis a törvény szerint a rangját is viselheted. Báró vagy, vagyis nemes, így akár méltó is lennél hozzá!

- Mindig is fogadott fiú lennék, nem született. A vérvonal pedig nagyon fontos a családnak. Nem beszélve a vagyonról... tudja anyám, hogy ez a házasság anyagilag helyre teszi ezt az országot? Mindenképpen szükség van rá! Hora hercegnő, annak született és hamarosan alkalmas is lesz a feladatra, hogy anyakirálynéként irányítsa az országot. Ez a küldetése, ez a kötelessége. Ha élnének a testvérei, úgy más lenne a helyzet, akkor talán nem csak érdekből házasodna, de így nem – megfogta anyja kezét. – Ne aggódjon értem – nézett rá szeretettel. Anyja azonban elhúzta a karját és tekintete azonban a távolba meredt és láthatóan nem is hallotta az utolsó szavakat. Gondolatai messze jártak térben is időben. A titok, ami eddig nem volt olyan fontos titok, most mégis lehet, hogy fontossá válik. Lehet, hogy Péternek végre meg kéne ismernie a múltját és a származásának történetét. Ehhez viszont kicsit össze kéne szednie magát és talán az időzítés sem a legjobb. Ma semmiképpen sem.

- Ki akar labdázni? – állt fel váratlanul és már indult is a lányok felé. Péter kicsit értetlenül bámult utána és próbálta visszaidézni, hogy valóban bántóan és hálátlanul nyilatkozott mindarról, amit kapott azzal, hogy ide vették és fiukként nevelték.

•

- Pszt, oda nézzen – suttogott alig hallgatóan Amália és mivel nem mert mozdulni a kezével, a fejét fordította el a kívánt irányba.

- Ó – ennyit tudott kinyögni a meghatódottságtól, amint észrevette a gyönyörű állatokat a pataknál. Már lassan egy órája várakoztak így lesben, miközben lassan besötétedett, de a szürkületben, melyhez hozzászokott a szemük, tökéletesen láthatóak voltak még az állatok. Hora csak itta magába az új élményt, melyben eddig nem volt része. A palotába ugyanis csak házi állatokat látott, baromfiudvart, nyuszikat, galambokat, sőt egy papagájt is, de őszikét eddig még nem látott. Bár laktak a kolostor mellett is, de soha nem volt olyan szerencséje, hogy láthassa őket – na meg nem is mehettek ki hajnalban vagy szürkületben. De most... itt van tőle pár méterre két állat is. Óvatosan körülnéznek, a pici fülüket rezegtetik. Majd az egyik lehajol inni, addig a másik körbeles. Óvatosak, mintha csak érzékelnék, hogy nincsenek egyedül. Aztán újabb állatok érkeznek, de ők már bátrabbnak tűnnek. Többen vannak, lehet, hogy ez ad nekik nagyobb biztonságot. És van két egész picike állat is, nagyon aranyosak! Bárcsak megsimogathatná őket! De nem mer mozdulni, attól tart, hogy elijesztené csak őket. Így marad a csodálat. Az állatok párosával állnak a kis kiöblösödő területnél a patak mellé. Érdekes, hogy csak ezen a helyen isznak, nem mennek se feljebb vagy lejjebb. Ez az ő helyük. Még pár perc, majd minden állat befejezte az ivást és már állnak is tovább, visszafordulnak a sűrűbb rész felé.

- Na, hogy tetszett? – fordult máris Amália a hercegnő felé, aki még mindig a látottak hatása alatt állt.

- Reggel is ilyen óvatosak? – kérdezte meg, de meg sem várva a választ, már mesélni is kezdett. – A szakácsnő mesélte, hogy régen volt a palotában egy szelíd állat, aki teljesen odaszokott. Kicsiként került oda és mivel ők etették, így megszokta a jelenlétet. De aztán felnőtt. Mindig nyitva volt a karámja, aztán egyik reggel már nem volt ott. Biztosan visszament az övéihez az erdőbe – tette hozzá. Amália türelmesen hallgatta a történetet, majd helyeselt.

- Igen, ezek vadállatok, meg lehet őket szelídíteni, de alapjában véve ők félnek. De télen, amikor kevés a táplálék és mi kiteszünk szénát, amikor sok a hó, akkor egész közel engednek magukhoz. De még így sem tudtam megsimogatni őket, a kezemhez sem mertek odajönni, amikor próbáltam etetni őket.

- Hajnalban jobban láthatóak? Úgy értem, hogy akkor jobban lehet látni őket, több a fény?

- Igen, igen, akkor a pöttyöket is könnyebb látni. Ha akarja, akkor megleshetjük őket akkor is, majd jó korán felkelünk.

•

Péter szokásától eltérően nem rögtön az első napon ment át látogatóba a szomszéd kis faluba az anyjához, hanem két nappal később. Maga sem tudta megmondani, hogy ez most miért alakult így, de most nem volt a szokásos hiányérzete. Nem rohant egyből, hogy a szeretett kis házat megnézze, megölelje a jóságos, idős asszonyt. Csak sejtette, hogy a hercegnő jelenléte változtatta meg a fontossági sorrendet. Két nap elteltével azonban úgy érezte, hogy kötelessége is meglátogatnia anyját, már biztosan értesült arról, hogy itt van és még félreérti. Megvárta, amíg a lányok kicsit visszavonulnak az ebédet követően és gyorsan lóra pattant, hogy mielőbb megtegye az oly ismerős utat. A falu csak negyed órai lovaglóútra volt, így úgy számolt, hogy összesen egy jó órát lesz csak távol. Szinte észre sem veszik majd.

Szeretette ezt a vadregényes kis utat, mely a patak mellett vezetett, majd a dombok mögött már fel is bukkantak a nádtetők. Péter jól ismerte a falu életét és jól tudta, hogy most augusztusban rengeteg a teendő a földeken és a házak melletti gyümölcsösökben, így az öreg asszonyok kivételével nem nagyon lesz senki a faluban. Anya viszont minden bizonnyal otthon lesz és biztosan varrni fog. Mióta a férje meghalt és a gyerekek is kirepültek, ez maradt a mindennapi elfoglaltsága. A pici földeket már a felnőtt unokái gondozzák, neki erre már nincsen gondja. Azt a pár baromfit meg könnyűszerrel el tudja látni. Péter szája mosolyra húzódott, amint közeledett az oly jól ismert házhoz. A lovat is visszafogta, hogy lépésben haladjon. Élete gondtalan tíz évét tölthette itt! Mennyi csodás emlék köti őt ide! Könnyűszerrel pattant le a lováról és szabadon engedte az állatot, hadd legeljen kicsit az árnyékban. Meleg tekintettel nézett körül az oly ismerős helyen. Itt semmi sem változott és ettől volt olyan jó. Ahányszor visszajött ide, mintha visszament volna az időben. Az állandóság maga volt a nyugalom és a biztonság az életében, amire nem is gondolta volna, hogy most mekkora szüksége van. Csak a ház ment valahogy össze, az emlékeihez képest – persze nyolc évesen még feleakkora volt, így minden olyan nagynak tűnt. Most meg ahhoz is le kell hajolnia, hogy belépjen az ajtón. Bezzeg gyerekként hogy kellett nyújtózkodnia, hogy felmásszon a fáskamrán az emeletre, most meg könnyűszerrel fellendülne. A házőrző kutya csak felemelte a fejét, majd vissza is tette, érzékelve, hogy nincsen teendője.

- Ki van ott, te vagy az fiam? – hallotta meg anyja hangját a hátsó, világos szobából. Gyorsan arrafelé is vette az irányt, hogy megelőzze az idős asszonyt.

- Én vagyok – lépett oda Mária Kellerhez és nagy szeretettel megcsókolta az arcát, majd a kezét. – Nagyon jól néz ki anyám – bókolt neki, közben letette az elemózsiás kosarat. Hozott egy kis húst, friss kalácsot és gyümölcsöt a kastélyból.

- Ugyan már fiam, ne bókolj itt nekem. Megyek össze és már a memóriám se a régi! – legyintett egyet, majd már nyúlt is a polcra, hogy frissítőt hozzon. Péter ezen jót kacagott. Bár az anyja közel járt a hatvanhoz, még nagyon is fitt és erős. Persze mint a parasztasszonyok legtöbbje erős karjai és termetes dereka volt, össze se lehetett hasonlítani a bárónővel a külsejét. De az állandó munkához pont ez az erő és kitartás kellett. Ugyan a haja már szinte teljesen ősz, a szeme továbbra is ugyanazzal a fiatalos hévvel izzik, mint mindig. Az ő jóságos anyja!

- Hogy vannak a lányok, unokák? Mindenki a földeken van? – nézett körül, ártatlan képet vágva.

- Átlátok ám rajtad, nem véletlenül most jöttél! Tudtad ám nagyon jól, hogy nem lesz itt senki, csak én. Nem volt ez véletlen, ugye? – nézett rá a fiára szeretettel és megsimogatta a fejét, mintha még kisfiú lenne. Mutasd csak magad te gyerek... jól van, csillog a szemed. Látom ám, nem rohantál egyből ide, ahogy szoktál, eljutott ám ide is a hír, hogy már itt vagy három napja. Azt is mondták, hogy nem egyedül érkeztél, hanem egy hölggyel. Ugye nagyon jól választottál? Biztosan! Azért elhozhatnád majd megmutatni nekem is – mosolygott rá őszintén. – Mesélj, mindent szeretnék tudni! – húzta közelebb a székét és várakozóan tekintett Péterre, akit mindez váratlanul ért. Hirtelen mondani sem tudott mit.

- Anna... ő nem... – hebegett. Most mit mondjon? Teljesen logikus, hogy egy kisasszony azért érkezett vele a kastélyba, hogy bemutassa a családjának. Erre nem is gondolt, hogy mindenki ezt hiheti. Még hogy

ő és a házasság... erre most így nem is gondolt... akár lehetne is, igen...
bár így lenne... Aztán gyorsan kombinálni kezdett. – A... a kisasszony
új társalkodó nőt keres és ajánlottam Amáliát. Azért jött, hogy egy
kicsit megismerhesse, akárcsak ezt a csodás vidéket.

- A báróné nem biztos, hogy boldog lesz, hogy a fia után a lánya is
elkerül innen... mit fog kezdeni itt egyedül? – kérdezte váratlanul.

- Úgy hallottam Hetti néni fog ideköltözni, jól meglesznek majd –
árulta el a terveket a báróné húgának érkezéséről.

- Ó akkor már értem. Így mindjárt más. Bár én mindig is azt
hittem, hogy elveszed Amáliát és ti fogtok itt élni. Na de mindegy
is. Inkább mesélj, milyen az élet mostanság a palotában? Milyen a
hercegnőre vigyázni? Nem túl szeszélyes? Azt mesélik, hogy nagyon
szép – halmozta el egy rakat kérdéssel a fiát és várakozóan nézett
rá. Péter pedig nagy örömmel mesélt a benti életről, próbálva minél
több részletet elárulni az udvari divatról – tudva, hogy anyját ez
nagyon érdekli. Mária asszony láthatóan itta a szavait és le nem vette
tekintetét a fiáról. Így telt el egy jó fél óra, feltűnően túl sok kérdéssel
a hercegnőről.

- Nem kellene valami segítség? – akadt meg Péter tekintete az
asztalon sorakozó üres kosarakra és edényekre. Tökéletes menekülési
lehetőség! – csillant meg a szeme.

- Nem terhelnélek ezzel fiam – hárított egyből az anyja, de Péter már
fel is állt. Mária csalódottságot érzett, mert még egy csomó kérdése
lett volna és sejtette, hogy ez egyben jelzés is, hogy lassan indulni fog.

- Gondolom a pincébe – ragadta meg a kosarakat és már ügyesen
rakta is egymásba, hogy ne kelljen fordulnia.

- Igen fiam. Tettem el neked is szárított gyümölcsöt, jól termett
idén a barack. De már magyarázta is, hogy hova vigye a kosarakat,
hogy könnyen megtalálják, ha majd legközelebb kell. Péter hatalmas
pakkal indult lefelé a lépcsőn. Örült, hogy megszabadult a kínos
témától. Tartott tőle, hogy ha az anyja tovább kérdezi, akkor észreveszi
megváltozott érzéseit. Péter ugyanis most szembesült vele, hogy zavarja

a származása és emiatt bűntudata volt. Óvatosan ment le a vékony lépcsőkön, majd fél kézzel belökte a fa ajtót. Persze megrohanták az emlékek. Mennyit bújócskáztak itt a testvéreivel, hiszen ennél félelmetesebb helyet nem is lehetett találni. Tudta nagyon jól, hogy öccse fél a sötétben és egyedül nem mer lejönni, ahogy a nővérei sem. Őt pedig egyáltalán nem zavarta a sötét és a nyirkosság. Így persze könnyű volt mindig megnyerni a bújócskát. Sőt volt olyan is, hogy még apjuk is beszállt a mókába. Szegény apja, jó ember volt, isten nyugosztalja. Szeretettel felnevelte a gyermekeit, megtanította írni–olvasni őket, a lányait tisztességgel férjhez adta és szerencsére még látta, hogy fiából a királyi testőrség tagja lett. Csak hálával tartozhatna a szüleinek – így korholta magát, hogy mégis elégedetlen. Pedig sokkal többet ért el és sokkal feljebb küzdötte magát, mint azt valaha gondolták vagy csak remélték volna. Péter érzelmekkel telve ért vissza a konyhába, ahol anyját már sürgölődés közben találta. Láthatóan a vacsorához készült elő, már egy halom megpucolt zöldséget látott az asztalon.

- Gyere fiam, látogassuk meg apádat – ragadta váratlanul karon a férfit és már húzta is kifelé az ajtón. Péter nem ellenkezett, hiszen ez a szokásos látogatás része volt. Szépen kimennek a temetőbe és egy kicsit felidézik a múltat, a szép emlékeket az apja és az öccse sírjánál. Az anyja most azonban felettébb csöndes volt az oda úton. Pétert félelem fogta el, vagy inkább az a rossz érzés, hogy anyja mégiscsak belelátott a gondolataiba. Ebben a pillanatban mélységesen gyűlölte magát, amiért egy pillanatra is lenézte a szüleit és azt, hogy honnan jött.

•

Amália csodásan érezte magát és legszívesebben táncolva közlekedett volna a szobákban. Nem gondolta volna, hogy az ő kis világába, a zárt közösségébe ennyire hamar bele tud bármit is vonni – és hogy ez ráadásul az ország hercegnője, azt a legszebb álmában sem merte volna! És igaz, valóban igaz, hogy ilyen lehetőség nyílik meg előtte: a palotában élhet! Ő, a vidéki bezárt kis világát lecserélheti a királyi udvarra! Milyen izgalmas! Biztosan csodálatos a palota, tele szebbnél szebb bútorral, festménnyel, műtárggyal. Hatalmas szobák, termek, csillárok, terek! Szolgák tömege lesheti a kívánságokat! Biztos állandó a jövés–menés, vendégek, szomszéd királyok, fogadások. És zene, élő muzsika, tánc, forgatag. Ó belegondolni is izgalmas, hogy milyen élet lehet ott és mindebbe ő is belenézhet, sőt, a részese lehet! Vége a vidéki magánynak, végre kiszabadulhat és világot láthat, új embereket ismerhet meg és nemcsak ugyanazokat az arcokat látja minden nap. Ó hát minden lány vágya ez lehet, hogy élet veszi körül, vidámság. A leginkább a zene és a tánc lehetősége csigázta fel, hiszen mulatságokban, bálokban nem sok része volt. Persze a faluban a szüreti mulatságokon mindig részt vettek, és azt nagyon élvezte, de ez akkor is más lehet. Ó, hát biztos sok–sok csodás ruhát is láthat, gyönyörűen felöltözött hölgyeket, csodás hajkoronákat, csillogó ékszereket. Igen, biztosan sok úri hölgy is megfordul ott rendszeresen, világot látott emberek, akik mesélnek az élményeiről, a világ másik feléről, az ott élőkről. Ez egyszerűen csodás, és mindez rá vár! Hogy ő milyen boldog és milyen csodás lesz minden! Ó és biztosan, remélhetően ő is kaphat pár szép ruhát, amit már a hercegnő nem hord. És kalapokat, meg cipellőket, meg helyes kis napernyőt. Igen, mindig is szeretett volna egy szép kis napernyőt, egy újat. Egy olyanra mindenképpen szert kell tennie!

De jó lesz, pár nap és mindennek a részese lesz, már alig várja!

•

Gizella egész nap meglehetősen feszült volt. Az elmúlt éjjel nem sokat aludt, sokat töprengett, hogy mit tegyen. Végiggondolt pár lehetőséget, hogy mit mondjon Péternek és csak remélni tudta, hogy férje fentről segíti majd. Most viszont, hogy a férfi hamarosan visszajön egyre idegesebb lett. Kétségei voltak, hogy biztosan helyesen jár el azzal, ha most mesél a múltról.

Mielőtt Péter a kastélyba került, a báróval átbeszélték, hogy mit mondanak majd neki a múltjáról – főként, hogy mennyit. De most úgy érezte, hogy a korábbi információkhoz képest többet kéne mondania. Mintha ennek most sokkal nagyon lenne a jelentősége, mint korábban. Mintha maga a rang már kevés lenne, kellene hozzá a származás is...

Gizella lerogyott a fotelba és próbálta összeszedni a gondolatait, azonban ez nem sikerült: gondolatai visszarepültek az időben sok–sok évet. Mintha csak tegnap lett volna az a csodás és végzetes nyár, pedig már 27 év telt el. Tizenhat éves volt, fiatal, eleven, olyan, mint Amália. Nyár volt, csodás idő és mindenki boldog volt, mert békét kötöttek a környező államok és létre jött a német szövetség. A szép emlékek tömege egyszerre rohanta meg, szinte érezte, hogy ismét az a fiatal és gondtalan lány, aki azon a nyáron volt. Gazdag, vonzó, nyugalomban és biztonságban él az általa ismert kis szigeten, a helyes kis kúrián a családjával. Szinte maga előtt látta szüleit és fiatalabb testvéreit, két öccsét és a kishúgát. Élvezte, hogy ő a család szeme fénye, a legidősebb lány, aki mindent megkapott eddigi élete során és ezt meg is szokta. Apja elkényeztetett lánya volt, semmi kétség. Azt a csodás napot sem felejti el soha, amikor először meglátta a vonuló katonák között Pált. Ó igen, a katonák. A katonák mind hazatértek, mindenki gondtalan volt és fényes jövőt vetítettek elő az országnak. Apja is örült, hogy visszatérnek a földekre a munkások és ennek tiszteletére nagy mulatságot tartott a hazajövők tiszteletére. Mindenki táncolt, mulatott, élvezte a nyugalmat, a szabadság mámorító érzését. És ott volt Pál, az ő első Pálja – mosolyodott el önkéntelenül is. A férfi számára maga volt a tökéletesség. Szemtelenül jól állt neki az egyenruha, jóképű volt, udvarias és persze le nem vette a szemét róla. Csapta a szelet rendesen már az első pillanattól kezdve, indításként egy egész éjszakát táncoltak végig. Másnap pedig egy gyűrűt hozott neki – forgatta meg az ujján a gyűrűjét, az egyetlen emléket, ami Pálhoz kötötte. Persze már ennyi is elég volt neki ahhoz, hogy teljesen belebolonduljon. Itta a szavait és úgy érezte, hogy nem tud nélküle élni. Sőt, előtte nem is élt igazán. Nem vett tudomást semmiről, senkitől nem fogadott el semmi rossz szót vele kapcsolatban, így arról sem vett tudomást, hogy a férfi társadalmi rangban alatta állt. A szülei persze nagyon nem örültek a rangon aluli partinak a hadnaggyal, de ő hajthatatlan volt. Ó igen, az ő szertelen élete, mennyire nem tudta még akkor, hogy mi hogy van. Hogy minek mekkora súlya van és mennyire kicsin múlott az, hogy nem siklott ki akkor és ott teljesen az élete. Vajon boldog lett volna? És ha igen, akkor meddig? Milyen áron? Vajon meddig bírta volna a nélkülözést, a megszokott kényelem hiányát? Hát ez már soha nem derül ki. Bár megszökött Pállal és egy kis kápolnában össze is házasodtak, az apja hamar rájuk talált és őt hazavitte. Hiába várta a férfit, csak nem érkezett meg. Helyette egy levél jött két héttel később tőle, hogy váratlanul kapitánnyá nevezték ki egy hajóra és nekivág a távoli világnak. Azt tervezte, hogy hamarosan visszatér gazdag emberként és akkor már méltó lesz rá. És ha még mindig akarja, akkor újra kezdhetik, ahogy illő, hivatalos esküvővel, rendes kapcsolatban. Nagyon is jól emlékszik erre a bánatos időszakra. A szeretett férfi távol tőle és az idő is csak a bánatot sugallta. Minden nap azt leste, hogy mikor érkezik tőle valami hír, mikor kapja a következő levelet. Azonban ami pár hétre rá érkezett, azt senki nem várta. A lesújtó hírt hogy viharban a hajó odaveszett. Még ennyi év távlatából is fájt felidézni az emlékeket, még most is bepárásodott a szeme, ha csak rá gondol. Ez több volt, mint amit egy 16 éves lány el tudjon viselni. A következő hónapokra nem is emlékezett, korábbi önmaga üres burka lett csak. Ott maradt kompromittáltan, teljesen összetörve és mint kiderült, várandósan. A szülei persze támogatták, óvták, vigyáztak rá, de ő élni sem akart. Meg akart szabadulni mindentől és mindenkitől. Újra akarta élni azt a szép nyarat, amikor még minden rendben volt. Nem akart tudomást venni a jelenről, a megváltozott világról. Még az sem adott neki reményt, hogy a gyermekét várja, nem akart róla tudomást venni. Csak a férfit szerette volna visszakapni – utána akart halni. Hogy értő és ápoló kezek között legyen, meg hogy elkerüljék a botrányt, végül egy zárdába vitették. Bár nem sok mindenre emlékezett az ott töltött időből, így a szülést sem tudja felidézni. A szülei mesélték neki, hogy hatalmas eső és erős szél volt azon a napon. A gyermek pedig úgy döntött, hogy ezen a viharos napon, idő előtt érkezik meg. Egy aprócska fiú született, aki nagyon gyengén sírt fel, bár ő erre sem emlékszik. A szülei még aznap elvitték és az apja később csak annyit mondott neki, hogy sajnos a gyerek túl pici és túl gyenge volt és nem tehettek érte semmit. Ő pedig csak ürességet érzett, mindezt fel sem tudta fogni. Aztán az idő és a környezetváltozás gyógyító ereje nála is megtette a kellő hatást. A következő hónapokat anyjával Krétán és a környező szigeteken töltötte. Felerősödött és a csodás környezet visszahozta az életkedvét is. Ismét látta értelmét a dolgoknak és tudott örülni mindennek. Négy évvel később pedig feleségül ment a báróhoz, de Amália csak jó öt évvel később érkezett meg hozzá, teljes nyugalmat adva ezzel neki.

Gizellát meglehetősen kimerítették az emlékek, zaklatottan állt fel és törölte meg a szemét. Hogy megnyugodjon, megforgatta a kék gyűrűt az ujján, amit azóta is viselt. Az egyik dolog, ami utána maradt. Egy gyűrű – és egy gyermek. Hol a nyakában viselte selyemszalagon, hol az ujján, de meg nem vált volna tőle. Persze a férjének nem mondta el, honnan a gyűrű, ahogy másnak sem. Családi örökség – mondta, ha kérdezték és megmutogatta rajta a feliratot is: Isten óvja a hazát. Azon gondolkozott, hogy mindebből mennyit mondjon majd el Péternek, mindenről kell tudnia vagy elegendő lesz-e a legvége, vagy csak elég az, ami ez után derült ki?

•

– Nos fiam, itt vagyunk, megjöttünk – hajolt le és simogatta meg a fejfát nagy szeretettel, majd megigazgatta a virágokat. Láthatóan frissek voltak, Péter biztos volt benne, hogy aznap reggel hozta ki őket.

156

Nagyot sóhajtott, majd imádkozni kezdett. Péter csak annyit látott, hogy közben bólogat, mintha valakivel beszélgetne. Aztán váratlanul hozzá szólt. – Szeretném, ha megtudnál valamit, valami nagyon fontosat – kezdett bele, majd elhallgatott. Péter csak annyit érzékelt, hogy anyja ismét becsukja a szemét, de az ajkai finoman suttogtak. – Ó drága férjem, adjál nekem erőt kérlek. Úgy látom, beszélnünk kell a fiunkkal, fontos lenne megismernie a múltját. Vagy legalábbis azt a részt, amit mi tudunk – hallotta alig hallhatóan a szavakat, majd ismét elhallgatott. Péter döbbenten állt mellette és nem értett semmit. Aztán az anyja hangosan folytatta. – Péter, drága egyetlen fiam, bármi történt és történjék is, te mindig az én gyermekem leszel. Születésedtől velünk voltál, mi láttuk az első lépteidet, az első szavaidat mi hallottuk, ápoltunk, amikor beteg voltál és együtt gyászoltunk minden veszteségedet. Ezek azok, amik egy párt szülőkké tesznek. Viszont azt is tudtuk, hogy majd eljöhet az a nap, amikor kiderül az igazság. Aztán felnőttél és én már azt hittem, hogy ez soha nem is jön el. Most viszont jó apád arra kért, azt kérte tőlem, hogy ma mondjam el neked, amit tudok – fogta meg Péter kezét, majd a szemébe nézett. Fiam, Pál és te valóban egy napon születtetek, de nem én vagyok a szülőanyátok. Mindkettőtöket örökbe fogadtunk. – árulta el a nagy titkot.

Péter úgy érezte, mintha mellbe verték volna és nem kapna levegőt. Láthatóan megrogyott és a kezét azonnal kifejtette anyja kezéből. Mintha forgott volna vele a világ és elhomályosultak volna a dolgok körülötte. Minden, amiben eddig hitt, amit biztosnak gondolt, az kártyavárként omlott össze körülötte. Aztán zihálva kapkodni kezdte a levegőt és úgy érezte, hogy így sem elég és menten elájul. Előre kell hajolnia, nehogy elvágódjon a földön. Nem, ez nem lehet igaz, itt biztos valami szörnyű félreértés lehet! Vagy csak így kap leckét az élettől, hogy most már azt sem tudja, hogy honnan jött? – Nézett rá kétségbeesetten az anyjára, ami azonban láthatóan komolyan beszélt és csak bólintott. Nem, ez nem igaz! Nem, ha ez tényleg így van, akkor nem bír itt lenni, ki kell szellőztetnie a fejét, el kell innen mennie, elrohannia, el, el, el... csak ez zakatolt a fejében és már indult is. Előbb lassan, majd egyre gyorsabban, végül futásnak eredt. Mária asszony összetörten látta a vergődését, de nem tudott ellene mit tenni, tudta, hogy ez sajnos a folyamatnak a része lesz. Előbb szenved, elszalad, nem ért semmit. De majd le fog nyugodni és visszajön, hogy feltegye a kérdéseket, amiket ilyenkor fel kell tenni. Ő meg amikre tud, arra megpróbál majd válaszolni. Csak remélni tudta, hogy mindez nem telik sok időbe – nézett fia után, aki már a szomszédos dombon járt. Aztán látta, hogy a futás lelassul, majd abbamarad, végül a férfi a földre rogy. Biztos volt benne, hogy sír, a feszültség ezen a ponton távozik belőle. – Drága férjem, kérlek vigyázzál most rá, nyugtasd meg felkavarodott lelkét és vezesd vissza minél előbb hozzám, hogy csökkentsem a bizonytalanságot benne – imádkozott. Tudta, hogy itt nem érdemes már tovább várnia, így visszaindult a ház felé.

•

- Péter merre van? – kérdezte meg Amália az anyját, mivel már órák óta nem látta sehol. Furcsa volt neki ez, hiszen az elmúlt három napban nem volt olyan pillanat, hogy látótávolságon kívül lett volna a bátyja.
- Meglátogatja az anyját – mondta Gizella. Szerintem hamarosan visszatér – tette még hozzá, majd elnézést kért is kisietett a szobából. Amália csodálkozva nézett utána. Kicsit feszültnek látta anyját a mai nap és nem értette, hogy miért. Nem szokott ilyen lenni, főleg nem akkor, amikor Péter is itthon van. Vajon az zaklathatta fel, hogy Péter kilovagolt a faluba? De hát mindig át szokott menni, ezzel nem szokott probléma lenni. Vagy mégis? Lehetséges volna, hogy az anyja féltékeny lenne? – merengett el ezen, alig hallva meg a hercegnő kérdését.
- Tényleg? Még él? És itt laknak a közelben? – kíváncsiskodott. Amália beszédes kedvében volt, így a kelleténél többet mondott a kíváncsi hercegnőnek.

- Ó igen, Péter családja itt él a kis faluban. Négy idősebb nővére van, ha jól tudom már mind családosak, van egy pár unokaöccse és unokahúga. Az apja pár éve halt meg, de az anyja jó egészségnek örvend. Mindig amikor hazajön, akkor átmegy hozzájuk is, természetesen.

- Kérdezhetek valamit? – húzta egy kicsit közelebb a lányt. – Akkor ez most hogy van, én azt hittem hogy Péter árva és ezért lett a báró gyámfia... – nézett ártatlan szemekkel a lányra. Amália nem volt meglepve, gondolta, hogy Péter nem nagyon beszélt a múltjáról.

- Elmondom önnek, hogy mi volt édesapám, a báró végakarata. De pszt, kérem ne árulja el ezt senkinek, főleg, hogy tőlem tudja. A család vagyonát zömmel én öröklöm majd, vagyis a kastély és a környék rám száll, illetve a majdani hozományom lesz. Péter is kapott egész szép járandóságot, illetve ami a legfontosabb, hogy a bárói rangja van.

- Vagyis Péter von Ziethof báró... – suttogta Hora.

- Igen – helyeselt Amália. Így nem is értem, miért nem szállt harcba a kezéért – szólta el magát.

- A hiányzó harmadik, akkor mégis ő volt – sápadt el Hora, majd elgondolkodott. – Akkor miért nem így mutatkozik be?

- Ezt nem tudom és ez az, amit nem értek. Úgy hallottam, hogy nem akarja elfogadni, mert nem érzi magát méltónak rá.

- És ezért mérges most az édesanyja? – nézett rá Hora, amire Amália még kevésbé tudott választ adni. Ő is tele volt kétségekkel és megválaszolatlan kérdésekkel Péterrel kapcsolatban. Persze párszor feltette magának a kérdést, hogy vajon miért fogadta apja be a fiút. Nem mintha nem szerette volna a férfit és nem örült volna annak, hogy úgy nőtt fel, hogy ő a testvére. Alig pár éve tudta meg, hogy Péter nem az édes testvére, de számára ez nem változtatott meg semmit. Péter mindig is az ő szeretett bátyja marad. Mert még az is meglehet, hogy a rossz nyelveknek igazuk van és Péter valóban a féltestvére, egy törvénytelen gyermek. A báró egyetlen fia, kit bűntudatból vett maga mellé amikor már nagyobb lett és megtudta, hogy több gyermeke már nem lehet. Taníttatta és mikor látta, hogy méltó rá, akkor ezzel a megoldással megkapta a nevét és a rangját. Ez tűnik egy meglehetősen logikus magyarázatnak. Amália gyorsan el is hessegette magától ezeket a gondolatokat, hiszen kár rágódnia rajta. Anyja csúnyán rászólt, amikor kérdéseket tett fel neki és ebből rájött, hogy igazából teljesen mindegy. A lényegen úgysem változtat semmit. És igazán nem is szeretné, hogy változzon bármi is. Jó, ahogy van. Apja már nem beszélhet róla... de Mária asszony még igen! – jutott váratlanul eszébe. Erre eddig még nem is gondolt. Hmm...

- Holnap kilovagolhatna a falu felé, nagyon szép ám arra az út – mondta teljesen ártatlanul, bogarat téve a hercegnő fülébe. Gondolta, hogy talán a lány jelenléte és ártatlan kérdései felkavarják az állóvizet.

·

Mária asszony türelmesen várt és igaza is lett: nem kellett csak egy jó órát várnia, és ismét hallotta a fia lépteit. Odafordult az ajtóhoz és a fia sápadt arcát látta meg az ajtónyílásban. A szája kissé megremegett, majd odaszaladt hozzá és letérdelt elé. Kellett neki a bizonyosság, hogy a fia visszajött hozzá, hogy nem haragszik rá. Nem is kellett kérdeznie, az asszony egyből mesélni kezdett.

- Apádnak és nekem a jóisten négy gyönyörű, egészséges leánygyermekemet adott. Hiába imádkoztam, hogy még egy gyermeket, egy fiút is adjon nekem, ez nem így történt, újabb kis jövevény már nem érkezett hozzánk. Így beletörődtünk, hogy ez lesz a mi sorsunk. Ám az imáink sok évvel később meghallgatásra találtak: egy márciusi reggelen apáca nővérem szaladt át a közeli kolostorból, hogy két aprócska fiú született az előző napon, kicsit kicsik, de egészségesek és nem akarnánk–e örökbe fogadni őket, mert a szülőknek nem kellenek. Ő tudta, hogy mennyire vágytunk egy fiúra is. Összenéztünk a férjemmel és mindketten tudtuk, hogy ezeket a gyerekeket az Úr nekünk küldte. Így kerültetek hozzánk – simította meg a fejét. A történet ezen részét ismerem én, ez az, amit biztosan mondhatok. Én nem kérdeztem utána, hogy honnan jöhettél és kik lehetnek a szüleid, nem akartam tudni semmit erről. Ha te nyomozni, kérdezni szeretnél, akkor megteheted. De megkérdezheted a bárónét is, mert szerintem ők tudhatnak valamit. Mindig is az volt a véleményem, hogy nem véletlenül választottak éppen téged. Mert annyit biztosan mondhatok, hogy zárdában a nem kívánt nemesi gyermekek szoktak ott maradni – tette még hozzá. A szobára mély csend telepedett, csak a vidám madárcsicsergés hangjai szűrődtek be. – Most pedig menjél, nagyon sokáig elmaradtál, még aggódnak majd érted. Gyere át fiam, amíg még itt vagy, nagyon örülnék neked. Péter gyors csókot nyomott anyja arcára és pár lépéssel már az udvaron is termett, hogy a lova után nézzen. Nem láthatta, hogy Mária asszony amint távozott, a kimerültségtől egyből lerogyott a székre.

•

Péter lassú ügetésre fogta a lovát, nem akart sietni. Volt bőven mit átgondolnia, mielőtt visszaért volna a kastélyba. Az elmúlt órák ugyanis fenekestül felforgatták az eddigi életét. Bár ha úgy veszi, akkor igazából semmi nem változott. Persze ő is hallotta azokat a pletykákat, hogyne hallotta volna, hogy a báró azért vette magához és azért fogadta gyámfiának, mert valóban az ő fia volt. Ez teljesen logikusnak tűnik, hiszen mi másért történhetett volna mindez vele? Csak úgy szerencséből vagy kedvességből nem kap senki nemesi rangot, arra születni kell! És ha ez tényleg igaz, akkor mostantól nem kell szégyenkeznie semmi miatt, nem kell titkolnia a nevét többet. Ha ez tényleg így van, akkor mától valóban Péter von Ziethof báró lesz! Vagyis nemcsak nevében, hanem származásában is nemes! – húzta ki magát a nyeregben. És ezzel a nemesi kiváltsággal mostantól élni is fog. Bármi történjék is majd vele, a tiszti rangját ennek megfelelően kell igazítania! Talán nem is baj, hogy nem tudta ezt meg korábban, ennek így kellett lennie. Ha mindez korábban kiderül, akkor nem valószínű, hogy a hercegnő mellé ő került volna. Vagy mégis? Vagy inkább mondjuk azt, hogy most már megfelelő rangú ember felel az épségéért? Ó, ha előbb tudja, akkor pályázhatott is volna akár a kezéért... – kalandozott el nagyon messzire. Na–na Péter, vegyél vissza – korholta magát. Nagyon messze vagy te attól, hogy... hogy akár főherceg vagy régens lehetnél – tudatosodott benne az, hogy a hercegnő férje az ország trónörökösének az apja lesz. Péter eleget látott ahhoz a királyi palotában, hogy ezt ne akarja magának. Alig pár órája még az volt a baja, hogy ő egy egyszerű falusi parasztember fia, most meg hirtelen már a koronáról ábrándozik. Ennyire nem lehet telhetetlen! Ennyire nem törhet nagyra! Jó az neki nagyon, amije van, igazán nem lehet hálátlan. A sors így is nagyon kegyes volt hozzá! De vajon ki lehetett az anyja? – jutott eszébe, amire eddig nem is gondolt. A szülőanyja... Hiszen mennyire szerencsés, hogy neki kettő is van, lenne egy harmadik is? – merengett el, közben pedig lassan megérkezett a palotába. Közben már sötétedni is kezdett. A hölgyek mind kiszaladtak, már nagyon aggódtak. Péter azonban szórakozottan szállt le a nyeregből és nem is fogta fel, hogy mekkora ijedtséget okozott a távolléte.

- Csak a faluban voltam – vetette oda könnyedén, majd elment a csodálkozók mellett és egyből a konyha felé vette az irányt. Igencsak megéhezett. Hora és Amália csak csodálkozva nézett össze és vállat vont, Gizella azonban megsejtett valamit fia változásából.

- Péter, beszélhetünk majd – futott szinte a férfi után, aki csak bólintott és intett, hogy mindjárt megy, csak eszik pár falatot.

•

- Én... én beszéltem anyámmal és ő mesélt a múltamról – mondta Péter a bárónénak fél órával később a szalonban, ahova csak kettesben mentek be. A kezdő mondat után azonban csöndbe burkolódzott. Gizella láthatóan aggódva pislogott fia felé, mert nem tudta mire vélni kissé ábrándos tekintetét. Persze furdalta a kíváncsiság, hogy mi történt és alig bírta kivárni, hogy a férfi megvacsorázzon. De most végre itt vannak.. most kell nyugalmat erőltetni magára és hagyni, hadd beszéljen. A férfi azonban nem úgy tűnt, hogy meg akar szólalni, sőt, várakozóan nézett rá. Most akkor mit mondjon? Honnan meséljen?

- Kérem Péter, elmondja, hogy miről beszélgettetek? – kérdezte meg nagyon óvatosan. Nem akart esetleg olyat mondani kezdésnek, amiről esetleg nem is volt szó. Azért ez nem olyan téma, amibe csak úgy bele kell vágni, itt nagyon fontos a jó felvezetés és az időzítés – gondolta át alaposan. Péter azonban keresztül húzta a számításait egy jól irányzott, lényegre törő kéréssel:

- Tényleg igaz, a báró fia vagyok? – tette fel a kérdést, amelyet már jó régen fel szeretett volna tenni. Gizellát mindez teljesen váratlanul érte és láthatóan összezavarodott. Magában jól végiggondolta, nem egyszer átrágta, hogy mit és hogyan fog elmondani, de erre a kérdésre nem számított. Hirtelen nem is értette, hogy mit kérdezett és miből gondolja mindezt. – Kérem, báróné, árulja el. Nemcsak pletyka volt minden, nem a véletlennek köszönhető, hogy a báró a gyámfiának fogadott. Mert a fia vagyok! Ugye ő az apám? – kérem, anyám, mondja el, amit tud, ne titkoljon el előlem semmit. Ugye a báró fia vagyok? Tudja, hogy ki az anyám? Ki hozott a világra? – ismételte meg a kérdést újra és újra. Gizella a tompultságából felriadva a sokadik megkérdezésre váratlanul csak annyit mondott:

- Ön az én fiam! – Péter nem éppen erre a válaszra számított, és lerogyott a kanapéra, Gizella meg azért rogyott le mellé, mert mindezt nem így akarta felvezetni.

- Hogy? – kérdezett csak ennyit Péter és döbbenten nézett az anyjára.

- Az első házasságomból származik... – kezdett hozzá a meséléshez, majd nekilátott, hogy megossza gyermekével a történetet, amit magában már olyan sokszor elpróbált. Péter némán hallgatta végig, nem kérdezett közbe. –... Apám a halálos ágyán vallotta be, hogy hazudott nekem és a gyermekem nem halt meg a szülés után, hanem életben maradtak és a közeli faluban kerültek, már 10 éve. Persze

163

nem nyughattam és azonnal elmeséltem a bárónak és kértem, hogy próbáljon megkeresni. Mivel apám érvénytelenítette a házasságomat, így ön egy törvénytelen gyerek volt. A báró ezért azt javasolta, hogy a legjobb, ha magunkhoz vesszük, majd a gyámja leszünk. Ezzel ugyanazokkal a jogokkal rendelkezik majd, mintha a fiamként érkezett volna a házasságba. Csak az első 10 évet vesztettük el az életéből... viszont megadatott a nagy és szerető család, melyért örökké hálások leszünk. Sőt, ha őszinte akarok lenni, akkor így sokkal jobb volt.

- És Pál? – suttogta.

- Gizella lehajtotta a fejét.

- Sajnos őt soha nem volt lehetőségem látni – tette hozzá szomorúan és bepárásodott a szeme. Magában persze sokszor végiggondolta, de sajnos semmire sem emlékezett a szülés éjszakájáról. Így azt sem tudta felidézni, hogy valóban ikrei születtek volna, a szülei nem mondták neki. Csak hogy nagyon apró volt a baba – ami biztosan nemcsak amiatt volt, mert idő előtt érkezett. Az ikrek idő előtt érkeznek és kicsik, de egészségesek. A Péter–Pál név is innen lehet, bár azt biztos ő adhatta nekik... a Pált biztosan, a Péter meg innen jöhetett. – Tegnap úgy érzékeltem, hogy is mondjam, hogy zavar a származása. Nem kell, hogy zavarjon, ön báró! Vér szerint is, egy Hernicz bárókisasszony fia. Tegnap is az volt, ma viszont talán el is hiszi. Péter mélyen hallgatott, majd megszólalt:

- Tegnap még azt hittem, hogy a faluban lakik az édesanyám, és itt a kastélyban a nevelőanyám. Ma ez megfordult – tartott egy kis szünetet. Ha jól átgondolom, akkor nem változott semmi, ugyanúgy két anyám van – sóhajtott egyet.

- Örülök – tette a kezét a fia kezére. – Azért felelősnek érzem magam, mert nem gondoltam bele, hogy ez önnek gondot okozhat. Csak tegnap jöttem rá, amikor azt a kijelentést tette a származására. Meg tud bocsátani nekünk? Hogy a törvénytelen gyerek státus helyett ezt a megoldást választottuk?

- És önnek anyám nem okozott fájdalmat, hogy nem kezelhetett édes fiaként?

- Én mindig is annak tekintettem és úgy is kezeltem. És most már ön is igazán bárónak tekintheti magát.

- Megpróbálok... Igen. Mostantól így mutatkozom majd be – jelentette ki határozottan. – Anyám, egy fontos kérdés: Amáliának elmondta mindezt? – Gizella megrázta a fejét.

- Nem mondtam, de szerintem sejti. Elmondhatjuk, de nem ma. Nagyon kifáradtam, majd holnap. Most menjünk aludni, ránk fér.

•

- Kilovagolhatnánk délelőtt? – kérdezte Hora Pétert, bár a férfi inkább kijelentésnek értékelte. Csodálkozott is, hogy már lassan egy hete vannak itt, és a hercegnő, aki minden nap lovagolt, még nem jelezte ezen igényét. Mondjuk jó párszor kikocsikáztak már a hölgyek, mert volt mint nézni a kertben és az udvarban, de azért a lovaglás az lovaglás. Bár az is lehet, hogy csak tapintatból nem lovagolt, hiszen sem anyja, sem testvére nem tud lovagolni. Viszont most eljött ennek is az ideje – amit már nagyon várt. Régen szerette volna megmutatni a kilátást a dombtetőről, ezt pedig kocsival igen hosszadalmas lett volna megközelíteni. De így lóháton igazán könnyen elérhető.

- Természetesen – hajolt meg előtte és már el is indult az istálló felé, hogy szóljon, készítsenek elő két szelíd állatot. Amelyikkel tegnap ment, az tökéletes lesz a hercegnő számára.

- Soha nem is próbálta még a lovaglást? – fordult közben Hora Amália felé, aki határozottan ingatta a fejét.

- Nem, ezt nem nekem találták ki. Tudja, félek is ezektől az állatoktól egy kicsit, és ezt szerintem az állatok is érzik. Így maradok az etetésnél, abban nagyon jó vagyok – kuncogott kicsit. – Péter említette, hogy kiváló lovas! – dicsérte a lányt előre is. Hora meg is lepődött egy kicsit, de Amália már folytatta a csevegést, így nem is kellett kérdeznie. – Többször írta, hogy szinte nincs olyan nap, hogy ne kísérné el Önt lovagolni. Itt is gyönyörű helyek vannak, ott van a kilátó, oda mindenképpen érdemes ellovagolni, csodás a kilátás! Visszafelé meg megnézhetnék a falut, nagyon szépek a házak. Péter biztos megmutatja, hogy melyikben született – tette még hozzá ártatlanul. Ennél többet nem tehet, ezzel szinte belökte az ajtón a hercegnőt. Biztos volt benne, hogy a lány majd kíváncsi lesz a helyre, persze bemennek egy frissítőre, és akkor kérdezhet is. Egy árnyalatnyi szünetet tartott, hogy ne tűnjön el a mondanivalója, majd folytatta: – a kilátónál majd kérje meg Pétert, hogy mutassa meg az országhatárt – nem messze már a szomszéd hercegség földjei terülnek el. Arrafele már sok a hegy meg domb, minden bizonnyal nem olyan jó ott élni – tette hozzá fontoskodva. – A hercegnő már járt az országon kívül? – kérdezte váratlanul, amire Hora csak ingatta a fejét. Nem is kellett visszakérdeznie, Amália megint beszédes kedvében volt és már válaszolt is magának: – hát még én sem voltam. De a tengert mindenképpen szeretném majd egyszer látni!

- Azt én is – mondta álmodozva Hora. Tudja a nagybátyám a tengereket járja egész életében, így biztosan van benne valami lenyűgöző, ami ennyire megfogta.

- De jó lehet, biztos sokat mesélt! Na persze az se mindegy, hogy melyik tenger. Anyám volt az északi tengernél is és azt mondta, hogy az egyáltalán nem szép. Ellenben a görög partokért mindig is oda volt! – tette még hozzá. – Tényleg, megkérjük majd, hogy meséljen egy kicsit nekünk a szigetekről és a hajóutakról, melyeket megtett.

- Az nagyon jó lesz – tette hozzá Hora is. Figyelmük azonban a sietősen közeledő férfira irányult. Péter kicsit zaklatottnak tűnt.

- Hercegnőm, feltúrtuk az egész istállót, de mivel ebben a családban generációk óta egy nő sem lovagolt, így női nyerget sajnos nem találtunk. Mélységesen sajnálom – szabadkozott.

- Semmi gond Péter, tudok normál nyeregben is ülni, nyugodtan előkészíthetnek olyat.

- Komolyan? – csodálkozott el Amália, Péter azonban bólintott. Látta már a hercegnőt férfi nyeregben, kényszerűségből, de nem okozott neki semmi problémát. – A hercegnő férfi nyeregben lovagol, a hercegnő férfi nyeregben lovagol – dalolta, közben körbeugrálta a lányt.

- Pszt, ne olyan hangosan, a végén még a báróné nem fog elengedni – korholta meg nevetve a lányt. – Nem lesz semmi baj, csak lépésben fogunk majd menni. – Péter kérem, elég biztonságos lesz ez nekem? – kérdezte meg a férfit, aki ismét csak bólintott. – Na látja. Akkor hozom a kalapomat és mehetünk is – fordult sarkon és már szaladt is fel a lépcsőn.

- Merre mennek? – kíváncsiskodott Amália és igyekezett a lehető legártatlanabb képet vágni hozzá.

- A kilátóra gondoltam – mondta Péter, de már indult is vissza az istálló felé, hogy a lovakat teljesen előkészítse. Amáliának vele kellett tartania, hogy tovább tudjon kérdezősködni.

- De ugye visszaértek ebédre? – tipegett utána és próbálta kikerülni az összes lócitromot. Már csak az hiányzik, hogy a topánkájával valamelyikre taposson. Akkor ki nem tudja sikálni a ló szagot belőle. Vajon mi lehet olyan vonzó a lovaglásban? Hiszen fárasztó és még büdös is lesz a ruhád meg sáros a cipőd. Nem is érti, hogy mit szerethetnek a nők ebben?

- Hogy mi? Ja az ebéd. Úgy kettőre biztos visszaérünk – felelte Péter, de láthatóan teljesen a lovak kötötték le a figyelmét, gondosan ügyelt arra, hogy minden rendben legyen. Nem kellett sokat várni a hercegnőre sem, már érkezett is a lovaglócsizmájában. Péter felsegítette a nyeregbe és Amália alig ocsúdhatott, már csak a két távozó lovat láthatta. Ha tudna most biztosan füttyentene – gondolta. A lány valóban láthatóan remekül ülte meg a lovat.

•

Péter áhítattal bámulta a távolban tornyosuló hegyeket, melyeken a délelőtti napfény megcsillant. Nem tudta megunni ezt a látképet, nem is lehetett, akárhányszor járt itt, mindig más színeket, fényeket láthatott. Csodás hely volt ez a kilátó, már–már mesebeli. Ez volt a síkság végét jelentő legelső domb, ezután már csak további dombok, majd hegyek következtek. Pont ennek volt az köszönhető, hogy olyan messzire el lehetett látni. A férfi oldalra sandított, hogy megnézze, mit csinál a hercegnő. Arra gondolt, hogy megmutogatja neki, mi merre van, de ahogy elnézte a lány tekintetét, erre egyenlőre még nem lesz szükség. Hora láthatóan teljesen el volt ragadtatva a látképtől. Szemei óriásira nyíltak és arcán hatalmas mosoly ült ki. Mivel a szél kicsit erősebben bukott át a domb tetején, így biztonságba helyezte a kalapját. A légmozgás viszont már alaposan megcincálta a mindössze egy szalaggal hevenyészetten összefogott haját, így számos tincs szabadon szaladgált a szélben. Péternek kényszerítenie kellett magát, hogy ne bámulja, annyira szépnek találta. Az biztos, hogy mostantól az emlékeibe ez a kép is bekerült.

- Mi van arra, ugye az már Bajorország? – kérdezte hosszú percekkel később Hora, és a távoli pontra mutatott. Péter készségesen közelebb jött, hogy jobban tudjon magyarázni, mutogatni, hogy merre mi található.

- Igen, az. Ahogy látja, ott már eléggé megnőnek a helyek, ahogy haladunk dél felé. Nem is olyan lakott már, mint a mi vidékünk és az időjárás sem olyan kedvező, mint erre.

- Itt meseszép! Megértem, miért szeret itt annyira. Bárcsak itt élhetnék én is – mondta váratlanul. Péternek nagyot kellett nyelnie erre a kijelentésre. Hora közben átfordult a harmadik irányba és arra vizsgálta a látnivalókat. – Ellának is nagyon tetszene – tette hozzá elhaló hangon.

- Igen, biztos, hogy tetszik neki. Sőt, még szebb a kilátás, fentről nézi. Tudom, hogy hiányzik, nekem is. Idővel ez majd enyhülni fog – tette hozzá. Azon gondolkozott, hogy jobb, ha mesél valamiről vagy ha inkább csöndben marad. Aztán az előbbi mellett döntött. – Ez az egyik kedvenc helyem, gyerekkoromban amíg itt éltem gyakran feljöttem ide, azóta pedig mindig, amikor ide jövök. Szerintem ennél megnyugtatóbb hely nincsen. Ez a csend, a szél, a friss levegő, a nagy tér... szerintem tökéletes.

- Igen – emelte fel a felét Hora. Tudja nekem csak fiatalabb testvéreim voltak. Így mindig örültem volna egy bátynak. Tekinthetem annak, báró úr? – kérdezte meg váratlanul.

- Megtisztel – hajolt meg Péter zavartan. Meglepte, hogy bárónak szólította, ezt eddig soha nem tette meg. Aztán megpróbálta értelmezni, hogy mit is kértek tőle. Komoly érzelmi vihar támadt benne és próbálta helyretenni a dolgokat. Igen, ez az, a szeretet, amit érez iránta, az testvéri. Hora hercegnő, mint a kishúga. Elvégre ha belegondol, akkor mindig mint egy kislány tekintett rá. Akit óvni, vigyázni kell. Mint egy gyerekre, egy fiatal húgra. Mint Amáliára. Próbálta érzelmeit ez alapján rendezni és úgy érezte, hogy lelke vihara kezd helyre állni. Az érzelmei ezzel a helyére kerülhetnek. Annyira el volt foglalva magával, hogy szinte alig hallotta meg a neki szegezett kérdéseket:

- Itt élnek a faluban a testvérei? Amália mesélte, hogy nővérei vannak.

- Igen, négy lány után jóval később érkeztünk a családba ikertestvéremmel.

- Tényleg, van egy ikertestvére? És ő is pont így néz ki? – villanyozódott fel a lány. Péter már megbánta, hogy meggondolatlanul hozta elő ezt a témát.

- Nem, különböztünk. Pál sajnos csak 10 évet töltött velünk, de Ella mellett van biztosan és onnan figyel ránk.

- Sajnálom – felelte Hora őszintén és nem is kellett kérdeznie, hogy mi történt, Péter már mesélte is.

- Nagy hó volt azon a télen és Pál beleesett egy mély gödörbe, amit betemetett a hó. Hiába ástam ki és vittem haza, sajnos már annyira kihűlt, hogy nem tudtak rajta segíteni. Sokszor gondolkodtam azon, főleg most, hogy megint itt vagyok a közelében, hogy vajon milyen lett volna felnőttként, mi lett volna belőle. Tudja az ikertestvér még közelebbi kapcsolat, mint a testvéri – tette hozzá.

- Nehéz lehetett olyan kicsiként elveszíteni.

- Igen, nem volt könnyű időszak, ahogy önnek sem. De nekem is van egy őrangyalom – mosolygott el.

- Nos azt hiszem ez segít, hogy Pált összehoztuk Ellával – nevette el magát Hora is.

- Ez elég jól hangzik. A végén még irigyelni is fogom őket – állt fel Péter és megfordult, majd bizalmatlanul méregette a hátuk mögött alattomosan közeledő felhőt. – Azt hiszem jobb, ha nem sietünk már, a domboldal meglehetősen hamar síkos és csúszós lesz az esőtől és nem kockáztatnám sem az ön bokáját, sem a lovak lábát. Jobb, ha itt maradunk és megvárjuk, hogy elfogyjon ez a kis felhő – mutatott fel az égre, ahol jól lehetett látni a távolban ismét kék eget. Horának láthatóan nagyon tetszett ez a nem várt program és lelkesen kacagott, ahogy az eső egyre jobban rákezdett. A felhő azonban nagyon gyorsan fogyott és hamar csendesedni kezdett. Hora önkéntelenül is hátrasöpörte a haját és próbálta az arcáról a vizet lesöpörni, hogy ne folyjon bele a szemébe vagy a szájába. Majd lenézett a szoknyájára és kétségbeesetten látta, hogy alaposan elázott.

- Nem fogunk megfázni? – aggodalmaskodott.

- Mindjárt kisüt a nap és gyorsan megszáradunk – jegyezte meg a férfi.

- Persze Ön könnyen beszél, magán nincsen ennyi alsószoknya – emelte fel a felső ruhát, hogy az alatta lévő csipkék egy pillanatra láthatóak legyenek.

- De azok nem lettek vizesek, ugye? – kérdezte kicsit zavartan. Az ing, ami rajta volt nem ázott át teljesen, azért annyira nem esett az eső. De ahogy elnézi a lányt, mintha rá több jutott volna. A haja szinte teljesen vizes volt és a szoknyája is jóval sötétebb árnyalatot vett fel az alsó részén. A nap közben valóban előbukkant és olyan erővel kezdett sütni, hogy szinte látni lehetett, ahogy a pára távozik körülöttük.

- Tényleg gyorsan meg fogunk száradni – jegyezte meg a lány, és próbálta a hajából kicsavarni a vizet. Azt hiszem kicsit jobban megáztunk, mint gondoltuk, de kár lett volna kihagyni – nézett rá a férfira. Ella, legközelebb kérlek ne sírjatok ennyit! – fenyegette meg mutatóujjával az eget, de Péter biztos volt benne, hogy komolyan gondolta.

- Segíthetek? – lépett a lányhoz, aki épp a sokadik szoknyáját próbálta meg csavargatni, a víz ugyanis alul összpontosult és muszáj volt rásegíteni, hogy távozzon. Péter nem is várt választ, hanem megragadott egy adag szoknyát és már csurgott is ki belőle a víz. A lány kissé zavartan lépett hátra és sietősen nyúlt a ruhájáért. A férfi értette a célzást és ő is hátrébb lépett. Rájött, hogy ezzel nemcsak a társadalmi rangbeli különbséget, hanem a férfi–női illemet is átlépte.

– Ne haragudjon – mondta csendben.

- Kérem a távolságra legközelebb ügyeljen – felelte határozottan, és úgy tűnt, hogy részéről ezzel lezártnak tekintette az ügyet. Péter tudta, hogy teljesen igaza van és nem is értette, hogy merészelte így átlépni a határokat. Azért, mert nem egészen fél órája mondta neki, hogy bátyjaként tekint rá, ez nem jogosítja fel semmire.

- Nos kérem napozzon nyugodtan, bár a kalapot javaslom felvenni a túlzott napfénytől. Ilyenkor ugyanis sokkal erősebb, mint általában. Aztán indulhatunk is haza, mára bőven elég volt ennyi kaland – azzal a lovakkal kezdett el foglalatoskodni. Szerencsére mindkét állat jól viselte az esőt és mivel nem villámlott vagy zörgött, így nem is ijedtek meg. Az tényleg nem hiányzott volna, hogy innen gyalogosan kelljen hazamenniük. Legközelebb majd óvatosabbak lesznek.

Hora igyekezett a száradási időt hasznosan eltölteni és mezei virágokat gyűjtögetett, közben minden irányban igyekezett forgolódni.

- Elindulhatunk egy darabon gyalog is – javasolta nem sokkal később. Mennyire vizes a domboldalon még a fű? – nézte gyanakvóan a legelé vezető utat.

- Rendben – felelte a férfi, nem is válaszolva a kérdésre és elkapta mindkét ló kantárját, majd elindult. Bízott benne, hogy a hercegnő egyedül is képes lesz lejönni.

•

Péter teljesen értetlenül állt a hercegnő viselkedése előtt. Hora mondhatni levegőnek nézte a lovaglás utáni két napon. Nem szólt hozzá, nem kereste a társaságát, nem akarta a közelében tudni. A férfi nem tudta mire vélni ezt a hirtelen változást, hiszen pont megemlítette, hogy bátyjaként tekint rá, utána meg szinte köszönésre sem méltatja? Nem érezte úgy, hogy akkora hibát követett el azzal, hogy hozzáért a ruhájához. Ilyet már máskor is csinált, hiszen mindig ő segítette fel a lóra, vagy nyújtotta a kezét amikor kiszállt a kocsiból. Akkor meg most mi történhetett? Nem panaszkodott, hogy eláztatta az esőben sőt nem is tehet szemrehányást, hiszen nem fázott meg. Akkor meg miért nem akar többet lovagolni? Miért tart tőle?

A távolságtartása nemcsak neki, hanem a másik két nőnek is feltűnt és rá is kérdeztek az ebédet követően. Hora azonban kitérő választ adott, hogy nem is érti a kérdést, majd fáradtságra hivatkozva felment a szobájába.

A báróné biztos volt benne, hogy történt valami és ki akarta deríteni. A legjobb, ha mindkettőjükkel beszél külön–külön és megpróbál segíteni. Láthatólag Péternek fogalma sincs semmiről, így a legjobb, ha a hercegnőt kérdezi meg először. És most azonnal – állt fel az asztaltól, hogy a lány után menjen. Finoman kopogott az ajtón, majd mikor megkapta az engedélyt, óvatosan benyitott.

- Csak szeretném megkérdezni, hogy hozhatok–e fel valamit? Esetleg van–e valami kérése, hogy mit enne délután, akkor jelzem a szakácsnőnek, hogy azt készítse el – kezdte nagyon ügyesen, távolról a beszélgetést, közben lassan lopta beljebb magát a szobába. A lány kicsit sápadtan ült az ágy szélén és láthatóan elgondolkozott a kérésen.

- Igen, egy kis gyümölcsnek nagyon örülnék, ha esetleg maradt még egy kis málna – mosolygott el. Az nagyon ízlett.

- Persze kislányom, persze, máris szólok, hogy szedjenek önnek frissen – állt meg előtte, majd szeretettel a homlokára tette a kezét. – Sápadtnak tűnik, nem lázas? Csak nem hűlt meg mégis abban az esőben? – terelte a témát akaratlanul is. Közben megnyugodott, mert a hercegnő hőmérséklete teljesen normálisnak tűnt. Csak fáradtnak. Bátor is szokatlanul nyugodtan feküdt az ágy előtt.

- Nem – felelt szűkszavúan a lány.

- És milyen volt fent a dombon, tetszett a kilátás? Jó régen jártam ott fent magam is, nem is tudom miért. Pedig annyira szép. Arra gondoltam, hogy legközelebb mi is elmehetnénk ki lóháton, ki hintóban.

- Az remek lenne. Szívesen kikocsikáznék.

- Nem akar már lovagolni? Pedig én azt hittem, hogy azt nagyon szereti.

- De igen, csak.... csak itt nincs női nyereg és... szóval bár megy a lovaglás, de nem kényelmes. Feltörte a combomnál – nyögte ki nagy nehezen. Gizella majdnem felnevetett a megkönnyebbüléstől. Csak erről van szó! Szegény lány biztos sebes ott alul és ezért haragszik a férfira, ezért nem akar semmit sem csinálni. Az biztosan kellemetlen is lehet.

- Ó lányom, csak ennyi a baj! Majd készíttetek valami főzetet vagy krémet a személyzettel. Én meg azt hittem hogy Péter mondott vagy tett valamit, amivel megbántotta – mondta őszintén.

- Ő nem... vagyis nem úgy.... csak... a szoknyám és... – hebegett–habogott a lány, mire Gizella elsápadt. Lerogyott a lány mellé és megfogta a kezét.

- Mit tett önnel Péter? – kérdezett rá határozottan, arra gondolva, hogy ezzel egyből választ csikarhat ki belőle.

- Csak megemelte a szoknyámat és kicsavarta a vizet és hozzámért...
és én... megijedtem – ismerte be. Két hónap múlva férjhez megyek
és nem tudok semmit a férfiakról! – nyögte ki nagy nehezen, hogy
mi bántja. Zavartan elfordította a fejét és a kezét a szeme elé tette.
Gizellának nem kellett többet mondania, teljesen értette, hogy milyen
félelmek vannak a lányban. Ha jól tudja, még kislány volt, amikor a
zárdába került, így sem előtte, sem a zárdai évek alatt nem beszélt
senki neki ezekről. És sejtette, hogy a nagyszülei sem informálták
semmiről. Persze nem ő az egyetlen, aki úgy menne férjhez egy
majdnem ismeretlenhez, hogy nem tud semmiről semmit, de nem
biztos, hogy ez a legjobb. Péter ezen buta tette úgy látszik valamilyen
védekező reakciót válthatott ki belőle, amitől így teljesen megijedt.

- Na jól van, jöjjön ide – húzta a karjaiba a lányt és hagyta, hogy
megnyugodjon, közben a fejét simogatta. – Nem kell semmitől félnie,
minden rendben van. Mesélek egy kicsit, jó? – vett egy nagy levegőt
és belekezdett a történetébe – a kapitánnyal való megismerkedésével.

•

Gizella a következő napokban alaposan ügyelt arra, hogy Pétert ne
hagyja kettesben egyik lánnyal sem. Amire eddig nem gondolt, arra
most már illenék: a lányok mondhatni felnőtt hölgyek és ez nemcsak
egy férfi számára jelenthet kísértést, hanem a hölgyeknek is. És bár
Amália és Péter vér szerint féltestvérek, Amália erről nem tud és
jobb elkerülni bármilyen bonyodalmat. Hallotta ő eleget a suttogó
személyzettől, hogy a legjobb lenne a két fiatal házassága. Erről
azonban szó sem lehet! A hercegnő beszámolójából pedig úgy tűnik
neki, hogy a lány szintén bátyjaként tekint a férfira. Remélhetőleg.
Ezen túlzottan nem is csodálkozott, hiszen élete nagy részében
teljesen elszigetelten élt, így az első férfi, akit igazán megismerhetett
az Péter volt. Hogy erre vajon miért nem gondoltak a palotában és
tettek óvintézkedéseket, egy idősebb, kevésbé vonzó férfit állítva a
hercegnő mellé, nem egy agglegényt, aki akár kísértést is jelenthet?

Ezzel még nem is lenne nagy probléma, ha nem érezné azt, hogy Péter nem teljesen közömbös a lány iránt. Innentől pedig csak a fájdalom jöhet. Mert ha ez nem változik, akkor házasság ide vagy oda, a kísértés megmarad, sőt, csak még vonzóbb lesz. Itt az ideje, hogy Pétert megpróbálja elhozatni a palotából és feleséget keresni neki – minél előbb! De ha nem Péter vigyáz a hercegnőre, akkor mennyire lesz biztonságban?

Ezekkel azonban nem terhelte a fiatalokat, hanem hagyta, hogy kiélvezzék az augusztus minden szépségét. Szerencsére a beszélgetésüket követően a hercegnő jó kedve is hamarosan visszatért. Persze még mindig előfordult, hogy kicsit pityergett, de a gyász az ilyen. Csak az idő az, ami igazán gyógyírt jelent. És már csak pár napig marad, majd visszatér a palotába és jön az ősz. Vajon Amália tényleg még mindig vele akar menni? Mintha az utóbbi napokban már nem lenne annyira lelkes. Biztos átfutott rajta, hogy akkor mi mindent kell itt hagynia. De ezt a döntést a lányára bízza, ő nem erőltet semmit. Bárhogy is dönt, azt elfogadja. Úgyis csak idő kérdése, hogy a lánya kirepüljön a kastélyból – bár titkon mindig is abban reménykedett, hogy majd a leendő veje jön ide hozzájuk. – Sóhajtott egy nagyot, majd szeretettel nézett végig a három fiatalon, akik önfeledten labdáztak a kertben, lelkes kutyaugatástól övezve. Egy rossz érzés suhant át rajta, hogy ezt a boldog képet őrizze meg magának, mert hamarosan minden alaposan megváltozik. – Gyorsan elhessegette ezt a nem kívánt megérzést és letette a kezében tartott hímzést. Úgysem haladt vele már mióta, hiszen folyton a gyerekeket lesi. Lesz épp elég ideje majd télen ezzel foglalatoskodnia. Inkább felállt és a gyerekek felé indult. A legjobb, ha ő is beszáll a játékba, ki tudja, mikor lesz megint alkalma arra, hogy velük jásszon.

•

- Meséljen egy kicsit arról, hogy milyen az élet a palotában – kérdezte Amália Pétert, amint anyja kiment a szobából. Már rég

175

szerette volna feltenni neki ezt a kérdést, de valahogy nem volt rá alkalom, hogy kettesben maradjanak az elmúlt napokban. Arra volt kíváncsi, hogy a férfi mit mond majd az ottani életről. Meglehetősen csalódott lett ugyanis, amikor a hercegnő arról mesélt, hogy mennyire visszafogottan élnek és milyen kevés vendég érkezik. Biztosan csak szerényen nyilatkozik, mert ezt nem tudja elhinni. A királyi palotákban mindig nagy életnek kell lennie.

- Mire kíváncsi? – kérdezte Péter, mert sejtette, érzékelte, hogy Amália mintha bizonytalan lenne. Már nem tűnik annyira lelkesnek, mint pár nappal ezelőtt.

- Bármire. Hogy telnek a napok, mivel foglalkozik a hercegnő, mi lesz az én feladatom? Milyen a palota, szigorú a királyi pár? – zúdított egy rakat kérdést a férfira.

- Látom tényleg minden érdekli – nevette el magát a férfi, majd elkomorodott. Érezte, hogy súlya lesz annak, amit mondd, így meg kell gondolnia, hogy mit mond. Na persze nem fog hazudni, csak óvatosan, nagy körültekintéssel kell fogalmaznia. – Nos, azt mindenképpen tudni kell, hogy a királyi palota általában visszafogott és nyugodt. Minden előre kidolgozott rendben és sorban zajlik, a király ugyanis nagyon ügyel a menetrendre, a kiszámíthatóságra és a szokásokra. És ez nagyon jót tesz az ottani életnek is. Csak hogy megnyugtassam, unatkozni nem fog. Az ősz egyébként is az egyik legintenzívebb időszak, a család bővülésével azonban számos dolog vár mindenkire a következő hónapokban. – Péter úgy döntött, hogy inkább nem megy bele az erőviszonyok változásába, Amália ezt úgysem értené és nem is kell ezzel terhelnie fiatal lelkét. Viszont abban biztos volt, hogy egy királyi esküvői előkészület megemlítése minden bizonnyal fellelkesíti majd a lányt. Így sokkal inkább az öltözőszobáról, a bálterem szépségéről és a lakosztályok várható átrendezéséről ejtett szót. Amália láthatóan csendben figyelt és szokásától eltérően nem szakította félbe a férfit, hanem az összes információt jól rögzítette. Péter újabb kérdésekre számított, de Amália nem kérdezett. Ezek szerint akkor mindenre választ kapott – vagy lehet, hogy majd ugyanezt a hercegnőtől is megkérdezi.

•

- Hercegnőm, szeretném jelezni, hogy ha mégis kedve támadna még így az utolsó napokon kilovagolni, akkor ennek semmi akadálya. Szereztem egy női nyerget – közölte a reggeli után Péter az asztaltársasággal a friss híreket. A hölgyek még kicsit bágyadtan ültek a reggeli asztalnál, ugyanis tegnap este nagy kártyapartit tartottak, és elég sokáig tartott. Így a szokásos reggeli üdeségnek semmi nyoma nem volt egyiküknél sem, kissé egykedvűen kortyolgatták a reggeli teájukat.

- Köszönöm szépen, meggondolom – adott Hora kimért választ. Gizella feltételezte, valószínű a lába még nem teljesen gyógyult meg a horzsolási sebektől, de ezekről biztosan nem mesélt a férfinak. Nem is tartozik rá. Viszont Amália kissé megébredhetett, mert váratlan lelkesedéssel kezdte noszogatni a lányt:

- Hercegnő, ez remek lenne, úgyis elmaradt, hogy megnézze a falut. Pedig kár lenne kihagyni, nem valószínű, hogy lesz még rá alkalma, hogy megnézzen egy igazi parasztházat belülről is! – csavarta ügyesen a mondatot. Persze azt senkinek nem árulta el, hogy továbbra sem tett le azon szándékáról, hogy összehozza a lányt Péter anyjával. Majd még indulás előtt elcsempész egy–két gondolatot, hogy miket kérdezzen meg a lány Péter múltjáról. Hátha kiderül valami végre. Mivel nem úgy nézett ki, hogy a lány ráharapott volna az ötletre, így újabb ártatlan megjegyzést tett: – Azt hiszem akkor én is kikocsikázok arrafele és körülnézek a vadvirágos mezőn. Anyám, nem szeretne virágokat szedni? – nézett lelkesen az anyjára, amennyire csak lehetett ártatlan szemekkel. Gizella asszonynak sem kellett kétszer mondani, ha a hercegnő mégis a lovaglás mellett dönt, jobb, ha nem hagyják őket kettesben.

- Persze, remek ötlet. Emlékszem, tényleg, van ott egy csodás mező tele virágokkal, kalászokkal. Most biztosan nagyon szép lehet! Szívesen csatlakozunk, ha nem gond – mosolyodott el. Remek program lesz ez ebédig! Megyek is átöltözni, akkor egy fél óra múlva indulhatunk is.

- Legyen egy óra, még minden nagyon harmatos. Addig szólok, hogy készítsenek elő mindent. Hercegnőm, lovon vagy hintón kíván jönni? – nézett a lányra.

- Lovon – jelentette ki kissé bizonytalanul. Bár tudta, hogy a kutyájának akkor itt kell maradnia, mert a kocsin nélküle nem marad meg.

- Rendben. Ha elfáradna, akkor bármikor átülhet majd a hintóra – tette hozzá Péter, majd elindult az ajtó felé intézkedni, miközben a hölgyek bólogatással nyugtázták a kézenfekvő megjegyzést.

•

Amáliának feltűnt, hogy anyja szokásától eltérően meglehetősen szótlanul ült a hintóban vele szemben és bár láthatóan elmélyülten nézte a mellette elsuhanó tájat, biztos volt benne, hogy mindennek csak egy töredékét látja. Minden bizonnyal a jövőn gondolkodik. Ahogy ő is. Amennyire csábító és megtisztelő volt a hercegnő felkérése, hogy legyen az új társalkodónője és költözzön be a királyi palotába, ez most annyira már nem tűnt jó ötletnek. Ugyan Amália szinte ki sem mozdult a kastélyból és ez a felkérés megcsillantotta annak a lehetőségét, hogy több új embert és talán új helyeket is megismerhet – pont ettől rettent meg. Az ő megszokott kis világa, amelyben komfortosan érzi magát az itt van. Mihez fog kezdeni egy ismeretlen helyen, új emberek között, egy olyan világban, amelynek a szabályait nem is ismeri? Hiszen a királyi palotában mindig vannak cselszövések meg áskálódások, megy a helyezkedés. Ő pedig ehhez nem ért és nem is akar. Ér–e annyit a megtiszteltetés és a lehetőség, hogy hátrahagyja ezt a megszokott és biztonságos is burkot és elköltözzön? Ez a kérdés foglalkoztatta az elmúlt napokban és biztos volt benne, hogy anyja gondolatai is e körül forognak. Képes–e itt hagyni az anyját? Persze hallotta, hogy Hetti néni már szinte össze is pakolt és befogott hintóval várja az üzenetet, hogy indulhat. Egyedül hagyhatja? Mert ő valahol mindig is azt gondolta, hogy ezen a helyen fog élni, itt marad mindig is. És ha úgy alakul akkor a férje is ide jön. Sőt sokáig úgy is képzelte, hogy Péter lesz a férje, ez a legjobb megoldás, és akkor semmi nem fog változni. Mindannyian itt élnek, itt maradnak és nem kell semminek változnia. Aztán az apja meghalt – és ezzel már semmi volt ugyanaz.

- Lányom, látom hogy aggasztja az utazás – kezdett váratlanul bele a beszélgetésbe Gizella. Úgy érezte, hogy ennél ideálisabb lehetőség nem adódhat, hiszen már csak három nap és a hercegnő visszatér a palotába. Nem mindegy, hogy valóban elkezdjen csomagolni a lányának, vagy nem szükséges. Persze látta a megváltozott hozzáállását és sejtette, hogy mi állhat a kételye mögött: félt az ismeretlentől. És ez érthető is, hiszen eléggé elzártan nevelték. Ő is fél elmenni innen, nemhogy a fiatal lánya!

- Igen anyám, bevallom, félek – kezdett bele a mondatba, aztán elhallgatott. Nem tudta szavakba önteni a félelmét, de nem is kellett.

- Megértem, én is félek. De arra gondoltam, hogy mi lenne, ha most csak visszakísérnénk a hercegnőt és egy pár napot ott töltenénk a kastélyban? Ha jól belegondolok, akkor az udvar részéről is kell a jóváhagyás a személyére. Aztán ha nem tetszik, vagy ön nem tetszik nekik – amit persze kétlek –, akkor mindketten visszajövünk, ha meg jól érzi magát, akkor csak én jövök. Nos? – nézett mosolyogva a lányára. Ez a megoldás számára is teljesen megnyugtató lenne, mert csak úgy nem engedné el sehova a lányát. Szüksége van neki az anyai jelenlétre, hogy kicsit is beilleszkedhessen. Mert biztos volt benne, hogy Amália majd ott akar maradni. Mivel még mindig nem érkezett válasz, így hozzátette: – Ha esetleg most maradna, később is bármikor hazajöhet. Ez nem egy végleges döntés, ne úgy gondoljon bele, hogy vagy itt, vagy ott. Jó? Gondolja át nyugodtan, van idő, senki nem sürget! – tette még hozzá, majd úgy érezte, hogy most nem kell többet mondania, ha a lányának van kérdése, akkor majd jelzi. Okos lány, tud mérlegelni, de ha segítség kell, akkor meg szól. Azzal a figyelmét a közelgő falu kötötte le. Vajon nekik is illik bemenniük vagy akkor már nagyon sokan lennének? – morfondírozott. Talán a legjobb, ha ők kicsit tovább kocsikáznak és a főtéren sétálnak egyet, vagy inkább bevárják őket a falu túlsó felénél a sokat emlegetett mezőn.

- Szerintem mi menjünk tovább a főtérre és ott bevárjuk őket – jelentette ki Amália, eldöntve ezzel a kérdést. Gizella jelzett a kocsisnak, hogy hajtson tovább.

•

- Anyám, merre van? Hoztam egy vendéget, akit körbe kéne vezetni a házban! – jelezte Péter az érkezésüket, majd előre ment, hogy a lány tudja, hogy merre menjen. Mária asszonyt a hátsó kertben találták, ahol éppen söprögetett. Zavarában nem tudta hova tegye a seprűt, amikor meglátta, hogy ki érkezett. Bár a külseje egyáltalán nem utalt rá, de biztos volt benne, hogy a hercegnő az, aki tiszteletét teszi a szerény hajlékában. Ezt az örömet!

- Fiam, miért nem jelezted előre, hogy érkeztek, akkor az ünneplőmet veszem fel és sütöttem volna többfélét – dorgálta meg a fiát, majd amennyire csak tudott próbált meghajolni a hercegnő előtt. A lány amint látta a kísérletet, egyből jelezte, hogy nincs rá szükség, hanem inkább szeretettel megfogta a kezét.

- Nem szeretnénk alkalmatlankodni, csak egy fél órácskát maradnánk, ha nincs ideje, akkor Péter gyorsan körbevezet – mentegetőzött, Mária asszony azonban erről nem is akart hallani.

- Semmi sürgős dolgom aranyom – dobta le a kötényét és megigazgatta a szoknyáját, majd már tessékelte is be őket a konyhába. – Biztosan szívesen innának egy kicsit ebben a melegben – varázsolt elő máris két poharat és már öntötte is a gyümölcslevet. – Most préseltem a reggel – büszkélkedett, majd benyúlt a szekrénybe és kalácsot vett elő. Péter mosolyogva nézte, ahogy a hercegnő udvariasan próbája kikerülni, hogy egy harmadik szeletet is meg kell egyen. Biztosan így is tele van!

- Nos akkor először nézzük meg a hálót – mutatott az egyik ajtóra, jelezve, hogy miért is jöttek. Mária asszony csak erre várt és már rutinos háziasszonyként egyből mutogatni kezdte, hogy mi mire való és mikor használják. Péter a konyhaajtónak támaszkodva hallgatta a mesélést. Persze biztos volt benne, hogy kitér a gyerekkorára és ez így is lett. Alig kellett pár percet várnia, anyja máris arról beszélt, hogy milyen volt kicsinek. Hora figyelmes és türelmes látogatónak bizonyult, hagyta, hadd meséljenek. A kis varrósarok viszont nagyon felkeltette az érdeklődését és a beszélgetés egyből a ruhák irányába fordult. Péter csak fél füllel hallotta, hogy az anyja a női kiegészítőkről kérdezte a lányt, az alsószoknyák, csipkék és szalagok nem érdekelték és nem is értett hozzájuk. Amikor látta, hogy anyja az általa készített apró virágokat mutatja meg a lánynak, akkor úgy döntött, hogy inkább hasznossá teszi magát és megitatja a lovakat. Mária asszony nagyon örült, hogy végre egy értő szemnek mutathatja meg az ő csodás kis díszítőit. Azokat a kisebb és nagyobb virágokat, melyeket ügyesen formáz bármilyen anyagból. Persze a faluban már minden lánynak van a ruháján belőle, de hogy a királyi udvarba is kerüljön belőlük – ez több, mint amit bárki is remélhet!

- Ezek csodálatosak! – lelkendezett a hercegnő és nagy lelkesedéssel bámulta a sok–sok virágot. – Szabad? – kérdezte udvariasan, majd nagyon óvatosan kiemelt a dobozból egy előre megvarrt virágot. Persze nem kellett kétszer kérdezni tőle, hogy szeretne–e ő is ilyet, már nyújtotta is át a szalagot, melyet a derekára kötött. Mire visszafelé jönnek, már készen is lesz az új csodás öve, melynek tervezését teljesen a varrónőre bízta.

·

- Ó, ez csodálatos! – lelkendeztek a hölgyek és Péternek is el kellett ismernie, hogy ez a rét maga a tökéletesség! A kalászok finoman hajladoztak a szélben, a mező szinte hullámzott. A virágok pedig változatos színekkel töltötték ki a kalászok közötti teret. Péter szomorúan gondolt arra, hogy három nap múlva mindezt maga mögött kell hagyniuk és vissza kell menni a palotába. Bár így is majdnem kétszer annyi időt töltöttek itt, mint eredetileg tervezték, de oly szívesen maradt volna tovább. De sajnos vége a nyugalomnak, a békének – és a nyárnak is. A napok egyre rövidebbek és pár nap múlva itt a szeptember. Aztán már az eső és a hideg veszi át az uralmat, nekik pedig megmaradnak a szép emlékek, melyek segítenek kitartani a következő tavaszig. Na azért nem kéne olyan sötéten látni még a dolgokat, a szeptember igenis szép és kellemes szokott lenni, az október is sokszor tartogat meleg időt. Nem beszélve arról, hogy az ég ebben az időszakban szokott a legszebb lenni – nézett fel a bárányfelhőkre. Vajon a mennyországban mindig jó idő van? Ott soha nem esik a hó? – morfondírozott. Mert ha ez így van, akkor szinte irigyli is azokat, akik már ott vannak.

- Ellának ez biztos nagyon tetszene – hallotta meg a háta mögül a hercegnő hangját. Milyen érdekes, hogy épp ő is rájuk gondolt!

- Igen. De szerintem ő már sokkal korábban látta ezt a helyet, mint mi! Szerintem a mennyországban minden hely ilyen szép! – tette hozzá Péter.

- Még a végén irigykedni fogok! – felelte vidáman Hora és már libbent is odább, hogy újabb kalászokat simítson végig. Péter szinte elsápadt, hogy ő is pont erre gondolt. Tényleg a halálon morfondíroztak? Azért annyira nem lehet rossz a helyzet!

- Vannak ilyen mezők a palota körül is? – kérdezte kíváncsian Amália.

- Ennyire szép nincsen – mondta őszintén a hercegnő. Viszont a rózsakert az fantasztikus, biztosan nagyon fog tetszeni! Ilyenkor is még szépen virágzik és mesés illatot áraszt, nekem az a kedvenc helyem! Van ott mindenféle színű és illatú virág, majd meglátja! – próbálta fellelkesíteni a lányt. És nagyon szép kocsiutak vannak, több irányba is. Meg télen is jól járhatóak, szóval fogunk tudni kimozdulni – próbálta lelkesíteni a lányt. Gizella mindennek fültanúja volt, de nem szólt, amíg nem bizonyosodott meg arról, hogy lánya hallótávolságon kívül van.

- A lányom kicsit megijedt a rá váró ismeretlentől. De bízom benne, hogy maradni fog – mosolygott bíztatóan a lányra.

•

- Ó! – ennyit tudott Hora kinyögni, amikor egy jó órával később meglátta az új övét. Rá sem lehetett ismerni arra az egyszerű, hófehér szalagra, ami volt. Apró sárga, fehér és kék virágok sorakoztak rajta, közében pedig egy nagyobb búzakék virág ült. Mária asszony elégedetten mosolygott, amint a hercegnő arcát nézte. Hora nem győzött hálálkodni a remekmű láttán, de Mária asszony elhárított minden fizetési kísérletet azzal, hogy neki bőven elég, hogy a hercegnő viselni fogja.

- Hercegnő, báró úr – köszönt el meghajlással az asszony a vendégeitől és lopva rájuk pillantott. A megszólítás nem okozott meglepetést, így akkor a lány tisztában lehet mindennel.

- Vigyázzon magára anyám! – intett Péter és kilépett a hercegnő után az ajtón.

- És a másik ló? – nézett Hora a férfira, aki vakargatta a fejét. Lehetséges lenne, hogy nem kötötte ki és az állat a hintó után ment, amíg ők beugrottak?

- Csak egy ló van? – kérdezte Péter, de inkább csak mondta magának. Nagyon jól tudta, hogy anyjának nincsenek lovai így nem kérhet tőle kölcsön. A hintó pedig már minden bizonnyal egész közel jár a kastélyhoz, nem fogja utolérni. – Semmi gond, ön felül a lóra, én pedig hazavezetem – jelentette ki teljes nyugalommal a férfi. Gyalogszerrel egy bő fél óra alatt hazaérnek.

- Nem jó – mondta a lány, ma nem tudok férfi nyeregben ülni – emelte meg a szűkebb ruháját.

- Ez esetben akkor gyorsan a hintó után megyek és visszafordítom – pattant volna máris nyeregbe Péter, azonban a lány visszatartotta.

- A ló elbír kettőnket is, nem? – nézett rá a termetes ménre. Péter egy pillanatot hezitált, mintha nem tartotta volna a legjobb ötletnek. – Negyed óra csak a kastély – tette hozzá Hora.

- Rendben – engedett Péter és már tette is fel a lányt a lóra, majd mögé szökkent. Amennyire lehetett, igyekezett elhúzódni a hercegnőtől, azonban amint elindult a ló a lány már egészen közel is került ismét hozzá. Nagy levegőt vett. Aztán elengedte magát. Elvégre mi kifogása lehetne azért, mert a szeretett nőt a karjában viheti haza. Mit is mondott, a szeretett nőt? Mármint a szeretett húgát. Igen, a húgát. Lassú kocogásra fogta a lovat, hogy teljes biztonságban haladhassanak. Ez azonban csak az álca volt, bár nem vallotta be magának, szerette volna ezt az élményt addig húzni, amíg csak lehetett. És ahogy érzékelte a lánynak sem volt ellenére, nem húzódott el tőle és nem kérte számon, mint legutóbb, amikor hozzáért. Inkább a kényelmet választotta és a merev derék helyett nekidőlt. A hajába tűzött apró virágokból csak úgy áradt a bódító illat. Péter biztos volt benne, hogy Ella elégedett nevetését hallotta, meg mert volna rá esküdni, hogy mindez nem hallucináció volt. És ha jól belegondol, akkor a hölgyből ki is telt volna, hogy a lovat szándékosan zavarta el haza. Az őrangyal. Bár lehet, hogy valami manók voltak inkább azok közül, amikben a két hölgy mindig is hitt. A tündérek biztosan nem csinálnak ilyet, személyesen főleg. De egy manó biztosan megteszi nekik. A kis bestia, miben mesterkedhet? Össze akarja őket hozni? De hiszen az nem lehetséges, a hercegnő másfél hónap múlva férjhez megy. Persze tudta nagyon jól, hogy nem szereti Lipótot. Még nem. De ez a házasság kell az országnak és létre is fog jönni. Hogy aztán mi lesz, az már a jövő... Egyszer mondott neki olyat, hogy Hora biztosan meg fogja tartani magának. Mire célozhatott ezzel? Csak nem...? – vörösödött el egy kicsit a meghökkentő gondolatra, ami talán nem is olyan meghökkentő. Talán.... na jó erre most nem gondol.

- Már lovagoltunk együtt – mondta kissé fátyolos hangon a lány, kizökkentve Pétert a nem éppen illő gondolatokból. Idő kellett, amíg visszatalált a valóságba és eszébe jutott a nem éppen kellemes emlék. Hogy rohant haza az akkor még kislány hercegnővel, hogy mentette meg.

- Tudja csak most jutott eszembe, hogy akkor megmentette az életemet és nem kapott érte semmit. Pedig a nagyapámnak lovaggá kellett volna ütnie ezért. Vagyis minderre azért nem volt szükség, mert ön már báró volt – fűzte a logikus gondolatmenetet tovább. – Tudja a király bárkinek adhat nemesi rangot, de ugyanúgy meg is foszthatja tőle – jelentette ki. Péter agyába ezek a szavak bevésődtek. Erre ő nem is gondolt eddig, mindig csak a származási előjogokra, mint egyetlen lehetőségre. Pedig a hercegnőnek teljesen igaza van: nemesi rangot szerezni is lehet, kiérdemelni, ami talán még nagyobb elismerés.

•

Gizellának úgy tűnt, hogy a lovak a szokásosnál gyorsabb tempóban haladnak, mintha rohannának hazafele. Vagy csak a kocsis éhezett meg nagyon és gyorsabb tempóra ösztönzik az állatokat? Vagy csak annyi a magyarázata, hogy ő szeretné minél inkább lassítani az időt, sőt megállítani, hogy örökre itt maradjon mindenki?

- Rendben anyám, eldöntöttem, menjünk mi is a kastélyba. Csomagoljunk úgy, mintha hosszabb időre maradnék.

- Ahogy kívánod – mondta gépiesen Gizella. A gondolatai azonban nagyon messze jártak. Eszébe jutott, hogy fiatal lányként mennyire szeretett otthon lakni és el sem tudta képzelni, hogy valaha is elhagyja szülői házát. Aztán jött egy férfi és a világ végére is elment volna vele. Jobb lesz így, a lánya legalább nem lesz annyira messze tőle. Három óra kocsival nem is olyan veszélyes távolság!

- Nem leszek olyan messze, bármikor meglátogathat és én is hazajöhetek – csacsogta a lánya. Elvégre előbb–utóbb úgyis kirepültem volna itthonról. Bár még nem is olyan rég is azt gondoltam, hogy Péterhez megyek hozzá és nem fog változni semmi – felelte ábrándozva.

- Péter a féltestvéred, nem mehetsz hozzá feleségül! – mondta szigorúan. Gizella gondolatai még mindig messze jártak, így nem is gondolta végig, hogy mit felelt a lányának. Nem is vette észre. Amália azonban minden egyes szót megértett. Nem gondolta volna, hogy annyi év kétsége, pletykái, mesterkedése, hogy kiderítse az igazságot ennyire könnyen véget ér. Anyja egy kontrolálatlan pillanatában elárulja neki, ami minden bizonnyal a nagy féltve őrzött titka volt! Bár Amália tudta, hogy ezzel semmi nem változik, viszont a bizonyosság legalább végérvényesen lezárt benne egy ábrándot. Ezentúl akkor ránéz a férfiakra, mert nem Péter van neki kijelölve. Vagyis bárkit megkedvelhet, akár bárkit is választhat. Mert az biztos, hogy ő érzelmek nélkül nem fog férjhez menni! Szülei esetében a kölcsönös tiszteletet és megbecsülést látta egymás irányába, de biztos volt benne, hogy mindkettőjüknek a szíve másé volt. Persze ennek ellenére nagyon jó volt a házasságuk és boldogok, kiegyensúlyozottaknak tűntek, viszont mindkettejüknél látott ábrándos, fátyolos tekintetet – ami minden bizonnyal egy korábbinak szólt. Ezek szerint Péter egy ilyen korábbinak lehetett a gyümölcse. Vajon mi a története? Az anyja tudja ki volt? Amália, állítsd le magad, ne akarjál mindent tudni. Ez a szüleidre tartozik, meg Péterre. Ha ő szeretné kideríteni az igazságot, az érthető, de neked semmi közöd hozzá. Apropó, Péter vajon tudja, hogy mégiscsak igazi nemesi felmenői vannak és nemcsak címe?

•

Elég zajos és fárasztó nap állt mindenki mögött, mégis sokára csendesedtek el a szobák. A csomagok összerakva várták, hogy holnap délelőtt a hintóra kerüljenek. Nem volt könnyű feladat minden szükségeset bepakolni Amáliának, mert a lány sok ruhát akart magával vinni. A hercegnő hiába mesélt az öltözőszobáról és az ott sorakozó szépségekről, Amália ragaszkodott a saját dolgaihoz. Ez érthető is volt, de a ládák kegyetlenül akadályt szabtak végtelen pakolásnak. Bátor láthatóan felajzva rohangált az egyik szobából a másikba, érzékelve, hogy valami történni fog. Persze könnyekből is potyogott rendesen, mert az elválás nem volt mindenki számára egyszerű. De szerencsére mindennel elkészültek, holnap pedig nem kell rohanni, elég ebéd után indulniuk.

Szusszanva ült le az ágyára és gyorsan átgondolta, hogy mindent bepakolt–e, ami a következő pár napban kell majd neki. Elvégre a királyi palotába megy! Soha nem gondolta volna, hogy valaha is eljut oda, mert férje szinte ki sem mozdult a kastélyból. Alig jártak társaságba. Most meg holnap együtt fog vacsorázni a királyi párral! Valamit illik vinni nekik, vagy ez már nem szokás? – gondolkodott el. Vajon a férje most mit tenne? Pál mit vinne a királynénak? – tette fel magának a kérdést, majd elsápadt. Majdnem elfelejtette! Pedig Pál megígértette vele, hogy halála után eljuttatja a királynőnek az egyik kedvenc könyvét. A lelkére kötötte, hogy csak a saját kezébe adhatja át. Hogy mehetett ez ki a fejéből ennyi éven át, pedig nagyon fontosnak tűnt. Hol is az a könyv, várjunk csak... állt fel és ment a könyvespolc felé. Valahol itt kell lennie... – kutatott a könyvek között. Vajon miért olyan fontos, hogy ez a könyv visszakerüljön a királynéhoz? Valószínű egy fontos és ritka kiadvány lehet a királyi könyvtárból, csak az lehet. De most nem találja... na majd az éjszaka megálmodja, hogy hol is lehet. – Pál, kérem segítsen! – fohászkodott egyet, majd visszatért az ágyához. Ideje, hogy aludjon, holnap hosszú nap vár rá és minden erejére szüksége lesz majd.

•

Az időjárás tökéletesen kifejezte a kocsiban ülök érzelmi világát: borongós, már–már hűvös, esős napra ébredtek másnap. Nyoma se volt a tegnapi napfénynek és melegnek – de talán jobb is volt így. Az idő láttán a búcsú is könnyebb volt, hiszen mindenki abban reménykedett, hogy a palotában majd napfény és meleg vár az érkezőkre. A hölgyek csöndben ültek a hintóban, csak Bátor lihegését lehetett hallani, szót nemigen váltottak. Péter is egykedvűen ült a lován és bánatosan bandukolt a kocsi mögött, ügyelve, nehogy leessen valami a jól megrakott járműről. Köszönhetően a súlyoknak és a vizes útnak a kocsi igen lassan haladhatott csak, de szerencsére időben indultak. Így ezzel a tempóval várhatóan még öt előtt azért megérkeznek a palotába. Amália bánatosan nézett maga elé, ami tőle meglehetősen szokatlan volt. Még arra sem vette a fáradtságot, hogy félrehúzza a függönyt és a tájat nézze. Na túl sok gyönyörködnivalója nem akadt volna, a környéket ugyanis a felhők uralták. A nyirkos időben fázósan húzta magára a takarót, amit hirtelenjében kerítettek az útra. Egyáltalán nem úgy tervezte senki, hogy ennyire váratlanul kopogtat be az ősz. Bár várhatóan csak rövid látogatást tesz még, de mindenképpen jelzés értékűt: hamarosan végérvényesen átveszi majd az uralmat a nyár felett.

Bő két órája lehettek úton, amikor az idő kezdett tisztulni és a következő falu után már a nap sugarai is előbukkantak. Amália hangulata is érezhetően megváltozott: mosolya felragyogott és elhúzta a függönyt, majd a takaróból is kibújt. Látta, hogy Gizella és a hercegnő továbbra is szunyókál, így figyelmét a kinti világ kötötte le. Kíváncsian nézett körül, hogy milyen tájon járhatnak és belefeledkezett a búzamezők csodálásába. Minden új volt neki, hiszen ilyen messze még soha nem merészkedtek el a kastélyuktól.

- Jaj mi volt ez – riadtak fel a hölgyek egy hatalmas bukkanót követően, majd álmosan néztek körül, kissé hunyorogva.

- Mióta süt a nap? – kérdezte Gizella és örömmel nézte a láthatóan lelkes lányát.

- Ó hát már vagy egy órája. Jót pihentek? – kérdezte udvariasan a két hölgyet.

- Mindjárt megérkezünk, ott a kanyar után már a palota van! – kiáltotta lelkesen a hercegnő, amint kinézett az ablakon és felismerte, hogy merre járnak. A lelkesedés mindenkire átragadt, bár különböző módon. De mindenki nagyon várta, hogy a következő kanyar után végre eléjük táruljon az úti céljuk.

Ötödik rész

- Nagyapám, nagyanyám, hadd mutassam be Önöknek Ziethof bárónét és leányát, Amáliát – mondta Hora hercegnő, majd figyelte, hogy az előírásoknak megfelelően meghajol a két hölgy. Figyelte, hogy a lány mennyire tűnik idegesnek, de külső szemlélő számára mindez nem volt észrevehető. Láthatóan kicsit megilletődötten, de kifogástalanul viselkedett. Pedig még nem is olyan régen a szobájában úgy remegett, mint egy falevél a szélben. Szerencsére édesanyja segítette megnyugtatni és kellő önbizalmat adni neki és tessék, mindez valóban működött is! Legnagyobb meglepetésére azonban nagyanyja felől komoly érdeklődés mutatkozott a lány felé. Nem is gondolta volna, hogy a királynét ennyire érdekli majd, hogy ki lesz az ő új társalkodónője. Na azt azért gondolta, hogy a nemesi származása miatt nagyobb figyelmet kaphat, mint szegény Ella, de ez a már–már kitűntető figyelem meglehetősen szokatlan volt. Viszont az anyjával szemben meg kissé hűvösen viselkedett, de ez minden bizonnyal annak szólhatott, hogy az ő érkezésére nem számítottak. Csak pár napja derült ki, hogy a báróné is tiszteletét teszi a palotában és elkíséri lányát. Hora tudta, hogy az ilyenfajta hívatlan vendégeskedést nagyanyja nagyon nem tűri. Nem is készíttetett elő másik szobát neki, hanem a lányával kell osztozkodnia ezen időszak alatt. Persze Gizella ennek pont nagyon is örült, hogy még pár napot a lányával együtt tölthet. A hercegnő láthatóan elégedetten ült le a vacsoraasztalhoz és bíztatóan a bárónéra mosolygott, aki mindezt viszonyozta. A lányon át is futott az a szomorú érzés, hogy pár nap múlva ez a kedves pótanya itt hagyja őket, pedig nagyon megszerette. Hiányozni fog neki, de nagyon. Gyorsan elhessegette ezeket a gondolatokat és igyekezett minden figyelmét a jelenre összpontosítani és próbálta követni a társalgást. Amália pont a kastélyról mesélt és láthatóan a téma felettébb érdekelte a nagyanyját. Nem is tudta, hogy ő is ott nőtt fel, odavalósi volt, sőt a bárót személyesen is ismerte. Így persze érthető ez a nagy érdeklődés!

Mindeközben Paulinának el kellett ismernie, hogy ez a beszélgetés egyáltalán nem terheli meg lelkileg, ellenben azzal, amit gondolt korábban. Amikor ugyanis megtudta, hogy Anna hercegnővel együtt kik érkeznek a palotába meglehetősen feldúlt volt. Persze a báró lányára nagyon is kíváncsi volt – a feleségét azonban nem akarta látni. Azt hitte, hogy sikerül úgy leélnie az életét, hogy ettől a találkozástól örökre megkíméli magát, de az élet sajnos mégsem így alakult. Most viszont maga is meglepődött, hogy semmi gyűlölet nincsen benne. Sőt, ahogy elnézi Gizellát, nagyon is szimpatikusnak találja. Ha értesülései nem csalnak, akkor a hölgy alig múlt negyven éves és be kell vallja, nagyon is jól tartja magát. Mondhatni harmincötnél nem néz ki többnek. Vékony, középmagas, kedves tekintetű és igen, el kell ismerje, szép. És mérhetetlen nyugalom árad belőle. Talán egy kicsit most féltékeny is rá. De egyben választ is kapott arra, hogy a báró mégis jól választott. Annyi év magány után, mikor már mindenki azt hitte, hogy agglegény marad, mégis akadt egy nő, akit méltónak talált arra, hogy a felesége legyen. A királyné bár nem szívesen, de azért csak bevallotta önmagának, hogy a választás tökéletes volt. Ezzel mondhatni a lelke is megnyugodott. Abban biztos volt, hogy nem felejtette el őt, de legalább nem érdemtelent választott. Amália pedig az ő lánya. Milyen egy bűbájos teremtés, olyan, mintha a napsugár beköltözött volna a szobába! Természetes, hogy áldását adja a hercegnő ezen választására és örömmel látja a palotában. Legalább egy rangban ide illő úrhölgy kerül a lány mellé.

•

- Lányom, mutassa magát, de jól néz ki! És pihent sokat? Hogy van? – kérdezte sok szeretettel a király az unokáját, mikor végre lehetősége volt rá, hogy formalitások nélkül beszélhessenek egy kicsit. Hora persze érezte, hogy fürkésző szemei alaposan áttanulmányozzák az arcát, ezért igyekezett vidámnak tűnni. Persze most még az is volt, örült, hogy viszont láthatja rég nem látott nagyszüleit és főként, hogy nagyapját elég jó egészségben látja.

- Igen, köszönöm szépen, jól vagyok. Sokat pihentem, sétáltam, nézelődtem. Nagyon szép helyen van a Ziethof kastély! – válaszolt udvariasan. – Nagyapám hogy van? – kérdezett vissza, mert azért hallani szerette volna tőle is, hogy mindez csak nem látszat.

- Nos lányom, most hogy visszajött már sokkal jobban. De azt tudja, hogy rengeteg lesz mostantól a teendőnk és nagyon számítok önre! Örülnék, ha levenné rólam az irányítás terhét, mert eléggé fáraszt – mondta kicsit gondterhelten, de egyből váltott is. – A királynét kenyérre lehet kenni a mai nap, remélem ez így is marad! – súgta a fülébe, majd óvatosan mindketten felé néztek. Paulina láthatóan elmélyülten kavargatta a teáját és lelkesen bólogatott beszélgető partnere felé.

- Rendelkezzen velem és szabadidőmmel, királyom! Bármiben állok a szolgálatára! – hajolt meg, aztán kissé elkomorodott. Eszébe jutott Lipót. Amíg távol volt, addig szinte nem is gondolt rá, ami valószínűleg nem annyira jó dolog. Persze most hogy visszatért, ez megváltozott. Kissé aggódva tekintett a jövőbe. Aztán gyorsan elhessegette a sötét gondolatokat. Annyira azért nem rémisztő a helyzet, hiszen eddig jól megértették egymást és várhatóan ez nem is fog változni.

- Arra gondoltam, hogy az esküvői előkészületeket Paulinára hagyom, viszont a lakosztályok átrendezésében szeretném a segítségét kérni. Nekem nincs türelmem ehhez, meg az ízlésem sem olyan, de ön biztosan nagyon ügyesen kiválaszt meg megszervez mindent! Amália bárónő is biztosan segít ezekben, leszervezni az új családtag holmijának mozgását az illetékesekkel. Ugye számíthatok önre? – nézett rá könyörgőn.

- Persze, ez csak természetes. Bármiben – szorította meg a kezét melegen.

- Majd mutatok valamit – suttogta csillogó szemmel. – Szerintem úgyse tudom kivárni, meg biztos meg kéne igazítani, szóval megcsináltattam az esküvői ruhát. A varrónők csodát műveltek és ahogy ígértem, a báli ruhát átszabták, tökéletes lesz majd az alkalomra! Tudom, hogy úgysem szereti a túlzott felhajtást, de a kedvemért, hadd legyen annyi örömem, hogy az egyetlen lányomat, unokámat emlékezetesen adjam majd férjhez!

•

Paulina könnyei közepette szorította magához a könyvet és ismét felidézte magában a pár perce lejátszódottakat. Amikor a szalonban a báróné odalépett hozzá és adta oda neki ezt az ajándékot. Mit is mondott pontosan? Hogy a báró egyik utolsó kívánsága volt ez! Hát csak megtartotta a könyvet, melyet távozásakor vágott a fejéhez! Hát ennyi éven át mégsem felejtkezett el mindenről, hanem őrizte, sőt vissza is juttatta hozzá. Paulina remegő kezekkel simította meg a fedelét a sokat látott borítónak. Nagyon különleges kötet volt ez, mely csak az értő szemek számára volt felbecsülhetetlen. Neki. Kinyitotta az első oldalon. Láthatóan ez csak egy szokványos verses és novellás kötet volt, melybe kiváló szakemberek plusz lapokat illesztettek. Így az ismert írók ismert versei között meglapulhattak Pál neki írt sorai is. Minő boldogság, hogy mindezt megint láthatja és olvashatja.

Ó, az ő Pálja... merengett el a királyné és visszaszaladt az időben... Mennyire más volt akkor a világ, az országhatárok, az igények. Egy valami azonban változatlan maradt: a meglátni és megszeretni, ami egy pillanat műve volt. Pedig akkor még csak tizenévesek voltak, mégsem kellett nekik több. Persze egyszerűnek is tűnt minden, hogy a két szomszédos nemes család gyerekei összeházasodjanak. Aztán közbe szólt a politika, a háború és az új országhatárok, melyek ezzel így elválasztották őket. És a tény, hogy Pál akkor és ott nem harcolt érte, pedig megtehette volna! De ez most már mindegy is, kár gondolni rá. Mit számít az ő boldogsága, ha ezzel az egész ország népét szolgálhatta és hozzájárulhatott a béke létrejöttéhez? Nem is biztos, hogy boldog lett volna mellette, hiszen mindig is magának való, búskomor természetű volt és nemcsak az után, hogy ő máshoz ment férjhez. De a versei akkor is csodálatosak, még ha senki nem is tudja, hogy ő írta ezeket és neki – lapozott bele a könyvbe és kereste ki az egyik művet. Nem is kellett olvasnia, hiszen emlékezett minden sorára, bár tekintete végigfutott a sorokon, ajkai olvasás nélkül suttogták az oly ismert szavakat. Szemei megteltek könnyel. Hogy ne áztassa el az oldalakat becsukta a könyvet és az ágya melletti kis asztalra tette. Holnap biztosan több ereje lesz tovább lapozni.

•

Hora a vacsorát követően visszatért a szobájába, de úgy érezte, minta mázsás súlyok hullanának rá. Mintha azok a gondok, amelyek elől elszalad volna, ugyanúgy és ugyanakkora erővel visszaesnének rá. Amíg távol volt, nem akart tudomást venni a dolgokról, de most, hogy ugyanoda tért vissza, minden megint előjött. Nem változott semmi. Az űr, amit Ella távozása jelentett, ismét betöltötte a lelkét. Nem bírt ebben a szobában megmaradni, úgy érezte, hogy megfullad a sok emléktől. Mint akinek légszomja van, úgy zilált, majd feltépte az ajtót. Riadt tekintettel nézett a folyosón álló férfira.

- Én itt nem tudok megmaradni, minden rá emlékeztet – nyögte ki a lány, mire a férfi bólintott.

- Reméltem, hogy legalább átrendezik, amíg távol van – mondta szomorúan.

- Kétszer nem dolgoznak – mondta inkább saját magának, majd tanácstalanul állt egyik lábáról a másikra.

- Szobacsere vagy bútorcsere? – kérdezte elszántan a férfi, érzékelve, hogy a lépcsőn már érkezik a családja.

- Bútorcsere – mondta még gyorsan a lány, majd igyekezett minél hamarabb úrrá lenni korábbi kétségbeesésén.

- Hölgyeim, pont jókor jönnek, a hercegnőnek komoly segítségre lenne szüksége. Szeretné átrendezni a szobákat és ebben kéri a szekértői véleményeket. Amália ez az ön asztala, kérem csak mondja meg, hogy milyen gyors változtatásokat javasol és mi már meg is oldjuk – mondta Péter, jelezve a folyosón álló másik őrnek, hogy segítségre lesz szükség. A hölgyek szerencsére semmit nem vettek észre, hanem nagy lelkesedéssel nyomultak be a szobába, hogy felmérjék a lehetőségeket. Hora hálás pillantásokat lövellt a báró felé, aki mindezt egy halvány kis mosoly kíséretében nyugtázta. Belépve a szobába őt is megrohanták a rossz emlékek, érthető, hogy szegény lány is így érzett. Vajon erre miért nem gondolhatott senki más, hogy úgy nem gyógyul meg valaki előbb a gyászból, ha minden változatlan marad?

•

A két fiatal lány összekapaszkodva álltak egymás mellett a bejáratnál és könnyes szemmel búcsúztak el a távozó bárónétól. Amália igyekezett tartani magát, de az arcán csorogtak alá a könnyek, ahogy a hercegnő szeme is csillogott. Életében először érezte úgy, hogy van anyja, aki gondoskodik róla. Ennyi szeretetet és figyelmet senki részéről nem kapott és végtelenül hálás volt érte. Bárcsak itt maradhatna ő is a palotában, úgy sokkal könnyebb lenne minden. Pedig mindketten kérdezték, mondák, győzködték, ő azonban hajthatatlan volt. Persze érthető is, visszavágyott a saját kis birodalmába. De ígéretet tett, hogy hamarosan ismét találkoznak az esküvőn.

– Amália, kérlek nagyon vigyázzon a hercegnőre! Mostantól Péter mellett ön a királyság szeme és füle. Segítse, amiben csak tudja! – búcsúzott el a lányától könnyes szemmel, majd a hercegnőhöz lépett. – Szomorú a szívem, hogy itt kell hagyjam mindkét lányomat – ölelte magához anyai szeretettel a hercegnőt is. – De örülök, hogy egy helyen vannak a lányaim! – tette hozzá, majd intett még egyet és már szaladt is le a lépcsőn. Péter még megölelte az asszonyt, majd felsegítette a lépcsőn. A hintó nekilódult, az eső pedig rákezdett. Horának az jutott eszébe, hogy olvasott egy mesét, melyben a hősnő érzelmi állapota irányította az időjárást. Nem lehet véletlen, hogy amikor valami szomorú történik, akkor mindig esik az eső – nézett az ég felé, majd összebújva bementek az ajtón.

Paulina is hátralépett az emeleti ablakból és elhúzta a függönyt. Gondolatai máris tele lettek a számtalan teendővel, ami még rá várt. Még szerencse, hogy a lakrészek kialakításával már nem neki kell foglalkoznia, mert azt Amália intézi. Jókor jött ez a jó ízlésű és gyakorlatias lány a palotába. Legalább rangban is méltó arra, hogy társalkodónő legyen. Na nem mintha nem hiányozna Ella zongorajátéka – vallotta be magának, – de jelen helyzetben ez most egy sokkal előnyösebb tulajdonság. Bár még az is lehet, hogy Amália is tud zongorázni – morfondírozott el. Na majd meg is kérdezi legközelebb, amikor találkoznak. Most viszont sokkal fontosabb kiderítenie, hogy mit diktál az etikett – ragadta meg a vaskos kötetet és folytatta az olvasást a megjelölt helyen. Utána kell néznie, hogy mi a szokás, illik–e vacsorát adniuk még az esküvő előtt a vőlegénynek és a családjának? Elég különleges helyzet ez, hiszen nagyon ritka, hogy nem a lány költözik új otthonba. Még az is lehet, hogy ki kell kérnie a véleményét a bölcs tanítóknak – lapozgatta az etikett könyvet tanácstalanul.

•

Hora szomorúan gubbasztott az ágyán és szórakozottan simogatta Bátor fejét. Úgy tűnt, a kutya volt az egyetlen, aki igazán örült, hogy hazatérhetett. Ellenben vele és a többiekkel, akik láthatóan nem találják a helyüket az elmúlt napokban. És az időjárás is ilyen kegyetlen hozzájuk, még sétálni sem tudnak kimenni – pillantott az ablak felé. Csak a komor szürkeség volt mindenhol. Mit lehet csinálni ebben az időben? – tanakodott. Persze Amália milyen elfoglalt lett egyből, máris komoly feladatot bíztak rá. Most is éppen a színeket és a mintákat tekinti át, amihez neki semmi kedve sincsen. Egyáltalán nem villanyozza fel a tudat, hogy hamarosan férjhez megy. Sőt, hogy ha őszinte akar lenni, akkor egyenesen retteg ettől! Nem akar újabb változást, nem szeretné, ha Lipót ide költözne, még kevésbé szeretne vele egy szobában aludni – borzongott meg. Vajon miért annyira taszító a tudat számára, hogy Lipót majd hozzá fog érni? Hiszen kedveli – legalábbis azt hiszi. Oly rég találkoztak, hogy a megkavarodott lelke már nem is tudja, mit mondjon vagy érezzen. De ez így nem mehet tovább, nem őrlődhet még heteken át egészen az esküvőig. Elvégre hónapok óta nem látta a vőlegényét! Vagy ez így szokás, esküvő előtt nincs találkozás? Hiszen még a családját sem ismeri! Nem tartanak valami fogadást vagy estélyt vagy megismerkedést? Mindenképpen jót tenne neki, ha ismét láthatná a férfit, csak hogy megnyugodhasson. A legjobb, ha megkérdezi a nagyapját – pattant fel az ágyról és már robogott is az ajtó felé. Bátor lelkesen ugrált mellette, biztos sétában reménykedett. Hora igyekezett visszafognia magát. Még mindig nem volt arra képes, hogy leszokjon ezekről a futkosásokról, pedig most már komoly nő lesz. Lassabbnak, kimértebbnek kell lennie. Elvégre hercegnő, nem szalad el semmi előle és általában az történik, amit ő szeretne. Akkor meg minek a rohanás? – nyugtatta meg magát, majd méltóságteljesen kinyitotta az ajtót és végigvonult a folyosón nagyapja szobája felé. A király széles mosollyal fogadta.

- Jó híreim vannak kislányom – újságolta. Nagyanyád most derítette ki, hogy jövendőbelid családja hamarosan tiszteletét teszi nálunk. Azon gondolkoztam, hogy a jövő hét vége erre pont megfelelő lenne. Mi a véleménye? Addigra elő tudjuk készíteni az új szobát és a szalont is, így Lipót is meg tudja tekinteni és véleményezni. Legalább ismét találkozhat vele – paskolta meg a kezét. Biztos örül. De miért is jött? – kérdezte meg a lányt.

- Csak hogy megnézzem, hogy van. De látom, minden rendben van – füllentette. Azért örült, hogy nem neki kellett ezt a témát felhoznia, így azért mégiscsak jobb. A lényeg, hogy megint találkozhat vele, és ami szintén fontos, megismerheti a családját. Hiszen semmit nem is tud róluk, még azt sem tudja, hogy élnek–e a szülei és hány testvére van. – És hányan jönnek? – érdeklődött udvariasan.

- Fogalmam sincs, ezeket kérdezze majd meg a nagyanyjától! – zárta le gyorsan a témát.

•

- Nos szerintem minden a helyén van, már csak türelmesen várni kell a vendégekre – összegezte a látottakat Paulina és megerősítést várva a férjére nézett. A király azonban hallgatásba burkolódzott és csak egy szinte észrevehetetlen bólintás jelezte egyetértését. A királyné érezte, hogy ezek az események meglehetősen sok energiát kivesznek a férjéből és komolyan aggódott, hogy az esküvői megpróbáltatásokat ki fogja–e bírni. Pedig muszáj lesz, ezért imádkozott már hetek óta és ezért próbált mindent egyedül intézni, minél kevesebbet terhelve a férjét. Elégedetten nézett végig a megterített asztalon. Maga sem emlékezett rá, hogy ilyen szép gyertyatartók is vannak a palotába, de úgy látszik, érdemes néha körülnézni a padláson is. Pedig igazán fenséges darabok voltak és érdemtelenül lapulhattak évtizedeken át magányosan, porral lepve. Ha tudott volna a létezésükről, biztosan használatban lettek volna. Na de most már mindegy is, mostantól ez másként lesz. Elő kell szedni a szép, elegáns darabokat és bevezetni a mindennapokba. Újra állandó használatba kell venni a lenti nagy ebédlőt, hogy legyen tér. Legyenek látogatók, legyen mozgás, élet. Úgy, ahogy régen. Persze, hogy nem jött hozzájuk senki látogatóba, mert nem volt meg hozzá a lehetőség, de ha az előkészületek megvannak, akkor ez változni fog. Biztos volt benne, hogy Lipóttal társaság is érkezik, mindennaposak lesznek a látogatók, a férfi vendégek, a társaság. Ez talán nem is baj. Amíg nem túl hangosak és nem zavarják őket.

- Hányan érkeznek? – zökkentette ki gondolataiból a király kérdése.

- Tíz főre számítok a családja részéről. A szülei már sajnos nem élnek, de két testvére, a nagybátyja és a felesége, valamint pár gyermek érkezését jelezték előre – adta meg a hivatalos választ. Személy szerint a nagybátyjára volt a leginkább kíváncsi, aki a környező országok leggazdagabb embere volt a hírek szerint. Nemesi ranggal nem rendelkezett, kereskedő volt, de arra azért ügyelt, hogy legalább egy nemesi lányt vegyen feleségül, aki Lipót nagynénje volt. Így a kapuk a számára is megnyíltak. Ezzel a házassággal pedig egy újabb ország uralkodó családjával kerül rokonságba, ennél több nem is kell. Lipót pedig ha akarja, nemesi rangra is emelheti. Nem is érti, hogy ez a testvérének miért nem jutott az eszébe.

- Itt vagyunk – lépett be a hercegnő az ebédlőbe, Amália kíséretében. Paulina felpillantott, hogy megnézze, mit vett fel az alkalomra. Végignézett rajta és nem talált kivetnivalót rajta, a lány egyszerű, de felséges volt a hófehér ruhájában. És az öve, az nagyon egyedi volt.

- Nagyon szép az öve – szaladt ki a száján, pedig egyáltalán nem akarta megdicsérni. De ennyire egyedit és szépet rég nem látott.

- Tényleg? Nekem is nagyon tetszik – mondta lelkesen, Paulina figyelmét azonban nem kerülte el, hogy nagyon feszült, idegesen harapdálja a szája szélét.

- Igyon egy kicsit, az megnyugtatja – tolt elé egy poharat, melyben csöppnyi puncs volt. Úgy érezte, hogy egy kis alkohol most jót tenne a lánynak, lazítania kell. Paulina nézte, hogy a lány belekortyol az italba, közben finoman jelzett a királynak. Vilmos zavartan nézett körül és nem értette, hogy mi a gond. Láthatóan minden rendben van, a lányok itt vannak, az asztal kész és a vendégek – á igen, épp most érkeznek. Pompás!

•

Horának nem kerülte el a figyelmét, hogy nagyanyja és nagyapja is meglehetősen csalódottan ült az asztalnál. Ezt azonban teljesen meg tudja érteni: megalázó, hogy mindössze hárman érkeztek csak a beharangozott tízhez képest. Csak Lipót tette tiszteletét nagybátyjával és a feleségével. Bár írásbeli elnézést és szóbeli magyarázkodást is bőven kaptak, Hora akkor is érezte, hogy ezzel sajnos nem tettek túl jó benyomást rájuk. Egyenlőre. Részéről ezt nem vette akkora megalázásnak, hiszen pár hét és az esküvőn találkozhatnak, illetve már előtte megérkeznek. Így teljesen érthető, hogy nem akarták kétszer is megtenni ezt az utat. Inkább arra próbált figyelni, hogy minél többet megtudjon Lipótról. Végre itt a lehetőség, hogy olyan személyektől szerezzen róla információkat, akik már régóta ismerik. Talán mesélnek róla gyerekkori történeteket. A beszélgetés azonban csak nem akart elindulni, kínos csendben ült a társaság. Még Lipót is szótlanul ült, ami tőle meglehetősen szokatlan volt. Amália is tanácstalanul nézett körbe és nem érette, hogy mi történik. Nem úgy, mint Bátor, aki a legnagyobb nyugalommal terült el az ablak előtti szőnyegen és láthatóan élvezte a napsütést. Azonban egy felhő érkezése megakadályozta ebben a szórakozásában. Az asztalnál ülők csak azt érzékelték, hogy az állat felpattan, majd az ablakhoz megy és fenyegetően csaholni kezd. Akik háttal ültek azok ijedten fordultak meg a hangzavarra, a látványtól azonban ők is jó kedvre derültek: nem gyakran látni olyat, hogy egy kutya a felhővel perlekedik, hogy vonuljon odább, mert ő napozni szeretne. De ezt az állat láthatóan nem fogta fel, mert kitartóan csaholt. Erőfeszítése azonban tényleg célt ért, mert a felhő odább suhant és a nap valóban kisütött. Bátor erre egy „na jó megmondtam" morgást vetett még oda, majd mint aki jól végezte a dolgát visszafeküdt a szőnyegre és ismét becsukta a szemét. Ez a közjáték felélénkítette a társaságot és a beszélgetés is elindult. Hora lelkesen csüngött minden egyes szón, amit a vendégekhez kötődött, főleg ami Lipótot érintette. Közben pedig próbált ismét a férfire hangolódni. Lipót azonban felettébb feszültnek és visszafogottnak tűnt, már szinte sértésnek is vette, hogy alig nézett rá vagy szemlélte meg Amáliát. Mintha a nagybátyja jelenlétében nem az a megnyerő fiatalember lenne, akit ők ismernek, hanem egy megszeppent gyerek. Horát komoly kétségek fogták el: vajon a férfi valóban komoly árnyékban él a családja körében és ez csak egy remek lehetőség, hogy onnan kitörjön? Vajon a családja tudja−e, hogy milyen megnyerő és közvetlen is tud lenni, vagy csak most megjátssza magát? Vajon melyik az igazi személyisége, ez a visszahúzódó vagy a nagyon közvetlen? Melyik az álca és melyik lehet a valós? És mikor fog mindez kiderülni? Hora nyugtalanul fészkelődött a helyén, a sok gondolat csak úgy cikázott az agyában és nem tudott kellően koncentrálni. Nyugtalansága másnak is feltűnt, csak az okot nem tudhatták. Nagyanyja ugyanis amint vége lett az étkezésnek egyből javasolta a fiataloknak, hogy sétáljanak egyet a kertben, amíg jó az idő, célozva arra, hogy milyen régen találkoztak legutoljára. A lány izgatottságát és a fiú szótlanságát ugyanis csakis az magyarázhatta, hogy szívesen töltenének egy kis időt végre a család nélkül. Így persze nem kellett kétszer mondani nekik, hogy járjanak egyet a kertben.

•

- Amália bárókisasszony, kérem meséljen, hogy érzi magát itt a palotában? – tette fel az udvarias kérdést Lipót. Láthatóan sokkal lazábbnak érezte magát, hogy nem kell a nappaliban feszengenie, sőt, két szép hölgy társaságában élvezheti a kellemes szeptember eleji napsütést.
- Ó, igazán kedves, köszönöm érdeklődését. Remekül érzem magam. A palota igen kellemes, az épület magával ragadó. Bár meg kell valljam az emeleti folyosón nem minden festmény tetszik maradéktalanul, de hogy mester munkákról van szó, az biztos. De ezt majd hamarosan ön is megcsodálhatja. Egy gyors kérdésem lenne, ha már itt van: szereti a sötétkéket, vagy inkább a mogyoró barnára szavazna? A lakosztálya színét illetően – tette hozzá, látva a férfi bizonytalan tekintetét. A két hölgy kíváncsian várta a választ, hogy végre pontot tehessenek az elmúlt napok nagy dilemmájára. Amália ugyanis váltig állította, hogy királykék legyen a lakosztály, hiszen az méltó az ország majdani első férfija számára – meg persze édesapjának is ilyen színű volt a szobája, ami neki annyira tetszett. Ellenben Hora túl hidegnek és

távolságtartónak találta ezt a színt és ő valami kevésbé harsányban gondolkodott. De most itt az igazság pillanata: a választól függ, hogy melyik színnel borítják majd a falakat és készülnek a huzatok és párnák.

- Ó, vagy úgy. Nos a sötétkék igen szép, de hideg érzetet kelt, így inkább a barnára szavaznék. De amelyik a hercegnőnek tetszik – villantott egy elbűvölő mosolyt Hora felé. A hercegnőnek ezek a szavak mérhetetlenül sokat jelentettek, hiszen pontosan ő is ezt mondta. Szíve táján némi melegséget érzett: jó tudni, hogy legalább hasonlóan vélekednek dolgokban! Szinte erőltetnie kellett, hogy odafigyeljen a továbbiakra is, mert Lipót folytatta az eszmefuttatását. – Tudja be kell valljam, a szoba díszítése nem annyira érdekel, sokkal inkább a mérete és a funkciója. Amennyiben kellően tágas, nincs benne túl sok vagy kevés bútor, úgy számomra a színe csak másodlagos kérdés. Amália ezekre a szavakra láthatóan csalódott lett. Lipót látva a csüggedést próbálta menteni a dolgokat: – Ezekhez a hölgyek mindig jobban értettek, főleg önök a kifinomult ízlésükkel. Csak hogy tudják, a férfiak sokkal inkább a praktikusságot keresik a dolgokban. Persze nem mindenben. Mindjárt mutatok egy példát. Itt van például ez a gyönyörűség – kapott elő váratlanul a zsebéből egy kis selyem tasakot, majd Horának nyújtotta. – Kérem fogadja el tőlem ezt a csekélységet. Ha jól láttam nem nagyon visel semmit, de megtisztelne, ha ezt hordaná – tette még hozzá.

Hora meglepetten nézett a férfira, majd Amáliára, majd láthatóan remegő kezekkel próbálta kibontani a tasakon lévő szalagot. A tenyere felé helyezte a száját, majd óvatosan kicsúsztatta a tartalmát.

- Ó! – csak ennyit tudott kinyögni és nem hitt a szemének. A nyakék csak úgy csillogott a napfényben. Hora egyáltalán nem értett az ékszerekhez, mivel nem nagyon látott otthon ilyeneket, de azt azonnal és ösztönösen tudta, hogy értékes darabról lehet szó.

- Mesés! – állt mellette szinte tátott szájjal a bárókisasszony és le nem vette szemét a darabról. Lipót már szinte zavarban volt a két megilletődött hölgy láttán, nem gondolta volna, hogy ezzel az ajándékkal ekkora hatást fog elérni.

- Nászajándéknak szántam, de úgy gondoltam, hogy még az esküvő előtt átadom, hogy előre számolhasson vele a nagy napon.

- Ez igazán figyelmes öntől – lelkendezett Hora remélte, hogy őszinte öröme jól látható a férfi számára is. El sem hitte, hogy saját ékszere van! Legszívesebben persze egyből magára vette volna és le sem venné többet, de tudta, érezte, hogy ez nem illenék. Lipót egyértelműen az esküvőjére szánta, így ezt nem ronthatja el. – Én nem is tudom, hogy köszönjem meg ezt a figyelmességet – hálálkodott.

- Kedves hercegnő, az ön sugárzó arcának látványánál nem kell számomra több. Örülök, hogy ennyire tetszik, nekem ennél többre nincs szükségem. Kérem hordja minél többet majd! Most pedig kérem meséljenek az előkészületekről, mindent tudni szeretnék. Főként a vendég lista érdekel – terelte el máris a szót. Amália máris lelkesen mesélni kezdett, míg Hora lelkes bólogatás közben hagyta, hadd vigye a lány a szót. Az ékszert közben visszacsúsztatta a tasakba és a kezében szorongatta egy ideig. Gondolkodott azon, hogy nem illik visszaadnia Lipótnak, hogy tegye zsebre, az nagyon nem jól jönne ki, neki viszont így kényelmetlen volt az értékes csomag tartása. Aztán rájött a megoldásra.

- Báró úr kérem – intet a közelben álló állandó kísérőjük, Péter felé.

- Báró? – kérdezett vissza megrökönyödve Lipót. Bár Hora biztos nem vallotta volna be senkinek, de szándékosan hívta így Pétert oda. Mondhatni terve volt, hogy eldicsekedik a férfinak Péterrel.

- Igen, Péter Von Ziethof báró a palotaőrség parancsnoka – mutatta be a frissen vezetőt. A két férfi láthatóan feszülten méregette egymást, majd kimértem biccentett. – Kérem, lenne olyan kedves és eltenné ezt a csomagot? – adta át az ajándékot, amit Péter az utasításnak megfelelően elsüllyesztett a zsebébe. Hora igyekezett nem tudomást venni arról az arckifejezésről, amit mindeközben vágott. Lipót felé fordult, aki érezhetően feszült lett minderre. – Nem akartam önnek adni, hogy eltegye, az olyan lett volna, mintha visszaadnám – próbálta oldani a feszültséget. A két férfi reakciója ugyanis teljesen meglepte. Amália azonban mindebből semmit nem vett észre, de a terelő beszélgetése mégis megmentette a helyzetet.

- Anna, azt ugye tudja, hogy kerítenünk kell majd hozzá egy szép dobozt is és megfelelő helyen kell majd zárolni, jól elzárva. Ez mostantól majd az én feladatom lesz. De most térjünk vissza a vendéglistához. Illetve azt már jól átbeszéltük, akkor a menetrendhez – terelte megint nagyon ügyesen a meglehetősen kevéssé megszervezett esküvő felé a szót. Hora hálát érzett, hogy a lány legalább foglalkozik ezekkel a kérdésekkel, mert neki sajnos mindehhez a nem nagyon volt kedve. És ahogy elnézte, Lipótot sem igen izgatta, hogy a vendégeket a nagy vagy már a kisebb szalonban fogadják. Láthatóan teljesen máson járt az agya és a távolba meredt, néha bólogatással és igennel töltve ki a csendet. Horának is erőltetnie kellett magát, hogy legalább fő vonalakban követni tudja Amáliát. Gondolatai ugyanis az érzelmei körül forogtak. Vajon miért nem olyan lelkes, mint lennie kellene? És Lipót, ő is teljesen közömbösnek, mondhatni érdektelennek tűnik mindezzel kapcsolatban. Lehetséges, hogy fél? Vagy megbánta? És nem is akarja már elvenni, nem akar ennek az országnak az uralkodója lenni? Ó bárcsak megkérdezhetné mindezeket tőle, ha csak pár percre is kettesben maradhatna vele. De vajon elmondaná? Meg kéne próbálnia! Nem maradhat így kétségek között, mert ezt így nem fogja bírni.

- Parancsnok, lenne olyan kedves idehozna nekünk egy takarót? Kezd hűvös lenni, de még szeretnénk itt maradni a levegőn – szólt oda Péternek, ezzel eltávolítva az egyik kísérőjüket. A férfi készségesen meghajolt és már el is tűnt. Vagyis pár percük maradt. – És még hozna ki egy kis innivalót? – szólt utána, majd láthatóan sajnálkozva érzékelte, hogy a férfi már hallótávolságon kívül van. Szerencsére Amália már készségesen pattant is és indult befelé. Hora nagy sóhajjal nyugtázta a távozását és nem teketóriázott, tudta, hogy alig van idejük. Így egyből Lipótnak szegezte a kérdést: – Valóban akarja ön ezt a házasságot, ezt az országot? – nézett egyenesen a szemébe. A férfi láthatóan meglepődött a teljesen váratlan és vakmerően őszinte kérdés hallatán, majd lehajtotta a fejét.

- Ön igazán bájos teremtés Anna hercegnő és be kell valljam, hogy az egyik legokosabb nő, akivel találkoztam. Fiatal kora ellenére. De… – mondta, aztán csöndben maradt. Hora egy picit türelmesen várt, aztán próbálta folytatni.

- Ha nem akar, akkor még most mondja meg, hogy időben leállíthassuk mindezt.

- Önnel nincs bajom, sőt, csak… – nyugtatta meg Horát, de ismét megakadt. A hercegnő azonban egyből a segítségére sietett. Ki akarta deríteni, hogy akkor mi a baj.

- Fél a nagyapámtól, vagy az országtól, az új helytől… esetleg a nagybátyjától? – tette fel sorban az okokat, amik lehetnek. Lipót csak bólogatott.

- Bevallom, hogy rettegek. Mindezektől. De főként nagybátyám ambícióitól. Távol kell őt tartanunk! Ugye segít majd ebben? – szorította meg váratlanul a kezét. Hora közben nézte a férfit, amint a pánik valóban kiült az arcára. Bár amiket mondott, azok egyáltalán nem voltak megnyugtatóak, de Hora mégis megkönnyebbült. Ezek szerint akkor mégiscsak akarja az egészet.

- Nos ezt bízza ránk, főleg a nagyanyámra. Tudnia kell, hogy számára a rang, a származás, a cím mindennél előbbre való. Így családja ezen ága nem lesz túl gyakori vendég nálunk – próbálta meg udvarias köntösbe helyezni a tényeket. Lipót erre láthatóan megkönnyebbült és egy halvány mosoly is elhagyta az arcát. Tekintetük összekapcsolódott és egy láthatatlan szövetség máris összekötötte őket. Egyikük sem vette észre, hogy közben Péter és Amália is visszaérkezett. A motozásra figyeltek csak fel. Hora tisztában volt vele, hogy mindkettőjük észrevette, hogy egymás kezét fogják – bár az etikett szerint semmi rosszat nem tettek, hiszen jegyespár voltak, mégsem értette, hogy miért érzett emiatt bűntudatot.

•

- Most pedig hallgatom, mi a véleménye Lipótról? – esett neki egyből a faggatózásnak Hora, amint este kettesben maradtak. Nagyon kimerítette a nap, de borzasztóan kíváncsi volt rá, hogy mi az első benyomása a lánynak róla, hiszen ő még eddig nem találkozott vele. Talán sokkal jobban meg tudja értetni vele, hogy miért viselkedett annyira különbözően az étkezés és a séta alatt. Várta tőle a bölcs szavakat, főleg azok után, hogy többször is olyan ügyesen kisegítette a beszélgetések során.

- Jóképű, megnyerő, udvarias – jöttek a kimért megállapítások Amáliától, majd a lány megállt. Láthatóan habozott, hogy mit mondjon, és ha mondja, akkor mennyit. Bár a lánynak nehezére esett, nem szakította félbe, hanem hagyta, hadd mérlegeljen magában. Közben persze átfutott az agyán, hogy vajon Ella mindig elmondott neki mindent, amit gondolt, vagy ő is udvarias volt vele szemben és visszatartott dolgokat. Hiszen ha belegondol akkor nem is olyan egyszerű kérdést tett fel. Meg jó, hogy alaposan át kell gondolnia, hogy mit mond, mert minden negatívumot egy leendő főherceggel szemben teszi meg, bármikor magára haragítva majd ezzel – ha kitudódik. – Nos – folytatta hosszas töprengés után – eleinte úgy éreztem, hogy nem foglakozik önnel eleget, hanem inkább velem társalog, de aztán önnek adta azt az ékszert, ami kiemelkedő figyelem, hiszen észrevette, hogy nem visel – gabalyodott bele a mondatába, kicsit ki is pirulva zavarában. Szerintem kedveli magát – tette még hozzá, hiszen fogta a kezét, amikor visszajöttünk.

- Valóban? – Kérdezett vissza a lány és elgondolkodott. Hát mit is mondhatott volna, hiszen Lipót tényleg megfogta a kezét.

- Ez nagyon jó, hogy nem közömbös a hercegnő iránt – lelkendezett. Ahogy szerintem Péter sem – tette még hozzá cserfesen, de láthatóan megbánta, hogy gondolatlanul kiszaladt ez a pár szó a száján. Egyből mentegetőzni is kezdett: a bátyám úgy kezeli a hercegnőt is, mint ahogy engem, mintha ön is a húga lenne.

- Igen, tudom – huppant le mellé az ágyba. Örülök, hogy megint van családom – tette még hozzá. Amália csak ekkor vette észre, hogy a kezében a most kapott ékszer van, amit kicsit szórakozottan vizsgál.

- Szabad? – kérdezte óvatosan. Hora készségesen átnyújtotta. Úgysem értett az ékszerekhez és biztos volt benne, hogy Amália szakértői szemmel tudja majd megvizsgálni.

- Nagyon finom kis darab, igazán illik önhöz. Jó szeme volt a vásárlónak hozzá. A gyémánt kövek között pedig nagyon jól érvényesülnek a piros rubintok. Nem tetszik önnek? – kérdezte őszintén Amália.

- De, nagyon is, csak a piros nem éppen a színem – hajtotta le a fejét. Mióta látta azt a sok vért, már nem tudott rajongani érte.

- Badarság – vetette oda könnyedén a lány, majd Hora nyakába tette. A bordó a királyi családok színe, jobb, ha megszokja. És szerintem nagyon jól áll önnek, nézze csak meg – tolta oda a nagy tükör elé. Nézze, milyen jól kiemeli a haja színét? És a szeme is sokkal erősebben érvényesül. Hora erre így nem is gondolt és tanulmányozni kezdte magát a tükörben

- Hmm... szóval az uralkodói szín... – forgolódott a tükör előtt. – Erre nem is gondoltam – tapogatta meg az ékszert és mindjárt másként tekintett rá.

- Csodásan áll! – jegyezte meg Amália. Holnap majd körbenézek valami doboz után, biztos volt az édesanyjának. Addig tehetjük az enyémbe – ajánlotta fel. Hora bólintott és átadta a nyakéket. Amíg Amália eltűnt a szomszéd szobában, gyorsan bebújt az ágyba. Hirtelen nagyon elálmosodott. Lesz min elmélkednie az elkövetkezendő napokban. Mert most nem tud, ahhoz túl fáradt. Majd holnap, igen, akkor már lesz ideje mindenre. Most még kiélvezi ezt a kellemes érzést, azt a lebegést, amit a mai nap keltett benne. Lipót figyelmességét.

Amália azonban egyáltalán nem tűnt fáradtnak és csacsogva tért vissza a szobába, majd lehuppant Hora mellé az ágyra.

- ...De a családja nem volt valami kedves. Láttad a nagynénje ruháját? Látszik, hogy nem született nemes, akinek van egy kis ízlése, az nem vesz fel piros kalapot és kék sárga kesztyűt egyszerre, ezt minden úri lány tudja. Innen látszik, hogy valamit nem lehet tanulni, valamire születni kell! – jelentette ki határozottan. Hora már nem először hallott ilyen felsőbbrendűséget hangsúlyozó mondatot a lánytól, így már nem lepődött meg rajta annyira. Valószínűleg ezt a tudatot az édesapja ültette bele, mert az anyjában nem fedezett fel eddig semmi gőgöt sem. Bár ha így jól belegondol, Amália sem gőgös, ezt vissza is vonja. Inkább talán nagyon erős benne az önértékelés: tisztában van azzal, hogy az ország legelőkelőbb családjának leszármazottja a királyi család után. Ez azért elég nyomós érv arra, hogy fontosnak érezze magát.

- Állítólag nagyon gazdagok, kereskedők – súgta oda bizalmasan. Több a vagyonuk, mint az egész királyságé!

- De jó modort akkor sem tudnak rajta venni – jelentette ki határozottan. Horának rögtön eszébe jutott a nagyanyja, aki ugyanezeket az elveket vallotta. – Ahogy láttam, Lipót sem rajong értük annyira. Így remélhetően nem lesznek gyakori vendégek a palotában, az szörnyű lenne! Hora csak fél füllel hallotta, hogy a lány még percekig csacsog, de hogy miről, azt már nem fogta fel. A sok izgalom és érzelem nagyon elfárasztotta és álomba szenderült.

•

- Vilmos, ön is észrevette, amit én? – kérdezte ugyanekkor a szomszédos szobák egyikében a férjét Paulina. A király már láthatóan teljesen kimerülten feküdt az ágyában és az álláig húzta fel a takarót. Mostanság egyre többször érezte, hogy fázik, de sajnos ez nemcsak amiatt volt, mert jött az ősz. Úgy érezte, hogy az ereje kezd lassan fogyni.

- Igen, bár minden bizonnyal ön több mindent látott. Hallgatom – engedte át a szót feleségének. Biztos volt benne, hogy az éles szeme most is alapos elemzést végzett és fontos információkkal látja el őt. Részéről csak annyi tűnt fel neki, hogy Lipót határozottan tart a nagybátyjától. Mindez komoly aggodalommal töltötte el, hiszen nincs arra szükség, hogy erős befolyása legyen. Ki kell képeznie a fiút, amíg lehet, hogy legyen önálló.

- Hogy mennyire rangon aluliak voltak a rokonai – felelte Paulina, bevezetőként. Nem tudtak illően viselkedni, nem adták meg a kellő tiszteletet és kisfiúként kezelték Lipótot. Határozottan veszélyesnek tartok bármilyen kapcsolatot is velük a jövőben, mind magunk, mind az országra nézve. El kell kerülni, hogy bármilyen befolyásuk legyen az udvarban, közvetlenül.

- Egyetértek – erősítette meg a férje.

- Vannak ötleteim, de gondolom önnek is – nézett rá, majd érzékelte, hogy nem most kell mindezeket átbeszélniük. – De most pihenjen, bizonyára kimerítette ez a nap. Holnap majd átbeszéljük a lehetőségeket – lépett oda az ágyhoz és megsimogatta férje karját. Halk léptekkel indult el az ajtó felé, és csöndbe csukta be maga után. A királynak nyugalomra van szüksége, nekik pedig időre. A kettő pedig csak egyszerre működik. Sajnos jól látja, hogy Vilmos egyre gyengül. Szerencsére az elméje még mindig kiválóan működik, a teste azonban erőtlenedik. Neki pedig rengeteg a teendője. Még szerencse, hogy Amália bárókisasszonyra teljes mértékben számíthat. Ez a hölgy most kész áldásként érkezett a palotába. Tökéletesen tisztában van az etikettel és a feladataival, így az esküvőt és a palota átrendezését teljes mértékben rá bízhatja. Most tényleg erre van szüksége, nem egy okoskodó Ellára – nyugodjon békében a kislány. A túlzott kíváncsisága okozta a vesztét. Ellenben Amália egyáltalán nem érdeklődik semmi olyan iránt, ami nem rá tartozik, amit kérnek azt megteszi és kész. Nem pletykál, nem áskálódik, mindenkivel kedves és türelmes. Nagyon barátságos teremtés, aki játszi könnyedséggel elbeszélget bármivel.

Ezek remek erények a kissé merev királyi udvarban, el kell ismerje és most pedig jól kompenzálják a megkomolyodott Annát. Hát igen, Anna úgy néz ki, hogy most felnőtt. Eltűnt a cserfes, bolondos, futkosós lány. Ellával együtt gyermeki énjét is eltemették. Szegény lány, milyen fiatal volt. A zongorajátéka azért hiányzik, valóban csodásan tudott játszani... – merengett el egy kicsit, felidézve a kedves dallamokat, amiket oly előszeretettel játszott nekik újra és újra, tudva, hogy szeretik hallgatni. Paulina kis merengés után visszatért a gondolataihoz. A legfontosabb, hogy elegendő ideje legyen arra, hogy kitalálja az ország jövőjét és elhárítsa az újabb veszélyt. Először is pontosan utána kell néznie Lipót családfájának és meg kell bizonyosodnia arról, hogy kiben bízhatnak. A bátyja a nyugati szomszédjuk őrgrófja, de vajon a család többi tagjával mi a helyzet? Van–e esetleg még lány vagy fiútestvérük? Esetleg további nagybácsik? Ki kell derítenie, persze nagyon óvatosan, hogy kiben bízhatnak és ki lehet fenyegetés az ország számára. És lehetőleg minél előbb!

.

Hora elmélyülten pakolászott a szalagos dobozok között és nagyon belemerült a keresésbe. Biztos volt benne, hogy a hátsó dobozok egyikében kell lennie bordó díszítőknek is. Jó kedvűen ébredt, igen kellemes álomban volt része, azonban már lassan fél órája kotorászott és kezdte feladni. Bátor persze sokkal lelkesebb volt nála, készségesen rángatta a zsinórokat és kaparászott újabb dobozok után, majd eltűnt a sarokban. Lehet, hogy egeret szimatolt? Jobb is, ha elijeszti őket, már csak az hiányzik, hogy megrágják itt a ruhákat. Talán az egyik macskát felhozatja intézkedni – persze amikor nincs itt az eb. Továbbra sem jön ki mindegyik macskával és jobb a békesség. Ő azonban máris elfáradt. Persze ilyenkor nem segít neki senki a keresésben és a manók is sajnálják tőle a jó kedvet. Na jó, biztos van sokkal jobb dolguk is annál, minthogy szalag keresésekben segítsenek. Ellára gondolt – mióta visszajött megint a palotába, nem érezte a lány jelenlétét és ez megijesztette. Nem gondolta volna, hogy ilyen hamar magára hagyja. Vagy mindez azért van, mert már jött helyette új komorna? Megsértődött volna ezért? – merengett el. Ahányszor Ella eszébe jutott, még mindig bepárásodott a szeme. Még fiatal a seb. Sóhajtott egy nagyot és letörölte a könnyeit. Szedd össze magad Hora! – bíztatta magát.

Hirtelen ötlettől vezérelve felállt és a másik oldalon folytatta a keresést. Tudta nagyon jól, hogy anyja mennyire szerette a piros és bordó színeket és most már akkor tudja is, hogy miért. Eddig nem is gondolt rá, nem vette észre, hogy ez a két szín kizárólag a királyi családot illeti, csak ők mutatkozhatnak ebben. Amália felnyitotta a szemét tegnap este. És ha ez tényleg így van, akkor ezt mostantól neki is követnie kell. Vagy legalább fokozatosan. Így félre a fehér és kék szalagokkal és elő a pirossal – fanyalodott el kissé. Nem szerette ezt a színt, túl harsánynak, erőszakosnak, tolakodónak tartotta. De kis kiegészítőkkel talán képes lesz megbarátkozni. Á, meg is van – emelt ki pár igazán szép darabot az egyik dobozból, majd visszatette és az egész dobozt átvitte a szobába. Köszönöm! – hálálkodott a segítőinek. A napfénynél mégiscsak jobban meg tudja őket csodálni. Óvatosan vette ki a bordó–arany szalagokat és igyekezett lelkesen megvizsgálni őket. Láthatóan ezek a darabok soha nem voltak használatban, meg akkor emlékezett is volna rájuk. Talált egy vékony szalagot, amelyen bordó és fehér csíkok szaladtak keresztbe. Felemelte és nézegetni kezdte. Ez elsőre megteszi – illesztette a derekára, majd ügyesen összekötötte a hátán. Nem olyan feltűnő, mint a többi – nézett a harsányan vigyorgó díszekre. Talán ha apró virágok lennének, úgy jobban tetszene – jutott hirtelen eszébe, és már cselekedett is: elkezdett kiválogatni pár szalagot, selymet és összerakni egy külön dobozba. Úgyis ígérte, hogy küld ilyeneket Mária asszonynak, most már tudja is, hogy milyet kér majd magának készíttetni. Lelkesen összerakott egy doboznyit és leült az asztalhoz, hogy kísérő levelet is írjon hozzá. Amikor mindennel végzett kilesett a folyosóra. Szomorúan vette tudomásul, hogy Péter nem áll az ajtója előtt, sem a folyosón. Mióta kinevezték a palota őrség vezetőjének, azóta nem ő vigyáz rá személyesen az épületben. Szerencsére az épületen kívül még mindig ő kíséri, ha kéri, persze külön jelezni kell ezt neki.

- Kérem, szólna a báró úrnak, hogy kéretem – rendelte oda Pétert. Szerette volna személyesen rábízni a csomagot, egyben megkérdezni, hogy nem akar–e ő is levelet küldeni az anyjának. Szerencsére nem kellett sokáig várnia, a férfi pár percen belül már be is kopogott az ajtaján.

- Hercegnőm kéretett – lépett be a férfi és megállt az ajtóban. Kimérten meghajolt. Hora fel nézett a kis asztaltól, és nem tudta nem észrevenni, hogy a férfi milyen fáradt. Láthatóan nem sokat aludt az éjjel és meglehetősen gyűrött volt.

- Jól van? – kérdezte meg egyből.

- Igen, köszönöm. Csak éjjel ellett Szonja és rá vigyáztunk – mondta kissé habozva.

- Tényleg? És miért nem szóltak előbb? Jól vannak? – lelkesedett fel a hercegnő. – Megnézhetem? – kérdezte óvatosan.

- Délután, most pihen. Nagyon kimerült – tette hozzá.

- Ahogy ön is. Menjen, pihenjen le! – jelentette ki ellentmondást nem tűrően. A doboz várhat, nem sürgős. – Délután majd szeretnék kilovagolni, akkor előtte meg is nézhetjük, ha szabad – állt fel az asztaltól és indult el az ajtó felé, hogy Amália után nézzen. Ahogy felállt, láthatóvá vált a derekán lévő piros szalag, mely nem kerülhette el a férfi figyelmét. Hora tökéletesen láthatta a megváltozott arcszínét. Péter egy pillanatra ideges lett, majd szomorúan lehajtotta a fejét. Bár nagyon halkan mondta, de a lány így is tökéletesen hallott minden szót:

- Az ön színe a fehér.

•

Paulina meggyötörten tette le a papírt az asztalára a többi mellé és fáradtan dőlt hátra. Már egy órája tanulmányozta az iratokat és jegyzetelte ki belőle a fontos részleteket. Most pihennie kéne egy kicsit, hagyni, hogy a gondolatai rendeződjenek. Felállt, hogy egy pár lépést menjen a szobában, majd az ágya felé vette az irányt. Tekintete megpihent a kis asztalon lévő értékes könyvön. Felemelte és megsimogatta. Találomra felütötte a közepén és olvasni kezdte az ismerős mondatokat. Szinte nem is volt szükség a könyvre, kívülről tudta majdnem az összes verset. Amiket neki írtak. Elmerengett kicsit a múlton, majd visszatette a könyvet az asztalkára. Jobb, ha visszatér a valóságba. Ami volt, az elmúlt, már nem lehet visszahozni. Főleg, hogy Pál már nincs többé. Csak ezek a csodás versek maradtak meg belőle. A versek, melyek az egyetlen bizonyítékai az érzéseinek, a szerelmüknek.

De most nem foglalkozhat ezzel, hiszen mindennek már oly sok éve. Most a jelenre kell összpontosítania, illetve a családja jövőjére. Ha most nem figyel, nem talál ki valamit, mindaz, amiért feláldozta a saját boldogságát értelmét veszti.

Visszaült az asztalhoz és ránézett a jegyzeteire. Ha valóban ez a helyzet, akkor nem kell nagyon aggódniuk: az egyetlen igazán veszélyes leendő családtag kizárólag a nagybácsi lehet. Akinek valljuk be szomorúan a vagyona és a kapcsolatai kellenek csak. Hmm... talán pont ez az oldal az, amit meg lehetne lovagolni. A kapcsolatok. Mi lenne, ha az országtól távol teljesítene szolgálatot az ország érdekében? Hiszen kereskedő, akkor meg miért ne a tengeri kikötőben legyen a központja, az országból távol? Ezzel remek új lehetőségeket teremtene a gazdaságuknak, hiszen nincsen tengeri kikötőjük, de a szomszédos országnak van... ez elég jó megoldásnak tűnik – döntötte el. A legjobb, hogy egyből tájékoztatja az uralkodót – azzal az ajtó felé vette az irányt.

•

Hora mosolyogva hagyta el az istállót. Örült, hogy minden nehézség ellenére mind az anya, mind a kis csikó jó állapotban vannak. Ennél jobb hírre nincs is szükség. Elmerengve ment oda a lovához és várta, hogy Péter felsegítse az állatra. Szórakozottan forgatta meg a pálcáját, ami kicsúszott a kezéből. Észre sem vette, hogy a férfi felvette a botot és felé nyújtotta, gondolatai még mindig a kis állat körül forogtak. Mivel nem reagált, Péter megfogta a kezét és belenyomta. Hora meglepetten nézett rá, majd érzékelte a férfi érintését. A meleg kezét, melytől felforrósodott a bőre. És váratlanul bevillant a ma reggeli álma. Rájött, hogy ki is volt a táncpartnere. Míg reggel ébredés után szentül meg volt győződve arról, hogy az a férfi, akivel álmában keringőzött, csodás piros ruhában, csillogó ékszerrel, koronával a fején, az csak Lipót lehetett, most viszont rájött arra, hogy ez nem így volt. Álombeli partnerének fején szintén korona volt, de nem a vőlegénye volt – hanem Péter! Hora alatt elindult a ló, de a lány mindebből semmit nem vett észre. Ahogy azt sem, hogy nem szólt rá Bátorra, hogy maradjon otthon – így az állat készségesen ügetett a ló mellett. Hora csak azt érezte, hogy hirtelen nagyon melege lett! Vagyis álmában Péter volt a férje! Az meg hogy lehet, hogy juthatott ilyen az eszébe? Nem, ezzel nem is szabad foglalkoznia, hiszen az csak egy álom volt. Persze hogy ilyet gondolt, mert Pétert ismeri, már régóta. Kedveli, határozottan, de mint egy testvért. Lipót pedig a férfi lesz az életében, aki mindig mellette lesz. Nagyon is jóképű, kedves, figyelmes. Na nem olyan magas, mint Peter, monthatni alig nagyobb nála, de ez nem számít. Mindenkit elbűvöl és oda vannak érte – de ő is. Ő is? Nem úgy van, hogy inkább úgy tekint rá, mint a testvérére? És nem Péterre úgy, mint egy férfire? Nem, az teljességgel kizárt, az nem fordulhat elő, az teljes képtelenség. Csak össze van zavarodva, ennyi. Kedveli mindkettőt, az nem vitás. És mivel majd Lipót lesz mellette állandóan, így ez változni is fog. Természetesen. Csak így lehet. Talán jobb is, hogy a férfi nincs már állandóan a közelében, talán így lesz a legjobb. Már az sem fontos, hogy lovagolni is ő kísérje el, biztos lenne más feladata is. Igen, ez lesz a legjobb! Gondolataiból egy nagy dörrenés, majd még egy zökkentette ki. A lova megriadt, Bátor ugatni, majd morogni kezdett. Hora rémülten nézett körbe, majd hátrafordult a kísérőjére. Mögötte azonban csak egy rohanó lovat látott, meg egy földön fekvő férfit.

- Úristen – fordította vissza a lovát, majd amilyen gyorsan csak tudott a férfi mellé lovagolt. Eszébe sem jutott, hogy bármi veszélyben lenne, csak azt látta, hogy a férfi bajban van. Bátor már ott ült mellette és nyalogatta a kezét. Hora lepattant a lóról és kétségbeesetten a férfi fölé hajolt. – Péter, kérem – fordította meg óvatosan a férfit. – Kérem, ne, nem hagyjon ön is itt engem! – fogta el a pánik a lányt, amint meglátta az eszméletlen, vérző férfit.

•

Ugyanekkor a palota kis fogadótermében komoly egyeztetések zajlottak. A királyi páron kívül csak a legfőbb királyi bizalmas és tanácsadó volt jelen, a tábornokkal együtt mindössze hat fő. Viszont nagyon fontos kérdésekről tartottak egyeztetéseket. Az asztalon a környező országok térképe hevert és ha valaki bekukkantott volna az ablakon, akkor csak azt látta volna, hogy az asztal körül állók bábúkat mozgatnak az asztalon, mintha egy társasjátékot játszanának.

A helyzet azonban ennél sokkal komolyabb volt: fel kellett készülni ugyanis arra, hogy ismét egy esetleges háború fenyegeti majd a régiót. Kedvezőtlen hírek érkeztek ugyanis a mediterrán területekről.

Vilmos király fáradtan lépett hátra az asztaltól és leült az oda készített székre. Nem esett neki a hosszan tartó állás, szüksége volt a pihenésre. Fújt egy nagyot, majd szólt a többieknek is, hogy pihenjenek egy kicsit. A tea és az aprósütemények épp akkor érkeztek és nagyon ínycsiklandozó illatokat árasztottak. A király nagy teafogyasztónak számított, nemcsak reggelire, hanem délutánonként is élvezettel fogyasztotta az illatos nedűt – ellentétben feleségével, aki nem nagyon hódolt ennek a szokásnak. Most azonban a társaság kedvéért kivételt tett és ő is kért egy csészével. Egy meleg ital most neki is jól fog esni. Egyre hidegebb van és a kandallóktól távolabb már nem olyan kellemes. Jól jön egy kis meleg belülről is.

•

- Péter, kérem nézzen rám, maradjon velem – emelte fel a férfi fejét a földről és az ölébe tette. Gyorsan végigszaladt a tekintete, hogy mi történhetett. A bal felkarján az inge erősen átvérzett. Hora megijedt. Nem ismétlődhet meg megint az, ami pár hete történt! – Nem halhat meg mindenki, akit szeretek! – mondta kétségbeesetten, könnyeivel küszködve. Nem szabad pánikba esnie, arra nincs idő! Egy pillanatra mély levegőt vett és összeszedte magát. Határozott mozdulattal lefejtette a sebesült vállról a kabátot, majd feltépte az ingujját. El kell állítania a vérzést, amilyen hamar csak lehet – nézett körül, majd már cselekedett is és kikötötte a derekán lévő szalagot. Ez most nagyon jól jön! Óvatosan, de kellően erősen körbetekerte a seb felett a szalagot, majd meghúzta. Péter a mozdulatra megrándult. – Hál Istennek – lélegzett fel Hora, de tudta, hogy a veszély még nem múlt el. A seb még mindig nyitott, azt is el kell szorítania. Benyúlt a zsebébe és elővette a kendőjét, majd ugyanezt tette Péter zsebével – nagyon jól tudta, hogy hol tartja. A két kendőt belenyomta a sebbe, majd ruhája alján lévő csipkét tépte fel. Ennél jobb kötözőszert nem találhatott, ezt kell használnia. Óvatosan körbetekerte a sebnél, majd rászorította az anyagot, újabb kör, újabb szorítás. Az ötödik körnél abbahagyta. Imádkozni kezdett, hogy az anyag ne festődjön pirosra, mert az azt jelentené, hogy a vérzést nem sikerült fékezni. A férfi feje továbbra is az ölében nyugodott, szemei szorosan zárva voltak. Hora aggódva nézte meg, hogy a férfi még lélegzik–e. Nem hallhatott meg, a seb nem tűnik súlyosnak, csak mélynek. Lehet, hogy rosszul esett? Beverte a fejét? – tapintotta meg óvatosan a hátsó részét, de nem volt véres a haja. Akkor meg miért nem tér magához? – simogatta meg az arcát aggódva. Segítséget kell hoznia, valahogy jeleznie kéne, hogy itt vannak! – nézett körül. Szerencsére nem voltak messze a kastélytól, csak a nagy tisztás választja el őket. De vajon észreveszi őket valaki? Nem hagyhatja itt magára a férfit, de a lóra sem tudja egyedül feltenni. Vajon Péter lova egyből hazafutott és látta valaki? Elkezdenek aggódni, keresni őket? Mi lenne, ha az ő lovát is hazahajtaná? Vagy inkább hozzon gyorsan segítséget? – tépelődött. – Bátor, drága kiskutyám – vette észre a hálás, okos állatot, aki vigyázban ült mellettük. – Rohanj haza, és hozzál segítséget. Gyerünk, fussál, ugassál, hozzál ide valakit, indulj – állt fel és hajtotta az állatot. Bátor mintha valóban megértette volna a feladatát és ugatva rohant a palota felé. Hora közben visszaült a férfi mellé és megvizsgálta a kötést. Láthatóan jól állta a sarat, nem ázott át, nem piroslott. – Péter, kérem, ébredjen! Rázta meg finoman, de a férfi továbbra is ájultan feküdt. – Gyerünk, harcoljon – rázta meg ismét, finoman, nehogy megsértse a karját. Mintha megrebbent volna a szeme! Mintha kezdene magához térni – lelkendezett magában Hora, mikor érzékelte a férfi vonásainak változását.

- Auuuu – hörgött egyet a férfi, majd óvatosan kinyitotta a szemét. Hora megkönnyebbülten felsóhajtott. – Mi... mi történt? – nézett körbe a férfi, érzékelve, hogy a földön fekszik, feje pedig a lány ölében van. Megpróbált megmozdulni, de a fádalom, illetve Hora intő keze visszatartotta. Visszahanyatlott, majd a karjára nézett. – Mi ez? – nézett kérdőn.

- Lövés, megsebesült. És leesett a lóról. Szerencsére nem mély a seb, sikerült elállítanom még idejében a vérzést és... – kezdte mesélni a történteket, azonban mondatának első szava most ért célba a férfinél.

- Hogy lövés? Valaki felénk lőtt? – ült fel egy mozdulattal, elfelejtve minden fájdalmat és aggódva nézett körül.

- Tulajdonképpen két lövés is volt... – kezdett bele a mondatba Hora, de a férfi megint félbeszakította.

- Merről? Mikor? Veszélyben lehet, miért nem menekült el? – szidta le szinte a lányt.

- Erre nem is gondoltam – hajtotta le a fejét. Csak arra figyeltem, hogy vérzik és nem hagyhatom itt.

- Felelőtlen volt! Lehet hogy meg akarták ölni és még akár most is itt lapulnak és csak azt lesik mikor támadhatnak – nézett gyanakodva körül és már azt méregette, hogy melyik irányból és milyen távolról érkezhetett a lövés. Hora hirtelen nagyon mérges lett.

- Szívesen máskor is, most mentettem meg az életét! – állt fel bosszúsan. – Nos, ha tudni akarja a két lövés már vagy húsz perce történt, így ha valaki nagyon akart volna valamit, akkor már rég megtehette volna. Itt ültem teljesen védtelenül, egy helyben, tökéletes célpontként. Másrészt pedig ha valóban én lettem volna a terv, akkor így sem talált volna el, hiszen borzasztóan rossz célzó lehet. Mennyivel is poroszkált mögöttem, igen lassú tempóban, húsz–harminc méterrel? – összegezte az általa megfigyelt dolgokat, majd miután a férfi egy szót sem volt képes kinyögni, figyelmét a ruhája felé fordította. A szoknyái meglehetősen sárosak és vizesek lettek a hosszas ülés következtében. – Úgy látom egyedül is képes lesz visszatérni a palotába – fordult a palota irányába, hogy gyalog vágjon neki a távnak, hátrahagyva a férfit. Soha nem bosszantotta fel senki még ennyire és hozzá hogy ennyire hálátlan legyen!

- Én sajnálom... csak féltettem, nagyon – mondta a férfi engedékenyen és megpróbált ő is felállni. Az eséstől alaposan beverte a fejét és ez a mozdulat nem bizonyult túl jó ötletnek. Megtántorodott. Hora még épp időben kapott érte, hogy meg tudja támasztani.

- Ne merészeljen itt ugrálni nekem, mert kifakad a sebe! – ültette le a földre és alaposan megszidta. Tudja, hogy mennyi vért vesztett? – mutatott a földön heverő piros ingujjra. – És ha itt mozog akkor elmozdul a kötés és felszakad újra a seb. Péter láthatóan most szembesült a gyengeségével és erőtlenségével. És a kiszolgáltatottsága nem eshetett neki jól. Hora azt is észre vette, hogy apró cseppek jelentek meg a homlokán. Lázas lehet.

- Az én dolgom az életmentés, nem fordítva – próbált szellemeskedni a férfi és ezt Hora is értékelte.

- Még így is ön vezet, csak egyet kapott vissza – mosolyodott el a lány megenyhülve. Hol marad már a segítség? – fordult hátra és megkönnyebbülten vette észre a közeledő lovasokat. Ezek szerint Bátor jó munkát végzett. – Már jönnek is – szólt oda a férfinak. Péter azonban megint nem úgy tűnt, mintha jó állapotban lenne. Hangosan kocogtak össze a fogai. Csak sebláz lehet, mégpedig igen gyors. Mihamarabb szükség lesz az orvosra! Horát aggodalom fogta el, alig győzte kivárni, hogy a segítség oda érjen és a sebesültet minél előbb orvos lássa.

•

Hora fáradtan törölte meg az arcát és megtörten ült le az ágya szélére. Nehéz nap állt mögötte, de legalább nyugodtan dőlhet le pihenni. Persze volt nagy kavarodás, miután visszatértek a palotába. Amália egyből elájult, a személyzet siránkozott, a nagyanyja sipákolt és mindenki pánikolt, amikor meghallották, hogy mi történt. Hora csodálkozva nézte a kavarodást és csak az adott neki nyugalmat, hogy az orvos nem csatlakozott a társasághoz. Azonnal a meleg szobába vitte a férfit, majd órákra eltűnt. Csak forró vizet, sok tiszta törölközőt, ecetet és takarót kért. Csak akkor jött ki a szobából, amikor már megnyugtató hírekkel szolgáltatott. A golyó nem ért csontot, az összes szilánkot eltávolította, és a sebet teljesen kitisztította. Persze a láz most természetes, a gyógyulás része lesz, de pár nap és a férfi teljesen rendbe jog jönni. Hora elmosolyodott, amikor felidézte az orvos dicsérő szavait, hogy a sebet tökéletesen látta el. A földön heverő ruhájára pillantott: kellett neki arra gondolni, hogy pirosat és bordót kéne viseljen. Most megkapta! Felállt, majd a ruhákhoz lépett és lehajolt. Kezét óvatosan végigfuttatta a foltokon. Péter vére. Vajon mindig ez fog majd eszébe jutni, amikor a piros színre gondol majd? Vagy inkább arra, hogy sikeresen megmentette az életét?

Finom kopogásra lett figyelmes. Ez csak Amália lehet.

- Igen, szabad – mondta hangosan. Az ajtó már fel is tárult és a bárókisasszony érkezett a szobába, két szobalánnyal.

- Hercegnő, meg sem várta a segítséget és egyedül öltözött át! – dorgálta meg finoman a lányt. Bár még csak pár hete ismerte a hercegnőt, de azt már jól tudta, hogy szeret mindent egyedül, magának megcsinálni. Beleértve a mosakodást és az öltözést. Hora csak nézte, hogy már intézkedik is és kiviteti a ruhákat, rendet rakat és felhozatja a vacsoráját. Pont erre van szüksége!

- Nagyon köszönöm, hogy itt van nekem – mosolyodott el és fáradtan rogyott le a székre és a csésze után nyúlt. Nem is vette észre a nagy felfordulásban, hogy mennyire megéhezett és megszomjazott. Amália leült vele szemben és megvárta, amíg mindenki távozik, mielőtt beszélni kezdett volna.

- Írtam édesanyámnak, hogy mi történt, kértem, hogy a sürgöny korán reggel érkezzen csak meg, semmiképpen sem éjszaka! Ha jól számolok, akkor anyám már tízre akár itt is lehet. Nála jobb ápolója nem lehet Péternek.

- Köszönöm, ezt nagyon jól tette. Kérem gondoskodjon, hogy egész éjszaka legyen mellette valaki, aki vigyáz rá. Az orvos szerint figyelni kell arra, hogy ne szaladjon fel túlságosan a láza, az akár végzetes is lehet.

- Természetesen. A következő két órát én vállaltam, utána pedig felváltva figyelnek rá. Mindenről gondoskodunk, kérem ne aggódjon – mosolyodott el bíztatóan, majd elkomorult. Kicsit közelebb hajolt a lányhoz, majd halkan megkérdezte: – Tényleg szándékos lehetett? Nem csak valami eltévedt vadász? – nézett aggodalmasan a lányra.

- Még az is megeshet, bár akkor nagyon eltévedhetett – merengett el a lány. Nem is tudja, hogy mit gondoljon. A legfurcsább az, hogy nem érezte magát veszélyben és Bátor sem jelzett. Hora halványan érzékelte, hogy Amália tipródik, nem meri feltenni a kérdést. Aztán csak rákérdezett:

- Ki akarná megölni Önt?

- Vagy Ziethof bárót, a palota testőrségének parancsnokát? – kérdezett vissza Hora, úgy megvilágítást adva a kérdésnek. Bár tudta, hogy Amália mindebből nem ért semmit, ő viszont továbbra is úgy gondolta, hogy a célpont nem ő volt.

•

Hora úgy érezte, hogy két nap elteltével már benézhet a férfihoz személyesen is. Eddig csak érdeklődött felőle, bár annyira sokszor nem is kellett. Mind Amália, mind a édesanyja is bőséges információval látta el a rohamosan javuló állapotáról. Azonban már szeretett volna minderről személyesen is meggyőződni. A legjobb, ha bemegy hozzá egy pár percre és érdeklődik közvetlenül a férfitől. Meg talán el is mondja, hogy miről mit gondol. Már ha lesz rá lehetősége, hogy pár szót kettesben váltson vele. Mert jelenleg csak egy eltévedt vadász verzió a magyarázat a történtekre, ami persze mindenki számára megnyugtató volt – már amennyire megnyugtató lehet egy lövöldöző a kastély közelében.

De mindegy is, Gizella is minden bizonnyal ott lesz az ágyánál, talán örülne egy kis társaságnak. Ő meg megtartja magának, hogy mit gondol az esetről.

Óvatosan kopogtatott az ajtón, nehogy ha esetleg alszik a férfi, akkor felébressze. Mivel válasz nem érkezett, így még egyszer kopogott, egy kicsit határozottabban. A halk szabadra kinyitotta az ajtót.

- A forró vizet kérem hozza ide nekem hátra – hallotta meg a férfi hangját a szoba hátsó feléből, majd arra fordult. Azonban a látványra nem volt felkészülve. Péter láthatóan nem rá számított, hanem a tisztálkodását segítő inasára, mert egy szál nadrágban, csupasz felsőtesttel állt a lánynak háttal. Hora mintha teljesen lebénult volna és se mozdulni, se szólni nem tudott, csak bámulta a férfi izmos testét. Ilyen közelről még nem látott meztelen férfi testet. Péter a csöndre megfordult, majd tekintete szembe találkozott a lányéval. Horának még a lélegzete is elállt és a zavartság legkisebb jelét sem mutatva bámulta Pétert. A férfi volt az, aki előbb reagált és egy ingét nyúlt, amit gyorsan magára kapott. Erre már a hercegnő is érzékelte, hogy meglehetősen illetlenül viselkedett és elfordult. A látottak most juthattak el a tudatáig, mert érezte, hogy lángba borul az arca. Te jó ég, ennyire kendőzetlenül és teljesen nyilvánvalóan bámulta volna a férfit? – tette fel magának a kérdést. A legjobb, ha most azonnal kirohan, igen, ez az egyetlen lehetősége, hogy helyre tegye a női szemérmességét! – döntötte el, lábai azonban nem engedelmeskedtek, torkán egy szó nem tudott távozni. A látottak heves szívdobogást eredményeztek nála, lába meggyengült és úgy érezte, hogy menten elvágódik. Meg kellett kapaszkodnia egy székben, hogy megtartsa magát.

- Kérem bocsássa meg, hogy ilyen illetlenül fogadtam – mondta a férfi.

- Én... én visszajövök – nyögte ki nagy nehezen és azon gondolkozott, hogy fogja tudni mindezt kivitelezni, mert a lába továbbra is túl gyengének bizonyult. Megköszörülte a torkát. – Látom már sokkal jobban van. Szóljon, ha valamire szüksége lenne – rakott össze egy értelmes mondatot, majd összeszedte minden erejét és két lépést tett az ajtó felé.

- Maradjon – hallotta meg a férfi kétségbeesett hangját és megfordult erre. Péter addigra már pár határozott lépéssel a közelébe is ért.

- Hercegnőm, szeretném megköszönni, hogy megmentette az életemet. Ha ön nem lát el, ha nem köti el a sebemet, akkor elvéreztem volna. Hálásan köszönöm – hajolt meg előtte.

- Nincs mit – felelte szűkszavúan. És már megköszönte – tette még hozzá. Péter láthatóan nem értette, hogy mire céloz, mert kérdően felszaladt a szemöldöke. – Még kint a mezőn, amikor magához tért – tette még hozzá.

- Arra nem emlékszem – felelte őszintén és láthatóan zavarba is jött.

- Akkor arra sem emlékszik, amiket mondott, amit beszéltünk? – kérdezte a lány. A férfi láthatóan mélyen elgondolkodott, majd ismét megcsóválta a fejét.

- Nem emlékszem, hogy mi történt. Elmondaná, kérem? – mutatott a szék felé, jelezve, hogy üljön le. Horának nem kellett kétszer mondania mindezt. Már a szíve már nem zakatolt annyira, a lábaiba is visszatért az élet, azért jól esett neki, hogy leülhetett.

- Nos volt egy lövés, akkor még nem is gondoltam, hogy az az, csak a másodiknál. Megfordultam, hogy mi az és megláttam önt a földön. Meglőtték és leesett a lóról. Vagy negyed óráig eszméletlen is volt! Igyekeztem elkötni a karját, bekötözni a sebet, elállítani a vérzést és hazaküldtem a kutyát, hogy hozzon segítséget. Magánál volt egy kicsit, de aztán megint elájult, erős sebláza volt – foglalta össze az eseményeket. Péter láthatóan emészteni próbálta az elhangzottakat és mélyen elgondolkodott. – Amíg magánál volt megszidott, hogy miért maradtan ott és hogyhogy nem féltem – tette még hozzá.

- Nem félt? – kérdezett vissza a férfi.

- Nem. Őszintén eszembe sem jutott. Csak az, hogy ön megsérült és el kell látnom. Hogy nem történhet meg az, ami már egyszer megtörtént és hogy megint meghalljon valaki a karomban.

- Megint veszélyben van – mondta a férfi és a hercegnő meglátta a félelmet és az aggodalmat a férfi arcán.

- Én? – kérdezett vissza kétkedve.

- Gondolja csak egy eltévedt vadász volt?

- Nos ha valóban egy vadász keveredett erre, akkor az első lövés akár véletlen is lehetett. De a második már semmiképpen sem, annak tudatosnak kellett lennie. És melyik vadász lő egy kalapos vadra kétszer is? Mert ha ennyire rosszul látott messzire, hogy nem tudta megkülönböztetni a vadat a lovastól, akkor hogy találhatta is el? Ekkora véletlen nincsen! – mutatott rá új részletekre. – És továbbra is az a meggyőződésem, hogy a célpont nem én voltam, hanem ön, báró úr. A nagy kérdés már csak az, hogy miért? Amíg ez nem derül ki, addig a személy sem lesz meg. De vajon ki akar ártani önnek, kinek lenne jó a halála? Kinek okozott gondot az, hogy előléptették? – vezette tovább a fonalat. Örült, hogy végre elmondhatja mindazt, amit gondolt, őszintén, kendőzetlenül. A legfőbb illetékesnek. Mert ezeket a gondolatokat nem merte megosztani másokkal, csak félelmet keltett volna a bárónéban vagy a lányában. – Tudja ezeket nem mondtam másnak, mert önre tartozik a nyomozás, gondolom. Meg arról, hogy ő valóban Ziethof bárónő édes gyermeke és nemcsak a gyámfia, arról senki nem tud és nem is kell, mert igazán nem is változtat a helyzetén. Így valóban marad az, hogy az előléptetése lehet az indíték. Errefelé kell nyomozni. – Ki következett a rangsorban, ha nem ön lett volna kinevezve? – kérdezte meg végül. Csak remélni tudta, hogy mindez, amit az előbb elmondott az értelmes volt és a férfi megértette az üzenetét. Mindenesetre mélyen erre elgondolkodott, majd csóválni kezdte a fejét.

- Értem, hogy mire gondol. De ha jól tudom, akkor hárman is kérték, hadd vonulhassanak vissza, és ez nem volt előre kiszámítható.

- Attól még zavarhat valakit vagy valakiket, hogy mégis ön lett kinevezve! Ilyen fiatalon, ennyire hamar – erősködött Hora. Ismerte annyira az emberi természetet, hogy feltételezze az irigységet.

- Átgondolom – jegyezte meg komoran a férfi és Horának annyi elegendő volt. Nem az ő dolga kitalálni, hogy ki lehetett, nem ismeri úgy a személyzetet, de irányt adhat.

- Rendben, akkor már nem is zavarok – indult az ajtó felé, bár most már szinte menekült. Amíg beszélt, addig legalább elterelődtek a gondolatai, de most ismét zavarban érezte magát. Rohanva húzta be maga mögött az ajtót, majd teljesen kimerülten nekidőlt. Mi a fene történt ott bent vele? – próbált magyarázatot találni teljesen érthetetlen viselkedésére. De amint felidézte a férfi izmos testének látványát, a reakciója most is ugyan az volt. Megint azt érezte, mint korábban: a szíve kalapálni kezdett, az ajka kiszáradt és most már a feje is szédült. Elég! Hagyd abba! Szólt magára keményen, majd szinte dühösen rohant fel a lépcsőn egészen a szobájáig. Beviharzott és egyből a mosdó táljához ment. Hideg vízre volt szüksége, mégpedig sokra, hogy alaposan lemossa az arcát. Vissza kell nyernie az önuralmát. Ez még egyszer nem fordulhat elő vele! Két hét és férjhez megy! El kell kerülje a férfit minden áron!

•

- Bárónő, hogy tudnánk meggyőzni arról, hogy felesleges már haza mennie, alig 10 nap van az esküvőig és nagyon nagy szükség lenne itt önre! Amália alig győzi egyedül a teendőket és ha jól hallottuk, akkor csak egyedül lenne otthon, hiszen Hetti néni hazament ápolni az unokahúgát – győzködte Hora a makacskodó bárónét. Valóban úgy érezte mindenki, hogy a jelenlétére szükség van, már csak azért is, mert kint az elmúlt napokban folyamatosan esett az eső, így teljesen beszorultak a palota falai közé.

- Igen, kérem, édesanyám, majd hazaküldetünk a csomagjaiért, de ön maradjon itt velünk – szállt be az unszolásba a lánya is és a legkönyörgőbb pillantását öltötte fel. Annyi feladat van és nem mindig tudok dönteni, szükség lenne az ön bölcsességére! Az idő pedig sürget!

- Milyen teendők is lennének? – enyhült meg a báróné. Hora biztos volt benne, hogy már magában eldöntötte, hogy marad, csak egy hagyta, hadd tűnjön úgy, hogy megkérik őt. Hora látta rajta, hogy továbbra is aggódik a fia egészségéért. Amáliától úgy értesült, hogy a férfi türelmetlen, hogy nem gyógyul olyan tempóban, mint szeretné és nem hagyják, hogy használja a bal kezét. Így valamennyi nyugtató anyai szóra szükség van ahhoz, hogy a férfi ne erőltesse a lábadozást. Szinte hálás volt azért, hogy egész nap esik, így természetes, hogy nem megy ki lovagolni. Eleget imádkozott, hogy találjon valami megfelelő kifogást – de így nincs is szükség rá. Kérdés, hogy ezt követően mi lesz, mivel magyarázza majd azt, hogy nem megy ki, vagy nem a férfival akar kimenni. Korábban el sem tudta képzelni, hogy nem Péter kíséri el a lovaglásaiban, most viszont azt nem tudta elképzelni, hogy ő fogja. De majd kitalál valamit akkor, most nem tud ezzel foglalkozni.

- Hercegnő, önnek mi a véleménye? – hallotta meg Hora a kérdést és fogalma sem volt róla, hogy mit feleljen, hiszen nem figyelt az elmúlt percekben. Elkalandozott, már megint.

- Bárónő, ön erről mit gondol? – dobta ügyesen tovább Amália kérdését és megnyugodott, hogy senki nem vett észre semmit. Viszont erre nagyon kéne figyelnie, nem fordulhat elő, hogy ennyire ne legyen jelen. Csak most még nagyapja egészsége is miatt is aggódik, reggel úgy látta, hogy nehezen vette a levegőt és csúnyán köhögött.

- Nos, szerintem nem kéne megbüntetni a férfit, hiszen ismeretlen helyen volt – hallotta meg a bárónő válaszát. És szerencsére tragédia sem történt. Ahhoz viszont ragaszkodom, hogy személyesen kérjen bocsánatot a fiamtól! – jelentette ki határozottan.

- Egyetértek – felelte Hora, majd felállt. – Elnézést, de meglátogatnám nagyapát – mentette ki magát, majd gyorsan távozott. Különben sem volt ínyére a téma: nem tudta elhinni, hogy valóban csak annyi történt, hogy Lipót nagybátyjával érkező kíséret egyik tagja vadászott rossz helyen és ő lőtt Péterre. Valahogy nem stimmelt neki a történet továbbra sem. Nem szerette, amikor nem volt igaza, de most nagyon örülne neki! A legfontosabb azonban most nagyapja egészsége.

●

- Jöjjön gyermekem, dehogy zavar. A jelenléte mindig gyógyír a számomra! – válaszolta a király, majd intett a lánynak, hogy üljön le az ágya szélére. – Hogy van a napsugaram, gondolom már izgul az esküvő miatt, ugye? – nézett rá a lányra.

- Most inkább ön miatt izgulok, nagyapa – felelte őszintén a lány, mire a király meghatódott.

- Nos lányom, drága gyermekem, sajnos el kell fogadjuk a dolgokat: nem élhetünk örökké. A testünket a jó Isten csak egy időre teszi alkalmassá az itteni létre, és mikor már túl öregek és gyengék leszünk, mi is elfogadjuk mindezt. A halál ilyenkor már megváltás, gyógyír. El kell fogadjuk, a fiataloknak, akik itt maradnak azoknak is meg kell érteniük. De soha ne feledje, hogy csak testben nem leszünk itt tovább, a gondolataink, az emlékünk itt marad. Bennük élünk tovább és a családjukban. Nem szabad szomorkodni!

- Tudom nagyapa. De ha Ella elvesztése ennyire fájt, akkor nagyapa... nagyapa – nem tudta befejezni a mondatot, legörbült le a szája.

- Na, na gyermekem, ne búslakodjunk, még itt vagyok! – mosolygott el. Ön nagyon erős lány! Hallottam, hogy milyen lélekjelenléte volt a minap! Nagyon büszke vagyok önre! Tudja, hogy szinte mindenki elrohant volna, de ön ott maradt és segített. Igazi Württemberg, uralkodó vér csörög az ereiben!

- Köszönöm nagyapa – mosolyodott el Hora.

- Tudnia kell, hogy ezen tette is alátámasztja azon elképzelésemet, hogy a trónon önnek kéne követnie! – árulta el régóta dédelgetett tervét.

- Hogy egy nő üljön a trónra?! – pattant fel a hercegnő döbbenten. – De hát az nem lehetséges, ilyen még nem volt ebben az országban!

- A törvények szerint már lehet, igen, megváltoztattam – intette le a lányt. Hora döbbenten rogyott vissza az ágyra, sok volt ez neki így egyszerre.

- Úgy gondolja, hogy a nők nem képesek országokat, birodalmakat irányítani? – érdeklődött a király. Nagyon kíváncsi volt, mi a lány véleménye erről. Hora átgondolta, hogy mit mondjon.

- Úgy gondolom, hogy több olyan kemény döntést kell meghozni, amit a férfiak előbb képesek megtenni – felelt igen diplomatikusan. Azonban minden megtanulható – tette hozzá. A nők más szemszögből, óvatosabban, talán finomabb diplomáciával közelítenek meg kérdéseket – egészítette ki.

- Pontosan, így van! Örülök, hogy így látja! Az is biztos, hogy nem rohannak örült fejjel bele egy háborúba például – tette hozzá. Sajnálom, hogy nem tudtunk eljutni a parlamentbe az elmúlt hónapokban, jó lett volna, ha megint látják önt. Hogy szokták a jelenlétét. Észrevette, hogy a lány erre felkapja a fejét, így gyorsan terelni is kezdett. Az uralkodónak sok időt kell töltenie a nép között és ebben én az utóbbi években nem jeleskedtem, mondhatni elhanyagoltam ezen kötelezettségemet. De ígérje meg, hogy ön nem ezt teszi majd. Önből kislányom szerintem kiváló uralkodó lenne! És ne hagyja, hogy azzal támadják, hogy ön csak egy nő. Ott van például Mária Terézia, vagy Erzsébet királynő, mekkora, milyen bölcs uralkodó voltak! Vagy a most regnáló Viktória királynő, remek asszonyok! – kapta el a hév.

- Vagy Kleopátra! – lelkesedett fel Hora is.

- Igen, ő is! – örült, hogy sikerült feltüzelnie a lányt, pontosan ez volt a célja. Legalább elgondolkodik rajta. Mert ő már biztos volt a döntésében és szerette volna, ha a lány is felkészül minderre. Hogy az ország történetében ő lesz az első női uralkodó! Általa megy tovább az uralkodói ház, viszi a vérvonalat. Az ő lánya!

- De nagyapa, én még messze állnék ettől, nagyon fiatal vagyok és még rengeteget kell tanuljak – ellenkezett a lány.

- De sokat okosodott az elmúlt időszakban. Már tíz hónapja él a palotában, jó fél éve a politikai ügyekkel is tisztában van. Károly mindezekről semmit nem tud, Lipót pedig mindig is idegen lesz az emberek szemében. Ezt ne felejtse el! És még itt vagyok, tudom tanítani. És nagyanyád is!

- És még maradjanak is sokáig! – bújt hozzá a királyhoz.

- Jaj majd elfelejtettem mondani – kapott elő egy levelet a király. Ezt a nagybátyád küldte – húzott elő egy lezárt borítékot a fiókból. Nyugodtan vigye el és olvassa végig, ezt csak önnek küldte. Menjen, én most pihenek egy kicsit – küldte ki finoman a lányt. Hora izgatottan szorongatta a levelet. Meglepődött, hogy a nagybátyja írt neki, mikor ezt korábban soha nem tette meg. Jó pihenést kívánt, majd nyugodt léptekkel indult az ajtó felé. Maga sem értette miért, de úgy döntött, hogy a levelet az ruha ujjába csúsztatja. Jobb, ha nem lobogtatja a visszaúton. Sietős léptekkel haladt a saját birodalma felé, hogy tanulmányozhassa, azonban a folyosón Amáliába botlott. Mintha a lány várta is volna, hogy visszafele jöjjön a királytól. Egyből berántotta a szobába, hogy fontos kérdéseket egyeztessenek a lakosztályok elosztását illetően. Most, hogy úgy néz ki, hogy az édesanyja is itt tölt kicsit hosszabb időt, jogosan merült fel benne a kérdés, hogy egy kicsit nagyobb szobát kaphasson. Hora természetesen egyet értett a felvetéssel és próbált a tőle telhető legnagyobb türelemmel végighallgatni a további terveket. De a figyelme megint el–el kalandozott és az előbbi beszélgetésen járt az agya. Mi lenne, ha tényleg ő lenne az ország első királynője...

•

Hora kicsit csalódottan ejtette a levelet az ölébe. Nem is tudta megmondani, hogy mit is várt el, de valahogy ennél többet. Nem csak egy pár soros üdvözletet. Nagybátyja nem árult el semmit magáról, hogy hol van, hogy él, mit érez. Pedig Hora annyira szívesen hallott volna róla! Most így belegondolva a nagyszülein kívül ő az egyetlen rokona és nem is ismeri, nem tud róla semmit. És most, hogy küldött egy levelet csak neki akkor ezek szerint érdeklődik utána. Akkor meg miért nem ad többet? Miért nem elégíti ki ezen kíváncsiságait? Miért csak egy pár soros üdvözletet ír? Ezek szerint nem is vár választ? Hora a levelet a kis asztalkára tette, majd felállt és ment egy kört a szobában. Ennyire nem lehet telhetetlen! Különben is ha most jól belegondol, akkor igenis fontos dolgokat közölt vele – lépett oda az asztalhoz és emelte fel megint a levelet. A legjobb, ha még egyszer alaposan elolvassa, mert elsőre csak úgy habzsolta a mondatokat, futott előre a szövegben, kereste az értelmet. Átsiklott a lényegen! Pedig a nagybátyja sok időt tölthetett a levél megírásával, erről tanúskodik a szép egyenletes íráskép. Átgondolta, hogy mit írt, egy kicsit sem kapkodhatott.

Ismét elkezdte olvasni, ezúttal szépen lassan, mondatonként megállva, értelmezve a szöveget. Az utolsó mondatnak azonban többször is nekifutott.

„Viseld magadon az ország sorsát, de csak addig, amíg a nép is magán viseli a te sorsodat."

Vajon mit akart ezzel üzenni? – töprengett el. A nagyanyja mindig azt mondja, hogy az uralkodók a népért vannak, mindent fel kell adniuk, hogy az ország boldog legyen. De vajon ez a teljes igazság? Lehet–e boldog az ország, ha az uralkodója nem az? – merengett el.

A nagyapja boldognak tűnik... azért ezt megkérdezi majd tőle legközelebb. És meg is mutatja neki majd a levelet – döntötte el, majd gondosan összehajtotta a papírt és eltette a leveles ládájába.

•

- Báróné kérem, szabad egy kicsit? – hívta félre a királyné az asszonyt. Mióta megérkezett ápolni a parancsnokot, azóta kereste az alkalmat, hogy egy kicsit elbeszélgessen vele. Meg akart kérdezni pár dolgot tőle. Persze sejtette, hogy nem lesz könnyű beszélgetés, az érzelmi oldalát tekintve. Bár látta, hogy a báróné kedves, szeretett és tisztelt hölgy, de csak nem tudta túltenni magát azon, hogy őt vette el Pál feleségül. Bár pont emiatt kéne elismernie, hiszen remekül választott, mondhatni bárki más miatt a férfire haragudott volna.

- Királyné, parancsoljon – hajolt meg udvariasan és készségesen követte a kis szalonba, majd helyet foglalt vele szemben. Türelmesen várta, hogy a királyné feltegye a kérdéseket.

- Nos, szerintem sejti, hogy miről szerettem volna önnel beszélgetni egy kicsit – kezdte messziről a beszélgetést, majd úgy döntött, inkább egyből rákérdez a dolgokra. Látta a bárónén az elmúlt napok megpróbáltatásait és arra gondolt, hogy a fáradtsága talán az őszinteségét emeli. – Mindannyian aggódtunk a fiáért, kérem számoljon be az állapotáról. Az orvosok mindig olyan ködösen beszélnek, nehéz kivenni belőle a lényeget – terelte a szót.

- Megtisztelnek – hajolt meg kissé a királyné felé. – Köszönettel már sokkal jobban van. Sajnos még a bal kezét nem használhatja teljes mértékben, de két–három hét múlva az is rendbe jön. Egyenlőre nem lovagolhat, de a parancsnoki teendőket már a jövő héten ismét el tudja látni – kapott részletes információkat. Paulina érzékelte, hogy a báróné beszédes kedvében van és ezt mindenképpen ki kell használja. Eddig mindig olyan visszafogott és csöndes volt, de most talán akkor több mindent megtudhat – döntötte el.

- Ezek igazán remek hírek, nagyszerű! A lovagláshoz pedig az idő sem olyan kedvező. Nem is baj, ha az unokám most nem tud kimenni, de ha majd mégis erre adná a fejét, akkor találunk új kísérőt a báró úr helyett – nyomta meg kissé a báró szót. Gizella azonban átsiklott felette és máris más megoldást javasolt:

- Úgy sem lenne túl jó, ha két héttel az esküvő előtt még lovagolna. Jobb is lenne, ha leszokna erről a kedvteléséről, nem túl praktikus tevékenység egy fiatalasszonynak – gondolom ebben egyet ért velem. Majd javasoljuk, hogy együtt kocsikázzunk, az sokkal kellemesebb és így társaságban is lehet – érvelt. Paulina lelkesen bólogatott, bár tudta jól, a lány miért lovagol. Pont a társaságot kerüli, szeret egyedül lenni. De remélhetően ez megváltozik majd, ha férjhez megy. Nem tehet azt, amit tehet. A báróné teljesen jól mondta, a lovaglás veszélyes is, pláne ha az utódokra gondolunk. Így jó lenne, ha pár évig ezt ki is hagyná, amíg nem biztosított a két–három utód. Aztán már ismét azt tehet, amit szeretne, hiszen teljesítette a kötelességét – kalandozott el az időben igen messzire.

- Báróné kérem, ne vegye tolakodásnak, de megkérdezhetem, hogy a parancsnok az ön édes gyermeke? – tette fel váratlanul a kérdést. Látva a nő aggodalmát, egyedül erre a megoldásra tudott gondolni, hogy miért kapta meg Páltól a bárói nevet. Meg akart bizonyosodni afelől, hogy a rossz pletykák nem igazak és Péter nem a férfi törvénytelen gyermeke. Azt nehezen tudná megemészteni. Gizella egy árnyalatot elbizonytalanodott, majd mesélni kezdett.

- Igen, felség. Péter az első házasságomból származik – kezdett mesélésbe a báróné. Paulina komor arccal, figyelmesen hallgatta a házassága rövid történetét, együtt érezve az asszonnyal. Nem gondolta volna, hogy mindez ennyire felkavarja. Szinte erőltetnie kellett magát, hogy teljesen figyelni tudjon minden szóra. – A báró ötlete volt, hogy a gyámsága alá vegye, így megkapja az őt megillető rangot. Ha már sem a házasságomról, sem az ő születéséről nincsenek feljegyzések – adott magyarázatot.

- És eddig miért nem viselte a nevét? Miért csak most? – tette fel az utolsó kérdést, amit szeretett volna. Beszélgető partnere a kérdésre láthatóan elsápadt, majd elpirult.

- Pál kérése volt, hogy ne mondjuk el neki az igazságot. Én nem értettem egyet, de megkért és tartottam a szavam. Amikor azonban legutóbb otthon járt, a nevelőanyja, akit eddig szülő anyjának hitt, elmondta az igazságot neki. Így nekem is ki kellett egészítenem. – nagy levegőt vett, majd mosolyogva folytatta. – Péter pont olyan makacs, mint a báró, volt kitől tanulnia. Majd egy kis szünet után még hozzátette: – Egyébként szerintem most érett meg rá, hogy viselje a nevét. – Paulina látta, hogy ezek után kicsit ábrándos lett a tekintete, de nem tulajdonított neki nagy jelentőséget. A sok információ azonban bőségesen kielégítette kíváncsiságát, többre most nem is volt szüksége. A legfontosabbat így is megtudta: Pál nem vigasztalódott más nővel és nincsen törvénytelen gyermeke.

•

Amália komoly érdeklődéssel forgolódott az öltöző szobában és egymás után fordította ki a darabokat. Bár nem volt annyira sok ruha, mint azt remélte, de a darabok minősége magukért beszéltek. Hora édesanyjának valóban remek ízlése volt. Itt van ez a csodás darab, ez tetszett eddig a legjobban neki, ez is komoly ízlésről tett tanúbizonyságot: nem kell ide extra selyem vagy drágakő, maga a ravasz kis kiegészítők, egy kis csipke itt, egy szalag ott és máris káprázatos darabok lesznek. Nem beszélve a színválasztásról. Minden bizonnyal a bordó volt a kedvenc színe, ez több darabon is visszaköszön. Biztosan csodásan ment a hajához. Hora említette, hogy meseszép volt a haja, hosszú, fényes. A róla készült portré nem tudta visszaadni a csillogását. Azt is hallotta, hogy az udvarban ő vezette be a paróka mentességet. Remek ötlet volt, még ha csak a hiúsága hajtotta is rá. Azok a vacak, poros és fehér pamacsok, ha még viselni kéne, úgy ő sem tudná ragyogtatni a szép szőke fürtjeit. Még szerencse, hogy ez így alakult, anyja még mesélt azokról a vacakokról. De a ruháknál tartott. Legalább tudja, Anna honnan örökölte a kiegészítők utáni érdeklődését, valóban gyönyörű övszalagjai vannak – szemlélte meg a nagy dobozt az apró virágokkal. Mesteriek – tapogatta meg őket. Vajon Hora ad neki is belőle? Itt van például ez a rózsaszín, nem az ő színvilága, talán ezt nekiadja. Vagy megkérdezhetné. Egy próbát megérne.

- Újabb reggeli séta? – hallotta meg váratlanul Hora hangját a háta mögött. Válasszon nyugodtan a virágokból még többet, a rózsaszínt önnek kérettem, én annyira nem szeretem. De szerintem ez a sárga is jól állna az övén – kapott fel egy másik darabot.

- Annyira jó hozzám – ölelte meg a lányt, megköszönve a figyelmességét.

- Legalább van még valaki, aki ezeket értékeli. Kár lenne értük, csak itt porosodnak, pedig jobb sorsra érdemesek. Alig voltak hordva. Szerintem anyám is örülne neki, ha az öné lenne. Kedvelte volna, bár az is lehet, hogy pont irigykedett volna a szépségére, hogy önt csodálják és nem őt. De ezek akkor is mostantól más ruhatárba kerülnek.

- Nem szerette? – ölelte át megint a lányt, de Hora most nem szomorkodott el. Már nem hagyta, hogy anyja irányába érzett gyűlölete rátelepedjen az életére.

- Élete csalódása voltam. Kövér, szeplős, esetlen.

- Szerintem tetszene neki, ha most látná. Hora, ön okos és kedves. Megnéztem a portréját és a tekintetében egy csepp melegséget sem láttam. Még mama is azt mondta, hogy rideg szépség.

- Rideg, ravasz szépség – tette hozzá Hora. De kemény élete volt, a 10 testvéréből hárman élték csak még a felnőttkort. Nagyapa mesélte, hogy az anyja nem figyelt rájuk és nem szoptatta egyetlen gyermekét sem, így korán meghaltak. Szörnyű lehetett neki, a legidősebbnek mindezt végignéznie. Lehet rá rosszat mondani, de a saját gyerekeit rendesen táplálta és nagyon ügyelt az egészségünkre. Ezt mindenképpen el kell ismerni. Ezért sokkal tartozom neki, még ha keményen is fogott minket néha. De hagyott minket fogócskázni, élni, gyereknek lenni. Az oktatás nem volt elsődleges szempont, sokkal inkább az, hogy erősek és egészségesek legyünk. A két öcsém vasgyúró volt és én is eléggé kövérkés – mosolyodott el, amint felidézte a két öccsét. Tudja, hogy mennyit reggeliztek... Persze jó hájasak voltak, de erősek is. Okosaknak nem voltak nevezhetőek, de jó lelkűek és vidámak voltak, pont mint az apám. Nem is emlékszem, hogy betegek lettünk volna... futott vissza az időbe, aztán észrevette, hogy talán túl sokat beszélt és zavartan lezárta a kérdést. – De mindez már a múlt, anya a ruhákon keresztül velünk marad – mondta gyorsan és hátat fordítva kijött a gardróbból. Amália pedig szívesen hallgatta volna tovább, de most úgy érezte, hogy nem erőlteti, nem tesz fel több kérdést. Majd legközelebb. Most pedig máris szalad a tükör elé és megnézegeti az új szerzeményeit, szalagjait. Az egyiket biztosan máris magán fogja tartani, talán a sárgát. Az illik a legjobban a mai ruhájához.

•

- Mi van veled kiskutyám? – hajolt le Hora a láthatóan bánatos állat mellé. Bátor szokásától eltérően meglehetősen bánatosan és szótlanul töltötte a délelőttöt. A lány komolyan aggódott érte. Óvatosan megemelte az állat fejét és a fülét tapogatta. Lázasnak tűnt. Bágyadtan hagyta, hogy megtapogassák, majd nyüszítve húzta el a bal mellső mancsát. Szóval a gond ott lehet. Hora óvatosan közelítette meg megint és picit megtapogatta. Érezte, hogy puha a tappancsa. Felemelte és megpróbálta megnézni. – Tüske! – jött a felismerés. Ki kell szedni, mert begyulladt és elfertőződhet. De valakinek segítenie kell, egyedül nem fogja tudni kiszedni. Minél előbb kéne segítség.

- Amália! – indult a szomszéd szoba felé, bekopogott, majd miután teljes volt a csönd, benyitott. A szoba sötét volt és üres. Aztán eszébe jutott, hogy a lány az édesanyjával együtt gyónni mentek és csak később, vacsorára érkeznek vissza. De valószínű nem is tudnának segíteni, mindketten félnek a hatalmas állattól. Pedig most erő kell, mert finoman, de határozottan le kell fogni az állatot, hogy segíteni tudjanak. Lehet, hogy inkább a doktor úrnak kéne szólnia... – futott át az agyán, de ezt is el kellett vetnie. Bátor nem sok mindenkit viselt el a környezetében. Mondhatni csak neki fogadott szót – és Péternek. Igen, nincs más lehetőség, meg kell kérnie a férfit, hogy segítsen neki. Bár eldöntötte, hogy elkerüli, ha csak lehet, de most muszáj. Egy hétig mindez remekül sikerült is, hiszen az idő is elég esős volt, meg az orvostól is hallotta, hogy a férfi most egy ideig nem ülhet lóra. Így nem is okozott gondot, hogy nem ment ki lovagolni, nem kellett túlzottan magyarázkodnia. De most az ő kutyája a legfontosabb. Össze tudja szedni magát, képes lesz rá! Elvégre felnőtt, érett nő! Felszegte a fejét, majd jelzett az ajtóban állónak, hogy kéreti a férfit. Szintén kéretett egy kis kamilla teát és csipesz után kutatott. Mindent elő szeretett volna készíteni, mire a férfi odaér. Péter pár perc után meg is jelent a szobában.

- Hercegnőm – hajolt meg a szokásos módon a lány előtt, majd kérdőn nézett rá. Hora azonban túlságosan aggódott az állat miatt és egyből felé mutatott.

- Senki más nem tudna segíteni nekem lefogni az állatot – hajolt le hozzá, majd óvatosan felemelte a mancsát. – Ha jól látom egy tüske ment bele és ki kéne szedni. Megtartja a mancsát vagy inkább szedi a tüskét? – tért rá egyből a feladatra. Péter is lehajolt az állat mellé és megsimogatta a fejét. A kutya láthatóan tele bizalommal méregette őket.

- Szedem a tüskét, önnek remeg a keze – jegyezte meg szárazon. Látom hozatott kamilla teát, fertőtlenítésre. Jutalomfalatot is kéretett? – nézett körül az asztalon, majd meglátta az odakészített húsdarabokat. Esetleg kezdjük egy kis alapozással – nyúlt az egyik tányér után és az állat elé tette. Bátor készségesen nyalta le az ott található csemegét, majd a vizes tálja felé fordult. – Szomjas lehet – jegyezte meg. Amíg az állat ivott, a mancsát ügyesen benedvesítette egy kis teával. Elő kell készítenie a terepet. Hora minden mozdulatát figyelte.

- Szóljon, mit tegyek – mondta várakozóan és leült a földre ő is.

- Rendben. Látom előkészített egy csipeszt, ez remek lesz. A legjobb, ha elkezdjük vakarni a hasát, attól kifekszik, és le tudjuk fogni. Önnek csak a lábát kéne finoman, de határozottan tartania. Először megpróbálja majd elhúzni, de nem szabad engedni, utána majd érzékeli, hogy segíteni szeretnénk és hagyni fogja – magyarázott, közben simogatta az állat fejét. – Kezdjünk neki!

- Rendben – helyeselt Hora, és ügyes mozdulattal lefogta az állatot, mire Péter már készenlétbe is helyezkedett.

- Meg is van – rántotta ki a tüskét, mire az állat menekülőre fogta. Egyetlen mozdulattal kipattant a lány fogása alól és már el is tűnt az ágy alatt, feldöntve mindkét ápolóját és a kis asztalt. Hora egy pár másodpercig fel sem fogta, hogy az asztal alatt a férfi karjaiban fekszik. Aztán nagyon is felfogta és menekülni próbált.

- Elnézést – támaszkodott neki, hogy lendületet vegyen, de akaratlanul a sérült vállához ért.

- Aú! – hallotta meg a férfi fájdalmas nyögését és abbahagyta a mozgolódást.

- Ne haragudjon – mondta máris és nyugton maradt. – Nagyon fáj? Meg sem kérdeztem, hogy van? – mondta békülékeny hangon. Óvatosan maga elé húzta a két kezét és lejjebb próbált megtámaszkodni, hogy minél távolabb kerüljön a vállától. Ismét megpróbálta eltolni magát, de újabb nyögés lett a válasz.

- Meg akar ölni – nyögte ki a férfi öklendezve, miután a lány a gyomrába nyomta a két kezét, úgy feszült neki. Hora ismét mozdulatlanná vált. Jobb, ha inkább nem mozdul. Bár szabadulna, hiszen a férfin feküdt.

- Majd én – jött alulról a válasz, amikor már képes volt rá, majd egy gyors mozdulattal megfogta a lányt és átpördült vele az egészséges oldalán, félretolva a kisasztalt. Így kiszabadultak a bútor alól; Hora került félig alulra, ő pedig felülre, mellé. A két kezével feltolta magát és fél oldalra a lány fölé könyökölt. Lenézett a lányra.

- Siker... – kezdett bele a lány a mondatba, de elfelejtette, hogy mit akart kérdezni. Csak annyit érzékelt, hogy a férfi meleg tekintete centikre van az arcától. Eddig fel sem fogta, hogy a csupasz karja hozzáér az övéhez. Érezte a bőre melegét, a férfiból áradó illatot. Nyelt egy nagyot. Eddig szabadulni akart, most viszont egyáltalán nem érezte sürgősnek. A levegő hirtelen forró lett körülötte, a vér száguldani kezdett az ereiben. Mély levegőt vett, majd még egyet és még egyet. Egyre sűrűbben. Látta, érzékelte, hogy Péter is szaporán veszi a levegőt, meleg barna szeme pedig elsötétült. Mintha neki sem lett volna már olyan sürgős, hogy feláll jon. Horát ismeretlen érzések kerítették magába és nem gondolta végig, hogy mit is készül tenni. Már mióta szívesen megigazította volna a férfi homlokába hulló, kusza tincseit, de most végre elég közel van ahhoz, hogy ezt meg is tudja tenni. Felemelte a kezét és óvatosan megigazította a tincseket. Péter először láthatóan meghökkent a váratlan mozdulaton, majd megfogta a lány kezét és a tenyerébe csókolt. Hora érezte, hogy a mellkasa ki akar szakadni, testét pedig nem tudja tovább uralni. Tekintete összekapcsolódott a férfiéval és érzékelte, hogy az ajkai szétnyílnak. Látta, hogy a férfi szája közeledik az övéhez. Becsukta a szemét és úgy várta élete első csókját. Helyette azonban egy hatalmas nyelv nyalta meg az arcát.

- Jesszusom, mi ez? – tolta kapta oda a kezét, hogy megtörölje a nyálas orrát. – Bátor, de meg mit akarsz itt? – ült fel egyből, ahogy Péter is felpattant. A két fiatal egy pillanat alatt visszarándult a valóságba és zavartan próbálták összeszedni magukat, kerülve egymás tekintetét.

- A tüskét kiszedtem, fertőtlenítse a sebet – nyögte ki Péter, miközben végigsimította a kabátját. – Kérem bocsásson meg – indult az ajtó felé, előbb az asztalba, majd az ágyba ütközve, másodszorra sikerült csak megtalálnia a kilincset. Hora még mindig kicsit zilálva ült a földön és tekintetével lekövette a férfit, de szólni még egyáltalán nem bírt. Egyszerűen még nem volt képes felfogni, hogy mi történt vele – illetve majdnem mi. Amint a férfi kibotorkált a szobából, elnyúlt a szőnyegen. Hát ez meg mi volt? – kérdezte magától, de persze válaszolni egyáltalán nem tudott.

•

Vilmos király fáradtan dörzsölte meg a homlokát és az ölébe ejtette a könyvet. Már megint pihennie kellene egy kicsit, nagyon fárasztja az olvasás. Pedig már csak pár oldal van hátra, de le kell tennie, nem bírja. Az utóbbi időben a látása erősen megromlott és nagyon erőltetnie kellett a szemét, ha látni akarta a betűket. Pedig ez volt a kedvelt elfoglaltsága, de úgy látszik, lassan erről is le kell mondania. Esetleg kérhetné, hogy olvassanak fel neki, az végül is nem olyan ritkaság. De talán a legjobb lenne, ha beszélne az orvossal. Talán könnyen tud segíteni rajta és van látást segítő okuláréja. Csak a büszkeségét kell levetnie hozzá. Mondjuk ha valóban csak az olvasáshoz használja, akkor senkinek nem is kell megtudnia, hogy szüksége van rá. De most inkább egy kicsit behunyja a szemét és pihen egy fél órácskát. Mielőtt a délutáni teája megérkezik.

Szendergéséből halk kopogás riasztotta fel. Á igen, a teája! Végre! Már úgyis nagyon megszomjazott, ez most nagyon jól fog neki jönni!

- Igen, köszönöm, jöhet, ide hozza kérem – állt fel a fotelből és a kis asztalka felé indult, ahova a teáját szokta kéretni. Elégedetten ült le a teafotelba és már élvezettel szimatolt a levegőbe. Kellemes illatok terjengtek a szobában. – Remek – dörzsölte össze a két kezét, majd alig várta, hogy a forró csészét a kezébe vegye. Ez is a kedvelt rituáléja része volt, hogy a meleg teát szorongatta és a gőzét szagolgatta, várva a pillanatot, amikor már bele tud kortyolni. Most is így tett, de fejével intett a komornyiknak, hogy maradjon. – Kérem, idehozná a könyvet a kis asztalról? Be van jelölve, hogy hol tartottam. Nagyon izgalmas résznél van a történet, felolvasná kérem? – mutatott a szemben lévő fotelre. Az inas kissé meglepődött a szokatlan kérésen, majd meghajolt és már hozta is a könyvet. A király így csukott szemmel, teája zamatát élvezve hallgathatta a történet folytatását. Aprókat kortyolt a teából és úgy hallgatta a történetet. Az üres csészét továbbra is a kezében szorongatta, amikor a történet véget ért. A király mozdulatlanul ült tovább a fotelban és az utolsó mondatokon gondolkozott. A komornyik közben felállt és elkezdte összepakolni a csészéket és távozni készült. A férfi is felállt a fotelból, majd elindult az ágya felé. Azonban nem vette észre, hogy a papucsa a lába alatt volt és belegabalyodott. A komornyik csak egy puffanást hallott és mire megfordult, csak a földön heverő testet látta meg.

- Királyom – ugrott egyből a férfi felé, szinte eldobva a kezében tartott tálcát és óvatosan megérintette a hátát.

- Á, semmiség, csak elbotlottam – mondta a király és már állt is volna fel. A mozdulat azonban nem sikerült. – A térdem, azt hiszem nagyon beütöttem – próbált oldalra fordulni, majd a komornyikra támaszkodva elbukdácsolt az ágyig. – Kérem szóljon az orvosnak, a legjobb, ha megnézi – intézkedett. A fájdalmat most már határozottan érezte, szinte nyilallt a lába. – Remélem nem tört el – mondta fájdalmasan. Pár nappal az esküvő előtt, hogy kísérem így a hercegnőt az oltárhoz? – fogta el a kétségbeesés, míg az orvost várta.

•

Pár szobával távolabb Hora hercegnő még mindig a szőnyegen feküdt és próbálta érzelmezni érzéseit, cselekedetét. Fogalma sem volt róla, hogy mióta ment el Péter, pár perce vagy pár órája, de ez most nem is érdekelte. Most csak az számított, amit az előbb történt vele! Mindenképpen rá kell jönnie, hogy most mit tegyen. De az az érzés, amit az előbb érzett, az mennyei volt! – szorította magához az egyik leesett párnát. Behunyta a szemét és újra meg újra átélte azt a rövid és mámorító pillanatot, amit a férfi karjában töltött. Fogalma sem volt arról, hogy ilyen érzések is léteznek. De az biztos, hogy ismét szeretné átélni! Azt az érzést, amit két erős kar tud neki nyújtani, azt a biztonságot és nyugalmat. De már nem kell sokat várnia, hiszen négy nap és Lipót felesége lesz. És a férfi mellett vajon ugyanezt fogja érezni? – bizonytalanodott el. Aztán eszébe jutott, hogy Lipót társaságában is jól érezte magát. De vajon fogja–e érezni ugyanezt a bizsergést? – tette fel a nagy kérdést. Érez–e iránta szenvedélyt? Egyáltalán mit érez Péter iránt, hiszen eddig úgy tekintett rá, mint a bátyjára. De az ember nem vágyik a testvére csókjára. De mivel meg sem történt, így nincs miért aggódnia. De most mégsem akar ezzel foglalkozni, majd ráér. Most ki kell élveznie a pillanatot és örülnie kell. Úgyis hamarosan visszatér mindenki és neki pedig vissza kell változnia. Már csak az hiányzik, hogy bármit is észrevegyenek rajta. Különben is, minden bizonnyal csak egy férfi közelségére vágyott. De most még egy kicsit mosolyoghat és élvezheti a pillanatot – ült fel a szőnyegen és kutyájára nézett.

- Igazán hagyhattál volna nekünk több időt – dorgálta meg az állatot, aki egyáltalán nem mutatott lelkiismeret furdalást. Aztán átgondolta és rájött, hogy milyen jó, hogy mégsem történt meg! Az csak bonyodalmat okozott volna, így viszont nincs miért aggódnia.
– Mutasd csak a mancsodat – jutott eszébe, hogy megnézze. Bátor láthatóan már nem szenvedett fájdalomtól, mert készségesen hagyta, hogy a lány alaposan megtapogassa. – Bekenem még egy kicsit – nyomott rá egy újabb adag kamilla teát, aminek egy részét az állat egyből

lenyalogatta. – Remélem lemegy a lázad hamar – nézte az állatot, aki már láthatóan sokkal jobban érezte magát. – Neked lemegy a lázad, nekem meg felment – mosolyodott el, majd ismét elábrándozott. Bátor közben felállt és az ajtó felé vette az irányt, majd jelzett, hogy ki akarna menni. Hadd szaladjon ki az állat, sokat ivott. Becsukta az ajtót és neki támaszkodott. Álmodozott. Nem hallotta meg, hogy az ajtón bekopognak, és mivel nem válaszolt, így benyitottak. Hora csak azt érezte, hogy megmozdul mögötte az ajtó, majd csúszik előre.

- Hercegnő, jöjjön gyorsan, a király... – robbant be a szobába egy komorna. Hora egy pillanat alatt visszazökkent a valóságba.

- Mi történt? – ragadta meg a nőt és rázni kezdte. – Mondja már kérem, mi van vele? – tette fel újra a kérdést, de nem kapott választ. A nőt láthatóan megviselte, hogy a hercegnőt a földön ülve találta az ajtó előtt és egy mukkot sem tudott szólni. Hora félrelökte a hölgyet és feltépte az ajtót.

- Nagyapa – futott a hátsó szoba felé kétségbeesetten. A lebegés, a mosolygás már a múlté lett és Hora teljes aggodalommal nyitott be a királyhoz.

- Nagyapa – futott egyből az ágyához és kétségbeesetten nézett az orvosra és a nagyanyjára, akik az ágy mellett álltak.

- Na, na, kislányom, nincs semmi baj – nézett rá a király meglepetten. Hora azonban addigra már nem tudta visszafogni könnyeit és zokogva bújt a királyhoz. – Gyermekem, igazán nincs erre szükség – csitítgatta. Szerencsére semmi komoly, pár napot pihenek és simán végig tudlak vezetni a templomon – mondta egyből, hogy megnyugtassa a lányt. Hora még mindig hüppögött, úgy válaszolt.

- Nem mondták, hogy mi történt én meg... – nem tudta befejezni a mondatát, nem is kellett. Így is mindenki értette.

- Ó hát teljesen jól vagyok, ki keltette itt halálhíremet? – nézett mérgesen körül a szobába, de láthatóan mindenki lapult. A harag sem volt igazi. – Még maradok egy ideig, szükség van rám! – jelentette ki határozottan, mintha csak egy törvényt fogalmazott volna meg éppen.

– Most pedig lepihennék, és mindenkinek ezt javaslom – mondta, jelezve, hogy elég volt a felfordulásból és csöndre vágyik. Mindenki szedelődzködött, Hora is felkelt az ágy mellől is az ajtó felé indult volna. A király azonban csendben rápisszegett. – Anna, ha szeretne, vacsorázhat itt velem a szobában – kacsintott rá cinkosan. A lány csak bólintott, nagy örömmel. Visszagondolva az elmúlt óra eseményeire sokkal jobb, hogy nem kell egyedül ülnie a szobájában és most a többi nő társaságát sem tudta volna elviselni. Ennél jobbkor nem is jöhetett volna nagyapja meghívása.

•

- Mi ez a felfordulás, mi történt? – csapta össze a két kezét Paulina asszony és idegesen járkált fel–alá a teremben. Nem mintha nem lenne elég baja, még ezzel is foglalkoznia kelljen! Még három nap van az esküvőig, azt sem tudja, hogy hol áll a feje, Vilmosnak is most kell elesnie, az eső hetek óta késlelteti az előkészületeket, nincs elegendő cukor a süteményekhez, három család is lemondta a meghívást, nem is tudja tovább sorolni, hogy mi mindennel kéne foglalkoznia. És erre most ez is! – Kéretem a bárónét, kérem beszéljen vele, erre most tényleg nincs időm! Bármi is történt biztosan meg lehet oldani, mert a hercegnőtől nem érkezett panasz. De kérem, ne most akarja elhagyni a palotát, kérem várjon vele még egy kicsit – próbálta meggyőzni a bárót. Péter azonban meglehetősen makacsnak bizonyult és váltig állította, hogy mennie kell. – Beszélt már az édesanyjával is erről? – kérdezte a királyné, mire csak fejcsóválás volt a válasz. Paulina nagyot fújtatott és lerogyott a székbe. Mintha csak a falnak beszélne! Nagyon ismerős volt neki ez a viselkedés, pontosan olyan, mint... mint a báróé! Valóban, tényleg olyan, mint a nevelőapja! – állapította meg. Aztán elgondolkozott. Hogy is csinálta régen, mivel lehetett meggyőzni végül a csökönyös szamarat? Természetesen csak az segíthet, ha Anna beszél vele. Nemcsak az anyja.

- Péter, mi történt? Elmesélné bővebben is, hogy mivel sértette meg a hercegnőt? – tette fel a kérdést pár perccel később Gizella a fiának, aki továbbra is csökönyös némaságba burkolódzott. Csak ennyit ismételgetett, hogy megsértette a hercegnőt és többet nem mondott. Teljesen felesleges volt a további beszélgetés. Paulina felállt és jelezte, hogy távozik, abban bízva, hogy távollétében nyugodtabban beszélgetnek majd, ezután kivonult. Úgy gondolta, hogy közben unokájánál próbálkozik. Annát a szobájában találta, ahol lelkesen varrt. Annyira belemerült a munkájába, hogy csak akkor vette észre nagyanyját, amikor már mellette állt.

- Nagymama – kapta fel a fejét a váratlan látogatója láttán. Nagyon ritkán jött be hozzá a szobájába, talán hónapok óta nem is járt erre.

- Ziethof báró el akarja hagyni a palotát, azt állítja, hogy megsértette és távoznia kell – szegezte egyből a kérdést a lánynak, várva a reakciót.

- Mi? – kérdezett vissza nem túl illendően Hora. Egyáltalán nem értette meg a kérdést, így nem is reagálhatott másként. Paulina azonban csak annyit fogott, hogy akkor minden bizonnyal csak egy félreértés lehet, ha a lány teljesen értelenül áll a dolgok előtt.

- Legjobb most azonnal tisztázni ezt, jöjjön velem – utasította a lányt, aki már tette is le a kezében lévő szalagokat és állt fel az asztal mellől. A korábbi kérdés most jutott el a tudatáig és erősen elpirult. Szerencsére ezt nagyanyja nem látta, már vonult is kifelé a szobából. Hora már annál bizonytalanabbul követte. Vajon mi lesz ebből? Mit mondott el Péter? És mit nem mondott el? Miért akar most elmenni? Hogy fog viselkedni? Mit mondjon majd neki? Egyáltalán hogy fog tudni a szemébe nézni azok után, ami tegnap történt? – cikázott ezernyi kérdés a fejében. Kérdések, melyeket fel szeretett volna tenni neki – de megteheti-e? Hogy reagáljon, mi lesz ezután? Lehet tényleg az lenne a legjobb, ha elmenne, azzal minden további bonyodalom megoldódna. De nem, mégsem mehet el miatta, nem hagyhatja, hogy az ő önzősége miatt a karrierjét kockáztassa. Igenis felnőtt módjára kell viselkedniük, mást nem tehetnek. Képesnek kell lenniük túllépni ezen. Végül is semmi nem történt. Úgysem lesz többet ilyen helyzet, hogy ennyire közel kerüljenek megint egymáshoz. És elég okosak, hogy elkerüljék még a lehetőségét is. A lényeg, hogy minél távolabb legyenek, az mindent megold – döntötte el határozottan, majd egy nagy levegőt vett, mielőtt belépett volna a terembe. Meg tudom csinálni! – bíztatta magát. Péter olyan nekem, mintha a bátyám lenne!

- Remélem közben kiderült, hogy mi történt – kezdett hozzá a királyné, Gizella azonban csak csóválta a fejét. Azonban ahogy látta, hogy a hercegnő is bejött, tekintetét egyből a fiára helyezte. Annának szerencséje volt, mert mindenki Pétert nézte, hogy reagál, így elkerülhette a kíváncsi és bölcs szemeket, melyek felfedezhették volna rajta a zavarát. Mert ahogy meglátta a férfit, nyugtalanság fogta el. Rájött, hogy sokkal több erőre lesz szüksége ahhoz, hogy fenntartsa a nyugalmát és a közönyösségét. Gyorsan kell rendeznie arcvonásait.

- Hercegnő, kérem árulja el nekünk, hogy mi történt tegnap? – kérdezték meg tőle és a két hölgy tekintete rá irányult. Hora érezte, hogy nemcsak ők, hanem Péter is felemelte a fejét és ő is és figyeli, ami sokkal inkább zavarta, mint a nők átható tekintete. Próbált nyugalmat erőltetni magára és mintha ez lett volna a lehető legtermészetesebb, odament egy székhez és látszólagos nyugalommal leült.

- Semmi említésre méltó nem történt – jelentette ki határozott nyugalommal és felnézett a többiekre.

- Megsértette a báró? – erősködött a királyné, mert kezdett elege lenni a beszélgetésből. Láthatóan türelmetlen volt, amit Hora is érzékelt.

- Nos mint mondtam semmi nem történt. De ha ennyire erősködnek, tegnap a báró úr valóban megsértette az etikettet és nem az illemhez méltóan szorított... szólított –, de mint mondtam, nem sértett meg. Azonban ha ő úgy érzi, hogy bocsánatot kell ezért kérnie, akkor itt a lehetőség – helyezkedett nyerő pozícióba. És ha minden igaz, akkor az elszólását csak a férfi érthette meg, már ha figyelt rá. Felnézett és tekintetük találkozott. Hora tudta, hogy a két nő is Péterre néz, így nyugodtan nézhet rá ő is. Próbálhatja, hogy reagál rá, mit érez. De csak egy sápadt fiatalembert látott, aki egyáltalán nem hasonlított a tegnapi önmagára. Hova tűnt az a férfi, aki olyan érzéseket váltott ki pár órával ezelőtt? Mindez csak álom lett volna és a képzelete játszott csak vele? Ha tegnap annyira felkavarta a közelsége, akkor most miért nem? – ráncolta össze a homlokát és elfordult. Péter erre lehajtotta a fejét. A két hölgy a reakcióját egyből a bocsánatkérés részének tekintette.

- Hercegnőm, kérem felejtse el a tegnapi merészségemet, remélem nem sértettem meg – mondta lehajtott fejjel a lánynak. Hora némi diadalt érzett, hiszen ha jól belegondol, akkor a férfi valóban átlépte a korlátokat és majdnem olyat tett, ami szinte megbocsáthatatlan. Jól is teszi, hogy elnézést kér! Nem is kellett megjátszania magát, hiszen mindez kijárt neki. Továbbra is ült a széken és kegyesen bólintott, majd intett, hogy felállhat.

- Nem haragszom – mondta, majd felemelkedett a székből. Azt hiszem, akkor így minden rendben van és mehetünk – nézett körül mosolyogva, majd sietősen távozott. Alig várta, hogy a szobán kívül legyen végre. Komoly erőfeszítéssel volt képes csak becsukni maga mögött az ajtót, majd nekitámaszkodott. Egész testében remegni kezdett. Mi volt ez? Mi történt? – próbált rájönni a történtekre, de úgy érezte, hogy erre úgysem talál magyarázatot. Most az lesz a legfontosabb, hogy összeszedje magát és a feladatára koncentráljon. Erőt kell gyűjtenie, hogy azt mutassa mindenkinek, amit látni szeretnének: hogy minden rendben van. Talán jobb is így, láthatóan tényleg semmi említésre méltó nem történt tegnap. Semmi nem történt – győzködte magát, és úgy nézett ki, hogy ez tényleg hatott, az ereje is visszatért. Jobb lesz így – döntötte el, és elindult a szobája felé.

•

- Hercegnő, kérem zavarhatom egy kicsit – nyitott be a szobájába a báróné, majd látva a lány bólintását, bejött. Hora igyekezett nem mutatni, hogy nem nagyon szeretne most beszélgetni, szívesebben maradt volna magával a gondolataival. Lenne mit átértékelnie, mert ha jól belegondol, akkor egy hatalmas csalódás érte az előbb. De erre most nincs ideje, majd később foglalkozik vele, most más feladata van. Felvette a szokásos kedves mosolyát és Gizellára nézett, majd intett, hogy foglaljon vele szembe helyet. Kíváncsi volt, hogy mit szeretne a báróné, de sejtette, hogy az előbbi beszélgetéshez lesz köze.

- Hallgatom – csak ennyit mondott, nem akart irányt mutatni. Hátha mégis csak az esküvővel kapcsolatosan lenne megjegyzése.

- Egy igen fontos és bizalmas dologgal kapcsolatosan szeretném, ha meghallgatná, amit gondolok – kezdett hozzá a beszédhez és láthatóan zavarba érezte magát, mert fészkelődött a helyén. Hora igyekezett nem mutatni, de a feszültség rá is átragadt. Főleg hogy a báróné percekig csendben ült. Aztán csak belefogott. – Nos, hol is kezdjem, talán ott, hogy... hogy mégiscsak át kéne gondolni Péter esetleges áthelyezését – nyögte ki, majd felnézett a lányra. Hora igyekezett a lehető legártatlanabb képet vágni és egy szót sem szólt, várta, hogy a báróné folytassa és megmagyarázza az előbbieket. – Hallottam a közbenjárását a kinevezésével kapcsolatban, amit nagyon köszönök is, mert megérdemelte. És nem szeretnék hálátlannak tűnni, de esetleg nem lenne rá lehetőség, hogy a képviselő parlamentbe bekerülhessen? – nézett rá a lányra.

- Én úgy tudtam, hogy katonai pályát képzelt el neki? – kérdezett vissza láthatóan meglepetten, de aztán hozzátette: – De ha mégis inkább a politika felé fordulna, akkor természetesen beszélek a nagyapámmal – zavarodott meg teljesen. Erre a fordulatra, ilyen kérésre egyáltalán nem számított és láthatóan teljesen kizökkent. Főleg, hogy Péter nem az a mellébeszélős diplomata típus, akik a parlamentben ücsörögnek. Pont nem az.

- Hercegnő, kérem, én csak a fiam érdekeit nézem és szerintem a legjobb az lenne neki, ha mégiscsak elkerülne a palotából, akár a parlamentbe, vagy akár máshová. Csak megfelelő pozícióba, ami a rangjához illik – próbált magyarázkodni, Hora azonban továbbra is kérdőn nézett rá.

- De én semmiképpen sem szeretném innen eltávolítani, vagy félbetörni a karrierjét – próbált védekezni, de a báróné félbeszakította:

- Pedig a legjobb az lenne most neki, ha minél előbb elkerülne innen... Az ön közeléből – tette még hozzá. A lány erre a mondatra szinte megmerevedett.

- De hát én nem szeretném... és... habogott, Gizella azonban megint félbeszakította, szinte kiszakadt belőle:

- Már korábban is láttam rajta a jeleket, de az utóbbi napokban már teljesen egyértelművé vált számomra, hogy a fiam itt csak szenved és tennem kell valamit. Ön sem akarhatja, hogy ezt kelljen látnia és átélnie nap mint nap...

- De mit? – vágott közbe Hora, mert már semmit nem értett.

- Hogy a szeretett nő más felesége lesz! – nyögte ki az asszony. Hora falfehér lett, majd elvörösödött. Nem tudott erre mit reagálni. A báróné viszont láthatóan megkönnyebbült, hogy végre kiszakadtak belőle ezek a szavak. Közelebb húzódott a lányhoz és anyai szeretettel megsimogatta a fejét. Horának nagyon jól esett ez a törődés.

- Én sajnálom – hajtotta le a fejét, többet most nem volt képes kinyögni. Szerencsére Gizella folytatta a magyarázatot:

- Testőrként az elmúlt hónapokban minden idejét ön mellett töltötte, minden gondolata az volt, hogy ki bánthatja, hogyan óvhatja meg. Így nem is lehet csodálkozni azon, hogy idő közben beleszeretett önbe. Anna, ön a szeme előtt nőtt fel, átélt veszteségeket, de mindezt olyan tartással, ami bárkit lenyűgözne. Ezen kívül ön gyönyörű, egyre szebb – emelte fel az állát és rámosolygott. Bár ha csúnya vagy kövérkés lenne, akkor lehet, hogy nem így történt volna, de most viszont ez a helyzet – nevette el magát, amire Hora is felnevetett, majd elkomorodott.

- És most mit tegyünk? Nem szeretném megbántani. Mi lenne a legjobb neki? – kérdezett vissza. Gizella alaposan megnézte a lányt, majd a távolba meredt és nem reagált a feltett kérdésekre. Hora pedig folytatta: – Én nekem férjhez kell mennem Lipóthoz, ez már el van döntve! – köszörülte meg a torkát, mert nem volt olyan könnyű ezeket kimondani. Megint percek teltek el beszéd nélkül, mielőtt folytatta volna. – Önök nekem az elveszett családomat jelentik és ezt szeretném megtartani, de nem lehetek önző. Mondják meg kérem, hogy mit tegyek és máris intézkedem. Szeretném, ha mindenki boldog lenne! – tette még hozzá.

- Ön is? – kérdezett vissza váratlanul az asszony.

- Ha önök azok, akkor én is az leszek – kerülte ki a válaszadást. Tudta, hogy ez a küldetése, ez az élete. Nem lehet önző!

- Ó szegénykém, ha tudnák, hogy milyen áldozattal jár az uralkodó család tagjának lenni, akkor nem vágynának annyian rá, nem irigyelnék úgy! – állt fel és egy puszit adott a lány fejére. – Átgondolom amilyen hamar csak lehet és jelentkezem. De addig is kérem, kerülje őt el, az ön érdekében is – mondta még mielőtt kilépett volna az ajtón.

Hora magára maradt a sok gondolatával, a felkavarodott érzéseivel. Úgy érezte, hogy a tér túl szűk, a szoba túl kicsi ahhoz, hogy mindezt át tudja gondolni. Csak egyetlen hely jöhet számításba, muszáj lesz kisétálnia! – indult el az ajtó felé, útközben véve magára a kabátját. Egyre gyorsabban vette a lépcsőket, az aljánál már szinte szaladt. Benyúlt a kalapjáért és esernyőt ragadt, majd szinte kiszaladt a kertbe, a temető felé. Érezte, hogy a szíve gyorsabban dobog, de azt is tudta, hogy mindez nem a futásnak köszönhető. Ezek szerint mégis igaz, Péter többet érez iránta, mint kéne! Péter akkor és ott valóban meg akarta csókolni és nem csak a pillanat műve volt az egész, nem a közelségé vagy a vonzódásé. Igenis mélyebbek az érzelmei! És ha igaz amit az anyja mond, akkor szereti őt! Igen, szereti! – járta át valami különös melegség. Aztán elbizonytalanodott. Lehet, hogy Gizella látja rosszul, hiszen Péter úgy kezelte őt, mint a húgát. Nem lehet, hogy ez pusztán testvéri szeretet? – próbált kibúvót keresni, menteni a helyzetet. Aztán összeállt neki a kép: a testvéri szeretetből mélyebb érzelmek lettek, melyről senki nem tehet. Ez most már biztos. Péter valóban nőként néz most már rá és nem mint a húgára. És ez akkor derülhetett ki a számára, amikor Bátornak köszönhetően a karjában kötött ki! Ó, hát teljes itt a zavar! Minden összekuszálódott... A kérdés már csak az, hogy ő mit is érez valójában iránta?

•

Paulina nyugtalanul aludt, forgolódott és hánykolódott az ágyában, majd felriadt a rossz álomból. Izgatottan tapogatózott a párnák között, zsebkendő után kutatott. Meg kellett törölnie izzadt homlokát. Felült az ágyban és próbálta rendezni a gondolatait. Ez az álom, ez már nem először zaklatja az elmúlt hetekben. Mióta beszélt Gizellával, azóta már harmadszor álmodja ugyan azt. Pedig annyi minden történik most, így két nappal az esküvő előtt, az ő agyában meg teljesen más gondolatok járnak. Vajon ez már nemcsak a véletlen műve és ez üzenet a túlvilágról? Akkor is felkavarta a báróné azon mondata, hogy a halottnak hitt újszülöttjéről kiderült, hogy mégsem halt meg, hogy hazudott neki az apja. És a gyerek mégis élt. Lehetséges lenne? Valóban előfordulhat, hogy neki sem mondtak igazat? Hogy a kicsi mégis egészséges volt és nem mondott igazat a komornája? Hogy félrevezették a kedves nővérek? Hogy elvették tőle, mert így volt a legbiztosabb, a legkényelmesebb? Elkerülve minden botrányt, mert ha nem ezt mondják neki, akkor ki tudja, mi történt volna. Tényleg le tudott volna mondani róla? De aki bármiben is segíthet, az már nincs közöttük. Az akkori komornája már vagy tizenöt éve halott, a kolostor falaiban pedig csak a hallgatásba ütközik. Még azt sem tudta meg, azt sem engedték meg neki, hogy hol temették el, pedig ő elhozatta volna ide a temetőbe. De ez az álom, ez a visszatérő álom, ez a lelkiismerete, ami megint megszólalt. Ennyi év után megint – de miért most?

Fény után kutatott, majd Pál könyve után nyúlt. Az egyetlen dolog, ami mostanság megnyugtatta. Felemelte, majd úgy döntött, hogy a végén nyitja ki. Meglepetten fedezte fel, hogy egy új tömböt illesztettek a hátuljára. Új rész került a könyvbe és eddig ezt nem is vette észre! Izgatottan lapozott a tömb elejére, hogy elolvassa a férfi gondolatait. Szóval ezzel lepte meg még így utoljára! Versek Páltól, melyeket eddig még nem olvasott! Pont erre van most szüksége! Lelkesen kezdett bele a legelső, eddig nem olvasott versbe:

Talán

Sokat merengek a múlton mostanság
Mit rontottam el életem során?
Ha visszatartalak, az jobb lett volna tán?
Nem derül ki az, nem is fontos már.

Jobb volt így nekünk? Boldogok vagyunk?
Elég volt pár hét, míg együtt voltunk?
Találtunk vigaszt, örömet, társat?
Vagy csak emlékek vitték a napokat?

Mindig ott voltál a gondolataimban,
Mindig éreztem lényed hiányát,
Most már tudom, hogy akkor hibáztam,
Nem lett volna szabad menni lássalak.

Vajon benned is maradt utánam űr?
Vagy az új helyed mindent elsöpört?
Lehet–e feledni a csodás perceket?
Lehet–e törölni azt a sok mindent?

Vigaszra vágyom éltem alkonyán,
Vajon ha itt lennél minden más lenne?
A titok miért volt titok még előttem is?
Ezek szerint soha nem is bíztál bennem?

Támaszra vágyom éltem alkonyán,
Most már tudom, nem volt jó ez így,
Mindezekért haragudtál rám?
Miért nem mondtad el, hogy volt egy gyermekünk?

Mennyit szenvedtél, kétségek között?
Miért döntöttél mégis egyedül?
Hogy tehetted ezt mégis meg velem?
Miért nem mondtál soha semmit sem?

De a reménysugár csak felcsillant még.
Öröm és kacagás újra eljött közénk.
A bizonyság hidd el nem is fontos tény.

Feledjük a rosszat, amiket átéltünk.
A lényeg az, hogy megint szeressünk.
Lina, tudtad, lehet él a gyermekünk?

Az utolsó mondat után Paulina sikított egyet, majd ájultan omlott a párnák közé.

Hatodik rész

Rita nővér széles mosollyal az arcán lépett ki az érte küldött hintóból és meglepetten látta, hogy az ajtóban nem várja senki. Pedig biztos volt benne, hogy Hora hercegnő itt fog topogni a bejáratnál, hogy minél előbb köszöntse, de ezek szerint még nem ért le a szobájából. Biztos nagyon izgatott, hiszen holnap férjhez megy! Csak az időjárás lehetne kegyesebb hozzájuk, pedig már imádkozott sokat az úrhoz, hogy legalább az eső álljon el. Úgy mégiscsak kellemesebb és nyitott hintón hajthatnak végig a tömeg mellett. Ilyen úgyis csak egyszer van az életben, igazán megérdemelné, hogy emlékezetes maradjon. Arról nem is beszélve, hogy az ország is megérdemli, hiszen a legutóbbi királyi esküvő is már vagy 18 éve volt. Nem egy gyakori látványosság az embereknek sem. De hol van mindenki? – nézett körül az előtérben. Felettébb furcsa, hogy a főkomornyik sem várja az ajtó után. Ennyire mindenki a holnapi nappal van elfoglalva? És mára rajta kívül nem is vártak vendéget? – bizonytalanodott el, majd hangosan köszönt, hátra a hangokra valaki felbukkan.

- Főnővér! – köszöntötte végre a főkomornyik, majd egyből invitálta a konyha felé, hogy melegedjen át kissé. Az apáca persze nem tiltakozott, bár egy kicsit meglepődött, hogy a hercegnő továbbra is rejtélyesen eltűnt. Azt viszont jól tudta, hogy a konyhában mindenre bőséges magyarázatot fog kapni. A szakácsnő és a szobalányok ugyanis mindig a legjobban informáltak.

- Ó drága főnővérem, kérem üljön ide a tűz mellé, melegítse át az átfagyott lábait – nyomta le az egyik padra a termetes szakácsnő és már tolta is elé a kínálatot, forró teát és meleg tejet. Az apácának csak kortyolgatnia kellett a választott italból és nyitva tartania a fülét, kérdésre nem is volt szükség. Alig pár perc alatt mindenről információt hallott. – A mi kis hercegnőnk még a püspök úrnál van, nem is értem mit beszélhet annyit azzal a kislánnyal, hiszen minden héten gyón. Mi bűnt követhetne el egy hét alatt? De biztos, hogy hamarosan érkezik és nagyon fog örülni magának. Úgyis olyan levert szegénykém, nem találja a helyét. Meg ez a sok izgalom, most a nagyapja miatt, de úgy néz ki, hogy a király már fog tudni majd járni és legalább egy darabon tudja majd a templomban vezetni. A térdét ütötte meg a múlt héten azért lábadozott. De az étvágya kitűnő, így nem aggódunk, addig nincs is baj, amíg jól eszik. Viszont képzelje, a nagyságos királyné ma hajnalban elment, teljesen váratlanul, nem is értjük. Azt mondta, hogy gyónni megy egy vidéki kolostorba, de hát a püspök úr itt van, akkor miért megy máshoz? Kicsit érthetetlen, de a nagyságos asszony tudja. Azt is rebesgették a lányok, hogy lehet, hogy még egy komornát hozat a palotába. Én ezt teljes csacskaságnak tartom, hiszen itt van Amália bárókisasszony meg most már az édesanyja is, ennyi társaság bőven elég. A mi kis hercegnőnknek nincs szüksége nagy udvartartásra, nem szereti. De hát mi másért mehetett volna egy zárdába, és miért olyan sürgős most? Nekem más ötletem van – kuncogott magában elégedetten és láthatóan majd szétvetette az izgalom, hogy végre egy értő füllel ossza meg az elképzelését. Oda is pattant a főnővér mellé a padra és halkan, hogy a többiek ne is hallják, elmondta. – Szerintem itt másról van szó. Szerintem a Ziethof báró urat akarják gyorsan kiházasítani. Biztos vagyok benne, hogy a két dolog összefügg. Hiszen miért pont a királyi esküvőre távolítják el a palota főparancsnokát, hogy tartson szemlét a déli határnál? – súgta oda bizalmasan. Rita főnővérnek láthatóan fogalma sem volt arról, hogy miről és kiről beszél a szakácsnő, így visszakérdezett:

- Ziethof báró? De ő meghalt, nem?

- A fia, Péter von Ziethof, aki a mi kis hercegnőnk mellett volt testőr. Most, hogy jön az új férfi a palotába, az a Lipót úrfi – mondta kicsit undorodva a szakácsnő – biztos annak az utasítása, hogy helyezzék át máshova. Pedig Péter nagyon kedves ember, hála az úrnak, hogy nem lőtték le a vadászbalesetben és csak megsérült! Tiszta szerencse, hogy a mi kis hercegnőnk olyan szakszerűen ellátta, amíg az orvos oda ért, különben ki tudja, mi lett volna! De most úgy látom mégiscsak mennie kell! Remélem jó asszonyt választanak majd mellé, megérdemelné az a kedves ember! – tette még hozzá. Rita főnővér végképp elvesztette a fonalat, mert ezekről semmit nem hallott, nem értett. Mit csinált Hora? Milyen lövés? Miért akarja Lipót, hogy új főparancsnok legyen a palotában? – zsongott a feje a sok információtól. De visszakérdezni nem mert, nem is tudott volna mit, annyira nem értett semmit. Csak azt látta, hogy a szakácsnő teljes elégedettséggel állt fel mellőle és folytatja a munkát. – Majd figyelje meg, hogy igazam lesz! – dünnyögte magában, aztán folytatta az őrült kavarást. – Meg akarja nézni a tortákat és süteményeket, amiket készítettünk? – kérdezte lelkesen, majd szólt az egyik lánynak, hogy mutassa meg a kamrában fellelhető műveket.

·

- Főnővér! – fogadta kitörő lelkesedéssel a hercegnő és akkora lendülettel bújt hozzá, hogy az apáca meg is lepődött. – Jöjjön gyorsan, ne is zavarjuk itt az előkészületeket, még a végén kikapunk, hogy miattunk nem végeztek – azzal karon ragadta és már húzta is ki a konyhából. – Kérem bocsássa meg, hogy nem tudtam előbb jönni, a püspök úr tartott újabb szentbeszédet nekem a házasságról és nagyon belemelegedett. Persze nem mondott már semmi újat, amit a múltkori alkalmakkal ne említett volna meg – jegyezte meg egy kicsit szárazon, aztán eszmélt, hogy nem biztos, hogy egy apáca előtt kéne ecsetelnie a püspök úr szűkös tudását a házasságról. Így gyorsan kiegészítette: – Bár soha nem árt átismételni a biblia vonatkozó részeit. Csak remélni tudta, hogy magyarázata nem tűnt túl átlátszónak és a főnővér nem von le komolyabb következtetéseket. Nincs szüksége még egy átható tekintetre és még több személyeskedő kérdésre, így is elég nehezen vészelte át az elmúlt napokat. Most valahogy sokkal jobban örülne, ha csupa ismeretlen venné körül, akikkel csak felszínes dolgokról kellene beszélgetnie és akik előtt nem kell azt mutatnia, hogy milyen erős és boldog. Pedig nem is az. Az igazat megvallva rettenetesen fél. Bárcsak már mindenen túl lennének és minden megint olyan lenne, mint régen. Amikor még a kolostor falai között élt és nem volt semmi gondja! – És hogy vannak a többiek? Mária nővér? A Lányok? – terelte el gyorsan a szót és hagyta, hogy pár percig a főnővér meséljen, bár szavai nem mind jutottak el hozzá. Gondolatai inkább Péter körül forogtak. Vajon merre lehet? És vajon tudja–e, hogy ki áll a küldetésének a hátterében? Sejthet–e az egészről bármit is? – töprengett. De minden olyan gyorsan jött. Gizella előállt a gyors ötlettel, hogy valami katonai üggyel kapcsolatban kéne elküldeni a férfit pár napra, most egyenlőre még jó a katonai pálya neki, a nagyapja pedig épp mesélt, hogy mozgolódás van délen, kéne egy közvetítő. A két ötletet amint összehozták, pár órával később a főparancsnok már a tábornokkal és pár kísérővel útnak is indult. Őt persze minderről utólag tájékoztatták, hogy a testőre nem lesz jelen az esküvőn, de már mindent előkészítettek és alaposan megterveztek, így nem kell aggódni, majd a helyettese fog mindenért felelni. Hora pedig átgondolta és rájött, hogy így lesz a legjobb. Bár az érzelmei valóban felkavarodtak, de talán még nem annyira, hogy ne álljon helyre a rend. Még időben léptek közbe. És neki pedig már csak Lipótra kell koncentrálnia.

- Minden rendben van lányom? Hora? Hercegnő? Jól van? – ért hozzá a karjához, miután egyik kérdésére sem reagált.

- Igen, tessék, mi is volt a kérdés, – tért magához a lány és igyekezett mosolyogni. Rita főnővért azonban nem tudta átverni.

- Lányom, minden rendben van? Mintha teljesen máshol járnának a gondolataid? Mi történt veled, mióta legutóbb találkozunk? – nézett mélyen a lány szemébe. Hora azonban ügyesen próbált hárítani.

- Én... én teljesen elkalandoztam. Annyira izgatott vagyok az esküvő miatt, hogy... kérem bocsássa ezt meg nekem. Tudja a ruhámon agyaltam, szerintem valami még hiányzik hozzá. Megmutassam? Hátha ön meg tudná mondani mert itt mindenki tanácstalan – fogta meg a karját és az öltöző szoba felé invitálta.

- De Hora, tudja nagyon jól, hogy én nem értek a ruhákhoz – szabadkozott.

- Éppen azért! Itt mindenki szakértő és nekem elegem van abból, hogy mindenki jobban akarja tudni, mi kéne nekem. Én az egyszerűt többre tartom és éppen ezért az ön véleményében bíznék a legjobban. Megteszi nekem?

- Ó lányom, hát persze, ha úgy látja, akkor szívesen – mosolyodott el. Hora nagyon örült, hogy ilyen könnyen el tudta terelni a figyelmét magáról, különben nagyon kínos kérdésekre számíthatott volna. És az is igaz, hogy valahogy nem volt elégedett a ruhájával. Úgy érezte, hogy valami hiányzik róla. De talán ez a kérdés legalább megoldódik.

- Amália, kislányom, várjál – hallották meg a folyosón Gizella báróné hangját, majd a bárókisasszony tűnt fel a fordulóban. Arca könnyel volt áztatva, ruhája tetején a csipke láthatóan még csak félig volt rögzítve. Rita főnővér és Hora döbbenten állnak meg és figyelték, ahogy a lány sebesen közeledik. Egyenesen Hora elé állt és panaszosan neki esett:

- Ön tehet róla, hogy az esküvőn nem lesz kísérőm! Miért kellett elküldenie Pétert a palotából, mit vétett önnek? – vágta hozzá a keserű szavakat, majd felkapta a ruháját és tovább szaladt, lefelé a lépcsőn.

- Kérem hercegnő, nézze ezt el neki, kicsit fel van zaklatva – vetette oda gyorsan, amíg elhaladt mellettük, de meg sem állt, már szaladt a lánya után. A két nő döbbenten álltak és nem tudtak megszólalni sem a meglepetéstől.

- A hölgyeket később bemutatom – tért magához előbb Hora és a szobája felé tolta a továbbra is döbbenten álló főnővért. – Mint látja, mindenki nagyon izgatott – próbálta egy kis humorral elütni a helyzetet. Kivéve a nagyanyám, ő mindig összeszedett. De hamarosan együtt ebédelünk mindannyian és elbeszélgethet vele – tette hozzá.

- Úgy hallottam a konyhában, hogy a királyné reggel elment és csak este jön vissza – jegyezte meg az apáca, miközben bementek Hora szobájába.

- Tényleg? Nem is tudtam. Nem szokott csak úgy elmenni – vetette oda meglepetten a lány, talán túl szókimondóan is. De annyira el volt merülve, hogy fel sem tűnt neki ez az újabb furcsaság. Nem úgy Rita főnővérnek, aki csak még jobban elképedt: a királyi udvarban teljes a felfordulás!

●

Paulina királyné idegesen dobolt az ujjaival és nem tudott megnyugodni. Azóta, hogy elolvasta azt a verset tegnap éjjel, egy pillanatra sem volt képes lehunyni a szemét és tudta, hogy amíg ki nem deríti az igazságot nem is fogja. Jelenleg az sem érdekelte, hogy váratlanul elhagyta a palotát és egyedül, mindenféle kíséret nélkül nekiindult. Majd utólag kitalál valami mentséget, de ezzel most nem tud foglalkozni, most az a legfontosabb, hogy minél előbb kiderüljön az igazság. Bár eltelt azóta több, mint 25 év, de most további egy nap is sok lenne. Meg kell tudnia, hogy valóban életbe maradt–e a gyermeke. A gyermekük – merengett el és gondolataiban már repült is vissza sok–sok évet. És megállt abban a kis gyógyfürdőben, ahol az útjaik ismét keresztezték egymást. Bár hiába telt el annyi év, a szerelmük akkor is egy pillanat alatt megint lángba lobbant. Paulina kicsit bele is pirult az emlékekbe, melyeket oly sok időn át félt teljesen, újra átélni. Pedig biztos volt abban, hogy a jóisten nem véletlenül küldte mindkettőjüket pontosan ugyanakkor ugyanarra a helyre. Amíg ő éppen pár hetes kúráját töltötte a híres gyógyfürdőben, melyet az orvosok írtak elő neki, hogy a hátfájdalmait enyhítse, addig Pál épp csak átutazóban járt arra. Viszont az útját megszakította. Paulina élete legboldogabb két hetét töltötte a férfi társaságában, kettesben. Elküldte a komornáját, ahogy a férfi pedig a kíséretét, és mint házaspár jelentkeztek be a szállodába. És végre beteljesült a szerelmük, a találkozásuk után majd harminc évvel. Paulinának egy csepp lelkiismeret furdalása sem volt, mert nem érezte úgy, hogy megcsalta volna ezzel a férjét vagy az esküjét. Egyszerűen úgy érezte, hogy az egész élete önfeláldozásáért ezt az egy hetet megérdemelte. Tudta jól, hogy ha vége, akkor visszatér a palotába és minden olyan lesz, mint régen és ő továbbra is a népét fogja szolgálni. De legalább ott lesz a tudat és az emlék számára, hogy pár napig felhőtlenül boldog volt! Hogy ebből a kapcsolatból csak a szép marad meg neki – és nem kell elviselnie Pál komor hangulatát. És persze megkaphatja azt a gyengédséget, amire vágyott. Férje akkor már évek óta távol volt a csatatéren és ennél jobbkor nem is jöhetett neki a vigasz. Hogy is gondolt volna arra, hogy ebből a románcból gyermeke születik, hiszen már majdnem negyven éves volt és több, mint tizenöt éve szült legutóbb? Nem is gondolta, hogy még termékeny, hiszen annyi próbálkozás után nem született több gyermeke. El sem akarta hinni, amikor hónapokkal később kiderült, hogy várandós. Mit tehetett volna? Hiszen akkor értesült róla, hogy a báró is hamarosan megnősül. Ő pedig ott állt egy félig királyi utóddal, akiről teljesen nyilvánvaló volt, hogy nem a király az apja? És mindeközben a háború minden irányban? Nem adhatott újabb okot. Így maradt az akkori szokás – hogy a nem kívánt gyermek egy kolostor falai között lássa meg a napvilágot. Tudta, hogy ez a legjobb, amit tehet, vagyis inkább az egyetlen. De miért mondták neki azt, hogy a gyermek meghalt? Hogy volt képes a szemébe hazudni a komornája? Vagy csak a királyság érdekeit nézte – amit ő is tett volna helyében? Bárcsak akkor jobban lett volna, de a szülés nagyon megviselte, napokig feküdt magas lázzal és az is kétséges volt, hogy ő is megmarad egyáltalán. Hetekig lábadozott, míg vissza tudott térni a palotába, mintha mi sem történt volna. Vajon ha lánya születik, akkor más lett volna a helyzet? – gondolt bele. Hiszen egy fiú, egy királyi utód mindig potenciális örökös, lehet, hogy ezért távolították el a képből? Paulina összekulcsolta a kezét, behunyta a szemét és imádkozni kezdett. Csak azért fohászkodott, hogy megtudja az igazságot, bármi legyen is az. Hogy a gyermek valóban életben van-e. Úgy érezte, hogy eleget szenvedett már, megérdemli a választ.

Rita főnővér pár falatot evett csak az ízletes levesből, majd a körülötte ülőket nézte. Volt rajta mit nézni, mert mindenki maga volt a tanulmány. Először is ott volt Amália bárókisasszony, aki most már hivatalosan is bemutattak neki. Angyali szőke fürtök, csodás kék szem, mondhatni maga a szépség – valószínű. Mert most arcát eltorzította a duzzogás. Ráadásul Hora úgy jellemezte, hogy kedves, csacsogós és a legjobban ő kezeli a konfliktusokat és a legjobb békebíró. Erre most ő maga a düh akit semmivel sem lehet lecsillapítani. Csak ült az asztal mellett karba tett kézzel és esze ágában sem volt enni, vagy megszólalni. Láthatóan kizárólag azért ül velük, mert az anyja ráparancsolt. Az biztos, hogy valóban teljesen Ella ellentéte, ezt jól leírta Hora is az egyik levelében. Ezzel nem is lenne baj, ha éppen most nem viselkedne végtelenül gyerekesen. Látszik, hogy még nagyon fiatal és fel sem fogja, hogy így sokkal izgalmasabb esküvő és bál vár rá. Mert ugyan ki mer odamenni egy olyan lányhoz, akit az idősebb katonatiszt bátyja kísér? Kizárólag ha nagyon komolyak a szándékai – de hogy lehet komoly a szándéka, ha nem is ismeri a lányt? Így viszont maga lehet a legjobb parti és a legérdekesebb lány az egész társaságban. De majd rájön. Tekintete átfordult az anyjára, a bárónéra. Róla már hallott korábban is, egy kedves, csendes és türelmes hölgynek hírlett. Ehhez képest most egy határozott és parancsoló nőt látott, aki nagyon szigorúan fogja a lányát. Na és itt van Hora. Hogy vele mi történt? Nem is olyan rég még száguldozott a folyosón, hebrencs módra. Most meg itt ül szótlanul és láthatóan egyáltalán nincs jelen. Vajon miről ábrándozhat amikor a távolba mered? Mi történt itt mindenkivel, miért van kifordulva mindenki önmagából? Vajon a közelgő esküvő áll a háttérben, vagy valóban ahogy a szakácsnő mondta Péter váratlan távozása kavarta fel így a kedélyeket? Minden bizonnyal mindkettő. De az is igaz, hogy most az lenne a legjobb, ha már három nappal előbbre lennénk. Mert láthatóan ez a sok izgalom mindenkiből a legrosszabbat hozza elő!

A királyné nyugodtan ücsörgött a hintóban, de nem érzékelte, hogy mi zajlik körülötte. Hogy a hintó száguld vagy csak bandukol, az most már egyáltalán nem érdekelte. Az egyetlen fontos dolog most az volt, hogy végre megtudta, amit szeretett volna és ez reményt adott neki. Kicsit szégyellte magát, hogy hazudnia kellett, de hát úgy mégsem tehette fel a kérdést a rendfőnök asszonynak, hogy ő az ország királynéja és arra kíváncsi, hogy a 25 évvel ezelőtt itt született fiú gyermekével mi történt. Helyette azzal a mesével állt elő, hogy a testvére szült itt annyi ideje és ő semmiről sem tudott. Most, hogy meghalt talált nála leveleket és úgy érzi, hogy tudnia kell, mi az igazság. És azt is elárulta, hogy az elmúlt hetekben az álmaiban a gyerek őt keresi. Ha jól belegondol, akkor nem is mondott akkora hazugságot, hiszen amikor idejött szülni, akkor nem is volt egészen önmaga, nem is lehetett. A többi pedig valóban igaz. De ez most már nem is fontos, a lényeg az, amit hallott. Az egyik idős nővér emlékezett arra a viharos estére, amikor a gyermek világra jött. Mint mesélte, hogy aznap este egy másik kis fiú is érkezett hozzájuk. Az valóban igaz volt, hogy a gyermek kicsi volt és nem tűnt valószínűnek, hogy életben marad. De az apácák fogták és egymás mellé fektették a két csöppséget, hogy adjanak egymásnak erőt, vagy hogy ne legyenek egyedül, amikor esetleg itt hagyják ezt a világot, úgy, hogy nem is töltöttek itt időt. A nővér elbeszélése alapján aznap éjjel minden bizonnyal az angyalok is itt töltötték az éjszakát. És pont emiatt emlékezett rá az idős hölgy is, hogy mi történt. A két aprócska kis élet ugyanis túlélte az első éjszakájukat, és másnap reggel a két gyermek egymásba kapaszkodva ébredt. Ez maga volt a csoda! A továbbiakra azonban csak halványan emlékezett, de abban biztos volt, hogy a két gyermeket nem választották szét, hanem együtt kerültek egy családhoz. Ez az információ maga volt a megkönnyebbülés az asszony számára! Mert biztos volt abban, hogy Pál már tovább keresett és azt is tudja, hogy mi történt vele ezek után. Most már csak az a feladat, hogy megpróbálja megfejteni a neki hagyott üzeneteket, amelyek a végén elvezetik hozzá. Az biztos, hogy nem írt volna neki ilyen verset, ha nem akarta volna, hogy tudjon ezektől. A fiúnak élnie kell, különben miért kavarta volna fel feleslegesen, ennyi év után. Paulina reményekkel telve robogott haza, bár azt még nem tudta, hogy mi lesz a következő lépés. Az biztos, hogy vissza kell mennie a palotába és végig kell néznie a könyvet, amit kapott, alaposan át kell olvasson minden verset. Ahogy a korábbi leveleit is. Persze Gizellát nem akarja belevonni a dolgokba és remélhetően nem is lesz rá szüksége – de még az is lehet, hogy nála kell jegyzetek után érdeklődnie. De most csak az számít, hogy egy új cél érkezett az életébe. Hogy is írta Pál:

De a reménysugár csak felcsillant még. Öröm és kacagás
újra eljött közénk. Feledtük a rosszat, amiket átéltünk. Mert
lehet, hogy él a gyermekünk!

•

Gizella teljesen elmerülve ült a kis szalonban és mechanikusan kavargatta a kezében tartott teáját. Fogalma sem volt róla, hogy mióta kavargatta az italát, mert már teljesen kihűlt. Ezzel azonban most egyáltalán nem is akart foglalkozni, megissza hidegen is, úgysem szereti, ha forró. Gondolatai most teljesen máshol voltak. Azon morfondírozott, hogy valóban jó döntést hozott tegnap. Láthatóan senki sem örül, sőt, mindenki haragszik rá – pedig ő csak jót akart. De hát a fiatalok ezt úgysem érthetik meg, hogy ezzel a lépéssel pont a további szenvedéseiket előzte meg. Amália reakciójára egyáltalán nem számított és teljesen meglepte lánya viselkedése. Még soha nem beszélt így vele, még nem volt rá alkalom, hogy kiabálnia kellett volna vele. Nagyon közel állt ahhoz, hogy lekeverjen neki egy pofont – amit soha nem tett még meg vele. Lánya mindig tisztelettudó és szófogadó volt és teljesen érthetetlen, hogy most mi történt vele. Péter csak pár hétre megy el – de ez most miért olyan fontos? Hiszen már évek óta nem élt velük, most miért lett ennyire fontos a jelenléte? Gizella csak arra tudott gondolni – másra nem is lehetett, hogy a lánya minden tiltása és kérése ellenére mégiscsak mélyebb érzelmeket táplál a férfi iránt. Mással nem lehet magyarázni azt a hisztit, amit rendez. Viszont akkor pláne fontos lépést tett, mert a két gyermeknek nem lehet köze egymáshoz. Most egy kis haragot is érzett Pál iránt, hogy nem volt erősebb és hagyta, hogy fia származását annyi évig titok övezte. Pedig számolhattak volna azzal a lehetőséggel, hogy a két fiatal jobban fog kötődni egymáshoz, mint lehetne. És tessék, most itt a baj! Az lesz a legjobb megoldás, ha Péternek mihamarabb társat keres. Azzal mindkét lány megnyugszik. Amáliával még nem szeretne ennyire kapkodni, komoly tervei vannak a lánnyal. Mindenképpen kivár vele, nem olyan sürgős. A lány még fiatal, alig múlt 17, akár még 5 évet is várhat a férjhezmenetellel és akkor sem lesz elkésve. Most viszont a legfontosabb, hogy Pétert biztonságban tudhatja. Már ha biztonságosnak nevezhető a hely, ahova küldte – fogta el az aggodalom. Elvégre megint mozgolódnak délen, már csak az hiányzik, hogy ismét háború legyen. És a fiát meg odaküldte... de a tábornokkal ment, csak körbenéznek, tárgyalnak. Azért már nem a középkorban élünk, nem kockáztatnak, hogy magas rangú vezetőket minden előzmény nélkül bántsák! Hiszen a parancsnokok, tábornokok csak akkor maradnak a csatamezőn, amikor mindenki ott marad, akkor pedig már tényleg mindegy. Azért nem lehet nyugodt egészen addig, amíg vissza nem tér.

Gizella próbálta ügyesen kavarni a szálakat, mert Péter nem tudhatja meg, hogy a küldetés ötlete tőle származott. És úgy néz ki, hogy ez valóban így is van, mert neki csak egy nevet kellett bedobnia, maga a végső döntés nem is tőle származott. Hogy a királynak vagy a hercegnőnek mennyi köze volt mindehhez, azt nem tudja, de nem is fontos. A lényeg, hogy a tábornok Péter mellett döntött és őt vitte magával. Még a sebesülése kapóra is jött, mert a tábornok harcedzett kísérőt keresett és Péter ennek így meg is felelt. Elméletben. De annyira gyorsan történt minden, hogy igazán nem is volt lehetősége beszélni vele. Bár mit is kérdezett volna tőle, hogy ugye fiam, nem gond, hogy nem leszel itt az esküvőn? De azzal nyugtatta magát, hogy Péter láthatóan izgatottan készült az útra és szomorúságot nem látott rajta. És ez a lényeg. Aztán majd meglátják, amikor visszajön, mi történik – ha egyáltalán visszajön. Még az is lehet, hogy megkapja a déli régió parancsnokságát és ott marad. Az lenne a legjobb mindenkinek. Remélhetően. Azért az biztos, hogy ez az esküvő remek lehetőség lesz neki arra, hogy körbenézzen a partiképes előkelőségek közül. És könnyű helyzetben van, mert valamennyi partiképes fiatalt megnézhet, mind a lányára és a fiára is gondolva. Ennél jobb lehetősége nem is lehetne, sőt, ha belegondol, akkor nem is lesz. Na majd elbeszélget a lányával, persze nagyon óvatosan, hogy próbáljon élni az alkalommal és kiélvezni, hogy nincs egy szigorú báty mellette. Nem is merne senki szóba állni vele vagy táncot kérni tőle. Megy is és elbeszélget most vele, talán már jobban lehiggadt. De ha megvárja a holnapot, az sem lesz még késő. Talán nem árt, ha alszik egyet az a bolond lány. Inkább megnézi a hercegnőt, hogy van. Nagyon szótlan volt az ebédkor, pedig itt volt szeretett főnővére.

•

Hora percekig állt a tükör előtt és áhítattal nézte a hófehér ruháját a tükörben. Gyönyörűnek érezte magát ebben a felséges ruhában. Óvatosan tapogatta meg az apró gyöngyökkel díszített felső részt és arra gondolt, hogy a varrónők valóban jó munkát végeztek. Ez volt az összefestett ruhája, amit az első bálján nem tudott felvenni. De az ügyes kezek óvatosan szétfejtették a felső és az alsó részt és kicserélték a sérült részt. Az apró gyöngyök már korábban is nagyon tetszettek neki és egyáltalán nem bánta, hogy nem akkor, hanem épp most tudja ezt a csodás ruhát felvenni. Ezen a szép napon, az esküvője napján! Valami miatt azonban mégsem érzett felhőtlen boldogságot, mondhatni egyfajta szomorúság telepedett rá. Milyen kár, hogy annyi mindenki nem láthatja most őt, pedig milyen jó lenne ha itt lehetnének. A szülei, testvérei, Ella. De fentről minden bizonnyal látják. Hora belegondolt abba, hogy igazából nem is szeretett nagyapjának, hanem az édesapjának kéne az oltárhoz vezetnie, de jól van ez így is. Az oltárhoz, ahol az a férfi várja, akihez hozzá kell mennie. Nagy levegőt vett és nyugtatta magát. Elvégre kedveli Lipótot, mondhatni semmi komolyabb kifogása nincs ellene. Rendben lesz, minden rendben lesz – nyugtatta magát. Annak viszont örült, hogy az anyja nincsen itt. Bár ez nem hangzik túl szépen, de biztos volt benne, ha itt lenne, ez a nap nem róla szólna. Pedig ez a normális, ez kell legyen élete legszebb napja – vagy legalábbis az egyik. Amikor az egész ország azt ünnepli, hogy ő férjhez megy, hogy mindenki boldog, gondtalan és optimistán néz a jövőbe. Nagyon várja már ezt a napot – csak az időjárás lehetne egy kicsit kegyesebb a vendégekhez. De ha minden igaz, akkor legalább az eső elállt és az embereknek nem kell majd ázva várni, hogy a hintó elmenjen előttük. Csak nem akar most már egyedül maradni a sok gondolatával, mert még Péteren gondolkozna. Hol van már mindenki? – lett egy kicsit türelmetlen. Amália azonban pont ebben a pillanatban robbant be a szobába nagy lelkesedéssel. Hora megfordult és várta a hatást. A lányba azonban beleszorultak a szavak, de a tekintete és a nyitott szája elég beszédes volt. Ennyi elég is volt neki. Átölelték egymást. Nem is kellettek ide a szavak, csak a könnyek potyogtak.

- Na, na, lányok, már reggel sírtok, mi lesz később! – érkezett meg a báróné is, és megvárta, amíg a két lány ellép egymástól. – Mutasd magad gyermekem – állt meg a hercegnő előtt, majd alaposan körbejárta. Arca csodálatot tükrözött.

- Úgy gondoltuk, hogy a szertartásra nincs szükség az ékszerekre, ezért a kapott nyakéket majd a fogadáson veszi csak fel. A templomba nem kell a csillogás, oda a tisztaságra van szükség – magyarázkodott Amália az anyjának, de láthatóan a bárónénak fel sem tűnt. Az összképhez valóban nem volt szükség semmire, így volt tökéletes. Csak egy hófehér ruha és apró fehér virágok. Azt meg senki nem látta, hogy a ruha alatt Hora nyakában ott volt Ella apró keresztje.

- Látom, hogy Amália mégiscsak a kék színű ruha mellett döntött – jegyezte meg a hercegnő.

- Igen, úgy döntöttünk, hogy ebben a ruhában könnyebben tudok majd táncolni, a másik, sárga ruha abroncsa annyira nehéz volt hogy kész megerőltetés lett volna a mozgás benne. És ki ülne szívesen, mikor táncolni is lehet – lelkendezett a lány. Láthatóan sokkal izgatottabb volt, mint bárki más. Hora nyugtázta magában a döntést, mert ere a szempontra nem is gondolt. Ő csak a ruha színét és szabását nézte, és szerinte a sárga nem állt olyan jól a lánynak. Szőke hajához túl sok volt, szinte rá sem lehetett nézni, mintha csillogott volna. Aranylány. Hora örült, hogy láthatóan mind a báróné, mind pedig a lánya jól érezte magát és a tegnapi közöttük lévő feszültség is elmúlt. Vajon min kaphattak így össze? De ez most már mindegy is, a lényeg, hogy most rend és béke van. És a báróné is nagyon elegáns a sötétkék ruhájában, tökéletes választás. A nagyszülei minden bizonnyal a szokásos ünnepi ruhájukban lesznek, a gyönyörű bordó palásttal.

- És a hajába nem lesz semmi más? – kérdezte váratlanul a báróné. Hora nem értette a kérdést, szerinte teljesen tökéletes volt a pár apró kis fehér virág, ami ügyesen bele volt fonva a fürtök közé.

- Hogy fátyol? – kérdezte meg ártatlanul.

- Anyám minden bizonnyal a koronára gondolt – jegyezte meg szárazon Amália, majd az asztalon lévő tiarára mutatott.

- Persze, természetesen. Csak még nem tették fel, van még idő.

- Azért annyira már nem sok, aztán ne legyen kapkodás – intett a báróné az öltöztetőknek, akik értették és már elő is készítették.

- És a nyakék, amit Lipóttól kapott? Azt semmiképpen ne felejtsék el, megsértődne a vőlegény – jutott Amália eszébe és már futott is a kis dobozkáért, ami az ékszert rejtette.

- Remélem reggelizett valamit, sokára lesz a fogadás – kérdezte aggódva a báróné, de Hora csak rázta a fejét.

- Nem volt étvágyam. De teát bőségesen ittam – tette hozzá. Azzal legalább sokáig ellesz. Meg Péter biztos ott lesz a közelben, nála mindig van valami apróság – gondolta, majd eszébe jutott, hogy a férfi bizony nem lesz itt. Átfutott az agyán egy pár gondolat, elpirult, elszomorodott, erősebben kezdett dobogni a szíve. Aztán lecsitította magát. Ma férjhez megy Lipóthoz és boldog lesz. Szerencsére töprengésre nem volt több ideje.

- Hol van az én kislányom – hallották meg a király hangját már messziről a folyosóról.

•

Amália felettébb jól érezte magát és egyáltalán nem érzett fáradtságot. Pedig hosszú nap állt mögöttük, több órás kocsikázás, egy igazán ünnepélyes szertartás, újabb kocsiút, vendégek bemutatása, és végre ehettek is pár falatot. De a lényeg az órák óta tartó zene és tánc volt. Amália nem győzte a táncrendjét követni, annyi felkérést kapott. Az összes még nem házas fiatalember ott legyeskedett körülötte és csapta neki a szelet, Amália nem is tudott mit kezdeni ezzel a hirtelen jött népszerűséggel. Persze édesanyja útmutatását követte, és mindenkivel udvarias és előzékeny volt és csak egyet táncolt. Nem akart senkiben sem hiú ábrándokat kelteni, mert egyikük sem dobogtatta meg a szívét. Egyelőre. Így csak hagyta, hogy kiszolgálják, beszélgessenek vele és szórakoztassák, amennyire ez illendő volt. És élvezte a fényeket, a tömeget, a zenét és a sok–sok embert. Mekkora kontraszt volt mindez az ő megszokott kis korábbi életéhez, amikor csöndben és magányban ücsörögtek ketten az édesanyjával a nappaliban és csendben hímeztek. Ehhez képest itt mekkora a nyüzsgés és ez – be kell vallja – nagyon is tetszik neki! És ahogy elnézi az anyját, bizony láthatóan ő is odavan mindezért. Amália tudta nagyon jól, hogy ez a visszavonultság az apja kedvére volt való, ők pedig kénytelenek voltak hozzászokni. És annyira megszokták, hogy apja távozásával sem változtattak már ezen. De azzal, hogy a királyi udvarba kerültek, mindez megváltozott és végre kiélvezhetik mindazt, amiből az elmúlt sok–sok év alatt kimaradtak. Amália tanult annyit anyja példájából, hogy nem fog hozzámenni nála jóval idősebb emberhez, se olyanhoz, akinek a természete merőben eltér az övétől. Sőt, egyenlőre nem is szándékozik férjhez menni, még van rá bőven ideje. Még csak 17 éves. Még évekig ráér. Kihagyna ilyen remek lehetőségeket, mint bálok és tánc? Bár az igaz, hogy azzal, hogy férjhez megy mindez nem szűnik meg, mint lehetőség. De akkor is.

Tekintetével lekövette a hercegnőt, aki a közelben ült és egy pár falatot próbált magába tömni, mielőtt ismét elrabolták volna. Be kell vallja, hogy remekül tartja magát és nem fáradt bele az egész napos mosolygásba sem. Pedig minden bizonnyal hulla fáradt lehet, azok után, hogy az egész estét végig kellett táncolnia. A szokás része volt az, hogy minden járni képes férfinek meg kellett táncoltatnia az ifjú asszonyt – így már órák óta nem volt lehetősége leülnie vagy akár innia pár kortyot. És mindezt persze vidáman. Azonban a hercegnő láthatóan felkészült mindenre és a mosolya is őszinte. Amália örült, hogy a lányt boldognak látja. De hát Lipót felettébb jó parti, kedves, udvarias és nála csinosabb férfit nem is látott a teljes társaságban. Tökéletes választás. Kérdés, hogy hova tűnt, már egy ideje nem látta. Biztos lepihent, ő megteheti, mindenki úgyis az ifjú asszonyra kíváncsi.

•

Paulina szórakozottan kortyolgatta a reggeli teáját és szinte nem is érzékelte, hogy mi történik körülötte. Gondolatai az elmúlt napokban is fia körül forogtak. Az esküvő legalább egy pár napra elterelte kicsit a figyelmét, lekötötte energiáit, viszont azóta ismét csak rá gondolt. Bár férje már többször is gyanakodva kérdezett rá, hogy merre jár, de még egyenlőre el lehetett téríteni a vendégek, a fogadás teendőivel. Viszont most már nem foghatja semmire, elvileg már visszatért a régi kerékvárás a palotába.

Hiába olvasta végig az összes verset, novellát többször is a kis könyvében, semmilyen más utalásra nem bukkant. Kezdett kifogyni az ötletekből, kezdte elveszíteni a reményt. Pál miért nem ügyelt arra, hogy további információval lássa el őt? Vagy vannak további levelek még Gizellánál? De hogy kérdezzen rá erre? Pedig valahogy ki kell derítenie, mert ebbe a tétlenségbe beleőrül. Akkor már jobb lett volna, ha nem tud semmit, mert ez még a halálnál is rosszabb. Az legalább biztos. Lehet, hogy a lányánál érdeklődik inkább előbb, vagy az is lehet, hogy valahogy meghivatja magát a kastélyukba, hátha ott lehetősége lenne körülnéznie egy kicsit. De hogyan? Nem úgy néz ki, hogy a báróné hazatérne, lassan november és ha minden igaz, akkor egészen tavaszig itt marad a palotában. Minek is siessen haza, hogy egyedül üljön a hatalmas, hideg épületben? Akár el is mehetne egyedül – de mit mondana a házvezetőnek, miért akar körbenézni a báró dolgozószobájába? Lehet ha ez így megy tovább, akkor odáig fog vetemedni, hogy felfogad valakit, hogy nézzen körül az iratok között és hozzon el – de mit is? Paulina, teljesen kezded elveszíteni a fonalat és kifordulni önmagadból! – nyugtatta magát. Végig kéne gondolnia és kitalálnia, Pál vajon hogy üzent neki. A legjobb mégiscsak az lenne, ha Gizellával beszélgetne egy kicsit – jutott elhatározásra. Kortyolt egyet a teából és akkor vette csak észre, hogy bizony addig szorongatta, amíg teljesen ki nem hűlt. A kopogásra felnézett. A komornyik jött be, hogy tájékoztassa a király napi menetrendjéről. A délutáni audiencia listáját ismertette. Paulina meghallgatta a névsort, majd elsápadt. Aztán majd kiesett a szíve a helyéről. Legszívesebben a homlokára csapott volna! Ennyire egyszerű az egész? Hogy nem vette észre a magától? Hiszen végig itt volt a nyilvánvaló a szeme előtt! Hát persze! Péter Ziethof! A gyámgyerek, hát ki más is lehetne! Ki mást emelt volna erre a rangra, ha nem a saját fiát! Hiszen mennyire rácsodálkozott, amikor meghallotta, hogy van gyámfia – persze akkor még nem tudhatta azokat, amit most. Pál, aki mindig is merev volt, távolságtartó és megközelíthetetlen. Biztos, hogy felesége első gyermekét erre a rangra helyezte volna? Biztos, hogy Gizella fiát találta meg és nem a sajátját? De várjunk csak, két gyermekről beszéltek a kolostorba, akik ugyanazon a napon születtek. Lehetséges volna? Tényleg létezik, hogy aznap, akkor és ott Gizella is világra hozta gyermekét? És ha valóban így van, akkor melyiküké Péter, és hol van a másik gyerek? Nem, ez teljességgel valószínűtlen. Vagy mégis? Ki kell derítenie, azonnal, meg kell tudnia, amit csak lehet. Mondjuk a születési dátumát. Beszélnie kell vele! Kell a bizonyosság! Bár ha így belegondol, ha jól végiggondolja, akkor a külseje valóban emlékezteti Pálra. Édes istenem, ha mindez igaz, akkor... akkor megtalálta a fiát!

- Vilmos, hagyja csak, majd én fogadom őket és meghallgatom a beszámolójukat, maga csak pihenjen egy kicsit – lépett azonnal akcióba és átvette az audiencia ezen részét a királytól. Nem kellett kétszer mondania, a férfi azonnal beleegyezett. Paulina örömmel nyugtázta, hogy ez így nem is lesz bonyolult, csak a tábornok hosszas beszédét kell túlélnie, utána viszont válthat egy pár szót Péterrel – vagyis lehet, hogy a fiával! Már alig bírja kivárni, de ezen az egy órán már semmi nem múlik. Ha igaza van, ha valóban az a helyzet, akkor... akkor – mi lesz? Ha valóban a fia, akkor... mit is tegyen? És miért lett ilyen ideges, miért izgul ennyire?

•

Hora hagyta, hogy kutyája előre szaladjon a folyosón, most nem sietett utána. Kicsit kimerítette a ma sétáltatás. Hiába volt a palotában személyzet, ahhoz akkor is ragaszkodott, hogy Bátort ő vigye ki minden délután. Ma viszont nyugtalanul és keveset aludt és egész nap fáradtnak érezte magát, így szinte vonszolnia kellett a tagjait felfelé a lépcsőn. Még az is lehet, hogy egy kicsit meghűlt tegnap és a láz kerülgeti, azért érzi magát ilyen levertnek? – tanakodott, de a fáradtságon kívül mást nem érzett. Már mintha kicsit melege is lenne, lehet, hogy mégiscsak lázas? A legjobb, ha egy kicsit lepihen a vacsora előtt. Mióta új családtaggal bővült az udvar az étkezési szokások is megváltoztak. Míg korábban a vacsora számított a fő étkezésnek, addig most ez az ebéd lett az. Lipót ugyanis későn feküdt és későn kelt, így számára a reggeli ki is maradt. Helyette egy bőséges étkezéssel indította a napot, ami a többieknek már az ebéd volt. A királynak nem okozott gondot ez a változás, este már nem tudott és nem is szokott sokat enni, így még jól is jött neki, hogy nem kell közös vacsorákon részt vennie. Annál szívesebben teázgatott uzsonna időben Horával, rendszeres programként. Egy tea majd most is jól fog esni neki.

Lipót úgyis teljesen hanyagolja. Már lassan egy hónap telt el az esküvő óta és az ebédek kivételével szinte nem is találkoznak. A férfi láthatóan teljesen el van foglalva, hogy megismerje a palotát, a környékét, a szokásokat. Tegnap például arról mesélt, hogy a jövő héten nekivág az országnak és bejárja minden szegletét. Láthatóan minden érdekli, ami persze nagyon jó dolog és a nagyszüleinek felettébb tetszik. Igen dicséretes is, neki sem kéne kivetnivalót találnia mindebben. Csak egy csöppet elhanyagoltnak érzi magát. De rajta kívül ezt senki nem találta furcsának, se a nagyszülei, se a báróné, így akkor ő is elfogadta. Mást úgysem tehet, minthogy végzi ő is a feladatát.

Annyira elgondolkodott, hogy teljesen elmerült a gondolataiban, észre sem vette, hogy a kabátja rajta maradt. A legjobb, ha most visszaviszi és a bejárati ajtó melletti szobába, a helyére teszi, mert aztán keresni fogja – fordult vissza a lépcső tetején, majd lefelé sietett. A fordulónál járt, amikor határozottan azt érezte, hogy egy láthatatlan kéz szinte visszahúzza. Mintha meg akarná akadályozni, hogy tovább haladjon lefelé. Ella – érezte meg egyből barátnője jelenlétét és engedelmeskedett neki, nem ellenkezett. Biztos volt benne, hogy okkal történt mindez és ismét egy jelet kap fentről. Eszébe villant, hogy mit mesélt neki a lány, hogy ez a hely milyen jó les és ki lehet hallgatni bárkit, aki lent beszél anélkül, hogy észrevenné. Lehet, hogy most így akar valami fontosat üzenni? – ült le és csöndben fülelt. És igaza lett! Két férfit hallott meg a lépcső alatt pusmogni. Szinte visszafogta a lélegzetét, hátha úgy meg is érti, hogy miről beszélnek. Semmi – erőltette a fülét és csalódottan sóhajtott egyet. Már mióta beszélnek és még mindig nem érti, amit mondanak! Már percek teltek el és Hora majdnem felállt, hogy lesétáljon, mintha mi sem történt volna, amikor pár szó értelmet nyert.

- Rendes munkát kértem! – értett meg egy mondatot végre. A hang gazdája érezhetően ideges volt, amit nemcsak a hangsúly, hanem a hangerő is jelzett. Hora ezért is érthette meg ezt a mondatot. Csöndben fülelt, hátha újabb foszlányokat kap el. Nem kellett sokáig várnia, a káromkodások után ismét kivehető mondatok következtek:

– Arra kértem, hogy ne kelljen többet találkoznom vele, erre ma a saját szememmel láttam! – mondta az ideges hang.

- Én igazán sajnálom – értette meg a másik védekező szavait.

- Hasznavehetetlen! – tombolt szinte az első és Hora hallotta, hogy egy pofon is elcsattant. Kénytelen leszek elküldeni majd a háborúba – és ügyelni rá, hogy ne térhessen onnan vissza! – tette még hozzá az ingerült hang, majd lépéseket hallott. A férfi távozott. Hora elsápadt, szinte fel sem fogta, hogy mit hallott. De ez most nem is fontos, nincs ideje ezen gondolkozni. Meg kell tudnia, hogy kik beszélgettek itt, meg kell néznie, hogy ki volt az, muszáj lesz egy kicsit felemelkednie – próbált meg óvatosan, előrehajolva kikémlelni a korlátok között. De hát ez... ez egy palotaőr volt! – ismerte fel a távozó egyenruháját. Megborzongott. Kik ezek és mit forralnak? És kiről beszéltek? Valaki veszélyben van és ki kell derítenie, hogy ki az. Ella, kérlek segíts még! – fohászkodott a barátnőjéhez, ötletre várva. A másik fél még mindig a lépcső alatt van, akár őt meg is lesheti – jutott eszébe. Legalább az egyikük arcát jó lenne, ha megnézné és most már nyugodtan le is sétálhat, hiszen elég sok idő telt el – határozta el magát és igyekezett közömbös képet vágva lefelé a lépcsőn. Szerencséje volt, az alak mintha odacövekelődött volna a lépcső aljára és a hercegnőt csak akkor vette észre, amikor már a lépcső aljára ért. Hora csak annyit látott, hogy egy sápadt fiatalember a sapkáját tördelve a kezében riadtan libben el a legközelebbi ajtó irányába. De annyi időre még épp láthatta, hogy megnézze az arcát. De honnan is volt ismerős – próbált kutatni a fáradt agyában és érezte, hogy szinte égnek a szemei. Lázas, semmi kétség, de attól még rá kéne jönnie, hogy ki volt ez az alak, hol látta már korábban. Nagyon fontos, mert ezek itt háborúról és halálról beszéltek. De ki lehetett az? – lépkedett teljesen elmerülten a ruhaszoba felé, észre sem vette, hogy közben kinyílt a lenti szalon ajtaja. Hora csak arra eszmélt, hogy szinte nekiütközött a tábornoknak. Felnézett és meglátta az éppen akkor kilépő Pétert. Elsápadt, majd forróság öntötte el és nem tudott hirtelen mit kezdeni a sok közös emlékkel, ami abban a pillanatban a felszínre tört benne. Hora egy pillanat alatt átélte a közös lovaglásokat, beszélgetéseket és azt a kellemes érzést, amikor a férfi a karjában tartotta. Majd azt az ijedelmet, amikor ő tartotta a karjában a sérült férfit. Hát persze – csapott szinte a homlokához! Már emlékszik, ez a férfi volt a vadász, aki majdnem eltalálta őket! – állt össze hirtelen a kép, majd újabb gondolatok kezdtek őrülten cikázni a fejében. Eszébe jutott, hogy miről is szólt a beszélgetés, amivel eddig nem is foglalkozott. Ezek itt gyilkosságról beszéltek! Mégiscsak igaza volt és nem véletlen baleset történt, hanem szándékosság és a férfi veszélyben van! El akarják távolítani, meg akarják ölni! – lett rajta úrrá a kétségbeesés. Arca felforrósodott, a félelem és a veszélyérzet eluralkodott rajta. A világ forogni kezdett körülötte, majd elsötétült minden.

•

Paulina nyugtalanul ült unokája ágya szélén és aggódva nézte a lány kipirosodott arcát. Még kész szerencse, hogy éppen ott voltak és egyből fel tudták hozni a szobájába, hogy lefektessék. Amennyire vissza tudott emlékezni, Anna hercegnő mindig egészséges, erős lány volt és alig volt beteg. Már csak az hiányzik, hogy ő is gyengélkedjen, éppen elég aggodalom a számára a király hullámzó állapota. Reméli semmi komoly, az orvos szerint nincs láza, csak elgyengült. Paulina váratlanul elmosolyodott. Lehet, hogy máris várandós lenne? Az magyarázná ezt a gyengeséget! Milyen egy áldás lenne, ha máris útban lenne a következő generáció, az utód, aki majd a trónra kerül – merengett el egy kicsit, aztán gyűlölet fogta el. Egy utód, akibe nincs az ő vérükből! – keményedett meg egyből a tekintete és felállt az ágy mellől.

Miért történik mindez vele? Miért nem lehetett előbb megtudnia mindazt, amit most már tud? Ha ez pár héttel előbb derül ki, akkor nem történik meg mindez. De most már késő. Anna egy idegen grófhoz ment feleségül és ha jól belegondol csakis saját magát okolhatja emiatt. Mert itt lett volna a lehetőség, hogy Péter, aki rangban szintén megfelelő lett volna számára, ő hozzá menjen. És akkor minden oda került volna, ahol lennie kéne. Péter, aki lehet, hogy az ő vére és Anna, aki viszont nem. Paulina legszívesebben ordítani szeretett volna a dühtől. Hosszú éveken át átkozta Zsófiát, amiért állapotosan érkezett a fiával kötött házasságba, ki tudja honnan szerezve Annát. Ezt a szegény lányt okolta mindenért, amiről nem is tehetett. És most itt volt a lehetőség, hogy minden a helyére kerüljön. Végre meglátta a gondviselő szándékát, hogy miért nem lehetett Anna az ő unokája. Hogy nyugodtan hozzámehessen Péterhez, akiről senki nem tudja, hogy esetleg az ő fia. És nem is kell megtudnia senkinek, maradhat az ő titka. De elrontotta! A büszkesége nem engedte, hogy ez a frigy létrejöjjön, mert lehúzta a nevét a listáról. Átkozott perc, amiért gyűlölte magát! És ha valóban Anna máris gyermeket vár, akkor már nincs mit tenni, nem fordítható mindez vissza. Talán ha lány lesz – fűzte tovább a gondolatait. Ki kéne találnia valamit, hogy szabadulhatna meg Lipóttól... mindenképpen Pétert valahogy a trónra kéne juttatnia! – járkált idegesen fel–alá a szobában. Nem lehet az, hogy mégsem úgy lesz, ahogy lennie kell!

Majd a férfira gondolt és léptei lelassultak. Nem volt könnyű pár szót váltani vele úgy, hogy ne kezdjen el gyanakodni. De persze leleményesen megoldotta a kérdést azzal, hogy megkérdezte a pontos születési dátumát. Az pedig egyezett! Persze alaposan tanulmányozta a férfit az elmúlt órában, hasonló jegyek után kutatva. Nem állíthatta, hogy kiköpött mása lenne Pálnak, vagy hasonlítana rá, bár az is igaz, hogy az emlékei vele kapcsolatban kissé megfakultak. De azt egyből észrevette, hogy legalább olyan makacs, mint a férfi volt. Vajon ezt örökölte, vagy így nevelték? – morfondírozott. A következő pillanatban kétség fogta el. És mi van, ha mégsem az ő fia? Ha mégis Gizella bárónő gyermeke? Hiszen a nő szintén ezt mondta, és ez így is lehet. Ebben az esetben pedig jobb, ha minden marad úgy, ahogy van, hiszen akkor csak anyai részről lenne előkelő a származása. Paulina, nézz mélyen magadba és hallgasd meg, mit súg az anyai szíved! – állt meg, hogy magába nézzen. De semmi, nem érzett semmit. Csak reményt. Ez kezdetnek nem rossz – de elég bizonyítéknak? Vajon mennyivel lenne jobb, ha biztosra tudná? Hiszen erről senki nem tudhat! De talán... ha kicsit több időt tölthetne el vele – de kérdés, hogy hogyan? – tanakodott. De vajon kiderül is valaha, hogy mi történt, egyáltalán kiderülhet? Gondolataiból halk nyöszörgés zökkentette ki, a hangok az ágy felől érkeztek. Paulina feleszmélt, hol is van és a hercegnő felé sietett.

- Hogy van gyermekem? – hajolt a lány fölé és döbbenten látta meg az arcán a kétségbeesést.

- Én hallottam amikor arról beszélgettek, hogy el kell küldeni a háborúba, hogy ne legyen gond.... Veszélyben van, tenni kéne valamit, kérem nagymama, ha tud intézkedjen.... A vadász nem véletlenül lőtt... és megismétlődhet... nem akarják, hogy éljen, de nem láttam jól, hogy ki, csak az egyenruhát – beszélt össze–vissza a lány. Paulina semmit nem értett és aggódni kezdett, hogy lázálma van. Kezét a homlokára tette, hogy meggyőződhessen róla, de nem érzett forróságot. A lány kétségbeesett arcát látva azonban komolyan aggódni kezdett, Anna nem esik könnyen pánikba, oda kell figyelnie rá!

- Ki van veszélyben? – tette fel a kérdést, mert ennyi volt az, amit megértett az előbbi kuszaságból, de nevet nem hallott.

- Kérem küldje el Pétert, a saját biztonsága érdekében – felelte ezúttal teljesen világosan a lány. Paulina figyelme egyből a maximumra került és kérdezgetni kezdte a lányt. Hora viszonylag összeszedetten és érthetően mesélte el, hogy mit hallott. A kép tisztult és az előbbi zavartságban rend keletkezett. Anyatigrisként törtek fel belőle az érzések arra a tudatra, hogy a fia életére törnek. Igen, az ő fia!

- Nyugodjon meg gyermekem, majd kiderítem, mi történhetett. Biztos csak valami félreértés, nem kell aggódni. Itt biztonságban van. Péterrel kapcsolatban pedig intézkedem – simította meg a lány karját. Bízhat bennem – mosolygott rá. De kérem erről másnak ne szóljon, nem szeretnénk a családját feleslegesen aggódni látni, ugye? – tette hozzá, miközben már mindenféle megoldásokon agyalt. Bár pont most, hogy megtalálta, nem szívesen hagyná elmenni, de ha mindez tényleg igaz és veszélyben van, addig nincs más lehetőség. – Igyon egy kis vizet – nyújtotta felé a poharat és várta, hogy megnyugodjon. – Most pedig a legjobb lenne, ha aludna egy kicsit – állt fel az ágya mellől, de továbbra is látta a riadalmat az arcán. Szólok Amáliának, hogy aludjon itt. Meg itt van ez a nagy dög, senki nem mer bejönni – intett a kutya felé. Érzékelte, hogy Hora mintha nyugodtabb lenne és el is mosolyodott egy kicsit.

De most nincs vesztegetni való ideje, ha mindaz amit Anna mondott igaz, akkor azonnal intézkednie kell – indult az ajtó felé. Mindenképpen biztonságba kell helyeznie Pétert.

.

- Á, ön az – nézett fel a könyve felett a király és Paulina észrevette, hogy milyen csalódott képet vágott, hogy nem Annát látta az ajtóban.

- Ma én teáznék önnel, Anna kicsit gyengélkedik – próbált nem reagálni a férje pillantására, de jobban szíven ütötte, mint azt előre gondolta.

- Mi baja van? – emelte fel egyből a férfi a hangját és láthatóan ideges lett.

- Egy kis gyengeség, semmi különös – igyekezett közömbösen válaszolni. Nemrég jöttem a szobájából és már sokkal jobban van. Sok pihenésre van szüksége, a szobájában vacsorázik majd – tette még hozzá.

- Az orvos már látta? – kérdezgetett a király, láthatóan aggódva.

- Ja igen persze, ott járt az a vénember. Azon gondolkoztam nem kéne–e lecserélni egy fiatalabbra? Ő már annyira öreg, hogy lehet, észre sem vesz dolgokat. Aztán még valami baj lehet ebből – aggodalmaskodott Paulina. Mert ha így jobban belegondol, akkor az is lehet, hogy a férjét sem kezeli már jól.

- Ezt hogy érti, A doktornál nagyobb tudású embert még nem láttam és teljesen megbízom benne! – ellenkezett a férfi.

- Nos az orvos szerint Anna teljesen jól van és semmi baja. De ha engem kérdez, akkor szerintem máris gyermeket vár – mondta durcásan a felesége.

- Hogy mondta? – szaladt fel a király szemöldöke.

- Jól hallotta. Elvégre már jó pár hete házasok és Anna mindig erős lány volt. Most meg csak úgy elájul és nincs semmi baja – mondta el az általa felállított diagnózist. Vilmos király arcán azonnal öröm sugárzott és felpattant a helyéről.

- Ez ám a hír! Ha tényleg így van, akkor ennél jobb dolog nem is történhet. Az ország máris sínen van és minden rendben lesz! Na mi az, nem is örül? – nézett lelkesen a feleségére. Paulina azonban lesújtva ült a széken. Minek örüljön, amikor most adta ki az utasítást, hogy Péter menjen vissza a déli területekre és felügyelje a rendet. Hogy éppen most küldte el a közeléből a gyermekét, akit alighogy megtalált? Hogy mi mindent feláldozott ezért az országért, a népért, most pedig azon örvendezzen, hogy a zabi hercegnő a szomszéd ország grófjától várja a következő nemzedéket, aki majd a trónon fog ülni? Hogy az összes áldozat mind hiába volt és nem az ő vére megy tovább? Elöntötte az idegesség és felpattant a helyéről. Az elmúlt sok–sok év fájdalma egyszerre szakadt ki belőle és sziszegve fröcsögte a királyra a következő mondatokat:

- Minek örülnék? Ebben a gyerekben, a dinasztiában már nem maradt semmi belőlünk! Ez a gyerek a mi kudarcunk és tehetetlenségünk eredménye, akihez semmi közünk! – vetette oda villámló szemekkel.

– Már nem érdekel az ország, sem a jövője, én mindent megtettem érte, amit lehetett, most ők tehetnének értem! Ki is szállok az egészből, már nincs rám szükség! – állt fel és csapkodni kezdett. A tehetetlenség dühe teljesen úrrá lett rajta, el is felejtette, hogy hol van.

- Elhallgass! – ordított rá a férje, mire Paulina megszeppent és összehúzta magát. Vilmos addigra azonban már kellőképpen feldühödött és nem állt meg ennyinél. Hangerejét visszavette, de a villámló szeme így is kifejező volt, lendületesen folytatta: – Prédikál itt nekem folyton a vérvonalról, aztán nézze meg! Két szánalmas gyermekkel ajándékozott meg! Ennyit tettünk le az asztalra mi ketten, közösen! Nem is megy tovább a vonalunk és nem is baj! Annát pedig eltiltotta előlem, évekig zárdába kényszerítve. A nevelés, higgye el sokszor sokkal többet ér, mint a születési jogok! És Annában nagyon is ott vagyunk mind a ketten, az értékeink, az elveink, a gondoskodásunk – vagy annak a hiánya. A mindennapok, amit együtt töltöttünk. Sokkal inkább a mi gyermekünk, mint a két fiunk valaha is volt! Jegyezze meg ezt egyszer és mindenkorra! És most pedig menjen, hagyjon magamra! – mutatott az ajtó felé, és elfordította a tekintetét. Paulinának nem kellett kétszer mondania, ezek után biztos, hogy jó ideig nem fogja a férje társaságát keresni. Nem, az ő büszkesége ennél sokkal előbbre van, hogy köztes megoldásokkal megelégedjen! Ő soha nem adja alább!

Zaklatottan ment át a szobájába és ült le az ágyára, majd máris a könyve után nyúlt: az egyetlen dolog, ami mostanság megnyugtatja. Remegő kézzel szorította magához a viseletes borítót. Mi is lenne vele e könyv nélkül. Miért van az, hogy ez az egyetlen vigasza mostanság, már az imádságos könyv sem nyújt annyi bizodalmat neki, mint korábban. Nagyon nem jó ez így, valamit mindenképpen tennie kell. Ha így halad, megint teljesen kimerülnek az idegei. Még az is lehet, hogy a legjobb az lenne, ha pár napra elutazna. Egy kicsit távol lenni a kastélytól, a problémáktól, a megvívott harcokról. Felcsapta a könyvet, de annyira zaklatott volt, hogy jópár percnek kellett eltelnie, hogy egyáltalán felfogja a betűket, amik végre nem elmosódottan lapultak a könyv lapján. Lepillantott és az alábbi mondatokat látta meg:

A bizonyság hidd el nem is fontos tény, a lényeg az, hogy megint szeressünk.

Paulina az ölébe ejtette a könyvet és próbálta értelmezni a mondatokat. A bizonyság nem fontos – mit akart ezzel üzenni? – hümmögött. Ezek szerint ő sem tudta biztosan, hogy kik a szülei Péternek – és nem is érdekelte? Lehetséges volna, hogy a büszke, öntelt Pál öreg korára már nem úgy gondolkozott, ahogy korábban? Akárcsak Vilmos? Rájött, hogy vannak fontosabb dolgok, olyanok, mint az együtt töltött idő és az átadott szeretet, a törődés? Az a tény, hogy ők nevelték, segítették, hogy ők voltak vele? Nem is lenne fontos, hogy kik a szülei, hanem hogy kik formálták azzá, aki? Lehet, hogy mégiscsak nekik van igazuk és ő látja a dolgokat rosszul? Neki kéne rugalmasabbnak lennie? – dőlt hátra az ágyán és szeme megtelt könnyel. Vajon már késő?

•

- Nem, az biztosan nem úgy történt – ismételte meg Amália már harmadszor és kétkedve nézett Horára. Ugyan a királyné elmesélte neki, hogy a hercegnő rosszat álmodott, de azt nem gondolta volna, hogy ennyire kétkedve fogad ma mindent. Sajnálkozva nézett a lányra, aki láthatóan nem nézett ki túl jól, még az is lehet, hogy a magas láztól félrebeszél. A legjobb, ha újabb borogatást kap – nyúlt a kis tál után, hogy kicserélje benne az átmelegedett vizet. A királynőtől pontos utasítást kapott, hogy mi a feladata és mit mondjon: a hercegnő most állandó felügyeletet igényel és ellenőrizni kell, hogy a láza ne menjen fel ismét. Azt is elmondta, hogy a lánynak rémálmai voltak tegnap és a valóság és az álom összemosódott. Ha bármilyen veszélyről vagy háborúról beszél, az minden bizonnyal csak álom volt. Próbálja megnyugtatni, hogy nem kell semmi miatt aggódnia. Amália egy hideg kendőt szorított a lány homlokához, bár az nem tűnt forrónak.

A lány sápadt arca azonban arra utalt, hogy nincs teljesen jól. Haja fénytelenül tapadt a fejére, szeme alatt karikák húzódtak. Ajka cserepes volt, elveszítve minden színét. Tényleg nem nézett ki jól.

- Találkozott már a bátyjával? – kérdezte Hora a lányt, aki erre meglepődött.

- Ó, hát Péter még hosszú hetekre távol lesz, nem is várjuk vissza csak karácsonyra – mondta kicsit szomorúan is a lány.

- Szóval nincs itt? Pedig tegnap láttam – ellenkezett Hora.

- Én ugyan nem tudok arról, hogy itt lett volna, így ön sem találkozhatott vele. Hacsak nem az álmában. Na szép, a bátyámmal álmodik? – húzta nevetve a lányt. Hora színe mintha kezdett volna visszatérni és láthatóan elgondolkozott.

- Akkor csak álmodtam az egészet – mondta és megkönnyebbült. Ha tényleg így történt, akkor nincs mitől tartania. Bár az egész annyira részletes és hihető volt, hogy tényleg a valóságnak gondolta. Magas láza lehetett, hogy ilyen lázálma volt. Végül is ha jól belegondol, érthetetlen és elképzelhetetlen mindez.

- És mit álmodott az én bátyámmal? – unszolta a lány. Mérhetetlenül kíváncsi volt, hogy vajon milyen álom lehetett. Hora viszont mindezt nem érzékelte, annyira elmerült a gondolataiban és teljesen ártatlanul felelt:

- Ó, hát csak mentem le a lépcsőn és ő meg jött ki nagyapám audienciájáról a tábornokkal.

- Bár már ott tartanánk! – sóhajtott Amália. Úgy érzékelte, hogy Horának sokkal jobbat tesz egy kis beszélgetés vagy pletyka, mint bármilyen borogatás, így le is vette a kendőt a fejéről. Mintha sokkal élénkebb is lenne és hát teljesen összefüggően beszél. A szín is kezdett visszatérni az arcára. – Nem ül fel egy kicsit? – kérdezte meg, de nem is kellett segítenie, Hora magától igazgatta meg a párnát a háta mögött.

- Már jobban vagyok – mosolygott hálásan Amáliára. Igen, ezek szerint mindaz a zagyvaság, amire emlékszik, az csak álom volt, egy rémálom. És ezek szerint semmi nem igaz belőle, nem kell aggódnia semmi miatt. Senki sincs veszélyben és semmi háború sem fenyeget. Azért milyen egy érdekes szerkezet ez az agy, hogy összekombinálja a dolgokat és álommá alakítja. Amália azonban már teljesen mással foglalkozott és hangosan is kifakadt:

- Borzalmasan hosszúak és unalmasak a napok – sóhajtott egy nagyot mellette a lány.

- És ez még csak a kezdet, még ott van a teljes január és február is! Alig győzzük majd várni a napsütést, a meleget és a fényt – kontrázott rá. Önöknél mivel teltek a telek? – kérdezte, de Amália meg sem hallotta a kérdést, csak panaszkodni kezdett:

- Én meg azt hittem, hogy itt a királyi udvarban minden nap zajlik majd az élet. Vendégek jönnek–mennek, mindig van kit figyelni, miről társalogni. De itt sem történik semmi – biggyedt le a szája. A királyi udvar fénye mindig az ország állapotának a tükre – tette hozzá csípősen. Hora erre a mondatra felkapta a fejét és csodálkozva a lányra nézett. Úgy mérte végig az aranyló fürtöket, a szép babaarcot, a dacosan összehúzott piros szájat, mintha most látta volna először. Belevillant megint a felismerés: Amália mennyire az ellentéte Ellának! És be kell vallja, neki is. Ő annyira jól érzi magát ebben a csöndben és nyugalomban, dehogy hiányzik neki holmi jövés–menés vagy ricsaj. Na azért persze néha túlságosan is nyugalmas minden, de ez még mindig sokkal jobb, mint ha zajos, mozgalmas, tivornyázós élet lenne itt. Jó volt a fővárosban, de képtelen lenne ott élni. Erre minden bizonnyal Amália sem vágyik, de a kettő között kell lennie valami átmenetnek. És ha jól belegondol, akkor a lánynak tényleg igaza van: régen mennyivel élénkebb és zajosabb volt minden és nem csak azért, mert gyerekek voltak. Amíg a szülei éltek, addig voltak partik, vendégek, fogadások. Valóban úgy néz ki, hogy ő is beleöregedett a jelenbe. Nagyanyja mellett is csak egy vén komorna van már. Bár nem szívesen, de egyet kell értsen a lánnyal: ami az udvarban van, az valóban a majdnem kihaló királyi ház képét mutatja. Öreg uralkodók, gyenge ország, unalmas és fénytelen udvari élet. Kopott bútorok, dísztelen szobák.

- Van esetleg valami ötlete, hogy lehetne ezen változtatni? – tette fel a kérdést a lánynak, ami láthatóan váratlanul érte.

- Le kéne lépni innen – mondta ki egyenesen, majd rájött, hogy ezt jobb lett volna nem elmondania. – Én nem úgy gondoltam – próbálta menteni a helyzetet, de félbehagyta a mondatot. Mit szépítsen a tényeken, mikor valóban így gondolja. Már egyértelmű volt a számára, hogy innen csak egy házasság révén távozhat majd. De az biztos, hogy jól megnézi majd, hogy milyen házba megy majd el innen. Annyira azért mégsem sürgős, hogy az első adandó alkalommal, egy nagyjából megfelelő férfival egyből távozzon. Azt már nem, mindenképpen megvárja, hogy a csinos, gazdag és befolyásos férfi tekintélyes vagyonnal és udvartartással elvigye innen. De hol találkozhat ilyen emberrel, mikor a madár sem jár erre? – töprengett, megoldás után kutatva. A szobára csend telepedett.

- És előtte? – kérdezte meg nyugodtan a hercegnő percekkel később. Szerette volna tudni, hogy mire vágyik Amália, hátha könnyebben teljesíthető. Elvégre a lány eddigi élete során nem hagyta el szinte a palotát, ahol visszavonultan éltek a szüleivel. Mi történhetett most hirtelen vele, hogy ennyire megváltozott? Kinyílt neki a világ? De mikor, mitől? – nézett rá a szőke fürtökre. A kalandos szemek a távolba meredtek, nem árulva el semmit. Vajon mikor lett szűk a tér? Vagy eddig is az volt, csak nem mert lázadni ellene? De azt még mindig nem tudja pontosan, hogy mi az, ami itt nincs meg? Vagy csak félreértett valamit és Amália egyszerűen vissza akar menni? – egész belefáradt ebbe a sok gondolkodásba – kapott a fejéhez. Valami belenyilallt. Amália mindebből mit sem vett észre és beszélni kezdett. Horának erősen kellett koncentrálnia, hogy megértse, amit mondd. Nagyon elfáradt.

- Ó hát nem is tudom. Ha több ember járna ide, lennének vendégek. Otthon sem találkoztam senkivel és itt is ez a helyzet. Ez így nem volt jó csere – állt fel az ágyról.

- Majd ellátogatunk a fővárosba, elmegyünk színházba, vásárolni, benézünk a parlamentbe – csúszott le a párnán. Pihennie kell. – Nem nagyon tudott most többet mondani ennél, nem is mondhatott, de megkönnyebbülten nyugtázta, hogy ez a lehetőség nagyon felcsigázta Amáliát. Csak abban bízott, hogy Lipót révén ezen a területen is lesz majd változás.

•

- Mi történt? –lépett be sietve a király hálójába Paulina és tekintete egyből az ágy felé esett. Azonnali tájékoztatást kérek – mondta parancsolóan az ott várakozó komornyiknak, azonban a férfi annyira rémült volt, hogy egy szót sem volt képes kinyögni, csak lehajtotta a fejét és már szaladt is ki. Az orvos még utána szólt, hogy meleg legyen az a víz. Paulina csak legyintett egyet és tekintetével az orvos felé fordult. Komoly dologról lehet szó, ha az idős férfi bekéreti a szobába és nem vizsgálat utáni tájékoztatást ad. Csak nem a legrosszabbra kell számítani? – nézett kétségbeesetten az ágy felé. A sok párna között a király szinte elveszett, sápadt arcát látva Paulina úgy érezte, hogy kicsúszik alóla a talaj. – Csak nem? – nézett az orvosra és megragadta a karját. Nem hagyhatja itt őket, ez nagyon nem jó időzítés! Még maradnia kell, még egy–két évet. Legalább.

- Agyvérzés – közölte a lesújtó hírt az orvos. – Nem tudni milyen súlyos, mi károsodott – tette még hozzá. Várnunk kell, mást most nem tehetünk. Az imánál jobb orvosságot most én sem tudok adni – csukta be a táskáját, jelezve, hogy menni készül. Paulina felsóhajtott. Hála Istennek, nem halt meg! Az orvos után kapott, mert ennél több információra lenne szüksége. Az idős férfi azonban végigsimította gyér haját, sóhajtott egyet, majd szótlanul a királyné karjára tette a kezét. Paulina megértette a jelentést, de képtelen volt elfogadni. Nem, ez nem történhet meg vele. Amint lehet megy és gyertyát gyújt, hogy felépüljön!

Karon fogta az öreget és kikísérte az ajtóig, közben még bólogatott az instrukcióira. Persze, hogy mindig itt lesz mellette valaki, és persze, egyből szólnak, ha bármi változás van. Majd ő felügyel mindent, nem kell aggódni, persze pár óra múlva megint jön és megvizsgálja. Paulina becsukta maga mögött az ajtót és kimerülten nekitámasztotta a hátát. Bepárásodtak a szemei. A kép elmosódott előtte, lábai nem bírták a terhelést. Lassan lecsúszott a földre és vállát zokogás rázta meg. Pár perc után megkönnyebbült. Paulina, szedd össze magad, még nincs itt a vég! – korholta magát, majd feltápászkodott a kopott szőnyegről. Letörölte a könnyeit, majd határozatlan léptekkel elindult az ágy felé. Megigazgatta a takarókat és felemelte a földre esett párnát, majd az egyik fotelba tette. Odahúzott egy széket és leült. Kezét Vilmos karjára tette és meghökkenve érzékelte, hogy jéghideg. Lehet, hogy már nem is él? – állt fel kétségbeesetten, majd fölé hajolt. Megkönnyebbülve állapította meg, hogy alig észrevehetően, de lélegzik. Visszaült. Megigazgatta a takarót és ismét letelepedett az ágy mellé. Az elmúlt napokban nem beszélgettek és emiatt most lelkiismeret furdalása volt. Nem hallgat meg így, hogy haraggal váltak el legutóbb. Az nem történhet meg, hogy nem beszélik meg, vagy hogy nem kér tőle bocsánatot. Ez nem fordulhat elő. Annyi mindenen mentek már keresztül, az alatt a sok év alatt, amit egymás mellett töltöttek. Tényleg csak ennyi lett volna? Hogy kész és vége, ez volt az élet? És nincs tovább? Nem reggeliznek többet együtt, nem vitatkoznak, nem beszélik át a lehetőségeket. Hogy elveszítse a legnagyobb szövetségesét? Erre még nincs felkészülve. Bár erre nem is lehet felkészülni. Felemelte a kezét, majd végigsimított a kusza, megritkult fején, megérintette a dús, szinte fehérbe borult szakállat. Csak most tűnt fel neki, hogy mennyi ránc és barázda borítja az arcát. Vilmos nagyon megöregedett. Figyelte az igen gyenge légzését és imára kulcsolta a kezét. Behunyta a szemét és imádkozni kezdett.

Nem tudta megmondani, hogy mennyi idő telt el, csak azt érzékelte, hogy a király karja megmozdult a keze alatt. Egyből kipattant a szeme és a férjére nézett.

- Vilmos? – szólította meg a nevén halkan és közben a férfi arcát figyelte. Szemei csukva voltak, arcizmai nem rándultak meg. Lehet, hogy csak valami önkéntelen mozdulatot tett a kezével? – gondolkozott el és próbálta felidézni, hogy tett–e ilyesmire utalást az orvos. – Vilmos, hallasz? – tett még egy kísérletet és halkan ismét a férjét szólította.

- Ühüm…. – próbálta a hangját, majd óvatosan kinyitotta a szemét. Krrr – krákogott egyet, majd még egyet.

- Pihenjen, ne erőltesse magát – nyugtatta meg Paulina és másik kezét is a karjára tette. Vilmos egy mély levegőt vett, majd még egyet. Behunyta a szemét, majd kinyitotta ismét.

- Hrrrr… nem… beszélnünk kell – nyögte ki nagy nehezen.

- Szólok az orvosnak, hogy felébredt – állt fel Paulina, de Vilmos bár nagyon erőtlenül, de a keze után nyúlt.

- Nem… kell… én… én… üljön ide.

- Kérem tényleg pihenjen, ne erőltesse magát. Majd beszélünk később, de addig is hadd nézze meg az orvos.

- Nem… ez fontos… tudnia kell… ha meghalok, nem vihetem magammal… mondta. Paulina érzékelte, hogy nincs mit tenni, hagynia kell beszélni. Fontos dologról lehet szó, ha ennyire erőlteti. Egy kis vizet öntött a pohárba és óvatosan a férfi szájához emelte. Vilmos apró kortyot ivott, majd még egyet. Hálásan dönt vissza, láthatóan egy csöpp erőt is kapott.

- Figyelek – tette vissza a poharat az ágy mellé és közelebb húzta a széket. Egészen közel hajolt a szájához, hogy ne kelljen nagyon erőltetnie magát. Elég ha suttog, úgy is hallani fogja, amit mondani akar.

- Én… nem voltam elég jó király… férj és apa… de… de egy nagy vétkemről tudnia kell. Már rég… rég el kellett volna mondjam…

bevallani... de ez nehéz. Khh – krákogott erőtlenül. Paulina megint a poharat nyújtotta férjének.

- Ne erőltesse magát, kérem, majd később megbeszéljük – kérlelte ismét a férjét, de Vilmos király arcát látva megértette, hogy ezt most nem kérheti. Ismerte annyira férjét, hogy ezt mindenképpen el akarja mondani. Nem tudta megmagyarázni miért, de a szeme megtelt könnyel. Megfogta férje kezét és megcsókolta. – Kérem – próbálkozott ismét. Látta, hogy ezek a mondatok az utolsó erejét is kiveszik.

- Anna... róla van szó. Én tudom... hogy... hogy... ő az én... gyengeségem... ő az én lányom... – nyögte ki alig hallhatóan a mondatokat. Az enyém – ismételte meg. Paulina nem fogta fel elsőre, hogy mit is hallott. Hiszen Vilmosnak szokása volt kislányomnak, lányomnak hívni Annát, ezt már normálisnak is tartotta. Ránézett és hirtelen megértette, hogy itt most ténylegesen erről van szó! Agyán ezernyi gondolat és érzés villant át egyszerre. Düh, csalódottság, öröm, megbánás. Zavarodottan dőlt hátra és hitetlenkedve nézett a távolba. Kapkodni kezdte a levegőt, majd zilálni kezdett. Fel akart pattanni, elrohanni, de teste nem engedelmeskedett. Meg kell nyugodnia, át kell mindent még egyszer gondolnia. Paulina, nyugalom, gondolkozzál reálisan. Először is a légzésedre ügyelj – próbálta kontrolálni magát. Ez hatott, sikerült nyugodtabban venni a levegőt. Ránézett Vilmosra és semmi kétsége nem maradt: a férfi igazat mondott. Az eddig fénytelen szemében felizzott a régi fény. Az izzás, amit annyira szeretett, ami a családja sajátja volt. Hát persze, hogy nem vette észre a teljesen nyilvánvalót, pedig itt volt az orra előtt: Anna szeme, hiszen ugyan olyan, mint mindenkinek a családban! Mint a fiáé, mint a férjéé. Ezért nem gyanakodott senki, ezért nem tűnt fel másnak, hogy Anna nem a fia gyermeke, hiszen örökölte a vonásait. Pedig nem az apja, hanem... hanem – te jó ég, a testvére volt! Anna, akinek az ereiben szintén királyi vér folyik, az ő vérük! – jutott el a tudatáig férje mondata. És egyáltalán nem érdekelte, hogy Vilmos kikezdett Zsófiával, biztos volt benne, hogy a rafinált nő csavarta el a király fejét, hogy mindez mennyire tudatos volt. A lényeg az, hogy Anna viszi tovább a vérvonalat! Anna Vilmos lánya!

- De miért nem mondta ezt el eddig? Miért félt ennyire tőlem? – nézett szinte vádlón Vilmosra. A király azonban fel sem fogta a kérdéseket, csak könnyek szöktek a szemébe.

- Nem haragszik? – nézett a feleségére, aki szintén könnyek között nézett rá, majd ismét megcsókolta a kezét.

- Nem, persze hogy nem. Sőt. Anna királyi vér! – Vilmos arcán földön túli mosoly jelent meg. Letudta élete nagy titkát, megszabadult a tehertől, amit eddig cipelt. Most már nyugodtan elmehet.

- A vér... igen, a vér... most már nyugodtan halhatok meg... – fordult át felesége irányából és tekintetét az ágy boltozatára helyezte.

- Nem hallhat meg, még nincs itt az ideje – próbált rá hatni a felesége, de arcát ismét könnyek lepték el. Agyában az elmúlt évek eseményei kezdtek újrarendeződni. Mennyi mindent csinálhatott volna másként, ha mindezt előbb tudja. Ha már az elejétől tudja.

- Én szeretném, ha... ha ő követne... hiszen lehet... a trón... egy nő – próbálta elmondani az óhaját, de az elmúlt percek kivették a megmaradt erejét, nem tudta befejezni a mondandóját. Paulina pedig nem értette, hogy mit akart mondani, annyira el volt foglalva az információval, amit megtudott. Csak azt látta, hogy a király feje erőtlenül lehanyatlik a másik irányba.

- Gyorsan, orvost, papot – kiáltotta Paulina, közben már hajolt is férje fölé, hogy megnézze, lélegzik–e még. Hangjára két szolga rontott a szobába, a folyosón pedig lábdobogás hallatszott. Paulina azonban mindebből semmit nem fogott: hátrahanyatlott a fotelban és zokogni kezdett.

Hetedik rész

- Nem mehet el mindenki, nem maradhat a palota üresen! – csattant fel Lipót és idegesen járkálni kezdett az ebédlőben. Heves mozdulatai és erős orgánuma éles kontrasztban állt a teremben bénultan ülő hölgyek viselkedésével.

- Csak pár hétről lenne szó. Nézzen körül – mondta csendesen Gizella és tekintetét végighordozta az asztaltársaságon. A királynénak és a hercegnőnek is környezetváltozásra van szüksége, de azonnal, különben sokkal több ideig tart, amíg rendbe jönnek. Alig négy hét múlva koronázás és jelen állapot szerint nem állnak készen a feladatok elvégzésére. Gondoljon bele, így senkinek nem lesznek a hasznukra! – érvelt. Nagyon jól ismerte a gyász fokozatait és Hora esetében már tapasztalata is volt, hogy az azonnali új helyszín, ismeretlen környezet és új arcok mennyire jótékonyak. – Muszáj felrázni őket a bénultságukból. Gondolja csak meg. Ha az utazást összekötnék egy kis diplomáciai vonallal, már nem is olyan elvetendő gondolat elutazni valamerre – tette a bogarat a férfi fülébe. Ön is jöhetne. Gizella úgy érezte, hogy a társaságból most ő az egyetlen, aki racionálisan tud gondolkodni és úgy ítélte meg, hogy ez lenne a legjobb megoldás mindenki számára. Az ország elboldogul pár hétig egyedül is, nincs most szükség rájuk közvetlenül. Az évnek ezen időszakában úgysem történik semmi. Örömmel érzékelte, hogy a férfi láthatóan elmerengett.

- Hadd gondoljam még át egy kicsit – mondta pár perc csend után. – Bár azzal továbbra sem értenék egyet, hogy a teljes család elhagyja az országot. Ilyet nem lehet tenni. Ha én itt maradnék, az legalább jelezné, hogy... hogy van folytatás. Önök pedig pihennének.

- Bölcs meglátás – próbált udvarolni Gizella a férfinak, abban a reményben, hogy végül rá fog bólintani az ötletére. Ez az egyetlen megoldás, hogy haladást érjünk el. Elnézve a hercegnő állapotát sürgősen tenni kell valamit, hogy mihamarabb visszanyerje az életerejét. Így nem lesz képes utódot szülni, ami pedig most kulcsfontosságú lenne. Egy kis herceg mihamarabbi érkezése nélkülözhetetlen.

- És hova mennének? – kíváncsiskodott a férfi.

- A földközi tengerre gondoltam. Ott kellemes az idő, nem ilyen sötét és komor, ami erősíti a gyászt. És még nem látták a tengert.

- Ó, a tenger! – ábrándozott el a férfi egy kicsit. Igen, valóban, ez remek gondolat, úgy érzem támogatásra fog találni a parlamentben is. Ha megengedi, akkor jelzem a konzultáción – indult is el egyből a dolgozó szoba felé. A báróné így nem láthatta, hogy arcán közben ördögi mosoly jelent meg.

•

Hora a korláthoz lépett, behunyta a szemét és arcát az erősödő szél irányába fordította. Hagyta, hogy a sós levegő megcibálja rakoncátlan fürtjeit, melyek kiszabadultak a kalapja alól és vidáman lengedeznek a napsütésben. Érezte az arcán a tenger sós leheletét és a nap gyenge erejét. Ennél jobb érzést el sem tudott volna képzelni. Óvatosan kinyitotta a szemét és próbált nem hunyorogni a szórt fényben. Nem tudott betelni ezzel a látvánnyal és úgy érezte, hogy soha nem is fog. A tenger minden nap más színt öltött, más irányból hozta a hullámokat, más formába rendezte a homokot a partján. Minden nap órákat töltött a parton sétálva és figyelte, de kétszer egyformának még nem látta. A mai komor arca viszont mágnesként vonzotta. A távolban sötét felhők gyülekeztek a látóhatáron és a vihar közeledtét jelezte az egyre erősödő szél is. Ezeket a csodás színeket azonban kár lett volna kihagynia, ezt a látványt magába kell szívnia! A hullámok fehér csipkéjét, a sötét komor felhőket, mely most egybeolvadt a vízzel. Elnézett a végtelen látóhatár irányába és boldognak, szabadnak érezte magát. Nem gondolta volna, hogy ilyen hamar ilyen érzések lesznek benne, de ily távol az otthonától mégis sokkal közelebb érezte magához elhunyt nagyapját. Mondhatni biztos volt benne, hogy most itt áll mellette. És hogy ő is boldog és szabad. Tudta, hogy egyáltalán nem veszítette el és bármikor ott lesz majd vele, hiszen bölcsessége, intelmei, gondolatai és kedves mondatai belevésődtek az agyába. Bár fizikálisan nincs már köztük, hogy egy új kérdés esetén tanácsokkal lássa el, de ha felidézi gondolatait, ha megpróbálja elképzelni, hogy mit tanácsolna, akkor sikerülnie fog megoldania mindent. Muszáj lesz erősnek lennie, hiszen ezt akarná, ezt szeretné látni. Nem könnyű, de meg fogja tenni, hiszen erős. Olyan, mint a nagyapja! – tökélte el magát. Csak mérhetetlenül hiányzik neki – görbült le egy kicsit a szája, majd egy könnycsepp futott végig a sós arcán. Ismét meg kell tanulnia élnie egy hozzá közelálló ember nélkül. Vajon meddig fog ez tartani, lassan mindenki eltűnik mellőle? Ez valami büntetés? Gyorsan elhessegette a temetés emlékképeit, melyek utat akartak törni és a jelenre koncentrált. Most, és később sem akarja ismét felidézni azt az esős, rémesen hideg napot. Nem szabad visszatekintsek. Nem, mindig a jelenre meg a jövőre kell koncentráljak. Most pedig a csodás tengerre.

- Hercegnő, kérem, hercegnő – jutottak el a szavak hozzá. Pedig kérte, hogy Annának szólítsák, inkognitóban vannak itt! Már csak az hiányzik, hogy bárki is meghallja és kiderüljön, hogy kicsoda! – nézett gyorsan körül. A tengerparti sétány azonban teljesen kihalt volt. Ebben az időben már mindenki régen hazament. A hang azonban folytatta: – Kérem, mennünk kéne, hamarosan itt az eső és túl hideg van ahhoz, hogy megázzon! – Hora lefagyott. Nem, az képtelenség, hallucinálhat, az nem lehet, hogy.... hogy – tényleg az ő hangját hallotta volna? – pördült a hang felé. Ezt meg kell néznie, mert az is lehet, hogy beleőrült már a sok angyalba.

- Péter... maga... hogy kerül ide? – nézett döbbenten a férfira.

- Erről majd később. Most siessünk – sürgette a lányt a túl oldalról, Hora azonban továbbra is bénultan állt és a férfit bámulta.

- Mit keres itt? És miért jött? Nem úgy volt, hogy követként az országot képviseli? Vagy pont itt van? És miért zavarodott most meg?

– próbált kiigazodni a hirtelen összekuszálódott gondolatain, de nem ment. Talán még így állt volna lebénultan további hosszú percekig, ha a következő széllökésre felcsapódó hullám nem szór finom, sós vízpermetet az arcába. Mindez visszarántotta a valóságba. Hora még visszafordult, hogy egy búcsúpillantást vessen a háborgó víztömegre, mely most már fenyegetően sötét és tajtékos volt – majd gyorsan átszaladt az úton és futóléptekkel indult el a következő utca felé, ahol a szállásuk volt. Igyekezett nem venni tudomást a férfiról, de érzékelte, hogy ott szalad mögötte.

•

- Ez nem lehet igaz, nem hiszem el! – mondta Paulina izgatottan és értetlenül nézett körül, hogy ki osztja még a véleményét. Hora még nem tudta teljesen felfogni, amit hallott, Gizella pedig nem értett semmit. – Valahogy volt egy olyan megérzésem, hogy könnyen befolyásolható és szakítsunk meg minden kapcsolatot a családjával, de ilyen gyors és határozott lépésre nem számított senki. – Mert abban biztos vagyok, hogy ezt nem ő tervelte ki, pláne nem egyedül, főleg nem ennyi idő alatt. Ehhez komoly előkészítés és gondos tervezés kellett, de akkor sem számolhattak azzal, hogy ilyen korán léphetnek. A terv már kész volt, ennyire nem lehetett mindez spontán.

- Én úgy vélem várjunk egy kicsit, mielőtt lépnénk bármit is. Így lenne lehetőségünk kideríteni, ki áll a háttérben és ki mozgatja – érvelt a tábornok higgadtan. Paulina azonban más véleményen volt és ennek ismét hangot is adott. Péter váratlanul mellé állt, ellentétben a tábornok véleményével ő is az azonnali fellépést támogatta. Ezzel Paulinának végtelen örömet okozott.

- Szerintem is nekünk kell lépni, még pedig váratlanul. Ez az egyetlen fegyverünk, a lehetőség, amivel élnünk kell. Bénultságot és tehetetlenséget feltételeznek, most kell támadnunk, amikor nem számítanak rá. Ki kell használni a meglepetés erejét. És mi a terv? Lerohanjuk a palotát? Hadsereggel távolítjuk el az országból? Ne felejtsük el, hogy az uralkodó család tagja – érvelt a tábornok, próbálva lehűteni a heves ifjút. És bizonyítéka van arról, hogy a trónörökös lemondott a trónról. Vagyis hogy jelenleg a trón üres – nézett körbe, de Paulina nem erősítette meg ezen kijelentését, hanem olyat mondott, amit eddig még nem hallott senki.

- Nincs joga, Anna hercegnő lett kijelölve a trónra! – ellenkezett. Heves reakciójára senki nem számított, legfőképpen nem Hora. Döbbenten nézett a nagyanyjára. Mi történt vele, eddig soha nem hallotta tőle, hogy őt akarja a trónra. Persze nagyapja mesélt neki a törvényváltoztatásról, de arra csak úgy tekintett, mint egy mese. De hogy ténylegesen is őt jelölték ki a törvényes utódnak, ezt nem gondolta volna, bele is sápadt. De nem csak ő, az egész szobában dermedt csend támadt. Meg a tábornok is nyitott szájjal, leesett állal meredt a királynéra.

- Hogy mondta kérem? – kérdezett vissza, de választ nem kapott, nem is azért kérdezte. Csak nem tudta elhinni. – A hercegnőt? Kérdezte megint. – Én nem tudok semmiféle törvényváltoztatásról – mondta a tábornok értetlenül, amit viszont Paulina nem értett.

- Pedig volt ilyen törvény, Vilmos hozta, nem lett volna jóváhagyva? – állt fel teljesen felháborodottan. A tábornok csak csóválta a fejét, majd csendben megjegyezte.

- Utánanézek. El tudom képzelni, hogy a monarchia ellenesek megvétózták és végül nem lett tárgyalva sem. Hmm... ha valóban van ilyen törvényjavaslat, akkor a jelen helyzetben talán ezt átgondolják.

- Aláírják, akkor érvénybe lesz és akkor mindjárt más lesz a helyzet – nyugodott meg Paulina. Ez még a hasznunkra is lehet, mert erről nem tudnak – gondolkodott hangosan. Vagyis ezt az ütőkártyát bármikor kijátszhatjuk!

- Így van – helyeseltek a férfiak. Hora Még mindig a döbbenettől bénultan ült a helyén és próbálta felfogni, mit is kért tőle a nagyapja. Nem is kért, inkább mit bízott rá. Hogy vezesse ő az országot. És mióta támogatja ezt a nagyanyja? Van valami, amiről nem tudnak?

Eddig nem kedvelte, akkor most meg miért áll mellé hirtelen? És mi van Károllyal? Vagy csak mindegy, bárki lehet, csak ne Lipót? Pedig ők választották, a legjobb volt, akkor meg? Mi áll a háttérben? Miért lett ennyire kusza és érthetetlen minden? És mióta van ellentétes véleményen a tábornokkal? Pedig pont most, igazán most kéne követnie. Ez túl összetett és nem most fog rájönni. Ehhez idő kell. Most a legfontosabb, hogy a háborút el kell kerülni. Nagyapja is ezt akarná. Elég vér folyt és a nyugalom évei sem hosszúak.

- Szerintem tegyünk úgy, mintha mi sem történt volna – törte meg a csendet Hora. A lemondó nyilatkozat valóban létezik, de nem hivatalos, a parlament nem látta, nincs törvénybe rögzítve. Vagyis olyan, mintha nem is létezne. Akárcsak a női ágon való öröklés, amit szintén nem fogadtak el. Vagyis szépen hazamegyünk, és mintha nem tudnánk semmiről, kijelöljük a koronázás időpontját, ami eddig sajnálatosan elmaradt. Adjunk még pár hetet, hogy Károly is biztosan hazaérjen. De ha már van időpont, akkor az konkrétumot jelent. Szerintem Lipót nem tud a törvényváltozásról, vagyis ők azt hiszik, hogy ha Károly lemond, akkor nincs a trónnak várományosa és ezért tartanának rá igényt. Ha azonban kiderül, hogy van, akár Károly, akár én, akkor lehet, hogy megváltozik a vélemény. A seregek visszavonulnak és minden elcsendesül – vázolt egy harmadik lehetőséget. A gondolatmenetére csend támadt, láthatóan a jelen lévők elgondolkodtak a hallottakon, ami logikusnak is tűnt.

- A hercegnőnek igaza van, semmi sem indokolja az agresszív fellépést. Lipót ebben az esetben önkényesen foglalná el a trónt, hiszen két jogos követelő is van. De az uralkodását csak Baden támogatja, haderejét fitogtatva a határon.

- De akkor is támadásra készen felvonult a hadsereg? Ez fenyegetésnek minősül, nem? Bár az is igaz, hogy az országhatárt nem lépték át, nem üzentek hadat, csak úgy állomásoznak. És végülis az országukon belül azt csinálnak, amit akarnak, tarthatnak hadgyakorlatot vagy képzést vagy bármit, ebbe nem szólhatunk bele.

Fenyegetőnek tűnik, de igazából semmit nem tehetünk, amíg nem indulnak meg vagy nem írnak – fejtegette hosszan az eseményeket a tábornok. Teljesen igaza volt, mert ismét csend lett.

- És mi lenne, ha érvényteleníttetjük a házasságot? – dobta be Paulina. Elmegyünk Rómáig! – heves reakciója meglepő volt, de Paulina motivációját senki nem ismerte és nem is szerette volna felfedni. Bár a megdöbbent arcokat látva úgy érezte, kissé vissza kéne fognia magát. Ezt a Róma dolgot nem kellett volna megemlítenie, ezzel túl sok mindent árult el. De talán nem tulajdonítanak neki jelentőséget. Most első lépésként a legfontosabb, hogy meg tudják tartani a trónt. Annának kell lennie a királynőnek, mert ha bármi történik vele, a jogok átszállnak a másik családra.

- Ahhoz komoly indok kell – felelte a tábornok gyorsan.

- Miért, nem elég indok, hogy meg akarja támadni az országot? – szólt vissza Paulina. Tudta, hogy nincs igaza, nem tud mit tenni.

- Én még mindig nem értem, hogy miért baj az, hogy Lipót herceg is fellépett trónkövetelőként? – tette fel a naiv kérdést Amália. A beszélgetésből mondhatni semmit nem fogott fel, csak a feszültséget érezte. Részéről nem látott semmi rosszat és különben is, nem mindegy, hogy valaki királyné vagy királynő, a döntéseket úgyis a parlament hozza. Nem akkora tragédia mindez. Mindketten nagyon fiatalok és jobb, ha együtt irányítanak.

- Azzal van a baj, hogy a hadsereg fejét is leváltotta: a tábornok helyett új embert nevezett ki, mégpedig a saját nagybátyát. Vagyis egy másik ország uralkodó családja irányítja a mi országunk hadseregét – válaszolt készségesen Péter a húgának.

- Vagyis a tábornok már nem tábornok? Akkor mi a beosztása? – kérdezte őszintén a lány, majd egy kicsit elgondolkodott. – Akkor így más a helyzet, ez hadüzenet a családja részéről, akik át akarják venni az irányítást az ország felett – jelentette ki határozottan. – Hallottam egyszer, hogy ilyesmiről beszélgettek, de nem tulajdonítottam neki akkor jelentőséget. A Hercegnőt biztonságba kell helyezni, mert veszélyben lehet – jegyezte meg.

- Hogy is volt ez lányom, miről beszéltek? És miért nem szóltál? – fordult felé Paulina és Amália láthatóan izzadni kezdett. Én... hát én nem is tudom... mindenki mond olyat, hogy milyen szép a korona, szívesen viselném... meg a hatalom... karnyújtásnyira van ez... ez így önmagában nem gyanús. Csak ha tesznek is érte valamit – próbálta menteni magát. Paulina nem erőltette a további kérdéseket, nem is voltak fontosak a részletek, inkább csak a tény, hogy készültek rá.

- Szóval előre ki vont ez tervelve – néztek össze a férfiak, az eddig békeparti tábornok is fenni kezdte a kardját, miután közvetlen fenyegetést érzett a királyi család felé. Hora azonban továbbra is meglepően nyugodt maradt, mintha nem érezte volna át kellőképpen a helyzet súlyát. Bár szerinte inkább a többiek reagálták túl.

- A háború senkinek nem jó, el kell kerülni. Eleget szenvedett már ez a terület a harcoktól, elég volt belőle. Én szeretném megpróbálni megoldani a helyzetet békés úton. A diplomácia útján. Egy próbát megér. Hátha csak túlreagáltuk a helyzetet. Nem kell egyből a legrosszabbra gondolni, persze a jelek arra utalnak, hogy a hatalmat át akarják venni. Én ismerem Lipótot és ő jó ember. Igen, úgy érzem kissé befolyásolható, de tudom, hogy csak meg akarja mutatni, hogy mire képes. Önállóan, egyedül. Bár a nagybátyjának a kinevezése pont nem illik így a képbe – merengett el egy pillanatra, majd folytatta. Nagyapa mondta mindig, hogy az ellenséget tartsuk mindig szemmel, lehet, hogy csak ő is ezt tette. Ha a mi országunk hadseregét vezeti, akkor nem fogja azzal lerohanni a sajátját. Gondolják csak végig. Pont ezzel a beosztással távolította el leginkább bármi lehetőségtől. Továbbra is azt kérem, hogy támogassanak abban, hogy úgy térjünk vissza, mintha mi sem történt volna és jelöljük ki az időpontot. Várjuk meg, mit lépnek erre – érvelt Hora. Nyugodt viselkedése, tiszta érvelése elgondolkodtatta a jelen lévőket. – Közben pedig a tábornok vagy ön, nagyanyám, a parlament körül kideríthetné, hogy mi az álláspont a nem aláírt törvényekre nézve – tette hozzá. Maga sem gondolta volna, hogy a parlament lustasága most igencsak kapóra jön a számukra. Csak nem lesznek a saját ellenségük és nem hagyják, hogy a trónörökös lemondjon, átadva az országot egy idegen, azonnal fellépő hatalomnak?

·

Hora már órák óta álmatlanul feküdt az ágyában és az eseményeken gondolkodott. Bár a gondolatmenete elég logikus volt, és valószínű verziónak tűnt, sajnos saját magát sem győzte meg. Létezik, hogy Lipót ennyire okos lenne vagy egyszerűen ez csak egy korábbi megállapodás része volt közte és családja között? Vajon miért az az érzése, hogy az utóbbi? kérdés csak az, hogy van–e további része is ennek a tervnek és ha igen, vajon mi? Meddig mennek el? És mi lesz a következő lépésük? Mi a végső céljuk, egyáltalán van ilyen? Egyesíteni akarják a két területet? De akkor Lipót nem lehetne király, de vajon ő tényleg hatalmat szeretne? Vagy csak a családja és ő ebben egy bábu, aki asszisztál, majd eltávolítják? Ezernyi kérdés, bizonytalanság, homály. Nem volt véletlen, hogy ennyire rettegett, főleg a nagybátyját tartotta veszélyesnek. És igaza is volt. De vajon ez csak színjáték volt az irányába, hogy félrevezesse? Hogy elaltassa a gyanakvását? Ezernyi kérdés, több lehetőség. De hogy bármi is kiderüljön, hogy esetleg meg lehessen akadályozni egy rossz lépést, mindenképpen ott kell lennie a palotában. Még ha veszélyesnek is tűnik, akkor is ez az egyetlen jó megoldás most. Ő nem fél semmitől, nem futamodik meg, hiszen nem ez a feladata! Az ország érdekeit kell szem előtt tartania, hiszen erre nevelték! És nem érzi úgy, hogy veszélyben lenne! Ha itt csendben meghúzná magát, azzal mindazt, amit a nagyapja épített, lerombolja! És ha tényleg az lesz a küldetése, hogy ezt az országot vezesse, akkor végképp nem ülhet itt nyugodtan, távol mindentől. Még ha nem is támogatják, vagy félnek a többiek visszajönni, ő akkor is hazamegy – döntötte el. A jelek szerint nem állnak mellette, egyedül talán még a

296

tábornok, de ő nem jöhet most vissza vele. Talán Pétert meg lehetne győzni, de őt meg jobb, ha Lipót nem látja, még talán ő sem. Különben is, ha harcot akar, akkor jobb, ha nem tart vele. Csak nyugodt emberekre van szüksége, hogy a terve sikerüljön. Az a terv, hogy nincs terv. De ha ő a palotában van, akkor kell valaki, aki a palotán kívül is készenlétben áll. Aki közvetít a parlament döntéseiről. Hmm... A lehetőségeket kombinálni kéne... – töprengett el. Ő bent, valakik pedig kint várnak, készenlétben. Az biztos, hogy a nagyanyjával nem lehetnek egy helyen, az jelenleg most veszélyes. Ahogy Károlyt is távol kell tartani mindenkitől. Már ha egyáltalán hazaér időben.

·

A mellette lévő szobában Paulina is hasonló gondolatokkal küzdött. Unokája érvei elgondolkodtattak és be kellett ismernie önmagának, hogy a lánynak igaza van. Túl hevesen reagált és nem gondolta végig józanul a helyzetet. Lehet, hogy nincs is helyzet. Egy dolog azonban biztos, Péter semmiképpen nem mehet vissza, távol kell tartani mindentől. A veszély rá nézve nem múlt el, sőt. Bár most úgy tudják, hogy felderítő, de hamar kiderül majd, hogy nincs ott. Már csak azt kéne kitalálni, hogy ki megy és ki marad. Vajon Gizella és Amália vállalja a veszélyt, és mennyire ad fejtörésre okot, ha ő most még nem tér vissza. Ha ő a képviselőházban érdeklődik. Jaj, vajon Vilmos most mit tenne? – fohászkodott a férjéhez. Imádkozni kezdett és hagyta, hogy gondolatai kitisztuljanak. Alig haladt a rózsafüzérrel, mire a válasz egyértelmű lett a számára, nem is volt további kétsége. Pontosan tudta, szinte hallotta, hogy férje mit mondana most. Paulina szeme bepárásodott. Még túl friss volt a seb, túl nagy az űr. Borzasztóan hiányzott neki az a házsártos vénember. Most, hogy nem volt vele, most vette igazán észre, milyen sok szállal kötődött hozzá, mennyire az élete része volt. Abbahagyta az imát és kedves könyve után nyúlt. Ide is elhozta magával, bár az elmúlt hetekben nem nyitotta ki. Most viszont úgy érezte, szüksége van valami üzenetre

Páltól is. Óvatosan végig simogatta a megviselt borítót. Ha visszatér, újraköttei, mert így hamarosan szét fog esni. Mindig találomra szokta felütni, most viszont hirtelen ötlettől vezérelve kinyitotta az első oldalon. Meglepetten olvasta az első mondatokat. „A versek, gondolatok leírva megmaradnak. Segítse, szórakoztassa a következő generációkat is." Paulina elmosolyodott. Ez az üzenet most is célba talált. Milyen bölcs is volt Pál. És vajon miért nem hagyott hátra jegyzeteket Vilmos? Pedig vezetési irányvonalai zseniálisak voltak. De nincs veszve semmi, majd ő lejegyzeteli őket. Igen, ez lesz a küldetése, ezzel tud most foglalkozni. A legjobbkor, hogy összesítse gondolatait.

Lecsúsztatta a könyvet az ölébe és fáradtan megdörzsölte a szemét. Bár a teste pihenésre vágyott, tudta, hogy elaludni akkor sem fog tudni. Túl sok gondolat kavarog a fejében. Ledőlt, de még órákig képtelen volt elaludni, csak feküdt az ágyban és hallgatta az esőt. Azon töprengett, vajon miért nem utazott többet. Még amikor fiatal volt, eljött egy párszor a tengerhez, de később már nem jött, az utóbbi években meg csak Svájcban töltötte a nyarakat, de ott is bezárva, magányosan. De miért alakult így? Miért nem jártak sehol, kettesben? Nem mertem kocsira ülni a szörnyű baleset után? Vagy mert a másik fiúk túlságosan is sokat utazott, helyettük is. Most vajon merre lehet? – gondolt kisebbik fiára Paulina. Vajon megkapta–e az értesítést apja haláláról? Mikor érkezik és mennyire keveri meg a jelenléte a szálakat? Lehetséges, hogy megváltozott a véleménye és igényt tartana a trónra? Lehetséges, hogy ezért sietne Lipót a koronázással, hogy ezt elkerülje? Lehet, hogy már meg is érkezett és ezért reagált így? Bárhogy is van, mindenképpen vissza kell menni a palotába, nincs más lehetőség. Csak ott kaphatnak tiszta képet az eseményekről. Nem érzi úgy, hogy Anna veszélyben lenne, nem látja értelmét, hogy el akarnák őt távolítani. Sőt, ő a kulcsa az eseményeknek. Életben kell maradnia.

•

Anna megkönnyebbülten lépett be a palota bejárati ajtaján és megpróbált egy bágyadt mosolyt küldeni József felé. Egész nap úton voltak és meglehetősen fáradtan érkezett meg, a lába elzsibbadt, a feje zsongott. Nem beszélve arról, hogy útközben csak az agyát járatta és mindenféle variációkban gondolkozott, hogy mi történt és mit kéne tennie. Persze ebbe a sok töprengésbe teljesen belefáradt. A komornyik látható nagy örömmel fogadta őket, bár érkezésük minden bizonnyal váratlan volt mindenki számára. De hát annyira nem kellett rájuk felkészülni, csak ketten jöttek vissza, egyetlen szobalánnyal. Ennek ellenére Hora biztos volt benne, hogy a konyhában lesz mit enniük. Bár kifejezetten ízletesek voltak a tengeri ételek, a sok hal, mégis neki nagyon hiányzott a jól megszokott levesei és süteményei. Főleg az utóbbiak. Csak remélni tudta, hogy ha most nincs egy kocka sem, akkor is gyorsan elkészül az ő tiszteletükre. Nagyon megéhezett már, legutóbb öt órája tudtak megállni egy fogadónál.

- Igazán sürgönyözhettek volna, hogy már ma érkeznek, akkor tudtuk volna illően fogadni önöket – fogadta őket köszönés helyett a palotaőrség vezetője is, majd láthatóan kétségbeesetten kezdtek el futkosni az őrség tagjai, átrendezve állásaikat. A két lány értetlenül állt a dolog előtt, hiszen semmi extra dolog nem történt. Csak alig három hetet voltak távol, mondhatni ki sem hűlt a szobájuk. Nincs előkészíteni valójuk sem, ennyi emberre pedig főznek eleget, hogy még két kisétkű lánynak is jusson. Mi folyik itt, hogy a megjelenésük ekkora pánikot okozott?

- A férjem itthon tartózkodik? Meg szeretném lepni. – kérdezte meg az egyik arra szaladó embert, azonban választ már nem kellett megvárnia, Lipót maga válaszolt.

- A meglepetés sikerült – sietett le eléjük a lépcsőn, majd arcon csókolta a lányt. Azt hittem még vagy egy–két hetet távol maradnak. A többiek merre vannak? – nézett rájuk, érzékelve, hogy csak a két lány érkezett. Amália kezdett bele a mesélésbe, vagy legalábbis abba a részébe, amit előre egyeztettek.

- Ó a mama még egy kicsit szeretett volna maradni, szerintem tovább is utazik, valami gyógyfürdőt is emlegetett. Mi is volt az? Elfelejtettem a nevét, képtelen vagyok ilyen hosszú neveket megjegyezni. Bath vagy Bracknell vagy... igen, megvan, Baden.... Baden izé... micsoda is? – nézett Annára, majd látványosan elmerengett egy pillanatra. Végül legyintett. Mindegy is, a név nem fontos. A királyné is vele tart – csacsogott teljes ártatlanságot mímelve, úgy téve, mintha észre sem venné Lipót színváltozását. Közben azzal foglalatoskodott, hogy Horáról segítse le a kalapját, aminek a zsinórja kissé összekuszálódott.

- Önöket nem érdekelte a fürdő? – kérdezett vissza a férfi némi hatásszünet után, próbálva annyi ártatlanságot tenni a kérdésbe, amennyit csak lehetett. A remegő keze, mellyel szintén beszállt a szalag bogozásába azonban nem erről árulkodott. Hogy engem? – kérdezett vissza teljesen ártatlanul Amália.

- Nem igazán, ugyan mi érdekes lehet naphosszat a vízben áztatni magunkat. Főleg az év ezen szakában, ilyen hidegben. Meg mi még egészségesek vagyunk, de úgy hallottam a fájó lábaknak jót tesz. És mama mostanság panaszkodott is, hogy fáj a térde, szóval remélem rendbe is jön. Ó, remek, látom a csomó megoldódott, akkor megyek is, elnézést, hogy ennyit beszéltem, üdvözölje rendesen a feleségét – pukedlizett egyet, majd a konyha felé sietett. Hora bár eléggé fáradt volt, mégis teljességgel elégedett volt Amália csodás színészi teljesítményével. Remekül hozta, amit előre egyeztettek és teljességgel hiteles is volt. Ő biztosan nem tudta volna mindezt ilyen könnyedséggel és ártatlansággal elmesélni.

- Úgy látom Amália a régi – nézett utána a férfi, majd Annára fordította a tekintetét. – Kedvesem, ön nagyon sápadt, kimerültnek tűnik – karolt a lányba látható aggodalommal. Hora nem tiltakozott, jól esett neki ez a gondoskodás. Sajnos a környezetet látva hirtelen megrohanták az emlékek. Nehéz szívvel indult felfelé a lépcsőn, férje kíséretében. Szívére hirtelen gyász telepedett, a hely egyből eszébe juttatta a nemrég lezajlott oly fájó veszteségét. Aztán mintha megérezte volna nagyapja jelenlétét és egy kis erőre kapott. Most az ő alakítása jön, bár annyira nem kell megerőltetnie magát. A gyászoló lány szerepe mondhatni egybe is esett jelen lelki állapotával. Össze is kell majd szednie magát, hogy a feladatára tudjon koncentrálni, de egy nap szomorúságot megengedhet magának. Majd holnap elkezdik a felderítést.

- Tudja Amália aludt a hintóban, én viszont nem tudtam – sóhajtott egyet. – Nem olyan könnyű volt visszatérnem a palotába, ahhoz még nem telt el elég idő – mondta csendesen. Lipót megszorította a kezét, jelezve, hogy vele van.

- Kedvesem, a legjobb, ha kissé lepihen a szobájába. Aztán körbevezetem a lenti részen. Egy kicsit átrendeztük a szobákat, József útmutatása alapján. Azt mondta, hogy ez segít – fogalmazott nagyon tapintatosan, közben bekísérte a lakrészébe az egyik fotelhez. Hora hálás pillantást küldött feléje és átvillant az agyán, hogy alig egy éven belül már másodszor kellett ehhez folyamodni, hogy neki jobb legyen. Lipót egy kicsit topogott, egy lábáról a másikra állva, mintha mondani szeretne valamit, aztán mégsem úgy tett. Mondhatni kapóra jött, hogy az ajtó kinyílt és egy szobalány tálcát hozott az asztal felé. A kancsó gőzölgő teát rejthetett, a kis tányérok süteményre utalhattak. Szerintem Amália gondoskodik önről – jegyezte meg a férfi, majd sietősen az ajtó felé vette az irányt. Majd vacsoránál találkozunk, hatkor – mondta, mielőtt becsukta maga mögött az ajtót. A mosolya eddig tartott, utána lehervadt. – Egy hét, ennyi kellett volna még, miért nem bírták ki – mondta hangosan, majd sietős léptekkel vágtatott lefelé a lépcsőn, nem véve észre a kanyarban álló és mindezt jól halló Amáliát.

•

Hora bevonult a szobájába és ráfordította a kulcsot. Nem akarta, hogy bárki is zavarja, beleértve a szolgálókat is. Izgatottan nézett Amáliára:

- Na? – kérdezett mindössze ennyit, nem is volt szükség többre. Így is pontosan tudták mindketten, hogy van miről mesélni. – Nem is tudom, valahogy furcsa nekem most minden. Lipót túl kedves, de távolságtartó, tőle nem tudunk meg semmit – aggodalmaskodott. Lassan eltelt három nap és még mindig nem tudtak meg semmi többet a terveikből. Azon kívül, hogy Lipót eltűnt egy napra, miután megtudta a koronázás időpontját, más mintha nem is változott volna. Persze láthatóan érdeklődéssel hallgatta Károly trónra kerülésének időtervét és többször is rákérdezett, hogy mikorra várható a palotába való érkezése. A kitérő válasz pedig nem nagyon tetszett neki. Hora a megegyezésnek megfelelően annyit mondott, hogy pár nappal előbb érkezik csak, édesanyja kíséretében. Ez azt jelenti, hogy bő három hetünk van még.

- Valamit csinálnunk kell, ez így nagyon nincs rendben. Máshol kéne próbálkozni az információszerzéssel. Éppen ezért én a konyhában kérdeztem körbe és az inas kikotyogott ezt–azt. De semmi lényegeset. Egyenlőre nagyon ügyelnek arra, hogy minden normálisnak tűnjön.

- És mi volt, amit megtudott pontosan? Minden lényeges lehet – erőltette Hora.

- Nos csak annyit, hogy úgy néz ki, több személyzet lesz, elkezdték előkészíteni az istállók melletti részt, szobákat, lehet több állat is érkezik.

- Új lakások, lovak – hümmögött Hora, majd hangosan gondolkozni kezdett. – Szóval semmi látványos dolog, de a háttérben lovak és emberek érkeznek. Katonák. Főhadiszállás. Erősítés. Bővítés – ment egészen messzire. – Ön szerint?

- Lehet, nem tudom. Ő ilyen mélységbe nem gondolt bele és láthatóan teljesen megrémült. Baba arca elsápadt és a szája széle láthatóan remegni kezdett. – Visszamennék a mamához – mondta szinte sírós hangon.

- Ha csak szobák, akkor csak férfiakat hoznak, vagyis katonákat. Ha külön lakrészek, akkor családokat. Vagyis nagyobb személyzet, nagyobb udvartartás. Lehet, hogy csak nagyobb társasági életet terveznek a palotába, mi meg itt aggódunk. Pont erre vágyott – próbált egy kis mosolyt erőltetni Amáliára.

- És ha mégiscsak katonák jönnek? – hallotta meg a rosszabb verziót a lány.

- Nyugodjon meg, ez pont a mi védelmünkre szolgálna. A kérdés csak az, hogy kitől védelmének meg minket. Mi támadunk, vagy minket támadnak? Ezt kell minél gyorsabban megtudni. Hogy bármelyik lehetőség is áll fenn, még időben tudjunk ellene tenni. Édesanyja rendben van? Mit írt?

- Igen, rendben van. De szerintem átnézték a levelét, mert nekem úgy tűnt, egy lap hiányzik. Még óvatosabban kell fogalmazzunk és semmi gyanúsat nem írhatunk.

- Ez biztos? – lepődött meg. Igen, anya mindig páros számú lapot ír, ez nála valami hóbort, de ez a levele pedig páratlan lapból áll. És érezhetően hiányzik belőle. Pedig csak a meleg vízről írt, meg a cselédekről, semmi másról.

- Szóval kivettek egy lapot – emésztette a halottakat. Vajon leveleket is elvesznek teljesen? – merengett el. A végén tényleg elvágják a külvilágtól őket. Azonnal üzenni kell a tábornoknak. Azt hiszem, a veszély nagyobb, mint gondoltuk volna.

- És én mit csináljak? – kérdezte Amália.

- Próbálja meg kideríteni, hogy hány helyről lenne is szó. De talán meg is megnéznénk az istállókat. Az nem lenne gyanús? – óvatoskodott.

- Inkább az lenne a gyanús, ha nem akarnék lovagolni vagy kocsikázni menni. Na de hideg van, én bizony ki nem mennék, ha nem muszáj.

- Pedig egy kocsikázás jót tenne önnek is. Most esett friss hó, ilyenkor minden olyan csodaszép fehér. Mintha apró kristályok ragyognának mindenfele. De ugye sok takarót adnak? – kezdte beadni a derekát.

- Igen, még forró téglát is kapunk. Holnapra meg is szervezzük. És elvisszük Lipótot is, hogy lássa, menyire nem veszünk észre semmit. Szerintem úgyse akar velünk jönni, még egyszer sem jött el.

- De talán most. Még az is lehet, hogy kiszedünk közvetlenül belőle valamit.

- Abban a szakácsnő nagyobb segítségünkre lehet. Meg egy kis ital. Azt mondta, hogy nem tetszik neki a sok új arc a palotában. Látta, hogy az őröket is lecserélték? – kérdezte Horát.

- Tényleg? Ez nekem nem tűnt fel, soha nem néztem meg őket. Kivéve persze Pétert – tette hozza magában. Neki csak ő volt az egyetlen, aki igazán számított. Most is még mindig abban reménykedik, hogy ha bekanyarodik a folyosón, akkor ő áll az ajtó előtt. Pedig már mióta nem ő vigyáz rá. De ő még egyszer visszatérhet, nagyapja viszont már soha többé nem fog felbukkanni a folyosón. Hora, szedd össze magad! – szidta le magát, most fontosabb dolgok vannak. Majd éjjel sírhatsz! – hogy mondta, új arcok? És mennyi? Hol? – fogta fel a mondatok súlyát. Még jó, hogy ilyen remekül kiegészítik egymást, ha Amália nem veszi észre ezeket, akkor neki fel sem tűnik. Ő hozza az információkat, én meg értelmezem. És ha ez így van, akkor lehet, hogy az ellenség már a palota falain belül van. Mondjuk ott kell lennie, különben hogy kerülhetett volna Lipót kezébe Károly lemondó nyilatkozata, még ő sem tudta, hogy hova tették azt a levelet.

- Hát én ezt nem tudom, de a legjobb, ha lemegyünk egy kicsit a konyhába, ott pontosan tudják, hány emberre főznek – felelte Amália, és elindult az ajtó felé.

•

Paulina türelmetlenül járkált fel–alá a pici szobában, kerülgetve a kis asztalt és a két kopottas fotelt. A kandallóban vidáman pattogott a tűz és meleg fénye meg barátságosabbá tette a szobát. Paulinának nagyon tetszett a kedves kis falu és a takaros fogadó, semmi kivetnivalót nem talált benne. Péter, a kísérője az előbb nézett be hozzá és tájékoztatta, hogy a vendége megérkezett. Paulina csodálkozott is, hogy nem hallott semmit, de most nem is érdekes. Gyorsan rendelt egy teát és jelezte, hogy készítsenek valami harapnivalót is, biztosan éhes lesz a vendége. El sem akarta hinni, hogy a hír igaz és valóban mindjárt itt van a fia. Imái meghallgatásra leltek, hogy a levele nagyon hamar révbe ért és Károly nem volt távol a kontinenstől. Akkor akár egy évig is várhatták volna rá, ami az egész találkozást feleslegessé tette volna. Pont az idő az, amivel nem rendelkeznek. De most hamarosan a keblére ölelheti a fiát. Lesz miről beszélgessenek, mert az élet közbeszólt. Muszáj lesz rábeszélni, hogy el kell fogadnia a trónt. Egyenlőre, átmenetileg. Vagy mégsem? Vagy ha most Anna kerülne a trónra, akkor várható, hogy Lipót erővel venné át a hatalmat? Persze ettől még ragaszkodhat ahhoz, hogy a felesége kapja a koronát, hiszen még nincs eldőlve minden. Vagy mégsem? Melyik lenne a jobb változat? Miért kell ennyit tipródnia?

Károly inkognitóban érkezett, nem tudják, hogy már az országban van. És még van bő két hetünk a koronázásig. Viszont minél több idő telik el, annál rosszabb, bizonytalanabb lesz a helyzet. A tábornok még mindig nem jelentkezett a parlamenti felderítéséről. Mindenképpen szükség lenne arra, hogy aláírják a női ágon való öröklést, csak van ott egy miniszter, aki ezzel egyetért. Kell a biztonság. Nemcsak külső ellenségtől, hanem belső elégedetlenséggel is számolni kell, ha nem írják alá? Az nem lehet, az az ország sebezhetőségét erősíti. Vagyis itt és most el kell döntenie Károlynak, hogy mit akar, hogy vállalja-e. Talán most, hogy apja elment kissé több erő marasztalja a palotában, nem lesz az a feszültség, ami elől menekült. De biztos volt benne, hogy hosszú távon maradni nem fog. Szinte biztos. Szinte.

- Anyám – lépett be Károly a kicsi, de kellemes szobába és egyből kezét csókolt az édesanyjának. Paulina szomorúan látta, hogy fia erősen sápadt, gyűrött. Kérem bocsássa meg, hogy ilyen állapotban járultam ön elé, de tegnap kötöttünk ki és egész éjjel is utaztam, hogy mielőbb ideérjek, pihenni ezután is ráérek.

- Köszönöm gyermekem. Hozassak máris valami ennivalót? – nézett aggódó tekintettel a fiára, aki csak bólintott, majd egyből a teáskanna után nyúlt. Nem is szólt, amíg a frissítő teáját kortyolgatta, de anyja nem is erőltette. Hadd szedje össze magát és érkezzen meg teljesen, fejben is. Hadd kezdje ő a beszélgetést, biztosan vannak gondolatai. Ő most csöndben marad és vár, nem erőltet semmit. Mondja ki Károly, hogy mit vállal, mit szeretne. Most fogta csak fel, hogy ő az egyetlen vére. A biztos vére.

- Most már tudok figyelni, anyám, kérem mondja meg, hogy mennyi időm van. Gondolom már megvan az időterv, különben nem hivatott volna. A koronázás dátuma – nyögte ki. Paulina bólintott, de nem szólt. Csak nézte a fiát, a nap szítta arcát, bozontos szakállát és irigység fogta el. Most először értette meg, hogy miért hagyott hátra mindent és vágott neki a világnak. A szabadság nyugalma, a királyi döntések mérhetetlen súlya nem nyomasztotta – még csak kapitány sem akart lenni. Megelégedett az első tiszt szerepével, azzal, hogy mások döntsenek helyette, viselve a hozzá kapcsolódó terheket. Ő még csak a végrehajtó, közvetítő, időnként megkérdőjelező. Most, hogy nincs mellette a férje, aki ezt a szerepet vitte, most érezte meg, milyen súlyt is cipelt magával királyként. Most értette meg, hogy önként, igazán szívből ez tényleg akarni kell csinálni. Erre készülni kell, nevelődni. Vajon kívánhatja-e ezt a terhet most rá tenni? Mikor nem erre készült, kisebbik gyerekként nem tanították erre. És valljuk be, Fülöp halála után sem ez volt az irány. És Anna? Őt vajon mennyire készítették fel erre? Fel lehet erre egyáltalán készülni? Bár a lány fiatal, de mégis időt töltött a nagyapjával, tanulta a kormányzást. Így sokkal inkább rátermett, mint a fia. És Péter? – bizonytalanodott el még jobban. Egy embernek mindenképpen túl nagy teher, meg kell osztani a súlyt, a feladatokat, az a legjobb. Ez egybe is vág az elképzeléseivel. Nagyot sóhajtott, majd úgy döntött, hogy nincs szükség arra, hogy beavassa a fiát az összes tervébe. Ismerte annyira, hogy tudja, ez ilyen szinten nem is érdekelné, nem beszélve a rengeteg kérdőjelről, ami a jelen helyzetben van. Csak szépen sorjában, lépésről lépésre tájékoztatja, amire éppen szüksége van. A végső nevet és főleg az okot ő sem tudhatja meg. Ezt az információt magával viszi a sírba.

- Fiam, az édesapja bár nem tudta kimutatni az érzelmeit ön iránt, mégis szerette. Ennél nagyobb bizonyítékát nem is tehette, minthogy megteremtette a lehetőséget annak, hogy választhasson – hajolt közelebb hozzá. – A törvények módosításának köszönhetően lehetőség lenne arra, hogy a trón női ágon is tovább menjen – mondta, majd erősen nézte a fiát, várva a reakcióját. Károly láthatóan fel sem fogta, hogy mit hallott, csak értetlenül bámult maga elé. Paulina hagyott meg egy percet neki, hadd eméssze a hallottakat. Károly láthatóan nem tudta megérteni, amit hallott, vagy inkább elfogadni. Csak ült, majd percekkel később mázsás súlytól megszabadulva nézett anyjára.

- Mindez lehetséges? És... és ön mit szólt ehhez? Vagy a többiek, a vezetők? És Anna? – tett fel egy halom kérdést.

- Károly, most itt csak egyetlen kérdés a fontos, amit én teszek fel és amire önnek válaszolnia kell. Egyenesen és őszintén. Valóban le akar mondani a trónról, még mindig, és soha többet nem kíván rá igényt tartani? – tette fel a kérdést, mintha egy gyóntató pap lett volna. Károly nyelt egyet, majd egy határozott igennel válaszolt. – Ez esetben Anna lenne a trónörökös és azonnal intézkedniük kell. A törvényeket még a parlament nem írta alá, erről nekünk kell meggyőzni őket – kezdett máris pörögni. Mint értesült róla, a férje országa csapatokat küldött a határra, ez remélhetően ezek után nem lesz gond és visszavonulnak. Ha Lipót főherceg lesz, akkor Baden boldog lehet, nem kell már az erőfitogtatás. Remélhetően. Kérdés, hogy a többi szomszédunk is elfogadja-e a női örököst. Sajnos Vilmosnak már nem volt ideje, hogy ez bekerüljön a köztudatba, és itt jönne ön a képbe. Mint a jelenlegi tudott trónörökösnek ebben a diplomáciai hadműveletben kellene segítenie. Nem akarunk sok éves örökösödési háborút, ami Mária Terézia trónra lépését kísérte. Bajorországban bízhatunk, már váltottam levelet velük, de el vannak foglalva a saját trónváltásukkal, így Lajos király részéről csak egy jókívánságféle üzenetet kaptam. Viszont a déli szomszédunk nagyon erős és nem ismerjük a szándékaikat. És itt kerül ön a képbe. Ön, mint trónörökös felkeresi velem a déli szomszédunkat és egyeztet velük, kideríteni a szándékaikat. Meg kell tudnunk, hogy mennyire megbízható, vagy az adott pillanatban képes elárulni minket. Az ország trónjának várományosaként egy kis baráti körutazást kéne tennünk a déli szomszédunknál. Fiam, elkísér ezen az úton? – nézett tiszta tekintettel a férfira. Ez pontosan annyi részlet, amit most tudnia kell és ezen nagyon sok minden múlhat. – Károly, fiam, most az egyszer nagy szükségünk lenne önre. Most utoljára. – próbálta döntésre bírni a fiát, mert ahogy látja, habozik és ezt persze egyből észre is vette. Vajon mi nem tetszik neki? Ennyit sem képes megtenni értük? – háborodott volna fel, aztán eszébe jutott, hogy fáradtan, üres gyomorral valószínű nem volt képes ennyi információt feldolgozni. – Együnk – mondta váratlanul, hátha csak ennyi hiányzik neki. – Közben pedig beszélhet nekem arról a Hohenzollern fiúról, hogy is hívták? Nem együtt voltak Afrikában? – nézett annyira ártatlanul, amennyire csak lehet, mintha ez az egész csak most jutott volna eszébe. Szerencsére Károly arca az ételek láttán felmerült és máris eszébe jutottak az emlékek is. Paulina kivételesen komoly érdeklődéssel hallgatta a nyugati szél erősségéről és az éjszakai hajózás veszélyeiről szóló beszámolót, melyben mind ott volt az egyik Hohenzollern rokon.

•

- Mi az, hogy nem mehetünk sehova? Mi csak egy kicsit kocsikázni szeretnénk a parkban, leesett a friss hó, ilyenkor minden olyan szép. Olyan rég voltunk kint, az elmúlt napokban mozdulni sem lehetett a szél miatt. Ma a nap is kisütött. Jöjjön ön is, meglátja tetszeni fog! – Hora próbált a lehető legártalmatlanabb hangszínnel beszélni és amennyire lehetett, igyekezett nyugodt maradni. Ne látszódjon rajta, hogy mennyire feszült. Pedig az volt, nem is kicsit. Az elmúlt napokban nyugtalanító felfedezéseket tettek, de sajnos nem úgy tűnik, hogy ezt bárkivel is meg tudják osztani. Biztos, hogy ellenőrzik a leveleket, így meg kell kerülni őket. Ha sikerülne hírt adni magukról... De ahhoz ki kéne jutni. Még az is lehet, hogy kint sokkal több mindenről tudnak.

- Mindez az önök érdekét szolgálja, az önök biztonsága érdekében kérem, hogy tegyék azt, amit kérek. Nehéz idők járnak, a trónváltás mindig feszültséggel jár. Ezért erősítették meg a palota védelmét – magyarázkodott a férfi. Amália nagyon feszült lett és teljesen elfelejtette, hogy óvatosan fogalmazzon. Kiesve a megbeszélt szerepéből egyből visszakérdezett.

- Milyen veszély? – sipított és tisztán látszott a rémület az arcán. Aranyszínű haja az elmúlt napok megpróbáltatásainak köszönhetően elveszítette a csillogását. Ez nagyon nem jó jel, neki egy összeszedett komornára van szüksége, nem egy hisztis kislányra. Hora megfigyelte, hogy a lány lelki állapota egyértelműen tükröződik a haja színén. Elég csak ránézni, egyből látható, hogy milyen kedve van. Ha jó, akkor fényes, ha rossz, akkor fakó. Hora pedig most csak nézte a fénytelen haját és arra tudott gondolni, hogy erről is ő tehet. Amália retteg. Ha nem hozatja ide, akkor ma is boldogan él a kis várában, nyugalomban, biztonságban. Erre most életveszélyben van. De az is igaz, hogy nélküle sehol nem lenne.

- Nincs konkrét, csak előkészület – próbált visszakozni, de már késő volt, Amália teljesen szétesett.

- És mennyire vannak közel? Nem mehetnek inkább haza, ott biztosan nagyobb biztonságban lennék? – kérdezett vissza remegő hangon, majd tekintetével a férfi arcát vizsgálta. Nem akarta, hogy nagyon látszódjon rajta, mennyire fél, de tudta, hogy hangja elárulta. Pedig most nyugodtnak kéne maradnia, de ez most nem megy. Ha ekkora a veszély, akkor menekülni kell. Ő nem tud mit kezdeni egy csatával. Miért is nem maradt az anyjával, kellett itt neki a hőst játszania. Nem akar meghalni, ő igenis élni akar, nyugalomban, békében, szép ruhákban. Nem kaphatja el ennyire a pánik... Próbált némi nyugalmat erőltetni magára. Mély levegőt vett, majd még egyet.

Lassan hatni kezdett, a feje is kitisztult. Ránézett a férfira és csak most vette észre, hogy milyen nyúzott és sápadt, szemei karikásak, a háta is meggörnyedt. Éveket öregedett az elmúlt pár hétben és láthatóan komoly gondokkal küzdött. Az volt a véleménye, hogy már még sem próbálja megjátszani magát.

- Itt van a legnagyobb biztonságban – jelentette ki hosszú csend után egyértelműen a férfi. Nyugatról jön a veszély – tette még hozzá meggondolatlanul. Amália láthatóan levegő után kapkodott. Legalább ezt már tudják.

- Azonnal gondoskodjon az édesanyámról, követelem, hogy hozassa ide! – parancsolt nem éppen illő módon rá a grófra. Lipót szeme azonban meg se rebbent és úgy válaszolt:

- Nyugodjon meg a kisasszony, a bárónő minden bizonnyal biztonságban van a fürdőhelyen, akárcsak a... királyné – nyögte ki némi gondolkodás után. Kérem a türelmüket, amíg megoldódik minden, remélhetőleg hamarosan.

- De Lipót, kérem, mégis megtudhatjuk, hogy miről van szó? Kérem! Így nagyon megrémít minket és már a legrosszabbtól tartunk – fogta könyörgőre a hercegnő. Ez volt eddig a legváratlanabb hír. Vajon igaz? Tényleg veszélyben vannak? Miért ez a sok titkolózás, miért az inkognitó? Tele van kérdéssel és válaszokra vár. Lipót láthatóan habozott egy pillanatig, mielőtt válaszolt volna. Hora látta rajta a bizonytalanságot és az aggodalmat, mondhatni a kétségbeesést. És ez még nagyobb rémülettel töltötte el. Nagyon úgy fest, hogy Lipót keze is meg van kötve. Mondhatni ő is bábu és neki is csak megmondják, hogy mit tegyen. Hosszú percek múlva felelt csak.

- Sajnos nem tudom pontosan – mondta végül, láthatóan őszintén.

- Kérem, Lipót, akkor beszéljük meg, így ön is veszélyben lehet. Talán ha elmondja, amit tud, akkor ketten ki tudunk találni valamit. Én jobban ismerem az országot, a vezetőket, a segítségükre lehetek – fogta megint könyörgőre. Lipót egy pillanatig ismét habozott, Hora megint egyértelműen látta rajta. Ez lehet az esélyük, muszáj megpróbálnia. De aztán hirtelen elutasító lett. Felpattant és az ajtó felé indult.

- Ne avatkozzon bele, az ön biztonsága érdekében, csak így tudom megvédeni – tette még hozzá, majd szinte kirohant az ajtón. Mindketten jól hallották, hogy a kulcs fordul a zárban.

- Szobafogság – suttogta Amália holt sápadtan. Hora gondolatai azonban máshol jártak. Komolyan át kell gondolnia a helyzetet. Mitől retteg Lipót ennyire? Vagy inkább kiktől? Külső ellenség, vagy esetleg a saját családja fenyegeti? Nem is fogta fel, hogy mostantól engedély nélkül a szobájukat sem hagyhatják el.

•

Paulina aggódva ejtette az ölébe az imént kapott levelet és próbálta értelmezni a benne foglaltakat. Igazából a levél nem is neki szólt, sokkal inkább Péternek, akit tájékoztattak az azonnali áthelyezéséről, mégpedig az új parancsnoka részéről. Paulina rögtön számításba vette a lehetőségeket: a parancs megtagadás következményeit. Sokszor ha jól belegondol, a tábornok leváltása önkényes volt Lipót részéről, tehát megtagadhatja, mondván nem a hivatalos felettesétől érkezett. Megtagadhatja azért is, mert jelenleg az ő védelmét szolgálja, és jelen állapot szerint ha elhagyja a posztját, akkor a védelme megszűnik. Vagyis amíg nem pótolják, addig mindenképpen időt nyerhetnek ezzel a lehetőséggel. De ő ragaszkodhat a személyéhez és javasolhatna mást a feladatra. Az is egy lehetséges eset, hogy teljesíti és a király utasítására elmegy a kijelölt táborba, így legalább képet kaphatnának, hogy mi történik arrafelé. De miért van az, hogy ezt a lehetőséget ennyire elutasítja és nem érzi biztonságosnak? Mert szerinte ez a helyzet, felderítőként, egyedüliként igen veszélyes a küldetés, mondhatni csapda szagú. Lipót számára a legjobb az lenne, ha Péter nem élne. Nem véletlenül távolította el a palotából azonnal, ahogy megérkezett és az a baleset sem volt baleset. Lipót nagyon jól érzi, hogy Péter a számára ellenfél, és nem is sejti, hogy irányából is erős a támogatottsága. Most mi legyen? Holnap indulnának, velük menjen vagy ne? Az anyai szíve persze egyből a védelmére kelt és a biztonságra szavazott, a politikus énje pedig a feladat teljesítésére. De ezt nem neki kell eldöntenie, a legjobb, ha beszél az érintettel, neki csak támogatnia kell. Azonnal szólította is a férfit, majd némi habozás után úgy döntött, hogy a fiát nem avatja be a történésekbe. Károllyal kapcsolatban továbbra is fenntartásai voltak.

- Péter fiam, jöjjön, az alábbi értesítőt hozta az imént a futár a királyi palotából – nyújtotta át a kibontott levél azon részét, ami a rá vonatkozó parancsot tartalmazta. Péter elmélyülten olvasta át a sorokat, majd rezzenéstelen arccal nézett fel rá. Egy szót sem szólt, csak várta az utasítást. – Kíváncsi vagyok a véleményére – szegezte neki a kérdést, a férfi azonban kitérő választ adott.

- Katona vagyok, azt teszem, ami a parancs. Már csak az indulás időpontját kell tisztázni – nézett rá merev arccal, láthatóan nem akart spekulációkba bonyolódni.

- Akkor mondom én – fogyott el Paulina türelme és máris fejtegetésbe kezdett, hogy direkt veszélynek teszik ki. Péter ismételten figyelmesen hallgatta, merev arccal. Paulina miután befejezte a monológját úgy döntött, hogy más parancsot ad, felülírva az előzőt. Tudta, hogy a férfi hű hozzá, és így kénytelen lesz ezen utóbbit teljesíteni. Mégpedig azt, hogy bár elhagyja a kíséretet és a határra megy, de a felderítésre képzett embereket küld maga helyett. Így a feladatot teljesíti, biztonságban is lesz, azonkívül hírekkel is szolgálhat majd a számukra a helyzetről. És remélhetően a fővárosból is eljutnak a hírek hozzá. Magában őrült ennek a megoldásnak, amely minden fél számára előnyös. Péter bólintott, hogy megértette a parancsot, ám mintha bizonytalankodott volna, nem iparkodott az indulással. – Lenne itt még valami – futott neki a mondatnak Paulina. Már oly régóta akarta megkérdezni tőle, csak egyszerűen nem volt rá lehetőség és lehet, hogy többet nem is lesz már. – Van önnek ikertestvére? – kérdezte meg váratlanul.

- Igen, volt – nézett rá a férfi csodálkozva. Pál 10 éves korában halt meg – felelte szomorúan. Paulina levegő után kapkodott, amikor felfogta a szavak súlyát. Ezek szerint mindenkinek igaza volt, a két gyermek valóban Gizella és az ő gyermeke volt. De vajon kié maradt életben? És kiderül-e valaha? Lényeges is, hogy tudják?

- Lehetne nekem is egy kérdésem? – kérdezett Péter is váratlanul még egyet, majd nem is várva választ, fel is tette. – Gyanúsan minden rendben van a palota részéről, ami arra ad gyanút, nem ez a helyzet. Ellátogathatok arra, váratlanul, hogy meggyőződhessek róla? – tette fel a kérdést, amire fejrázás volt a válasz. – Rendben, értem. Ez esetben Rita főnővérrel lépek kapcsolatba, hátha ő tud valamit. Anna hercegnő is szerintem vele üzenne – tette hozzá, mikor látta a királyné értetlen arckifejezését. Paulina csodálkozva nézett a férfira. A tény, hogy ennyire aggódik érte, illetve hogy ennyire ismeri a gondolkodásmódját megrémítette. Ha ennyire erős a kötődés Péter irányából, az nem lesz veszélyes a jövőre nézve? – futott át az agyán. Jelen helyzetben a józan észre, nem a szívre kell hallgatni! – mondta ki majdnem a gondolatait, aztán visszaszívta. Hiszen az előbb Péterrel kapcsolatos döntésekor éppen ő is ezt tette.

·

- Kérem, valaki tájékoztatna? Én vagyok ennek az országnak a főhercegnője, jogom van tudni, mi történik itt – hordta le az ajtóban álló őrt. Mivel a férfi egyáltalán nem reagált, így taktikát változtatott. – Nagyon jól láttam, hogy a múltkor elhagyta az őrhelyét engedély nélkül és éjjel is kétszer elaludt – blöffölt, hátha bejön. – Ez megengedhetetlen, mindenképpen jelenteni fogom a királynak, gondolom mindez lefokozással fog járni. Mi a beosztása? – kérdezte a láthatóan megrémült őrtől. A terve bejött, a szerencsétlen embernek az sem jutott az eszébe, hogy is láthatta volna zárt ajtón keresztül, hogy nincs ott, vagy alszik. A nyelve hirtelen megeredt és meglehetősen beszédes lett.

- Nagysága, kérem, nekem hét gyerekem van, könyörüljön meg rajtam. Én csak parancsot teljesítek, azt mondták, hogy álljak itt és ne szóljak, ne engedjek ki senkit, csak be és ne beszéljek. Én rendes ember vagyok, kiskegyed is láthatja – mentegetőzött. Hora látványosan megsajnálta.

- Jól van, ez köztünk marad, ha válaszol pár kérdésemre.

- De nekem azt mondták, hogy nem beszélhetek! – ellenkezett.

- De válaszolnia kell, illik, így nem is szegi meg a parancsot, nem igaz? – kerülte meg ügyesen a kérdést. Különösen, ha az úrnője kérdezi. Gondolja csak meg, számított arra pár hete, hogy személyesen tájékoztatja az országa első asszonyát? Hogy ilyen fontos lesz a szava? Hogy személyesen ismerik majd önt, kedves... kedves...

- Róbert – nyögte ki az elvörösödő őr és láthatóan kihúzta magát.

- Ez a mi kis titkunk marad, a saját kis megállapodásunk, kedves Róbert. Adni fogok a szavára!

- Megtisztelő felséged – felelte nyájasan és készségesen az eddig oly marcona őr. Hora csevegésbe kezdett és jól kikérdezte, hol született és merre szolgált, majd elrejtett pár ártatlan kérdést az új szállás állapotáról és az ott lévő emberekről. Róbert észre sem vette, de máris tájékoztatta a hercegnőt arról, hogy mekkora a mozgósítás a palota körül és a határnál. Vagyis készülnek arra, hogy háború lehet.

•

Amália lelkesen szaladt le a lépcsőn, majd vidám hangulatban közelítette meg az ebédlőt. Csak most érzékelte, hogy mennyire hiányzott neki a tér. Maga sem gondolta volna, hogy ilyen lelkesen viszi majd le ezt az óriás dögöt sétálni, de most nem kellett kétszer megkérni rá, önként jelentkezett. A déli időpont az övé volt, míg a hercegnő a reggeli és esti sétákat választotta. De legalább ilyenkor kiszabadulhatott egy fél órácskára. Bátor megszokta a jelenlétét és képes volt ilyenkor úrnőjét hátrahagyni. Most is itt szaglászik mellette. Úgy látszik neki is hiányzik a palota többi helysége. De most a jelen a lényeg, ki kell használni a mai napi fél órát. Talán beleshet a konyhába is, csak nem követik már árgus szemekkel minden lépését. Így, hogy kijöhet legalább van értelme szépen felöltözni és a hajával is foglalkoznia. Ott ülve magányosan a szobában mindennek nem volt jelentősége. Volt olyan nap, hogy felkelnie, felöltöznie sem volt kedve. De így mindjárt más, így ismét azt érzi, hogy él. Kissé lassította a lépteit majd zavartan nézett rá a tekintélyt parancsoló festményre. Hora mesélt róla milyen legendák keringenek dédapjáról és bizony, a festmény alapján ezt simán el is tudta képzelni. Még Lipót is behúzott nyakkal szokott elmenni előtte, egyedül a kutya az, aki nem törődik vele, bár egyszer megugatta a festményt. Biztos a rajta lévő állat ingerelte fel.

– Te meg mit szaglászol ott arrafelé, nincs ott semmi az csak egy kép – szólt rá a kutyára, aki kitartóan szimatolt a kép előtt. Megállt és farkasszemet nézett a hatalmas királyi portréval, óhatatlanul is összehúzva magát. – Mit érzel? Nehogy elkezdjél nekem itt ugatni – szólt rá az állatra, aki egyre hangosabban morgott. Amália kerülgette a képet, majd csóválta a fejét. – Nézd meg itt semmi sincs... ez meg... miért mozog a király? Fagyott még az ereiben a vér és dermedten bámulta a festményt. Tudta, hogy vannak itt a palotában is szellemek, de a rettegett királlyal semmiképp nem akart összefutni. Ez valami rossz vicc lehet csak – kezdett didergeni az ijedtségtől... vagy inkább mert hideg van? Miért van itt huzat? Honnan jön a levegő...? – tapogatta meg a képet felbátorodva. Nem a király rángatódzik, a szél fújja a vásznat. Mégpedig hátulról! De...mi van mögötte... ez meg mi? – kukkantott be óvatosan a vászon mögé és döbbenten vette észre a kis ajtót, ami nem volt jól becsukva. Vajon hova vezet? Egy titkos ajtó! Ebből van minden kastélyban. De vajon hova vezethet? Ha nem félne meg fázna annyira, most biztos utána járna a dolognak, de nincs úgy öltözve sem, meg bármikor erre jöhet valaki – beszélte le gyorsan magát a felderítésről. Különben is egyedül nem vághat neki, és ha eltűnik akkor soha nem találják meg. Majd visszajön ide, hoz segítséget és kiderítik. – Okos kutya – paskolta meg az állat fejét, aki láthatóan tisztában volt azzal, hogy ügyes volt. – Most pedig menjünk tovább, megéheztem – sürgette az állatot. Ennél jobb helyre nem is tehettek volna ezt a képet, most már mindent ért. Ki állna még ez előtt a festmény előtt és tapogatna? Még az is lehet, hogy korábban is lehetett ezt a huzatot érezni előtte, de mindenki azt hitte, a tekintélyes ős van rájuk ilyen hatással. Pedig csak a szél. Ha most így alaposan végig gondolja, akkor ez az ajtó csak lefelé vezethet, vagyis akkor ki a palotából. Lehet, hogy nem kell semmi mesterkedés és így is ki lehet jutni. Vagy éppen be – sápadt el a felismerésre. Vajon ki ismeri ezt a helyet, mert ha nyitva volt az ajtó, akkor nem olyan rég valaki használta. De ki és milyen szándékkal? Horával ketten is kevesek. Ez túl veszélyes, hogy egyedül nyomozzák ki, de kiben bízhatnak? Ó, bárcsak itt lenne az ő erős bátyja, vagy egy megbízható férfi – sóhajtott. Már alig várta, hogy elmesélje a hercegnőnek, milyen felfedezést tett.

•

Paulina el sem tudta mondani, mennyire örült a lehetőségnek, hogy egy kis időt tölthet a fiával, csak most érezte igazán még, hogy mennyire hiányzott az életéből. Bár őszintén bevallva magának kisebbik fiát mindig is kevésbé ismerte. Károly mindig visszahúzódó volt és nem is töltött sok időt a testvérével sem. Ha jól belegondol, akkor úgy nőtt fel mellette a palotában, hogy észre sem vette. Már kisgyerekként is nagy felfedező volt, folyton a környéken barangolt, ki tudja, hányszor nem is aludt otthon. Már hamar kérte, hogy elutazhasson a rokonokhoz vagy a nagykövetekkel, kereskedőkkel. Paulinának el kell ismernie, hogy ő is nagyban ludas abban, hogy a fia egy cseppet sem ragaszkodik a hazájához és nem érdekli a kormányzás. Egyáltalán nem nevelték erre, teljesen egyértelmű volt, hogy Vilmos lesz az uralkodó és őt nem is vezették be az efféle tudományokba. A Jóisten büntetése, hogy ennyire elbizakodtak és figyelmen kívül hagyták a második gyermeküket. Ez a jelen társadalom, a születési előjogok mindennél többet jelentenek, még ha az adott gyermek nem is a legmegfelelőbb lenne. Hány háborút robbantottak ki a kisebbik gyermekek és ki tudja, még mennyi várható? Itt van Lipót is, az elnyomott, pedig igen tehetséges kisebbik fiú. Ki tudja a testvére milyen képességekkel rendelkezik, még az is lehet, hogy teljesen igaza van és ő jobb lenne a badeni trónra. De ez most nem is számít, most megnézik a Hohenzollern várat. Úgyis legendákat hallott a palota szépségeiről, most legalább meg is nézi. Meg jó, hogy a bajor házzal rokoni kapcsolatban áll, így tőlük nem kell tartaniuk, nem úgy, mint az apró, de rendkívül erős Hohenzollern házzal. Velük is kéne valami diplomáciai házasság. De a barátság is lehet, hogy most nagyon is kapóra jön. Ezért is van szüksége a fiára.

De ma nem akar ezekkel a kérdésekkel foglalkozni, inkább kihasználja a váratlan lehetőséget és időt tölt a gyermekével. Ez az, amire szüksége van, egy nem várt családi boldogságra. Férje nagy űrt hagyott maga után, de most kapott egy váratlan lehetőséget és két gyermeket is közvetlenül maga mellé. Ez szinte több, mint amit megérdemel. Pétert már volt alkalma megfigyelni és apjához hasonlítani. Ránézett a vele szemben szundikáló férfira és megállapította, hogy ahogy öregszik, Károly egyre inkább külsőleg is emlékeztet Vilmosra. Sűrű hajában még mutatóban sincs ősz hajszál, a szakállában azonban már fellelhető. De még így is elég mutatós fiatalember, bár már elmúlt negyven. Talán még mindig nem késő, hogy letelepedjen és családja legyen. Ha lenne egy csinos fiatal lány, aki kísértést jelentene neki... talán... talán körbe kéne nézni most az úton. Gondolataiba kerülve bámult ki az ablakon, nem nagyon érzékelve a tovasuhanó tájat. Bár túl nagy változatosságot nem mutatott a sok alvó fa. Paulina gondolatai közben még messzebbre száguldottak. Egy kívánatos házasság szomszédos országok között csak tovább növeli a bizalmat. Végül is fogalma sincs, mi a helyzet eladókorú lányok tekintetében, mostanság csak a férfiakat figyelték. Na majd nyitott szemmel jár, hátha úgy alakul. Károly is megérdemelne egy kis boldogságot, főleg hogy nincs erős kényszer a diplomáciai házasságra. Annyira. Bár a legjobb az lenne, ha vagy badeni, vagy még inkább hohenzollerni. Akár rangon alul is választhat, most az sem számít. Ha már nála nem így alakult, legalább a gyermekének szeretné megadni ezt a lehetőséget. A gyermekeinek – jutott eszébe Péter is megint. Az ő esete nehezebb, de nem lehetetlenség. A Jóisten velük van és mindent elrendez majd. Vilmos lánya és az ő fia a trónon, ahogy azt a származásuk, a vérvonal is kívánja. De addig még pár akadályt le kell küzdeniük.

- Fiam, felébredtél – fedezte fel, hogy fia szeme nyitva van.

- Már egy ideje. Szokatlan nekem ez a látvány – biccentett a kopár fák felé. A tenger az teljesen más... – merengett el.

- A világ melyik része a jobb? – kérdezte meg Paulina, kíváncsi tekintettel nézve a férfira.

- Hát a trópusi kis szigeteknél nincs szebb. India partjaihoz közel van egy szigetvilág, ami szerintem maga a mennyország. Kristály kék tenger, aranysárga homok, üde zöld pálmafák és ragyogó napsütés. Kellemes meleg, lágyan fújó szél. Ennél tökéletesebb helyet el sem lehet képzelni, maga a paradicsom. A színpompás halak ott úszkálnak a vízben, a fákon banán és kókuszdió, a helyi lányok barnák, vékonyak és csodás fekete hajuk van, mandulaszemmel. A férfiakon alig van ruha. Mindenki szabad és boldog, táncolnak, énekelnek, örülnek a napoknak, az életnek. Bár szinte semmijük sincs, de ez nem zavarja őket, a tenger mindennel ellátja, még a lányoknak is jut kagylóból ékszer még virág a hajba. Ezt a fajta szabadságot itt Európában soha nem tapasztaltam, ezt kéne nekünk megtanulni tőlük – mesélt teljesen átszellemülten és olyan odaadással, hogy Paulinának szinte kedve támadt mindezt átélnie.

- És nem veszélyesek? – kérdezte őszinte aggodalommal.

- Európa most sokkal veszélyesebb – nevette el magát. – Persze vannak olyan szigetek is, de azokat már elkerüljük, mi nem megyünk arrafelé.

- Ez igaz, sajnos viharos időket élünk és még nem biztos, hogy vége. Ennek ellenére én nem tudnék hajóra szállni. Itt érzem magam biztonságban, mindennek ellenére – mondta, majd tovább hallgatta a beszámolókat.

•

Hora igyekezett kihasználni azt a napi fél órát, amit férje a szobájukban töltött és teljesen ártalmatlan dolgokról csevegett. Semmi kényes témát nem hozott fel, sőt nem is kérdezett a kint zajló eseményekről sem. Próbálta altatni férjét, szinte várva, hogy ő szólja el magát. Az idő azonban ellenük dolgozott, ismét eltelt három nap és nem haladnak. A mai nap azonban Lipót meglehetősen nyugodnak, mondhatni magabiztosnak tűnt. Horának egyből feltűnt és biztos volt benne, hogy a férfi nyeregben érzi magát. Hogy mi a jó hír, azt majd igyekszik Róberttől megtudni, most viszont arra kéne koncentrálnia, hogy kihasználja férje jó kedvét. Elvégre jól viselkedtek, egy rossz szó sem lehet rájuk, nem kérdezősködnek, vagyis teljesen ártatlanok. És ők is megérdemelnének egy kis jutalmat.

- Úgy hallottam, hogy a bíboros úr betegeskedik, reméljük hamar meggyógyul. Imádkozom is érte. Viszont szükségünk lenne lelki támaszra – merengett el, mintha csak hangosan gondolkodna. Tartott egy kis hatásszünetet, mielőtt folytatta volna. – Olyan rég találkoztam Rita főnővérrel és szerintem a jelenléte jó hatással lenne Amáliára és rám is. Merhetünk ilyen nagyot kérni öntől, hogy pár napra vendégül láthatnánk? – próbált nagyon kacifántosan fogalmazni, szinte úgy, mintha ez az ötlet Lipóttól jött volna.

- Tulajdonképpen miért is ne – felelte fesztelenül a férfi. Remek társalkodó partner és be kell valljam, unatkozom jó magam is. Ez olyan, mint egy kísértetkastély! Nem csoda, hogy mindenki elmenekült innen, itt semmi élet nincsen! Sehol emberek, társaság, partik, élet! Szükségem lenne nekem is egy kis felkészülésre – tette hozzá talányosan, amiből Hora vélhette csak sejteni, hogy a leendő háborúra utalhat. Neki egyedül az volt most a terve, hogy legyen lehetősége üzenni vagy hírt kapni a kinti életről. Még ha sejtette is, hogy a beszélgetésekkor nem lesznek egyedül, akkor is meg kell próbálnia. Ha pár napra jönne a főnővér, csak lenne alkalma pár percet négyszemközt beszélni vele. Ha írni már sehogy nem tudnak, ugyanis Lipót áldásos közbelépésének köszönhetően az összes íróeszközt módszeresen begyűjtötte a palotából.

- Ó kedvesem, ez igazán nagylelkű öntől, köszönjük szépen – nyájaskodott Hora, igyekezve nem túljátszani a szerepét. Valóban nagyon örült a hírnek, szinte hihetetlen, hogy ilyen könnyedén belement. De ezzel most nem akar foglalkozni, a tény, hogy Rita főnővér bölcsessége megérkezik a palotába végtelen nyugalommal töltötte el. Remélhetően pár napot kell csak várniuk. Így is egyre jobban fogynak a napok, már nincs három hét a koronázásig.

•

Paulina kinézett a kocsi ablakán, majd mosolyra húzta a száját. Jelzett a kocsisnak, hogy álljanak meg, mert úgy érezte, ezt a pillanatot kár lenne kihagynia. A sík területből mint egy sziget, úgy emelkedett ki Hohenzollern vára, impozáns tornyaival, magabiztosan, mesésen. Paulina már látott egy pár szépséget az életében, de ez a látvány igen előkelő helyre került, amihez persze a napsütés és a kék ég is nagyban hozzájárult. Élvezettel nézte a pompás épületet, akárcsak Károly. A karcsú tornyok légiesen könnyen emelkedtek az ég felé, míg a várfal biztonságot nyújtott. A vár körüli erdő fehérbe burkolózott, de Paulina eljátszott a gondolattal, hogy milyen lehet a látvány, ha minden csupa zöld, vagy virág, vagy amikor őszi pompát nyújt a táj. Az biztos, hogy nem lebecsülendő dolog ennek a kastélynak a lakója lenni és minden évszakban csodálni a helyet. Inkább nem is hasonlította össze az ő kastélyukkal, ami minden tekintetben más volt, bár ha már valami előnyt mondani kell, akkor itt tágas kertre nem nagyon lehet számítani. Visszaszállva a hintóba folyamatosan az ablakot leste, hogy bontakozik ki egyre inkább az épület és hogy tűnik egyre magasabbnak a sok torony. Már alig várta, hogy bentről is alkalma legyen kitekinteni. Paulina ilyenkor mindig elcsodálkozott a merész gondolaton, hogy ilyen épületet álmodtak meg, és nagy tisztelettel adózott az építők előtt. Nem lehetett semmi munka ezt a sok anyagot odavinni, pláne még olyan magasságokba emelni, hogy úgy is maradjanak, és nemcsak pár évre. Láthatóan Károly is az épület hatása alá került, mert az utóbbi órában alig szólalt meg. Legutóbb is csak annyit motyogott, hogy Lajos leírása a kastélyról nem is közelítette a valóságot. Paulina mintha halványan emlékezett volna, hogy látott valami rajzot az épületről, de hát az csak fekete volt és inkább tűnt egy vázlatnak, mint valós és létező épületnek.

A kocsiút a várba lassúnak bizonyult, keresztül az erdőn, felfelé kacskaringózva a hegyen, szépen lassan, de azért elég meredeken. A lovakat többször is megállították pihenni, sőt volt olyan szakasz, hogy Károly kiszállt és gyalog indult el egy darabon előre, élvezve az erdő csendjét. Valóban, az érintetlen hó látványa, a cipő alatt ropogó hó frissessége minden bizonnyal csábító volt a tengeri embernek. Ha jobban bírná erővel, meg persze ha nem felfelé menne az út, akkor ő is sétálna egy kicsit az erdőben, nincs is olyan hideg és a napsütés annyira kellemes. De így inkább marad a biztonságos kocsi mellett, meghagyta a lehetőséget a fiának. Talán jobb is így, biztos örül egy kis egyedüllétnek.

Aztán csak elérték a régi várfal tövét, ahol komor falak, szűk kapun várták. Aztán még egy kapu, majd még egy, Paulina már nem is győzte számolni, hányon haladtak keresztül, amíg végül elérték a belső várat. Impozáns szobrok őrizték a falakat, melyek minden bizonnyal minden támadást visszavertek, aki egyáltalán megpróbált idáig eljutni. Aztán csak feltárult egy ajtó és nem egy komornyik, hanem személyesen Károly ismerőse nyitotta ki a kocsi ajtaját előttük, melegen üdvözölve a fiát. Paulina először meglehetősen döbbenten figyelte a két férfit, hogy így áthágva a szabályokat és az illemet egy kapualjban fogadják, aztán rá kellett jöjjön, hogy végül is ennél őszintébb fogadtatásban nem is lehetne része. Végül is nem királyok vagy diplomáciai küldöttségek találkoznak, mondhatni baráti látogatóba érkeztek, szinte titokban. Akkor meg ne is számítson komoly protokollra. Az sem biztos, hogy Frigyes király itt tartózkodik, de ez majd hamarosan kiderül. Most viszont ha lehet minél előbb szeretné kinyújtani a lábait, elvégre már órák óta ücsörög és ez már az ő korában kifejezetten megerőltető. Pont ezért sem utazik már sokat.

•

Amália lábujjhegyen osont végig a folyosón, szorosan a nyomában Horával. Az egész helyzet annyira abszurdnak tűnt, hogy nevethetnékje támadt, alig bírta visszafogni a kuncogását. Hora rá is szólt.

- Csendesebben, még meglát valaki. Amália suttogva szólt oda neki.
- Úgyse hinnének a szemüknek. Szellemet látnának csak! Erre már Horának is mosolyra szaladt a szája, elképzelte, ahogy az őrök észreveszik a két hálóingben, kibontott hajjal, homályos fényben osonó, nevetgélő alakot. Két tökéletes szellemet. Az biztos, hogy senki nem fogja őket zavarni, mert ha észre is veszik őket, messzire rohannak az ijedtségtől. Így nyugodtan nevetgélhetnek is akár – konstatálta és ettől megnyugodott. Valószínű Amália is ugyan erre a következtetésre jutott, mert ő is tovább kuncogott.

- Na nézzük, mit rejt az öreg király – álltak meg a portré előtt. Hora ismét jól érezte, hogy megborzong. És eddig mindenki azt hitte, hogy a szigorú szemek teszik, holott a kifelé áramló levegő keltette ezt az érzést. Micsoda remek egy ötlet volt pont ezt a festményt használni, zseniális. Nemcsak a mérete miatt. Ketten feszültek neki, hogy kimozdítsák oldalt, miközben Bátor is készenlétben várta, hogy beronthasson a lyukon, nagyon lelkesen szimatolt már. Az ajtó feltárult és Amália bevilágított a sötétbe. Egy lépcső első pár fokát lehetett látni, ami lefelé haladt. Bátor úrnőjére nézett, várva az utasítást, majd nekiindult a lépcsőnek, pár lépéssel a lányok előtt haladt lefelé.

Hora feje előtt tartotta a gyertyát és csak remélni tudta, hogy nem akad a hajába egyetlen pókháló sem. Nem bírta azt a ragacsos nyálkát.

Az jutott az eszébe, hogy most praktikus viselet lenne a nemrég a divatból kimenő paróka. Milyen egyszerű lenne, csak levenné és kész. Így most még erre is ügyelnie kell, meg a szoknyájára. Másik kezével pedig amennyire lehetett megemelte a ruháját, hogy ne legyen az alja piszkos. Por volt mindenhol, de szerencsére dohos szagot nem éreztek. A szellőzés jól működött a kép felé. Meglepődött, hogy Amália egyáltalán nem panaszkodott a kosz miatt, mondjuk nem is a saját cipőjében jött le és gondosan mögötte haladt. Pár lépcsőt mentek csak le.

- Mi lehet ez? Valami pince? – tette fel hangosan a kérdést.

- Nagyon úgy néz ki – erősítette meg Hora. A kérdés csak az, hogy vajon mit rejt – vitte előre a kíváncsiság.

- Lehet, hogy valami boros pince csak és az is üres – próbált előre felkészülni a csalódásra a lány. Ezek után ha bármit találnak, az meglepetés.

- Mindjárt kiderül – értek a lépcső aljára és próbálták amennyire csak lehet előre bevilágítani a termet. A túlsó felén valami csillogást vettek észre. Összenéztek.

- Gyerünk – indultak neki a kisebb szoba méretű teremnek, mely láthatóan üres volt, a vége azonban ígéretesnek bizonyult.

- Mi lehetett ez? – kérdezte suttogva Amália, bár maga sem értette, most miért suttog. Itt már nem hallanak meg – rémült még a gondolatra. De Bátor itt van velük és nem jelez, így nyugodtnak kell maradnia. Az állat nélkül eszébe sem jutott volna egyedül eljönnie.

- Szerintem borospince lehetett, kérdés, hogy most miért nem az.

- Mert van másik – vágta rá Amália. Biztos nem volt elég nagy, ezért ez a terem kicsinek tűnik. – Hűha – mondta őszinte csodálattal, ahogy a csillogó tárgyak közelébe értek. Ezek gyertyatartók... mégpedig ugyanolyanok, mint amik a lépcsőházban vannak. Biztos vagyok benne, hogy ezek az eredeti arany darabok, míg a kintiek remek utánzatok. De miért rejtették el ide őket? És ki? Ennyire értékesek lehettek? – gondolkozott hangosan. Közben Hora agya is sebesen forgott és valami régi, családi emlék után kutatott. Hogy is volt és mikor? Mintha emlékezne arra, hogy eltűntek a díszek, igen, most már tisztán. Elvitték őket tisztításra egy pár napra, már akkor sem értette, hogy ehhez miért kell innen elvinni, mikor helyben is meg lehet tenni. Akkor úgy gondolta, hogy minden bizonnyal azért, hogy ne zavarják az itteni életet azzal, hogy páran sikálnak, amíg ok itt le–fel rohangálnak, játszanak. Biztos akkor másolták le őket és már az újat hozták vissza. Ezeket viszont miért rejtették el? – morfondírozott. Neki sem jutott eszébe más, mint hogy annyira értékesek, hogy féltették a háborúk során, hogy ezt is begyűjtik. Ha nem csak a külső borítása arany, hanem az egész, akkor valóban nagyon sokat érhet.

- Ezeket a kérdéseket majd feltesszük a nagyanyámnak, hátha tud segíteni – felelte határozottan, majd Bátort utasította, hogy nézzen körül, keressen. Furcsa, hogy nincs itt más, kell lennie itt még valaminek. Vagy legalább egy ajtónak. Ügyes kutya – dicsérte meg az állatot, amikor leült az egyik fal előtt és ugatással jelezte, hogy talált valamit. Bátor jött oda hozzá, egyik fülén méretes pókhálópamacs himbálódzott, bajszán porcicák ültek. Hora egy laza mozdulattal lesöpörte, amit az állat hálás farkcsóválással köszönt meg, újabb csíkokat gyűjtve ezúttal a farkára. Majd a végén ezt is leszedi – döntötte el, most még kár foglalkoznia vele, úgyis gyűjt még újat.

- A két lány odalépett és megvilágította a falat, majd óvatosan tapogatta végig. Egy ajtó, semmi kétség. Vajon hol nyílik?

- Ki akarja nyitni? De hát ez nagyon poros, én ugyan hozzá nem nyúlok – jelentette ki Amália, és durcásan el is fordult. Ennyi pókhálót még életemben nem láttam, mióta nem járhattak itt? – kényeskedett. Hora nem vett róla tudomást, csak hümmögött. – Tíz éve biztosan. Figyelmet inkább az ajtónak szentelte, bármi zárszerkezetet keresve rajta.

- Ez lehet a kilincs – mutatott Amália egy vaskarikára. – Na, megnézzük, hogy hova vezet? – nézett Horára, de a sötétben nem látta az arcát. – Ha kiszámoljuk, hogy az ebédlő mellett jöttünk le és mennyit távolodunk, akkor, akkor...hol is lehetünk? – agyalt, de térérzékelésben soha nem volt jó. A legegyszerűbb helyen is azonnal eltévedt.

- A télikertbe – mondta Hora, majd határozott mozdulattal megtolta a kart.

- Ó igen, szóval ez a sziklafal! Hát persze! – őrült meg a felfedezésnek Amália. Szóval így észrevétlenül ki lehetett szökni a kastélyból... – nézett sokat sejtetően Horára.

- Értem a célzást, de a halottakról vagy jót, vagy semmit. Azt mindenesetre hallottam, hogy anyám a saját ékszereit tette pénzzé, hogy a nép a szűkös időszakban is enni tudjon, háborút soha nem finanszírozták. Lehet, hogy még egy pár dolgot kicseréltek vagy kicsempésztek így a palotából, de jó céllal. Ezek szerint a gyertyatartók maradtak.

- Biztos túl nehéz volt – mondta Amália.

- Vagy még épp megmaradt és a háborúnak közben szerencsére vége lett.

- Gondolod szólnunk kéne erről? – kérdezte.

- Szerintem igen, legalábbis olyan helyre kéne tenni, ahol érdemben pompázhat. Ha már meglett – bólogatott a lány, majd a kutyával együtt ő is a konyha felé vette az irányt.

- Én arra többet nem megyek – porolgatta a szoknyáját fintorogva Amália és Hora egyet is értett vele. Nagyot tüsszentett, majd még egyet.

- Nem is kell. De azért a cipőket le kéne törölni – nézett körbe a bokrok között. Amália egy ronggyal tért vissza és pár porolt is, majd Hora hajáról szedett le egy koszcsomót.

- Kezet akarok mosni – jelentette ki határozottan és víz után nézett. És azonnal levenni ezt a ruhát. De azért jó kaland volt – kacsintott a másikra. Megtaláltuk a kincseskamrát – viharzott el a felfedezett csap irányába. Horának igazat kellett adnia neki, közben irigykedve nézte a kutyáját, amint önfeledten hempereg a bokrok között, megszabadulva minden portól. Így könnyű! Persze ha látnak a kertészek, hogy mit művel a féltve gondozott árvácskákkal, akkor nem örülnének, de legalább ő tiszta. Majd ő is az lesz – indult Amália után.

.

- Ó, gyermekem, ez igazán embert próbáló helyzet – sápítozott Rita főnővér, miután meghallgatta Hora beszámolóját.

- Azért annyira nem veszélyes a helyzet, főleg nem a mi számunkra – tette hozzá optimistán a hercegnő és próbált biztatóan mosolyogni. Nem szabad elveszítenünk a hitünket.

- Így van, gyermekem, ez nagyon helyes. Az úr útjai kifürkészhetetlenek. Nem tudhatjuk, hogy mit miért csinál. Csak bölcsességet kérhetünk Lipót számára, megvilágosodást, hogy tudja értelmezni a kialakult helyzetet – bólogatott nyugodtan a nővér és imára kulcsolta a kezét. Elmerülni azonban nem tudott, mert Amália közbevágott:

- Szerintem pedig igenis bajban vagyunk – rázta meg arany fürtjeit és ingerülten magyarázott. Nézzen körül nővér, ez így normális? Hogy be vagyunk ide zárva a kastélyba? Mint valami közönséges bűnöző? És nem mondanak semmit? – morgott. Itt nem segít az ima, inkább egy jó vastag kötél, amivel megszökhetnénk az ablakon át.

- Türelem, gyermekem, az is meg fog oldódni – intette nyugalomra a lányt. Látom nagyon szöknének.

- Főleg Amália – ellenkezett Hora és még mindig az előző kijelentésen mosolygott. Elképzelte, hogy meddig jutna a bárókisasszony, ha itt lenne a kötél. Valószínű miután kinyitnak az ablakot rögtön közölné, hogy hideg van és sehova sem megy. Nem beszélve a sárról, ami kint várná. Hogy nézne ki a topánja?

- Higgyék el, ha jönne a lehetőség, akkor észreveszik majd. Addig próbáljanak beszélni Lipóttal, amint visszajön. Sajnálom, hogy nem tudok több információt, hogy mi történik kint. És hogy levelet sem vihetek ki. Át fogják nézni a táskámat, ruhámat, szóltak előre. Inkább elkerülném a kellemetlen helyzetet.

- De legalább itt van – szorította meg a kezét Hora. Ez most nagyon sokat segít. Még ki sem hevertük Nagyapa távozását és újabb erőpróba elé kerültünk. Biztos, hogy már holnap elmegy? Olyan kevés ideig marad mindig – szomorkodott el, bár nagyon jól tudta, hogy a nővér mindig a többiek miatt siet vissza. Nem szabad önzőnek lennie.

- A többiek már várnak – mosolygott rá a nővér, majd megsimította a fejét. De ahogy megígértem, írok levelet, értesítem a többieket, hogy legalább ők kapjanak hírt. Aztán ha úgy alakul, ismét eljövök. Ha jöhetek.

- Kitaláltam valamit – fogta suttogóra Amália. Bár csendben pufogott magában eddig, agytekervényei sebesen dolgoztak. – Hívhatnak más látogatókat is, Lipót szerintem ezt megengedné. Rajta keresztül pedig lehetne informálódni.

- Ez kivitelezhetőnek tűnik – jegyezte meg némi töprengés után a főnővér. Gyermekem, mit gondol? – nézett Horára, aki szintén átgondolta a lehetőségeket.

- Igen, csak az a fontos, hogy tudja előre, ki jön, hogy addigra értesítse a tudnivalókról. Láthatóan mindenki a gondolataiba merült, majd beugrott a kézen fekvő név.

- Hanna? Nagyon rég láttam, azonkívül a többiek számára teljesen ismeretlen, nem sejthetik a kapcsolatot közöttünk. Majd azt mondjuk, hogy Amália jó barátnője és kész. Nem hiszem, hogy Lipót emlékezne rá és összefüggésbe hozná önnel.

- Remek ötlet. És akkor hogy is legyen? – nézett várakozóan a két fiatal lányra és a lelkesedése rájuk is átragadt. Milyen nagy öröm ez számára, hogy a szokatlan, mondhatni veszélyesnek tűnő helyzetben is a fiatalos kedvük továbbra is megmaradt és ilyen pozitívan állnak a dolgokhoz. Igyekezett elhessegetni azon rossz érzését, hogy az életük veszélyben lenne. Ha meg akadtak volna szabadulni az uralkodó családtól, akkor már rég megtették volna, de a meggyőződése, hogy

Hora hercegnő az egyetlen kapocs, hogy legálisan legyenek a trónon. Szükségük van rá, egy ideig még biztosan. De most a lényeg, hogy egy kicsit ő is beleássa magát a politikába, ha már így alakult. Ahol tud, segít, elvégre ez a feladata. Ha ez pedig egy kis cselekvés, legyen, az ő szerepe csak a tájékoztatás. Hogy utána mi lesz, az majd kiderül.

A két lány közben csillogó szemmel, szinte hadarva próbálta összerakni, hogy akkor mi legyen, kinek milyen értesítés jusson el.

•

- Remélem a hölgyek kiélvezték a látogató társaságát – mondta Lipót egyből belépését követően, mintegy üdvözlésképpen és hanyagul levetette magát az egyik fotelba. Szórakozottan keresztbe tette a lábát, majd mohón kiragadott egy fürt szőlőt az asztalon lévő tálból és elkezdte a szemeket egyesével dobálni a szájába, nem törődve az esetleges leesett darabokkal. Láthatóan jókedvű, már– már szórakozott benyomást keltett ezzel a hanyagsággal, mintegy felhívásként a lányok felé. Hora és Amália összenézek és szavak nélkül is tudták, hogy nagy lehetőség áll előttük, ha ügyesek, akkor most sok mindent megtudhatnak vagy elérhetnek.

- Kedvesem, köszönjük a lehetőséget, igazán kellemes társaság a főnővér. Nagyon hiányolta, de majd legközelebb biztosan lesz lehetőségek beszélgetni megint – indított mézesen, bár túlzottan hazudnia sem kellett. A főnővér pontosan ezeket mondta. Lipót igazán kellemes társalkodó partner és ez köztudott.

- Ó igen, én is sajnálom, felettébb élvezem én is a társaságát. Igazán figyelemreméltó és tanult hölgy, és a humorérzéke is a helyén van. Na nem baj, majd ismét idekéretjük, hamarosan. Úgyis nemsokára változások lesznek – tette hozzá titokzatosan és közben látszott rajta, hogy felettébb élvezi a helyzetet és hogy ilyen fölényben van. Hora intelligensen elengedte a füle mellett a megjegyzést és tovább udvarolt.

- Az remek lenne, ha ismét jöhetne, sajnos két napnál nem marad sosem tovább. De köszönöm a lehetőséget. Tanácsai mindig segítenek túljutni a nehéz időszakokon, veszteségeken – tett utalást nagyapja elvesztésére, de nem folytatta. Ha akarja megérti. Inkább gyorsan témát váltott. – Hiányzott. – mondta tömören, majd a férfira nézett. Bármi is történt, azért kedvelte a férfit, hiszen vele mindig rendesen bánt. Nem árt, ha ezt tudja.

- Nekem is hiányzott a palota, itt mindig nyugalom van. Bár ez a csönd unalmas is egyben – ásított egyet. Igazán feldobhatnánk valamivel. Bár sajnos Amália korántsem olyan kiváló a zongorán, mint szegény Ella volt, de vacsoránál játszhatna nekünk – tett egy epés megjegyzést. A két lány elengedte a füle mellett a gonoszkodást. Nem kellett volna ezt így hangsúlyoznia, még ha igaza is van. A lényeg most sokkal inkább az, hogy ezek szerint elhagyhatják a szobát és lent, az érkezőben vacsorázhatnak. Csak nem fogja felcipeltetni a zongorát ide az emeletre.

- Megtiszteltetés felségedtől – biccentett a király felé Amália és láthatóan nagyon örült.

- Ez igazán kedves öntől – mondta megint Hora, majd rájött, hogy ismételgeti magát. Bár ez láthatóan csak neki tűnt fel, Lipót nemtörődöm módra pusztította a szőlőt. Horán egy rossz érzés futott át... vajon ennyire nem érdekli az sem, hogy a saját országának emberei is így fognak elesni a csatában. Hirtelen undor fogta el és össze kellett szednie magát, hogy mindez ne látszódjon rajta.

- Van egy hírem a számukra, de az megvár, sajnos úgysem lehet változtatni rajta – jegyezte meg. Mondatával nem sok mindent tudtak kezdeni.

- Lehetséges lenne, hogy kedves Hanna barátnőm is tiszteletét tegye nálunk? Ha már a hercegnő fogadhatott vendéget, akkor egyet nekem is lehetne! – mondta határozottan a bárókisasszony. Lipót egy pillanatra elbizonytalanodott, de Amália ügyes indoklása eloszlatta a gyanúját.

- Miért is ne? Hanna... báróné, ha nem tévedek. Igen cserfes társalgó, jöhet. De majd csak akkor, amikor megint nem leszek itt. Hogy legyen kivel beszélgessenek. Jövő héten ismét dolgom lesz, majd erre az időpontra keretem. Igazán nagylelkű vagyok, nem panaszkodhatnak – dicsérte meg magát előre.

- Nem is tesszük. Nem nagyon igénylem a társaságot, ezt ön is tudja, de elég egysíkú az idei tél. Ebben a hidegben még lovagolni és kocsikázni sincs kedvünk, ami legalább változást hozna – szúrt oda, jelezve, hogy nem nagyon hatja meg az a tény, hogy eleve szobafogságban vannak és ha akarnának sem mehetnének ki.

- Idén különösen kemény volt a tél, de reméljük rövid lesz. Még egy-két hét és várhatóan vége – elmélkedett Lipót. Jó időpontra tették a koronázást.

- Megkérem a szakácsnőt, hogy süssön tortát a vacsorára, azt szeretjük – váltott megint témát, mintegy figyelmen kívül hagyva, hogy miket mond a férfi. Úgy érezte, hogy ennyi most bőven elég volt a belőle, valami miatt most kifejezetten fullasztotta a jelenléte és végül is amit akartak, azt elérték. Ha a jó kedve megmarad a vacsoráig, akkor még pár dolgot lehet, hogy elárul. De most jobban örülne, ha elhagyná a szobájukat. Jelenlétében tényleg azt érzi, hogy be vannak zárva.

•

Paulina jólesően nyújtózott végig a kényelmes kanapén és élvezettel kortyolt bele a meleg italba. Igazán elégedett volt a mai nap történéseivel és az a részlet sem zavarta, hogy szobájához meglehetősen sok lépcső vezetett. Pontosabban keskeny csigalépcső, amiből itt elég sok akadt. A kilátás azonban kárpótolta a várakozásait és igazán megérte. Úgyis csak még egy éjszakát töltenek itt, hiszen elég sok mindent sikerült egyeztetniük a vacsora után. Paulina elégedetten és főként megkönnyebbülten gondolta végig Károly és Lajos beszélgetését, melyben ő inkább csak hallgatóság volt. A megnyugtató hír az volt, hogy Vilmos király mozgósítása teljesen más irányú, a király a német egység létrehozásán fáradozik. Őket nem érdekli, hogy ki ül a trónon, csak támogatónak kell lennie. Ezt a megállapodást pedig itt és most ők alá is írták, illetve majd a koronázást követően az uralkodó is megteszi a palotában, hivatalosan. A parlament úgyis egységpárti, ők is meg fogják szavazni. A többi pedig a katonai vezetés és a parlament dolga, a részletekkel neki nem kell foglalkoznia. Ezek szerint a küldetésük sikerrel is járt. Remélhetően Badennel is sikerül majd megállapodniuk, az egységet várhatóan ők is támogatják, főként hogy a francia erők őket fenyegethetik közvetlenül a leginkább. Hacsak nem sorolnak be a másik oldalra. Paulina ezekre a gondolatokra mindjárt nem érezte magát olyan jól. Bárcsak tudná, hogy mi járhat a fejükben, bárcsak minél előbb kiderülne minden. De holnapután hazafelé veszik az irányt. Azt még nem tudja, hogy mi lesz az úticél, túl korán sem szeretne megérkezni, de terveik szerint a palotába mennek. A kitűzött koronázási időpontig még bő két hét van és lenne mit előkészíteni. Csak az nyugtalanítja, hogy Annától egy sor sem érkezik. Igaza lehet Péternek, nem stimmelhet ott valami. Jobb lesz előbb értesítést küldeni, hogy mikor érkeznek, hátha abból kiderül valami. A tábornok is csöndben van.... Hmm... bár úgy egyeztek meg, hogy felesleges levélváltással nem kockáztatnak, így ha valóban minden a terv szerint alakult, akkor a törvényt már aláírták. Így bombaként fog robbanni a hír, hogy Károly helyett Annát fogják megkoronázni.

•

Amália felettébb élvezte a szabadságot és a lehetőséget, hogy ismét a tágas ebédlőben ehetnek. A személyzet szép munkát végzett, bár csak három személyre volt terítve a hosszú asztalnál, mégsem volt nyomasztó az asztal üres oldala. Örömmel konstatálta, hogy Hora is utolérte. Arcán némi lelkesedést és pirosítót fedezett fel, amit nagyon jó jelnek tartott. Mostanság Hora annyira levert és kedvetlen volt hogy érezhetően annyira nem is zavarta a szobafogság. Magától valóban nem ment volna sehova.

- Milyen jó itt – köszönt lelkesen és megrázta arany fürtjeit. Meg is nézem a zongorát – lépett a fal mellett álló készülékhez, majd felemelte a takarót. Milyen régen játszott rajta, ha jól számol, akkor lassan két hónapja nem érintette senki. Remélhetően nem hangolódott el nagyon – rémült meg egy pillanatra, majd leütött egy billentyűt. Tiszta hang csendült fel, legnagyobb megnyugvására. Gyorsan a kották után nyúlt, majd kiválasztotta a kedvencét. Ez indításnak jó lesz. Kényelembe helyezte magát, majd finoman végigsimította a billentyűket. Ez a rituálé része volt, mindig csak ezután kezdte el a játékot. Ilyenkor mindig eszébe jutott kedves mestere intő szavai és mély lelkesedése a zongorák iránt. Ezt a hangszert minden bizonnyal felettébb kedvelné, tényleg páratlan darabnak tűnik. Benne van a királyság története, igazán megtisztelő játszani rajta. Sőt, az igazat megvallva az az érzése, hogy ezen a zongorán mindenki sokkal jobban játszik. Ha hallaná most a mester minden bizonnyal elégedett lenne a teljesítményével. Pedig nagyon jól tudta magáról, hogy közepesen játszik és nem sok tehetsége van a zongorázáshoz, de ezen a hangszeren mintha szárnyakat kapott volna. A zene csak úgy sodorta magával és a billentyűk mintha csak kínálták volna magukat, hogy nyomják meg őket, ők is meg szeretnének szólalni. Annyira elmerült a játékban, hogy észre sem vette, hogy közben Lipót is megérkezett. A darab végén illedelmesen tapsolt két hallgatója.

- Látom már behangolt. El kell ismerjem, remekül játszott – dicsérte meg a lányt. Na együnk – esett neki a nagy tálon lévő húsnak, nem foglalkozva többet a hölgyekkel. Húsz perccel később jóllakottan tolta el maga elől a tányért. – Nos, hölgyeim, ígértem egy hírt ma estére – vágott bele a mondandójába, nem foglalkozva azzal, hogy a lányok még a süteménnyel vannak elfoglalva. Nagy örömmel jelentem, hogy Gizella bárónő hamarosan megérkezik a palotába, ha jól értesültem, akkor a hét végére várható. Holnap pedig Hanna bárónő érkezik. És hogy egy szomorú hírt is mondjak, holnap én meg ismét elmegyek pár napra. Arra gondoltam, hogy a szüleimmel együtt jövök vissza a koronázásra – mesélte mindezt el egyszerre, egy nagy szuszra. Amáliát anyja érkezésének a híre foglalkoztatta egyedül, Hora pedig Hanna másnapi érkezésének örült. Végre, végre hírek érkeznek, várhatóan mindkettőjüktől.

●

- Anna, kedvesem, maradna még itt velem pár percet? – szólt a hercegnőhöz, mikor látta, hogy felállni készül. Hora természetesen készségesen visszaült az asztalhoz, fejével intett Amália felé, hogy menjen nyugodtan, hamarosan ő is jön.

- Hallgatom – mondta és igyekezett nyugodt, barátságos képet vágni, ami felettébb nehezére esett. Pedig nem kéne, hogy így történjen. Ha Lipót nyílt lapokkal játszana, akkor még szövetségesre is lelhetne benne, de ezzel a viselkedésével teljesen megutáltatta magát. Bár tudta, hogy ő nem ilyen, akkor is nagyon várta a pillanatot, hogy végre visszavághasson az összes megaláztatásra, amiben az elmúlt hétben része volt. Még vissza fogja mindezt kapni! Ha ő lesz ennek az országnak az uralkodója, akkor majd bánhatja Lipót, hogy így viselkedett vele és hogy nem bízott benne. Bánhatja majd! Hogy is mondta a nagyanyja, házasságérvénytelenítés? Biztos megvan rá a mód, a lehetőség, elvégre ha úgy nézzük, felségárulás történt. De ezt majd kiderítik, majd megoldják az okos emberek, a tanácsos. Most haladjunk sorban, most nem ez a fontos – próbált a jelenre koncentrálni. Igen erősen kellett, mert bár hallotta, hogy Lipót hozzá beszél, a szavak nem jutottak el az agyához.

- Szóval azért gondoltam, hogy jobb, ha ő mondja el neki, személyesen – fejezte be a mondatot a férfi. Hora nyelt egyet, mert tudta, hogy a lényeges információ már elhangzott, de neki most vissza kell kérdeznie.

- Hogy mondta kérem? – próbált konkrétumok nélkül, átlátszó kérdést feltenni.

- Hát hogy a parancsnokukat nem látják már többet.

- Milyen parancsnok? – kérdezett vissza Hora megint.

- A főparancsnok – ismételte meg Lipót értetlenül.

333

- És mi van vele? – próbált olyan hanyag lenni, amilyen csak lehet, mert fogalma sem volt arról, mire gondol. Biztosan a nagybátyjáról beszélt, ami egyáltalán nem érdekli őt.

- Nem jön már ide többet – ismételte meg Lipót, de látva a lány értetlen tekintetét mérges lett. Az asztalra csapott: Azt mondtam, hogy meghalt! – mondta ki szárazon. Hora még mindig nem tudta hova tenni az információt, bár egy halálhír szomorú, ahogy ez is.

- Sajnálom – nyögte ki, majd felállt. – Most már elmehetek? – nézett fel.

- Önt mindez meg sem hatja? – vizsgálta a lány arckifejezését. Hora azonban nem reagált.

- Katona volt és az országát védte. Sajnálatos – mondta tárgyilagosan, nem igazán fogva fel még a jelentőségét.

- Ennyi? – nézett kétkedve a lányra, de Hora összeszorította az ajkát, hogy visszatartsa a könnyeit. Nem borulhat ki, most nem, majd később. Nem teheti meg, főleg amíg Lipót látja. Nem adja meg neki ezt az örömet.

•

Hora álmatlanul forgolódott az ágyában és a saját lelki erején csodálkozott. Hogy lehet az, hogy kibírta az estét a lelkesen csacsogó Amália mellett anélkül, hogy nem borult ki? Most viszont már nem kell visszafognia magát, mégsem képes egy könnycseppre sem. Nem, ezt biztosan nem fogja kibírni, három napot alakoskodni, mikor ő már tudja. Most már érti, miért érkezik Gizella a palotába. Szegény anyja, neki is szüksége lenne a lányára, az egyetlen gyermekére, aki még megmaradt. Biztos, hogy komoly kínokat élhet át, elveszítve egyetlen fiát. Összehasonlítva ő nem is panaszkodhat. Bár kedvelte Pétert... nagyon is... És érzi is az űrt.... Nagyon is. De felfogni még nem tudta igazán a mondatok súlyát. Egy újabb fájdalom, ki tudja már hányadik. Ha belegondol, akkor Ella elvesztése felkészítés volt nagyapja elvesztésére, míg az ő elvesztése a szeretett férfiéhoz. Igen, a szeretett férfi, most már bevallhatja magának. Utólag. De ezzel a szíve csak még keményebbé vált, ezzel várhatóan már kő lett. De nem hagyhatja el magát teljesen. Elgondolkozott az élet értelmén, vagy inkább értelmetlenségén. A veszteségeken, amely úgy néz ki, hogy folyamatosan sújtják. Míg nagyapja halálát olyan szempontból jobban el tudta fogadni, hogy szép kort ért meg, sok mindent elért és családot hagyott maga után, addig Péter elvesztését nem tudta értelmezni. Hogy hallhat meg valaki, aki ilyen fiatal és alig élt még? Hogy veszhet oda egy pillanat alatt az egész léte? Eltűntek örökre a gondolatai, hogy semmivé lettek az elképzelései, vágyai? Miért ilyen kegyetlen az élet? És neki mindezt miért kell végignéznie, átélnie, újra meg újra? Hányan tűnnek el még a környezetéből, hány megszokott arc, kedvelt személy jut még erre a sorsra? Pedig még nincs húsz éves és mennyi veszteség érte már, mások egész életük alatt, idős korukra élnek át ennyi veszteséget. Vajon ő hozza a bajt mindenkire? Ha nem kötődne úgy senkihez, akkor életben maradnának? Vagy legalább nem fájna úgy az elvesztésük? Nem fog már senkit megkedvelni megint, ő lesz a jégkirálynő – döntötte el. Máshogy nem tudja végigcsinálni. Ez nem volt fer a mindenhatótól, hogy Pétert is elragadta. Miért ez a sorsa, miért állítja ennyi próba elé a jóisten? Hogy őrizheti meg így a hitét? Vagy ezzel teszi próbára? De miért játszik így az emberekkel? Hora, szedd össze magad, nem bírálhatod felül a döntéseit, nem véletlenül vezeti úgy az utakat, ahogy. Ők csak résztvevők, hogy is érthetnék meg a teremtő terveit. Ne hadakozzál vele, hanem próbáld megérteni, elfogadni. Vajon tényleg az a terv, hogy az országot ismét háború sújtsa és veszteségek érjék? Elég ebből a sok gondolatból, még beleőrül – kelt ki az ágyból és idegesen járkálni kezdett a szobában. Tennie kell valamit, ez így nem maradhat tovább! Túl sok ideje van gondolkodni az élet értelmén és ez nem jó! De arra legalább igen, hogy elterelje figyelmét a lelkére telepedő hatalmas űrről. Ebbe bele fog örülni! – rogyott le a földre, majd végignyúlt a szőnyegen. Bárcsak tudna sírni, az enyhíthetne a fájdalmán. De ez most nem megy, még nem. Bár már egy ideje nem volt a közelében a férfi, hiányát azonban most igazán érezte – simította végig a szőnyeget. Elmosolyodott. Az ő szőnyegüket – jutott eszébe az az este, az a majdnem pillanat. Elvörösödött a felkavaró emlékképektől. Nem éppen testvéri érzelmeket érzett legutóbb itt fekve a férfi karjaiban – rándult össze, mintha gyomron vágták volna. A felismerés elemi erővel tört rá. Ami akkor egy elmulasztott pillanat volt, azt most már tudta, hogy soha az életben nem valósulhat meg többé. Már ha Péter fentről ismét figyelni fog rá, akkor ismét érezheti azt a végtelen nyugalmat, amikor ő volt a testőre. De soha többé nem fogja a karjában tartani, ahogy megcsókolni sem fogja már – tette a kezét a remegő ajkára és hagyta, hogy a könnyek végigguruljanak az arcán.

·

- Ez őrültség! – tiltakozott hevesen Amália, majd rájött, hogy túl hangos és gyorsan befogta a száját. De hogy tudott volna máshogy reagálni erre a megdöbbentő ötletre, amit most hallott.

- Márpedig elmegyek – jelentette ki határozottan Hora. Igen, én is emlékszem, hogy nincs egy hete még itt akartam maradni és ön akarta mindenáron elhagyni a kastélyt, de azóta kissé megváltoztak a körülmények. Gondoljon csak bele, ennél nagyszerűbb alkalom nem adódik! Már csak két hét és előtte muszáj lenne kijussak innen!

- Tényleg működhet ez? Sikerülhet? Nem fog senki rájönni? És mi van ha igen, akkor veszélyben lehetünk? – tette fel egy rakat kérdést ugyanebben a pillanatban Hanna, majd próbált gondolkozni, bár ez nem volt épp az erőssége. Kezét védelmezőn a gömbölyödő pocakjára tette. Hora tervében az az aprócska elem nem szerepelt, hogy Hanna időközben várandós lett, de a hasa még nem olyan nagy, el lehet takarni.

- Nem lesz itt semmi gond, senki nem nézett ránk az elmúlt hetekben. Itt nyugalomban, biztonságban lesznek – próbálta nyugtatni a lányt. Visszajövök időben.

- De... de mi van, ha mégsem? – ellenkezett jogosan.

- Akkor mondja, hogy kényszeríttettem. Önt nem fogják bántani, biztos hogy nem. Miért is tennék? Hiszen nem tett semmit. Nem jönnek rá semmire, elhiheti. Az őrök nem nézik meg az űrnőt, nem illik. És Rita főnővér mindig mondta, hogy mennyire hasonlítunk egymásra – érvelt Hora. Tudta, hogy sokat kér, de kockázat nélkül nem szabadulhat. És ez az egyetlen esélye. Hanna ugyanaz a magasság, ugyanaz a termet. Barna haj, barna szemek. Aki futólag tekint csak rájuk, az simán összekeverheti őket. És ha nem is beszélgetnek, ha szobafogságban vannak, akkor kinek tűnne fel, hogy a pár napja érkezett vendég helyett más távozik? Amíg nem érkezik vissza Lipót a palotába, addig jók a kilátásaik. És azt mondta, hogy a koronázásig nem jön vissza.

- Figyeljenek, nem lesz itt semmi gond. Én most helyet cserélek Hannával és szépen kisétálok a palotából. Hanna kipróbálhatja, milyen hercegnőnek lenni. Sajnálom, hogy nem lesz olyan élvezetes, mint gondolta volna, de a szobafogság biztonságot nyújt. Csak csinálják azt, ami nem feltűnő, ha ki kell menni a szobából, akkor viselkedjenek természetesen. Gizella báróné holnapután érkezik, így nyugodt szívvel hagyom itt önöket. De egy napot sem késlekedhetek tovább. Amália, bírni fogja? – nézett aggódva a társalkodónőjére, aki teljesen összetörten csak bólintani tudott. – Hanna? – nézett kérlelőn barátnőjére, aki aggódó tekintettel pislogott.

- Ilyen őrültségre senki más nem vállalkozna – ölelte át. Természetesen számíthat rám – súgta a fülébe könnyeivel küzdve. – Vigyázzon magára! Menjen, mentse meg az országát, tegyen rendet. És akadályozza meg, hogy a gyermekem háború idején szülessen!

•

Miért tart ennyi ideig ez az út, így túl sok ideje van aggodalmaskodni – türelmetlenkedett, holott pont örülnie kellene annak, hogy az úti céljuk ilyen messze van a palotától. Lassan besötétedik, pedig egyből világosodást követően indultak. Vajon minden rendben lesz? Mennyire hihető, hogy idegördül a frontra egy nemesi hintó és egy szakácsot hoz, hogy segítsen? De mit törődik most ezzel, a legfontosabb, hogy minél előbb beszélhessen végre valakivel. Vajon hány tábor lehet? És itt lesz a tábornok? Vagy ő is elesett már és nem számíthat ismerősre? Ha senki nem tudja, hogy kicsoda az jó vagy pont nem? Hiszen így hogy érhetne el bármit is, hogy tárgyalhatna? Ki hinné el, hogy az a személy, aki bemutatja a királyi pecsétgyűrűt, az valóban maga a leendő uralkodó? – tépelődött magában. Teljes őrültség, hogy így felkészületlenül, információk hiányában is nekiindult. Hiszen csak annyit tudott meg Hannán keresztül, hogy a nagyanyja a déli szomszédjukat látogatja meg Károllyal együtt, a törvényekről semmit nem tud. Még az is meglehet, hogy Pétert a tábornokkal együtt ölték meg, mert a törvényeket akarták érvényesíteni. Vagyis nagy veszélyben is lehet. Az Úr kezében van, csak imádkozhat, mást most nem tehet. És bízik abban, hogy fentről kísérik a lépteiket és a kocsis útját. Ha valóban a háború fenyeget, akkor veszélyes területen járhatnak, főleg így sötétedés előtt. A legjobb lenne, ha ma nem is mennének tovább, hanem még megszállnának valahol. Talán jobb is lenne, ha holnap délelőtt érkeznének meg. Félrehúzta a függönyt, hogy kinézzen, de a fákon kívül nem sok mindent látott. Talán a másik oldalon – csúszott át a túloldalra és ott is kilesett.

- Az ott egy falu lehet? – kérdezte a bakon ülő Róbertet.

- Igen úrnőm, nagyon úgy néz ki. Muszáj lesz ott megálljunk, fáradtak a lovak és nekünk is pihennünk kell. Majd körbekérdezünk, hogy merre tovább. Hora megnyugodott, hogy biztonságos helyre érkeznek és bizony, rá is ráférne egy kis meleg leves. Régen volt már az a reggeli és a lábai is elgémberedtek a sok üléstől.

- Kérem, ne szólítson úrnőnek, egy szakács és egy konyhalány érkezik az udvar parancsára – javította ki a katonát, még mielőtt beértek volna a faluba.

338

- Bocsássa meg engedetlenségemet az űrnő, de ebben a ruhában senki nem nézné se szakácsnak, se kuktának. A legjobb, ha ma úri hölgyként jelentkezik be a fogadóba is – tanácsolta a tapasztalt férfi.

Hora elgondolkodott a bölcs szavakon és bizony igazat kellett adnia. Mit is tudhat egy palotába bezárt nő a kinti valóságról? Akár még veszélyben is lehet. Nincs mellette sem testőrség, csak egy idősebb katona és egy fiatal szakács, legalább már nem női ruhában. Hiába a fegyver, a túlerővel nem tudnának mit kezdeni. Csak semmi feltűnés, próbálj meg nyugodt maradni és nem lesz gond – igyekezett megnyugtatni magát, majd mély levegőt vett, mielőtt kiszállt volna. Hanna elegánsabb ruhája a későbbiekben jól fog jönni, de holnapra mindenképpen át kell majd öltöznie. Azért a köpenyét megtartja, az talán nem olyan feltűnően elegáns. Elvégre ha már ideküldtek valakit főzni, az nem jelenti azt, hogy rongyokban kell járnia. Egy rendes kesztyűje vagy cipője mindenkinek lehet – győzte meg magát. Róbert bólintva jött ki elé, jelezve, hogy minden rendben van és nyugodtan bemehet a fogadóba. Kellemes meleg és üres asztalok fogadták, megnyugodhatott. A többit majd a kísérete elintézi, neki úgysem mondanának el túl sokat. Ők pedig pontosan tudják, hogy mi a dolguk.

•

Hanna elégedetten forgolódott a tükör előtt és a rajta lévő ruhát csodálta. Meseszép darab volt és ha igaz Amália kijelentése, akkor ez volt Anna édesanyjának a legszebb ruhája. És most ő pompázhat benne, egy hercegnői darabban! Csak ne lenne olyan szűk a derekánál – húzta kissé feljebb a darabot és hátra szólt, hogy kicsit lazítsanak az összeöltésen. A pocakja már kezd olyan méretet ölteni, hogy túl sokáig nem lehet elrejteni. Most szerencsére még egy kendővel, szalagokkal ügyesen lehet rafinálni a ruhán és feljebb helyezni a derekát, de még két hét és már ezek a praktikák kevesek lesznek. Addigra azonban Hora már bőven vissza is tér – hessegette el magától az aggódásra okot és inkább a lehetőséget nézte. Ennyi idő alatt mindent fel tud majd próbálni! Élvezettel nézte végig a kalapokat, kesztyűket és a hozzájuk illő napernyőket, melyek gondos rendben, a megfelelően párosítva várták, hogy a tél végével ismét használatba kerüljenek. Egymás után szedte elő a szalagokat és öveket és a hatalmas tükör előtt egymás után kötötte, vette, húzta magára. Minden milyen jól állt neki! Mennyire látszott, hogy Zsófia hercegné nagyon adott a megjelenésre. Na láthatóan nem vagyont érő ruhákban pompázott, de ennek ellenére minden darab kifogástalan volt, egyedi, a kiegészítők pedig mesések, nem győzte csodálni a kincsestárat. Mesésnek érezte magát, gyönyörnek látta a tükörképét. A terhessége nagyon jót tett a szépségének, a szeme ragyogott, az arcbőre kisimult, a haja pedig meg erőssebbe és fényesebbé vált. Hogy ez végig így marad, az nem biztos, Hanna nem is akart belegondolni, hogy puffadt és kövér is lehet. És az is biztos, hogy nem fog 10 gyereket szülni, nem adja fel a szépséget. Ha ez a gyermek fiú lesz, erős és egészséges, akkor le is állhat a szüléssel, lesz aki továbbviszi a nevét és a vagyont. Esetleg pár év múlva még egy gyermeket szül, a biztonság kedvéért. Részéről így teljesíti a kötelezettségeit, utána pedig kiélvezheti a társadalmi helyzetét és bálokra, rendezvényekre járhat vagy elkísérheti a férjét külföldi üzleti útjain. Esetleg a hercegnőt a nyaralásaira, ha már ilyen jó ismerősök. Milyen szerencséje is van és ezzel a veszélyes küldetéssel, mert ez azért az, még az adósa is lett. Még szép, hogy legközelebb ő is el akar menni a tengerhez, vagy a fővárosba. Majd még is említi, persze finoman, hogy nyugodtan számíthat rá többet, sőt számíthat bármikor a szolgálataira. Csak szórakoztatóbb társaság, mint Amália és talán szebb is – pislogott az aranyfürtök felé. A vörös akkor is érdekesebb – nyugtatta magát, bár belül nagyon is zavarta, hogy a lány ennyire bájos. Ellával szemben legalább nem kellett erre figyelnie. De legalább ő már férjnél van, mégpedig igen jól házasodott, a férje jó ember és imádja, bármit kérhet tőle. Amália kikaphat egy vén vagy ronda, részeges vagy mogorva társat is. Hanna beleborzongott a gondolatba is, hogy egy ilyen ember érjen hozzá. Igen, ő nagyon szerencsés – mosolygott a tükörképére.

- Na hogy tetszem? – fordult a szobába éppen akkor lépő lány felé éppen abban, ami rajta volt. Amália kedves arca felragyogott.

- Még a hajuk is mennyire hasonlít! – mondta őszintén. Szavamra egy jó ideig valóban azt hittem, hogy a hercegnő van itt, így messziről bárkit át lehet verni. És mivel a katonák nem nagyon néznek utánunk, így akár a folyosón is sétálhatunk, nem kell gyengesége hivatkozni és a szobában maradni. Ez nagyon jó – lelkendezett és tapsikolt is örömében.

•

Evés után már végképp nem tűnt olyan jó ötletnek Hora számára, hogy egy táborban parádézzon. Kész szerencse, hogy az öltözéshez nem kellett segítség, Amália lehet, hogy bajban lenne a helyében. Látszik hogy ilyen apróságokra sem gondolt, mint például az alsószoknyák felvétele, hogy is képzelte, hogy egyedül neki indulva akkor képes lesz megmenteni az országot? Még a szoknyáját sem tudna felhúzni segítség nélkül, még jó, hogy hozott egy konyhalányt. Szerencsére nem sanyargatták magukat a fűzővel, amely édesanyja távozásával kihalt az előkelő körökből az országból – példa hiányában. Nem is baj, felesleges, ezt mesélte a főnővér is. Nem kap levegőt a tüdő, könnyebben megbetegszenek a nők. Persze anyja makk egészséges volt és a legkarcsúbb az országban. Mégsem élt sokáig – merengett. De hogy jutott most, éppen most eszébe az anyja, mikor már mióta nem gondolt rá? Azért mert háború van és megcsapta a halál szele? Vagy nem, inkább a bűntudat, hogy néz ki. Anyja ezt ő soha nem értené meg, így soha nem tenne ilyet. Egy nő legyen a pokolban is úrinő – mondta mindig neki. Persze az apácarendi ruháját is lenézte volna. Hora mintha maga előtt látta volna anyját és lesújtó pillantását, amellyel mindig illette. Hora, szedd össze magad, nem foglalkozhatsz most ilyenekkel, koncentrálj inkább a feladatodra!

De most fontosabb dolga van, össze kell szednie magát. Most nem emlékezhet arra, milyen megalázóan és szánakozóan nézett rá mindig az anyja. Inkább nagyapja csillogó szemei és büszke tekintete kell most inspirálja, hogy legyen elég bátorsága nekiindulni az ismeretlen tábornak.

- Úrnőm, érdeklődtünk a fogadósnál a táborról. Túl sokat nem tudtak mondani, de annyit igen, hogy a tábornok itt van. Ez jó hír, ugye? – nézett bizakodóan a lányra. Hora megkönnyebbült és lelkesítően mosolygott egyet. Mondani nem tudott semmit, gombóc ült a torkában. – Remekül áll önnek a ruha, ebben is elegáns – próbált bókolni. Ez a meglátás egybe esett a lány tükör előtt tett látogatásának eredményével. Hiába az egyszerű ruha, árad belőle az előkelőség.

- Le fogok bukni – mondta kissé riadtan.

- Na és? Az nincs önre írva, hogy hercegnő, csak hogy nemes asszony. Az még miért ne lehetne? – kapott egy őszinte választ. Milyen jó, hogy bölcs kísérőt hozott magával, teljesen igaza van.

- Mehetünk – jelentette ki határozottan és elindult az ajtó felé. Mégsem alszanak itt, nem vesztegethet el egyetlen napot sem. Ha valóban itt van a tábor a közelben, akkor még sötétedés előtt éppen oda tudnak érni.

•

Hora mechanikusan pakolta egymás után az elé tett tányérokba a levest és azt sem hallotta, hogy sorban köszönik meg a katonák az ínycsiklandozó falatokat. Persze a fő téma az asztaloknál is az előkelő szakács érkezése volt, azt nem is sejtették, hogy magát a vacsorát személyesen az ifjú hercegné szolgálja fel. Hora minden bizonnyal felettébb élvezte volna a helyzetet, ha a szíve nem lett volna ilyen nehéz. Péter elvesztése a katonákat látva most vált igazán valósággá és a hiány súlya teljesen letaglózta. Ami viszont zavarta, hogy nem érezte a jelenlétét. Pedig itt, közel ahhoz a helyhez, ahol elesett, itt kellene lennie. Eddig bármelyik hozzá közelálló embert veszítette el, utána mindig érezte, hogy ott van vele. Péter viszont nem jelent meg, ami csak azt jelenthette, hogy a férfi mégsem kötődött úgy hozzá. Hiába állította Gizella meg Amália is, hogy oda van érte, ezek szerint a valóság mégsem ez volt. Az lenne a minimum, hogy fentről őt is meglátogatja, angyalként már nem kéne hogy zavarja, hogy közben férjhez ment. De nem. Nemcsak az elmúlt pár hónapban nem volt már mellette, nem vigyázott rá, most már nem is fog. Megharagudott rá, biztosan azt hitte, hogy az ő kérésére távolították el mellőle. Ezek szerint pár hét és elfelejtette, vagy talált mást. Tévedett mindenki az érzelmeit tekintve, még ő is. Talán azért van ez így, hogy könnyebben fel tudja dolgozni. Pedig pont az ellenkezője, pont a jelenlétére lenne szüksége! Hogy erőt merítsen belőle. De majd megoldja, ezt is túléli, mint annyi minden mást. Dacosan felemelte a fejét és megkeményítette a szívét. Nem sírhat, itt és most nem. Majd este, amikor magában lesz, akkor engedélyes egy kis pityergést. Különben is, ha tényleg ez a helyzet, akkor jobb nem pazarolni rá több energiát, nem foglalkozni vele. Sajnálatos, ami történt, de háborúban ez megesik. Neki most az lesz a dolga, hogy elérje, több ember ne haljon meg feleslegesen. Ez most a küldetése! És ehhez itt van a legmegfelelőbb helyen, mert az információk szerint a tábornok jól van és itt tartózkodik. És ha ez igaz, akkor ide kell jönnie neki is, akárcsak a többieknek, ennie neki is kell. És akkor tud beszélni vele.

Egy kis mosolyt próbált erőltetni magára és arra gondolt, Ella most milyen jól szórakozik ott fent, ahogy nézi. Hogy ő, ismét ételt oszt, pedig együtt fogadták meg, hogy többet nem akarnak nélkülözni vagy fázni. Az élet megint felülírt mindent. Eszébe jutottak a kolostori hideg vacsorák... mégis akkor milyen jól érezték magukat. Mennyire gondtalanok voltak akkor, csak most jött rá! Akkor azt hitte, hogy börtönben élnek, pedig életének az volt a legszabadabb időszaka – merengett el. Milyen jó is lenne megint ott lenni. Szinte hallotta az esti gondtalan csevegéseket, ilyenkor a nővérek is elnézőbbek voltak és hagyták a lányokat, hogy kicsit felszabadultabbak legyenek. De nem,

nem menekülhet vissza a múltba, előre kell néznie, ezt megígérte magának.

Váratlanul ismerős illat csapta meg az orrát, mely egyből kimozdította a gondolataiból. Megismerte, még ennyi ember között is, a rotyogó fazekak mellett állva. Péter illata, semmi kétség! Hát mégis eljött hozzá, csak meglátogatja! – futott át az agyán. Ebben Ella keze lehet, az biztos – emelte fel a fejét, majd tekintete találkozott az előtte álló férfival. Hora megremegett a döbbenettől, majd elejtette a kezében lévő merőkanalat. Erős karok akadályozták meg abban, hogy a földre zuhanjon ájult teste.

•

- Hol vagyok? – nyitotta ki a szemét Hora és próbált visszaemlékezni, mi történt vele. Körbenézett és egy tábori ágyat látott a csepp szobában. Egy fej hajolt fölé, homlokba hulló tincsekkel. Hora tágra nyitotta a szemét és úgy meredt a felette állóra. – Ön... az nem lehet... bámult rá, majd hitetlenkedve megemelte a kezét, hogy hozzáérjen. Semmi kétség, nem szellemet lát, Péter van itt előtte teljes életnagyságban, nem szellemként és... él! Igen, él! – De az hogy lehet, azt mondták, hogy meghalt! A harcmezőn. Én meg itt megsirattam és csalódtam, hogy még sem látogat. De él! – beszélt össze–vissza, amiből a férfi csak egy szót fogott fel.

- Megsiratott? – kérdezett vissza Péter, mire Hora egy csattanós pofonnal válaszolt.

- Persze. Mit gondolt, olyan érzéketlen vagyok? Igazán szólhattak volna, akkor nem fárasztom itt magam feleslegesen – vetette oda paprikásan a férfinak, aki csak meglepetten fogta az arcát ott, ahová Hora az előbb a váratlan ütést merte. Nem tudta hová tenni az előbbi kirohanást, ahogy azt sem, hogy mit keres itt a lány. – És mikor akartak szólni? Mert gondolom ez egy terv része volt csak épp kihagytak belőle és... morgott tovább, majd váratlanul sírva fakadt. A fájdalom, a megkönnyebbülés, a feszültség és a magány egyszerre tört elő belőle könnyek formájában. A könnyek, amiket eddig sikeresen visszafogott. Most, mikor már nem lett volna miért sírjon, most kezdett el végre sírni. A férfi tanácstalanul állt ott előtte, majd csak megérezte, hogy mi lenne a dolga: átölelte a zokogó lányt. Hora könnyei csak patakzottak, de nem zavarta, tudta, hogy ki kell sírnia mindent magából. Igazán most fogta fel, milyen nagy veszteség is érte volna, ha ő már nem lenne vele. Amikor ott volt a közelében, akkor végtelen nyugalmat és biztonságot érzett. Tudta, hogy most már minden rendben lesz, ha Péter itt van akkor megoldanak mindent. Nincs egyedül.

Lassan kezdtek elfogyni a könnyek, de egy másfajta nyugtalanság vette át a helyét. Hora érzékelte, hogy a férfi a karjaiban tartja. Pont amikor majdnem csókja. És most, hogy mégsem halt meg, most mégis van lehetőség, hogy ez megtörténjen. Ki tudja, mit hoz a holnap, élnek–e mindketten vagy látják–e egymást, hiszen háború van. Lipót megint közbelép, mert most már biztos, hogy az ő keze van a dologban. Igen, Lipót... hiszen ő mondta el neki, hogy meghalt! Biztos direkt tervelte ki, hogy nézze a reakcióját, hogy elbizonytalanítsa. De miért van mindez, miért utálja ennyire Pétert? Pedig az elején még kedvelte, de mióta... mióta megtudta hogy báró... De ez most nem is fontos, a lényeg, hogy ennél jobban nem is vághatna neki vissza! – jutott eszébe a bosszú legkézenfekvőbb formája. Felemelte a könnyekkel áztatott arcát, mire Péter egyből elengedte, majd zavartan elhúzódott és krákogott egyet.

- Én sajnálom, hogy nem értesítettük önt, nem gondoltam volna hogy... – kezdett volna a magyarázkodásba, de nem jutott tovább; Hora váratlanul betapasztotta a száját. A csók rövid volt, a férfi szinte alig fogta fel. Mozdulatlan maradt és dermedten bámult maga elé, majd kérdőn nézett rá. Hora figyelte egy percig, de miután semmi reakciót nem látott rajta, csalódottan hajtotta le a fejét és már megbánta, amit tett. Mit is képzelt magáról, hogy csak így lerohanja, bosszúból, ezt így nem lehet. Biztosan érezte, hogy mindez számítás, és a jelek szerint valamit teljesen félreértett. Péter nincs is oda érte, vagy ha volt is, már biztos kiábrándult belőle. Hogy néz most ki, persze hogy nem kell neki. És még férjnél is van. Mit képzelt... ezt a szégyent! Ezután hogy nézzen a szemébe, hogy kérje a segítségét, hogy tervezzen bármit is vele – nézett az előtte továbbra is lefagyottan álló férfire és nem vette észre a vívódását. A gyors távozás mellett döntött, nem maradhat itt tovább. A legjobb, ha elmenekül és majd később, ha úgy alakul, akkor az összezavarodottságára fogja az egészet. Felállt, hogy a bejárat felé vegye az irányt, egy kéz azonban elkapta a karját és a másik szorosan a dereka köré fonódott. Hora felemelte a tekintetét és végtelen gyengédséget látott a férfi szemében. Az ajkai beszéltek helyette. A lány nem tiltakozott, hagyta, hogy a férfi azt tegye vele, amit szeretne. Amit mindig is szeretett volna. A csókja édes volt és gyengéd. Nem is gondolta volna, hogy ennyire jólesik majd neki! Mondhatni teljesen összezavarodott és a lába remegni kezdett. Meg sem hallotta, hogy az ajtó elől lábdobogás zaja szűrődik be.

•

Amália álmosan nyújtózott egy nagyot, majd úgy döntött, hogy annak ellenére felkel, hogy még sötét van. Most viszont nem maradt más hátra, mint hogy cselekedjenek ők is. Nem fog itt ölbe tett kézzel ücsörögni. Egyből a tettek mezejére lép és...leviszi a kutyát az udvarra. Na jó, előbb a konyhába, ott nincs hideg meg sár. Legalább felméri a terepet, mennyire könnyen jut ki ma innen. – Gyere Bátor – szólt oda csendben az állatnak, aki a füle botját sem mozdította, aludt tovább új úrnője ágya mellett. – Neveletlen dög – pufogott, majd akkor nélküled megyek – mondta oda neki, és köntös után nyúlt, majd az ajtó felé indult. Mire odaért, az állat már a lába mellett ült. – Jó kutya – paskolta meg a fejét, majd kinyitotta az ajtót. Nem állt előtte őr, ahogy a folyosó végén sem. Pár napja már megfigyelte, hogy enyhült a védelmük. Noha értesítést nem kaptak, hogy nem muszáj mostantól csak a szobájukban lenni, ezért úgy tettek, mintha mi sem változott volna. Sokkal kényelmesebb és egyszerűbb volt Hanna számára is, hogy nem kellett annyit mozognia. Kevesebb lehetőség nyílt a lebukásra.

– Na gyere, elmegyünk a konyha felé, mintha csak éhesek lennénk. Hora is mindig arrafelé mászkált, ebben semmi kivetnivaló nincs. Ha meg elkapják, mi rosszabb lehet, minthogy ismét erősebb lesz a szobafogság. Ennek ellenére lábujjhegyen osont végig a folyosón, majd le a lépcsőn. Bátor mintha tudta volna, hogy ez mennyire fontos a lánynak, kitartóan a lába mellett haladt, az ebédlő előtt azonban megtorpant. Döbbenten vette észre, hogy Frigyes király óriásfestménye eltűnt, helyette egy szekrény került a falhoz. Hogy fog így a hercegnő visszajönni? – kezdett el máris aggódni.

•

- Mi történt? Azt hallottam, egy fehérnép elájult – rontott be a kis helyiségbe a tábornok, majd érzékelte, hogy a férfi nincs egyedül. Láthatóan nem számított arra, hogy talál itt valakit, főleg nem ilyen közel a férfihoz. – Mit csinál? – szólt rá erélyesen, majd amikor a lány ránézett, elvörösödött és meghajolt. Hiába az egyszerű ruha, a fejkötő, így is egyből felismerte. – Felség, bocsásson meg nekem – jött zavarba. Mit keres itt, milyen kísérettel, mikor érkezett? Nézett meglepetten a lányra, aki vörösödő fejjel rogyott le az ágyra és nem volt képes megszólalni.

Magában gyors imát rebegett, hogy nem egy fél perccel előbb nyitottak rájuk. Szent ég, mi lett volna, ha itt találják őket csók közben! Így is még átkarolta a férfi, de a tábornok annyira összezavarodott hogy ezt biztosan nem vette észre. Szerencsére. De akkor is, kettesben, ez teljességgel megbocsáthatatlan lenne! Csak az Isteni gondviselésnek köszönhetik, meg az őrangyalainak, hogy nem buktak le. Ilyen nem fordulhat elő még egyszer, nem történhet meg! Többet nem tehetnek ilyet! – járt ezen az agya és nem is hallotta, mit beszélnek körülötte. Az első ijedtség után váratlan melegség öntötte el. Péter... Vajon mit érez iránta? És ő a férfi iránt? Mi történt velük? Lehetséges ez? Szabad? Mi lesz ebből? Jaj hát miért kellett megtörténnie, jobb lett volna, ha soha nem esik ez meg! Ha csak egy be nem teljesült álom maradt volna! Mert így, így lehet hogy megint, újra vágyna rá... a közelségére. – De nem, most ezzel nem foglalkozhat, most erre nincs ideje. Majd később átgondolja. De nem, nincs mit átgondolni rajta. A legjobb, ha úgy tesz, mintha meg sem történt volna. Ha másra koncentrálna.

– Felséged, ön erről mit gondol? – jutottak el hozzá a szavak. Hora értetlenül nézett a tábornokra, majd kétségbeesett pillantást küldött Péternek. Fogalma sem volt arról, hogy mi a kérdés és nem tudta, hogy mit válaszoljon. Zavartan nézett fel.

– Tábornok, kérem, a hercegnő minden bizonnyal nagyon kimerült, hagyjuk egy kicsit pihenni, majd holnap átbeszélünk mindent – sietett a segítségére.

– Ó igen persze, elnézést fenség, kérem bocsássa meg tapintatlanságomat. Megpróbálok keríteni önnek valami illő szállást – hátrált volna ki a szobából.

– Kérem, nem szeretném felfedni a kilétemet – mondta csendesen Hora.

– ...Ó igen persze, de akkor... – tanácstalanodott el teljesen a sokat látott férfi, majd láthatóan erősen töprengett. Nem maradhat csak így őrizetlenül... hadd gondolkodjak csak... ahhoz, hogy ne legyen kiszolgáltatott, a legjobb az lenne, ha...

– Mi lenne, ha azt mondanánk, hogy az ön lánya? – reagált gyorsan Péter, mire a parancsnok hevesen tiltakozni kezdett.

– Az nem jó, mindenki tudja rólam, hogy nem nősültem meg soha – jelentette ki kategorikusan.

– Én nem tudtam – mondta egyszerre Péter és Hora is.

– Nem, az akkor sem jó, az úgy nem elég. Hajadon nem lehet. A legjobb az lenne, ha... ha a parancsnok feleségeként kezelnénk. Így nem mernének közeledni hozzá, meg lehetne bejárása. Elfogadható ez így önöknek? – nézett a két megdöbbent arcra.

- Hogy... a feleségem? – emelkedett meg a hangszíne a mondat végén.
– De hát... mikor nősültem volna meg? – tiltakozott meglehetősen esetlenül. Hora képtelen volt reagálni bármire is, úgy érezte, hogy jobb, ha nem mondd semmit, mert akkor ránéznek és egyből feltűnik mindenkinek, mennyire lángol az arca.

- Igen, ez a legjobb megoldás – konstatálta a tényeket a tábornok. Kedves parancsnokné asszony, báróné, ha ez önnek is megfelel, akkor magukra is hagyom – ment ki a szobából, mint aki jól végezte dolgát. A két fiatal percekig csöndben állt és próbálta emészteni a hallottakat.

- Nos... jobb ha megyek... kapcsolt előbb Péter. Majd ön itt alszik, én meg az ajtó előtt. Ahogy régen – nézett rá a lányra melegen.

- Ahogy régen – ismételte meg Hora, többre most nem tellett tőle.

•

Amália csalódottan nézett anyjára, miután közölte, hogy nem fogadhatják a vendéget. Lehet, hogy csak tegnap érkezett és eléggé felzaklatta a hír, hogy a hercegnő kicseréltette magát, de akkor is. Miért nem? – sugárzott a szeméből a kérdés, nem is kellett kimondania. Anyja csökönyösségét nem értette, hiszen a küldötteknek és a személyzetnek sincs fogalma arról, hogy a palotában nem a hercegnő van jelen személyesen. Vagyis kötelességük mindenkit fogadni, főleg küldöttségeket. Azért, mert döntést nem hoznak, attól még udvariatlanság lenne ez a részükről, főleg a mostani helyzetben. Bezzeg az apja biztosan fogadná őket – jutott eszébe. Mostanság sokkal többet gondolt rá, mint az elmúlt hónapokban. Azért, mert távol van a kastélytól, ahol annyira erős a jelenléte? Vagy most sokkal jobban hiányzik a bölcsessége? Jobb, ha ezt el is mondja neki.

- De mama, a papa biztos fogadná őket. De mindig mondta, hogy ön milyen jó diplomata...– tett még egy halvány kísérletet. Maga sem értette, hogy miért érzi most olyan fontosnak a küldöttség meghallgatását. Eddig sem értett sok mindent és biztos ezután sem fog, de legalább szeretné megnézni azokat, akik mozgósítanak az ország ellen. Ezúttal úgy látszik, hogy rátapintott valamire édesanyja lényében, mert láthatóan elgondolkozott.

- Várjon – kiállított a már majdnem távozó szolga után. – Egy kicsit mégis fogadnánk, ha már idáig eljöttek – változtatta meg a véleményét váratlanul. A hercegnő egy fél órát biztosan képes lesz lejönni – tette hozzá mentegetőzve. A szolga rezzenéstelen arccal konstatálta a két egymásnak ellentmondó kérést, majd meghajolt.

- Igenis báróné, kérésének megfelelően a fogadó terembe kísérem máris őket. Uzsonnára is maradnak? – kérdezett vissza, majd nem forszírozza tovább a kérdést, tényként kezelve távozott.

- Lányom, igazad van, most diplomáciára van szükség és udvariatlanság lenne nem fogadni őket. Bárcsak itt lenne a báró, ő biztos pontosan tudná, hogy mit tegyen, mit mondjon.

- De mama, ön olyan megnyerő, nem lesz semmi gond – próbálta nyugtatni anyját. Ha ő ideges, akkor átragad rá és az nem lesz jó.

- Kislányom, mutasd magad. Te csak mosolyogjál, ha kérdeznek röviden válaszoljál. Nem lesz gond – adta ki az utasítást. Amália nem szerette, ha anyja ilyen lekezelően bánt vele. Mit gondol vajon, hiszen már felnőtt nő, akkor még miért kezeli úgy, mint egy gyereket, mióta itt vannak a palotában? Mintha nem ismerné az etikettet és nem tudná pontosan, hogy mi a feladata. De majd nemsokára... majd ha férjhez megy akkor meglátja az anyja is, hogy igenis felnőtt. Akkor majd rájön, hogy nem kezelheti őt többet gyerekként. Nem mintha annyira közelinek érezné ezt az eseményt, hiszen addig nem találkozott egy férfival sem, aki méltó lenne hozzá. Bár ha így jól belegondol nem is találkozott partiképes férfival. Mi van ezzel az országgal, nincs egyetlen szabad nemes ember, aki egyáltalán szóba jöhetne? – merengett el. Na csak azért biztos nem fog egyből hozzátenni az első férfihez, aki megkéri. Vagy igen? Hogy ne legyen többé gyerek az anyja szemében? De egy jó ideig még biztosan az lesz. Most a legtöbb, amit tehet, hogy hasznára válik végre ennek az országnak és illően viselkedik a követekkel. Legalább végre tesz is valami hasznosat az életében. Talán.

- Menjünk lányom és szóljunk a... hercegnőnek – állt fel az anyja és elindult az ajtó felé. Amália illedelmesen követte, át a folyosón. Még szerencse, hogy Hanna egyáltalán nem tűnt feszültnek, mondhatni ezt is csak játéknak fogta fel. Megegyeztek abban, hogy a báróné fog beszélni és ők pedig igyekeznek csendbe burkolódzni.

Jól hallotta, hogy anyja mély levegőt vesz, mielőtt kinyitotta volna a fogadó terem ajtaját, majd határozott mozdulattal benyitott. Amália felnézni sem mert, úgy követte befelé, majd gyorsan elfoglalta a fogadó trónus melletti másik széket, Hanna mellett. Óvatosan pillantott fel és a vendégeket kereste tekintetével, aztán konstatálta, hogy csak az őrség tagjai tartózkodnak ott. Hát persze, hiszen ők jönnek be, most nem nekik kell érkezniük – nyugtatta meg magát. Idegessége is kezdett elmúlni. Csak nyugodtan Amália, nem lesz semmi gond, úgysem kell megszólalni, majd az édesanyád beszél – mondogatta magában, közben a ruhája fodrait rendezgette. Még jó, hogy reggel a kedvenc, kék ruháját választotta, nagyon jól tudta, hogy ez a szín tökéletesen áll neki. Aranyló fürtjeit megrázta és eligazgatta a vállán. Az biztos, hogy a külsejükre nem lehet kifogás, Hanna ma piros ruhában pompázik, anyja is pompásan fest a bordó ruhájában, feltornyozott hajával. Senki nem mondaná meg róla, hogy az anyja, előbb néznék a nővérüknek. Merengéséből a komornyik léptei rántották ki, aki illedelmesen meghajolt, majd bejelentette az érkezőket. Amália fel sem mert nézni, amíg lábdobogásokat, rendeződéseket hallott. Aztán amikor elcsendesedett minden és hallhatóan rendeződtek a sorok, óvatosan felpillantott, hogy megnézze, hányan vannak. A népes, úgy húsz főből álló küldöttség mind katonai egyenruhában feszített. Amália tekintetét azonban az egyetlen fiatal, a hátsó sorban álló férfi izzó tekintete ragadta magával. Láthatóan már egy ideje figyelhette, de szemei mágnesként vonzották oda a tekintetét. Amália nem érzett semmi mást, csak jóleső borzongást. Nem is hallotta, hogy ki miről beszél, csak a férfi pillantását viszonozta egy apró, de mindenképpen jól látható mosollyal. Még nem tapasztalt ilyet, de tetszett neki, hogy ennyire nyíltan megbámulják, főleg egy ilyen jóképű férfi. Reméljük maradnak uzsonnára is, égett a vágytól, hogy megismerje. Vajon milyen lehet a hangja? És mi a neve? Nemes ember? Katona ő is? Annak kell lennie, ha a magas rangú küldöttség tagjaként érkezett, akkor mindenképpen. Amália agyában számtalan kérdés futott át, melyekre remélhetően hamarosan választ kap. Ha ennyire mosolyognak, akkor csak nem akarják megtámadni őket, biztosan félreértettek valamit. De egy kicsit most már jó lenne figyelnie is – erőltette még magát, hogy a beszélgetésre is figyeljen.

•

- Szóval kedves tábornok, ugye a katona létet ki lehet bírni háborúk nélkül is? – hajolt közelebb a küldöttség vezetőjéhez Amália és közben bájosan mosolygott. Békeidőben is van mit tenni, itt van például a tengeri szállítmányozás. A kikötőkben sok a feladat? – rebegtette meg a szempilláit. Anyja azt tanította mindig neki, hogy a férfiakkal a társalgás nagyon egyszerű: csak naiv kérdéseket kell feltenni azzal kapcsolatban, hogy mit csinálnak, mennyire fontos emberek, és ők készségesen mesélnek majd, elmagyarázva, elmesélve többet is, mint szerettek volna. Ebben az esetben azonban Amáliának tényleg nem kellett erőlködnie a kérdések feltevésében, fogalma sem volt, hogy mit is csinál egy tábornok békeidőben.
- Báróné, az ön lánya annyira elragadó – fordult át válaszadás helyett a tábornok az anyjához, majd kedvesen felnevetett. Amália egyáltalán nem vette zokon, hogy nem kapott választ, úgyse nagyon érdekelte, hogy mit is csináltak. Láthatóan a tábornok így is remekül elvan az anyjával, nincs is nagyon teendője, kár erőltetni bármi beszélgetést is. Helyette inkább megint körbe nézett a teremben, hátha látja a fiatalembert. Legalább már azt tudja, hogy a tábornok fia. Kezdetnek ez remek. Már csak az a kérdés, hogy miért nincs itt az ebédlőben a

többiekkel? Csak nem a palotában kószál vagy kémkedik valahol? – kapta el egy rossz érzés.

- Ugye engem keresett a Kisasszony? – hallott meg egy hangot a háta mögött. Nem volt nehéz kitalálnia, ki lehet a tulajdonosa. Egy pillanatra elszégyellte magát, hogy ennyire látványosan nézelődött, de aztán gyorsan túltett rajta.

- Amália Gabriella Von Ziethof baroness – nyújtotta oda kissé lekezelően a kezét a rámenősen oda köszönő fiatalembernek. Azért tudja, hogy hol a helye.

- Jonas Fürst...őő... gróf – jött a válasz, majd a férfi kezet csókolt neki.

- És merre található ez a Fürst? – kérdezte meg naivan, Nem nagyon tetszett neki a válaszként kapott harsány nevetés. Rendben, tudta magáról, hogy messze nem ő a legműveltebb ember a jelenlévők közül, de az azért megbocsátható lenne neki, hogy nincs tisztában az összes környező ország teljes földrajzával. Látványosan durcás képet vágott és elfordult. Hadd értékelje ez a szemtelen fráter, hogy megsértette. Ilyet nem illik csinálni, kinevezni a másikat, amikor kedvesen érdeklődik róla. Persze a férfi egyből mentegetőzni kezdett. Ez így van rendjen. De ennyivel nem ússza meg!

- Kisasszony, kérem bocsássa meg viselkedésemet és ha ezzel megsértettem. Csak annyira váratlan és kedves volt ez a kérdése... – próbálta folytatni, Amália azonban félbeszakította. Túlságosan megbántva érezte magát ahhoz, hogy egy ilyen elnézéssel elintézve legyen az eset.

- Úgy érti butuska és naiv – szúrt be kissé meglepő módon. Fogalma sem volt róla, mi szállta meg, nem szokott ilyen nyers és udvariatlan lenni. De nagyon csalódott. Eddig még senki nem bántotta így meg. A férfi láthatóan teljesen elképedt a szokatlan viselkedésre, de teljesen máshogy reagált, mint ahogy várta volna. Ahelyett, hogy elmegy csendben és soha többet nem szól hozzá, inkább mosolyogva közelebb lépett.

- Ön egy üde színfolt az unalmas udvari életben. Szavamra felettébb élvezem a társaságát máris. Ha nem bánja – húzott közelebb egy széket.

- Valóban? – csodálkozott el Amália. Most sértette az előbb meg, erre itt dicséri, ezt nem hiszi.

- Persze. A sok úrhölgy mind csak bájolog, ön viszont egyből megmondta, amit gondol.

- Ön váltotta ezt ki belőlem – válaszolta ismét nyersebben, mint szerette volna. – Persze úgy látszik, a kevés földrajzi ismeretem is elavult, de gyors változások mellett nem könnyű lépést tartani. Viszont a nyelvek nem változnak olyan gyorsan, így anyámnak igaza volt hogy inkább nyelveket taníttatott nekem.

- Bölcs asszony. És hány nyelven beszél? – érdeklődött.

- Ötöt. De a latin megy a legkevésbé. És ön? – nézett a csodálkozó férfira, aki még mindig kitágult szemekkel bámult.

- Én csak egyet. De hagyjuk ezeket az unalmas témákat, kérem meséljen az udvari életről, a hercegnőről. Azt reméltük, hogy marad a fogadásra, sajnálatos, hogy ilyen gyorsan távozott – nézett rá a lányra. Amáliát azonnal elfogta a gyanakvás. Hát mégis igaza lesz, nem csak udvariassági látogatás ez és az előbb sem véletlenül nem volt itt. Persze hogy fiatal és jóképű követet küldenek, hogy majd a butuskának tartott társalkodónőktől minden információt kiszednek. De ebből nem kapnak.

- Tudtam, hogy kémkedni küldték! – csattant fel és egyenesen a férfi szemébe nézett. Nem kellett többet kérdeznie, nem volt rá szükség. Jonas elvörösödött, majd elsápadt a leleplezéstől és nem tudott semmit kinyitni. Amália vérszemet kapott és folytatta. – Ebbe a palotába ugyan be nem teszik a lábukat még egyszer. Bármennyire is terjeszkedni akarnak, nem jó irányt választottak. Ez egy békés ország és az is marad! – vágta a fejéhez. Addigra már Jonas is összeszedte magát.

- Ha annyira békés, akkor minek rendeződnek hadba? – vágott vissza. A két fiatal izzó szemekkel feszült egymásnak.

- Mi nem támadtunk meg senkit, csak a trónt jogtalanul elfoglalni akaró Lipót támadna meg minket. És ez pusztán elővigyázatosság. De Hora hercegnő, akarom mondani Anna hercegnő most pont azért van a csatatéren, illetve azon van, hogy ezt helyrehozza és békét kössön.

- Tényleg lemondott a trónörökös és nincs utód? Hatalmi háború indul?

- Ezt meg hol hallotta? Semmi ilyenről nincsen szó és van trónörökös! Egye a fene háborút, ezt mindig csak a maguk fajta férfiak erőltetik, mert unatkoznak és még akarják mutatni, milyen nagy legények. Ahelyett, hogy esküvőkkel szilárdítanák meg a hatalmat, nem karddal. Nézze meg a Habsburgokat, Mária Terézia hány gyermeket szült és adott férjhez? Nem is volt akkoriban háború, csak nehezen nyelték le, hogy egy nő kerüljön a trónra. Mi abban az elviselhetetlen, hogy egy nő vezeti az országot? – fakadt ki. Nem is vette észre, hogy közben milyen fontos információkat árult el. De most jött bele igazán, hogy végre valakinek kifejtheti a nézeteit.

- Szóval házasság? – nézett rá a férfi, leragadva a témánál. Egy pillanatnyi habozás után furcsa kérés hagyta el a száját. – Hozzám jönne? – kérdezte meg váratlanul.

- Hogy mondta, kérem? – zökkent ki Amália. Alig pár perce beszélgetünk és ön máris megkéri a kezemet? – nézett rá.

- Ha az országaink érdeke ezt kívánja, akkor ezt kell tegyük. Egyébként ennyi idő bőven elegendő volt ahhoz, hogy rájöjjenek, önnél izgalmasabb, diplomatikusabb és szebb nőt nem találnék. Így a politikán túl még a boldogságra is nagy esélyünk van.

•

- Hogy mondta kérem, tényleg megoldották az aláírást? – nézett meglepetten a férfiakra. Ezt meg hogy sikerült elérni?

- Hercegnőm, bármennyire is csodálkozik, a parlamentben még mindig a legtöbb képviselő feltétlen hűséggel szolgálja a királyi családot. Így nem kellett sokat házaljak a miniszterek között, többen is készségesen aláírták, amint megtudták, hogy miről van szó. És önről áradoztak, abban reménykedve, hogy hamarosan megint tiszteletét teszi a házban. Pontosabban hogy mostantól állandó vendég lesz.

- Ez... ez igazán jó hír! – szaladt mosolyra a szája, gondolatai azonban már messze kalandoztak. Ha ez valóban igaz, akkor akár hat nap múlva őt is megkoronázhatják – kapta el a pánik. De vajon mit gondol erről a nagyanyja, még mindig akarja-e? És Károly, nem gondolta-e meg magát? Vagy Lipót, mit lépne arra, ha főherceg lenne? Valóban ebben az esetben elmaradna a háború? Feleslegesen jött ide? És valóban neki kéne az uralkodónak lennie, hiszen fel sem készült még rá! Ez iszonyú nagy felelősség ő pedig még mondhatni gyerek. Mi lesz most? – nézett kétségbeesetten a két férfira.

- A királynét már értesítettük, ha minden igaz a három nap múlva érkezik a palotába az ön kedves nagybátyja társaságában, aláírt megállapodással a Hohenzollern családdal. Ha az értesüléseink nem csalnak, akkor Lipót gróf sincs még a palotában, de pár napon belül ő is visszatér – próbálta az eseményeket vázolni Péter.

- Szent Isten, Hanna – suttogta Hora. Ezek szerint csak pár napom van. Vissza kell térjek a palotába, még mindenki előtt, hiszen én onnan végül is kiszöktem!

•

Amália még mindig a tegnapi események hatása alatt állt. Még jó, hogy éppen odajöttek hozzájuk és félbeszakították a megbeszélésüket, mert erre nagyon nem tudott volna mit felelni. El sem hiszi, hogy megkérték a kezét! Na nem mintha pont erre számított volna, sőt teljesen másként képzelte el. Hogy valaki idejön és a semmiből csak úgy ajánlatot tesz neki. Viszont amiket mondott, az természetesen jól esett neki. És hát őszintén bevallva egy ember sem volt még rá

356

ilyen hatással. Milyen közvetlenek tudtak lenni egyből egymással, el sem hinné senki, hogy miket vágtak egymás fejéhez. Na és az sem elhanyagolható szempont, hogy jól néz ki. Nagyon is jól néz ki. Azok az izzó szemek. Nem tudna elviselni valami pocakos vénembert maga mellett – játszott el a gondolattal egy kicsit, hogy mi lenne ha. Amália, jobb ha visszatérsz a valóságba, ez az ember kém! Pont azért küldtek ide, hogy kipuhatolja a titkaikat, belekavarjon az életükbe! Elvégre háborúban állnak egymással vagy mi. Vajon egy házasság tényleg segíthet? Bár Anna esetében pont az ellenkezője történt. Mennyire gondolhatta ezt komolyan, vagy csak azért mondta, hogy elterelje a figyelmet arról, hogy leleplezték? A legjobb mindenesetre az, ha erről senkinek nem beszél, sőt úgy tesz, mintha még sem történt volna. Különben is, ki hinne neki? Hiszen még ő maga sem hiszi el. Különben is nem fogja ismét látni, kár is ezen törnie a fejét. De azért most gyorsan megnézi a térképen, merre is van az a város, biztos van ilyen nevű. Mi is volt a neve? – futott lelkesen a térképes polc felé és próbált kiigazodni, hogy vajon merre kell keresnie. Az biztos, hogy friss térképet itt nem talál, de azért a városok nem változtatják a helyüket, míg az országhatárokkal ez előfordulhat. Vagyis megpróbálja itt megkeresni, hátha meglesz. Amália lelkesen a térképek fölé hajolt és teljesen belemerült a keresésbe. Nem is vette észre édesanyját.

- Hát te lányom mit keresel? – lepődött meg Gizella a lánya különös viselkedésén. Soha nem látta még térképeket nézni és ez most meglehetősen furcsa volt.

- Ó, hát csak azt próbálom megtalálni, hogy mekkora országról is van szó. Tudja édesanyám, eddig eszembe sem jutott ez, pedig nagyon fontos kérdés – felelte túlságosan komolyan a lánya.

- Megmutatom, de ahhoz egy másik térkép kellene, ez a spanyol földet mutatja – tekerte össze a kinyitott térképet.

- Hát akkor ezért nem volt ismerős egy város sem – nevette el magát.

- Ez itt jó lesz – nyitott ki rövid keresés után egy térképet és kiterítette az asztalra. Így ni. Látod, mi itt vagyunk, ekkora az ország. Mármost

Baden körülbelül itt terül el – mutatott a szomszédos területre. Ha jól tudom néhány évtizede még töredéke volt a mérete, de az utóbbi időszak igen kegyes volt hozzá. Nézd meg kik a szomszédjai – mutatott Franciaország felé.

- Ettől félünk? – csodálkozott rá őszintén a lány, amivel egyet is lehetett érteni.

- Igen, méretre valóban nagyobbak vagyunk, de körülbelül ugyanannyian lakják és ez a mérvadó a hadseregeket illetően.

- És merre van Hohenzollern? – merült bele a tanulmányozásba. Mióta megtudta, hogy Jonas édesanyja a király unokahúga kissé megváltozott a véleménye. Vajon mekkora lehet a birtoka? – nézegette a térképet. Azt azért mégsem illett volna megkérdezni, hogy hány hold és hány jobbágy felett uralkodik. Bár ha tábornok az apja és királyi vér az anyja, akkor minden bizonnyal csinos méretű földdarabbal rendelkezhet. Így nagy is lehet a befolyása. Bárcsak tudnának szövetségeseket szerezni – bízott a tegnapi megbeszélésben.

- Anyám, megkérdezhetem, hogy ön szerint minek jöttek ide tegnap? A koronázás előtt egy héttel, tudva, hogy még nincs uralkodó? Mi volt a céljuk, mégis mit akartak elérni? – kérdezte meg, majd kis bizonytalanság után megtoldotta még egy mondattal. – Mert nekem volt egy olyan érzésem, hogy kémkedni, felmérni jöttek. Az anyja egyáltalán nem lepődött meg ezen a kijelentések, hanem hevesen helyeselt.

- Pontosan ez volt nekem is az érzésem, mintha csak azt szerették volna látni, hogy mennyire őrzött a palota. De szerencsére igencsak – próbálta nyugtatni magát azzal, hogy valóban minden ajtóban, folyosón őrök állnak.

- Mama, gondolja hogy Anna hercegnő hozzámehetne máshoz? – kérdezte váratlanul. Gizellát a kérdés teljesen meglepte, erre még nem is gondolt, mint lehetőség. Végül is el lehet válni Lipóttól.

- A házasságok általában az országok stabilitását szolgálják, ezért is olyan nehéz elfogadni, hogy ebben az esetben ez nem jött össze. Nem tudom, hogy lehet-e második esély – mondta őszintén.

Nyolcadik rész

- Parancsnok, nem is tudtuk, hogy nős! – fogadták a reggelinél az emberei Pétert.

- Én sem – felelte Péter álmosan, majd rájött, hogy mit mondott. – Úgy értem, én sem tudtam, hogy idejön – mentette a helyzetet. Szerencsére az emberek annyira el voltak foglalva az új hírrel, hogy nem is foglalkoztak a válaszával, egyből kérdésekkel, megjegyzésekkel, vidám hangulatban töltötték a reggelit.

- Igazán kedves a nagyságos asszonytól, hogy kijött személyesen. Bár egy tábor nem a nőknek való, de elkél itt az asszonyi kéz – jegyezte meg bölcsen az egyikük, mire többen is bólogattak.

- Ti láttátok már? Szép asszony? Annak kell lennie, egy ilyen fess parancsnok mellé! – hízelegtek, nevetgéltek többen is, Péter alig tudta követi őket. Inkább nem is válaszolt a kérdéseikre, csak nevetett velük. Mérhetetlenül álmos volt, hiszen alig aludt az éjjel. Hogy is tudott volna, hiszen egy ajtó választotta csak el a szeretett nőtől. Azok után, ami tegnap este történt ismét értelmet nyert az élete. Már ezerszer végiggondolta az elmúlt éjjel, de nem tudott más következtetésre jutni, csak arra, hogy a lány is érzelmeket táplál iránta. Hiszen ő csókolta meg először és amikor ő visszacsókolta, akkor nem tiltakozott. Ha nem vágyott volna rá, ha illetlenségnek tartotta volna, akkor biztosan megint pofon vágja. Ahogy azt korábban is megtette már. Péter úgy érezte, hogy madarat lehet vele fogatni és ez a reggel sokkal szebb, mint a korábbiak. Hogy vége a kétségeknek, a gyötrődésnek! Hogy most már tényleg úgy harcolhat érte, hogy van miért. Hogy végre úgy kezelheti, mintha a felesége lenne. Még ha ez csak egy szerep, akkor is, most az övé. Az ő bárónéja és nem a leendő királynő, a gyűlölt ellenség neje. És ha minden a tervük szerint alakul, akkor ez meg fog változni és... és akár megszerezheti magának.

- Parancsnok, maga nem is figyel ránk, nem válaszol a kérdéseinkre! – lökték meg, mivel nem reagált, csak a gunyoros nevetésekre ocsúdott fel.

- Na most azonnal megyek és megnézem azt a fehérnépet, aki így elcsavarta a parancsnok fejét – állt fel az egyikük és eljátszotta, hogy a konyha felé veszi az irányt.

- Maradj már, mégsem mehetsz oda embereket megbámulni – nyomta vissza a mellette ülő a székre, nagy nevetések közepette. Még biztos lesz alkalmunk találkozni vele, nem igaz parancsnok? – kérdezték meg, mire Péter csak bólogatni tudott.

- Tudjátok, én komolyan aggódom, ha a parancsnok szerelmes, hogy tud a harcra figyelni? Elábrándozik itt nekünk aztán oda a csata, oda az ország! – komorodott el az egyikük és egy pillanatra másokra is átkerült a feszültség.

- Na ne vészmadárkodjál itt, látszik, hogy te sem voltál még oda egy asszonyért sem! – szólt közbe a legidősebb. – A legjobb kezekben vagyunk, mert ennél nagyobb tűz nem létezik, ennél semmi sem pörgeti fel jobban az embert, nem igaz parancsnok?

- Erre igyunk! – nyugtázta a megszólalásokat, bár annyival kiegészítette volna, hogy a reménytelen érzelmeknél semmi sem lomboz le jobban. Nála jobban ez senki nem tudhatja.

•

Amália épp a bejárat körül bóklászott Bátorral, amikor futár érkezett. Meglepődött, amikor megtudta, hogy neki hoztak levelet, de mire megkérdezhette volna, hogy ki a feladó, a lovas már el is tűnt. Ezek szerint választ sem várnak. Izgatottan méregette a borítékot, melyre csak annyi volt írva, hogy tájékoztató. Ez vajon mit jelent? És akkor miért személyesen őt keresték? Amália nem habozott, hanem egyből feltépte. Egy kis kézzel rajzolt térkép és egy hozzá tartozó levelet talált. Mohón olvasni kezdte.

Hohenzollern kastély uralja a környéket, fejedelmi pompával ül a domb tetején, gyönyörű kilátást biztosítva az itt lakók számára. A teljes környék a Hohenzollern hercegséghez tartozik.

Amália nem tudta, hogy reagáljon. Semmi kétség, Jonas írt neki! Erre a gondolatra mélyen elvörösödött. Ezek szerint gondolt rá! Még írt is neki! Sőt, bemutatja a helyet, ahol él! Vajon mit szeretne ezzel? Forgatta a lapot, de más nem volt benne, csak a térkép. Egy utalás se arra, hogy írjon, válaszoljon. Talány – merengett, majd a térképet kezdte tanulmányozni. A hegy körvonalai tisztán látszottak, mint egy sziget. Mögötte apró foltokkal jelölték a falvakat, a térképen oldalt pedig egy csillagot tettek. Amália közelebb hajolt, hátha talál valami jelölést, de csalódnia kellett. A csillag kiléte homály maradt, bár szinte biztos volt benne, hogy a hercegség központját jelöli. Minden bizonnyal mesés helyen élhetnek – kezdett ábrándozni. A kutya ugatása zökkentette vissza a valóságba. Gyorsan összehajtotta a levelet majd a ruhájába rejtette. Erről senki nem tudhat, jobb, ha ez az ő titka marad – döntötte el, majd besietett a palotába. Mivel semmi más jelzést nem kapott, így csak várnia kell, hátha érkezik új üzenet. Kell lennie folytatásnak. Vagy ha jön a folytatás, akkor már adja át a saját levelet? Tisztára hülyét csinál magából, de akkor is. Ez így annyira izgalmas és titokzatos is egyben. Egy rejtélyes levélpartner. Amália, jobb ha féket teszel magadra, hiszen ez az ember kém! Jobb, ha nem is reagálsz, nem hagyod magad befolyásolni. Majd ha akar ő lép, én nem teszek semmit – döntötte el.

Persze fél óra sem telt bele újra és újra elolvasta, már kívülről tudta az egészet.

•

- Akkor most mi legyen? - nézett Hora felvont szemöldökkel a parancsnokra, aki pedig a tábornokra nézett tovább. Az idős férfi láthatóan egy mély levegőt vett, majd fújt egyet.

- Hadd gondolkozzam egy kicsit – mondta, majd kihúzott egy széket és letelepedett rá. Hora ebből a mozdulatból érzékelhette, hogy ez hosszabb beszélgetés lesz, mert ő is leült az egyik üres székre. Péter viszont megkerülte az asztalt és az ablakhoz lépett. Hátat fordítva a bent ülőknek kifelé nézett. Már ő is elgondolkodott, hogy mi legyen a következő lépés, egyáltalán van-e bármi teendőjük. A badeni katonai táborban nincs mozgás, a katonák békésen várakoznak, semmi jelét nem adva annak, hogy sürgős és váratlan lépésre készülnének. Ahogy náluk is ez a helyzet. A katonái szerencsére türelmesen és nyugalomban élik a tábori létet, nem vágynak harcra. Beszélgetnek, kártyáznak, sőt volt hogy átmentek az ellenséges táborba is ismerkedni. És szerencsére nem kellett több embert mozgósítani, elegendő volt a katonai állomány, így vidéken a tavaszi munkálatok nyugodtan elkezdődhetnek. Ha őt kérdezik, akkor nem lesz itt háború, egyik oldal sem akarja. Kár, hogy erről az uralkodók döntenek. Vajon Lipót mit tesz, ha csak főhercegi rangot kap? És vajon a családja is úgy vélekedik, ahogy ő, vagy ez egy egyéni akció? Az emberei olyasmit rebesgettek, hogy az ellenséges tábor úgy tudja, hogy Württemberg vonult fel a határon és őket csak azért rendeltek oda, hogy őket figyeljek. Milyen érdekes, hogy mi pedig pont a fordítottját tudjuk! Meg kell hagyni, nagyon ügyesen kavarják az eseményeket, Miksa pedig biztos, hogy mindkét oldalt megvezeti. Mert szent meggyőződése, hogy az egész mögött ő áll! Lipótot amennyire az elmúlt időszak alapján megismerte, nem tartotta veszélyesnek, bár az biztos, hogy erősen dolgozik benne a bizonyítási vágy. Ha értesülései nem csalnak, akkor igen nehezen viseli azt a tényt, hogy három idősebb bátyja is van, így a trón felettébb messze áll tőle. Péter a látottak alapján azonban egyáltalán nincs meggyőződve arról, hogy ha itt Württembergben lehetőséget kapna, akkor jó uralkodó lenne. Hiányzik belőle az emberek iránt alázat. De még igen fiatal és nem uralkodása nevelték, így még megtanulhatja. Főhercegként, de semmiképp nem többként. Még az is meglehet, hogy téved, elvégre elfogult vele szemben. De valahogy mégis az az érzése, hogy nem. Hogy zárathatta be a húgát és a hercegnőt a palotába, azzal az indokkal, hogy veszélyben vannak. A saját országukban? Anna hercegnő, aki egy hét múlva már királynő lesz. Vajon érdemes-e most még bármit tenniük, élni a lehetőséggel, hogy itt van, vagy egyszerűbb, hogy ahogy jött, úgy inkognitóban vissza is megy a palotába? De a bölcs tábornok biztos kitalál valamit, jobb, ha ebben a kérdésben ő dönt. Ő biztos, hogy amíg lehetne, húzná az időt, hogy Anna minél tovább itt maradhasson – vele. Valószínű, hogy többet nem lesz lehetősége együtt lenniük, főleg nem így. Végtelenül élvezi a helyzetet, hogy a feleségének hiszik! Visszafordult, hogy ránézhessen megint. Még így is, ilyen egyszerű ruhákban, így is milyen szép! Ó hogy mennyire vágyik arra, hogy ismét megcsókolhassa – kezdett el őrült módjára rohangálni a vér az ereiben. De vissza kell fognia magát. Kérdés, hogy meddig bírja.

- Szóval számolnunk kell azzal, hogy Lipót is itt van a táborban, ennek ellenére jelen kíván lenni? – kérdezte a tábornok.

- Azért jöttem el idáig – mondta a hercegnő.

- Rendben, rendben – hümmögött a tábornok és ismét csöndbe burkolódzott egy percig. – Azt hiszem az nem árthat, ha hivatalos formát öltünk végre egy megbeszélésnek és az országhatárra kéretjük a vezetőiket egyeztetésre. A hercegnő így jelen lehet és első kézből értesülhet, akár ő is véleményt formálhat. Hiszen ha jól meggondoljuk érdemi egyeztetés még nem történt a két tábor között, felelős vezető hiányában. Viszont javasolnám az álcát és a férfi ruházatban való megjelenést, nehogy felismerjék. Úgy tíz fős küldöttség megfelelő lenne. Péter, kérem gondolkodjon hét főben az emberei közül, én még addig meg is írom a felkérést, királynői felhatalmazással. Így rendben lesz? – nézett Annára.

- Rendben, vállalom! – állt fel a lány és összeszorította a száját. Péter azonnal ellenkezni kezdett:

- De tábornok, ez felettébb veszélyes lépés, ha felismernék, ha kiderülne a személye, akkor komoly gondban lennénk – ellenkezett aggódva. Gondolja, hogy Lipót nem veszi észre? A tábornok a legártatlanabbul nézett vissza rá.

- Inkább saját maga miatt aggódjon, önt meg hallottnak hiszi. Erre való a sisak. Hátul állnak majd, mint kíséret – zárta le a vitát. – Inkább keressenek a hercegnőnek valami használható ruhát a méretében.

•

Ez már a harmadik levél, mindig ugyanakkor és ugyanazon a módon. Míg ő kint van a kutyával, a lovas érkezik, mintha csak lesben állna és anélkül, hogy esélye lenne egy szót is váltania, mondhatni röptében érkezik a levél. A legfurcsább, hogy Bátor egyet sem ugat, már neki is megszokott ez a helyzet. Séta, lovas, le sem száll. Vajon ebben mi lehet? – nézi kíváncsian a vékonyka papírt és izgatottan bontja ki. Mindössze csak egy sor volt írva:

„14–kor a rózsalugasban várom". Amália mosolyogva néz körbe. Akkor már itt kell lennie, mindjárt két óra van! – fogja el az izgalom. Még jó, hogy nem csak úgy magára kapott egy kabátot, hanem rendesen felöltözött és most jött csak le, így fel sem fog tűnni senkinek, ha egy órácskát még kint marad. Mert máris megy, semmi kétség. Félni valója nincsen, vannak itt őrök, még itt van ez a nagy állat is mellette – mosolygott Bátorra, aki mintha értette volna, mi történik körülötte, mert nem rohant még neki a bokroknak, ahogy azt máskor szokta. Titkos randevú a kertben, március végén! Ennél izgalmasabbat el sem tud képzelni! Vagy egy kis kémkedés a hátsó kertben is? – dolgozott benne a bizonytalanság. A sétatempója is lelassult, már nem volt olyan lelkes, mint alig egy perce. Lehet, hogy mégsem kéne? – állt meg. Egy perc gondolkodás után sutba vetett mindent. Ha itt töpreng, soha nem tudja meg és nem akarja "mi lett volna ha" kérdésekkel töltenie az idejét. Most megtudja.

•

365

Hora éppen felgyötörte magát a férfi nyeregbe és azt számolta, hogy pár kanyart ebben is ki fog bírni, egy sisakkal a fején, ami folyton a szemébe csúszik. De muszáj viselnie, a táborban sem tudhatnák, hogy ő is az induló csapat része. Amennyire csak lehetett igyekezett férfiasan mozogni és csak bízott abban, hogy mindenki mással van elfoglalva és őt észre sem veszik. A többiek is lóra pattantak már és éppen indultak volna, amikor egy futár rohant feléjük fejvesztve.

- Tábornok úr, tábornok úr, értesítés a másik táborból – lobogtatott egy levelet. Éppen most mondják le az egyeztetést, mert Lipót hercegnek sürgősen a palotába kellett mennie. A körülöttük állók között kisebb kavarodás támad, a tábornok azonban gyorsan reagál.

- Lóról le, parancsnok, izé maga ott fiam, azonnal utánam, a többieknek pihenj és itt várakozzanak – adta ki a gyors utasításokat és már szállt is le a nyeregből. Hora csak most fogta fel az üzenet tartalmát. Ez azt jelenti, hogy sürgősen, azonnal neki is vissza kell térnie, nehogy kiderüljön a csere.

- Nem tudom, mi történhetett – mondta Péter sietősen és láthatóan a tábornok is meglehetősen aggódó pillantásokat vetett. De ez azt jelenti, hogy a hercegnőnek azonnal indulnia kell. Máris szólok, hogy készítsék elő a hintót az útra.

- Nem, azzal túl késő lenne – állította le az éppen indulni készülő tábornokot. Mindenképpen előbb kell odaérjek és lóháton gyorsabb – ellenkezett a hercegnő.

- És mi van, ha a herceg is lovon megy? – kérdezett vissza a tábornok.

- Hogy Lipót? Felettébb rossz lovas és különben is nagyon kényelmes. Biztos, hogy hintóval megy. Vagyis ha lovon indulok most el, akkor megelőzhetem, illetve rövidebb úton is mehetek.

- Rendben, legyen így. Péter, kérem kísérje el, vigyen még két embert, hogy ne egyedül jöjjön majd vissza. A csomagjait, a hintót majd utánuk küldetem – mondta, és már haladt is intézkedni.

- Bírni fogja a férfi nyerget, sajnos itt a táborban nem szolgálhatunk nőivel? – kérdezte meg óvatosa Péter, Hora azonban csak bólintott.

Nincs más választása, meg kell próbálnia – szorította össze a száját. Bárcsak ettől a sisaktól mihamarabb megszabadulhatna.

•

- De meg sem hallgat – méltatlankodott Amália és még a lábával is toppantott egyet. Ott állt az anyja előtt és farkasszemet néztek. Még nem volt olyan, hogy összetűzésbe kerültek volna vagy hogy makacskodott volna az ő engedelmes lánya. Erre tessék, gondolhatta volna hogy egy férfi miatt fognak veszekedni. Gizella amennyire csak tudott próbált nyugodt és józan maradni, azonban durcás képet vágó lánya csökönyösségről árulkodott. Csak ne kövesse el ugyanazt a hibát, mint ő és hogy az első kedveskedő egyenruhás után veti magát!

- De lányom, önnek ennél komolyabb szerepet szántunk, valóban hozzá akar menni az első férfihez, aki feleségül kéri? Hiszen nem is ismeri, nem az országunkból való, még azt sem tudni, mennyire vagyonos. Az, hogy a küldöttségben van még nem jelenti, hogy ezen súlya is jelentős. Van testvére, legidősebb gyermek, hogy oszlik még a vagyona? Egyáltalán biztos, hogy nem hátsó szándékkal környékezte meg? Pár napja még erre gyanakodott, most meg hozzá akar menni feleségül? Amália, ön teljesen tapasztalatlan a férfiak terén, ami az én hibám, nem vittem olyan társaságba. Kérem hallgasson rám és ne rohanjunk ennyire. – próbált rá hatni, de arckifejezése teljesen elutasító volt. Mintha csak saját magát látta volna – gondolkozott el egy kicsit. Nem, a történelem nem ismételheti még önmagát, nem hagyhatja. Itt és most neki pont másként kell viselkednie, mint ahogy vele bántak, annak pontosan tudja mi lesz a vége. Neki kell enyhítenie, megnéznie, aztán még ha tényleg úgy alakul az áldását adnia. Bár számíthatott rá, hogy a lánya hamar elkel a királyi udvarban. Azt nem gondolta, hogy ennyire gyors lenne mindez, de ki tudja. Most az alkun van a hangsúly. Vajon anno őt mivel tudták volna visszatartani? – próbált visszaemlékezni és egy kicsit a lánya bőrébe bújni. Enyhíteni kell, nem lehet ennyire elutasító. – Mély levegőt vett, majd bocsánatot kért. – Engem csak teljesen váratlanul ért mindez, nem voltam rá felkészülve. De az ön boldogságát kell nézzem, még anyai szemmel a lehetséges jövőjét is. – Nos, ha valóban úgy gondolja, akkor nekem is alaposabban még kéne ismerjem – lágyított a hangnemen. Ha valóban szereti, akkor megvárja, nem lesz sürgős neki. Meghívhatnánk ide, én is beszélgetek vele, szeretném megismerni a férfit, aki ennyire gyorsan elrabolta a szívét – mondta mosolyogva, majd a lánya kezéhez nyúlt, hogy megfogja. Üljünk le egy kicsit, beszélgessünk. Meséljen róla, ha jól sejtem akkor ő az a rejtélyes levélíró akitől naponta érkeztek a sorok, nem Annától – lett világos a kép. Ránézett a lányára, aki végre sugározhatott és az annyi napon át magába folyatott érzéseit végre megoszthatta a hozzá legközelebb állóhoz. Gizella levelekről, családjáról, hegyen álló pompás kastélyról és egy kedves, nyugodt, nem éppen katona emberről hallgatta a beszámolót, akit már a leírás alapján is kedvelni lehet. Ha ez valóban így van, akkor ez egy lehetséges kapcsolat a két ország között. Mindenesetre megkéri az embereit, hogy alaposan nézzenek utána ennek a családnak.

•

Ekkora szerencséjük nem is lehetett – állapította meg Péter, amikor meglátta a kastély felé robogó hintót a királynéval és Károllyal. Ezzel meg is lett oldva a helyzet, nem kell a télikerten keresztül belopódznia Annának, pókhálós lépcsőt másznia, kiosonnia katonai ruhában a folyosóra. Csak leintették a hintót, kerítettek gyorsan egy kabátot a hercegnőnek, ami elrejti a katonai egyenruháját és majd az érkezés kavarodásában könnyűszerrel lehet a fogadók között, nem mint aki most érkezett. Ez igazán remek! – kacsintott fel az égre. Ennél nagyobb segítséget nem is kaphatnak, főleg, hogy Lipót herceg hintaja mintegy órára van csupán az úton, nemrég hagyták le a fogadónál. Még gyors szóváltás a királynéval, aztán a hintó már el is nyelte a hercegnőt. Csak egy mosolyra volt lehetőségük búcsúzásként és már fordultak is vissza. Pedig szerette volna még egyszer megcsókolnia. Utoljára.

Gizella szobájába elvonulva próbálta emészteni a hallottakat Jonasról és a birtokról, ahonnan származik. Igyekezett teljesen tárgyilagos maradni, de a tanácsos lelkesedése teljesen szokatlan volt. Még Amália is tágra nyílt szemmel bámulta azt a kis festményt, ami hirtelenjében előkerült a Hohenzollern…,..kastélyról. Fantasztikus, pompás épületegyüttes, fenséges tornyok, kapuk méretek. Az ő királyi kastélyuk messze elbújhatna e mellett a pompa mellett. Ehhez kell vagyon, bevétel, hogy fent tudják tartani, személyzet, aki kiszolgálja az ott élőket. Minden bizonnyal nem lehet semmi ennek a várnak a lakója lenni. Szegény jó tanácsos szinte bocsánatkérően törölgeti a homlokát, attól tartva, hogy számon kérik, amiért nem került előbb a látókörbe ez a házassági lehetőég. De már háromszor elmondta, hogy Jonas gróf majdnem megnősült tavaly, és mivel vőlegény volt, ezért nem szerepelt Anna listáján. De mivel a frigyet a leendő ara családja az utolsó pillanatban visszamondta, így most a gróf igen ígéretes és kívánatos kérővé léphet elő. Ha valóban minden úgy alakul, ahogy mondják, akkor a nagybátyja igen komolyan esélyes a német császári címre! Ez aztán a kapcsolat, ennél többet nem is kívánhatnak! Persze ha a lehetőségeket ügyesen mérlegelik és átgondolják a területi függetlenségeket. Jonas nem a legidősebb gyermek, így teljesen kézenfekvő lenne, hogy ebbe az országba kerüljön. Persze egy sor kérdést kellene még tisztázni, de teljesen kívánatos kapcsolat, amit minden bizonnyal a szomszéd is alaposan átgondolt. Nem véletlenül bukkanhatnak itt fel személyesen, a küldöttség részeként, mondhatni szemlét tarthattak. Persze Gizella gondolatai egy kicsit más irányba cikáztak, ő a kérőt a saját lánya szemszögéből próbálta értelmezni, hozzáadva a lányától szerzett információkat. Jonas egyáltalán nem ambiciózus, nem is harci ember, a díszőrség vezetését bízták csak rá. De a mai világban pont ez az óvatosság és nyugalom az, ami a hosszú, nyugodt élet titka. Egy ilyen szövetségessel maguk mellett biztosíthatják a békét, ahogy a másik ország sem akar több vitát. De vajon mennyire jöhet szóba az ő lánya, szemben a királynővel? Szegény Amália, fel kell készítenie arra, hogy az általa megkedvelt férfi az udvarba érkezik, de nem hozzá. Nem szabad kockáztatnia, hogy a lánya az udvarban marad, miközben a két fiatal között ilyen nyilvánvaló a vonzalom. Ez tragédiával is végződne. Így két lehetősége maradt: Amáliát amilyen hamar csak lehet vissza kell vinni a saját kastélyukba és lehetőség szerint minél előbb férjhez adni, de mindenképpen csak úgy, hogy ő is akarja. Vagy pedig kolostorba küldeni. Egyik lehetőség sem tetszett neki túlságosan, ismerve a lánya makacsságát. Így marad egy harmadik lehetőség. Már csak találnia kéne Annának egy sokkal jobb kérőt, úgy a lányának megmaradna Jonas. Nagyon egyszerű feladat – állapította meg keserűen.

•

Anna idegesen rohangált a szobájában és nem tudott megnyugodni. Bátor egy ideig próbálta követni úrnőjét és fel-le szaladgált ő is vele, utána viszont látva az értelmetlenséget feladta és lerogyott a szoba közepén, tekintetével követte le a gazdáját. Tíz perccel később ennek sem látta ennek az értelmét és fejét az állára helyezve csak konstatálta, amikor elhaladt előtte. A hercegnő nagyon jól tudta, hogy ennek semmi értelme, mégis ez volt az egyetlen dolog, amit képes volt csinálni. Legalább az elmúlt napok kényszeredett szobafogságát most ledolgozza. Az időjárás úgysem nyújt semmi lehetőséget, szakad egész nap. Hiába lesz holnap már április, az időjárás nem ezt mutatja. Talán holnapra eláll, legalábbis a szakértők a szerkentyűjükből ezt olvasták ki, de jobban bízott az öreg inasban, aki jelezte, hogy már nem hasogat a karja, így holnapra kisüt a nap. Jó is lenne, hiszen holnap lesz a koronázási ünnepség, mégpedig az övé! Ez már éppen elég ok az aggodalomra, főleg, hogy pár ember kivételével erről senki nem tud. Teljesen kiszámíthatatlan, hogy reagál majd Lipót, hiszen ezzel a lehetőséggel egyáltalán nem számoltak. Lobogtathatják itt a lemondó nyilatkozatot és megfűzhetnek egy minisztert, hogy írja alá, biztos még tudnak egyezni az árban. Arra azonban nem gondolnak, hogy ez esetben a női ág mint lehetőség még mindig ott van. Ők nem készülnek másik tervre, csak arra számítanak, hogy uralkodó hiányában Lipót ajánlkozik majd fel. Elég szépen kitalálták, de a nagyapja még jobban. Csak nem fognak jelenetet rendezni mindenki előtt! De ez hamarosan kiderül, már nem kell sokat várniuk. Még egy óra és kezdődik a fogadás, melyre a miniszterek is hivatalosak. A bajor uralkodócsalád csak a holnapi napra jelezte érkezését, akárcsak az osztrák pár és az olasz előkelőségek. Viszont a Hohenzollern família számos tagja már ma jelen lesz, a badeni uralkodóval egyetemben. Legalább ők eljönnek, a francia vezetés részéről csak egy követet küldtek. De mindegy is, attól még érvényes uralkodó lesz, hogy nincs itt mindenki, így is elég sok vendégről kell gondoskodniuk, lehet több el sem fér. Persze egy koronázás mindig nagy ünnepélyszámba megy és igyekeznek minél többen felvonulni, de ez mégiscsak egy kis ország. Ő akkor is igyekszik kiélvezni ezt a nem mindennapi eseményt, ami biztosan csak egyszer fordul elő a életében. Mert az megeshet, hogy még többször is férjhez megy, de koronázni csak egyszer fogják. De ez a holnap, előbb még a mai nap nehézségeivel kell megküzdeniük. Nem bír itt nyugton lenni, a legjobb, ha előbb lemegy, hátha az emberek, a sürgő inasok látványa jobban megnyugtatja, itt mintha egy kalitkába lenne bezárva.

Egy utolsó pillantást vetett még a tükörképére, gyorsan ellenőrizve, hogy a kis koronája rendesen áll még mindig a fején és gyorsan ellenőrizte a ruháját is. Megint egy fehérre esett a választása, hiszen ez az ő színe. Gyorsan végigfuttatta a szemét az arany csíkon, mely végigvonult a felső részén, majd a derekánál keresztezve egymást és úgy suhant tovább a szoknya rész felé két oldalt. Szolid volt, mégis felséges. Úgy gondolta, hogy ez remek választás az alkalomra, ma még nem kell bordóba pompáznia, az ráér holnap. Szinte feltépte az ajtót, a kint álló őr még is ijedt a váratlan zajra. Anna mindezzel nem törődve komótosan vonult le a lépcsőn, majd megállt a fordulóban. Vett egy mély levegőt és kikémlelt. A földszinten nyugalom honolt, sehol mozgás vagy jövés-menés, gyanúsan minden rendben volt. Ezek szerint az előkészületek befejeződtek és a többiek még nem fáradtak le. Nem baj, legalább lesz alkalma egy kicsit nyugodtan körülnézni. Az előbbi idegessége eltűnt és már nyugodt hangulatban ment le a lépcsőn és nyitott be a fogadóterembe, mely kongott az ürességtől. Nyugodt léptekkel indult a terem belseje felé, hogy átnézze az elhelyezését, mely a későbbi otthonos mozgását elősegíti majd. Az asztalokat két oldalra helyezték el, egymással szemben, középen pedig a trónusok álltak, két oldalt a káprázatos, fellelt gyertyatartókkal. Ha jól számolja, akkor közel százan lesznek majd a teremben, ami igen tekintélyes létszám. Minden asztal egyik oldalán gyümölcsöstálakat és hideg húsokat helyeztek el, a másik oldalán pedig a székeket egymás mellé, gondosan ügyelve, hogy senki ne üljön a másiknak háttal. Hora mosolyogva nézte, ahogy Bátor nagyokat szippant az orrával, mely a tálakkal egy magasságba volt, közben nyüszögve néz úrnőjére. Persze szegény állat, ennél jobban nem is izgathatnák a fenséges illatok. A legjobb, ha kiviszi a konyhába, mielőtt itt felugrik valahova és kiszolgálja magát – hívta az állatot a hátsó ajtó felé, hogy gyorsan a kinti munkálatok után nézzenek.

.

- ...a holnapi napon pedig Károly Frigyes Sándor Württemberg főhercege I. Károly néven megkoronázásra kerül – fejezte be az ünnepi beszédét a miniszterelnök, majd felemelte poharát, hogy az egészségére igyon. Így tett a többi vendég is.

- Éljen a király! – jött az első éljenzés, amit még egy pár követett. Károly láthatóan igen zavarodottan állt fel és feszélyezett pillantásokat küldött édesanyja felé, aki szintén kényszeredetten mosolygott csak. Előzetes egyeztetésük alapján csak akkor változtatnak bármin is, ha ellenvetés érkezik. Vagy ma, itt és most, vagy holnap – nézett feszülten

Anna is a nagyanyjára. A poharak összekoccantak, majd kiürültek, a vendégek elégedetten ültek vissza a székükbe és megkönnyebbülten mosolyogtak össze, hogy az ünnepélyes rész ezennel véget ért, most minden bizonnyal a leendő király fog beszédet mondani. Károly kényszeredetten állt fel a székről és zavarodottan kutatott a zsebébe, ahova a biztonság kedvéért azt a papírt helyezte el, amiről a tanácsos által megírt szokásos beiktatás előtti köszöntő beszédet kell felolvasnia. A zsebében azonban csak egy zsebkendőt talált, amit gyorsan elő is vett és megtörölte verejtékező homlokát, majd a másik zsebébe nyúlt. Megkönnyebbülés ült ki az arcára, amint megtalálta a keresett papírt és lelkesen szedte elő, majd kihajtogatta. Megköszörülte a torkát, majd körbenézett a vendégeken. Csupa várakozó arc tekintett rá, a teremben néma csend honolt.

- Igen tisztelt vendégek – kezdett bele a beszédbe, de olyan idegesség fogta el, hogy a keze láthatóan remegni kezdett, így pedig képtelen volt a papír tartalmát elolvasni. – Tisztelt egybegyűltek – kezdett neki megint, hátha ezzel időt nyer, azonban a helyzet nem javult. A mosolyok eltűntek, halk moraj futott végig a termen.

- Tisztelt egybegyűltek – pattant fel Lipót, érzékelve a kínos pillanatot. – Ahogy önök is tanúi lehettek annak, hogy Károly nagybátyám mennyire nem a szavak embere –, így hadd segítsem ki őt. Írásban már összefoglalta a gondolatait, hadd ismertessem ezt önökkel – nyúlt oda a kezében tartott iratért, majd elvette a megdöbbent embertől. Fesztelen nyugalommal úgy tett, mintha tanulmányozta volna az írást egy pár másodpercig, majd hangosan olvasni kezdett. – Én, Károly Württemberg hercege, a mai napon nyilvánosan is bejelentem, hogy lemondok a trónról – mondta ki jó hangosan, majd benyúlt a zsebébe és előszedett egy összehajtott levelet. – Tisztelt miniszterek, vendégek, önök a tanúi annak, hogy nagybátyám saját kezével írott lemondó nyilatkozatát tartom a kezemben – lobogtatta meg a papírt, majd hatásszünetet tartott. A teremben megdöbbenés, hörgések, morgások hallatszottak, egy hölgy vendég sikolyát is lehetett hallani. Paulina döbbenten állt fel és egyből hangot adott a tiltakozásának.

- Azt nem most írta – mondta jó hangosan és elindult Lipót felé. – Nézzék meg a rajta lévő dátumot, tavalyi – tette hozzá. Lipót azonban ügyesen kitért az útjából és megkerülve a miniszterek felé vette az irányt.

- Kedves miniszterek, látták önök ezt az iratot, eljuttatta önökhöz valaha is a király? – nézett végig a férfiakon, akik közül páran a fejüket rázták. – Szóval így állunk, Vilmos király fia lemondott a trónról, de ő ezt tagadta és senkit nem értesített róla. Lám, lám, milyen király az olyan, aki nem szól a népének előre, hogy nincs trónörökös és nem is gondoskodik arról, hogy legyen. Úgy hagyja itt az országot, hogy nem foglalkozik a népének jövőjével.

- Károly herceg, ön írta ezt a nyilatkozatot, valóban lemondott-e ön a trónról? – fordult a még mindig megdöbbenten a trón előtt álló férfi felé.

- Igen, akkor igen – felelte őszintén Károly.

- Hallották önök is, hogy mit felelt. És tisztelt miniszterek, mi lett volna ilyenkor a követendő joggyakorlat? Bejelenteni önöknek és azonnal új trónörökös után nézni. Mert ha jól tudom, akkor Vilmosnak számos testvére volt, akiknek leszármazottai között biztosan könnyűszerrel lehetett volna megfelelőt találni. Még időben. De mi történt e helyett? Semmi! – adta elő a drámát, láthatóan felettébb élvezve a szerepét. Paulina egyre vörösödő fejjel állt és próbálta türtőztetni magát, hogy ne szóljon még közbe, Anna viszont falfehéren állt és döbbenten nézte Lipótot. Szóval ez lehet a férfi igazi énje! – szembesült a kegyetlen valósággal. – Kérem tájékoztassanak, hogy mi történjen most. Mi lesz az országgal, ha önök elfogadják a lemondását, ki kerülhet a trónra? Ki a legközelebbi rokon? – nézett végig a minisztereken, akik a döbbenettől nem is bírtak szólni. – Van-e önök között olyan bátor, aki ellen jegyzi a lemondást, törvényre emelve, vagy pedig tegyünk úgy, mintha ez az irat nem is létezett volna és nevezzük ki Károly herceget a trónra? – emelte fel a papírt, mintha el akarná tépni. – Uraim, jelentkezik valaki a miniszterelnöki címre? – tett egyértelmű utalást arra, hogy aki hajlandó aláírni, azt busásan megjutalmazza. A miniszterek azonban csendben ültek, lehajtott fejjel. Ez láthatóan egy kissé kizökkentette Lipótot, mert minden bizonnyal nem ez volt előre egyeztetve. Biztosan volt több ember is, akivel előre egyeztetett erről, de most mégsem jelentkeztek. Lipót azonban nem adta fel, tovább beszélt. – És vajon mi a garancia, hogy nem teszi ezt meg ismét? Van-e további örököse az uralkodóháznak Károlyt követően? – fordult át Károly felé és nézett végig rajta. Egy kéz lendült, egy toll villant és a papír már aláírásra is került. Lipót arcára elvetemült vigyor ült ki.

- Lipót herceget a trónra! – kiáltott be valaki hátulról, mire mindenki a hang irányába fordult. Miksa volt az, Lipót nagybátyja, aki most előlépett az asztal mögül és átvette a szót.

- Örökös híján, az uralkodóház legfrissebb tagjaként a hercegnek szintén van joga a koronára – mondta, majd egyre közelebb jött a trón felé, farkasszemet nézve Paulinával. A királyné eddig bírta türtőztetni magát, eddig engedte, hogy ez a megdöbbentő és önleleplező színjáték tartson.

- Azt már nem. Van az országnak egy másik jogos trónörököse – lépett előre, de gondosan ügyelt arra, hogy továbbra is a trón pulpitusán maradjon, kifejezve ezzel nemcsak a magasságbeli, hanem társadalmi fölényét is. – Itt, önök előtt szeretném bejelenteni, hogy Vilmos király végakarata szerint, az általa kezdeményezett törvénymódosításoknak köszönhetően, az ország trónja mostantól női ágon is tovább mehet. Kérném a miniszterek beleegyezését, hogy Anna hercegnőt javasoljam soron következő uralkodónak. Éljen Anna királynő! – Éljen! – állt fel a miniszterek közül egy jó pár és tapssal nyugtázta a bejelentést. Lipót elsápadt, Miksáé viszont vérvörös lett.

- Ez meg hogy lehet? – nézett rá az áruló miniszterre, aki vonogatta a vállát, jelezve, hogy erről ő semmit sem tud. Miksa nagyot csapott az asztalra. – Maguk itt a bolondját járatják velem, nincs is ilyen megállapodás, sem ilyen aláírt törvény, ezt csak most találták ki.

- Márpedig van – nyúlt a kabátja zsebébe a tanácsos és előszedte a törvénybe iktatott bejegyzést, továbbá a király lepecsételt végakaratát. Lipót már nem reagált, csak összezuhanva nézte az iratokat, Miksa azonban őrjöngeni kezdett.

- Ezt nem lehet, ezt nem hagyhatják – nézett végig a minisztereken, majd átfordult a vendégekre, akik szánakozó pillantást vetettek rá.

- Kérem, jobb, ha belenyugszik, hogy kijelölt örökös lesz az uralkodó – szólalt meg a bölcs Vilmos király. Anna hercegnőt Hohenzollern támogatja. Éljen a királynő! – tette le a voksát a jelenlévő egyetlen szomszédos király. A badeni őrgróf, Lipót apja azonban csöndben pislogott és nem szólt.

- Azt már nem, Anna hercegnő nem lehet.... nem.... Hiszen még nem is nagykorú! Nem töltötte még be a 18. életévét. – nyögte ki tiltakozásként. A miniszterek összenéztek, összesúgtak, majd bólintottak.

- A hercegnő mivel házas, így nagykorúnak tekinthető, vagyis nincs semmilyen akadálya, hogy ne foglalhatná el a trónt. Férje, Lipót ezzel pedig főhercegi rangra emelkedne – tették még hozzá, jelentőségteljesen ránézve a földön kuporgó férfira.

- Akkor itt háború lesz – sziszegte a fogai között Miksa, majd előrántotta a kardját. Az asztalok körül ülők felszisszentek, felpattantak, a hölgyek sikoltozni kezdtek és a kijárat felé rohantak.

•

- Ez meg mi? – pattant oda a tábornok, szintén előkapva a kardját. Melyik oldalon áll, Lipót herceg? Nem világos a szerepe. Ön most Württemberg nevében meg kívánja támadni Badent, vagy fordítva? tette fel a jogos kérdéseit.

- Igazán nem értem a kérdést. Azok után, hogy önök pont most fosztották meg a koronától, azt hittem teljesen egyértelmű, hogy melyik oldalon áll – felelte fölényesen Miksa.

- Itt nem lesz háború – szólt közbe erélyesen Lipót apja, Frigyes nagyherceg.

- Így van, nem lesz háború! – szólt közbe Anna is erélyesen. – Azonnal tegyék le a kardot és beszéljük meg ezt felnőttek módjára!

- Az ajánlatunk: nem lesz háború, a két ország békésen megegyezik, ön pedig főhercegi rangban Anna királynő mellett marad, garantálva a békét – szólt a tábornok

- Ez nevetséges ajánlat, hogy fogadhatnám el, ugyanúgy báb lennek? – tiltakozott egyből a herceg.

- Ez csak önön múlik, hogy mit kezd a kiváltságos helyzettel, de mi nem így látjuk. És ennél többet nem ajánlhatunk, így is csak a királynő jóindulatának köszönheti, hogy nem száműzik.

- Ó ez igazán kedves az ő részéről, mennyire megható. Persze nem félt egyből intézkedni és elvenni a koronát előlem. Megteszi később, ha úgy alakul vagy nem tetszik neki, amit csinálok – fakadt ki teljesen Lipót és nem érdekelte, hogy hányan hallják.

- Szerintem igen méltányos az ajánlat és ha jól belegondolnak a végkifejlet ugyan az lesz, csak nem hal meg egy csomó katona – érvelt a tábornok tovább igen meggyőzően. Hohenzollern katonailag is támogatja Württemberget.

- Nem hiszem, hogy meg tudunk egyezni – fordult el Lipót az asztaltól, ezzel is jelezve, hogy részéről mindez teljesen elfogadhatatlan.

- Akkor mi az ajánlatuk? – kérdezett rá a tábornok, megunva a huzavonát. Csak kell lennie valami elképzelésnek.

- Ragaszkodom a koronához! – mondta ellentmondást nem tűrő hangon.

- Arról szó sem lehet – szólt közbe Anna és az apja is egyszerre. Lipót előbb elsápadt, aztán elvörösödött. Azt hitte, hogy a családja büszke lesz rá, hogy ők is ezt akarják, de úgy látszik, tévedett. Anna közelebb ment hozzájuk, így próbálva hatni rájuk.

- Ne fogadja el – jött a tanács Miksától, amire a férfi csak még idegesebb lett.

- Nincs más lehetőség, csak amit kínáltam – ellenkezett Anna.

- Hát így nem jutunk előbbre – szólt közbe a tábornok és levette a sapkáját, hogy megtörölje a fejét, majd kihúzott egy széket. Ez sokáig fog tartani. Lipót sunyin lapított, Anna pedig közömbösen bámulta a körmeit. Lipót csak arra a pillanatra várt, hogy mindenkinek lankadjon a figyelme. Váratlanul átlendült az asztal felett és megragadta a leendő királynőt, majd a kardját nekifogta.

- Mindenki a helyén marad, egy rossz mozdulat és vége a dinasztiájuknak! – mondta fenyegetően és a szeme teljesen elsötétült. Nem bízta a dolgokat a véletlenre, hanem a lányt magával húzva az ajtó felé vette az irányt.

- Mit csinál? – fordult rá értetlenül a nagybátyja és felelőtlenül utánuk vetette magát. Ezt a lehetőséget viszont az eddig háttérből figyelő Péter nem hagyta ki és máris egy kardhegy irányult a testes férfira. Mind a négyen benyomultak a szomszéd szobába, ahol a zár kattant.

- Hozzon segítséget – ordította Péter és Miksa szinte egyszerre, majd a következő pillanatban már a szobát és a helyzetüket kezdtek felmérni. A kis étkezőben voltak, ahol egy hosszú asztal és sok szék, vagyis akadály várta őket. Lipót visszafordult és ekkor szembesült az újonnan érkezőkkel. Meglepődött.

•

- Tudtam, hogy még összetalálkozunk – nézett farkasszemet a két férfi. – Sejtettem, hogy a halálhíre csak legenda, saját kezűleg kell elvégeztem a dolgot, tehetetlen banda – tette hozzá. Lám–lám, itt van az én kis feleségem is, mindezt végig is nézheti – mosolygott Horára, majd sátáni kacajt hallatott. Péter nem válaszolt semmit,

mit is mondhatott volna, tudta, hogy gyűlöli a férfi. Csak várta, hogy mit lép, mit mond. A vesztes csak ő lehet, a pünkösdi királyságával. Kellett neki sokat akarni, nem megelégedni a főhercegi ranggal, hanem még többet akarni? Csak magát okolhatja, bukása önmaga nagyravágyásának az eredménye lesz.

- Lipót, nem kell ennek így lennie, kérem, gondolja csak át. Nem veszi észre, hogy csak kihasználták, hogy maga nem is számított, csak a nagybátyja manipulálta ügyesen? Gondolja csak végig, mi lesz önnel, ha elvégzi a feladatát, elmondták már, milyen sorsot szántak önnek? Valóban király marad? – próbálta meggyőzni Hora a férfit. Lipót viszont már nem volt képes gondolkodni, agyát elborította a düh és a csalódás.

- Nem hiszek már senkinek – vetette oda, legfőképp nem magának – izzott a gyűlölettől a szeme, miközben a kardjával sakkban tartotta Pétert, aki viszont a gonosz nagybácsinak tartotta oda a kardját.

- Lipót, kérem, én nem ártottam magának, mi megbeszéltünk mindent. Pont én vagyok az, akiben bízhat, gondolja csak végig, hogy jutottunk ide. És nézzen most körül, most látszik igazán, hogy ki kivel van. Az a tény, hogy a nagybátyja engem fenyeget azt mutatja, hogy engem akar eltávolítani. Ha végiggondolja...

- Nem gondolok semmit végig. Maguk azt akarják, hogy én meghalljak! – ordította még mindig elborult aggyal.

- Jelen állás szerint ön az egyetlen, aki életben maradna – felelte Hora látszólagos nyugalommal. Ez volt az a pont, amikor Lipót kezdte átgondolni a helyzetet. Agya tisztulni kezdett és végignézett magukon. Határozottan nyerésre áll! – konstatálta a látottakat, ahogy azt is, hogy Anna veszélyben van. Erről eddig nem volt szó, hogy őt is bántani kell – ismerte fel a képet.

- Miksa bácsi, forduljon át, intézzük el a parancsnokot – adta ki az utasítást nagybátyjának, aki a füle botját sem mozdította. – Miksa bácsi, mit jelentsen ez? – ordított rá a férfira. Nem erről volt szó, azt beszéltük, hogy a királynéra szükség van, őt nem bántjuk. Akkor most miért?

- Változott a terv – nyögte ki.

- És mégis mire, beavatna? – nézett a nagybátyjára és meghökkent attól, amit látott.

- Már nincs rá szükségünk. Ő az akadály, hogy elérjük a célt – mondta ködösen.

- És most mi a cél, ha változott a terv is? – akadékoskodott. Nem tetszett neki az, hogy nem mondja el neki. Hogy megint taknyos gyereknek tartják, aki nem képes döntést hozni, akinek nem kell tudnia dolgokról. Lassan kezdett összeállni a kép, hogy megint, újra ez történt! Hogy kihasználták! Annának igaza lehet, ő csak egy bábu, a cél pedig nem is a hatalom megszilárdítása volt, hanem a megbontása. És ebben ő segít. Vajon ha Annát megöli, vele mit tesz, ugyanezt?

- Ugye engem sem akar életben hagyni – préselte ki a szavakat, majd tekintetét a nagybátyjára helyezte.

- Nocsak, mégsem vagy olyan ostoba – mondta, elárulva magát.

- De miért? – nézett rá zavartan és szinte elengedte a kardját.

- Lipót, ön olyan naiv, annyira könnyen manipulálható. Hát nem érti? Pedig annyira egyszerű – törtek elő a gondolatok Miksából. – Amíg háború van, addig szükség van fegyverre, vasra, katonai ellátmányra. Mióta béke van, nem fogy annyi fém. Már mindenhol van ásó meg eke, de újat, annyit mint régen nem tudok eladni. Háború kell ismét, hogy gazdagodjak. Ha már ilyen költségekbe kerültem ezzel az országgal, akkor legyen valami hasznom is belőle. Egy kis háború és a kassza megint tele lesz. Mármint az enyém! – tette hozzá diadalittasan. Lipót letaglózva hallgatta és nem hitt a fülének. Miksa azonban folytatta, szinte élvezte, hogy zseniális gondolatainak fültanúi vannak. Nem törődött azzal, hogy más is meghallja. Úgyis hamarosan halottak lesznek. – Ezzel kezdem itt – mutatott a lányra. Nekem édes mindegy, hogy miért tör ki a háború, csak legyen. Talán ez így a legjobb, ha ő meghal, évekig tarthat a hatalmi harc az uralkodóház kihalásával. Ez lesz a legjobb! – fordult át veszélyesbe. Hora sem tétlenkedett, ügyesen, észrevétlenül hátrált, míg a támadója megbotlott. Kihasználva a bizonytalanságát gyorsan menedéket keresett Péter háta mögött. Lipót közben teljesen lebénult a hallottaktól. Amiben eddig hitt, amiért élt, a család szentsége teljesen megszűnt létezni. Elárulták, lenézik, kisemmizik. Miben higgyen ezek után, kire támaszkodjon? Mi lesz így vele? – omlott össze a teljes élete egy pillanat alatt.

- Lipót, még nem késő, gondolja végig. Még megakadályozhatja az egész katasztrófát – jött a felesége irányából az egyik lehetőség.

- Fiam, csak nem gondolja, hogy kihagyom az egészből, gazdag lesz és hatalma is lesz. Csak ezektől kell megszabadulni és minden rendben lesz. Gondoljon a jövőre, mekkora lehetőség ez!

- Ne hallgasson rá Lipót, önt is elintézi, utalt rá. Ön jó ember, nem szereti a vérontást – kontrázott rá a lány

- Ne hallgass a cafkára, alig tetted ki a lábad, máris megcsalt ott ezzel! – bökött Péter felé. Ezt akarja, egy felszarvazott, semmibe vett bábu lenni? Én hatalmat kínálok – próbált hatni rá, miközben egyre közeledett feléjük.

- Elég, hallgassanak! – ordította el magát. Itt senkit nem érdekel, hogy én mit akarok, mindenki a vesztemet kívánja! – ordította. Csak az útjába vagyok mindenkinek – mutatott körbe, miközben fenyegetően hadonászott a kardjával. Az lesz, amit én akarok és ebben senki nem akadályozhat meg – csapkodott, közben pedig magában vívódott, hogy melyik oldalra álljon. Egyfelől ott volt a családja és a nagybátyja, a vére, míg a másik oldalon az új családja, Anna. De mit is kapott az egész eddigi életében? Elismerte bárki is a képességet, biztatta, szerette? Pusztán azért, mert nem ő volt az elsőszülött már nem is kell foglalkozni vele? Kihasználták, becsapták és most is visszaélnek vele – nézett a nagybátyjára, aki kizárólag a saját érdekeit nézi és semmi mással nem foglalkozik, hogy közben kiket tipor el. Ő lesz a következő, ezt az előbb mondta. Míg Anna…Bár nem olyan régen ismeri, de ő az egyetlen ember, aki mindig is bízott benne, támogatta, bármi legyen is. Most is itt van utána jött, bár ő bezáratta. De a javát akarja. Döntenie kell, valamiben még kell bíznia – tipródott. Vagy...

- Elég legyen a harcból, beszéljük meg – hozta meg a döntést és leengedte a kardját. Kezét a mellette álló nagybátyja kardjára tette, jelezve, hogy ő is tegyen hasonlóan. Ő azonban nem mozdult, ahogy Péter sem, a két férfi továbbra is kivont karddal nézett farkasszemet egymással. Ugyan már, gyerünk – fordult Péter felé és a két kard közé állt. – Mint uralkodója megparancsolom, hogy tegye le a fegyvert – szólt rá. Péter azonban nem tágított, kitartóan védte a mögötte álló királynőt.

- Akkor legyen ön az okosabb – fordult nagybátyja felé, aki elutasító arckifejezést vágott.

- Nem ért ön semmit – mondta vészjóslóan, és mielőtt kapcsolt volna, már meg is szúrta. Lipót megtántorodott, nem csak a szúrástól, hanem attól a ténytől, hogy elárulták.

- Miért? – rogyott térdre, majd a sebhez kapott. Hallotta Anna sikolyát.

- Mindig is tudtam, hogy könnyen befolyásolható. Nem ért semmit a lényegről, a hatalmi harcokból. Kevés ön a trónra – vetette oda, majd szinte átlépett rajta és egyből Péter felé támadt. – Ön sem ússza meg. Elintézem és megszerzem a hatalmat, az enyém lesz itt minden! Ilyen senkiháziak nem állhatnak az utamba! Miksa ezután egy csepp figyelmet sem fordított a sérültre, hanem egyből Péter felé sújtott. A férfinek így lehetősége sem volt az eseményekkel foglalkoznia vagy megértenie, a harcra kellett összpontosítania. Meglepődve tapasztalta, hogy hiába a köpcös testalkat és a jó pár év plusz hozzá képest, Miksa remek vívó. Hogy kereskedőként hol tett szert ilyen tudásra, az nem most fog kiderülni...

- Látom meglepődött. Nem árulok zsákbamacskát, a kalóz lét sok mindenre megtanított, főleg a bajvívásra – hencegett, miközben viharos sebességgel forgatta a pengét. Péter folyamatosan hátrált a teremben, ügyelve arra, hogy a királynő mindig mögötte maradjon. Bármi áron megvédi – szorította össze a fogát és mindent, amit a keze ügyében talált azt ellenfele elé sodort. Repültek a székek, gyertyatartók, egy fogas, sőt még a terítő és a díszpárnák is. A teremben csak a felfordulás nőtt, Péter érezte, hogy kicsit fárad. Ellenfele azonban továbbra is ruganyosan és frissen mozgott és játszi könnyedséggel került ki mindent. Péter tudta, hogy hamarosan a falhoz kerülnek és valamit ki kell találnia, mert nem kerülhet sarokba. Az a véget jelentené. Anna kezében egy égő gyertyatartót fogott, mellyel szintén hadonászott. Miksa túlságosan közel került hozzá, mire ügyesen meglendítette. A forró viasz egyenesen a kezére fröccsent. Miksa káromkodva ordított fel és elejtette a kardját. Anna a lehetőséget gyorsan kihasználta és kirohant a másik ajtón, Péter pedig a férfi mögé került.

- Fordult a kocka – mondta, majd a lovagiasság jegyében hagyta, hogy a kardja után nyúljon. Fegyvertelen emberre nem támad.

- Gyáva – mondta a megalázott ellenfele és kelletlenül vette fel a fegyverét, majd sunyin egyből lendített. Péter azonban számított rá és ügyesen félrelépett, mitől az ellenfél megtántorodott és térdre esett. Újabb ordítás és káromkodás következett és láthatóan erősen megütötte a térdét. Fájdalomtól eltorzult arccal állt fel és felbőszülve az újbóli bukástól egyre inkább dühből harcolt. Péter számára láthatóvá vált, hogy fárad. Csak ki kell bírnia, csak tovább kell küzdenie – hajtotta magát és ügyesen tért ki a szúrások és csapások elől.

- Nem menekülsz, téged is elkaplak, utána pedig a cafkádat! Nem állhat semmi az utamba! – kapott ismét erőre és rendületlenül küldte a csapásokat Péter felé. Folyamatosan haladtak visszafelé a szobában, megint közelítve a másik falhoz. Péter kitartóan figyelte a felé közeledő kardot, és amennyire lehetett, próbált a lába alá is nézni, nehogy valamiben elbotoljon. Az egyik felkerült széket azonban nem vette észre és átesett rajta, kezéből kiesett a kard és messze repült tőle. Miksa diadalittasan állt meg felette.

- Kitartóan küzdöttél, de ezzel vége – közeledett kardja hegyével a földön fekvő felé. Péter kétségbeesetten csúszott hátra a földön és tapogatózott minden irányba, fegyver után kutatva. Aztán a falnak ütközött. Innen nincs menekvés. Hacsaknem – nyúlt a csizmájába, hogy onnan előhúzza a kis tőrét. Miksa mindezt nem látva csak azt érzékelte, hogy vergődik, élvezettel nézte, majd megunta – felemelte a kardját és a végső csapásra készült. A dupla ajtó ekkor pattant fel és két katona mögött a badeni őrgróf jelent meg. A két küzdő azonban mindebből mit sem vett észre, Péter csak a feléje közeledő kardot látta és egyik karját védekezés képen maga elé emelte, a másikat a lába mellé szorította és erősen markolta a tőrt. Csak az utolsó pillanatban cselekedhet, addig nem derülhet ki a szándéka. De ügyesen kell időzítenie. Még egy kicsit, még várnia kell, még... még... most – lendült volna a keze. Azonban egy árnyékot látott meg a háta mögött, majd a következő pillanatban a nagy test elején egy kard bukkant elő.

- Áruló – nyögte ki Miksa, mielőtt arccal előre elvágódott volna a földön. Péter meglátta mögötte Lipótot, kezében karddal, ahogy ingatagon ott áll. Sápadt arccal ránéz, majd ezt követően szintén a földre rogy. Péter a feszültségtől tehetetlenül ordított fel, segítség után, majd fájós lábát fogva Lipót felé mászott.

- Gyerünk, nem csinálhatja ezt – nyúl a férfi után. Ekkor veszi csak észre, hogy az ajtók nyitva vannak és a szobát hamarosan katonák lepik el, Anna is köztük van, kétségbeesetten les körül és látja meg a földön lévő három férfit. Tekintete először Péterrel siklik, majd mikor látja, hogy rendben van, egyből Lipóthoz fordul.

- Gyorsan segítsenek – rendezi a katonákat, közben a férfi élettelennek látszó fejét simítja. Lipót nagyon lassan veszi a levegőt, a körülötte éktelenkedő vértócsa nem sok jóval kecsegtet. Még erőtlenül felpillant és felismeri a felette lévő két nőt. Édesanyja egyből odaguggol és az ölébe emeli fia fejét. – Bölcsen cselekedtél – súgja oda neki, majd gyengéden végigsimítja a fejét. Lipót száját mosolyra húzza, majd egy nagyot sóhajt és feje lehanyatlik. – Kérem, ne –

zokogja el magát az anyja, amikor érzékeli, hogy már nincs mit tenni. Ennek ellenére tovább simogatja, ringatja gyermekét, így búcsúzva el tőle. A katonák csendben lépkednek körülöttük, nem akarják zavarni a gyászban. Péter is magába zuhanva ül a földön és fejét kezébe temeti, őt sem zavarják. Nem tudja még felfogni a történteket, nem is lehet. Majdnem meghalt, majdnem mindennek vége lett – mindössze ez minden, ami kattog a fülében. A halál szele igen erősen megcsapta, mondhatni ennyire közvetlenül nem érezte magán a leheletét. Szinte semmit nem fog fel a körülötte lévőkből. Hogy mennyi idő is telt el, nem tudja, csak ül és bámul maga elé. Egy kéz nehezedik a vállára, amire üres tekintettel felnéz.

- Parancsnok, jöjjön, a friss levegő jót tesz – hallja még az egyik katona hangját, mire zavartan néz körbe. Megdöbbenten hallja meg a zokogó Annát, aki a férjét siratja. Tudatosodik benne, hogy mindezek ellenére mégiscsak szerette ezt a férfit, semmi kétség. Bólint, majd feláll, kezében tartva még mindig a kardját. Legalább nem lett véres, mindebből a drámából kimaradt és nem szárad a lelkén egyetlen halál sem. Jobb nem is belegondolni, ha neki kellett volna tényleg... Kifelé menet látja, hogy egy katona lassan odamegy a hölgyekhez. Nem mond semmit, nincs is értelme, értik a jelzést. Elvinnék a testet. Anna merev arccal ül, majd felemeli a fejét. Tekintetében mélységes fájdalom ül, üresség, bánat. Meglátja a kardot Péter kezében és elönti a düh és a gyűlölet. Felpattant a helyéről és nekitámad a férfinak:

- Meg kellett volna akadályoznia, maga tehet minderről! – szúrja oda a keserű szavakat, majd anélkül, hogy megvárná a választ, kirohan a teremből.

- Vége, mindennek – csak ennyi gondolata maradt Péternek és a világ fájdalmát érzékelve, berogyott vállal lassan indul kifelé.

•

- Nem, nincs semmi gond, végig tudom csinálni! Ha már megvolt minden előkészület, akkor ne halasszuk el. A vendégekkel szemben sem lenne tisztességes – tiltakozott határozottan Hora és próbált egy nagyon bágyadt mosolyt is hozzátenni. A szobába Paulina, Gizella és Amelia ült, a vezetők közül pedig csak a főtanácsos, aki az elhangzottakra csak bólintott egyet.

- Kérem intézkedjen – intett felé Paulina. A férfi ismét bólintott, majd meghajolt. A többit majd elintézi, bár Badennel biztos lesz mit megtárgyalni. A nagyhercegi pár nemrég távozott, érthető módon nem maradtak, küldöttségük pár tagját hagyták csak hátra a további egyeztetésekre. De ez már a katonai vezetés dolga lesz, a tábornok intéz mindent. A szomszéd Vilmos király, a legbefolyásosabb német uralkodó jelenléte megfelelő biztosíték arra, hogy próbálják békésen rendezni ezt a helyzetet. Kifele menet átgondolta a nyitott kérdések listáját. Lesz teendője még ma este, a döntés ugyanis kissé meglepte. Bár jogi akadálya nincsen, hogy egy jelen állapotában özvegy hercegnő lépjen a trónra és majd ezt követően házasodjon újra. De ez majd a jövő. Ha úgy döntöttek, hogy egy nappal később képesek teljesíteni a kötelezettségüket, ő ezt elfogadja. Nem sokat változtatna a helyzeten, ha egy-két héttel elhalasztanák az ünnepséget, az illő gyászidőt nem lehet tartani. Így is már lassan két hónapja nincs az ország élén uralkodó, ami senkinek sem jó és hosszabb, mint a szokásos idő. A hercegnő pedig roppant fiatal, ráér egy év múlva is megházasodni. Már ha jelen helyzetben megvárják azt az évet, elvégre maga a házasság nem tartott fél évig. Valóban, ebben a helyzetben mi a szokás, az illő itt is egy évet kivárni? – merengett el, miután becsukta maga mögött az ajtót. Abban biztos volt, hogy itt nem ez lesz majd a szempont és az új esküvő időpontját az fogja meghatározni, hogy mikorra találnak új, megfelelő kérőt. Ami nem is lesz olyan nehéz, a Hohenzollernek részéről ha jól értesült van parti képes jelölt. De ezzel már végképp holnap foglalkozik. Elég felfordulás van így is. Szegény lány – esett még rajta a szíve. Neki is van két hasonló korú lányunokája, de náluk még nem ennyire sürgető kérdés a férjhezmenetel. Elvégre nem kell sietni, senki nem néz rossz szemmel sem egy szülőt, ha a 17 éves lányát még otthon tartja. Így is szinte még gyerekek, minek rohanjanak egy házasságba. A férjük is sokkal több hasznát veszi majd, ha kissé idősebb és érti a körülötte zajló eseményeket is. Az ő Mártája is elmúlt húsz, amikor hozzáment. Jó is volt ez így. De most munkára – indult meg a tárgyalók felé, ahol még nagy volt a nyüzsgés.

•

Bent a hölgyek csendben, üres tekintettel néztek egymásra. A csendet Gizella törte meg:

- A legjobb, ha most lepihenünk, hogy legyen erőnk a holnaphoz. Kéretek egy kis kamillateát, attól jobban lehet aludni – mondta, és már csengetett is.

- Keressen hozzá brandyt, az sokkal hatásosabb – tette hozzá Paulina, majd felállt és indulni készült. Részéről nem érezte úgy, hogy álmatlan éjszaka elé néz. A legjobb, legkedvezőbb variáció történt több szempontból is. Anna hercegnő megözvegyült, így a korábbi hibás választást orvosolni lehet. Arról nem is beszélve, hogy Baden részéről nem kaphatnak szemrehányást, Lipót és Miksa egymást intézték el és mindenki láthatta erőszakos hatalomvágyukat. Így részükről nincs miért támadást indítani és azok után, hogy a Hohenzollernek támogatását élvezik, várhatóan nem is fognak. Így ez a gond is megszűnt. Paulina úgy érezte, hogy rá már nincs is szükség. Hiszen a fiatalok, az új generáció mindent megoldott. Ideje lesz visszavonulnia és az írásnak szentelni az idejét, ahogy azt tervezte. Ideje, hogy leírja férje gondolatait az ország vezetéséről, azokról a nagyszerű elvekről egy összesítést készíteni. Hátha majd az utókor is tudja hasznosítani, ahogy végül is az unokája is megtette. De még mielőtt végleg visszavonul még egy utolsó feladatot teljesít: ismét férjhez adja a lányt. Ezúttal azonban már más szempontok alapján fognak választani. Mit szépítse a dolgokat, egyértelmű, hogy kire esik a választásuk. Egy megbízható emberre, aki már bizonyított. Már csak annyi a feladata, hogy mindenki más is elfogadja. Vagy inkább ők javasolják a személyét, az lenne a legjobb. Itt az ideje, hogy fény derüljön a származására is, vagy legalábbis annak egyik verziójára. De ezt nagyon ügyesen kell csinálnia, mintha nem is lenne hozzá köze. Ehhez azonban még gondolkodnia kell.

•

Péter újfent nyugtalanul aludt már a sokadik napja. Végtelenül őrlődött és nem tudott mit kezdeni magával, hol arra gondolt, hogy privát audienciát kér a királynőnél, hogy bocsánatot kérjen, hol pedig arra, hogy azonnal elhagyja az országot, egy szó nélkül. Hol majd megőrül, hogy ismét láthassa az úrnőt, hol meg menekülni akar jó messzire. Az biztos, hogy semmi nem volt jó neki és úgy érezte, ha nem történik változás, akkor megbolondul. Elmenni azonban mégsem tudott elköszönés nélkül, mert a tárgyalások lebonyolításában neki is részt kellett vennie, hiszen főparancsnok. Minek nevezték ki? Úgysincs túl nagy hasznára most a tárgyalásoknak, mondhatni oda sem tud figyelni. Gondolatai teljesen máshol járnak. Lehet, hogy csak a tábornoknak jelzi, hogy most pár nap pihenőt kér, arra való hivatkozással, hogy pihennie kell. Elvégre majdnem megölték! Talán az lenne a legjobb, ha egy pár napot távol töltene a kastélytól – mondjuk vidéken. A nevelőanyjánál! Igen, ez remek ötlet, majd azt mondja, hogy egy pár napot segítenie kell és azért megy el. Ott legalább feltöltődik. A legjobb, ha az öreg királyné közbenjárását kéri, hogy mentsék fel. Igen, az lenne a legjobb, ez a megoldás! – örült meg ennek a gondolatnak. Ő minden bizonnyal tisztában is van a királynő iránt tanúsított érzelmeivel és el fogja engedni, nem kockáztat. Bár senki nem tud róla, mi történt közte és Anna között a táborban, de jobb is ez így. Ez az emlék megmarad neki örökre. Egy újabb emlék, de talán a legerősebb, amiből táplálkozhat majd. Akkor is ott biztos volt benne, hogy Anna komolyan érez iránta, de férje halála utáni reakcióból csak a gyűlöletet látta. És azóta sem kereste, nem üzent érte, nem kérte személyesen, hogy ott legyen mellette a koronázásán

388

sem. Megbántotta, elvesztette örökre! Meg kell tanulnia nélküle élni, nincs más lehetőség. Legjobb, ha elfelejti és távol tartja magát tőle. Ha nem látja, az biztosan segít! Különben is elérhetetlen a számára, hiszen az ország uralkodója, királynő! Istenem, milyen csodásan állt neki a korona, azt el sem lehet mondani, és mennyi alázattal és szerénységgel viselte, ugyanakkor látható volt az elszántsága. Egy pillanatig sem volt kétsége a felől, hogy jó ember került a trónra és ezzel a gondolattal szerencsére nem volt egyedül. Péter amíg él, nem felejti el, mennyi rajongót szerzett, amikor könnyedén felszökkent a férfi nyeregbe, hogy szimbolikusan megvédje az országot a kardjával a négy égtáj felől érkező ellenségtől. Mert persze az előkészületekkor nem gondoltak arra, hogy női nyereggel készüljenek az eseményre. A hibát akkor észlelték csak, de a királynő csak intett, hogy nem gond, majd megoldja. Péter a katonák között állva nézte végig az ünnepséget és jól hallotta az elismerő füttyöket. Ezen lépése után várhatóan egyik férfi sem kétli rátermettségét!

A vidéki utazásánál tartott – próbálta visszarántani a gondolatait, amik össze-vissza csapongtak már megint. De jó ötlet lesz-e odamenni, hiszen ott is vannak közös emlékeik. Csak akkor szabadulhat, ha elmegy? Talán mégis az öreg királynénál kéne próbálkoznia, vagy inkább anyjával beszéljen? Elvégre ő is tisztában van az érzéseivel. Ahogy lassan mindenki, aki ránéz. Péter a tükörhöz lépett, hogy megszemlélje magát, de elég volt egy pillantás, hogy elszörnyedjen a látványtól. Karikás szemek, borosta, sápadtság, életfájdalom a tekintetében. Így nem mehet emberek közé, anyja nagyon megszidná! Mindig adott a megjelenésre is nagyon is igaza van. Ha valóban nyomorultak néz ki, akkor úgy is érzi magát. Talán ha megfordítja és rendbe teszi magát, akkor a kedve is jobb lesz – döntötte el, és máris szappan után nyúlt.

Nem sokkal később elégedetten nézett vissza a tükörből. Így mindjárt más, így felkeresheti az anyját. A legjobb, ha beszél vele és kikéri a véleményét, hiszen a múltkor beszélt politikai pályáról, egyetemi tanulmányokról. Akkor nem nagyon figyelt rá, le is állította, de most meghallgatná. Az ajtóban azonban anyjába botlott.

- Fiam, ezt olvassa – lobogtatott egy papírt a kezében, majd még sem várva, hogy Péter átfussa a sorokat, máris mondani kezdte, mi áll benne. – Megkapja a legmagasabb kitüntetést, amit lehet kapni, az országáért tett szolgálataiért. Lovaggá fogják ütni! Fiam, ez egyszerűen csodás hír! – lelkendezett az anyja és átölelte. Olyan büszke vagyok önre! – nézett rá csillogó szemekkel. – Nem is örül? Pedig kéne! Maga a királynő javasolta személyesen a címre és a tábornok egyből jóvá is hagyta – tette még hozzá.

- A... királynő? – emelkedett meg kicsit a hangja a kérdés feltételekor.

- Igen, tudja, Anna királynő – pontosított az anyja. A férfi a név hallatlan elsápadt, majd megingott a lába. Anna...? Miért...? Így akar elnézést kérni...? – ezek a gondolatok villogtak az agyában, majd kezdett melege lenni. Igen, ezek szerint csak számít neki, hogy mi van vele, csak gondol rá! – futott mosolyra a szája. Nem is vette észre, hogy Gizella eközben hogy tanulmányozta a reakcióit. – Fiam, erről beszélnünk kell – karolt bele és húzta a fotelek felé. Nagy levegőt vett, majd belekezdett: – Hogy képzeli a jövőt? – tette fel a nagy kérdést.

•

Péter feszülten ült a hosszú tárgyalóasztalnál és igyekezett minden erejével a beszélgetésre figyelni továbbra is. Ez azonban nem volt olyan egyszerű, mert pár perce csatlakozott a királyi család is az egyeztetésekhez és ez láthatóan kizökkentett mindenkit. Meglepetésként érte őket a felbukkanásuk, főleg a királynőé, amire nem számítottak. A miniszterek és a katonai vezetés lendülete is megtört. De hát ők is férfiak, még ha idősebbek is, mint ő. Mindenki érzékelte, hogy mennyire törékeny és fiatal a királynőjük. Péter igyekezett nem nézni rá, de ez nem ment. Csak remélni tudta, hogy nem bámulja túlságosan. A többiek is megbámulták, semmi kétség, hiszen rájöttek az egyeztetésük súlyára: ki jöhet szóba lehetséges főhercegnek. Hát persze hogy jelen akart lenni ezen az egyeztetésen, kell hogy legyen hozzászólása. Neki viszont ez fájdalmas téma, nem is akart erre gondolni, főleg nem részt venni benne. A feladata, a küldetése lejárt, itt az ideje, hogy távozzon, nincs is olyan beosztásban, hogy érdemben itt legyen ezen a fontos megbeszélésen a továbbiakban. Majd a többiek remélhetően ezúttal bölcsebben döntenek és minden rendben lesz. Ő pedig megpróbál jó messzire kerülni innen. Más lehetőség nincsen. Károly herceg mellett biztos akad neki is hely egy hajón, és ő is járhatná a világot. A lényeg, hogy minél messzebb legyen innen. Nem bírná ki még egyszer, hogy Anna férjhez megy. Ebből egy is sok volt. A legjobb, ha most azonnal távozik és így marad még az emlékezetében a lány. Hogy is tudná elfelejteni ezt a nőt, akinek annyi arcát látta. A belső szépségét, a határozottságot, az elesettségét és a félelmet nem ismerő énjét. Igen, természetes, hogy rajong érte, hogy másként is lenne. Ez így is van rendjén, minden katona, minden férfi állampolgárnak így kell éreznie az uralkodója iránt, meg kell tudni halnia érte. És nélküle is. Nem maradhat a közelében tovább, nem bírná. Pár napig az övé volt, és ebből nem tudna már engedni, visszalépni. Vagy minden, vagy akkor semmi. Így mennie kell. A legjobb, ha most azonnal nekiindul, amíg van ereje hozzá. Amíg nem kell olyat hallania, amit már nem bírná ki. Egy újabb nevet, aki remélhetően méltó lesz arra, hogy birtokolja. Neki még ott maradnak az emlékek, azt senki nem veheti el tőle. Ő majd a távolból érvényesíti, védi országa és királynője érdekeit – állt fel az asztaltól.

- Üljön le báró úr, még korántsem végeztünk – hallotta meg a királyné határozott, mégis kedves kérését. – Ön is érintett még a továbbiakban – tette még hozzá. Péter zavartan ült le az asztalhoz. Ugyan mi köze lehet még a kérdésekhez? Hiszen eleve csak azért volt jelen, mert Lipót halálával kapcsolatban ő tudott válaszokkal szolgálni. De koránt sincs olyan rangban vagy beosztásban, hogy indokolt legyen a további jelenléte. Biztosan a palota védelméről lehet még szó, más terület nem tartozna hozzá. De nem fogja vállalni, nem teheti. Felszínesen érzékelte csak a további hozzászólásokat a jövőről, de nem sok mindent fogott fel belőle. És továbbra is bár próbálta, mégsem tudta levenni a szemét, vagy elfordítani a tekintetét Annáról. Semmi kétség, teljesen odavan érte! Fülig szerelmes belé! Persze ezt mindig is tudta, csak nem akart tudomást venni róla. Hogy már a kezdetektől így érzett iránta, talán már akkor kötődött hozzá, amikor a kislányt elvitte a kolostorba. De erőt kell vennie magán – fordult az ablak felé. Mégsem bámulhatja ennyire nyíltan a hátra lévő időben! Kint ragyogott a nap és a tavasz óriási erőkkel kopogtatott az ablakon. Legalább ez felvillanyozza a lelket.

- Igen, köszönöm a lehetőséget – hallotta meg a királyné hangját, mely éles váltás volt az eddigi férfi orgánumokhoz képest. – Unokám hívta fel a figyelmemet arra, hogy a kiváló katonáink hősiességét kellőképpen jutalmazzuk. Íme a vezetők által összesített névsor a dicséretben részesülő katonákról, külön kiemelve a parancsnokunkat. A királynő abban a kegyben részesíti, hogy lovaggá üti. Ezt akár azonnal meg is tehetjük, szünetképpen. Kérem, fáradjanak át a trónterembe – állt fel, jelezve, hogy kövessék. Péter feje zsongani kezdett. Hirtelen milyen sürgőssé vált a kinevezése! De elmondhatja, hogy saját erejéből került ebbe a rangba, nem mondhatják többet, hogy fogadott gyermek. Zavartan állt fel, hogy kövesse a többieket, míg a tábornok meleg szavakkal méltatta és gratulált neki. Aztán gyorsan előkerült minden és mindenki, anyja és a húga, a korona Anna fejére, a lovagi kard és még egy rakat katonatársa is, a kitüntetettek listájáról. Mire észbe kapott volna, már ott térdelt az uralkodó előtt.

- Péter Von Ziethof, a hősies viselkedésével, melyet országa iránt tanúsított és mellyel megmentette az uralkodóját, ezennel elismerésünk és hatalmunk kifejezéseképpen, a tanúk jelenlétében lovaggá ütjük. Kérjük, hogy továbbra is legyen erős támasza a koronánknak, Ziethof–Liebenstein báró. Mindenki hallhatta és láthatta, semmi kétség. Új címet és uradalmat kapott! – állt fel büszkén, majd meghajolt.

- Életemet és kardomat a királynőért – tette le az esküt, majd megfordult és anyját kereste tekintetével. Nem volt nehéz dolga, mert ott állt az első sorban és tekintete párás volt.

- Nagyon büszke vagyok önre, fiam. Kivételes rangra emelték – mondta, miközben megölelte. Péter nem győzte fogadni a gratulációkat és az elismeréseket, még a sorban kitüntetett katonák és egyesével jöttek hozzá gratulálni. Péter gondolatait viszont az kötötte le, hogy most mi lesz. Ezek után, hogy mondhatni röghöz kötötték, nem távozhat kedve szerint. Uradalmat és vagyont kapott, ami kötelezettségekkel jár. Fülébe csengtek anyja szavai...kivételes rang. De vajon elegendő–e ahhoz, hogy még többet merjen?

•

- Pedig nagyon egyszerű a helyzet – érvelt hevesen Amália, szokásától eltérően még a két kezével is kalimpált. Péter fel is kapta a fejét erre a mozdulatra, bár eddig csak felületesen figyelte a beszélgetést. – Nincs itt semmi bonyolítani való. Én hozzá megyek Hohenzollern grófhoz, Ziethof báró meg elveszi Anna királynőt. Így a két ország között igen szoros lesz a kapcsolat, hiszen én így a király testvére leszek. A gróf pedig kancellár.

- Parancsnok – szúrta közbe az egyik miniszter, Amália azonban ügyet sem vetett a közbeszólásra. – Teljesen is mindegy a pozíció, a lényeg nem itt van. Az uralkodóház tagja és kész. És ha már összeköthető a diplomácia az érzelmekkel, akkor miért ne? – nézett körül a hallgatóságán, nyomatékosítva ezzel a mondanivalóját. Láthatóan teljesen elemében volt a sok sötétkék kabát között. Péter zavartan nézett húgára, hogy minek ártja bele magát ilyenekbe. És mit pletykál itt az érzelmekről mindenkinek, nincs hozzá közük. És nem döntheti el az ország helyett, hogy ki kivel legyen, ez nagyon fontos politikai kérdés...de várjunk csak – gondolta át a szavait. Ha jól megnézzük, akkor... akkor... ennek a lánynak nagyon is igaza van! Bár pusztán az önös érdekeit nézi, hiszen anyjától tudta, hogy ez a...

a hogyishívják gróf hogy elcsavarta a fejét, pedig azzal a szándékkal érkezett, hogy Annát veszi feleségül. De ha így belegondol... végül is ha nem Annát, hanem az ő húgát veszi el, ő pedig Annát, akkor... akkor a végeredmény ugyan az, a két ország között a kapcsolat helyreáll. Nagyon is igaza van! De még mennyire! És az övé lesz a királynője, tényleg a felesége lenne! Nem pont ez az, amire vágyik mindennél jobban? – a csillant fel a szeme. De várjunk csak, akkor a grófból nem lesz főherceg vagy micsoda, vajon ez elegendő neki? És az országának? És ő belőle lehet főherceg? Hiszen ez óriási felelősség és megtiszteltetés, ez... ez lehetetlen. Hogy ő, aki alig fél éve tudja, hogy valóban kék vér csörgedezik az ereiben, aki gyerekkorát falun egy parasztházban töltötte, herceg lehetne. De jó társ, aki ismeri a másik oldalt és átérzi az egyszerű emberek gondjait – próbált maga mellett érvelni. Aki tudja, mi kell. De ez valóban így van, és más így gondolhatna így? Érdemes– e ő arra, hogy az ország első férfija legyen? De hát... Hiszen már most is az, ezzel a kinevezéssel. Semmi nem változna, vagyis szinte kézenfekvő, hogy ő legyen az uralkodó mellett. Nem, ez így túl szép lenne, ebbe nem fog belemenni a gróf. De várjunk csak, itt valami nem stimmel – fogta el a gyanú. Ez nem lehet a véletlen műve, ezek a boszorkányok előre kigondolták és szépen megterveztek mindent. Nem véletlen – nézett előbb húgára, majd anyjára. Mindketten, nem is, mindhárman benne vannak. Szóval ezért ragyog úgy mindenki tekintete, ezért annyira szép ma a királynő. Jól kiterveltek mindent, felépítették, hogy mindenki szépen belemenjen a csapdába. Mégiscsak a nők irányítják az országokat, a háborúk is valóban miattuk vannak. Amália jól kitalálta, hogy tudna ügyesen férjhez menni a választottjához és ehhez nem volt rest feláldozni őt. Egy trón nem akkora feláldozás, pontosított. Na jó, inkább úgy mondanám, hogy kikapart neki is egy jó partit. Vajon mindenki más is belemenne? Nem és nem, nem hagyja, hogy irányítsák. Marad az eredeti terve mellett és elhagyja ezt az országot, elmegy, ahol ismét a maga ura lehet. Ő ebből nem kér, neki senki nem fogja megmondani, hogy kit vegyen el. Ő kizárólag azt a lányt veszi nőül, akit ő akar. Aki valóban hozzá akar jönni, nem csak azért, mert úgy akarják. Ő nem lesz a diplomácia áldozata, abból nem kér! – szorította össze dacosan a száját. Most levegőre van szüksége – indult el az ajtó felé. Már épp a kilincs felé nyúlt, amikor az ajtó felpattant és jópár katonával találta magát szemben. Gyorsan oldalra lépett.

- Hohenzollern gróf és kísérete – hallotta a bejelentést, majd az első sorból nézte, ahogy a mintegy tíz főből álló kíséret megindul a terem másik vége felé. A tömeg gondosan kettévált és szabad utat engedett a férfiaknak, hogy elsőként köszönthessék a királynőt. Péter elhűlve nézte, ahogy az őszülő tábornok udvariasan meghajol Anna előtt, majd kedves szavakkal üdvözli, megköszönve a meghívást. Ez lenne az a híres gróf? Fiatalabbat nem találtak? Tényleg őt szánnák a királynőnek? – döbbent meg. Agyát elöltötte a keserűség és a féltékenység, nem tudott értelmesen gondolkozni. Feltépte az ajtót és csak rohant kifelé, levegőre volt szüksége. Úgy érezte, hogy a szíve menten meghasad.

•

- Amália kedves – fogta meg a lány kezét üdvözlésképpen Jonas. Roppantul örülök, hogy ismét láthatom – köszöntötte udvariasan, a kezét azonban nem engedte el. Mivel jó páran álltak a közelükben, beleértve a bárónét is, esélye sem volt másról is beszélnie. Pedig lenne miről. Nagyon pontosan tudta, hogy miért jöttek ide és ezt nem akarta. Bár a királynő valóban gyönyörű, de az ő szívében már aranyló fürtök ülnek. És ha valóban igaz, amit Amália a legutóbbi levelében írt és tud megoldást a kézfogójukra, akkor azt mielőbb meg kell tudnia. Csak hogy tudna bizalmasan szót váltani vele? – nézett rá kétségbeesetten. Amália magabiztos tekintete azonban kissé megnyugtatta.

- Kedves gróf, örömmel látjuk ismét a palotában. Ha jól emlékszem a körülöttünk lévőket már mind ismeri – nézett körbe. Viszont a bátyámmal még nem volt szerencséje személyesen is találkozni.

Keressük meg, hadd mutassam be önnek – nézett körbe, majd találomra intett az egyik irányba és elindult arra. – Remélem megbocsátanak – mosolygott körbe, majd karon ragadta a férfit és az ajtó felé indult el vele.

- De hát én már találkoztam Péterrel – szabadkozott Jonas, mire a lány leintette.

- Én tudom, de a többiek nem. Csak így tudtam eltávolítani onnan, hogy beszélhessünk. Meg kell keresnünk Pétert – vonszolta a kijárat felé. Muszáj lesz beszélnünk vele, kell a tervünkhöz. Láttam, hogy pár perce kiment, remélem nem vágtatott el máris, eléggé feldúlt volt – mondta egy szuszra, amiből a férfi semmit sem értett.

- Drága hölgyem, egy szót sem értek – mondta

- Jöjjön már – ráncigálta maga után a férfit, nem véve tudomást az értetlenségéről. Most nincs idő mindent elmagyarázzak. Csak egy kérdés: nem szeretne itt főherceg lenni? – kérdezte.

- Hogy tenyészbika legyek egy idegen országban? Elhagyva az otthonomat? Viccel? Nem látta még azt a csodálatos tavat, azt a nyugalmat, ami otthon van. Ha odajön... – kezdte el mondani, de befejezni már nem tudta, Amália ugyanis a kezét a szájára tette.

- Csak biztosra akartam menni, hogy azóta nem gondolta meg magát. Akkor a dolgunk csak annyi, hogy meggyőzzük a bátyámat, hogy vegye el a királynőt.

- És az nekünk miért lenne jó? – mondta ki hangosan, ami egyből eszébe jutott, a lány azonban nagyon csúnyán nézett rá. Ezek szerint gondolkodnia kell – mélyedt magába. – Kedvesem, maga igen okos, már értem. Akkor így a királyi pár sógorságába kerülnénk. De a kérdés már csak az, hogy a bátyja hajlandó–e erre az áldozatra?

- Szerelmes Annába – mondta lihegve a lány, miközben az istállókat vizsgálta sorban.

- Akkor hol itt a baj? – hümmögött értetlenül. Továbbra sem érti – lassított le. Minek ez a rohanás ezen a szép napon? – állt még az épület előtt. Hmm, ez már valami – indult be az egyik szárnyba. Figyelmet egyből lekötötte, hogy a lóállományt végre megnézheti. Legutóbb erre nem volt lehetősége, most viszont megbámulhatja ezeket a híres állatokat. Már sokat hallott a királyság pompás ménjeiről és most végre a saját szemével is meg tudja nézni. Ha már lemond arról, hogy az övé legyen mindez, legalább nászajándékba kaphatnának egy párt. Vagy kettőt. Apját ismerve területi kárpótlásra úgyse fog igényt tartani, de ezt majd ők elintézik. Ha jól belegondol, biztos jobban fog örülni, hogy a fia az országba marad és nem a szomszédban lesz báb. A kapcsolat így is erős lesz, az biztos, a báróné mindkét gyermek anyja. És még mindig nagyon szép – mosolyodott el. Talán megözvegyült apja kinyitja a szemét – mosolyodott el hamiskásan. Egy pár hónap és az anya az ő oldalukon lesz – dörzsölte máris a tenyerét.

- Péter, most meg mit csinál? – fordult Amália hangjának irányába és meglátta a férfit is. A legjobb, ha ebből kimarad – próbált volna észrevétlenül eltűnni egy boxban, azonban a lány kedvesen kérlelő hangja megállította. Ez a tündérekkel szövetkező kis bestia teljesen az ujja köré csavarta, semmi kétség. A hanga egy nimfáé lehet inkább, mert nem lehet ellenállni neki. De nem is akar – indult meg a testvérek felé.

- Üdvözletem báró úr – nyújtott kezet.

- Gróf úr – viszonozta Péter meglehetősen feszélyezve. Miért nem hagyják már elmenni? – tette fel magának a kérdést, majd aggódva nézett körül, hogy vajon hangosan is kimondta–e. Látta, hogy húga a férfit bökdösi.

- Mondja már el neki – suttogja.

- Ja igen – kapcsolt Jonas. Mint a családjuk feje, ezúttal szeretném tisztelettel megkérni a kedves húga kezét és kérném áldását frigyünkre. Csönd. Még egy perc csönd. Jonas és Amália értetlenül néztek egymásra. Mi lelte Pétert?

- Péter, kérem mondjon valamit – nézett kétségbeesetten Amália.

- Vigyázni fogok a testvérére, megígérem. Tudom, mekkora kincs.
– tette hozzá Jonas. Péter csak nem akart megszólalni. Aztán csak kinyögte, hogy min jár az agya.

- Reméltem, hogy tévedek és fiatal főhercege lesz az országnak – dünnyögte. Bár mit érdekli ez őt, hamarosan úgyis távozik. Örökre. Talán nem nézik majd olyan rossz szemmel, ha lemond a kinevezéséről és soha többet nem tér vissza az országba.

- Ön meg miről beszél? Esett neki a húga. Péter, eszénél van? A mi házasságunknak csak akkor van értelme, ha maga elveszi Anna királynőt! – üvöltötte le szinte a fejét. Péter értetlenül pislogott, majd lefagyott az agya.

- Sógor, magának alaposan elvették az eszét ezek a fehérnépek, pedig maga aztán okos ember. De a női logikához nem ért. Én sem. Ezért van szükségünk ezekre a hölgyekre – mosolygott Amáliára, mintegy megnyugtatásképpen. Jól látta rajta, hogy megijedt, mert a csökönyös bátyja esetleg nem az elképzeltek szerint lép és meghiúsul a terv. De ő magabiztos volt, hogy még fognak tudni egyezni. – Na jöjjön, beszélgessünk egy kicsit kettesben – húzta maga után, intve a lány felé, hogy maradjon most távol tőlük. Pétert kivonszolta az udvarra, közben nem szólt semmit. Hadd eméssze a halottakat.

- Szóval Anna királynő – hümmögött. Szép teremtés, igazi diplomata. Határozott, de tudja, hogy használja női létét. Nagyon kell egy ilyen uralkodó a mai világban, sőt akár több is kéne. Mi férfiak csak a harcban tudunk gondolkodni, a birtoklásban, a hatalomban, míg a nők több szempontból is vizsgálják a dolgokat. Egyetért? – nézett a másikra, aki csak bólintott. Szóval oda van érte? – váltott hirtelen témát. Péternek ideje sem volt értelmezni a kérdést, máris helyeselt megint.

- Akkor nincs itt probléma. Maga elveszi és kész. Én is megnősülök és kész. Rokonok leszünk. Két baráti szomszéd ország. Van kérdés?

- És ez így rendben lesz? Mindenki engedélyezi? – nézett kétkedve a másikra.

- Hát nem tartja magát valami sokra. Péter, maga nemes ember, az ország legelőkelőbb családjának a sarja, a háború hőse, lovag, miért ne vehetné el a megözvegyült királynőt? Én azért jöttem ide, hogy beházasodjak a királyi családba, szülői utasításra, megerősítve ezzel a két ország közötti kapcsolatot. Ez így teljesítve. Ne töprengjen annyit, hanem menjen és győzze meg a királynő nagyanyját. Most! – szólt rá erélyesen, látva a bizonytalanságát. Péter arca felragyogott, majd sietősen távozott a bejárat felé. Jonas csóválta a fejét, majd elmosolyodott. Kedveli – állapította meg. De most már tényleg szeretné megnézni azokat a lovakat – fordult ismét az istálló felé.

•

Péter próbált észrevétlenül beosonni a terembe és ez szerencsére sikerült is. A vendégek kisebb csoportokba tömörülve beszélgettek, nem foglalkoztak a járkáló férfival. Péter rémülten vette észre, hogy a teremből a legfontosabb emberek hiányoztak, sehol a miniszterek, a királyi család, vagy a küldöttség feje. Elkéstem – ez volt az első gondolata. Ezek már mindent megbeszéltek, amíg ők távol voltak. Hiába a jó terv, ha senki nem tud róla, ki érvényesíti az érdekeiket? – esett kétségbe. Nem, talán mégsem késő, hiszen ilyen fontos ügyben csak nem döntöttek fél óra alatt – futott át az agyán, majd sietősen a tárgyaló felé vette az irányt. Az ajtóban álló őr mogorván nézett rá, elállva az útját.

- Pihenj – mondta, majd hagyta, hogy az őr észrevegye a rangjelzését és a friss kitüntetését.

- Főparancsnok, elnézést – jött egyből zavarba és azt sem tudta, hová kapja a fegyverét. Siessen, éppen már egy ideje elkezdték – nyitotta ki neki az ajtót. Péter óvatosan belesett, majd megdöbbenve látta, hogy a terem üres. Hová tűnt mindenki? – lepődött meg, majd kilesett a folyosóra. Az is üres volt. Tanácstalanul ácsorgott az egyik sarokban, ki tudja mennyi ideig, amíg egy katona nem lépett oda hozzá.

- A Főparancsnok urat várja a királynő audienciára – mondta lelkesen, majd az emeletre mutatott. A könyvtár szobában van – tette még hozzá, aztán már el is sietett. Péter nem őrült, hogy ilyen gyorsan tovább is sietett, így nem volt lehetősége kikérdezni. Pedig szerette volna tudni, hová tűnt így hirtelen mindenki. De most ez nem fontos, az a lényeg hogy hívatta – járta át a melegség. Az ő királynője még akar vele beszélni, személyesen. Rettegve indult el felfelé a lépcsőn, hiszen nem tudni, mire számítson. Legutóbb elég csúnya körülmények között váltak el, Anna ölében halott férje fejét tartotta, tekintete tele haraggal. Nem így kellett volna történnie, de sajnos máshogy nem oldódott volna meg a helyzet. Bekanyarodott a jól ismert folyosóra és ismerősként üdvözölte a rég nem látott festményeket. Mennyi órát töltött itt, lesve az ajtót, aggódva az életéért. Mennyi minden változott meg azóta, pedig alig telt el egy év. De most kiderül minden, remélhetően – kopogott be türelmetlenül az ajtón, meg sem várva, hogy szólítsák, már be is nyitott. A királyné ült a legközelebbi széken, előtte az asztalon egy kupac térképpel.

- Jöjjön Péter, segítenie kell meghozni egy nehéz döntést – mutatott a mellette lévő székre, hogy foglaljon helyet. Péter alig bírta leplezni csalódottságát, nem erre számított. Persze a szolgáknak a királynő az öreg királynét jelenti mindig is, gondolhatott volna rá. – ült le meglehetősen feszélyezve az asztalhoz.

- Miben lehetek a szolgálatára? – fordult készségesen az asszony felé.

- Tudja fiam, a küldöttségtől kaptam egy igen kedvező ajánlatot a jövőre nézve, ami igen megnyugtató lenne. És mivel ön ismeri őket a legjobban közülünk, így kikérném a véleményét is. Mielőtt tiltakozna, a tábornokkal már beszéltem, külön, önnel is így tennék. De előbb egy kérdés: még szereti az unokámat?

- Természetesen az utolsó csepp veremig védeném az országot és az uralkodó családot – felelte a szokásos szöveget.

- Nem ez érdekel – legyintett. – Lemondana róla? – kérdezte meg egy kicsit másképp. Péter nem teljesen értette a kérdést, de nem akart az érzelmekről beszelni. Nagyon jól tudta, hogy a királyné átlát rajta és őt az előbbi szöveggel nem lehet félrevezetni. Így csak lehajtotta a fejét, úgy gondolta, hogy erre nem kell választ adnia. Tudta jól, hogy a szemében szomorúság ül. – Akkor jó – mondta váratlanul. Az ajánlat a következő: Liebenstein birtok cserébe a koronáért. A nyomaték kedvéért maga elé húzta a térképet és rámutatott a kérdéses területre. Szóval itt van az a birtok, amit most kapott, pont a határon – vetett egy pillantást a papírra. Majd összeállt a kép. Területi igényekkel is fellépnek, ahogy sejtette, nem elég a házasság.

- Nem nagy veszteség ez az országnak – kérdezte, vagy inkább mondta.

- A békéért nem, sokkal több is veszett volna oda – erősítette meg Paulina, majd csöndbe burkolózott. Péter kezdte feszélyezve érezni magát, hogy nem szólal meg, így neki kell mondania valamit.

- Akkor végeztünk is – állt volna fel. Teljesen természetesnek vette, hogy a beszélgetés ezzel véget ért. Ha az áldására volt szükség, szívesen lemond a soha nem is birtokolt földekről, úgysem jelent neki semmit.

- Nem is kér cserébe mást? – hallotta a meglepett kérdést.

- Nem fontos, van elég a családomnak – dünnyögte. Ha valóban hajóra száll, még jobb is, ha nem kell birtokokról gondoskodnia, csak nyűg lenne neki.

- Mindjárt megért mindent, csak menjen be a szomszéd szobába, ott lesz a megállapodás másik része – titokzatoskodott a királyné és Péter biztos volt benne, hogy cinkos mosoly ült az arcán. – És remélem, meggondolja magát és nem ül hajóra – tette még hozzá. Péter épp felállt volna, amikor erre a mondatra megmerevedett. Szóval erről is tud...hát persze, biztos elárulta neki a fia...de miért beszéltek róla? És mi lehet a másik szobában, amitől meggondolja magát? – indult el bizonytalanul az ajtó felé, majd óvatosan beköltözött és benyitott.

- Anyám? – nézett meglepetten a szoba közepén álló asszonyra, majd odament hozzá, hogy kezét csókolom neki.

- Fiam, sajnálom, hogy máris megfosztották Liebenstein névtől – mondta mentegetőzött. Még szerencse, hogy nem nagy áldozat. A békét a legjobban házasságokkal lehet fenntartani és mint tudja, elég rangos családnak számítunk, a lovagi rangja továbbra is megmarad. Ezért a parlament, a mi beleegyezésünkkel kiválasztotta önnek a jövendőbelijét. Péter, drága fiam, remélem nem lesz nagy áldozat ez önnek és kárpótolja a veszteségek miatt – nézett rá csillogó szemmel. Péter sok mindenre számított, de arra nem, hogy a béke érdekében neki is meg kell nősülnie, a parlament kérése szerint. Legyen.

- Anyám, ha ön beleegyezett, akkor nekem sem lehet kifogásom. Megtisztelő, hogy ez megszilárdítja az országot – mondta lemondóan. Biztos valami Hohenzollern vagy badeni lányt szánnak neki. Magát nem is annyira, inkább a húgát sajnálta.

- Elég fiam, inkább örülnie kéne, a hölgy itt várja a szomszéd szobában és nem tud semmiről. Menjen és kérje még a kezét – mondta türelmetlenül és szinte belökte az ajtón. Ez aztán a tempó, hogy ne is tudja meggondolni magát vagy átértékelni, hogy mi történik vele.

- Anna? – nézett meglepetten az ablaknál háttal álló hölgyre. A lány a hangra megpördült és az arca felragyogott.

- Péter – rebegte és már futott is elé. Csak remélni tudtam, hogy ön lesz az – ért oda elé és szemérmesen lehajtotta a fejét.

- Édes Istenem, ez lehetséges lenne, valóban az enyém lehet? – esett le Péternek, hogy mi történik vele. Királynőm – kapta a karjaiba és a levegőben megpörgette. El sem tudom mondani, hogy mennyire boldog vagyok – nevetett gondtalanul, majd óvatosan letette a földre. Megfogta a két kezét és próbált komolyságot erőltetni magára. – Hora, drága hercegnőm, megtisztelne azzal, hogy a feleségem lesz? – tette fel a kérdést, amit annyira szeretett volna.

- Az ajtóban két anyai szív vert határtalan boldogsággal, négy szemből potyogtak az örömkönnyek.

- Azt hiszem utódokban nem lesz hiányunk, a trón biztosítva lesz a jövőre nézve – jegyezte meg egyszerre a két hölgy, majd óvatosan becsukta az ajtót, magukra hagyva a két fiatalt.

Prológ – ahogy történt

Károly király apja halálát követően elfoglalta a trónt. Boldogtalan és gyermektelen házasságban élt egy orosz nagyhercegnővel, igen népszerűtlen, nyíltan meleg királya volt az országnak. Kicsapongó és felszínes életet élt, az ország ügyeihez nem értett és nem foglalkozott vele. Halálát követően négy húga közül a legidősebb egyetlen fia, II. Vilmos követte a trónon és ő volt az ország utolsó királya az első világháború végéig.

A Hohenzollern család komoly szerepet játszott a Német birodalom egységének létrejöttében, Vilmos király a német birodalom első császára volt.

A három korábbi különálló terület (Baden, Württemberg és Hohenzollern) ma Németország egyik tartományát adja, egységüket a régi jó viszony mutatja.

A női nyereg használata csak a második világháború után tűnt el teljesen, bár a 21. században – úri kedvtelésként – ismét divatba jött.

www.ingramcontent.com/pod-product-compliance
Lightning Source LLC
Chambersburg PA
CBHW060811030726
47503CB00002B/440